JOSÉ FRÈCHES

Die Färberin

Die Seidenstraße

José Frèches

Die Färberin

Roman

Aus dem Französischen
von Nathalie Lemmens

Die Seidenstraße

LIMES

Die Originalausgabe erschien 2003 unter dem Titel
»L'Impératrice de la Soie. Les Yeux de Bouddha«
bei XO Éditions, Paris.

Verlagsgruppe Random House FSC-DEU-0100
Das für dieses Buch verwendete FSC-zertifizierte Papier
Super Snowbright liefert Hellefoss AS,
Hokksund, Norwegen.

1. Auflage
© der Originalausgabe XO Éditions, Paris 2003
© der deutschsprachigen Ausgabe 2008
by Limes Verlag, München,
in der Verlagsgruppe Random House GmbH
Satz: Uhl + Massopust, Aalen
Druck und Bindung: GGP Media GmbH, Pößneck
Printed in Germany
ISBN 978-3-8090-2511-5

www.limes-verlag.de

*Wie erkennt man das Gesicht desjenigen, der
sich verliert?
Es ist das Gesicht eines Mannes, den seine
Kaste, sein Reichtum und seine Nachkommen
mit Hochmut erfüllen und der seine eigenen
Eltern gering schätzt.*

Buddha

1

Wohnhaus des Malers Flinker Pinsel, Chang'an, Hauptstadt der Tang-Dynastie, China.

Starr vor Wut ballte Grüne Nadel die Fäuste. Der bittere Misserfolg macht mit einem Schlag alle Hoffnungen zunichte, die er während seiner Rückreise nach Chang'an genährt hatte.

Sollte er sie gleich zu Brei schlagen, sie blutig kratzen und ihr die Zunge herausreißen oder lieber warten, bis Speer des Lichts zurückkam?

Es war das erste Mal, dass jemand den an einen Chinesen erinnernden Uiguren, der im Auftrag der manichäischen Kirche von Turfan heimlich als Spion in Chang'an lebte, so behandelte.

Er hätte erwartet, dass eine Frau von so liederlichem Lebenswandel wie Jademond seinen Kuss zuließ, ihn sogar freudig erwiderte. Doch stattdessen hatte ihre Ohrfeige seine Wange so heftig getroffen, dass er gegen den niedrigen Tisch geprallt war und die halb geleerten Schalen mit Reisschnaps umstieß.

Mehr noch als dieser Schlag ins Gesicht aber hatten Jademonds empörte Worte seinem Stolz einen tödlichen Hieb versetzt: »Ihr gemeiner Hund! Ihn liebe ich, Euch nicht!«

Zum Glück hatte es bei diesem jämmerlichen Versuch keine Zeugen gegeben.

Sie befanden sich in dem kleinen verschwiegenen Boudoir, in dem Grüne Nadel Speer des Lichts und Jademond untergebracht hatte, um die beiden vor dem Zugriff des Kaiserlichen Zensorats zu schützen.

Es war ihm gelungen, Flinker Pinsel dazu zu bewegen, Speer des Lichts unter dem Vorwand, wichtige Besucher wünschten ihn zu sprechen, aus dem Raum zu holen, sodass er mit der schönen Jademond alleine sein könnte.

Der junge Mann argwöhnte nicht einen Moment, dass er in eine Falle gelockt werden sollte, und war dem Maler gehorsam gefolgt.

Und so war Jademond dem Uiguren in dem diskreten Gemach ausgeliefert. Er war ins Zimmer geplatzt, als sie gerade mit weit gespreizten Schenkeln dasaß und aufmerksam ihren intimen Spalt enthaarte.

Seit sie und Speer des Lichts bemerkt hatten, dass dies ihre Lust während des Liebesspiels noch steigerte, widmete sie sich dieser Beschäftigung, sobald auch nur der leiseste Flaum ihr Rosental bedeckte.

Normalerweise cremte sie nach dieser zarten Gartenarbeit ihre göttliche Pforte ausgiebig mit einer Salbe ein und gelangte dabei vor den Augen des gleichermaßen gerührten wie fiebrigen Speer des Lichts unwillkürlich zu einem weiteren Orgasmus, was Grüne Nadel, der sie vom Nebenraum aus durch das geschickt getarnte Fenster beobachtete, jedes Mal in höchste Erregung versetzte.

Als Jademond den Fremden im Raum bemerkte, bedeckte sie, verschreckt wie eine unberührte Jungfrau, hastig ihre Blöße mit einem Seidenschal.

Sie war immer noch halb nackt, und der leichte Stoff verhüllte kaum etwas von ihren atemberaubenden Reizen.

»Verlasst unverzüglich diesen Raum, oder ich rufe meinen Gemahl!«, hatte die junge Arbeiterin, die der unerwartete Eindringling in Angst und Schrecken versetzte, protestiert.

Da nannte dieses schamlose Ding Speer des Lichts schon ihren »Gemahl«!

Krank vor Eifersucht war Grüne Nadel, dessen eingezwängtes Glied so stark angeschwollen war, dass es schmerzte, auf sie zugegangen wie ein Pferd, das von der Haferschale in der Hand des Stallburschen angelockt wurde.

»Kommt mir ja nicht zu nahe, Grüne Nadel, sonst schreie ich!«

»Jademond, hab keine Angst! Wie schön du bist. Ich werde ebenso gut sein wie Speer des Lichts. Ich verfüge über ungeahnte Talente«, hatte er gestammelt.

»Ich dachte, Ihr meintet es gut mit uns, als Ihr Speer des Lichts und mich im Namen Eures angeblichen Rings des Roten Fadens hier versteckt habt!«

»Ich meine es nicht nur gut mit dir, ich begehre dich!«, entfuhr es ihm, als er angesichts der fast nackten jungen Frau vor ihm jede Zurückhaltung aufgab.

»Wagt es ja nicht, mich anzufassen!«, hatte sie geschrien und war eilig zurückgewichen, als er es nicht mehr länger aushielt und sie packte.

Flink und geschmeidig befreite sie sich aus seinem Griff.

»In den Armen von Speer des Lichts bist du nicht so schreckhaft!«, hatte er geschimpft, während er ungeschickt versuchte, ihr Handgelenk zu fassen.

»Woher wisst Ihr das, Ihr gemeiner Mistkerl?«, hatte sie keuchend und voller Zorn geflüstert.

»Was, wenn ich dir sagte, dass ihr beobachtet werdet, wenn ihr euch liebt?«

»Das ist unmöglich!«

»Geh nur etwas näher an dieses Gemälde heran, dann wirst du sehen, dass es aus einer steifen Leinwand besteht, in die

Tausende von Löchern gestochen wurden! Ich stand direkt dahinter«, hatte er hervorgestoßen und deutete auf das falsche Landschaftsbild, das eine ganz Wand des Boudoirs bedeckte.

In Gegenwart dieser Frau, die er schon so lange begehrte und die nun endlich so greifbar nahe war, verlor er jegliche Selbstbeherrschung. Er holte aus und ließ seine Faust mitten in den Wasserfall und die Berge krachen, die Flinker Pinsel gezeichnet hatte. In der Wand klaffte ein riesiges Loch, hinter dem der verborgene Nebenraum sichtbar wurde.

»Das ist ja widerlich: Ihr habt uns schamlos begafft! Euer Ring des Roten Fadens ist nichts als ein erbärmlicher Kreis von Spannern! Speer des Lichts hätte lieber auf mich hören sollen, als ich ihm geraten habe, sich vor Euch in Acht zu nehmen!«, hatte sie gerufen, als sie hinter der zerfetzten Landschaft die kleine Kammer entdeckte, von der aus Grüne Nadel sie regelmäßig beobachtet hatte.

In ihrer Wut wirkte sie so schön, dass er erneut vor ihr dahinschmolz wie ein kleiner Junge, der mit sehnsüchtigen Blicken den Stand eines Süßwarenhändlers beäugt.

»Wenn der Ring des Roten Fadens euch nicht in Sicherheit gebracht hätte, würdet ihr jetzt beide in den Verliesen des Zensorats schmachten. Lass mich dich küssen, Jademond, dann darfst du gehen! Sag mir, was du willst, und ich werde es dir schenken!«

»Niemals! Ihr seid ein ekliges Schwein, und Ihr widert mich an! Lasst Eure Finger von mir!«

»Aber warum er und nicht ich?«, hatte er mit einer seltsamen Falsettstimme gestöhnt.

Da hatte ihn die Ohrfeige getroffen, zusammen mit diesem mörderischen Satz.

Sie liebte also nur diesen verfluchten Speer des Lichts!

Grüne Nadel ballte seine Fäuste so fest, dass sie weiß wurden wie Elfenbein.

Er betrachtete Jademond, die ihm nun trotzig die Stirn bot, und sah den kleinen goldenen Ring, der in ihrem Nabel funkelte. Trotz des Schals, der ihre Blöße bedecken sollte, erschien sie ihm noch nackter und begehrenswerter als sonst. Er hatte größte Lust, sie windelweich zu prügeln, doch gleichzeitig sehnte er sich danach, sie zu umarmen, sie von Kopf bis Fuß mit Küssen zu bedecken, seine Nase in ihrem Haar zu vergraben und vor allem durch all ihre Körperöffnungen in sie einzudringen, wie er es bei Speer des Lichts so oft beobachtet hatte.

Er wollte sich schon wie ein Raubtier auf sie stürzen, als er sich eines Besseren besann: Wenn er sie sich jetzt unwiderruflich zur Feindin machte, würde er ihren herrlichen Körper nach diesem Tag nie wieder genießen können.

Er musste sich etwas anderes einfallen lassen, etwas, das die rebellische junge Frau unversehrt und in seiner Nähe beließ und sie dennoch dazu zwang, sich ihm gegenüber aufgeschlossener zu zeigen.

Sein Kopf fühlte sich an, als würde er gleich platzen, doch plötzlich fiel es ihm wie Schuppen von den Augen.

Er hatte einen ebenso raschen wie gnadenlosen Weg gefunden, Jademond für die erlittenen Demütigungen bezahlen zu lassen: Er brauchte Speer des Lichts lediglich bei den chinesischen Behörden zu denunzieren.

Nachdem er seinen Rivalen aus dem Weg geräumt hätte, wäre Jademonds Situation deutlich schwieriger. Ihres wichtigsten Unterstützers beraubt und zweifellos von den Männern des Zensorats gejagt, würde ihr gar nichts anderes übrig bleiben, als in seine Arme zu flüchten.

Außerdem könnte er auf diese Weise gleich zwei Fliegen mit einer Klappe schlagen.

Denn er zweifelte nicht daran, dass dieser Hinweis zu einem Zeitpunkt, wo die vom Seidenschmuggel aufgeschreckten

Behörden vergeblich Nachforschungen über den Verbleib der beiden jungen Leute anstellten, Gold wert war.

Im Austausch gegen eine so bedeutende Information bekäme er genug, um Jademond all das schenken zu können, was sie bis dahin nie besessen hatte: Schmuck aus reinem Gold, seidene Gewänder, Tiegel mit kostbaren Salben und nicht zu vergessen alle möglichen Tiere, die ihr Gesellschaft leisten würden.

Der Uigure war fest davon überzeugt, dass eine feinsinnige Frau wie Jademond, die so raffinierte Posen einzunehmen wusste, diesen seltenen Kostbarkeiten, denen selbst die schönsten Kurtisanen erlagen, nicht widerstehen könnte.

War das nicht der einfachste und gleichzeitig wirkungsvollste Weg, um sein Ziel zu erreichen?

Wollüstig sah er bereits die schreckgeweiteten Augen dieses unverschämten Weibsstücks vor sich, wenn bewaffnete chinesische Wachen frühmorgens in das Atelier von Flinker Pinsel platzen würden, um Speer des Lichts zu verhaften.

Entzückt malte er sich aus, wie er die Wachen gönnerhaft anwies, die junge Frau unbehelligt zu lassen, da sie mit dem Seidenschmuggel nichts zu tun habe.

Innerlich frohlockend hörte er sich sogar schon den Ordnungshütern erklären, dass der junge Mann sie gefangen hielt und ihr Leugnen nur bewies, wie sehr sie sich vor ihrem Entführer fürchtete.

Das wäre eine angemessene Wiedergutmachung, sowohl für die Schmach, die sie ihm zugefügt hatte, als auch für das wahnsinnige Begehren, mit dem er sich nach ihr verzehrte.

Als er sich gerade anschickte, den Raum zu verlassen, um seinen verhassten Rivalen anzuzeigen, hörte er plötzlich seinen Namen.

»Grüne Nadel, bist du denn völlig von Sinnen? Sieh nur, was du mit meinem Bild gemacht hast!«

Flinker Pinsel war von dem Lärm, den der Fausthieb von Grüne Nadel durch das versteckte Fenster verursacht hatte, angelockt worden und kam eilig herbeigelaufen. Speer des Lichts folgte ihm.

Da stieß ebendiese Faust genauso unbeherrscht wieder zu, diesmal jedoch mitten in das Gesicht des voyeuristischen Malers, dessen Nase unter dem Aufprall wie ein reifer Granatapfel zerplatzte.

»Sieh nur, was ich mit deinem Affengesicht mache!«, brüllte der Bilderschlächter sein zweites Opfer an, als es leblos auf dem Boden lag.

Speer des Lichts kam nicht mehr dazu, sich auf den Uiguren zu stürzen, da dieser wie ein wild gewordener Büffel auf die Tür zustürmte, mit großen Sprüngen die Treppe hinabhetzte und verschwand.

»Was ist passiert, meine Geliebte? Hat er dir wehgetan? Er hat sich ja aufgeführt wie ein brünstiger Tiger!«, murmelte Speer des Lichts fast verrückt vor Sorge, als Jademond sich bitterlich weinend in seine Arme flüchtete.

»Grüne Nadel hat versucht, mir Gewalt anzutun. Er und dieser widerwärtige Maler haben uns die ganze Zeit über beobachtet! Siehst du die versteckte Kammer hinter der Wand? Von dort aus haben sie zugesehen, wie wir uns liebten!«, stöhnte sie und deutete auf den kleinen Raum, von dem aus die beiden Männer jede ihrer Bewegungen verfolgt hatten.

»Das ist ja unglaublich! Und dabei hat er sich doch als der Anführer des Rings des Roten Fadens ausgegeben und behauptet, er habe den Auftrag, uns hier in Sicherheit zu bringen! Wenn der Vollkommene wüsste, welche Folgen der rote Faden hatte, den er mir vor meiner Abreise ums Handgelenk gebunden hat, fiele er sicher aus allen Wolken«, bemerkte Speer des Lichts enttäuscht, nachdem er das zerstörte Gemälde gesehen hatte.

»Wie dem auch sei, als dieser abscheuliche Grüne Nadel wie ein wilder Büffel auf mich losgegangen ist, hatte er den Blick eines Wahnsinnigen! Du kannst dir gar nicht vorstellen, wie sehr ich mich gefürchtet habe!«, flüsterte sie, fest in die Arme ihres Geliebten geschmiegt.

Sie erschauerte vor Bestürzung.

Um sie zu beruhigen, küsste er sie zärtlich, wieder fanden ihre Zungen zueinander und milderten so nach und nach die Auswirkungen des Schocks.

»Und ich dachte, Flinker Pinsel wäre ein feinfühliger Kalligraph und Dichter!«, sagte sie und warf dem immer noch bewusstlos am Boden liegenden Maler einen ebenso zornigen wie vorwurfsvollen Blick zu.

»Vielleicht braucht er den Anblick hübscher Frauen, um sich zu inspirieren!«, scherzte er, um sie zu trösten.

»Oder den hübscher junger Burschen!«, erwiderte sie, ebenfalls lächelnd. Speer des Lichts hatte eine Hand auf ihren Unterleib gelegt und streichelte langsam ihren frisch enthaarten intimen Spalt, an dem immer noch die Salbe haftete, mit der seine Geliebte sich gerade eingecremt hatte, als Grüne Nadel hereingeplatzt war.

Unverbesserlich, wie er war, spürte er, wie sich sein Glied versteifte.

Es war immer das Gleiche bei ihnen.

Kaum berührte er ihre Haut, überkam ihn ein unbändiges Verlangen.

Es fehlte nicht viel, und er hätte sie erneut geliebt, doch sie zog sich bereits wieder an.

»Mach dir keine Gedanken, meine kleine Jademond, der Kerl ist fort! Wenn er hiergeblieben wäre, hätte ich ihn zu Brei geschlagen, Ring des Roten Fadens hin oder her!«

Nachdem sie ihr hübsches, eng geschnittenes geblümtes Kleid übergestreift hatte, erschien sie ihm äußerst besorgt.

»Du wirkst beunruhigt, meine Liebste, oder täusche ich mich?«

»Ich ahne Böses. Als Grüne Nadel geflohen ist, verströmte er negative Energien!«

»Wir Kuchaner kennen weder negative noch positive Energien.«

»Aber ich glaube an die Energien. Eine alte Färberin aus dem Tempel des Unendlichen Fadens, eine Daoistin und fast schon so etwas wie eine Hexe, hat mich darin unterwiesen. Anfangs habe ich nichts davon verstanden. Eines Abends führte sie mich in einen Wald und zeigte mir, wie man die positiven Energien auffängt, die aus dem Inneren der Erde aufsteigen, wo die Drachen schlafen«, erklärte sie.

»Glaubst du tatsächlich, dass unter unseren Füßen Drachen leben?«

»Die Drachen sind überall, Speer des Lichts! Die meisten von ihnen sind gut. Man muss bloß darauf achten, sie nicht aufzuscheuchen, wenn man ein Haus baut oder ein Grab aushebt. Diese Kunst, die Drachen nicht zu stören, nennen wir hier ›Feng Shui‹ oder ›Wind und Wasser‹.«

»Und als du mich zum ersten Mal sahst, hast du da eine positive Energie gespürt?«

»Wenn du es genau wissen willst, sie war sogar so stark und angenehm, dass ich mich leicht gefühlt habe wie eine Feder! Hast du dich nie gefragt, warum ich deinem Werben so schnell nachgegeben habe? Ich bin alles andere als eine leichtlebige Person. Ich wusste sehr schnell, dass du mein Yang bist und ich dein Yin. Die Verschmelzung unserer Körper hat die Große Harmonie erzeugt. Deshalb vereinen wir uns auch so gerne miteinander, Speer des Lichts!«, murmelte sie zärtlich.

Es war das erste Mal, dass sie ihrem Geliebten diese Gedanken anvertraute.

»Ich verstehe, was du meinst, auch wenn du von Praktiken und Vorstellungen sprichst, die mir fremd sind. Für uns Manichäer spielt das Licht die Rolle deiner Energien.«

»Wir lieben uns. Das ist das Wichtigste!«, schloss sie. »Und wir sollten dieses Haus so schnell wie möglich verlassen.«

»Aber draußen ist ein Preis auf unseren Kopf ausgesetzt! Niemand weiß, dass wir hier sind.«

»Das bezweifle ich! Bei all der negativen Energie, die Grüne Nadel ausgestrahlt hat, bin ich mir sicher, dass er uns bei den Behörden verraten will. Ich habe den Rachedurst in seinem irren Blick gesehen. Wir müssen fort!«, flüsterte Jademond. Sie vergrub ihr Gesicht an der muskulösen, sanften Brust von Speer des Lichts und brach erneut in Tränen aus.

»Beruhige dich, meine Geliebte.«

»Glaube mir, wir müssen aus Chang'an fliehen!«

»Aber ich kann die Stadt nicht ohne Seidenraupen und Kokons verlassen.«

»Hast du nicht gesagt, dass du meinetwegen zurückgekommen bist?«

»Natürlich bin ich hergekommen, um wieder mit dir zusammen zu sein, aber wenn ich schon mit dir nach Turfan zurückkehre, dann darf ich nicht mit leeren Händen kommen. Das würde Hort der Seelenruhe weder verstehen noch verzeihen!«, protestierte er.

»Du wärst also bereit, mich mitzunehmen?«, fragte sie überglücklich.

»Aber sicher, meine Liebste. Ich habe dir doch versprochen, dass wir uns nie wieder trennen! Ich werde Hort der Seelenruhe um eine Sondererlaubnis bitten, und dann werden wir heiraten!«

Daraufhin reichte sie ihm mit strahlender Miene einen kleinen Stoffbeutel.

Als er ihn öffnete, entdeckte er ein knappes Dutzend Kokons und ein gefaltetes Blatt Papier, in dem sich jene winzigen dunklen Körnchen befanden, die eine einzige Seidenraupe zu Tausenden legte.

»Du hast ja an alles gedacht, Jademond!«, rief der junge Kuchaner begeistert.

»Die habe ich mir für den Notfall zurückgelegt! Ich habe sie gleich an dem Nachmittag besorgt, als du zu mir in den Tempel des Unendlichen Fadens gekommen bist. Ich wusste doch, dass du mich eines Tages darum bitten würdest!«, entgegnete sie und wischte sich die letzte Träne aus den Augen.

»Wie klug von dir! Damit werde ich Hort der Seelenruhe bestimmt dazu bringen, mir zu verzeihen und mich von meinem Gelübde als Hörer zu entbinden! Und dann steht unserer Hochzeit nach dem Ritus der Kirche des Lichts nichts mehr im Wege.«

»Jetzt hält uns hier nichts mehr. Wir sind in großer Gefahr, und die Zeit läuft uns davon. Wir müssen fliehen, ehe sie uns erwischen!«, rief sie und griff nach der Hand ihres Geliebten.

Mehr als je zuvor waren sie entschlossen, ihren Weg von nun an gemeinsam zu gehen.

Flinker Pinsel, dessen angeschwollenes Gesicht inzwischen das Aussehen eines Kürbisses angenommen hatte, lag immer noch bewusstlos vor einem mit Blattgold verzierten Wandschirm.

»Der Weg ist frei, aber es wäre zu gefährlich, einfach so auf die Straße zu gehen! Wenn dieser verfluchte Grüne Nadel uns tatsächlich angezeigt hat, dann hat er den Behörden sicher auch eine Beschreibung von uns gegeben«, fügte sie hinzu.

Auf einem Regal entdeckten sie einen Stapel Kleider, mit denen die Modelle des Malers sich verkleideten. Sie durchwühlten ihn und kostümierten sich hastig. Jademond als chinesischer Soldat und Speer des Lichts als daoistischer Priester.

»Dieses Kopftuch steht dir ganz wunderbar, Jademond! Man erkennt dich nicht wieder, meine Liebste!«, rief Speer des Lichts scherzhaft.

»Und du siehst aus wie ein echter daoistischer Arzt!«, sagte sie, nachdem sie die barettförmige Kappe berührt hatte, die Speer des Lichts aufgezogen hatte und die jenen der Priester in den daoistischen Tempeln zum Verwechseln ähnlich sah.

»Mein kleiner Fußsoldat wird mich auch ohne Säbel verteidigen können, falls einige meiner Patienten enttäuscht sein sollten, weil es mir nicht gelingt, sie zu heilen!«, fügte er lächelnd hinzu.

Verwundert sah er, wie sie aus einem Steinzeugtopf einen der dicken Pferdehaarpinsel nahm, mit denen die Maler Wolken zeichneten, indem sie sie in Tinte tauchten und anschließend auf Reispapier ausdrückten. Er fragte sie nach dem Grund dafür.

»Vielleicht können wir ihn ja irgendwann brauchen!«, entgegnete sie geheimnisvoll.

Nachdem sie sich vergewissert hatten, dass draußen auf der Straße niemand den Eingang überwachte, schlichen sie dicht an den Mauern entlang lautlos aus dem Haus.

Die Gasse war menschenleer.

»In welche Richtung müssen wir gehen, um auf die Seidenstraße zu kommen?«, flüsterte der falsche daoistische Priester.

»Komm mit!«, antwortete der vermeintliche chinesische Soldat.

Das Viertel, in dem Flinker Pinsel wohnte, lag im Osten von Chang'an, sodass sie, um das Westtor zu erreichen, das gesamte Zentrum der Hauptstadt der Tang-Dynastie durchqueren mussten.

Jademond, die sich in der Stadt auskannte, diente ihrem Geliebten als Führer und nannte ihm im Vorbeigehen die Namen der gewaltigen Bauwerke, die sich entlang der breiten Straßen des Regierungsviertels aufreihten, wo die Paläste der Ministerien und die Verwaltungsgebäude aufragten.

»Das ist das Ministerium der Kaiserlichen Truppen!«, rief sie, als sie eine riesige, zinnenbewehrte und nahezu fensterlose Fassade erblickte, deren abweisende Mauern von spitzen Bossen überzogen waren.

»Die Mauer sieht aus wie der Panzer eines Drachen«, murmelte der Kuchaner.

»Das soll verhindern, dass das Gebäude im Falle eines Aufstands eingenommen werden kann.«

»Welche Aufstände meinst du? Mir ist aufgefallen, dass die Ordnungshüter schon bei der geringsten Ansammlung von Schaulustigen eingreifen und die Menge zerstreuen!«, entgegnete er überrascht.

»Wenn die Landbevölkerung, deren Söhne mit Gewalt in die Armeen der Tang eingezogen werden und die immer wieder unter Hungersnöten leidet, weil die regulären Truppen ihre Speicher plündern, auf den Gedanken käme, ihrem Zorn hier vor diesem Ministerium Ausdruck zu verleihen, würde dessen Bauweise alleine schon ausreichen, um sie von Weiterem abzuhalten!«

»Ich wusste nicht, dass das chinesische Volk so sehr leidet und die kaiserlichen Truppen sich so schäbig aufführen!«

»Die Behörden begnügen sich nicht damit, ihnen die Arbeitskräfte zu rauben, manchmal vergreifen sie sich auch an ganzen Familien! So wurde mein gesamtes Dorf hierher verschleppt wie eine gewöhnliche Kriegsbeute! Das Volk des Reichs der Mitte wird von der herrschenden Schicht unterdrückt, und die nährt sich von ihm wie der Pilz von dem Baumstamm, auf dem er wächst.«

»Also könnte in Zentralchina jederzeit eine Revolution losbrechen«, stellte Speer des Lichts fest.

»Der Kaiser ist bestrebt, nur so viel von dem Luxus, in dem er lebt, zu zeigen, wie unbedingt nötig ist, damit seine Untertanen seine Vormachtstellung anerkennen. Deshalb sind die Außenmauern der kaiserlichen Paläste auch so hoch, dass man sich schon in einen Phönix verwandeln müsste, um sie zu überwinden.«

»Aber die ganzen fahrenden Händler, schwatzenden Weiber und Passanten, denen wir in den Straßen begegnen, seit wir unterwegs sind, lächeln doch!«

»Das Volk der Han ist von Natur aus sanftmütig und fröhlich. Es ist Überschwemmungen, Trockenheiten und Hungersnöte gewohnt. Aber du solltest dich vom äußeren Schein nicht trügen lassen. Hier lebt jeder in Angst vor der geheimen Polizei des Zensorats. Im Tempel des Unendlichen Fadens zum Beispiel waren wir immer auf der Hut, denn niemand weiß genau, wer den anderen ausspioniert!«

»Du redest wie ein Philosoph!«, bemerkte Speer des Lichts belustigt. Er bewunderte die Scharfsichtigkeit seiner jungen Geliebten.

Sie waren schon seit gut zwei Stunden unterwegs, als am Ende einer außergewöhnlich breiten Straße plötzlich der massige, bizarr geformte Umriss des Westtors auftauchte. Die Straße war vom undurchdringlichen Gewirr der Handwagen und Schubkarren der Bauern verstopft, die in die Hauptstadt kamen, um ihre Lebensmittel auf einem der unzähligen Märkte zu verkaufen. Das Tor selbst war unschwer an seinen Dächern zu erkennen, deren nach oben gebogene Enden sich vor dem Himmel abzeichneten.

Als sie sich der schmalen Pforte näherten, die aus Chang'an herausführte, bemerkten sie entsetzt, dass sich davor eine lange, gewundene Warteschlange gebildet hatte.

»Was ist denn los? Normalerweise muss man hier doch nicht so lange anstehen«, fragte Jademond einen alten Mann.

»Das kommt mir auch völlig ungelegen. Es scheint, als habe die Wegegeldbehörde die Zöllner unter besondere Aufsicht gestellt! Meine Tochter erwartet mich auf dem Land, und wenn das so weitergeht, wird sie sich noch Sorgen machen!«, stöhnte er.

»Zum Glück lassen sie sich nicht länger auf ihre kleinen Geschäfte ein. Oft genug konnten sich die Leute, die das Stadttor passieren wollten, mit Gaben, die auf direktem Wege in die Taschen der Beamten wanderten, vom Stadtzoll freikaufen. Das widerspricht allen Vorschriften«, rief ein anderer, dessen Äußeres den gesetzestreuen Konfuzianer verriet.

»Sie verlangen Münzen! Jetzt bleibt mir nichts anderes übrig, als wieder nach Hause zu gehen!«, fügte eine wütende Frau hinzu, die mitsamt ihrer randvollen Schubkarre zurückgewiesen worden war.

»Ich habe gehört, wie einer der Torwächter seinem Kollegen ins Ohr geflüstert hat, dass die Männer des Zensorats überraschend aufgetaucht seien und die Ausgänge überwachten! Sie versuchen mit allen Mitteln zu verhindern, dass wir aus der Hauptstadt fliehen!«, flüsterte der chinesische Soldat dem daoistischen Priester zu, nachdem er einen Erkundungsgang zum Tor gemacht hatte. Unter den argwöhnischen Blicken der Agenten mit der unheilvollen weißen Armbinde des Zensorats verschärften sich wie durch ein Wunder die Kontrollen.

»Wir haben wirklich kein Glück! Womöglich werden sie uns noch erwischen! Sollten wir nicht lieber umkehren?«, wisperte Speer des Lichts ängstlich.

»Auf gar keinen Fall! Dadurch lenken wir bloß ihre Aufmerksamkeit auf uns. Geh weiter und lass mich nur machen. In meiner Soldatenuniform habe ich nichts zu befürchten!«, erwiderte sie, bemüht, sich nichts von ihren Befürchtungen anmerken zu lassen.

»Aber wie soll ich denn den Kontrollposten passieren? Rings um uns herum sehe ich nur buddhistische Mönche. Als einziger daoistischer Priester werde ich wohl kaum unbemerkt bleiben! Überhastete Entscheidungen führen selten ans Ziel, Jademond«, murmelte er zunehmend ratlos.

Doch ihnen blieb keine Zeit für weiteres Grübeln. Kaum hatte der junge Kuchaner seinen Satz beendet, hörte er, wie jemand ihn anrief.

»Da vorne ist ein Mann unter Krämpfen zusammengebrochen! Ein daoistischer Priester wie du kennt doch sicher das passende Räucherwerk, um ihn wieder zu Bewusstsein zu bringen!«

Der uniformierte Mann, der Speer des Lichts angesprochen hatte, trug eine Armbinde mit den beiden Schriftzeichen »Groß« und »Amt« in Schwarz auf weißem Grund, die seine Zugehörigkeit zu den Sondereinheiten des Kaiserlichen Zensorats verrieten.

Jademonds Geliebter zögerte, den Blick unverwandt auf das grässliche Zeichen gerichtet. Er spürte, wie dumpfe Panik von ihm Besitz ergriff, und drehte sich mit fragendem Blick zu dem falschen chinesischen Soldaten um.

Die Antwort war unmissverständlich: Die mandelförmigen Augen der jungen Chinesin befahlen ihm zu gehen.

»Bring mich zu ihm, dann werde ich ihn untersuchen«, stammelte der vermeintliche Arzt, der sich bemühte, eine gute Figur abzugeben.

Der Mann lag reglos vor dem Schalter, an dem der Ausgangszoll entrichtet wurde.

Speer des Lichts beugte sich über ihn und presste ein Ohr an seinen Mund, um herauszufinden, ob er noch atmete.

Sein Herz raste, und plötzlich unterdrückte er einen Aufschrei. Zu seiner Verblüffung war der Mann quicklebendig und flüsterte ihm zu:»Ich flehe dich an, hab Erbarmen mit mir! Sag ihnen, dass ich tot bin. Das ist für mich die einzige Möglichkeit, hier herauszukommen, ohne den Stadtzoll zu bezahlen.«

»Also, was kannst du für ihn tun?«, fragte der Agent der Sondereinheit.

»Leider nichts! Der Mann ist tot. Er atmet nicht mehr. Da kann selbst ich als Daoist nicht mehr helfen!«

»Soll das heißen, du hast nicht einmal eine winzige Unsterblichkeitspille bei dir? Was bist du denn für ein daoistischer Priester?«, scherzte der Agent, dessen zweifelhafter Humor trotz der Umstände lautes Gelächter in der Schlange hervorrief, denn die Menge war darauf bedacht, es sich nicht mit einem Mann zu verderben, der jemanden durch das bloße Hochziehen einer Augenbraue geradewegs ins Gefängnis bringen konnte.

»Meine ganzen Vorräte befinden sich im Tempel!«, stöhnte der falsche Arzt.

»Geh zurück an deinen Platz in der Schlange!«, wies ihn sein Gegenüber daraufhin barsch an.

Als Speer des Lichts sich wieder zwischen den wartenden Menschen einreihte, bemerkte er verzweifelt, dass Jademond verschwunden war.

»Bringt den Toten aus der Stadt hinaus zur nächsten Leichengrube!«, befahl der Agent des Zensorats.

Ein paar Zöllner kamen aus ihrem Häuschen und beeilten sich mit gesenktem Kopf, dem Befehl jenes Mannes Folge zu leisten, der unversehens ihren lukrativen Geschäften ein Ende bereitet hatte.

So verließ der vermeintliche Leichnam Chang'an, ohne die geringste Abgabe zu entrichten.

Besorgt erkannte Speer des Lichts, dass nicht einmal die

Zöllner es wagten, den Anweisungen eines Angehörigen der Sondereinheiten nicht unverzüglich Folge zu leisten.

Endlich gelangte auch er vor den Schalter, hinter dem ein Beamter mit rotem, pockennarbigem Gesicht thronte, dessen zahnloser Mund einen üblen Geruch verströmte.

»Das macht zwei Bronzetael!«, verkündete der Beamte, woraufhin der Kuchaner, der auf einen solchen Gestank nicht gefasst gewesen war, unwillkürlich einen Schritt zurückwich.

»Sogar für einen daoistischen Priester?«

»Den Stadtzoll muss jeder zahlen, der die Stadt betreten oder verlassen will! Das besagt ein kaiserlicher Erlass!«, erklärte der Mann verschwörerisch.

Er deutete mit dem Blick auf den Sonderagenten, der ein paar Schritte von ihnen entfernt die mittlerweile ins Endlose angewachsene Schlange all derer in Augenschein nahm, die an diesem Tag aus irgendeinem Grund die Hauptstadt verlassen mussten.

»Und wenn ich mein ganzes Geld im Tempel vergessen hätte?«, schlug Speer des Lichts vor, wobei er sich bemühte, so unbefangen wie möglich zu klingen.

»Dann musst du zurück und es holen. Es gibt keine Ausnahme. Seit heute Morgen kommt keiner mehr aus Chang'an heraus, ohne die Gebühr von zwei Bronzetael zu bezahlen!«, versetzte der Zöllner ungerührt.

»Sie haben die Abgaben schon wieder erhöht! Kaiser Gaozong kommt uns immer teurer zu stehen«, schimpfte direkt hinter dem Kuchaner eine alte Matrone leise vor sich hin.

Bestürzt machte sich Speer des Lichts bittere Vorwürfe, dass er nicht an den Stadtzoll gedacht hatte.

»Lasst den Priester durch! Ich verbürge mich für ihn, auch wenn er den Ausgangszoll nicht zahlen kann! Ihr habt mein Wort als Offizier der kaiserlichen Armee!«

Der schmale Schnurrbart des Soldaten, der diese Worte gesprochen hatte, verlieh ihm ein gebieterisches Aussehen. Der dicke Zöllner beugte sich vor, um nachzusehen, auf welcher Höhe der Schlange sich der Agent des Zensorats gerade befand.

»Los, verschwinde! Und denk daran, mir beim nächsten Mal eine von deinen Unsterblichkeitspillen mitzubringen, dann sind wir quitt!«, erklärte er, halb im Ernst und halb im Scherz, woraufhin der Kuchaner ohne ein weiteres Wort voller Angst das verfluchte Westtor passierte. Er befürchtete, jeden Moment von den unerbittlichen Wächtern zurückgerufen zu werden.

Dann verschluckte ihn die bunt gemischte Menge, in der Kaufleute und Mönche, Bauern und Reisende, Abenteurer und Helden, Betrüger und Diebe ihre Pferde und Kamele bereitmachten. Diejenigen, die laufen mussten, rieben ihre Waden mit Salbe ein und schnürten sorgfältig ihre Schuhe zu, denen die scharfkantigen Steine unterwegs arg zusetzen würden.

Schon hier, am Ausgangspunkt der großen Straße, die sich zwischen der asiatischen und der westlichen Welt erstreckte, vernahm Speer des Lichts neben dem Brüllen der Zugtiere, dem Meckern und Blöken der Herden und dem Gackern des in kleinen Bambuskäfigen zusammengepferchten Geflügels in einem unbeschreiblichen Stimmengewirr fast alle Sprachen der Erde.

Der manichäische Hörer hatte sich wieder ein wenig beruhigt, nachdem er sich so gut aus der Affäre gezogen hatte, und sorgte sich nun um das Schicksal seiner Geliebten.

Wo konnte sie bloß sein?

Als er mechanisch eine Hand in die Tasche steckte, um sich zu vergewissern, dass der kleine Beutel mit den Kokons und den Seidenraupeneiern noch da war, wäre er um ein Haar über ein winziges Lamm mit schwarzem, lockigem Fell gestolpert, das ein Hirte zum Kauf anbot.

Erleichtert spürte er den Beutel unter seinen Fingern.

Zumindest würde er Hort der Seelenruhe mitbringen können, was dieser von ihm gefordert hatte.

Trotzdem wollte er nicht ohne Jademond nach Turfan zurückkehren.

Er wurde immer ratloser und nervöser und befürchtete allmählich das Schlimmste.

Was sollte er tun?

Er konnte sich kaum auf diesem geschäftigen, von unzähligen Fremden aus aller Herren Länder bevölkerten Rastplatz nach ihrem Verbleib erkundigen. Selbst bei aller Diskretion war das zu gefährlich.

Immer wieder entdeckte er zwischen den Männern, Frauen und Kindern, die ihre Waren auf den Rücken ihrer Tiere festschnürten, die an ihrem rot-weißen Gürtel zu erkennenden Büttel der Marktaufsicht. Sie kontrollierten genauestens das transportierte Gut und fragten die Kaufleute mit strenger Miene aus, was sie damit vorhatten und wohin sie reisten.

Wenn sie zu eindringlich nachhakten, blieb dem armen Händler nichts anderes übrig, als sich von einem Obolus aus Naturalien zu trennen, um die Einsatzfreude der Ordnungshüter, deren Gier allseits bekannt war, ein wenig zu mildern.

Er musste weiter, auch auf die Gefahr hin, im nächsten Dorf notfalls seine Verkleidung zu wechseln, sich Münzen für den Stadtzoll zu beschaffen und in die Hauptstadt zurückzukehren, um nach seiner Geliebten zu suchen.

Zu Tode betrübt wollte sich Speer des Lichts also gerade in die Reihe der Wanderer eingliedern, als er plötzlich hörte, wie jemand leise seinen Namen rief.

»Wo warst du denn, Jademond? Du hast mir die größte Angst meines Lebens beschert!«

Zu seiner unbändigen Erleichterung sah er direkt hinter sich das strahlende Lächeln jenes Mundes wieder, der ihm so herrliche Küsse zu schenken verstand.

Sie zog ein Büschel schwarzer Haare aus der Tasche, die sie sich über die Lippen klebte.

»Du hast den schnurrbärtigen Soldaten also nicht erkannt? Dann war der Pinsel dieses lüsternen Malers ja doch zu etwas gut!«, rief sie und lachte.

Dem Kuchaner blieb keine Zeit, sich über ihre List zu amüsieren, denn vom Westtor her erschallten laute, Unheil verkündende Rufe: »Zur Seite! Zur Seite! Unter euch befinden sich zwei Flüchtlinge! Eine gewisse Jademond und ein gewisser Speer des Lichts! Falls sie uns hören, sollen sie sich unverzüglich den kaiserlichen Behörden stellen! Wenn sie mit uns zusammenarbeiten, wird ihnen kein Leid geschehen!«

»Diese elenden Mistkerle! Dabei werden sie uns zerreißen wie alte Lumpen, wenn sie uns zu fassen kriegen!«, flüsterte Jademond, deren Miene sich mit einem Schlag verfinstert hatte.

Es war der gleiche Sonderagent des Zensorats, der bereits die Warteschlange am Zollhäuschen inspiziert hatte, wo sie um ein Haar erwischt worden wären.

Umringt von drei Männern, die die gleiche düstere Armbinde trugen wie er, wiederholte er seinen Aufruf. Seine Hände hatte er wie einen Trichter um den Mund gelegt. Dort, wo sie vorbeikamen, senkte die Menge den Kopf und stob hastig zur Seite wie das Geflügel im Hühnerhof beim Auftauchen des Fuchses.

»Denjenigen unter euch, die uns einen brauchbaren Hinweis auf den Verbleib der beiden gesuchten Verbrecher liefern, wird der Ausgangszoll erstattet, und sie erhalten eine Bescheinigung, die sie beim nächsten Mal auch von der Eingangsgebühr befreit!«, brüllte inzwischen ein zweiter Mann, dessen Stimme bedrohlich näher kam.

»Wir müssen fort von hier! Ich fürchte, das wird nicht lange gut gehen!«, sagte Speer des Lichts.

»Lass uns versuchen, in Sichtweite zueinander zu bleiben, damit wir uns nicht wieder verlieren. Vor unserem nächsten Aufenthalt müssen wir unbedingt die auffälligen Kleider loswerden, und bis dahin sollten wir so tun, als würden wir uns nicht kennen!«, flüsterte sie beunruhigt und streichelte dabei verstohlen seinen Arm.

»Je weiter wir uns vom Zentrum des Reichs entfernen, desto lockerer wird die Überwachung auf der Seidenstraße. Du wirst schon sehen, in zwei Tagen werden wir nur noch wenigen Patrouillen begegnen!«

»Aber vorerst sind sie uns noch auf den Fersen!«, wisperte sie, ehe sie zur Seite verschwand und hinter einen mit geschnittenem Bambus beladenen Karren schlüpfte.

Speer des Lichts fühlte, wie ihm jemand auf den Rücken klopfte.

Er drehte sich um, bereit, sich auf den vermeintlichen Agenten des Zensorats zu stürzen.

»Du kennst dich doch bestimmt mit Heilpflanzen aus, oder? Alle daoistischen Priester sind auch Ärzte!«

Der faltige, wie ein verschrumpelter Apfel anmutende Kopf des Wesens, das ihn angesprochen hatte, reichte ihm gerade bis an die Brust. Das Haar über seinem bartlosen Gesicht war von einer Wollmütze bedeckt, sodass man unmöglich sein Geschlecht bestimmen konnte. Überrascht von seinem Aufzug, musterte der junge Kuchaner seinen seltsamen, aus zusammengenähten Kaninchenfellen bestehenden Umhang, unter dem es vollständig verschwand.

»Ich darf mich vorstellen: Kleiner Knoten, zu deinen Diensten.«

»Äh, Nadelöhr! Freut mich, dich kennen zu lernen.«

Gleich hinter dem Fremden sah Speer des Lichts, wie Jademond, die hinter dem Bambuskarren hervorlugte und ihn beobachtete, eine Hand auf den Mund presste, um nicht laut loszulachen.

Nadelöhr!

So schnell konnte sich ein stolzer Speer des Lichts in ein winziges Löchlein verwandeln!

»Nadelöhr, du Mann mit dem seltsamen Namen, wohin gehst du?«

»Warum willst du das wissen, Kleiner Knoten?«

»Ich habe Geld, und ich zahle sofort!«, antwortete die Gestalt im verschwörerischen Ton eines Mannes, der einem künftigen Komplizen ein ausgezeichnetes Geschäft vorschlug.

Vor der Nase von Speer des Lichts schwenkte der kleine Mann in dem Kaninchenfellumhang ein hübsches Silbertael: genug, wie er behauptete, um mindestens einen Monat lang an guten Garküchen essen zu können.

»Wenn du dich bereit erklärst, mich auf zwei große Märkte an der Seidenstraße zu begleiten, gebe ich dir drei Silbertael! Damit bist du schon fast ein reicher Mann«, fügte er mit Nachdruck hinzu.

»Dann bist du also ein Kaufmann?«

»Ja! Ich handle mit Heilpflanzen. Und wenn ich das Glück habe, mir die Dienste eines Arztes leisten zu können, strömen die Kunden nur so an meinen Stand, und ich verkaufe viel mehr als sonst.«

Hinter Kleiner Knoten hielt ein dunkelhäutiger Diener zwei Kamele an einer Leine, die an einem Ring in ihrem Maul befestigt war.

Die beiden Tiere verschwanden regelrecht unter den in

Tuch eingeschlagenen Ballen, die bis auf die Pfoten, den Hals und den Kopf ihren gesamten Körper bedeckten.

»Das ist meine wandelnde Apotheke. Ich habe hier alles, was die Krankheiten und Leiden des Körpers zu heilen vermag: Ingredienzien der Vier Temperaturen Kalt, Heiß, Warm und Kühl; solche, die den fünf Elementen Metall, Wasser, Holz, Erde und Feuer zugeordnet werden; Heilmittel von Yang-Natur, die wärmen, und solche von Yin-Natur, um zu kühlen! Ich habe erstklassigen Moschus vom tibetischen Steinbock, und das zum unschlagbaren Preis seines Gewichts in Feingold. Außerdem habe ich die Galle von schwarzen Giftschlangen aus Yunnan, Rettichsamen, der auf die Milz einwirkt, Ginseng aus der Mandschurei, ungiftigen Eisenhut, aber auch Bezoar, den Magenstein des Büffels. Nicht zu vergessen getrocknete Bärengalle, zu Pulver vermahlene Tigerknochen, junges, noch mit Flaum bedecktes Hirschgeweih und natürlich den Stoßzahn eines alten männlichen Nashorns; darüber hinaus habe ich *tutie*-Pulver für schmerzende, erblindete Augen im Angebot sowie entzündungshemmende Engelwurz *danggui* und die Früchte von Spitzklette und Amberbaum, um Rheumatismusbeschwerden zu lindern. Denjenigen, die bereit sind, dafür zu zahlen, kann ich sogar Unsterblichkeitspulver anbieten! Als guter Daoist musst du das ja kennen, nicht wahr, Nadelöhr?«

»Natürlich! Es handelt sich um zu Pulver vermahlene Jadefrüchte, die auf den Inseln der Unsterblichen wachsen! Nein aber im Ernst, wenn man nicht das Glück hat, diese Früchte pflücken zu können, genügt es, Zinnober mit Ginkgo-biloba-Extrakt zu vermischen, der auch der tausendjährige Baum genannt wird. Dadurch erhält man eine dunkle Paste, die zu sehr wirkungsvollen Pillen geformt wird«, erwiderte Speer des Lichts in ernsthaftem Ton.

Als treuer Anhänger des Manichäismus glaubte er nicht

ein Wort von dieser Legende, der zufolge die Inseln der Unsterblichkeit mit ihren Jadefrüchte tragenden Bäumen auf dem Rücken von riesigen Schildkröten vor den Küsten Chinas im Ozean trieben. Aber wenn er sein Gegenüber täuschen wollte, musste er so tun, als zweifelte er nicht an diesem weit verbreiteten Glauben, dem die Priester des Dao den größten Teil ihrer Einkünfte verdankten. Sie verkauften nämlich zu horrenden Preisen Zinnoberpillen und -pülverchen, die »zehntausend Jahre längeres Leben« schenken sollten.

Zum Glück hatte Jademond ihm diese Geschichte erzählt, die sie unzählige Male aus dem Mund von allen möglichen Scharlatanen gehört hatte, welche die Märkte bevölkerten und vor den leichtgläubigen Massen die Geheimnisse der Herstellung ihrer unerschwinglichen Heilmittel priesen.

»Auf diese göttlichen Inseln entsandte einst der erste Kaiser Qin Shihuangdi tausend junge Burschen und tausend junge Mädchen, denen er aufgetragen hatte, ihm die unbeschreiblichen Früchte zurückzubringen! Unser heutiger Kaiser würde es gewiss nicht mehr wagen, sich in ein solches Abenteuer zu stürzen!«, fügte Kleiner Knoten mit einem seltsamen kehligen Lachen hinzu. Die Erinnerung an die vergangenen Zeiten ließ ihn ein wenig lyrisch, ja sogar unvorsichtig werden. Zwei Männer, die in der Nähe ihren Mauleseln Gurte anlegten, warfen ihm bereits verwunderte Seitenblicke zu.

Schließlich war es keine Seltenheit, dass Menschen allein wegen der Anzeige eines anonymen Denunzianten zu einer hohen Geldstrafe und Peitschenhieben oder gar zur Amputation eines Fußes verurteilt wurden, weil sie über den höchsten Herrscher gespottet hatten.

»Wie lange würdest du meine Dienste denn brauchen, falls ich einverstanden wäre?«, erkundigte sich Speer des Lichts, der in dem Vorschlag des Heilmittelhändlers eine Möglichkeit sah, sich unauffällig fortzubewegen.

»Nur morgen und übermorgen. Danach kannst du ohne mich weiterziehen. Ich würde es ja auch niemals wagen, dich fest einzustellen, das könnte ich gar nicht bezahlen.« Speer des Lichts versuchte aus Jademonds Blick herauszulesen, was er tun sollte.

Ein unmerkliches Nicken des feschen chinesischen Soldaten ließ ihn das Angebot von Kleiner Knoten annehmen, ohne auch nur ansatzweise über seine Bedingungen zu verhandeln.

Im Übrigen hätte auch das Voranschreiten des Mannes mit der weißen Armbinde, der sich in ihre Richtung durch die Menge arbeitete, jedem eventuellen Zögern rasch ein Ende gemacht.

Speer des Lichts nahm also auf dem Rücken eines der Kamele Platz, und kurz darauf setzte sich der Zug des Heilpflanzenhändlers langsamen, majestätischen Schrittes auf der Seidenstraße in Gang: vor sich eine Schafherde und dahinter ein Karren, den ein Mann zog, der seine Frau und seine fünf Kinder fortbrachte – wer weiß, vielleicht in ein besseres Leben!

Nachdem sie die Nacht in der Nähe der ersten Stadt verbracht hatten, bauten sie ihre Waren am nächsten Morgen auf dem Marktplatz auf, wo Kleiner Knoten zuvor erbittert mit dem zuständigen Beamten um die Standgebühr gefeilscht hatte.

»Tretet näher, gute Leute, tretet näher! Hier gibt es die Heilmittel, und hier gibt es auch den Arzt!«

Das musste die Gestalt in dem Kaninchenfellumhang nicht zweimal sagen: Schon strömte eine Schar von Schaulustigen herbei und drängte sich um sie wie ein Schwarm Fliegen um ein Stück Honig.

Speer des Lichts hatte sehr schnell Gefallen an seiner neuen Aufgabe als Marktschreier und Heiler gefunden.

So schulmeisterlich wie möglich untersuchte er die Patienten und erklärte detailreich, wie eine bestimmte Salbe aufgetragen oder in welcher exakten Dosierung eine bestimmte Pille eingenommen werden musste. Der Pflanzenhändler hatte ihn sogar in die Kunst der Moxibustion eingeweiht, bei der Beifuß in winzigen Schälchen verbrannt wurde, die auf die Stirn der Patienten gestellt wurden. Die Kranken waren begeistert von dieser Behandlung, von der es hieß, sie sei unfehlbar, um auf geradezu wundersame Weise Kopfschmerzen zu vertreiben.

Fast hätte er laut aufgelacht, als er sah, wie Jademond, die inzwischen ihre Soldatenverkleidung abgelegt hatte, ihn vergnügt vom Stand eines Gemüsebauern aus beobachtete, der sie gebeten hatte, ihm bei der Bewachung seiner Erzeugnisse zu helfen.

»Ich habe einen beinlosen Sohn! Was kannst du für ihn tun?«

Das verschlagene Gesicht des Ordnungshüters, der diese offenkundig törichte Frage gestellt hatte, verhieß nichts Gutes für den falschen Arzt, der um ein Haar in schallendes Gelächter ausgebrochen wäre, ehe er bemerkte, wer ihn da angesprochen hatte.

Sollte das ein Scherz sein? Oder hatte der Mann etwa Verdacht geschöpft?

Genau das befürchtete der junge Kuchaner, und so war er auf der Hut.

»Dazu müsste ich ihn schon selbst sehen! Ein Arzt muss seine Patienten immer persönlich in Augenschein nehmen!«, stieß er hervor. Er spürte, wie sich sein Magen vor Angst verkrampfte.

»Das stimmt, daran hatte ich nicht gedacht. Seid ihr morgen wieder hier?«

»Morgen sind wir schon auf einem anderen Markt! Die

Pflicht treibt uns weiter, auch andere Kranke zu behandeln!«, rief der Heilpflanzenhändler theatralisch, woraufhin sich der Büttel kleinlaut davonmachte.

Erleichtert stellte Speer des Lichts fest, dass der Ordnungshüter seine Frage vollkommen ernst gemeint hatte.

Wie leichtgläubig doch Patienten ihrem Arzt vertrauten, selbst wenn dieser, wie in seinem Fall, lediglich die Kleider dieses Standes übergestreift hatte!

Der folgende Tag, an dem sie ihre Waren auf dem nächsten Markt ausbreiteten, verlief genauso erfolgreich.

Zur großen Freude der Kamele von Kleiner Knoten waren die Ballen mit Pflanzen und Salben bereits um die Hälfte geschrumpft, wodurch sie sehr viel leichtfüßiger vorwärtstrappelten als am Vortag.

Kleiner Knoten hingegen war so begeistert von ihrer Zusammenarbeit, dass er, als sie abends auseinandergehen wollten, Speer des Lichts eine dauerhafte Partnerschaft anbot.

»Nadelöhr, du bist der begabteste Arzt, mit dem ich je Geschäfte gemacht habe. Wir könnten doch zusammen weiterziehen. Du verfügst über ein verkäuferisches Talent wie kaum ein Zweiter. Dank dir hat sich mein Umsatz seit zwei Tagen verdoppelt. Was hältst du davon?«

»Ich danke dir für dein Vertrauen. Aber ich habe sehr viel weiter im Westen zu tun, fast schon am anderen Ende der Seidenstraße!«

»Wohin willst du denn? Schließlich kann ich meine Strecke ja auch ändern! Solange es dort Märkte gibt, ist mir alles recht!«

»Das ist vollkommen unmöglich, Kleiner Knoten.«

»Zusammen könnten wir beide innerhalb kürzester Zeit reich werden! Wenn man ihre Möglichkeiten klug zu nutzen weiß, ist die Seidenstraße eine wahre Jademine.«

»Wer weiß, vielleicht werden wir eines Tages die Gelegenheit dazu haben! Im Moment kommt es allerdings nicht in Frage.«

»Und wenn ich dir fünf Tael pro Tag biete?«, beharrte der Kaufmann in immer drängenderem Ton.

»Nadelöhr, da bist du ja endlich! Deine Familie erwartet dich in Dunhuang. Seit mehr als einer Woche suchen wir schon überall nach dir!«

Es war Jademond, die ihrem Geliebten zu Hilfe eilte.

»Das ist meine Schwester, Kleiner Knoten. Sie ist mir entgegengekommen.«

»Du willst nach Dunhuang! Dort bin ich noch nie gewesen. Die Märkte dieser Oase sollen weithin bekannt sein. Wie viele Tagesmärsche sind es denn dorthin?«

»Mindestens zwanzig, wenn man sehr schnell vorankommt. Aber vor allem wird beim Passieren des Jadetors ein unglaublich hoher Warenzoll fällig. Mit deinem Heilpflanzenvorrat wirst du dort womöglich alles verlieren, was wir in den letzten beiden Tagen verdient haben!«

»Gibt es denn keine Schleichwege, auf denen man die Zollstelle umgehen kann?«, erkundigte sich der Kräuterhändler, der sich nicht mit dem Gedanken abfinden mochte, auf den Arzt und seine Verkaufstalente zu verzichten.

»Es gibt sogar mehrere davon, sie verlaufen parallel zur Seidenstraße. Dazu muss man aber durch die felsigen Hügel wandern, mitten durch die Wüste hindurch. Und dort besteht die Gefahr, den Räubern in die Hände zu fallen, die auf geschmuggelte Waren lauern. Nur wenige Reisende wagen sich dorthin, vor allem nicht, wenn sie so kostbare Fracht mit sich führen wie du«, erklärte der junge Mann dem Händler, dessen Gesicht immer länger wurde.

Speer des Lichts verabschiedete sich von Kleiner Knoten, in dessen aufgelöster Miene sich tiefe Enttäuschung spiegelte.

»Dann leb wohl! Vielleicht sehen wir uns eines Tages wieder. Wenn du mich brauchst, weißt du ja, wo du mich findest: Noch zwei Märkte, dann mache ich kehrt und gehe zurück nach Chang'an; immer hin und her. Bis heute habe ich mich noch nie weiter vorgewagt! Aber deine hübsche Schwester hat mich auf den Geschmack gebracht!«, grummelte der Kaufmann trübsinnig.

Glücklich wie zwei Liebende, die nach einer langen Trennung wieder vereint waren, machten sich Jademond und Speer des Lichts inmitten von Karawanen und Herden erneut auf den Weg.

Trotz des eisigen, frühwinterlichen Winds, der ihre Lippen so stark austrocknete, dass sie hart wurden wie Lack, und ihnen die Ohren und die Nasenspitzen verbrannte, marschierten sie mühelos voran, als könnte nichts ihnen ihre Energie rauben.

Sie waren jung und schön, und sie waren überdies auch noch klug, und so blickten sie vertrauensvoll in die Zukunft.

Doch als sie eines Tages eine gebirgige Region durchquerten, deren Bergkämme bereits mit Schnee bedeckt waren, konnte Jademond ein plötzliches Schluchzen nicht unterdrücken.

Besorgt fragte sie der verwirrte Speer des Lichts, was sie bekümmere.

»Bist du sicher, dass Hort der Seelenruhe dir deine Verfehlungen verzeihen wird und uns erlaubt zu heiraten?«, stieß sie schließlich hervor, nachdem er sie tausendmal gedrängt hatte, ihm endlich den Grund für ihre Traurigkeit zu verraten.

»Willst du denn nicht mehr, dass wir nach Turfan zurückkehren, Jademond?«

»Ich weiß es nicht. Ich habe Angst, dass das Leben uns trennen wird, Speer des Lichts. Du hast dein Gelübde abgelegt. Deine Oberen werden dir womöglich Schuldgefühle einreden, indem sie dich bezichtigen, dich von deiner Religion abgewandt zu haben, wenn du ihnen sagst, dass du dein Leben mit mir verbringen möchtest. Dann könnte ich für dich zum Problem werden. Und das will ich nicht. Das ist alles!«, murmelte sie furchtsam.

Er öffnete seine Arme, und sie flüchtete sich an seine Brust wie ein verängstigtes kleines Mädchen.

»Ich könnte es nicht ertragen, wenn du mich noch einmal verlässt! Wenn das geschehen muss, dann sollten wir uns lieber jetzt sofort trennen!«, fügte sie schluchzend hinzu.

»Ich werde dich niemals verlassen, meine Geliebte. Ich bin nur aus einem Grund nach Chang'an zurückgekehrt: um dich wiederzusehen! Dazu habe ich sogar alle lebenden Kokons aus unserer Zucht zerstört. Ich habe ein Verbrechen gegen die Gemeinschaft des Lichts begangen! Ist das nicht der beste Beweis dafür, dass ich dich liebe? Ich denke, ich habe dir gegenüber keinen Zweifel daran gelassen, wie die Entscheidung zwischen meiner Religion und dir ausgefallen ist!«

»Weshalb sollte Hort der Seelenruhe, den du einen Vollkommenen nennst, denn einwilligen, dich von deinem Gelübde zu entbinden? Ich bin nicht bereit, mein Dasein als Geliebte im Schatten von Speer des Lichts zu fristen! Ich will deine offizielle Gemahlin sein!«, fügte sie ungestüm hinzu.

»Ohne Seide wären alle Pläne von Hort der Seelenruhe, die Kirche des Lichts nach Zentralchina zu bringen, unweigerlich zum Scheitern verurteilt! Und diese Seide, Jademond, hängt allein hiervon ab!«, rief er und schwenkte den Beutel mit den Kokons und den Eiern vor ihren Augen.

»Aber wird der Priester auch Wort halten? Wenn du ihm erst einmal die Kokons und die Raupen gegeben hast, braucht er dich doch nicht mehr!«

»Du bist zu misstrauisch, Jademond! Die Anhänger der Kirche des Lichts sind bemerkenswerte Menschen.«

»Trotzdem! Ich traue keinen Priestern und Kirchen. In ihren Augen rechtfertigt der Zweck jedes Mittel!«

»Du hast recht, manchmal kann der Glaube die Menschen so blind machen, dass er sie zu den schlimmsten Verbrechen verleitet; aber ich vertraue meinem Vollkommenen Lehrer. Bei den Prinzipien, die er vertritt, muss er einfach ein guter Mensch sein. Und deshalb werde ich ihn gleich nach meiner Ankunft über unsere Pläne informieren.«

»Ich hoffe, er wird die Bewunderung und das Vertrauen, die du ihm entgegenbringst, nicht enttäuschen, Speer des Lichts. Und ich wünsche mir nur eines auf der Welt, mein Liebster: dass du recht hast.«

»Mach dir keine Sorgen. Wir haben genügend Zeit, um darüber nachzudenken, wie wir ihm unsere Lage schildern wollen. Das Wichtigste für uns ist jetzt, das Jadetor zu passieren, wir sind nicht mehr weit davon entfernt.«

»Wie viele Tage dauert es noch, bis wir es erreichen?«

»Keine zehn mehr! Und auf der anderen Seite der Großen Mauer werden uns die chinesischen Behörden nicht länger verfolgen«, sagte er und griff nach ihrer Hand.

»Wir werden die Schleichwege nehmen, von denen du dem Heilpflanzenhändler erzählt hast. Deine Beschreibungen haben ihn bestimmt ein paar Nächte lang nicht schlafen lassen!«, lachte Jademond, deren Ängste er offensichtlich hatte beschwichtigen können.

Jeder Tag bescherte den beiden Liebenden neue beeindruckende Landschaften, durch die sich die große Karawanenstraße zog, während sie sich immer weiter von den dicht besiedelten bäuerlichen Regionen Zentralchinas entfernten.

Beinahe unmerklich nahmen Wüste und Einsamkeit Gestalt an. Nach und nach verloren die Bäume ihr dichtes Laub und wichen immer dornigeren, niedrigeren Pflanzen. Auch die Dörfer lagen immer weiter auseinander, machten erst kleinen Weilern, dann vereinzelten Häuschen und schließlich den einfachen Zelten der nomadischen Hirten Platz.

Je weiter sie nach Westen gelangten, desto intensiver tauchten die Sonnenuntergänge die Berge in ein glutrotes Licht. Wie große Edelsteine loderten sie vor einem in den herrlichsten Grün- und Blautönen erstrahlenden Himmel, den zu betrachten sie niemals müde wurden.

Mit dem Geld, das Speer des Lichts verdient hatte, indem er sich als daoistischer Arzt ausgab, konnten er und Jademond sich die schmackhaften gewürzten Lammspieße leisten, die die fahrenden Garküchen zusammen mit schwarzem Tee an die von ihrem Marsch durch den eisigen Wind ausgehungerten Wanderer verkauften.

Abends kehrten sie in eine der unzähligen Herbergen entlang der Seidenstraße ein, wo sie eng aneinandergekuschelt schlafen konnten.

Manchmal liehen ihnen sogar Nomaden ein Zelt, in dem sie alleine waren und sich unter einer Decke aus Yakfell ungestört lieben konnten.

Die Tage folgten aufeinander, und sie eilten im raschen Tempo ihrer Jugend und ihres Ungestüms voran.

Eines Morgens bogen sie von der Seidenstraße ab und erreichten auf schmalen Wegen, die nur von Hirten und ihren Herden benutzt wurden, die Berge.

»Siehst du die Mauern da hinten? Das ist das Jadetor! Wir sind ohne Schwierigkeiten daran vorbeigekommen! Hort der Seelenruhe hat mir zu diesem Weg durch die Berge geraten, um die Wegzollschranke und die Kontrollposten zu umgehen!«, rief der junge Kuchaner schließlich nach einem anstrengenden Tagesmarsch, auf dem sie nicht einer Menschenseele begegnet waren.

»Wie schön seine Befestigungen aussehen! Man könnte fast meinen, es wäre ein Palast!«, murmelte Jademond bewundernd.

»Wir haben gut daran getan, ihm nicht zu nahe zu kommen! Es ist die wichtigste Zollstation zwischen Ost und West, das heißt zwischen China und dem Rest der Welt. In dieser Stadt gibt es deutlich mehr Spitzel und Ordnungshüter als normale Einwohner!«

Das Fortkommen auf den steinigen Wegen war sehr viel mühsamer als der Marsch über die Seidenstraße.

Jademond hatte müde Knöchel und Blasen an den Füßen. Sie konnte es kaum erwarten, endlich zu rasten.

»Dieses trockene Flussbett ist mit feinem Sand angefüllt. Wenigstens können wir hier bequem schlafen. Seit wir die Straße verlassen haben, tut mein Rücken so weh, und meine Beine tragen mich kaum noch!«, stöhnte sie.

Ein Strauch, mit dessen trockenem Holz sie ein Feuer anzünden könnten, überzeugte Speer des Lichts endgültig, an diesem Ort Halt zu machen. Er schlang die Arme um Jademonds Taille, hob sie hoch und setzte sie behutsam auf dem weichen Sand wieder ab.

»Der Sand ist weich wie Mehl. Darauf wirst du gemütlich liegen!«, flüsterte er seiner Geliebten ins Ohr.

Kaum hatte er sie vor den hohen, knisternden Flammen ihres Lagerfeuers auf den Sand gebettet, als er auch schon begann, sie zu streicheln.

Kurz darauf schliefen sie aneinandergeschmiegt ein, überzeugt, dass sie an diesem Ort niemals jemand stören würde. Wie hätten sie auch ahnen sollen, dass ihre Nacht sehr viel kürzer sein würde als gedacht?

2

Kaiserlicher Palast, Chang'an, China, 15. Juli 656

Wu Zhao lag auf seidenen Laken in ihren Gemächern im kaiserlichen Palast von Chang'an und war gerade dabei, dem Jadestab von Kaiser Gaozong so gewissenhaft wie möglich den letzten Rest seines kostbaren Nektars zu entlocken. Ihre Bemühungen entrissen ihrem Gemahl immer wieder ein lang anhaltendes lustvolles Röcheln, über das sich seine Kämmerer hinter vorgehaltener Hand köstlich amüsierten.

»Wünscht Ihr jetzt noch den Pirol, der vor dem Ast, auf den er sich niederzulassen gedenkt, mit den Flügeln schlägt, Majestät?«, gurrte Wu Zhao der Form halber. Doch der Kaiser von China schnarchte bereits wie ein sattes Tier.

Gaozong war ganz verrückt nach dieser Liebesstellung. Dabei musste sich Wu Zhao rittlings auf ihn setzen, nachdem er sich auf den Rücken gelegt hatte, und ausgiebig ihr Rosental an seinem aufgerichteten Glied reiben. Sie nutzte es als Zapfen, um den herum alle möglichen aufreizenden Kombinationen möglich wurden. Froh darüber, diese Stellung nicht einnehmen zu müssen, glitt sie verstohlen aus dem Bett und rief ihre Kammerfrau zu sich, um sich ankleiden zu lassen.

Die Herrscherin, die seit zwei Tagen unausgesetzt von Migräne geplagt wurde, wirkte abwesend, als sie sich mit zerstreuter Miene eine auffällige goldene Tiara aufs Haupt set-

41

zen ließ, nach der alle kaiserlichen Konkubinen begehrlich schielten.

Was hielt der heutige Tag wohl für sie bereit?

Für diesen Morgen hatte sie erneut den Kaiserlichen Groß-zensor Präfekt Li zu sich bestellt, um sich Klarheit darüber zu verschaffen, was seine Männer über den Handel mit illegaler Seide wussten. Sie war in größter Sorge, seit sie durch ihren Leibdiener Stummer Krieger erfahren hatte, dass in der Stadt die aberwitzigsten Gerüchte darüber in Umlauf waren, wie sie angeblich diesen lukrativen Schmuggel deckte.

Der riesige Turko-Mongole, der seiner Herrin ansonsten stets ungerührt von den meist abfälligen Unterhaltungen berichtete, die er aufgeschnappt hatte, war vollkommen aufgelöst gewesen, als er vor einiger Zeit in ihr Gemach gestürzt war, um ihr zu erzählen, was er gehört hatte.

»Es ist eine Verschwörung gegen Euch im Gange, meine Königin! Alle reden bloß noch über den Handel mit illegaler Seide. Der alte General Zhang hält Euch sogar für den Kopf des Schmugglerrings«, hatte er in jener für alle anderen unverständlichen Mischung aus Lauten und Gesten hervorgestoßen, die ihm die Kaiserin beigebracht hatte, nachdem sie den zungenlosen Kriegsgefangenen in ihre Dienste genommen hatte.

Wu Zhao wusste, welchen Hass ihr die alten adligen Familien entgegenbrachten, aus denen Kaiserin Wang, die frühere Gemahlin von Gaozong, hervorgegangen war.

In ihrer Naivität hatte sie geglaubt, dass ihre Feindseligkeit mit der Zeit nachlassen würde, vor allem, da ihr eigener Einfluss auf Gaozong unaufhörlich anwuchs.

Schließlich war es ihr ja wenige Monate zuvor sogar gelungen, den Kaiser dazu zu bringen, Prinz Li Zhong, den Sohn seiner früheren Ersten Konkubine Zauberhafte Blüte, seines Ranges als offizieller Thronerbe zu entheben und diesen Titel

Li Hong zuzuerkennen, dem Jungen, den sie selbst ihm vor fast drei Jahren geboren hatte.

Doch statt sie einzuschüchtern, schien dieser Schachzug den Zorn und Hass ihrer Widersacher nur noch weiter angefacht zu haben.

Inzwischen war sie davon überzeugt, dass der hohe Adel, die sogenannten Dreihundert Familien, die mit allen Mitteln versuchten, ihre angestammten Privilegien zu bewahren, niemals einen Emporkömmling wie sie in ihrer Mitte duldeten. Sie würden alles in ihrer Macht Stehende tun, um sie aus dem Weg zu räumen.

Sie zu beschuldigen, hinter dem Seidenschmuggel zu stecken, obwohl sie in Wahrheit nicht einmal dem Abt des größten buddhistischen Klosters auf chinesischem Boden die versprochene Seide für seine Meditationsbanner besorgen konnte, war der Gipfel; aber es war auch ein Zeichen dafür, dass ihre Feinde in ihrem Feldzug eine härtere Gangart angeschlagen hatten, ja, dass sie nun endgültig beschlossen hatten, sie zu vernichten!

Als ihr klar geworden war, dass sie ihr Versprechen nicht einlösen konnte, hatte sie Vollendete Leere aus Aberglaube und aus Furcht, ihn zu erzürnen, ausrichten lassen, dass sie eine dringende Botschaft für ihn habe.

Sie wollte ihm erklären, dass sie trotz der extremen Knappheit, die das Land erfasst hatte, alles tun würde, um die Seide für seine Banner zu besorgen. Im Gegenzug müsste er sich jedoch durch Gebete und eine nachdrückliche öffentliche Unterstützung der Kaiserin erkenntlich zeigen.

Für sie bedeutete das eine unentbehrliche Rückversicherung in diesen Zeiten der Gerüchte und Verleumdungen, mit denen Zweifel in Gaozongs Geist gesät werden sollten.

Zwei Tage zuvor hatte sie den Stellvertreter des Abtes vom Kloster der Dankbarkeit für Erwiesene Kaiserliche Wohltaten empfangen, den Vollendete Leere als Reaktion auf ihre Nachricht nach Chang'an geschickt hatte.

Und dieser Besuch hatte Kaiserin Wu Zhao nicht gerade beruhigt.

Erste der vier Sonnen, die die Welt Erleuchten, ein Mönch von beinahe ebenso ehrfurchtgebietendem Auftreten wie Vollendete Leere, stand an zweiter Stelle in der Hierarchie des Klosters der Dankbarkeit für Erwiesene Kaiserliche Wohltaten.

Mit seinem klaren, unerbittlichen Blick, der hochmütigen, fast schon starren Haltung und seinem vollkommen glatt rasierten Haupt, das wegen des stark vorspringenden Hinterkopfs jenen heiligen Bergen glich, die die buddhistischen Maler mit einem einzigen Pinselstrich auf ihre langen Papierrollen zeichneten, wirkte er höchst einschüchternd.

»Ich hoffe, Meister Vollendete Leere wird mir deswegen nicht böse sein und glaubt mir, dass ich als eifrige Buddhistin alles in meiner Macht Stehende tun werde, um mein Versprechen zu halten!«, hatte sie geschlossen, nachdem sie ihm erklärt hatte, warum die Seide, die sie seinem Abt zugesagt hatte, immer noch auf sich warten ließ.

»Meister Vollendete Leere hegt daran umso weniger Zweifel, Majestät, als er Euch ausrichten lässt, dass das Große Fahrzeug im Augenblick in größter Gefahr schwebt!«, hatte Erste der vier Sonnen, die die Welt Erleuchten der höchst erstaunten Kaiserin geantwortet.

Zunächst hatte sie geglaubt, er scherze, obwohl er nicht im Mindesten zu Späßen aufgelegt zu sein schien!

»Wie könnte die Religion, die über die größte Zahl von Anhängern verfügt, von solchen Gefahren bedroht sein?«, hatte sie verwirrt gefragt.

»Vollendete Leere lässt Euch mitteilen, dass eine Waffenruhe gebrochen wurde und zweifellos bald erbitterte Kämpfe zwischen den buddhistischen Lehrpfaden ausbrechen werden, Majestät! Er rechnet fest mit Eurer Unterstützung und Eurem Einfluss auf Kaiser Gaozong, um seinen erhabenen Beistand zu gewinnen. Ihr müsst wissen, Majestät, dass mein Unschätzbarer Abt Euch ein unverbrüchliches Vertrauen entgegenbringt!«

»Daran zweifle ich nicht! Aber von welcher Waffenruhe spricht Meister Vollendete Leere? Ich habe noch nie von einem solchen Abkommen zwischen den verschiedenen Strömungen des Buddhismus gehört!«

»Darüber soll ich Euch nichts weiter berichten, Majestät. Vollendete Leere hat mich schwören lassen, Euch seine Botschaft Wort für Wort zu überbringen. Da ich über alles andere ebenfalls in Unkenntnis gelassen wurde, ist es mir leider nicht möglich, Euch Näheres dazu zu sagen!«, hatte Erste der vier Sonnen, die die Welt Erleuchten entschuldigend gemurmelt.

»Erscheint er dir denn wirklich besorgt?«

»Äußerst besorgt, Majestät. Tatsächlich habe ich ihn noch nie in einem solchen Zustand gesehen! Dabei verfügt er dank eines Lebens in Askese und Meditation über eine außerordentliche Selbstbeherrschung! Seit seiner letzten Reise ins Schneeland ist er wie verwandelt. Er schließt sich ganze Tage lang in seinem Arbeitsraum ein, als erwarte er einen Besucher, dessen Ausbleiben ihn zermürbt!«, hatte der Mönch erklärend hinzugefügt.

Wu Zhao hatte dem Abgesandten von Vollendete Leere nicht mehr entlocken können, aber je länger sie darüber nachdachte, desto überzeugter war sie davon, dass etwas Bedeutsames vorgefallen sein musste. Ein Ereignis mit weit reichenden Folgen für die buddhistischen Lehrpfade, dessen Auswirkungen möglicherweise die Vorherrschaft des Mahayana in Frage stellen könnten. Dabei brauchte sie dessen Un terstützung so dringend für ihr eigenes großes Ziel: an Gaozongs Stelle den Kaiserthron zu besteigen.

Als sei eine schlechte Nachricht nicht genug! Reichte es nicht, dass Stummer Krieger ihr vor drei Monaten berichtet hatte, dass der Kaufmann Leuchtendes Rot mit aufgeschlitztem Bauch in seinem Laden im Seidenhändlerviertel aufgefunden worden war?

Wer mochte für dieses Verbrechen verantwortlich sein? Wusste jemand, dass sie den Händler, der in seinem Laden geschmuggelte Seide verkaufte, heimlich empfangen hatte, um ihm ein Geschäft vorzuschlagen? Oder war sein Tod bloß ein reiner Zufall? Würde nicht irgendwann auch noch das Gerücht aufkommen, sie selbst habe den Mord an ihm in Auftrag gegeben?

Schließlich gingen ihre Gegner in ihrer Verbissenheit inzwischen so weit, ihr alle undurchsichtigen, unaufgeklärten Vorgänge anzulasten.

Vor diesem Hintergrund sah sie der Unterredung mit dem Präfekten Li also mit einer gewissen Unruhe entgegen.

Paradoxerweise hegte dieser, wenn auch aus anderen Gründen, ebenso viele Befürchtungen wie Wu Zhao.

Und während ihre Kammerfrau das langwierige Ankleiden der Kaiserin besorgte, das der Herrscherin erlaubte, in der ganzen Pracht einer erlesenen Kombination aus Gold und Seide aufzutreten, bereitete sich auch Präfekt Li auf die Audienz vor, die sie ihm gewähren würde.

Weil er ahnte, dass sie von ihm Informationen über die Ermittlungen bezüglich des Seidenschmuggels fordern würde, hatte der Leiter des kaiserlichen Zensorats ein wenig beklommen seinen Mentor, den ehemaligen Ersten Minister und Onkel von Kaiser Gaozong, General Zhang, aufgesucht, um seinen Rat zu erbitten.

Mit betretener Miene saß er vor dem alten Todfeind der

Kaiserin, der aus einer blassgrünen Schale mit verborgenem Dekor grünen Tee trank, den er eigens aus Yunnan kommen ließ.

»Was soll ich der Kaiserin denn sagen, General?«, fragte er mit nervöser Stimme.

»Nicht das Geringste!«, versetzte Zhang.

Er stellte seine Teeschale zurück auf den kleinen würfelförmigen Tisch, dessen Lackierung so stark glänzte, dass man seine Farbe gar nicht genau bestimmen konnte.

»Aber sie hat mich ganz offiziell in ihrer Eigenschaft als Bevollmächtigte des Kaisers zu sich zitiert, und diesmal werde ich ihren Fragen nicht mehr so leicht ausweichen können wie beim letzten Mal.«

»Ich sagte: nichts!«, wiederholte der alte General.

»Aber wenn ich ihr nichts sage, bedeutet das, dass ich auch nichts weiß. Und wäre es nicht peinlich für den Großzensor, dessen Aufgabe doch gerade darin besteht, alles zu wissen, der Kaiserin eine solche Angriffsfläche zu bieten?«

»Du wirst dir schon zu helfen wissen! Du wärst nicht Großzensor des Kaiserreichs geworden, wenn du keine Klippen umschiffen könntest! Schließlich bist du der einzige Würdenträger, der das Zeichen des Xiezhai trägt.«

Das Zeichen des weißen, einhörnigen Löwen zierte die Paradeuniform des Großzensors, da dieses mythische Tier als einziges auf den ersten Blick zwischen Gut und Böse unterscheiden konnte.

»Aber Ihr seid doch auch der Ansicht, dass es ausgeschlossen ist, etwas zu tun, was dem Ansehen des Zensorats in irgendeiner Weise schaden könnte.«

»Du kennst doch das Sprichwort: Der hohe Baum zieht den Wind an wie die hohe Stellung den Ärger!«, lachte der alte konfuzianische General sarkastisch.

»Ja, leider. Ich habe den Ausdruck bereits gehört und halte

ihn für durchaus zutreffend!«, murmelte sein Gegenüber unsicher.

»Und jetzt Schluss mit Scherzen! Angesichts unseres Verdachts, sie könnte möglicherweise in den Seidenschmuggel verwickelt sein, dürfen wir der Thronräuberin um keinen Preis auch nur den geringsten Hinweis geben, selbst wenn sie von diesem Schwachkopf Gaozong mit den Ermittlungen beauftragt wurde!«, dröhnte der frühere Erste Minister des glorreichen Kaisers Taizong.

»Wir treten mit unseren Ermittlungen seit Wochen auf der Stelle. Der Kaiser wird irgendwann noch die Geduld verlieren, und das zu Recht. Er wird denken, dass das Zensorat untätig abwartet!«, erwiderte der zunehmend nervöse Präfekt Li, den die Aussicht, vor der Kaiserin zu erscheinen, nicht gerade freudig stimmte.

»Habt ihr denn seit dem Mord an diesem Seidenhändler gar keine neuen Erkenntnisse gewonnen?«, fragte der alte General gereizt.

»Eine Sache gibt es da durchaus!«

»So rede doch! Worauf wartest du denn?«

»Gestern Abend hat sich ein gewisser Grüne Nadel bei einem meiner Männer der ersten Sondereinheit gemeldet. Dieser Kerl, ein Uigure, wie es scheint, will uns gegen eine hohe Belohnung verraten, wo sich der junge Mann versteckt haben soll, den diese Jademond in ihrem Zimmer über dem Laden des Seidenhändlers aufgenommen hatte.«

»Bei Konfuzius, endlich eine interessante Neuigkeit!«

»Er behauptet, dieser Mann heiße Speer des Lichts und halte die junge Frau gefangen, die auf mysteriöse Weise aus der kaiserlichen Seidenmanufaktur vom Tempel des Unendlichen Fadens verschwunden ist.«

»Und worauf wartest du noch? Du riskierst doch nichts, wenn du auf sein Angebot eingehst. Du musst nur das Prinzip der *hufu* anwenden, jener kleinen Bronzefiguren, die einen in der Mitte durchgeschnittenen Tiger darstellen und in der Zeit der Streitenden Reiche* häufig benutzt wurden. Eine Hälfte des *hufu* nahm der General mit auf das Schlachtfeld, die andere verblieb im Besitz des Kaisers: Kein Befehl hatte Gültigkeit, wenn nicht gleichzeitig die beiden Hälften zusammengefügt wurden, die genau zueinanderpassen mussten. So konnte der General sicher sein, dass der Bote vom Kaiser persönlich zu ihm gesandt worden war, und der Herrscher hatte im Gegenzug die Gewissheit, dass sein Befehl auch tatsächlich an den zuständigen Offizier übermittelt wurde!«, erklärte der alte General, erfreut, sein Wissen anbringen zu können.

»Aber wie soll ich das Prinzip des *hufu* auf Grüne Nadel anwenden?«, fragte Präfekt Li, der in Gedanken bereits ganz bei seiner bevorstehenden Unterredung mit Wu Zhao war, geistesabwesend.

»Zum Donnerwetter! Man könnte fast meinen, du machtest es absichtlich! Du lässt diesem Kerl nur die Hälfte der vereinbarten Summe auszahlen, und den Rest bekommt er, nachdem die Information, die er euch geliefert hat, bestätigt wurde! Das ist doch ganz einfach! Und eine wirkungsvolle Methode, glaub mir«, antwortete der alte General Zhang mit wachsendem Ärger.

»Im Moment halte ich diesen Grüne Nadel fest, solange seine Aussage überprüft wird, und ich habe sofort die Kontrollen an den Stadttoren verstärken lassen, um eine mögliche Flucht der jungen Leute zu verhindern.«

»Das ist ja auch das Mindeste!«, versetzte der frühere Erste Minister bissig.

---

* Die Zeit der Streitenden Reiche dauerte vom 7. bis zum 3. Jahrhundert v. Chr.

»Soll ich Wu Zhao gegenüber die neue Entwicklung erwähnen, General?«

»Ganz sicher nicht. Denk doch einmal nach! Wenn sich der Hinweis von Grüne Nadel als falsch erweisen sollte, würdest du dich bloß lächerlich machen und das Zensorat gleich mit!«, rief General Zhang, dem ein Diener gerade eine Schale mit in süßem Ingwersirup kandierten Orangenschalen gebracht hatte, die der alte Mann für sein Leben gerne naschte.

Nachdem er eine Handvoll davon genommen hatte, fügte er genüsslich hinzu: »Und wenn sich seine Information als korrekt erweisen sollte, dürftest du sie erst recht nicht weiterverbreiten. Denn wie hat Meister Konfuzius geschrieben: *Der kleinste Stein kann den größten Tonkrug zerbrechen!*«

»Wenn ich Euch recht verstehe, General, dann fordert Ihr mich also auf, der Kaiserin gegenüber illoyal zu sein!«, schloss Präfekt Li.

»Die Legitimität von Wu Zhao ist nicht größer als ein Senfkorn!«

»Das gilt aber nicht für ihre Intelligenz und ihre Fähigkeit, andere zu manipulieren, General!«

»Sie ist gerissen, daran besteht kein Zweifel! Aber ich bin mir sicher, dass du dich vor ihr als ein guter Schauspieler erweisen wirst!«, erklärte der ehemalige Erste Minister, als sich der Großzensor von ihm verabschiedete.

Als Präfekt Li wieder in den Palankin stieg, der ihn zum kaiserlichen Palast bringen sollte, schwankte er, wie er sich der Kaiserin von China gegenüber verhalten sollte.

Waren die Unnachgiebigkeit und der Hass des Generals nicht schlechte Ratgeber? Und versuchte er mit der Behauptung, dass Wu Zhao schon keinen Verdacht schöpfen würde, wenn der Großzensor sie belog, nicht vielleicht sogar, ihn als Werkzeug zu missbrauchen, um dieses Wissen notfalls irgendwann gegen ihn verwenden zu können?

Fast bereute er es, den verbitterten alten Konfuzianer aufgesucht zu haben.

So war ihm äußerst unbehaglich zumute, als er von einem bewaffneten Wachsoldaten vor Wu Zhao geführt wurde. Er bemühte sich, das Zittern zu verbergen, das all seine Glieder erfasst hatte, wohl wissend, dass er seine ganze Willenskraft würde aufbieten müssen, um nicht völlig die Fassung zu verlieren.

Die Kaiserin erschien ihm noch schöner als sonst, die makellose Stirn von einer goldenen Tiara umkränzt, an der Vögel herumzupicken schienen, deren Augen aus eingesetzten Türkisen bestanden.

Gleich hinter ihr stand, bedrohlich wie nie zuvor, ihr unheimlicher riesiger Leibdiener, dem ein chinesischer Offizier einst die Zunge herausgeschnitten hatte, nachdem der Turko-Mongole in Kriegsgefangenschaft geraten war.

Seit Wochen schon hatte Gaozongs Gemahlin wegen ihrer häufigen Migräneanfälle einen so leichten Schlaf, dass sie beim geringsten Laut aufwachte. Es genügte, dass eine Katze durch einen Hof lief, ein Blatt auf die Marmorfliesen in ihrem Ziergarten fiel oder Gaozong sich rührte, wenn er ihr Lager teilte, damit sie klopfenden Herzens hochschreckte, von schrecklichen Ängsten gepeinigt, die der schmerzhafte Schraubstock um ihre Stirn noch verschlimmerte.

Wie groß musste ihre Schönheit sein, dass sie trotz ihrer angespannten Züge immer noch so anziehend war!

Mechanisch warf sich der Großzensor, der Etikette gehorchend, wie jeder hohe Regierungsbeamte vor der höchsten Inkarnation der Macht zu Boden.

Als er den Kopf wieder hob und heimlich ihren Körper bewunderte, dessen Formen unter dem schmal geschnittenen, weit geschlitzten Kleid mühelos zu erkennen waren, fühlte er sich vor Angst wie betäubt.

Nun, da er sich in Gegenwart der Kaiserin von China befand, gab es keinen Zweifel mehr: Das Verhalten, das General Zhang von ihm gefordert hatte, war lediglich Ausdruck seiner Verblendung, dem langjährigen Hass geschuldet, den der alte Würdenträger der Kaiserin entgegenbrachte.

Doch Präfekt Li fühlte sich nicht so sehr zum Rebellen berufen, dass er der Gemahlin von Gaozong persönlich trotzen würde, indem er sie bewusst anlog.

Immer noch zu Wu Zhaos Füßen liegend, wurde ihm bewusst, in welchem Maße die Loyalität gegenüber den Repräsentanten der höchsten Macht bei ihm, dem treuen Regierungsbeamten, zum tiefsitzenden Reflex geworden war.

Deshalb war er vollkommen wehrlos, als sie ihn schließlich aufforderte, sich zu erheben und vor den Sessel zu treten, in dem sie sich niedergelassen hatte.

»Ich nehme an, Präfekt Li weiß um den Gegenstand dieser Unterredung?«, sagte sie als Einleitung.

Wie immer auf der Hut, hatte sie beschlossen, ihm erst einmal die Initiative zu überlassen. Umso erstaunter war sie, als der Kaiserliche Großzensor mit schweißnassem Gesicht sofort herausplatzte: »Majestät, ich habe vielleicht einen Spionagering enttarnt, den die Schmuggler aufgebaut haben, um ihre kriminellen Aktivitäten zu schützen.«

Die Kaiserin musterte ihn mit unbewegter Miene.

Der perfekt geölte falsche Zopf, der aus seiner Kappe austrat, war der einzige Schmuck, der das strenge Äußere des Mannes auflockerte. Unbeholfen trat er von einem Fuß auf den anderen, als habe er Mühe, nicht die Fassung zu verlieren. Was verbarg sich hinter einem solchen spontanen Ausbruch des hohen Beamten?

Zweifellos nichts anderes als übelste Heuchelei.

»Also machen deine Ermittlungen Fortschritte«, gab sie ihm als Stichwort.

»Ja, Majestät! Große Fortschritte sogar!«

»Daran hege ich keinerlei Zweifel! Und weiter?«

Wu Zhao hatte beschlossen, keine Regung zu zeigen, sodass der Präfekt, von dem sie ganz genau wusste, dass er ihr
feindlich gesinnt war, unmöglich erkennen konnte, ob das,
was er ihr berichtete, sie zufriedenstellte oder verstimmte.

»Bald werdet Ihr dem Kaiser von China gute Neuigkeiten
vermelden können, Eure Majestät. Tatsächlich habe ich erst
gestern Abend eine höchst bedeutsame Information erhalten,
die Euch freuen dürfte, nachdem Ihr offiziell von Gaozong
damit betraut wurdet, Licht in diese rätselhaften Vorgänge
zu bringen.«

»Worum handelt es sich?«, wollte sie wissen.

Der Großzensor nahm allen Mut zusammen und sprang
ins kalte Wasser.

»Ein Uigure mit Namen Grüne Nadel hat sich bei meiner Behörde gemeldet, um uns darüber zu informieren, dass
ein gewisser Speer des Lichts eine junge Arbeiterin namens
Jademond aus der Seidenmanufaktur vom Tempel des Unendlichen Fadens gefangen hält.«

»Was du nicht sagst!«

»Ein doppelter Zufall, Eure Majestät: Denn diese Arbeiterin, die über dem Laden eines Seidenhändlers wohnte,
der mit illegal gefertigter Seide handelte und vor kurzem
mit aufgeschlitztem Bauch aufgefunden wurde, ist seit dem
Mord nicht mehr in der Seidenmanufaktur aufgetaucht!«, erklärte er zitternd.

»Ist denn auch sicher, dass der Mann die Wahrheit sagt?«

»Wir halten ihn fest, Eure Majestät. Heute Abend weiß
ich mehr. Im Moment überprüfen wir gerade seine Behaup-
tungen.«

»Wie hieß der ermordete Kaufmann?«, fragte die Kaiserin,
die den Namen ganz genau kannte.

»Leuchtendes Rot, Majestät!«

Wu Zhao hielt den Atem an und bemühte sich, die Bestürzung zu verbergen, die mit einem Mal von ihr Besitz ergriffen hatte.

Wie es schien, war das Zensorat auf eines der wichtigsten Elemente im Vertriebsnetz der Seidenschmuggler gestoßen, und falls sie keinen Nachschub mehr liefern sollten, wären all ihre Hoffnungen dahin, dem Kloster der Dankbarkeit für Erwiesene Kaiserliche Wohltaten in Luoyang die versprochenen Banner besorgen zu können.

»Du bist mir doch nicht böse, wenn ich diesen Grüne Nadel herkommen lasse, um ihn selbst zu befragen? Das würde das Ganze erheblich beschleunigen!«, schlug sie Präfekt Li vor. Sie ließ ihre Stimme so fest wie möglich klingen, um jeden Einwand von vornherein abzuwehren.

»Ihr seid mit den Ermittlungen zu dem Seidenschmuggel beauftragt, Majestät, und in dieser Eigenschaft ist das natürlich Euer gutes Recht!«, stammelte der Großzensor, entsetzt darüber, wie er sich in Gegenwart von Wu Zhao verhielt.

Nicht ohne Bitterkeit erkannte er, dass er genau das Gegenteil von dem getan hatte, wozu ihn General Zhang angewiesen hatte.

Doch er kam nicht dazu, sich noch länger mit Selbstvorwürfen zu quälen, da plötzlich Kaiser Gaozong persönlich in das Gemach der Kaiserin platzte.

Der Herr über das chinesische Reich musste gerade erst aus dem Bett gesprungen sein, denn er trug nur seine Nachthosen und ein weißes baumwollenes Unterhemd.

»Ihr seid heute Morgen aber schnell verschwunden, meine Liebste! Ich hätte Euch zu gerne noch ein Weilchen bei mir behalten«, flüsterte er seiner Ersten Gemahlin gähnend zu.

»Das lag allein daran, dass ich für Euch zu arbeiten hatte, Majestät! Aber statt ›ich‹ hätte ich besser ›wir‹ sagen sollen,

54

nicht wahr, mein lieber Großzensor?«, rief Wu Zhao theatralisch.

»Ah, Präfekt Li! Dich hatte ich gar nicht gesehen!«, begrüßte Gaozong den tief verneigten Großzensor.

Der mächtigste Herrscher der Welt gönnte seinem Kaiserlichen Großzensor nicht mehr Aufmerksamkeit als einem Insekt und schlang einen Arm um die Taille seiner Gemahlin. Dabei strich er mit der Hand wieder und wieder über ihre kostbare Tiara, als wollte er die kleinen Vögel streicheln.

Wu Zhao trat einen Schritt zurück, ehe sie ihrem Gemahl in herausforderndem Ton verkündete:»Majestät, jetzt kann ich es Euch ja sagen: Die Ermittlungen bezüglich der illegal gefertigten Seide erweisen sich als äußerst schwierig. Einer der Verdächtigen, den ich vor einiger Zeit hierher habe holen lassen, um ihn persönlich zu befragen, ein Seidenhändler namens Leuchtendes Rot, wurde kurz darauf mit aufgeschlitztem Bauch in seinem Laden aufgefunden!«

Verblüfft und bewundernd zugleich erkannte Präfekt Li, wie unglaublich gewandt diese Frau war. Mit einem Satz räumte sie jeden Verdacht aus, den Gaozong ihr gegenüber hegen könnte, indem sie ihm von vornherein enthüllte, dass sie den Seidenschmuggler tatsächlich im kaiserlichen Palast empfangen hatte.

Ihre Intelligenz und ihr taktisches Gespür waren geradezu furchterregend!

»Ihr empfangt hier im Palast Personen, die danach mit aufgeschlitztem Bauch aufgefunden werden?«, rief der Herrscher verwundert und ein wenig besorgt.

»Ich versuche, die Untersuchung, die Ihr mir übertragen habt, so gut wie möglich durchzuführen.«

»Dabei dürft Ihr aber keine unnötigen Risiken eingehen, meine Liebste. Ihr habt doch wahrlich Besseres zu tun! Wir verstehen uns, oder etwa nicht?«

Der begehrliche Blick des Kaisers ließ die Andeutung offensichtlich werden.

Präfekt Li, dem es ausgesprochen peinlich war, Zeuge eines so intimen Dialogs zu werden, dachte unwillkürlich bei sich, dass Gaozong in Wirklichkeit noch viel hirnloser und vulgärer war, als überall behauptet wurde.

»Ich habe Euch versprochen, die Ermittlungen zu Ende zu führen, Majestät. Und es kommt für mich überhaupt nicht in Frage, mein Wort zurückzunehmen«, sagte sie mit fester Stimme, wohl wissend, welchen Erfolg sie gerade verbucht hatte.

»Nun denn, so sei es, meine Liebste! Aber jetzt wird es Zeit, dass ich wieder in meine Gemächer zurückkehre, um mich ankleiden zu lassen. Die Stunde der Audienzen rückt näher!«, seufzte der Herrscher beinahe kleinlaut, ehe er seine Gemahlin verließ, ohne den Kaiserlichen Großzensor auch nur eines Blickes zu würdigen.

Sie bedeutete Stummer Krieger, ihr ein winziges Pillendöschen von einem eleganten Ecktischchen aus geschnitztem Holz zu holen, das in einem Winkel des Zimmers stand.

»Das ist gegen meine Kopfschmerzen! Seit zwei Tagen lassen sie mir keine Ruhe mehr! Ohne Arzneien wäre ich das reinste Nichts!«, erklärte sie Präfekt Li, nachdem sie eine kleine gelbe Pille geschluckt und dabei das Gesicht verzogen hatte.

»Ihr seid immer noch die Kaiserin von China, Majestät!«, stotterte er.

»Kann ich mich auf dich verlassen?«, fragte sie unvermittelt.

»Warum solltet Ihr das denn nicht können, Majestät?«, entgegnete er stockend.

»Ich habe viele Feinde. Böse Energien umgeben mich! Meine Migräneanfälle sind dafür der beste Beweis!«

»Vorne schmeicheln und hinten schaden, das ist nicht die Art eines hohen Beamten, Eure Majestät. Er ist per Definition seinen Vorgesetzten gegenüber loyal!«, stammelte der Großzensor.

»Ich kenne keine Loyalität per Definition, Präfekt Li! Für mich ist man entweder von Natur aus loyal, oder man ist es gar nicht«, versetzte sie trocken, aber mit leiser Stimme, als führte sie Selbstgespräche.

Von ihrer Antwort aus der Fassung gebracht, ließ Präfekt Li den Kopf hängen.

»Ich danke Euch für Eure Informationen, Präfekt Li!«, sagte Wu Zhao daraufhin und gab Stummer Krieger ein Zeichen, den Kaiserlichen Großzensor hinauszubegleiten.

Nachdem er den Raum verlassen hatte, ließ sie ihren rundlichen Kämmerer kommen. Vor lauter Sorge, die Befehle der Kaiserin nicht innerhalb der vorgegebenen Frist ausführen zu können, wurde er immer aufgeregter und hektischer, je länger er ihre Wünsche hastig in einem kleinen Heft notierte.

Danach spielten ihr ihre drei liebsten Musikerinnen einige Melodien auf der Flöte Chi, der Zither Se und der Mundorgel Sheng vor, die ihr morgens früh Entspannung zu bereiten und ihre Kopfschmerzen ein wenig zu lindern vermochten.

Das kleine Konzert war noch nicht beendet, als auch schon der Gefangene, den sie aus den Kerkern des Zensorats hatte holen lassen, von drei bewaffneten Wächtern hereingeschleift wurde.

Das Gesicht von Grüne Nadel war mit so vielen Blutergüssen übersät, dass es einem jener kleinen bläulichen Kissen glich, auf denen die adligen Damen den Kosmetikerinnen ihre Hände reichten, um sie maniküren zu lassen.

»Sag mir alles, was du weißt, Grüne Nadel, dann sollst du mit dem Leben davonkommen! Hier nennen wir ein solches Vorgehen ›Absolution nach Denunziation‹. Du wirst danach unter meinem persönlichen Schutz stehen. Wenn du jedoch schweigst, wird es Stummer Krieger ein Vergnügen sein, die Arbeit deiner Peiniger zu Ende zu bringen«, sagte sie in völlig gelassenem Ton.

Der Uigure war von seinen Folterknechten so böse zusammengeschlagen worden, dass er kaum die Kraft hatte, alleine aufrecht zu stehen.

»Stummer Krieger, hol mir bitte in warmes Wasser getauchte Kompressen und Salbe. Wir werden die Leiden dieses Mannes ein wenig lindern!«, befahl die Kaiserin.

Anschließend kümmerte sie sich eigenhändig um ihren Gefangenen und säuberte sein Gesicht, ehe sie sanft seine blau angelaufenen Augenlider massierte.

Allmählich nahm das Gesicht von Grüne Nadel, von den Spuren des getrockneten Blutes befreit, wieder ein normaleres Aussehen an.

»Warum tut Ihr das? Wo bin ich hier überhaupt?«, murmelte der Uigure schließlich mit zitternder Stimme.

»Du stehst vor der Kaiserin von China!«, verkündete sie.

Inzwischen konnte der fassungslose Gefangene die Frau deutlich erkennen, deren Körper sich unter dem weit ausgeschnittenen, fließenden Kleid und durch den langen Schlitz hindurch, der ihren Rock in zwei gleiche Hälften teilte, erahnen ließ.

Zwar wurde ihre Schönheit in ganz Chang'an gepriesen, doch als Grüne Nadel sie nun aus solcher Nähe betrachtete, bemerkte er, dass sie noch sehr viel anziehender war, als er sie sich vorgestellt hatte.

Obwohl seine Nase durch die Schläge der Kerkermeister übel zugerichtet worden war, konnte er den betörenden Duft ihres Parfüms riechen, in dem sich Orangenblüte und Zimt vermischten.

Welch ein Unterschied zu dem widerlichen Gestank von

Schweiß und getrocknetem Blut in dem Verließ, in das ihn die Schergen von Präfekt Li nach seinen unzähligen Verhören gesperrt hatten.

»Ich möchte, dass du verstehst, dass wir Verbündete sein werden, wenn du dich jetzt dafür entscheidest! Glaub mir, ich halte immer mein Wort!«, flüsterte sie ihm ins Ohr.

Grüne Nadel brauchte nicht lange nachzudenken.

Anders, als er erwartet hatte, war er von den Agenten des Zensorats nicht mit offenen Armen empfangen worden, als er, nachdem er das Atelier von Flinker Pinsel verlassen hatte, mit geheimnisvoller Miene bei ihnen aufgetaucht war, um ihnen zu verraten, wo sich Speer des Lichts versteckt hielt.

Nachdem er bei einem misstrauischen Unteroffizier seine Aussage gemacht hatte, war er erst zu einem peniblen Hauptmann gebracht worden, um sie in allen Einzelheiten zu wiederholen. Dann hatte man ihn vor einen etwas überraschten Kommandanten geführt, vor dem er erneut seinen Namen nennen und alles erzählen sollte, was er wusste.

Und als Dank hatte ihn der ranghöchste Offizier schließlich ins Gefängnis werfen lassen, wo die Misshandlungen kein Ende genommen hatten, da sein Kerkermeister, ein Mongole mit Händen wie Pranken, ein tückisches Vergnügen daran zu finden schien, seine Gefangenen unablässig mit Schlägen zu traktieren.

Je länger er in seiner dunklen Zelle schmachtete, desto mehr bereute der Uigure seinen spontanen Impuls, der ihn dazu getrieben hatte, Speer des Lichts und Jademond bei den Schergen des Zensorats anzuzeigen.

Die Wahl zwischen der Aussicht auf Schutz durch eine ebenso schöne wie beeindruckende Frau und dem Schicksal, das das Zensorat wahrscheinlich für ihn bereithielt, sobald er ihm nicht mehr von Nutzen sein könnte, war schnell getroffen.

Ohne sonderliche Mühe hatte Wu Zhao sein Vertrauen gewonnen.

»Also gut, Majestät: Einer der Drahtzieher des Seidenschmuggels hat mich nach Chang'an geschickt, um den Verkauf der geschmuggelten Seide zu überwachen«, sagte er leise.

»Wer sind die Drahtzieher?«

»Zwei westliche Kirchen, Eure Majestät: die Nestorianer und die Kirche des Lichts.«

»Die Nestorianer haben bereits von sich reden gemacht«, entgegnete die Kaiserin nachdenklich. »Es heißt, ihre Anhänger entwickelten immer regere Aktivitäten in den Oasen entlang der Seidenstraße. Sie verehren einen einzigen Gott, und ihr Glaube ist weit entfernt von der Edlen Wahrheit des Erhabenen Buddha. Aber den hübschen Namen der Kirche des Lichts höre ich heute zum ersten Mal!«

»Für sie arbeite ich, Majestät! Wenn Ihr es wünscht, kann ich Euch also gerne etwas über sie erzählen!«

»Und was lehrt die Kirche mit dem sanften Namen ihre Anhänger?«

»Unsere Religion wurde den Menschen durch den Propheten Mani offenbart. Dieser heilige Mann, der am Kreuz starb, lehrt uns, dass es das Licht gibt und die Finsternis, das Böse und das Gute. Und dass die Menschen zwischen den beiden Polen hin- und hergerissen sind! Durch unsere Rituale und unser Fasten flehen wir Mani an, uns vor den unheilvollen, dunklen Mächten zu bewahren, damit wir in das Göttliche Licht eingehen können«, erklärte Grüne Nadel, der sich in den Feinheiten der manichäischen Lehre längst nicht so gut auskannte wie der Große Vollkommene Hort der Seelenruhe, etwas unbeholfen.

»In das Göttliche Licht eingehen: Diese Formulierung gefällt mir.«

»Für unsere Kirche ist das Licht Quell allen Lebens, Majestät!«

»Einige buddhistische Mönche berichten, sie seien in der Wüste durch einen Bodhisattva vor dem Tod gerettet worden, der seine Hände in Fackeln verwandelt habe, um sie durch den Sandsturm zu geleiten, nachdem ihre Karawane durch Unachtsamkeit von der Seidenstraße abgekommen sei!«

»Tatsächlich erflehen in den Oasen manche Karawanenführer jeden Morgen den Schutz des Bodhisattvas mit den ›Feuerhänden‹!«, bestätigte Grüne Nadel, der diese erbauliche Geschichte der Mönche und Pilger, die den Karawanen der Seidenstraße folgten, schon oft gehört hatte.

»Aber erinnert deine Religion, indem sie das Licht der Finsternis und das Gute dem Bösen gegenüberstellt, nicht eher daran, was wir hier als Yin und Yang bezeichnen?«, fragte Wu Zhao daraufhin.

Den Daoisten zufolge beherrschten Yin und Yang, dieses Prinzip der einander ergänzenden Gegensätze, das gesamte Universum, und sie trachteten danach, die beiden zu vereinen, denn nur ihre Vereinigung führte zur Höchsten Harmonie.

»Ich kenne weder Yin noch Yang, Majestät«, gestand der Uigure kläglich.

»Da hast du nichts versäumt. Die Lehre des Erhabenen Buddha schenkt den Menschen sehr viel mehr als der Weg des Dao! Der Heilige Gautama hat uns gezeigt, dass jeder danach streben darf, das Paradies des Nirwana zu erreichen. Vorausgesetzt, er verlässt den Weg des Leidens und der Begierden, der die Sünder dazu zwingt, endlos wiedergeboren zu werden, ohne jemals Frieden zu finden«, entgegnete sie und versuchte dabei mehr schlecht als recht, ihr Erschauern zu verbergen.

Was sie Grüne Nadel über die Begierde als den Grund für

das Leiden in der Welt erklärt hatte, versetzte sie selbst jedes Mal in größte Ratlosigkeit.

Von Zweifeln geplagt, fragte sie sich wieder einmal, ob ihr Leben als Kaiserin im zügellosen Luxus des Hofes und der Einfluss, den sie auf Gaozong ausübte, indem sie sich bemühte, sein körperliches Begehren stets aufs Neue zu entfachen, überhaupt mit den Lehren des Gautama Buddha vereinbar waren.

»Majestät, ich stehe Euch zu Diensten!«, stammelte Grüne Nadel, der sich fragte, was das plötzliche Schweigen der Kaiserin zu bedeuten hatte.

»Erzähle mir von deinen Aktivitäten hier! Erkläre mir, wie die Nestorianer und die Manichäer sich die bemerkenswerte Arbeit aufteilen, die es ihnen erlaubt, hinter dem Rücken der Behörden dieses Landes mit Seide zu handeln. Ich will alles darüber wissen!«, erwiderte sie, denn sie wusste, dass es besser war, seinen Auskünften zu lauschen, als sich dem zerstörerischen Taumel ihrer Zweifel zu überlassen.

»Wo soll ich anfangen, Majestät?«, erkundigte sich der Uigure naiv.

»Am Anfang natürlich!«

Und so schilderte er ihr in zahllosen Einzelheiten, wie er von seinem spirituellen Lehrer in Turfan nach Chang'an geschickt worden war, um sicherzustellen, dass die Vereinbarungen, die die Manichäer mit den Nestorianern getroffen hatten, auch eingehalten wurden.

Alles kam in seinem Bericht vor, von der Herstellung des Seidenfadens in Turfan über das Weben, das dank der Fertigkeiten des Bischofs Addai Aggai in Dunhuang durchgeführt wurde, bis hin zum Ring des Roten Fadens, den Grüne Nadel aufgebaut hatte, um den Verkauf der Seide durch die Nestorianer in Chang'an zu überwachen.

Von seinem Eifer mitgerissen, erläuterte er Wu Zhao sogar den verschlungenen Aufbau seiner pyramidenförmigen Organisation, die die chinesischen Behörden, ohne es zu wissen, mit seiner Verhaftung enthauptet hatten.

Er hatte jede Zurückhaltung aufgegeben und plauderte alles aus. Die Kaiserin hörte ihm aufmerksam zu. Sie wollte nicht das geringste Detail verpassen, um aus seinen Worten den größtmöglichen Nutzen ziehen zu können.

Die Vorstellung, dass sich zwei fremde Kirchen weit entfernt von ihren eigentlichen Zentren auf diese Weise zusammengeschlossen hatten, um so erfolgreich das Seidenmonopol der mächtigsten Dynastie der Welt zu umgehen, missfiel der rebellischen Wu Zhao ganz und gar nicht.

Beinahe hätte sie sogar ein heimliches Einverständnis zwischen sich und den beiden Kirchenführern aus Dunhuang und Turfan verspürt, auch wenn sie eindeutig eher der Kirche des Lichts zuneigte, der sie sich intuitiv näher fühlte!

Wie recht sie doch daran getan hatte, mit allen Mitteln zu versuchen, den illegalen Handel zu schützen!

»Grüne Nadel, von heute an stehst du in meinen Diensten. Ich ernenne dich zum beigeordneten Kämmerer!«, erklärte sie, als er verstummte.

»Majestät, das ist eine unvorstellbare Ehre für einen einfachen Uiguren wie mich!«

»Stummer Krieger wird in der Kaiserlichen Kanzlei den Einstellungserlass vorbereiten lassen! Im Gegenzug musst du versprechen, niemals jemandem auch nur ein Wort von dem zu verraten, was du mir gerade erzählt hast.«

»Nicht einmal dem Kaiserlichen Großzensor?«, fragte der Uigure arglos.

»Gerade ihm nicht! Vergiss nicht, für diese Leute bist du ein toter Mann, sobald du ihnen nicht mehr von Nutzen bist.«

»Das habe ich bereits geahnt, Majestät! Es war ein spontaner Einfall, sie aufzusuchen. Wenn ich das alles vorher gewusst hätte, dann hätte ich mich damit begnügt, ihnen eine anonyme Denunziation zukommen zu lassen!«, gestand Grüne Nadel betreten. Er war sich sehr wohl bewusst, welches Glück er hatte, aus der entsetzlichen Falle entkommen zu sein, in die er sich selbst hineinmanövriert hatte.

Er hatte nicht bemerkt, dass seine Antwort der Kaiserin jegliche Illusion hinsichtlich der Vertrauenswürdigkeit und Loyalität ihres Gegenübers geraubt hatte – falls das überhaupt noch nötig gewesen wäre.

Wer einmal zum Verräter geworden war, der blieb es; und eines Tages würde er erneut verraten.

Wenn Wu Zhao beschlossen hatte, sich die Dienste von Grüne Nadel zu sichern, dann nicht, um ihn aus den Klauen von Präfekt Li zu befreien, sondern weil es für sie im Moment äußerst nützlich war, einen solchen Quell an Informationen an ihrer Seite zu haben.

»Stummer Krieger wird dir etwas zum Anziehen geben, damit du auch wie ein würdiger Bediensteter der Kaiserin von China gekleidet bist! Als beigeordneter Kämmerer wirst du das Zeichen des Paradiesvogels tragen!«, erklärte Wu Zhao.

»Majestät, ich werde Euch bis in den Tod ergeben sein! Ihr habt mir das Leben gerettet«, rief Grüne Nadel in einem tief empfundenen Aufschrei, der verriet, welche Qualen er durchlitten hatte, bevor Wu Zhao ihn zu sich gerufen hatte.

»Willkommen in der Bruderschaft der Vertrauten von Kaiserin Wu Zhao! Ein einziges Vergehen wird hier niemals verziehen: Verrat!«, versetzte sie, während sie gleichzeitig Stummer Krieger bedeutete, dass ihre Unterredung mit Grüne Nadel beendet war.

Nachdem sie alleine zurückgeblieben war, ging sie zum Käfig ihrer Grille hinüber und hob das Tuch an, das darübergebreitet war.

Sofort begann das Insekt zu zirpen.

Sie nahm den Käfig und trat damit hinaus in den mit Bäumen bepflanzten Innenhof vor ihrem Zimmer.

In der Mitte des Hofs lag ein Miniaturgarten, in dem Zwergahornbäume, flauschiges Moos und winzige Felsen stufenförmig um ein rundes Wasserbecken herum anstiegen, in dem riesige rot, schwarz und weiß gefleckte Karpfen ungeduldig auf die fütternde Hand warteten, die ihnen Reiskörner brachte. Sobald sie sie mit ihrer kleinen Schale in der Hand herankommen sahen, strömten die Fische zusammen, den Kopf halb aus dem Wasser gestreckt und ihre runden Münder an die Oberfläche gedrückt, als saugten sie es ein. Beim ersten Reiskorn, das sie ihnen zuwarf, begann ein Kampf, der mit Flossen- und Schwanzschlägen ausgefochten wurde, bis das Wasser des Beckens überschwappte.

Versonnen betrachtete sie die Fische, als unerwartet ihr Leibdiener wieder zurückkehrte.

»Ein daoistischer Mönch hat mir einmal gesagt, dass das Wasser des Le-Flusses, der durch Luoyang fließt, ein ausgezeichnetes Heilmittel gegen Kopfschmerzen sei! Zu schade, dass Gaozong nur wenige Tage im Jahr im Sommerpalast der Neun Vollkommenheiten residiert!«

Ihr Leibwächter nickte lächelnd.

Als beflissener Diener, dessen Schicksal allein in den Händen dieser Frau lag, stimmte er seiner Herrin immer zu.

Dann bedeutete sie ihm mit einer Handbewegung, den Käfig der Grille zurück an den eigens dafür angebrachten Haken zu hängen, ehe er ihn wieder mit dem schwarzen Tuch bedeckte.

»Wenn ich irgendwann selbst einmal Kaiserin von China bin«, fuhr sie mit gesenkter Stimme fort, »werde ich das Zentrum des Kaiserreichs in die Hauptstadt des Ostens verlegen. Was gibt es Wirksameres, um dem Volk eindrucksvoll

vor Augen zu führen, dass die Macht in andere Hände über-
gegangen ist, als die Hauptstadt des Reichs zu verlegen?
Außerdem ist Luoyang ein sehr viel angenehmerer Ort als
Chang'an! Nicht wahr, Stummer Krieger?«

Der zungenlose Mongole nickte erneut.

»Du kannst dir gar nicht vorstellen, wie sehr mein Kopf
schmerzt!«, murmelte sie leise, ehe sie sich auf die mit Molton
gefütterten Kissen eines schweren Ebenholzsessels sinken ließ,
wobei eine ihrer wundervollen Brüste aus ihrem Ausschnitt
glitt, ohne dass sie dem überhaupt Beachtung schenkte.

Sie sah keinen Grund, warum sie in Gegenwart von Stummer Krieger Hemmungen haben sollte.

Mit der Zeit war der mongolische Riese, der am kaiserlichen Hof als ein zungenloser Paria galt, den eine Laune der
Kaiserin vor dem sicheren Tod gerettet hatte, zu Wu Zhaos
unerschütterlichem Gefährten in guten wie in schlechten
Tagen geworden.

Manchmal blickte sie sogar mit Interesse auf die gewaltigen, mit rituellen Tätowierungen bedeckten Arme des Riesen; sie verrieten eine solche Kraft, dass man sich bestimmt
geborgen fühlte, wenn man sich in ihre Obhut flüchtete.

Die Vorstellung, sich mit einem solchen Monument aus
Muskeln zu vergnügen, dessen Jadestab sicherlich gigantisch
sein musste, war ihr ganz und gar nicht unangenehm, im Gegenteil.

Und sie war davon überzeugt, dass sie bloß noch auf den
passenden Moment zu warten brauchte, bis die wachsende
Vertrautheit mit dem turko-mongolischen Riesen unweigerlich dazu führen würde.

3

Dunhuang, Oase an der Seidenstraße

Auf der Seidenstraße brachte das Schicksal, das Glück oder die göttliche Gunst Menschen zusammen, deren Lebenswege sich eigentlich niemals hätten kreuzen sollen.

Für Umara und Fünffache Gewissheit hatte alles in Dunhuang begonnen. Dort hatten sich die beiden jungen Leute, wie sie es einander auf dem natürlichen Balkon vor dem Bücherversteck des Klosters des Heils und des Mitgefühls versprochen hatten, mit klopfendem Herzen vor der Mauer des Obstgartens des nestorianischen Bischofssitzes getroffen.

Unter den bizarr verkrümmten Ästen der Pfirsich- und Aprikosenbäume hatten sich ihre Münder erneut vereint, und ihre Zungen waren erneut miteinander verschmolzen.

Fünffache Gewissheit schmeckte immer noch den unvergleichlichen Geschmack von Umaras Lippen.

Und Umara verspürte jedes Mal aufs Neue das gleiche köstliche Kribbeln, kaum dass Fünffache Gewissheit seine Hände in ihren Nacken gelegt hatte, um sie an sich zu ziehen.

Sie fühlten sich immer noch genauso unauflöslich miteinander verbunden wie am ersten Tag.

Inzwischen war es für sie zu einem Ritual geworden: Wenn alle anderen in Dunhuang schliefen, kamen sie zusammen.

An diesem Abend erhellte ein winterlicher Mond ihre Gesichter mit seinen bleichen Strahlen.

»Es ist kalt, Fünffache Gewissheit! Lass uns in die Hütte unseres Gärtners gehen, dort ist es wärmer«, schlug Umara nach einem ersten langen Kuss vor.

Sie kletterten über die Mauer und gingen eng aneinandergeschmiegt in den Gartenschuppen. Hier brachte der für den Obstgarten verantwortliche Mönch seine Gerätschaften zum Ausschneiden der Bäume und die Leitern für die Obsternte unter. Es gab dort auch Stroh, das in besonders harten Wintern einige empfindliche Arten vor dem Frost schützte.

Fünffache Gewissheit hatte es hastig auf dem Boden ausgebreitet, wo sie nun zum ersten Mal den Körper des anderen erkundeten.

Sein ganzes Leben lang würde sich Fünffache Gewissheit an die Erschütterung erinnern, die er verspürt hatte, als er mit klopfendem Herzen, seinen vor Begehren angeschwollenen Jadestab kurz vorm Zerspringen, die sanfte Wärme von Umaras Brust an seiner Hand fühlte.

Und Umara würde für alle Zeiten voller Rührung an die etwas raue, aber zärtliche Berührung der schwieligen Hand von Fünffache Gewissheit auf ihrem Busen zurückdenken.

Sie beide verspürten den Zauber der erwachenden Leidenschaft, und keiner von ihnen würde diese herrliche Empfindung jemals vergessen.

Es war so kalt, dass sie ihre Kleider anbehielten und nur tastend die Intimität des anderen erkundeten.

»Ich will mit dir fortgehen und an deiner Seite leben! Ich will an allem von dir teilhaben! Ich will dich niemals wieder verlassen!«, murmelte Umara und schmiegte sich an die Schulter des jungen Mönchs.

Hinter der Wärme ihrer Brüste spürte er bereits das Pochen, ein Zeichen dafür, dass auch in ihr das Verlangen wuchs.

»Aber ich bin doch nur ein mittelloser buddhistischer Mönch, dessen Heimat auch noch so weit weg von hier ist!«, sagte er, als fürchtete er in einem letzten Abwehrreflex, sich von einer Entwicklung mitreißen zu lassen, deren Ausgang er nicht mehr unter Kontrolle hatte.

»Liebst du mich denn nicht?«, entgegnete sie ungestüm.

»Ich empfinde für dich, was ich noch nie zuvor für einen Menschen gefühlt habe, Umara. Es ist eine Liebe, die jeglicher Vernunft widerspricht!«

»Aber wenn das so ist, könntest du dann in Zukunft ohne mich sein?«

»Ich glaube nicht, meine liebste, süße Umara!«

»Und ich werde dir folgen bis ans Ende der Welt!«, rief sie, ehe sie ihre Lippen wieder auf die seinen presste.

»Aber ich habe zwei kleine Säuglinge in meiner Obhut. Und die muss ich den Klauen des persischen Hauptmanns entreißen, der uns gefangen hält. Er will die Kleinen nach seiner Rückkehr nach Persien verkaufen, wo es den schrecklichen Brauch gibt, Bruder und Schwester miteinander zu verheiraten!«

»Nimmst du mich mit, wenn du mit ihnen fortgehst?«

»Was ist denn mit deinem Vater?«

»Ich will mein Leben mit dir verbringen! Ganz gleich, an welchem Ort!«, erklärte sie stürmisch und ohne das geringste Zögern.

Ihre Küsse weckten in beiden den Wunsch, den anderen zu kosten und noch sehr viel weiter auf dem Weg gemeinsamer Freuden zu gehen.

Der Morgen brach bereits an, als sie, bezaubert von ihren tiefen Gefühlen, auseinandergingen, nachdem sie sich geschworen hatten, sich am nächsten Abend am gleichen Ort wiederzusehen.

Als Fünffache Gewissheit, immer noch von Umaras Duft erfüllt, aus dem Schlafsaal kam, um zu frühstücken, traf er auf den vor Freude strahlenden Ulik.

»Warum bist du denn so gut gelaunt, mein lieber Ulik?«, fragte er den jungen Übersetzer.

»Ich erkenne Hauptmann Majib nicht wieder! Er hat mir ein Silberstück gegeben und mir zu meiner Arbeit gratuliert. Seit ich ihn kenne, ist so etwas noch nie vorgekommen! Ich kann es immer noch nicht fassen!«

Seit seiner Ankunft in Dunhuang war der argwöhnische, mürrische persische Hauptmann, den Schneesturm und Winternebel auf den feindseligen Straßen Tibets in die Irre hatten gehen lassen, wie verwandelt.

Gleich nach dem Aufstehen, so schilderte es Ulik, habe der sonst so wortkarge Majib seiner Freude freien Lauf gelassen.

»Ist dir eigentlich klar, welches Glück wir hatten, kurz vor der Stadt auf diesen nestorianischen Bischof zu treffen, Ulik? Ich weiß nicht, wie lange ich ohne diesen Zufall gebraucht hätte, um ihn aufzustöbern. Falls es überhaupt möglich gewesen wäre! Wenn es nicht das Problem mit seiner versiegten Quelle gäbe, hätte er mir nie so offen sein Herz ausgeschüttet und uns damit genau an den Ort geführt, den wir gesucht haben!«

»Schließlich kann das Glück nicht immer nur den anderen hold sein. Seit Jahren schon kämpft unser Volk um sein Überleben!«, hatte Ulik geantwortet. Das Verhalten seines Hauptmanns, der ihn normalerweise kaum eines Wortes würdigte, irritierte ihn.

»Schon die beiden göttlichen Zwillinge sind ganz sicher ein Zeichen dafür, dass Zarathustra uns wohlgesinnt ist! Aber dieser Bischof, der meine Dienste benötigt, rechtfertigt mit einem Schlag unsere ganze Reise. Dadurch sind wir dem Erfolg ganz nahe. Wenn seine Quelle nicht versiegt wäre, hätten wir nie erfahren, wo die Manufaktur von Bischof Addai Aggai liegt! Der syrische Kaufmann, der mir beim Kopf seines Sohnes geschworen hat, dass es in Dunhuang eine geheime Seidenmanufaktur gebe, hat sich also nicht getäuscht! Wenn ich bloß daran denke, dass Prinz Firuz uns um ein Haar von dieser Reise abgehalten hätte, weil er behauptete, die Expedition würde ihn zu viel kosten! Zum Glück bin ich standhaft geblieben!«, hatte er sich stolz gebrüstet.

»Und es kam genau so, wie Ihr es vorausgesagt hattet, Hauptmann Majib! Das ist gut.«

»Dank meiner Bekanntschaft mit dem Bischof werden wir im Anschluss eine fruchtbare Zusammenarbeit aufbauen. Endlich wird das Geld in Strömen fließen, und wir werden die nötigen Truppen ausheben können, um die Anhänger des Propheten Mohammed aus Persien zu vertreiben.«

»Wie wollt Ihr denn der Quelle neues Leben einhauchen?«, hatte der junge Übersetzer, der den Optimismus seines Hauptmanns nicht ganz teilte, zu fragen gewagt.

»Ein wenig Geduld! Du wirst schon sehen. Zarathustra ist mit uns, Ulik! Alles läuft gut! In wenigen Tagen wirst du einen Sold erhalten, wie du ihn noch nie bekommen hast.«

Dieses veränderte Verhalten von Hauptmann Majib stimmte den Übersetzer so fröhlich, als Fünffache Gewissheit, Dolch der ewigen Wahrheit und der *ma-ni-pa* zum Frühstück herunterkamen.

Der blendend gelaunte persische Hauptmann gab ihnen ein Zeichen, sich zu ihm zu gesellen.

Angesichts seiner ausgezeichneten Stimmung folgten sie seiner Einladung bereitwillig.

»Hauptmann Majib sagt, dass wir schon morgen aufbrechen und unser Lager in der Nähe der Quelle aufschlagen werden. Er will euch überraschen, indem er euch vorführt, wie er sie wieder zum Fließen bringt«, verkündete Ulik, nachdem Majib sich in einen langen Monolog gestürzt hatte, in dessen Verlauf er die Gesten imitierte, mit denen er das Wasser wieder aus der Erde sprudeln lassen wollte.

»Kann er mich und den *ma-ni-pa* nicht einfach hierlassen, bis er wieder zurück ist, das wäre doch viel praktischer, um die Säuglinge zu versorgen!«, rief Fünffache Gewissheit, den die Aussicht, Dunhuang und damit auch Umara zu verlassen, nicht im Mindesten lockte.

Außerdem glaubte er, dass sich ihm in der kleinen Stadt sehr viel eher die Gelegenheit bieten würde, den Persern zu entwischen, als mitten in der Wüste.

Der Übersetzer gab den Vorschlag von Fünffache Gewissheit weiter, und die Antwort des Persers ließ nicht lange auf sich warten: »Der Hauptmann will, dass alle gehen. Er sagt, dass er weder dir noch ihm vertraut!«, erklärte Ulik Fünffache Gewissheit und dem *ma-ni-pa* mit aufrichtig bekümmerter Miene.

»Ich war mir sicher, dass er uns im Auge behalten würde«, grummelte der tibetische Wandermönch.

»Ihr seid natürlich nicht verpflichtet, uns in die Wüste zu begleiten, sagt Hauptmann Majib. Elefanten tun sich ja im Sand recht schwer!«, fügte Ulik, an Dolch der ewigen Wahrheit und den Kornak gewandt, hinzu, der wie üblich gleich hinter seinem Herrn stand und auf einer Süßholzstange herumkaute.

Majib musterte Fünffache Gewissheit mit unverhohlener Feindseligkeit. Er begriff, dass es sinnlos war, noch länger auf seinem Wunsch zu beharren.

Um ganz sicher zu sein, dass der junge Mönch nicht doch noch die Flucht ergriff, wies ihm der persische Hauptmann abends auf dem großen Lager im Schlafsaal der Herberge den Platz gleich neben sich selbst zu, sodass der verzweifelte Fünffache Gewissheit Umara nicht im Obstgarten des Bischofssitzes treffen konnte.

Er verbrachte eine grauenvolle Nacht, in der er kein Auge zutat. Die ganze Zeit malte er sich aus, wie furchtbar enttäuscht Umara war, als sie feststellte, dass er sein Versprechen nicht gehalten hatte.

Er musste die junge Frau unbedingt über die neueste Entwicklung informieren.

Aber wie?

Argwöhnisch beäugt von dem zunehmend misstrauischen Majib, sah er keine andere Möglichkeit, als mit Dolch der ewigen Wahrheit zu reden.

Da der Mönch aus Peshawar sich ihnen freiwillig angeschlossen hatte und deshalb nicht von den Persern bewacht wurde, war er der Einzige, der ihm als Vermittler dienen konnte.

»Du wirkst bedrückt. Was ist denn los?«, fragte Dolch der ewigen Wahrheit, als er am darauffolgenden Morgen seine traurige Miene bemerkte.

»Ich habe wenig geschlafen.«

»Das sehe ich an den Ringen unter deinen Augen. Was stimmt denn nicht?«

Aus der Stimme seines Freundes sprach so viel Wohlwollen, dass Fünffache Gewissheit alle Skrupel beiseiteschob und ins kalte Wasser sprang.

»Es ist mir etwas Unvorstellbares widerfahren: Ich habe mich verliebt«, erklärte er zögernd.

»Das ist unmöglich. Ein Mönch darf sich nicht verlieben. Du scherzt!«, rief der Inder.

»Nicht im Geringsten. Die Liebe hat mich ohne jede Vorwarnung überfallen. Ich kann wirklich nichts dafür. Ich habe nicht einmal einen Hauch von *kama** verspürt!«

Bestürzt trat Dolch der ewigen Wahrheit einen Schritt zurück, um besser abschätzen zu können, ob sein Gegenüber die Wahrheit sagte oder ihm etwas vorspielte.

---

* *Kama*: Sanskrit für »körperliches Begehren«.

Doch es gab keinen Zweifel.

Fünffache Gewissheit wirkte nicht nur aufrichtig, auch die heftigen Emotionen, die sich in seinem Gesicht spiegelten, zeugten von seiner Erschütterung.

»Wann hast du dich denn verliebt?«

»Vor etwa zehn Tagen!«, flüsterte der Gehilfe von Vollendete Leere.

»Und was ist mit den Geboten des *Vinayapitaka**? In Peshawar würde ein Mönch, der sich in eine Frau – oder in einen Mann – verliebt, mit Sicherheit aus der Gemeinschaft ausgeschlossen werden!«

»Ich habe es nicht darauf angelegt. Und ich glaube nicht, dass ich im Sinne der Reifung der Taten, wie sie uns der Erhabene gelehrt hat, irgendeine Schuld auf mich geladen habe!«, verteidigte sich Fünffache Gewissheit. Der Einwand von Dolch der ewigen Wahrheit überraschte ihn nicht, da er sich diese Frage bereits selbst gestellt hatte.

»Dann wäre also die Person, in die du dich verliebt hast, für deinen Zustand verantwortlich?«

»Die Tochter des nestorianischen Bischofs, deren Blick kurz vor unserer Ankunft in Dunhuang auf der Seidenstraße zum ersten Mal dem meinen begegnete, hat mit dieser überwältigenden Liebe genauso wenig gerechnet wie ich.«

»Umara?«

»Genau. Die Tochter des Besitzers jener Quelle, der Hauptmann Majib neues Leben einhauchen soll.«

»Diese überwältigende Liebe! Du wirst mir doch wohl nicht erzählen, dass ihr euch innerhalb dieser wenigen Tage schon rettungslos ineinander verliebt habt!«

»Vom ersten Augenblick an, Dolch der ewigen Wahrheit.

---

* *Vinayapitaka*: eine der drei im Tripitaka versammelten Schriften, enthält die Regeln für das Leben im Sangha, der Mönchsgemeinschaft.

Es kam genauso unvermittelt wie die Erleuchtung! Und es war eine ebenso radikale Erfahrung wie für den Buddha der Zustand des *Bodhi**, nachdem er die Vier Edlen Wahrheiten erkannt hatte!«, rief Fünffache Gewissheit aufgewühlt.

»Du übertreibst, Fünffache Gewissheit! Die Liebe macht dich blind!«, murmelte der Mönch des Kleinen Fahrzeugs, den die Vehemenz seines Freundes aus der Fassung brachte.

»Nachdem wir uns auf der Seidenstraße flüchtig begegnet waren, wurden unsere Schritte zu jenem Steilhang gelenkt, auf dessen Vorsprung ich geklettert bin, während du unten gewartet und mit dem *ma-ni-pa* gewürfelt hast. Sie war dort oben, Dolch der ewigen Wahrheit, obwohl sie niemals hätte dort sein sollen!«

»Jetzt verstehe ich, warum es so lange gedauert hat, bis du wieder heruntergekommen bist! Und stell dir vor, mir ist schon damals dein veränderter Gesichtsausdruck aufgefallen, als du wieder zu uns gestoßen bist! Aber mein Taktgefühl hat mich davon abgehalten, dich nach dem Grund dafür zu fragen!«, entgegnete der Inder leise.

»Es gibt ein chinesisches Sprichwort: ›Wenn das Schicksal es beschließt, dann werden das Wasser und der Berg immer zueinanderfinden‹. Bis heute habe ich es nie begriffen, aber jetzt verstehe ich seine Bedeutung! Es genügt, das Wort ›Schicksal‹ durch den Namen des Erhabenen zu ersetzen!«

»Du glaubst allen Ernstes, dass es der Buddha Shakyamuni war, der euch zusammengeführt hat?«

»Wie könnte ich daran zweifeln? Bin ich nicht mein ganzes Leben lang ein frommer Buddhist gewesen und habe mich bemüht, mich immer und überall nach seinen göttlichen Lehren zu richten?«

»Vielleicht überstürzt du das Ganze ja ein wenig!«

---

* *Bodhi*: Sanskrit für »Erleuchtung«.

»Was mir widerfahren ist, hat mich vollkommen überwältigt, Dolch der ewigen Wahrheit. Ich hätte niemals gedacht, dass die Liebe einen Menschen so sehr verwandelt! Danach bist du nicht mehr derselbe! Das spüre ich in meinem tiefsten Inneren.«

»Sie ist Christin, und du bist Buddhist!«

»Das hat keinerlei Bedeutung! Unsere Liebe geht über unseren Glauben hinaus. Und schließt das Mitgefühl, zu dem uns der Buddha aufgerufen hat, nicht auch den Respekt gegenüber den anderen und ihren religiösen Überzeugungen ein?«, entgegnete Fünffache Gewissheit überschwänglich.

»In dem Punkt könnte ich dir sogar zustimmen.«

»Siehst du!«, versetzte der junge Mönch triumphierend.

»Sag, warst du gestern Abend nicht mit der kleinen Umara verabredet?«

»Woher weißt du das?«

»Genau wie vorgestern und in der Nacht davor auch, nicht wahr? Ich habe gesehen, wie du dich im Dunkeln davongeschlichen hast. Ich dachte, du müsstest einem dringenden Bedürfnis nachgehen!«, erklärte Dolch der ewigen Wahrheit.

Angesichts der offenkundigen Verzweiflung von Fünffache Gewissheit verwandelte sich seine Verblüffung nach und nach in Verständnis.

»Und jetzt weiß ich auch, warum du heute Morgen so durcheinander bist: Sie muss vergeblich auf dich gewartet haben, und das macht dir zu schaffen!«, fügte er, beinahe lächelnd, mit sanfter Stimme hinzu.

»Wie kannst du nur so leicht in den Herzen der anderen lesen?«

»Ich bin ein paar Jahre älter als du, Fünffache Gewissheit. Und wie ein großer Bruder versuche ich mich in deine Lage zu versetzen!«

»Deine Aufmerksamkeit berührt mich tief. Ich hatte solche Angst davor, dass du über mich zu Gericht sitzen und mich verurteilen würdest!«, murmelte Fünffache Gewissheit. Seine Hand umschloss fest den Arm von Dolch der ewigen Wahrheit.

»Deine Offenheit ehrt dich. Du sollst wissen, dass ich da bin, um dir zu helfen, und ganz bestimmt nicht, um deine Lage noch zu verschlimmern!«

»Wärst du bereit, Umara eine Nachricht von mir zu bringen?«

Dolch der ewigen Wahrheit zögerte einen Augenblick, als sei diese Bitte, die ihn zum Komplizen beim schwerwiegenden Vergehen des *kamamithyacara** machte, dem streng nach den Regeln des Sangha lebenden Mönch unangenehm.

Doch die Zuneigung, die er für Fünffache Gewissheit empfand, zerstreute seine Bedenken.

»Ich werde ihr nicht nur deine Nachricht überbringen, sondern dich auch zu der versiegten Quelle begleiten. Wer weiß, vielleicht ist das genau der Ort, an dem ich dir helfen kann, den Persern zu entwischen! Vorausgesetzt, das ist immer noch deine Absicht.«

»Mehr denn je, Dolch der ewigen Wahrheit.«

»Du würdest also das junge Mädchen gleich wieder seinem Schicksal überlassen, kaum dass du dich in sie verliebt hast?«

»Sie wird mit mir kommen! Umara und ich, wir haben einander geschworen, dass wir uns nie wieder trennen werden!«, erwiderte der Gehilfe von Vollendete Leere dem völlig verblüfften Mönch aus Peshawar.

Die knappen Befehle des sichtlich ungeduldigen Hauptmanns Majib unterbrachen ihr Gespräch.

---

* *Kamamithyacara*: Sanskrit für verbotene sexuelle Handlungen.

Sie mussten sich beeilen, ihre Sachen packen, die Pferde satteln und die Rechnung des Herbergswirts begleichen.

Der nestorianische Bischof hatte mit Majib vereinbart, dass sie sich so rasch wie möglich an dem Dornbusch treffen wollten, an dem man von der Seidenstraße abzweigen und geradewegs in die Wüste hineinreiten musste, um zur versteckten Seidenmanufaktur zu kommen. Von der Abzweigung aus würde er sie zu der versiegten Quelle führen.

Als Dolch der ewigen Wahrheit die zunehmende Verzweiflung von Fünffache Gewissheit bemerkte, winkte er Ulik heran.

»Sag deinem Hauptmann, dass ich ihn zu der Quelle begleiten kann, wenn er es wünscht. Wer weiß, vielleicht kann mein Elefant ihm ja nützlich sein!«

Ulik gab den Vorschlag an seinen Hauptmann weiter.

»Majib dankt dir, aber er kann sich nicht vorstellen, wie ihm der Elefant bei dem, was er vorhat, irgendwie von Nutzen sein könnte.«

»Manche schweren Arbeiten kann nur ein Elefant ausführen! Wir wissen nicht, was mit der Quelle ist. Und man sollte den Tag nie vor dem Abend loben.«

Voller Freude, seinen Herrn zu sehen, nickte Sing-sing zustimmend mit dem Kopf, als hätte er die Worte des indischen Mönchs verstanden.

»Hauptmann Majib hat nichts dagegen, wenn du mit uns zu der Quelle in der Wüste kommst!«, sagte Ulik schließlich, nachdem er dem persischen Hauptmann die Worte von Dolch der ewigen Wahrheit übersetzt hatte.

Unterwegs bemühte sich der Mönch des Kleinen Fahrzeugs, Fünffache Gewissheit zu beruhigen: »Sobald wir wieder in Dunhuang sind, werde ich dem jungen Mädchen eine Nachricht bringen, um sie zu trösten und ihr dein Fortbleiben zu erklären! Sie wird es verstehen; vor allem, wenn sie für dich die gleichen Gefühle hegt wie du für sie!«

»Und wenn die Räuber nun beschließen, nicht mehr nach Dunhuang zurückzukehren, Dolch der ewigen Wahrheit? Was sollen wir dann tun?«

»Ein Grund mehr, alles daranzusetzen, dieser Horde Wilder endlich zu entwischen!«, erklärte der Stellvertreter von Abt Buddhabadra. Er hütete sich, seinem Freund zu verraten, wie hilflos er sich mit einem Mal fühlte, als sich der Trupp erneut auf der Seidenstraße in Bewegung setzte.

Würde es ihnen gelingen, den Persern an einem so verlassenen Ort zu entkommen, an dem sie gewiss nicht hoffen konnten, einfach in der Menge unterzutauchen wie an den Markttagen in Dunhuang?

»Ich hoffe, unser Plan gelingt!«, flüsterte Fünffache Gewissheit niedergeschlagen. Doch all seine finsteren Gedanken waren mit einem Schlag verflogen, als er bei ihrer Ankunft Umaras schlanke Gestalt erblickte, die sie auf der Schwelle der kleinen versteckten Manufaktur erwartete.

Aus den Augen des jungen Mönchs strahlte eine unbändige Freude.

»Du wirst meine Hilfe wohl nicht mehr brauchen, um ihr deine Nachricht zukommen zu lassen!«, flüsterte Dolch der ewigen Wahrheit.

Fünffache Gewissheit war sich sicher: Er und Umara waren vom Erhabenen Buddha gesegnet.

Und hieß es nicht auch in dem berühmten Gedicht, das so viele Verliebte in China für ihre Schöne rezitierten: »Eine Begegnung ist stets die Frucht eines himmlischen Zufalls«?

»Herzlich willkommen in der Seidenmanufaktur, Hauptmann Majib!«, rief Addai Aggai, ehe er ihn ohne weiteren Aufschub zu der versiegten Quelle führte.

»Eine Quelle an diesem Ort, das grenzt an ein Wunder!«,

bemerkte der persische Hauptmann, als der Bischof ihm die Stelle zeigte, an der das Wasser wenige Wochen zuvor noch aus der Erde geschossen war.

Nachdem Majib die Örtlichkeiten sorgfältig in Augenschein genommen hatte, erteilte er seinen Männern in hochtrabendem Ton und mit weit ausladenden Gesten Befehle. Verblüfft und ein wenig zweifelnd beobachteten die Nestorianer, Fünffache Gewissheit, Dolch der ewigen Wahrheit und der *ma-ni-pa* sein Tun.

Majib ließ ein Feuer anzünden, dann zog er ein langes weißes Gewand über und setzte einen seltsamen spitzen Hut aus schwarzem, mit silbernen Sternen besticktem Satin auf.

In dieser ausgefallenen Verkleidung sah er tatsächlich aus wie ein Magier.

Gemäß seinen Anweisungen bildeten die persischen Räuber einen perfekten Kreis um ihn. Nachdem er Weihrauch in eine mit heißer Glut gefüllte Räucherschale gestreut hatte, begann er vor- und zurückzuschwanken und stimmte dabei einen monotonen Gesang an, dessen Worte niemand außer ihm selbst verstand.

Immer noch unter beschwörendem Singsang kletterte er auf die Felsen, die die Quelle einfassten, und ließ die Räucherpfanne in das klaffende Loch hinab. Dichte Rauchschwaden drangen hervor, wo einst das Quellwasser gesprudelt hatte.

»O Verehrer des Mazda, betet und kniet nieder. Mazda schuf das Universum, den Himmel, die Erde und das Wasser! Und so obliegt es auch dem Wohltätigen Unsterblichen Mazda, dieser Quelle, die Ahriman, das Geschöpf der Finsternis, versiegen ließ, neues Leben zu schenken. Mazda, höre die Klage deines ergebenen Dieners!«, deklamierte Majib pathetisch.

Ulik übersetzte seine Worte mit erhobener Stimme für die übrigen Anwesenden.

Trotz Majibs emsigem Hin und Her und seinen Anrufungen des Wohltätigen Mazda erschien nicht ein Tropfen Wasser auf dem Grund des Lochs, über das sich inzwischen alle beugten.

»Oh Saoshyant, dritter Sohn des Zarathustra, du, der du dich auf so vollendete Weise bei deinem göttlichen Vater für die Menschen verwendest, vertreibe Ahriman von diesem Ort und erlaube es dem Wasser, erneut zu sprudeln! Ich beschwöre dich, tue es zum Wohle dieser Menschen!«, fuhr der persische Hauptmann mit zunehmend nervöser, lauter Stimme fort, wobei er sich nun an denjenigen von Zarathustras Söhnen wandte, von dem es hieß, er sei dem Flehen der Menschen gegenüber am zugänglichsten.

Aber auch dieser zweiten Anrufung schien nicht mehr Erfolg beschieden zu sein als der ersten.

»Und wenn du Zervan anflehtest, den Höchsten Gott, der am Ursprung von Mazda und Ahriman steht«, schlug daraufhin einer seiner Gefährten zögerlich vor.

»Zervan kann nichts für uns tun! Genauso wenig wie Mithra, der Richter der Seelen!«, widersprach eine Stimme.

»Zervan! Manche behaupten sogar, es gebe ihn gar nicht!«, fuhr ein dritter fort.

»Wollt ihr wohl still sein! Hört auf mit diesen Lästerungen, ihr gottlosen Kreaturen! Das ist Ahriman an der Spitze der unheilvollen Mächte, der euren Geist verwirrt!«, brüllte Majib außer sich.

Nach der harschen Zurechtweisung senkte sich bleierne Stille über den Kreis der Perser. Hauptmann Majib wirkte zunehmend verstört, rollte mit den Augen, bis das Weiße sichtbar wurde, und ließ seine Räucherpfanne wie eine Schleuder kreisen.

»Und wenn wir den Elefanten zu Hilfe nähmen? Sing-sing könnte den Felsbrocken dort oben verschieben und damit den kleinen Haufen Steine zertrümmern, der das Wasser aufzuhalten scheint«, mischte sich da plötzlich Dolch der ewigen Wahrheit ein.

Er zeigte auf eine riesige steinerne Kugel, die über den Felshang hinausragte, unter dem sich das Loch der versiegten Quelle öffnete. Unwillkürlich entfuhr den Versammelten ein überraschtes Seufzen.

Unter den anfeuernden Rufen der Perser und ohne Majib zu beachten, der mit abgewandtem Blick und von einer Weihrauchwolke umhüllt immer noch seine Beschwörungsformeln rezitierte, wies Dolch der ewigen Wahrheit den Kornak an, den Elefanten auf die Spitze des Steilhangs zu führen.

Mit majestätischem, langsamem Schritt setzte sich Singsing in Gang. Der Kornak hockte auf seinem Nacken, zwischen den beiden riesigen Ohren, die in der Luft vor- und zurückschwangen wie zwei fürstliche Fächer.

Bald tauchte der Elefant oben auf dem Steilhang auf.

Zufrieden beobachtete Dolch der ewigen Wahrheit, wie Sing-sing mit einer einzigen Bewegung seines Fußes den großen Felsen erschütterte, der tatsächlich recht wacklig auf der Kante der steil abfallenden Wand lag.

Dann stemmte das Tier auf die kaum hörbar gemurmelten Befehle des Kornaks hin seine Beine fest in den Boden, legte die Stirn an den gewaltigen Felsen und schob ihn langsam auf den Abgrund zu, bis er schließlich mit entsetzlichem Getöse mitten auf den Steinhaufen krachte, der den Fluss des Wassers aufhielt.

Nachdem die Staubwolke verflogen war, erschallten in der eigentümlichen Versammlung aus nestorianschen Mönchen und mazdaistischen Wegelagerern, die von dem Schauspiel alle gleichermaßen verblüfft waren, freudige Rufe und lauter Beifall.

»Das ist ein Wunder!«, riefen alle in ihrer jeweiligen Sprache.

Das Wasser war zurückgekehrt!

Addai Aggai war auf die Knie gesunken und dankte als Erster seinem Einen Gott dafür, dass er seine Gebete erhört hatte. Die Mönche, die in der Manufaktur arbeiteten, umringten ihren Bischof glückselig lächelnd und richteten genau wie er ihren Dank gen Himmel: Gottes Wille war geschehen, denn dort floss das klare Wasser!

Sicher, es war noch kein mächtiger Schwall, aber immerhin sprudelte mitten in der Wüste wieder ein dünner, silbrig glänzender Wasserfaden aus dem Inneren der Erde.

»Es lebe der Elefant Sing-sing!«, hörte man chinesische, syrische und persische Rufe.

Hauptmann Majib brüstete sich schamlos vor Addai Aggai mit dem Erfolg seiner beschwörenden Gesten und ging sogar so weit zu behaupten, er habe bewirkt, dass Mazda und vor allem Saoshyant den Elefanten von Dolch der ewigen Wahrheit segneten. Währenddessen nutzte Fünffache Gewissheit die allgemeine Aufregung, um unauffällig zu Umara hinüberzugehen.

»Verzeih mir, dass ich gestern Abend nicht gekommen bin! Dieser Perser hat mich nicht aus den Augen gelassen, sodass ich mich unmöglich davonstehlen konnte. Ich hoffe, du hast dir nicht allzu große Sorgen gemacht«, wisperte er ihr ins Ohr.

»Ich hatte furchtbare Angst, dir könnte etwas zugestoßen sein!«, antwortete sie und führte ihn ein paar Schritte zur Seite.

»Jetzt ist ja alles wieder gut, und wir sind zusammen. Ist das nicht der beste Beweis dafür, dass dein Gott und der Erhabene Buddha es so gewollt haben!«, flüsterte er und streichelte verstohlen ihren Arm.

»Es stimmt schon, dass wir uns immer dort begegnen, wo es am unwahrscheinlichsten ist!«, entgegnete sie lächelnd.

»Nichts ist unwahrscheinlich, Umara! Unser Wiedersehen genauso wenig wie das Wiederauftauchen des Wassers, das der Elefant zurückgeholt hat!«

»Es ist kaum zu glauben, wie intelligent dieses Tier wirkt. Sein Blick gleicht dem eines Menschen!«

»Die Seele, die sich in ihm reinkarniert hat, kann durchaus nach dem Tod dieser Hülle im Körper eines Mannes oder einer Frau wiedergeboren werden!«

»Wer auch immer er sein mag, der Elefant hat gut gehandelt!«

»Mit seiner Tat hat er ein Beispiel dafür geliefert, was wir Buddhisten ›die Reifung der Taten‹ nennen!«

»Diesen Ausdruck habe ich noch nie gehört.«

»Als der Elefant den Stein herunterstieß, hat er damit eine Tat vollbracht, die dazu führte, dass jetzt das Wasser wieder fließt. Die Reifung einer Tat ermöglicht es zu bestimmen, ob sie gut oder schlecht war, denn dazu zählt alleine die Absicht: War sie gut, wird auch das Karma positiv sein; im anderen Fall aber ist das Karma schlecht«, erklärte er und strich dabei mit der Hand über ihr Haar.

»Du sagst also, dass es keine Sünde geben kann, wenn die Tat nicht mit schuldhafter Absicht begangen wurde.«

»So hat es uns der Erhabene gelehrt. Umgekehrt gilt aber auch: Selbst wenn die Tat nicht zur erhofften Wirkung führt, bewirkt eine böse Absicht die Sünde!«

»Das erscheint mir gerecht!«

Bischof Addai Aggai unterbrach die philosophischen Plaudereien der jungen Leute. Er lud Fünffache Gewissheit zu dem Festessen ein, mit dem die Rückkehr des Quellwassers gefeiert wurde.

»Umara, sag diesem jungen Mönch, dass er sich zu den anderen gesellen kann!«, wies er seine Tochter an, ehe er mit lauter Stimme in die Runde rief: »Jetzt ist es an der Zeit, euch zu stärken und so viel zu trinken, wie ihr wollt! Die nestorianische Kirche lädt euch alle ein.«

Rasch wurden Spieße mit in Kräuteröl eingelegtem Lammfleisch über die Glut des Feuers gelegt.

Ihr Duft erfüllte bereits die Luft, als Addai Aggai zu Majibs Ehren das kleine Fässchen mit Messwein öffnen ließ, das Hort der Seelenruhe, das Oberhaupt der manichäischen Gemeinde von Turfan, Diakonos einige Wochen zuvor für ihn mitgegeben hatte.

So wurde in der Wüste Gobi bis tief in die Nacht hinein das Fest des »wiedergekehrten Wassers« gefeiert, begleitet von Hymnen, in denen jeder demjenigen dankte, dem seiner Ansicht nach der Dank gebührte. Einige wagten vorsichtig ein paar heidnische Tanzschritte, und mit zunehmendem Alkoholgenuss wurden immer weniger fromme, dafür zügellosere Gesänge angestimmt.

Als nach Stunden des Trinkens, der Lieder und der Tänze endlich wieder nächtliche Stille die kleine Senke einhüllte, begannen die Himmlischen Zwillinge in ihrem Weidenkorb, neben dem die große gelbe Hündin Lapika wie immer aufmerksam Wache hielt, plötzlich zu plappern.

Fünffache Gewissheit, der nicht einen Tropfen Wein angerührt hatte, eilte, gefolgt von Umara, zu ihnen hinüber.

»Sie sind ja so süß! Vor allem das kleine Mädchen, und das trotz seines unglaublichen Gesichts!«, murmelte sie leise und nahm es auf den Arm.

Der entzückende Mund des Mädchens verzog sich zu einem zarten Lächeln.

»Sie hält dich sicher für ihre Mutter! Seit sie Samye verlassen hat, kennt sie nur noch Männer!«

»Ist sie eine Waise?«

»Ich weiß es nicht. Aber die Vermutung liegt nahe. Wenn die beiden Kinder noch Eltern hätten, hätte der tibetische Lama im Kloster von Samye sie bestimmt nicht in meine Obhut gegeben!«

»Jetzt verstehe ich, wie diese kleinen Wesen deine ganzen Pläne über den Haufen werfen konnten!«

»Aber nicht so sehr wie unsere Begegnung«, sagte er und nahm sie in die Arme.

Der Anblick, der sich ihnen bot, als sie zum erloschenen Feuer zurückkehrten, konnte sie angesichts ihrer Pläne nur freudig stimmen.

In ihre wollenen Decken gewickelt, lagen die sturzbetrunkenen Perser, Majib an der Spitze, auf dem Boden und schliefen tief und fest.

Und in der Manufaktur, in die sie einen hastigen Blick warfen, schnarchten Addai Aggai und seine Mönche, die ebenfalls dem Messwein zugesprochen hatten und von den aufwühlenden Ereignissen des Tages völlig erschöpft waren.

»Ist das nicht der beste Moment für eine Flucht? Jetzt oder nie«, flüsterte Umara atemlos dem Mann zu, in den sie sich Hals über Kopf verliebt hatte.

»Glaubst du wirklich? Und wärst du tatsächlich bereit, mir jetzt sofort zu folgen?«

»Lass uns aufbrechen, mein geliebter Fünffache Gewissheit! Ich bin von ganzem Herzen überzeugt, dass dies der richtige Augenblick ist!«

»Und dein Vater, meine Liebste? Hast du daran gedacht, wie verzweifelt er sein wird, wenn er bemerkt, dass seine einzige Tochter verschwunden ist?«

»Wie jeder Vater, der seine Tochter liebt, kann auch Addai Aggai sich nur eines wünschen: dass ich glücklich bin! Ich hoffe nur, dass ich eines Tages die Gelegenheit haben werde, ihm zu erklären, dass mir dazu nichts anderes übrig blieb, als mit dem Mann meines Lebens fortzugehen!«

»Das junge Mädchen hat recht. Wir müssen uns jetzt sofort davonschleichen, solange noch alle schlafen«, fügte der *ma-ni-pa* hinzu, der sich zu ihnen gesellt hatte.

Als spürte sie, dass sich etwas Bedeutsames anbahnte, leckte Lapika die Hände von Addai Aggais Tochter.

»Seht euch nur die Hündin an! Sie versteht jedes Wort!«, rief sie scherzend.

»Wenn Lapika Umara vertraut, dann heißt das, dass jetzt tatsächlich der richtige Moment gekommen ist, den Persern zu entwischen!«

Die Feststellung kam von Dolch der ewigen Wahrheit, der von der Spitze des Steilhangs herabgekommen war, von wo aus er alles gesehen und gehört hatte.

»Ohne deinen Elefanten wäre das Wasser nicht zurückgekehrt, Dolch der ewigen Wahrheit, und wir stünden alle immer noch unter strenger Bewachung. Dass wir jetzt fliehen können, haben wir nur dir zu verdanken! Wie soll ich dir das jemals vergelten?«, rief Fünffache Gewissheit voller Dankbarkeit.

»Ich habe mein Bestes getan«, antwortete der Mönch aus Peshawar lediglich, denn bei dem Gedanken, den Freund zu verlieren, der ihm innerhalb weniger Wochen so lieb und teuer geworden war, krampfte sich sein Herz zusammen. »Achte gut auf die göttlichen Kinder. Das ist der einzige Rat, den ich dir geben möchte, bevor du mit ihnen fortgehst! Aber ich zweifle keinen Augenblick daran, dass sie bei dir bestens aufgehoben sind.«

»Wir werden sie hüten wie unsere Augäpfel!«, versicherte Umara und ergriff die Hände des Mönchs.

Fünffache Gewissheit nutzte die Gelegenheit, um mit dem *ma-ni-pa* ein paar Schritte zur Seite zu gehen. Zwischen den beiden Männern entspann sich eine lebhafte Diskussion, in deren Verlauf der Anhänger des Mahayana den Tibeter nachdrücklich zu etwas zu drängen schien.

Als sie zurückkamen, wandte sich der *ma-ni-pa* an Dolch der ewigen Wahrheit.

Seit mehreren Tagen mahnte ihn Fünffache Gewissheit schon dazu, aber eine tief sitzende Furcht hatte ihn bisher zurückgehalten: die Furcht davor, böse Erinnerungen wachzurufen, die er fast aus seinem Gedächtnis hatte vertreiben können.

Doch nun, da sie und Dolch der ewigen Wahrheit bald auseinandergehen würden, war Fünffache Gewissheit der Ansicht, dass es höchste Zeit für den Wandermönch wurde, ihrem Freund endlich die Wahrheit zu offenbaren.

»*Om!* Ich habe dir etwas Wichtiges zu sagen, Dolch der ewigen Wahrheit: Vor einiger Zeit bin ich deinem Abt Buddhabadra begegnet. *Om!*«, erklärte der *ma-ni-pa* dem Mönch aus Peshawar.

Bei diesen Worten stockte Buddhabadras oberstem Gehilfen das Blut in den Adern.

Hatte er nicht die weite Reise auf sich genommen, weil er – bislang vergeblich – versuchen wollte, etwas über den Verbleib seines verschwundenen Abtes herauszufinden?

»Das ist doch nicht möglich! Wo? Wann? Und warum erzählst du mir erst jetzt davon, *ma-ni-pa*?«, brüllte er wutentbrannt.

»Es war ein paar Wochen bevor du in die Reiterherberge kamst, in der sich unsere Wege kreuzten! Er hielt sich zusammen mit einem anderen Mann in einer Höhle in den Bergen auf. *Om!*«

»In einer Höhle?«

»Genau! Sie öffnete sich im Berghang am Rand des Weges, der zum tibetischen Kloster Samye führt! *Om!*«

Das Herz von Dolch der ewigen Wahrheit raste, und er wirkte völlig verstört.

»Ich rede ihm schon seit langem zu, dir davon zu erzählen, aber er hegt so böse Erinnerungen an diese Begegnung, dass es ihm schwerfällt, darüber zu sprechen. Buddhabadra war nicht alleine. Und der Mann, der ihn begleitete, hat dem *ma-ni-pa* furchtbare Angst eingejagt«, erklärte Fünffache Gewissheit.

Umara, die beinahe hintenübergefallen wäre, als sie aus dem Mund des Wandermönchs den Namen Buddhabadra hörte, hatte den Arm von Fünffache Gewissheit gepackt und umklammerte ihn mit aller Kraft.

»Was ist denn los, Umara? Du bist ja völlig durcheinander! Liegt es daran, dass unser Aufbruch näher rückt?«, fragte der junge Mönch sanft.

»Nein! Es ist etwas anderes. Aber jetzt ist nicht der richtige Moment, um darüber zu reden«, murmelte sie voller Panik und presste sich an ihn.

»Du bist ja leichenblass!«

»Ich werde dir später alles erzählen, wenn wir ungestört sind. Und dann wirst du alles verstehen!«, stammelte sie mit bleicher Miene.

Fünffache Gewissheit war in Gedanken so mit seinem Fluchtplan beschäftigt, dass er das junge Mädchen nicht zu weiteren Erklärungen drängte.

Dolch der ewigen Wahrheit fragte den *ma-ni-pa* immer noch nach den genauen Umständen aus, unter denen er seinem Abt begegnet war.

Buddhabadra war also noch am Leben!

Diese herrliche Nachricht erfüllte sein Herz mit Freude.

Sein Unschätzbarer Abt hatte sich also nicht einfach in Luft aufgelöst, nachdem er dem Kornak befohlen hatte, vorauszugehen und in der nächsten Herberge auf ihn zu warten.

»Und hast du mit ihm gesprochen? War er gesund? Was genau hat er zu dir gesagt? Wo ist er jetzt? Warum hast du mir denn nicht schon früher davon erzählt? Ich fasse es nicht, dass du mich so lange im Ungewissen gelassen hast, während ich seit Monaten wie ein Verrückter nach ihm suche!«

Die Fragen von Dolch der ewigen Wahrheit prasselten auf den *ma-ni-pa* ein, und manche davon klangen sogar regelrecht vorwurfsvoll.

»Ich habe dir nur deshalb nicht schon früher davon erzählt, weil ich Angst hatte, böse Erinnerungen heraufzubeschwören!«, gestand der Wandermönch kläglich, um sich zu rechtfertigen.

»Aber dafür musst du mir jetzt ganz genau berichten, was passiert ist.«

»Ich war auf der Straße unterwegs. Da sprach mich plötzlich ein Unbekannter an und führte mich in eine Höhle, in der Buddhabadra auf dem Boden lag. Er hatte schreckliche Schmerzen, die es ihm unmöglich machten aufzustehen.«

»War er krank?«, schrie Dolch der ewigen Wahrheit entsetzt auf.

»Sein Bein tat ihm weh. Es sah nicht sehr schlimm aus, aber er musste sich ausruhen. *Om!*«

»Warum hat dich der Unbekannte denn überhaupt zu meinem Abt gebracht?«

»Anfangs war mir das auch nicht klar. Aber schon sehr bald schlugen die beiden Männer mir eine Art Pakt vor. *Om!* Ich sollte für sie ein buddhistisches Manuskript aus dem Kloster Samye holen und zu ihnen bringen. Im Gegenzug hatten sie mir eine hohe Belohnung versprochen.«

»Und daraufhin bist du nach Samye gegangen?«

»*Om!* Ich habe das Manuskript aber nicht bekommen. Und außerdem forderte mich der Abt von Samye, der Ehrwürdige

Ramahe sGampo, auf, mich in den Dienst von Fünffache Gewissheit zu stellen und ihm dabei zu helfen, die göttlichen Kinder nach Luoyang zu bringen. Deshalb konnte ich den Vertrag, den ich mit ihnen geschlossen hatte, nicht erfüllen. Wenn sie mir noch einmal begegnen, werden sie mich töten!«, stammelte der *ma-ni-pa*.

»Ich habe keine Ahnung, wovon du da redest, aber meinem Abt sehen solche Machenschaften ganz und gar nicht ähnlich, das kann ich dir versichern! Und dich zu töten ist auch nicht Buddhabadras Art. Dieser Mann verabscheut Gewalt in jeglicher Form!«, versetzte der Mönch aus Peshawar gereizt.

»Das ist die absolute Wahrheit! Ich schwöre es beim Kopf des Avalokiteshvara! *Om! Mani padme hum!* Ich habe mich ihnen gegenüber nicht richtig verhalten. Ich habe das ganze Geld, das sie mir als Vorschuss gezahlt haben, den Armen gegeben und bin Fünffache Gewissheit nachgeeilt, um mich in seinen Dienst und den der Himmlischen Zwillinge zu stellen, so wie es der Ehrwürdige Ramahe sGampo mir aufgetragen hatte«, rief der Wandermönch.

»Und bereust du es?«, wollte Dolch der ewigen Wahrheit wissen.

»Nicht im Geringsten! Abgesehen davon, dass sie nun zu Recht wütend auf mich sind. Andererseits hätte es mich in den Zustand schwerster Sünde versetzt, wenn ich mich der Anweisung des Abtes des ältesten Klosters im Reich Bod widersetzt hätte!«, schloss der Wandermönch.

»Wenn ich das alles früher gewusst hätte, hätte ich mir nicht so fürchterliche Sorgen zu machen brauchen! Jetzt muss ich bloß noch nach Samye. Und selbst wenn Buddhabadra nicht dort sein sollte, muss er sich zumindest irgendwo in der Nähe des Klosters aufhalten!«, murmelte Dolch der ewigen Wahrheit beruhigt.

»Der Ehrwürdige Ramahe sGampo wird dir bestimmt mehr dazu sagen können«, fügte der *ma-ni-pa* hinzu.

»Wir müssen los! Sie können jeden Moment aufwachen«, mischte sich Fünffache Gewissheit ein.

Und so machten sie sich auf den Weg in die dunkle Nacht. Der *ma-ni-pa* ging als Letzter, neben sich Sturmwind, den er an der Gebissstange festhielt, damit der Hengst nicht unvermutet zur Seite ausbrechen konnte. Damit hätte er seine kostbare Fracht in Gefahr gebracht, die die gelbe Hündin immer noch bewachte wie den wertvollsten Schatz. Der Elefant Sing-sing, der mit seinem würdevollen, majestätischen Gang vor ihm herschritt, trug sowohl seinen Kornak als auch Dolch der ewigen Wahrheit, und Umara und Fünffache Gewissheit schließlich gingen Hand in Hand voraus.

So entwischte Fünffache Gewissheit den Persern, die ihn gefangen hielten, und rettete damit nicht nur die Himmlischen Zwillinge, sondern nahm darüber hinaus auch noch die Frau mit, die er liebte!

Und Umara, der das Schicksal der beiden Kinder bereits so sehr am Herzen lag, als seien es ihre eigenen, hielt die Hand ihres Gefährten, und ihre verschiedenfarbigen Augen leuchteten vor Freude.

Das Glück erwartete sie wie ein riesiges unbekanntes Land, das sie so schnell wie möglich erkunden wollten.

So dauerte es nicht lange, bis die kleine Gruppe den Dornbusch an der Seidenstraße erreichte, der die Abzweigung zur Wüstenmanufaktur markierte.

Wie ein langes, graues Band lag die Straße vor ihnen, und zu der späten Stunde war weit und breit keine Karawane zu sehen.

Jeder schickte sich an, in seine Richtung davonzuziehen: Fünffache Gewissheit und Umara nach Osten und Dolch der ewigen Wahrheit, sein Elefant und der Kornak nach Westen.

Die Stunde der Trennung war gekommen. Es wurde ein trauriger Abschied.

»Ich stehe in deiner Schuld. Und ich wünsche mir so sehr, dir eines Tages zurückgeben zu können, was du für mich getan hast! Ich hoffe, dass der Erhabene unsere Wege sich noch einmal kreuzen lässt!«, murmelte Fünffache Gewissheit mit feuchten Augen.

»Ich werde von ganzem Herzen dafür beten«, entgegnete Dolch der ewigen Wahrheit und umarmte seinen Freund gerührt.

»Vergiss nicht: Wenn du mich brauchst, wirst du mich am ehesten in Luoyang finden!«, fügte Fünffache Gewissheit hinzu.

»Möge der Erhabene euren Bund und euer neues gemeinsames Leben segnen!«, rief Buddhabadras oberster Gehilfe den beiden mit lauter Stimme nach, als sie mit den Himmlischen Zwillingen in eine unbekannte Zukunft aufbrachen, vereint und stark im Bewusstsein ihrer unverbrüchlichen Liebe.

Als Umara und Fünffache Gewissheit, die eng aneinandergeschmiegt drauflosgingen, sich umdrehten, war Sing-sing bloß noch ein winziger Punkt auf der Seidenstraße.

»Du kannst dir gar nicht vorstellen, wie glücklich ich bin!«, rief Umara in diesem Augenblick.

»Was ich seit einigen Tagen erlebe, straft die berühmte chinesische Weisheit, dass ›Frieden und innere Gelassenheit das wahre Glück seien‹, unablässig Lügen. Als ich Luoyang verließ, ahnte ich nicht, dass ich mit einer Frau und zwei Kindern dorthin zurückkehren würde!«, scherzte der Gehilfe von Vollendete Leere.

»Eine solche Redensart hat mir mein Chinesischlehrer nie

beigebracht. Wer weiß, mein geliebter Fünffache Gewissheit, vielleicht werden wir auch eines Tages in Frieden und Gelassenheit leben!«, erwiderte sie lachend.

Zusammen mit dem *ma-ni-pa*, der ihnen jeden Wunsch von den Augen ablas, und den beiden entzückenden Säuglingen zu reisen war für Fünffache Gewissheit und Umara das reinste Vergnügen, auch wenn es immer wieder zu ärgerlichen Staus kam. Die Seidenstraße war von Sonnenaufgang bis Sonnenuntergang von langen Karawanen und Herden bevölkert, zu denen sie nach und nach aufschließen mussten, um sie dann zu überholen.

Innerhalb von acht Tagen brachten sie den Weg zwischen Dunhuang und dem Jadetor in der Großen Mauer von China hinter sich, eine Strecke, für die man normalerweise zwölf Tage brauchte.

»Die befestigte Stadt dort am Horizont ist Jiayuguan*! Und der Fluss vor ihren Mauern ist der Taolai«, erklärte Fünffache Gewissheit Umara.

Es war bereits spät am Nachmittag, und in der Ferne zeichneten sich am Fuß des Qilian-Gebirges die von geschwungenen Dächern gekrönten Türme der stolzen Festung vor einem Himmel ab, den die letzten Flammen der winterlichen Sonne in ein majestätisches Rot tauchten.

»Ich schlage vor, dass wir auf die kleinen Nebenwege ausweichen und einen Bogen um dieses Bollwerk schlagen, in dem es von Zöllnern und Ordnungshütern nur so wimmeln muss. Außerdem ist der Wegzoll, der an einem so unvermeidlichen Durchgangsort verlangt wird, sicher sehr hoch!«, warnte der junge Mönch.

»Er hat recht, und abgesehen vom finanziellen Ruin riskieren wir dort noch sehr viel mehr, vor allem mit den beiden

---

* Chinesischer Name des Jadetors.

Kindern! Bei jeder sich bietenden Gelegenheit werden sie uns anhalten, um uns zu befragen!«, fügte der *ma-ni-pa* hinzu.

»Na gut, dann gehen wir eben über die Hirtenwege auf die Berge zu! Das bietet uns wenigstens eine Abwechslung von der ewig verstopften Seidenstraße!«, schloss Umara, die ihrem Geliebten bedingungslos vertraute.

Ihre kleine Gruppe bog also unverzüglich von der Karawanenroute ab auf einen schmalen Pfad, der sich durch die hügelige Gebirgslandschaft nördlich der Straße schlängelte.

Die Flammen der Abenddämmerung überzogen die Felsen und seltsam geformten Bergspitzen, die ein Ehrenspalier für sie zu bilden schienen, mit einem roten Saum. Im Gänsemarsch liefen sie auf dem schmalen, von Hirten und Schmugglern benutzten Streifen voran.

Je höher sie kamen, desto frischer und kühler wurde die Luft.

Einige Zeit später drang leises Weinen aus dem Weidenkorb auf Sturmwinds Rücken und verkündete den Reisenden, dass es Zeit wurde, den Himmlischen Zwillingen zu trinken zu geben.

»Wir müssen Halt machen, die Kleinen haben Hunger. Warum rasten wir nicht gleich hier? Der Boden sieht recht weich aus«, schlug Umara vor.

Schon seit einer ganzen Weile wanderten sie im bleichen Licht des Vollmonds über den strahlend weißen Sand eines ausgetrockneten Flussbetts.

Zu Füßen eines großen Felsbrockens luden sie den Weidenkorb und ihr Gepäck ab.

»Hier sind die Kinder geschützt!«, freute sich der *ma-ni-pa*.

Genau in diesem Moment geschah das Unglaubliche.

Kaum hatte Umara die Zwillinge an die Zitzen ihrer Hundeamme gelegt, als hinter dem Felsbrocken ein schlaftrunkenes, vor Angst zitterndes junges Paar auftauchte.

Die Reflexe, die sich Fünffache Gewissheit durch seine langjährige Übung in den Kampfkünsten erworben hatte, waren sofort wieder da.

Er nahm eine Angriffshaltung ein, die Hände senkrecht, die Handkanten gegen die Eindringlinge gerichtet, während die Hand des *ma-ni-pa* den Griff seines rituellen *phurbu*-Dolchs umklammerte.

»Tut uns nichts! Wir wollen nichts Böses! Wir haben bloß friedlich geschlafen, bis eure Ankunft uns aufgeschreckt hat!«, rief der junge Mann mit angsterfüllter Stimme, während sich das junge Mädchen furchtsam hinter seinem Rücken versteckte.

In ihren jugendlichen Gesichtern las Fünffache Gewissheit Überraschung und Angst.

Die blauen Augen des jungen Mannes verrieten eine westliche Herkunft, das vollkommen glatte, seidig glänzende schwarze Haar seiner Begleiterin hingegen ließ keinerlei Zweifel daran, dass es sich bei ihr um eine Chinesin handelte: Es war also ein gemischtes Paar, genau wie er und Umara, nur umgekehrt.

Die beiden Unbekannten, die alles andere als aggressiv auftraten, erschienen ihm ausgesprochen sympathisch.

Die junge Chinesin erkannte als Erste, dass Fünffache Gewissheit keine kämpferischen Absichten hegte, und nickte ihm grüßend zu.

»Wer seid ihr?«, fragte sie mit einem Lächeln.

Sofort gab er seine Angriffshaltung auf und bedeutete dem *ma-ni-pa*, seinen Phurbu wegzustecken.

»Wir sind Reisende, genau wie ihr! Habt keine Angst!«, rief er ihnen zu, wobei er seine Stimme so beruhigend wie möglich klingen ließ.

»Wir haben in dem ausgetrockneten Flussbett geschlafen. Es heißt, hier gäbe es wilde Hunde. Ihr habt uns einen

Riesenschrecken eingejagt!«, erklärte die junge Frau, die nun hinter dem Rücken des Jungen hervorgekommen war. Sie deutete auf Lapika, die bereitstand, sich auf das geringste Zeichen von Fünffache Gewissheit hin auf sie zu stürzen.

Obwohl ihre Schönheit von ganz anderer Art war als Umaras, bemerkte der Gehilfe von Vollendete Leere, der vor der jungen Nestorianerin niemals eine Frau auch nur mit einem Hauch von Interesse betrachtet hatte, erstaunt, dass die kleine Chinesin mit ihrem hübschen Gesicht und ihrem lebhaften Auftreten über unbestreitbaren Charme verfügte.

Ihr Gefährte wirkte trotz seiner verschlafenen Miene freundlich, und er hatte einen offenen Blick.

Offensichtlich bildeten die beiden jungen Leute ein ebenso harmonisches Paar wie er und die Tochter von Addai Aggai.

»Wie heißt du?«, fragte er den Jungen mit den blauen Augen. »Ich bin Fünffache Gewissheit.«

»Mein Name ist Speer des Lichts, und das ist Jademond!«

»Ich bin Umara!«, erklärte die junge Christin.

»Und ich bin ein tibetischer Wandermönch. Bei uns nennt man so jemanden einen *ma-ni-pa*!«

Noch während er sich vorstellte, widmete er sich gleichzeitig einer seiner liebsten Übungen, einem Spagat, bei dem seine Beine steif wurden wie ein Brett und er die Fußspitzen auf zwei Felsen abstützte.

»Dieser Wandermönch hat einige Tricks auf Lager! Er kann sogar Säbel schlucken und Feuer spucken!«, scherzte der Gehilfe von Vollendete Leere.

»Er hatte so einen seltsamen Dolch in der Hand!«, flüsterte Jademond.

»*Om!* Diesen Ritualdolch benutzen wir, um die umherstreifenden Dämonen unschädlich zu machen; außerdem dient er dem Geist als Stachel! Es läge mir vollkommen fern, die Hand gegen ein so entzückendes Wesen wie dich zu erheben! *Om!*«, rief der Tibeter.

Bei seinen Worten brachen die beiden jungen Leute in fröhliches Gelächter aus. Der spontane Heiterkeitsausbruch brach das Eis und entspannte die Stimmung.

»Woher kommt ihr? Wir sind vor acht Tagen in Dunhuang aufgebrochen! Ich bin Buddhist, und sie ist Christin«, erklärte Fünffache Gewissheit.

»Und wir haben uns vor gut einem Monat in Chang'an auf den Weg gemacht! Ich gehöre dem manichäischen Glauben an, und Jademond wurde in keiner bestimmten Religion erzogen«, antwortete Speer des Lichts nicht im Mindesten irritiert.

»Ich habe als Färberin in einer der großen kaiserlichen Seidenmanufakturen, dem Tempel des Unendlichen Fadens, gearbeitet«, fügte die junge Frau hinzu.

»Wir wollen nach Luoyang! Und das ist der Grund dafür, dass wir das Jadetor umgangen haben!«, erklärte Fünffache Gewissheit verschwörerisch.

Er deutete auf die beiden winzigen, bis zum Hals in Tücher eingewickelten Körper, die Umara aus ihren Decken befreit hatte, um sie an die Brust der langfelligen Hündin zu legen, an die sie sich unverzüglich schmiegten wie zwei kleine Welpen.

»Wir haben zwei Säuglinge bei uns. Zwillinge«, sagte Umara und präsentierte sie ihnen voller Stolz.

»Die Himmlischen Zwillinge!«, ergänzte der *ma-ni-pa*.

»Das ist ja unglaublich! So etwas habe ich noch nie gesehen! Das halbe Gesicht des Kindes ist behaart, als wäre es ein Affe!«, bemerkte die junge Chinesin entzückt, nachdem sie näher an Lapika herangetreten war.

»Das ist das kleine Mädchen. Und glaub mir, trotz der Behaarung plappert sie munter drauflos und ist einfach hinrei-ßend!«, vertraute Umara ihr lächelnd an.

Nachdem die Kleinen getrunken hatten, setzten sich die vom Schicksal zusammengeführten Flüchtlinge an das Feuer. Der *ma-ni-pa* gab einen großen Löffel Honig in den Teekessel, und verwundert erkannten sie, dass sie, wenn auch aus unterschiedlichen Gründen, das gleiche Los teilten.

Obwohl sie sich gerade erst begegnet waren, dauerte es nicht lange, bis sie einander genug erzählt hatten, um ihre jeweilige Geschichte zu kennen.

»Also müssen wir beide unseren Meister um Verzeihung bitten, weil wir gegen unsere Gelübde verstoßen haben!«, sagte Speer des Lichts schließlich zu Fünffache Gewissheit.

»Ich wage zu hoffen, dass mein Abt mir gegenüber nachsichtig sein wird! Sollte das jedoch nicht der Fall sein, würde es nichts an meiner Entscheidung ändern, den Rest meines Lebens mit Umara zu verbringen«, schloss dieser völlig gelassen.

»Ich habe mich nicht einmal von meinem Vater verabschiedet, bevor ich von zu Hause fortgegangen bin! Und dabei bin ich sein einziges Kind. Wenn mir noch vor kurzem jemand gesagt hätte, dass so etwas passieren würde, dann hätte ich ihn einen Lügner genannt! Wenn man das Glück hat, der Liebe zu begegnen, hält sie viele Überraschungen für einen bereit«, murmelte Umara nachdenklich.

»Dann bin ich also die Einzige, die niemandem Rechenschaft schuldig ist: Es ist lange her, seit meine Eltern mich meinem Schicksal überlassen haben! Aber dafür weiß ich zumindest, dass die Liebe alles andere überwindet!«, entgegnete Jademond unbeschwert und kuschelte sich an die Schulter ihres Geliebten.

Die Flammen des Feuers erhellten das schöne Gesicht der jungen Arbeiterin, deren Lächeln nicht nur von ihrer Aufrichtigkeit, sondern auch von dem Glück zeugte, das sie erfüllte.

»Wo wollt ihr denn hin?«, fragte Fünffache Gewissheit, der ein Mönch des Großen Fahrzeugs blieb, solange ihn sein Abt nicht von seinem Gelübde entbunden hatte.

»Wir wollen zurück nach Turfan, dort komme ich her!«, antwortete Speer des Lichts.

»Das ist noch ein weiter Weg! Warum seid ihr denn aus Chang'an fortgegangen?«, erkundigte sich Fünffache Gewissheit.

Rasch war Speer des Lichts zu dem Schluss gekommen, dass er dem jungen Mönch und dem jungen Mädchen, dessen verschiedenfarbige Augen den unvergleichlichen Glanz ihres arglosen Blicks noch betonten, die Wahrheit sagen konnte.

»Wir mussten fliehen. Die kaiserlichen Ordnungshüter sind hinter uns her!«, wisperte der junge Kuchaner.

»Ein Mann namens Grüne Nadel hat uns aus purer Eifersucht verraten! Aber das werden wir ihm eines Tages noch heimzahlen!«, fügte Jademond hinzu.

»Wenn ihr in Schwierigkeiten seid und auf halbem Weg nach Turfan in Dunhuang Halt machen wollt, dann geht ruhig zu meinem Vater. Er ist der Bischof der nestorianischen Kirche dieser Oase. Aber ihr müsst mir versprechen, ihm nicht zu verraten, dass ihr seiner Tochter hier auf dem Schmugglerpfad begegnet seid!«, bot Umara Jademond und Speer des Lichts an.

»Addai Aggai ist dein Vater?«, fragte der Kuchaner verdutzt, und seine weit aufgerissenen blauen Augen verrieten, wie überrascht er war.

»Woher kennst du denn seinen Namen?«, fragte Umara ebenso verblüfft zurück.

»Ich habe mich gelegentlich mit seinem Stellvertreter Diakonos unterhalten. Er ist hin und wieder nach Turfan gekommen, um mit Hort der Seelenruhe, dem Oberhaupt meiner Kirche, zu reden. Die Manichäer stellen heimlich Seidenfaden her, den die Nestorianer dann zu Stoffen weben und in Zentralchina verkaufen! Die beiden Kirchen haben die Arbeit untereinander aufgeteilt«, erklärte Speer des Lichts.

»Mein Vater ist ja ein noch größerer Geheimniskrämer, als ich geahnt habe! Er hat also ein ganzes Netz aufgebaut«, seufzte die junge Nestorianerin nachdenklich. Die Worte von Speer des Lichts machten ihr noch deutlicher bewusst, welche Katastrophe der Stillstand der kleinen Manufaktur in der Wüste für ihren Vater bedeutet hatte.

»Aber dabei handelt es sich doch um ein Verbrechen, zumindest nach chinesischen Gesetzen, die das Seidenmonopol des Kaiserreichs festgelegt haben! Wie kommen diese beiden fremden Religionen denn dazu, einen so gefährlichen Schmuggel in meinem Land zu betreiben?«, mischte sich Fünffache Gewissheit ein. Er war etwas schockiert über diese Enthüllungen.

»Mit illegal hergestellter Seide erzielt man unfassbar hohe Gewinne! Sowohl die Nestorianer als auch die Manichäer träumen davon, den Einfluss ihrer Kirche nach Zentralchina auszudehnen, das sie als wichtigstes Ziel für ihre Missionstätigkeit ansehen. Dazu benötigen sie jedoch bedeutende finanzielle Mittel, und sie verfügen weder über die Reichtümer noch über den ausgedehnten Landbesitz der großen buddhistischen Klöster!«, antwortete der Kuchaner.

»Aber gehen sie damit nicht ein ungeheures Risiko ein? Es heißt, die Seidenbehörde verfolge jeden noch so kleinen Faden, der nicht ihr unseliges Siegel trägt! Und denjenigen, die das Herstellungsmonopol umgehen, droht die Todesstrafe!«, rief der Gehilfe von Vollendete Leere.

»Alle großen Anliegen verleiten diejenigen, die sie verfechten, zu tausenderlei Listen. Wer für den Sieg seines Glaubens kämpft, dem sind alle Mittel recht, sei er nun Nestorianer, Manichäer oder – zumindest vermute ich das – Buddhist«, entgegnete Speer des Lichts.

»Ich bin ganz deiner Meinung! Es kostet viel Geld, einer Religion das Überleben zu sichern und sie in der Gesellschaft zu verankern. Die Klöster des Großen Fahrzeugs besitzen gewaltige Ländereien und dazu noch die Hälfte der Fläche in den meisten größeren Städten Zentralchinas. Dort gehören ihnen Häuser, die sie teuer vermieten. Die Gaben der Wohlhabenderen ermöglichen es, Klostergemeinschaften zu unterhalten, die in manchen großen Klöstern mehr als zwanzigtausend Mönche umfassen! Außerdem bieten die Klöster den Ärmsten Unterkunft und Verpflegung. Sie nehmen das Geld der Reichen und verbessern gleichzeitig die Lebensbedingungen des einfachen Volkes.«

»Was hast du denn da in der Hand?«, fragte Umara mit einem Mal Speer des Lichts.

Der junge Manichäer streckte ihnen seine offene Hand entgegen, auf der eine kleine spindelförmige weiße Masse und winzige schwärzliche Kügelchen lagen.

»Das sollte ich auf Geheiß des Oberhaupts der Kirche des Lichts von Turfan in Chang'an besorgen: Kokons und Eier des Seidenspinners. Die Eier befinden sich noch in ihrer Überwinterungsphase, so kann man sie unbeschadet transportieren. Ein Unglücksfall hat unsere Seidenraupenzucht zerstört, und man hat mich beauftragt, nach Chang'an zu reisen und dort alles Notwendige zu besorgen, um die Seidenfadenproduktion wieder aufnehmen zu können!«, erklärte der Kuchaner. Trotz aller Sympathie wagte er es nicht, Fünffache Gewissheit zu gestehen, dass er selbst die Insekten vernichtet hatte, um zu Jademond zurückkehren zu können.

»Davon habe ich schon gehört! Die Seidenfadenvorräte meines Vaters sind so gut wie erschöpft, und seine Manufaktur arbeitet im Moment in verlangsamtem Rhythmus!«, entgegnete Umara.

Die junge Nestorianerin hielt den Kokon in der einen Hand und streichelte mit der anderen über seine seidige Oberfläche.

»Er ist ja ganz weich!«

»Das ist normal; er besteht ja auch aus aufgerolltem Seidenfaden«, antwortete Speer des Lichts.

»Kokons und Eier zurückzubringen, das war also der Grund für deine Reise nach Chang'an! Aber es ist doch streng verboten, solche Waren aus Zentralchina heraus auf die andere Seite der Großen Mauer zu bringen, das könnte dich den Kopf kosten!«, rief Fünffache Gewissheit, immer noch verblüfft.

»Genau aus diesem Grund haben wir es ja auch vorgezogen, das Jadetor zu umgehen. Aber ich hatte noch etwas anderes im Sinn, als ich nach Chang'an kam: Ich wollte Jademond wiederfinden und sie mit zurück nach Turfan nehmen!«

»Jetzt verstehe ich, warum man euch verraten hat! Nicht nur Kokons, sondern auch noch ein hübsches Mädchen zu entführen: Du hast wirklich kein Risiko gescheut!«

»Für eine edle Sache muss man auch bereit sein, Risiken auf sich zu nehmen: Das hat mich das Leben gelehrt, seit ich in Kucha geboren wurde!«

Vor der rötlichen Glut des verlöschenden Feuers wiegten die beiden jungen Frauen sanft die satten Säuglinge in ihren Armen.

»Du hast sehr schöne Augen!«, sagte Jademond leise zu Umara.

»Die habe ich von meinem Vater und meiner Mutter! Aber

du bist deinen Eltern auch gut gelungen«, entgegnete diese mit einem fröhlichen Lachen.

Sie benahmen sich bereits wie alte Freundinnen, ja beinahe schon wie zwei Schwestern!

Die beiden Paare saßen noch eine ganze Weile beisammen, lernten sich besser kennen und entdeckten die außergewöhnliche Parallelität ihrer Schicksale: der Liebe wegen hatten sie ihr ganzes früheres Leben aufgegeben.

Jademond und Speer des Lichts erzählten, wie sie den Sondereinheiten des Zensorats entwischt waren, und die beiden anderen schilderten ihnen, wie sie es geschafft hatten, in der Nähe von Dunhuang, mitten in der Wüste Gobi, den betrunkenen Persern zu entkommen.

Am nächsten Morgen gingen alle wieder ihrer Wege, die einen ins ferne chinesische Reich und die anderen auf die Wüsten Zentralasiens zu. Doch vorher hatten sie sich geschworen, einander niemals aus den Augen zu verlieren, und sie alle äußerten den Wunsch, das Leben möge sie eines Tages wieder zusammenführen.

»Wenn wir irgendwann in der Zukunft einmal Kontakt zu euch aufnehmen wollten, wo könnte ich dich dann am sichersten antreffen?«, fragte Fünffache Gewissheit Speer des Lichts.

»In der Kirche des Lichts von Turfan. Wenn ich nicht selbst dort bin, werde ich dafür sorgen, dass man dir sagen kann, wo du mich findest! Und du?«

»Zweifellos in Luoyang. Bis dahin wird es mir bestimmt gelungen sein, Meister Vollendete Leere davon zu überzeugen, mich wieder in den Laienstand zurückzuversetzen. Ich verfüge ja über gute Argumente! Ich bringe ihm nicht nur zurück, was ich für ihn aus dem Schneeland holen sollte, sondern auch noch zwei göttliche Kinder für das Kloster der Dankbarkeit für Erwiesene Kaiserliche Wohltaten, in das die

Menschen in Scharen strömen werden, um die Kleinen anzubeten. Die Himmlischen Zwillinge sind mein größter Trumpf, um das Mitgefühl meines Abtes zu gewinnen.«

Kurz bevor sie sich trennten, reichte Speer des Lichts Fünffache Gewissheit ein Bündel zusammengefalteter Kleider.

»Das sind die chinesische Soldatenuniform und das daoistische Priestergewand, von denen ich dir gestern Abend erzählt habe. Ohne die Kleider wären wir ganz sicher nicht hier, aber jetzt brauchen wir sie nicht mehr! Nimm sie, vielleicht können sie euch von Nutzen sein!«, sagte der Kuchaner.

»Du verlangst doch wohl nicht von mir, dass ich mich jetzt auch auf die chinesischen Märkte stelle und anfange, Heilpflanzen zu verkaufen!«, scherzte der Gehilfe von Vollendete Leere.

»Wer weiß! Mit dem *ma-ni-pa* und den beiden Kindern wirst du bestimmt großen Anklang finden, da bin ich mir sicher!«

Fünffache Gewissheit lachte laut auf.

»Niemand wird jemals einen Mönch des Großen Fahrzeugs für einen daoistischen Priester halten! In meiner Novizenzeit haben unsere Lehrer uns eingebläut, uns vor der Theorie der Qi-Energien und allem, was mit Alchemie zu tun hat, in Acht zu nehmen! Es fehlte nicht viel, und sie hätten die Priester des Dao der puren Scharlatanerie bezichtigt!«

Die bläulichen, bereits von zartem morgendlichem Nebel umspielten Gipfel der Berge um sie herum kündeten einen schönen Wintertag an.

»Es wird Zeit aufzubrechen! Wir haben alle noch einen weiten Weg vor uns!«, mahnte Fünffache Gewissheit.

»Wie merkwürdig, wir kennen uns erst seit gestern Abend, und trotzdem habe ich das Gefühl, alte Freunde zu verlassen«, sagte Speer des Lichts nachdenklich.

Wie hätten die anderen, nachdem sie einander so vertrauensvoll die Gründe für ihre Anwesenheit hier in der Wüste offenbart hatten, nicht ebenso empfinden sollen?

»Ich weiß, warum!«, rief Umara daraufhin mit bewegter Stimme. »Ihr liebt euch genauso sehr wie wir uns. Das ist es, was uns miteinander verbindet!«

»Gute Reise, und möge der Erhabene Buddha euch segnen!«, sagte Fünffache Gewissheit.

»Möge der Prophet Mani, der Fürsprecher des Lichts, euch begleiten! Und vergesst nicht, dass ihr bei uns in Turfan immer willkommen seid!«, fügte Speer des Lichts hinzu.

»Und möge auch mein Einer und Unteilbarer Gott euch in seiner immerwährenden Güte beschützen! Bei uns in Luoyang werdet ihr stets ein Zuhause finden!«, schloss die junge Nestorianerin.

»Und du sagst gar nichts?«, fragte Speer des Lichts Jademond, die als Einzige stumm geblieben war.

»Ich möchte lieber nicht zwischen Buddha und dem Einen Gott wählen. Aber ich glaube an die Sterne des Glücks und der Liebe. Und ganz besonders an die Sternbilder des Kuhhirten und der Weberin, die sich jedes Jahr am Tag des Fests der Verliebten auf einer Brücke begegnen. Der Gelbe Kaiser spannt sie eigens für sie über die Milchstraße, die sie sonst voneinander trennt! Ich habe das Gefühl, dass die Sterne uns bereits viel Beistand geschenkt haben, da jeder von uns seine verwandte Seele gefunden hat!«, sagte die junge Chinesin leise und enthüllte damit ihrem Geliebten zum ersten Mal ihre innersten Gedanken.

Ein Stück abseits der Gruppe murmelte der *ma-ni-pa* mit halb geschlossenen Augen und ausgestreckten Armen ein Gebet.

»Was machst du denn da, *ma-ni-pa*?«, fragte Speer des Lichts, der ihn schon eine ganze Weile beobachtete.

»Ich bete zum Erhabenen Buddha, dass ihr in euren zukünftigen Leben alle vier über die ›Kostbarkeit‹ verfügen möget. Ihr scheint sie mir so sehr zu verdienen! *Om!*«

»Und was ist diese ›Kostbarkeit‹, *ma-ni-pa*?«, wollte der Kuchaner wissen.

»Es sind die Augen des Erhabenen Buddha, die er in einem seiner unzähligen früheren Leben einem armen Blinden schenkte! Ein alter Lama hat mir einmal versichert, dass man mit solchen Augen unweigerlich seinen Weg findet und wie durch ein Wunder auf den Pfad der Erlösung gelangt! Ich bete, dass die Augen des Buddha an eurer Stelle auf die Welt blicken mögen!«, flüsterte der Wandermönch und legte die Hände zusammen, ehe er die Daumen an seine Stirn führte und sich mehrmals verneigte.

Bestärkt durch den aufrichtigen Wunsch des *ma-ni-pa*, machten sich Speer des Lichts und Jademond wieder auf den Weg.

Als ihre Umrisse verschwunden waren, gab auch Fünffache Gewissheit das Zeichen zum Aufbruch.

Sorgsam darauf bedacht, nicht auf den falschen Weg zu geraten, hatte er beschlossen, ihren Trupp anzuführen.

Der Wind und der feine, in heftigen Böen aus der Sandwüste herangetragene Staub wehten ihm ins Gesicht.

Er fühlte sich wohl.

Die Begegnung mit Speer des Lichts und Jademond hatte sein Herz erwärmt. Der Gedanke, dass er sein Schicksal mit Menschen teilte, die sich ebenfalls liebten, ohne dem gleichen Glauben anzugehören, beruhigte ihn.

Er war also nicht der Erste, dem so etwas widerfuhr, und er würde auch nicht der Letzte sein.

Er nutzte die wiedergewonnene Gelassenheit, die er in seinem Inneren spürte, um das Etui des *Sutra über die Logik der Vollkommenen Leerheit* aus seinem Reisebündel zu holen, um dessentwillen er so viele Ebenen, Hochplateaus, Wüsten, Flüsse, Sturzbäche und Berge überwunden hatte.

War die heilige Schriftrolle für ihn nicht zu einer Art Talisman geworden?

Wie vielen Gefahren hatte er getrotzt, um diese so komplexe, so tiefgründige Lehrrede zu ihrem Verfasser zurückzubringen. Sie war so schwer zugänglich, dass nur die größten Exegeten nach all ihren Meditationen und ihrer Lektüre in der Lage waren, ihre verborgene Bedeutung zu erfassen!

Es drängte ihn, das kostbare Dokument endlich Vollendete Leere zu übergeben!

Er konnte es kaum erwarten, ihm von seiner Reise und seiner Begegnung mit der jungen Nestorianerin zu erzählen!

Und bei der Gelegenheit würde er ihn um Verzeihung dafür anflehen, dass er vom Pfad des mönchischen Lebens abgewichen war.

Konnte er von dem Ehrwürdigen Abt, der in Bezug auf die religiösen Vorschriften nicht gerade für seine Nachsicht bekannt war, Verständnis erwarten?

Notfalls würde er Vollendete Leere erklären, dass im Grunde sogar er derjenige gewesen war, der diese Lawine unvorhergesehener Ereignisse ausgelöst hatte, weil er ihn nach Samye geschickt hatte, um die kostbare Abschrift seines Sutra zu holen.

Vor allem aber war er davon überzeugt, dass die Anwesenheit der Himmlischen Zwillinge ihm eine unschätzbare Hilfe sein würde.

Die Himmlischen Zwillinge!

Zeugten diese winzigen Wesen, die eng aneinandergekuschelt in ihrem Weidenkorb lagen, nicht von den außergewöhnlichen Umständen, die seine Reise von Anfang an bestimmt hatten?

Ohne sie wäre er sicher nicht am Arm der geliebten Frau vor die Tore des chinesischen Reichs gekommen.

Er war so sehr in seine Gedanken versunken, dass er erst nach einer ganzen Weile die betrübte Miene seiner Gefährtin bemerkte.

»Warum schaust du denn so traurig drein, Umara? Ist irgendetwas nicht in Ordnung?«, fragte er sie.

Die junge Christin zögerte kurz, bevor sie antwortete.

»Ich habe mich in Dunhuang nicht von dem einzigen Freund verabschiedet, den ich dort hatte! Erinnerst du dich noch an den Jungen, der Heuschrecken gejagt hat, als wir uns oben auf dem Steilhang begegnet sind? Das war er, Staubnebel! Und dabei hatte ich ihm versprochen, nach meiner Rückkehr mit ihm einen Ausflug in die Wüste zu unternehmen! Er muss furchtbar enttäuscht sein«, gestand sie schließlich widerstrebend und griff nach seiner Hand.

»Ich glaube ganz fest, dass du ihn eines Tages wiedersehen wirst! Und dann kannst du ihm erklären, warum es dir unmöglich war, dich vor deiner Abreise von ihm zu verabschieden. Ich bin mir sicher, dass er das verstehen wird!«, antwortete Fünffache Gewissheit mit sanfter Stimme.

»Meinst du?«

»Ich bin sogar fest davon überzeugt, meine Geliebte!«

Fünffache Gewissheit, der es verabscheute, auch nur den leisesten Hauch von Traurigkeit in Umaras Augen zu sehen, wollte sie mit seinen Worten einfach nur trösten.

Er ahnte ja nicht, dass er die Wahrheit sprach und sie Staubnebel tatsächlich eines Tages unter viel dramatischeren Umständen wiedersehen sollte.

Als sie endlich über den niedrigen Steinwall geklettert waren, den die fast tausend Jahre zuvor von Hunderttausenden von Kriegsgefangenen errichtete Große Mauer an dieser Stelle bildete, hellte sich die Miene der jungen Christin wieder auf. Sie befanden sich endlich auf chinesischem Boden.

»Die Große Mauer ist nicht höher als das?«, murmelte sie überrascht, ehe sich ein Lächeln auf ihren Zügen ausbreitete.

»Das ist unglaublich!«, setzte der tibetische Wandermönch hinzu. »Wir dringen so leicht in das Große Chinesische Reich ein wie die Spitze eines Messers in ein Stück Yakbutter!«

4

Wüste Gobi

»Dorthin gehen, wo niemand sonst hingeht!«

Seit Stunden schon hatten seine Schritte Verrückte Wolke auf den einen winzigen Punkt an der Horizontlinie zugeführt, in der die trostlos ebene Fläche der Steinwüste endete.

Je näher er herankam, desto deutlicher hatte er erkannt, dass es sich bei dem Punkt in Wirklichkeit um ein Gebäude handelte, einen Turm, um genau zu sein.

»Dorthin gehen, wo niemand sonst hingeht!«, wiederholte Verrückte Wolke ein weiteres Mal und verzog das Gesicht.

Das war es also, was einem Menschen widerfuhr, der es sich zum Prinzip gemacht hatte, immer dorthin zu gehen, wo nie ein anderer seinen Fuß hinsetzte: Nachdem er seit Monaten gedankenlos einfach vor sich hin gewandert war, verirrte er sich schließlich wie ein Trottel in einer ausgedörrten Steinwüste!

Das eindrucksvolle Bauwerk, das vor ihm aufragte, ließ keinerlei Zweifel an der Identität der Bewohner des kleinen baufälligen Hauses zu, neben dem es errichtet worden war.

Denn es war ein hoher, runder, vollkommen fensterloser Bau, umschlossen von einer Treppe, die sich wie eine grobe Spirale an seiner Außenseite hochwand.

Als Verrückte Wolke vorsichtig die Stufen emporstieg, wobei er sich bemühte, so leise wie möglich aufzutreten, um nicht die Aufmerksamkeit der möglichen Bewohner des kleinen Häuschens zu wecken, stellte er fest, dass sie, genau wie er vermutet hatte, zu einer Plattform hinaufführten.

»Dorthin gehen, wo niemand sonst hingeht.«

Nicht einmal auf dieser schwindelerregenden Treppe schaffte er es, den verfluchten Satz aus seinen Gedanken zu vertreiben.

Oben angekommen, entfuhr ihm ein entsetzter Aufschrei, obwohl er auf den Anblick, der sich ihm bot, gefasst gewesen war.

Mit schweren Flügelschlägen schickten sich zwei riesige, von ihrem makabren Festschmaus aufgescheuchte Geier an, in den azurblauen Himmel aufzusteigen.

In der Mitte der ebenen Fläche an der Turmspitze lag ein ausgeweideter Leichnam, dessen strahlend weiße Knochen bereits unter den daran haftenden Fleischfetzen sichtbar wurden. In den leeren Höhlen in seinem Kopf, den Verrückte Wolke an dem verklumpten Wust aus Haaren und getrocknetem Blut erkannte, fehlten die Augen, vermutlich hatten die Vögel sie herausgepickt.

Der Rest der Fläche, von der die Aasgeier inzwischen verschwunden waren, war übersät mit einem wirren Durcheinander von Abfällen, Haaren und Knochen.

Verrückte Wolke hatte sich also nicht getäuscht, als er beim Anblick des runden Bauwerks vermutet hatte, dass er auf eines jener mazdaistischen Heiligtümer gestoßen war, die man »Totentürme« nannte.

Er kannte die mazdaistische Religion.

Während seiner religiösen Ausbildung an der buddhistischen Universität von Varanasi, zu jener Zeit, als er noch ein junger Mönch des Hinayana war und den Tantrismus noch nicht kannte, hatte ihn ein Lehrer in jene großen Religionen eingeführt, deren Anhänger es zu bekehren galt.

Der Buddhismus betrachtete sich als eine universelle Religion, die dazu bestimmt war, allen Menschen den Weg des Heils und der Erlösung zu weisen: den Anhängern der alten, aus dem Vedismus hervorgegangenen indischen Religionen mit ihren zornvollen, zerstörerischen, Unheil bringenden Göttern wie Shiva und Yama oder den friedvollen, mildtätigen wie Indra, Kama, dem Gott der Liebe, und Vishnu, dem Gott, dessen unzählige Avataras seine Macht und Wirkungskraft illustrierten. Ebenso den Vertretern der christlichen Häresien, von den unerschrockenen Nestorianern bis hin zu den zurückhaltender auftretenden Nazaräern, Jakobiten und Armeniern.

Doch auch viele andere Religionen nutzten die Straßen Zentralasiens.

Darunter waren Religionen, die von ihrem Wesen her weniger monotheistisch veranlagt waren. Aus Mesopotamien, Syrien und sogar dem alten Ägypten stammend, zogen sie mit ihrem Götterreigen, in dem man die Namen Mithra, Baal und Astarte, Isis, Äskulap und sogar Apollo wiederfand, Richtung Osten und verloren sich, zu weit von ihren Ursprüngen entfernt, nach und nach im Sand der Wüsten.

Andere Glaubensformen jedoch fanden dort einen günstigen Nährboden für ihre Ausbreitung.

Zum Beispiel der Mazdaismus, den die Sassaniden in Persien zur Staatsreligion erklärt hatten und der durch die Verehrung seines Stifters Zarathustra und der großen dualistischen Gottheiten Mazda, der Sonne, und Ahriman, der Finsternis, gekennzeichnet war. Seine Esoterik brachte ihm zahlreiche neue Anhänger, die von seinen magischen Praktiken angezogen wurden, zu denen es insbesondere auch gehörte, Leichen auf die Spitze von Totentürmen zu legen, statt sie zu begraben oder zu verbrennen.

Bei dem Gedanken, mitten in der Wüste ganz alleine auf der Spitze eines solchen Totenturms zu stehen, fühlte sich Verrückte Wolke mit einem Mal äußerst unwohl.

Was würde passieren, wenn diese mazdaistischen Teufel ihn dort entdeckten? Wären sie nicht versucht, ihn zu ergreifen und ihm einen Dolch ins Herz zu stoßen, ehe sie seinen Leichnam ihren Göttern darbrachten, um ihn zu einem, wie sie es nannten, »zukünftigen Körper« werden zu lassen, der von aller Sünde reingewaschen war?

Doch aus dem kleinen, baufälligen Haus schien kein Laut zu dringen.

Er hörte lediglich das Quietschen der Tür, die nicht richtig geschlossen sein musste.

Es gab nur einen Weg, sich Gewissheit zu verschaffen: Er musste hinübergehen und nachschauen.

Mit klopfendem Herzen und bereit, einem möglichen Angreifer sein eigenes Schwert in den Bauch zu rammen, stieg er vom Turm herab und schlich auf leisen Sohlen auf die wacklige Tür zu.

Sie schwang lose hin und her.

Der einzige Raum im Inneren des Hauses war leer. Ein verbrannter, ranziger Geruch hing in der Luft. Über einem erloschenen Feuer stand noch eine Teekanne auf einem bronzenen Dreifuß. Als er sie berührte, stellte er fest, dass sie kalt war.

Das mazdaistische Heiligtum schien aufgegeben worden zu sein.

Mit einem Mal erfasste Kälte erst seine Beine, dann seinen Bauch und stieg langsam auf zu seinem Herzen, wo sie sich in einen Schraubstock verwandelte.

Wie immer war der Schmerz so grauenvoll, dass es sinnlos war, dagegen anzukämpfen.

Er wusste genau, dass er erst dann wieder abklingen würde, wenn er eine seiner schwarzen Pillen geschluckt hätte.

Seit er vor Jahren zum ersten Mal damit experimentiert hatte, war es ihm dank eines chinesischen Opiumhändlers gelungen, ihre Mixtur zu verbessern. Der Kaufmann hatte ihm erklärt, wie man *yangao*-Paste aus dem weißlichen, klebrigen Saft gewann, der aus der eingeritzten Kapsel des Mohns austrat. Die Griechen nannten die Pflanze »opion« und die Perser »apyun«, nach dem Namen der Region, aus der sie stammte, während die lateinischen Ärzte, die ihre Eigenschaften besser kannten, sie schon bald als »papaver somniferum« bezeichnet hatten.

An der frischen Luft verwandelte sich die Mohnmilch nach und nach in eine braune Paste, die die Chinesen mit dem hübschen Namen *fushougao*, »zähe Masse der Glückseligkeit und des langen Lebens«, bezeichneten.

Man brauchte sie bloß noch ranzig werden zu lassen, indem man sie in Mohnblätter einwickelte, um schließlich schwärzliche Laibe zu erhalten, die man zehn Jahre lang aufbewahren konnte und die auf der gesamten Seidenstraße in Truhen aus Mangobaumholz transportiert wurden.

Die Paste der Glückseligkeit und des langen Lebens erzeugte sehr schnell eine Abhängigkeit, aus der man nie mehr herauskam. Und genau das war bei Verrückte Wolke der Fall.

Die Anfälle überkamen ihn ohne Vorwarnung und zu jeder Stunde; mit der Zeit folgten sie immer rascher aufeinander, zwangen ihn, sich mit immer mehr Drogen zu betäuben, und rissen ihn so in einen Teufelskreis, bei dem er die Hoffnung, sich eines Tages daraus befreien zu können, längst verloren hatte.

Daher blieb ihm nichts anderes übrig, als mit schmerzverzerrtem Gesicht an den Fuß des steinernen Turms zurückzukehren und aus seinem Reisebündel einen kleinen ledernen Beutel hervorzuziehen. Zitternd nahm er eine rettende Pille heraus und schluckte sie hastig, während er die Augen schloss und erschauerte.

»Dorthin gehen, wo niemand sonst hingeht.«

Die Obsession kehrte zurück, ließ in seinem Kopf, der fast zu platzen schien, erneut den gleichen quälenden Refrain erklingen.

Sobald die Pille unter seiner Zunge lag, geschah wie jedes Mal das Wunder: Seine Bauchschmerzen verflogen, der köstliche Honig-, Zimt- und Thymianduft des Opiums stieg ihm in die Nase, und sein Mund schmeckte eine herrliche Kühle.

Erschöpft und verstört, aber dennoch erleichtert, saß Verrückte Wolke auf der untersten steinernen Stufe des Totenturms und bemühte sich, in seinem Geist Leere zu schaffen.

Doch vergeblich: Unter dem Eindruck des Totenturms kreisten seine Gedanken unablässig um den Weg, der ihn von seiner Geburt bis an den düsteren Ort geführt hatte, an dem er sich nun so hoffnungslos alleine fühlte.

Vor ihm erstreckte sich eine endlose Wüste aus grauem Stein, wo nur ein paar Raubvögel bedächtig über seinem Kopf ihre Kreise zogen.

In der feindlichen, mineralischen Umgebung, die man während der heißen Stunden des Tages lieber nicht durchquerte, musste man schon eine Schlange, ein Skorpion, ein giftiges Insekt oder eine verkümmerte, wie ein Igel anmutende dornige Pflanze sein, um auch nur die geringste Aussicht auf Überleben zu haben.

Denn das Überleben beruhte auf der Vernichtung des anderen. O ja! In den Wüsten forderte das Leben diesen hohen Preis!

Wie fern erschien ihm doch die Zeit seiner frühen Kindheit, als seine Eltern, die so arm waren, dass sie keine Hoffnung hegten, ihren pausbäckigen kleinen Jungen mit dem lockigen Haar jemals angemessen ernähren zu können, ihn in das Noviziat des Hinayana-Klosters des Erwachens in einem

Vorort der indischen Stadt Varanasi gegeben hatten. Dieses erhob sich genau an der Stelle, an der der Buddha Gautama, im Schatten des heiligen Feigenbaums sitzend, die Erleuchtung erlangt hatte und zum Erwachten geworden war! So wurde seinen Eltern nicht nur die Last genommen, für seinen Unterhalt aufkommen zu müssen. Darüber hinaus konnten sie auch gewiss sein, dass sie, indem sie ihren Ältesten ins Kloster gaben, der damals noch nicht Verrückte Wolke hieß, sondern Rahula wie der Sohn des Buddha, in ihrem Streben nach einer besseren Wiedergeburt über einen gewichtigen Verbündeten verfügten. Denn von dem Tag an würde er sein Leben ausschließlich dem Gebet, der Meditation und den guten Taten weihen.

Außerdem konnten nur geweihte Mönche irgendwann das Nirwana erreichen.

In diesem Punkt war die Lehre des Buddha unmissverständlich: Um dem Leiden in der Welt und der Gefahr, in einer weniger erstrebenswerten Gestalt wiedergeboren zu werden, endgültig zu entfliehen, musste man sich ganz und gar der Suche nach dem Weg des Heils verschreiben.

Und so war der junge Rahula zwanzig Jahre lang erst ein vollendeter Novize und dann ein beispielhafter Mönch im Dienste des Sangha des Klosters des Erwachens gewesen, einer der angesehensten klösterlichen Gemeinschaften in ganz Indien.

Im Kloster des Erwachens war er zu einem Vorbild für seine Brüder geworden.

Stets als Erster auf den Beinen und als Letzter auf seinem Lager, hegte er, im Gegensatz zu den meisten anderen Novizen, keinerlei Widerwillen gegen jedwede Form der Hausarbeit. Sogar die am wenigsten ehrenvollen Aufgaben nahm er bereitwillig auf sich und das trotz anstrengender Tage, an denen er fünfzehn Stunden damit verbrachte, Hunderte von

Sutra-Seiten abzuschreiben, die er gleichzeitig auswendig lernen sollte und die die Gebetsmeister ihre jungen Schüler unermüdlich, Abend für Abend, rezitieren ließen.

Aus diesem Grund war Rahula mit gerade einmal siebzehn Jahren, dem Mindestalter für das Mönchsgelübde, zu einem der jüngsten Mitglieder der Klostergemeinschaft geworden.

Er erinnerte sich noch so genau an den Tag seiner Weihe, der *upasampada*, als sei es erst gestern gewesen.

Trotz seines dauerhaft veränderten Bewusstseinszustands dachte er gerührt an die kindliche Freude zurück, die ihn durchströmt hatte, als er den Satz sprach, mit dem der Kandidat »die Gemeinschaft anflehte, ihn in ihre Mitte aufzunehmen, um wahrhaft und gerecht zu reden«.

Er hatte geweint, als sein Lehrmeister ihm seine Bettelschale und die drei safranfarbenen Gewänder aushändigte, die ihm bis an sein Lebensende dienen sollten.

Rahula wusste, dass er vom Tag seiner Upasampada an nur noch zehn Jahre zu warten brauchte, um ein »thera«, ein »Ordensälterer« zu werden, das heißt ein Mönch, der seinerseits in der Lage war, die anderen das Göttliche Wort des Erhabenen zu lehren.

Doch trotz seiner Qualitäten, seines unerschütterlichen Glaubens und seines eifrigen Arbeitens war Rahula nie zu dem geworden, was man einen »thera« nannte.

Denn vorher war etwas Unvorstellbares geschehen, das ihn von dem Weg hatte abkommen lassen, den er sich vorgezeichnet hatte.

Die Entdeckung des Tantrismus hatte ihn unvermittelt auf die Seite der Sünder geschleudert, während sie ihn gleichzeitig erkennen ließ, wie absurd, ja heuchlerisch der offen zur Schau getragene Abscheu des Kleinen Fahrzeugs gegenüber sexuellen Handlungen war.

Zum ersten Mal in seinem Leben hatte sich Rahula in den Armen einer Frau wiedergefunden, die ihm nicht das Geringste versagt hatte, während im Kloster alles dafür getan wurde, jede Sinnesregung der jungen Novizen zu verhindern.

Und in dem Augenblick, in dem er das wahre Wesen der körperlichen Liebe kennenlernte, hatte er auch erfahren, was die Tantriker die »Ekstase der Sinne« nannten: jene gemeinsame Lust, welche aus der Vereinigung zweier brennender Körper erwuchs und die körperliche Liebe der mystischen Erfahrung des Einswerdens mit dem Heiligen annäherte.

Die Erkenntnis, dass Mystizismus und Erotik durchaus übereinstimmen konnten, hatte Rahula einen solchen Schock versetzt, dass er begann, die Überzeugungen, Praktiken und Regeln, die seine Meister ihm bis zu jenem Tag eingeschärft hatten und die er stets als selbstverständlich hingenommen hatte, in Frage zu stellen.

Von dem Tag an war er davon überzeugt, dass körperliche Liebe und die göttlichen Sphären ein und dasselbe waren, auch wenn die meisten religiösen Autoritäten sich bemühten, diese offensichtliche Tatsache vor ihren Anhängern geheim zu halten.

Hieß es nicht, dass ein heiliger Mann, ein *arhat*, während der Meditation in Ekstase verfallen konnte, genau wie Mann und Frau, wenn sie gemeinsam den Gipfel der Lust erklommen?

Doch die Vorschriften, die das Leben der Mönche und Nonnen des Kleinen Fahrzeugs regelten, waren unmissverständlich: Wer sich eines der dreizehn »schweren Vergehen«, der sogenannten *sanghadisesa*, zuschulden kommen ließ, zu denen natürlich auch sexuelle Handlungen zählten, der hatte in der Gemeinschaft keinen Platz mehr.

Es war Rahula nicht schwergefallen, sein Keuschheitsgelübde zu brechen.

Er hatte auch nie irgendwelche Scham oder Schuldgefühle verspürt, jene religiöse Strömung gewählt zu haben, die unter dem Namen »Tantrismus« bekannt war.

»Tantra« war ein ausgesprochen komplexer Begriff aus dem Sanskrit mit verschiedenen Bedeutungen, darunter auch »die Lehre«.

Dahinter verbarg sich eine sehr junge, aufstrebende religiöse Strömung, die etwa ein Jahrhundert zuvor in Indien entstanden war und sich im Wesentlichen dadurch auszeichnete, dass sie ihre Adepten dazu anhielt, sich von jeglicher sexuellen Moral zu befreien.

Der Tantrismus verband esoterische Theorien und Praktiken und ließ seine Anhänger nach ihrer geheimen Initiation jene Rituale und Lehren entdecken, die aus der sexuellen Ekstase eine Philosophie machten und ihnen Freiheit und Kraft schenkten.

Er hatte den Anspruch, den Menschen auf eine Stufe mit Göttern und höheren Wesen wie Bodhisattvas und Buddhas zu erheben. Mit Hilfe seiner Rituale konnten die Adepten endlich danach streben, diesen ebenbürtig zu sein.

Weder Verrückte Wolke noch die anderen Initiierten konnten jedoch eingestehen, dass der Tantrismus aus dem Praktizieren bis zum Äußersten ritualisierter sexueller Lust bestand, einem Liebesspiel, das alle Experimente förderte und sämtliche Exzesse erlaubte, ja sogar empfahl.

Diese Lust an der körperlichen Leidenschaft hatte aus Rahula Verrückte Wolke gemacht, einen Mann, der nicht wiederzuerkennen war, so weit hatte er sich von dem keuschen, unschuldigen Mönch entfernt, der er einst gewesen war.

Seine erste Begegnung mit dem Tantrismus hatte mit einem Duft begonnen.

Niemals hätte er geahnt, was ihn erwartete, als er in das dunkle Gebäude ganz hinten in einem Hof im Gerberviertel von Varanasi gegangen war, um dort um Nahrung zu bitten!

Inmitten des betäubenden Gestanks von Exkrementen, der einem die Luft zum Atmen nahm, wenn man inmitten von Wagen und Schubkarren, auf denen sich triefende Tierfelle stapelten, durch die engen Gassen wanderte, war dem frommen Mönch Rahula auf Anhieb der herrliche Geruch von Weihrauch und Myrrhe aufgefallen, der in dem Gebäude herrschte, das er gerade betreten hatte.

Nach dem Gestank da draußen verspürte er mit einem Mal das seltsame Gefühl, eine Art idyllisches Refugium strecke die Arme nach ihm aus. So als habe er die Armut und den Dreck der riesigen Stadt hinter sich gelassen und sei nun eingeladen, in eine göttliche Welt einzutreten.

Das war ihm ebenso seltsam wie unwirklich erschienen.

Noch nie hatte er einen so wunderbaren Duft wahrgenommen.

Hinter dem Geruch von Weihrauch und Myrrhe erkannte er die zarten Aromen von Nelken, Zitronenmelisse und Benzoeharz, wie kristallklare Noten, die einer Melodie als Verzierungen dienten.

Rahula war wie verzaubert, als seine Schritte ihn durch einen langen, verwinkelten Flur in einen Raum führten, der so voller Rauch war, dass man die Hand nicht vor Augen sehen konnte.

Er meinte die Flammen eines Kohlebeckens zu erkennen, über denen eine Pfanne hing, die die Räucherstoffe enthalten musste.

Und je näher er den Flammen kam, desto stärker war ihm der Rauch, der aus der Räucherpfanne aufstieg, zu Kopf gestiegen.

Dort war der Ursprung dieser göttlichen Düfte.

Und dorthin zog es unwiderruflich sein ganzes Wesen.

Doch hinter den so berauschenden Empfindungen hatte er etwas anderes, noch Zarteres entdeckt: eine sanfte, helle Frauenstimme.

Sie hatte ihn genau in dem Augenblick angesprochen, als er in die dichte duftende Wolke eingetreten war, gleichsam eine undurchdringlich scheinende Mauer aus bläulicher Watte.

»Komm herein. Hab keine Angst! Du brauchst nur näher zu treten! Du wirst es nicht bereuen.«

Diese Worte hatten ihn dazu verführt, geradewegs in die wattige Wand einzudringen, die so intensiv blau war, dass er ihre Farbe kaum noch ertragen konnte.

»Ich habe keine Angst! Ich fühle mich so wohl! Ich bin bereits im Paradies! Ich liege in den Armen des Buddha!«, hatte er, den Geist bereits vom Opium verwirrt, erwidert.

Der arme Rahula hatte sich laut auflachen hören, als sei er jemand anders. Er war sich des blasphemischen Charakters seiner Worte zwar bewusst, doch es kümmerte ihn nicht.

Der junge Mönch wusste nichts von der euphorisierenden Wirkung der halluzinogenen Stoffe, die er inzwischen in vollen Zügen einatmete und deren Gewöhnungseffekt sich unwiderruflich in seinem Körper bemerkbar machen würde. Seit jenem bewussten Tag war er von seiner täglichen Dosis Opium, Realgar und Theriak in den kleinen schwarzen Pillen abhängig.

»Komm noch ein wenig näher!«, hatte die Frauenstimme gesagt.

Wie ein Betrunkener war er, aus vollem Halse lachend, ein paar Schritte auf die Stimme zugetaumelt. Er glaubte, auf der bläulichen Wolke zu wandeln, die den Raum erfüllte, als er plötzlich gegen etwas Weiches prallte.

Als er die Arme ausstreckte, merkte er, dass er einen Frauenkörper berührte, und gleichzeitig atmete er den Duft von Jasmin und Zimt ein, mit dem die Frau, die ihn gerufen hatte, ihre goldbraune Haut parfümierte.

Ein großer Diamant hing an dem Ring, mit dem ihre Nase durchstochen war.

Und vor allem: Die Frau lächelte ihn an.

Er konnte ihre wie Perlen funkelnden Zähne zwischen ihren braunen Lippen sehen.

Er hatte sie angesehen, dann von Kopf bis Fuß betrachtet und schließlich erkannt, dass sie splitternackt war.

Darüber erschrak Rahula trotz seiner wachsenden Euphorie so sehr, dass er beim ersten Anblick einer Frau, die nichts als Juwelen trug, beinahe hintenüber gefallen wäre.

Während der junge Bursche, der sich kaum auf den Beinen halten konnte, sie sprachlos anstarrte, streckte das herrliche Geschöpf die Hände nach ihm aus.

Aus der Nähe betrachtet, wurde die dunkle Haut der Frau durch ihre Halskette aus dicken vergoldeten Kugeln und die schweren silbernen Reife, die sie an den Hand- und Fußgelenken trug, noch betont.

Trotz der Wolke aus parfümiertem Dunst, die sie einhüllte, erkannte er deutlich ihre schlanke Gestalt und ihre weit gespreizten Schenkel.

Der junge Mönch des Kleinen Fahrzeugs war von dem bizarren Mund mit den zarten, geschwungenen Lippen fasziniert, der sich unter dem Bauch der schönen Unbekannten öffnete.

Diese Öffnung war so ganz anders als das Anhängsel, über das er selbst verfügte.

Aber vollkommen unglaublich war, dass der pulsierende Mund der Frau plötzlich anfing zu singen!

Die Opiumschwaden zeigten Wirkung, doch davon ahnte der junge Mönch nichts.

O ja, zu Rahulas Verblüffung begann der untere Mund zu ihm zu sprechen!

Er flüsterte ihm zärtliche Worte zu.

Und schon bald spürte er, wie sich sein eigenes Geschlecht unter der safranfarbenen Robe zu einer plumpen, störenden Spitze versteifte. Er bemühte sich nicht einmal, sie zu verbergen, denn die Dämpfe, die er einatmete, hatten alle Hemmungen von ihm abfallen lassen.

Als die Frau dies sah, griff sie nach seiner Hand und legte sie auf eine ihrer edelsteinharten Brustwarzen. Die Haut an ihrem Bauch, die sie ihn danach streicheln ließ, fühlte sich weich und warm an.

Für den verzückten Rahula war dies eine völlig neue, wunderbare Empfindung!

Dann presste sie sich an ihn und schob ihre Zunge in den Mund des fassungslosen jungen Mönchs.

Niemals hätte er vermutet, dass es so angenehm sein könnte, an einer fremden Zunge zu lutschen wie an einem Bonbon.

Eine Hand der Frau liebkoste die Spitze seines erregten Glieds, während die andere damit begann, ihn aus seiner Robe zu befreien.

Schließlich war sie vor ihm niedergekniet, als sei er eine Statue des Buddha, vor der sie eine Opfergabe darbringen wollte.

Und diese Gabe war eine Überraschung gewesen und ein himmlischer Genuss!

Die Zunge der herrlichen Unbekannten leckte sein Glied, das sich aufgerichtet hatte wie ein Lingam, jene phallische Steinsäule, an der die Priester das *puja*-Ritual vollzogen, indem sie Milch und heiliges Gangeswasser darüberschütteten. Diese Gaben flossen dann in das Yoni, jenes steinerne Gefäß, welches das Geschlecht der Frau symbolisierte, ehe die Priester die heilige Steinsäule zum Zeichen des Dankes mit Butter und einer Sandelholzpaste salbten, unter die Blütenblätter gemischt worden waren.

Wie wundervoll sich die feuchte, warme Berührung auf der zarten, glühenden Spitze jenes Körperteils anfühlte, den er nun als sein Instrument der Lust kennenlernte!

Wie sehr hätte er sich gewünscht, dass sie noch stundenlang so zu seinen Füßen verharrt wäre, bis zu jener letzten Erlösung, die er herannahen spürte, je stärker das Vibrieren, dem Rhythmus seines Herzschlags folgend, durch sein Geschlecht pulsiert war, das die Frau geräuschvoll einsaugte!

Sie hatte genauso laut gestöhnt wie er, als sie nach seiner Hand gegriffen hatte, damit er zwei Finger in den Mund an ihrem Unterleib schob.

Das Innere des zungenlosen Mundes war noch wärmer und feuchter gewesen als der, der ihn geküsst hatte und nun wieder an seinem Lingam saugte.

Da war es ihm vorgekommen, als werde er von den beiden Mündern geradezu aufgesaugt.

Sie waren beide gleichermaßen besitzergreifend, und nur zu gerne hätte er sich in beiden verloren.

Instinktiv hatte er seine Finger im Yoni der schönen Unbekannten kreisen lassen, was sie so laut aufstöhnen ließ, dass er, noch unerfahren in den Praktiken körperlicher Liebe, sich gefragt hatte, ob er ihr etwa wehgetan hatte!

Die Frau, deren wachsende Lust sich in einem Röcheln äußerte, hatte begonnen, mit ihrer freien Hand ihre Brustwarzen zu streicheln.

Als erfahrene Expertin hatte sie das Anwachsen ihrer beider Lust meisterlich aufeinander abgestimmt.

Genau in dem Augenblick, in dem er spürte, dass sein ganzer Körper vom Kopf bis zum Bauch gleich explodieren würde wie der Lavapfropf vor dem Ausbruch des glühenden

Magmas und dass alle unterirdischen Kräfte, die seit seiner Geburt in ihm vergraben waren, ins Freie schießen würden, bereitete der Anblick eines Mannes, der direkt neben ihm stand, seiner Leidenschaft ein abruptes Ende.

Der Mann schien das Tun der Frau aufmerksam zu beobachten.

Die Gegenwart des Eindringlings hatte auf Rahula die gleiche Wirkung wie ein Kübel mit kaltem Wasser, der auf die Glut gegossen wurde.

Zu Tode beschämt befreite er unbeholfen seine Finger und sein Glied aus den Mündern der Frau, ehe er hastig seine Robe zurechtrückte.

Ein wenig ernüchtert und mit furchtbaren Kopfschmerzen bemerkte er, dass sich die duftenden Schwaden aufgelöst hatten und kein Rauch mehr aus der Räucherpfanne aufstieg.

Der Mann, der ihn so aus der Fassung gebracht hatte, war bis auf eine bauschige Kniehose aus weißer Baumwolle unbekleidet.

Seine Haut war fast genauso kupferbraun wie die der Frau.

Auf seinem nackten Asketenoberkörper, der flach und knotig war wie ein Brett aus Sykomorenholz, zeichneten sich breite, dunkle Narben ab, und ein dicker bronzener Ring durchbohrte eine seiner schwarzen, körnigen, maulbeergleichen Brustwarzen.

Er hatte das ausgezehrte Gesicht und den glühenden Blick der dem Mystizismus zugewandten Yogis, denen das Hinayana mit größtem Misstrauen begegnete und die man an gewissen Straßenecken in Varanasi dabei beobachten konnte, wie sie sich schrecklichen Kasteiungen hingaben.

Sein langes weißes Haar, das er zu einem Knoten geschlungen hatte, bildete einen scharfen Kontrast zum jugendlichen

Anschein seines hageren Gesichts, in dessen fein geschnittenen Zügen nicht eine Falte zu erkennen war.

»Sei willkommen!«, hatte der Mann gerufen, als er bemerkte, wie verlegen Rahula mit einem Mal geworden war.

»Wo bin ich hier?«, hatte ihn dieser gefragt, ohne seine Verwirrung verbergen zu können.

Zwischen den Beinen des jungen Mönchs ragte sein Glied, das er ungeschickt hinter seinen ausgebreiteten Handflächen zu verbergen suchte, immer noch vor wie die Stange einer im Wind wehenden Standarte.

Doch der Anblick schien den freundlich lächelnden Unbekannten nicht im Mindesten in Verlegenheit zu bringen.

»Du bist mitten in ein tantrisches Ritual geplatzt! Du scheinst über ein großes Talent für die körperliche Liebe zu verfügen! Wie heißt du?«, hatte der Asket mit der durchstochenen Brust gefragt.

»Rahula. Wie der Sohn des Erhabenen! Ich bin ein buddhistischer Mönch.«

»Hat dir gefallen, was ich mit dir gemacht habe? Also, ich liebe den köstlichen Geschmack deines Lingam, mein kleiner Rahula!«, gurrte die Frau, die inzwischen aufgestanden war, ehe sie ihn mit ihren Armen umschlang.

Das Wohlwollen, mit dem sie ihm begegneten, milderte Rahulas Befangenheit, und wie ein Pfeil schoss die Antwort aus ihm hervor: »Auch ich habe die Empfindungen, die deine beiden Münder mir geschenkt haben, sehr genossen!«

»Aber ich habe nur einen Mund! Das, was du dort unten an meinem Körper für einen Mund hältst, ist mein Yoni!«, hatte die schöne Unbekannte belustigt entgegnet, während der Mann in schallendes Gelächter ausbrach.

»Ich hatte das Gefühl, mich auf dem Weg der Erlösung zu befinden. Die Große Erlösung, wisst Ihr, wie Gautama sie uns gelehrt hat, ehe er ins Parinirwana einging! Vorher konnte ich mir nie so recht vorstellen, worin sie besteht. Aber jetzt beginne ich es allmählich zu begreifen!«, murmelte Rahula, vollkommen in ihren Bann gezogen.

»Du hättest sie bis zum Ende gewähren lassen sollen! Ich versichere dir, du wärst gewiss nicht enttäuscht worden!«, antwortete der Mann.

»Aber Ihr habt mir Angst gemacht! Und ich habe mich auch ein wenig geschämt!«, hatte der junge Mönch treuherzig gestanden.

»Beim nächsten Mal wirst du den vollendeten Genuss kennenlernen! Dann wirst du sehen, wie wundervoll diese Erfahrung ist! So köstlich und wohltuend für Körper und Geist gleichermaßen, dass du sie gar nicht mehr missen willst!«, hatte der Mann erklärt.

»Als ich dieses Haus betrat, hätte ich nie vermutet, was mich hier erwartet!«

»Bei unseren Ritualen dürfen wir dem anderen gegenüber keine Scham empfinden. Alles muss rückhaltlos geteilt, der fleischliche Genuss bis ins Letzte ausgekostet werden! Lass einfach alles mit dir geschehen, und du wirst es nicht bereuen!«, hatte ihm der Mann ins Ohr geflüstert, bevor er der Frau ein Zeichen gab, woraufhin sie sich erneut vor Rahula hinkniete und ihn diesmal zum Höhepunkt brachte.

Und als letzte Auflösung einer unvorstellbaren Anspannung hatte er zum ersten Mal jene unglaubliche Explosion der Lust erlebt, die ihm ein unbeherrschtes Stöhnen entrissen hatte, laut wie das Brüllen eines Raubtiers. Gleichzeitig durchflutete ihn ein köstliches Gefühl der Erlösung, als hätten alle Fasern seines Körpers von Anbeginn der Zeit nur auf diesen Augenblick gewartet.

Danach hatte der Asket dem erschöpften Neuling erläutert, was sie gerade getan hatten, bevor er zu ihnen gestoßen war.

»Wir haben unser wöchentliches Ritual vollzogen, das uns der Erlösung näher bringen soll. Dieses Ritual ist der beste Weg, um *sunyata* wirklich zu begreifen.«

»Sprichst du etwa von der ›allumfassenden Leerheit‹, die für uns einfache Menschen so schwer zu fassen ist?«, hatte der junge Mönch verblüfft gefragt.

»Ja! Entgegen dem, was die meisten glauben, führt der Weg zur Erlösung über die sexuelle Freiheit. Unsere Feinde – Neider allesamt – bezichtigen uns, skandalöse, abscheuliche Rituale durchzuführen. Dabei versuchen wir lediglich, die Vielzahl der Gottheiten darin aufzunehmen, deren Namen uns durch die Siddhas* enthüllt wurden.«

»Aber meine Meister haben mich gelehrt, dass man Sunyata nur durch Meditation und das Gebet erfährt.«

»Glaube mir, unsere Methode ist sehr viel wirkungsvoller als die, die man euch beibringt! Und überhaupt, als sei die Meditation eine Wissenschaft, die sich einfach so erlernen ließe!«

»Von welchen Gottheiten sprichst du eigentlich?«, hatte Rahula gefragt, dessen Kopfschmerzen wie durch ein Wunder verflogen waren und der spürte, wie allmählich eine sanfte Benommenheit von seinem Kopf ausging und sich in seinem ganzen Körper ausbreitete.

»Von Indra, Yama, Mara, Shakti, Mahakala und sogar Ganapati, dem Elefantengott!«, erwiderte der Mann mit dem Haarknoten.

»Aber das sind die Götter der alten Religionen! Der Erhabene hat uns aufgefordert, uns ihrer zu entledigen!«, rief Rahula bestürzt aus.

»Nun, mein junger Mönch, du wirst das verstehen, wenn

---

* Der Tantriker, der die Siddhi oder »Vollendungen« erlangt hat, ist ein Siddha, das heißt ein Yogi. Der indische Tantrismus hat sich aus yogischen Praktiken heraus entwickelt.

ich dir sage, dass der Tantrismus alle anderen Kulte umfängt. Er missfällt weder Gautama noch den anderen Göttern!«, verkündete der Mann mit dem Haarknoten feierlich.

Dann hatte er vor den Augen des fassungslosen Rahula seine bauschige weiße Hose abgelegt, sodass dieser sein gewaltiges angeschwollenes Glied erkennen konnte, eigentümlich geschmückt mit einem Perlenkranz, der die blauroten Adern noch stärker hervortreten ließ.

»Was ist ein Siddha?«, hatte der arme Rahula stockend herausgebracht.

Er mobilisierte seine letzten Kräfte, um nicht in die Ohnmacht abzugleiten, in die ihn seine wachsende Betäubung hinabzog.

»Dieser Mann ist ein Siddha, ein ›Vollendeter‹, ein ›Heiliger‹! Sein Name ist Luyipa! Er ist sogar der Größte von ihnen allen!«, rief die Frau und deutete dabei auf den Mann mit dem Haarknoten, dessen gewaltiges Glied, vorgereckt wie ein Schwert, aus seinem Perlenkranz herausragte.

Das unglaubliche Instrument glich einer jener monströsen Gottheiten ohne Augen, Mund und Nase, deren Gestalt manche Säulenstatuen in den primitiven Tempeln annahmen, die der Mönch des Kleinen Fahrzeugs in der Vergangenheit ein paar Mal besucht hatte.

»Du bist also einer jener heiligen Arhats, von denen der Buddha spricht?«, fragte Rahula. Er war jetzt kurz davor, das Bewusstsein zu verlieren.

»Ja! Ein Wesen, das nicht mehr ganz Mensch ist, aber auch noch nicht ganz Gott!«, antwortete die Frau in entschiedenem Ton.

»Aber warum ist es Mönchen wie mir dann verboten, auch nur das Haar einer Nonne zu berühren?«

»All das ist gut und schön für diejenigen, die sich mühselig plagen! Für die, die zehntausend Leben brauchen werden, um jenes Stadium zu erreichen, in dem die Erlösung möglich wird! Wir Adepten des Tantra ziehen es vor, die Abkürzung zu nehmen, statt Umwege zu gehen!«, hatte die Frau gerufen, deren oberer Mund auch wirklich auf alles eine Erwiderung zu haben schien.

»Je mehr du es wagst, die Fünf Verbote zu übertreten, also Diebstahl, Mord, Trunksucht, Wollust und Lüge, desto eher wird dir der Beweis für die göttliche Lehre des Tantra zuteil werden! Nicht alle Menschen sind für ein so unangepasstes Verhalten geschaffen, aber vertraue auf meine Erfahrung, es ist ein sehr viel radikalerer Weg hin zum Pfad der Erlösung!«, fügte Luyipa mit seiner tiefen Stimme hinzu.

»Aber ist es nicht paradox, alle Verbote des Vinayapitaka einfach ins Gegenteil zu verkehren?«, gab Rahula zu bedenken.

»Wenn du vor einem Rad stehst, kannst du dich auch entscheiden, ob du es nach rechts oder nach links drehen willst: In beiden Fällen wird der höchste Punkt zum niedrigsten und umgekehrt. Wer es wagt, dorthin zu gehen, wo niemand sonst hingeht, ist unweigerlich stärker als alle anderen!«, erklärte der Mann mit der durchstochenen Brustwarze.

Dorthin gehen, wo niemand sonst hingeht!

Das war der Satz, den sich Rahula von dem Moment an unablässig immer wieder vorgesagt hatte und der ihn inzwischen Tag und Nacht verfolgte.

»Schau gut zu, was ich jetzt mache, und nimm dir daran ein Beispiel!«, hatte Luyipa unvermittelt gebrüllt und ein weißes Kaninchen an den Ohren aus einem am Boden stehenden Jutesack gezogen.

Vor den Augen des entsetzten Rahula hatte Luyipa mit einem gezielten Schlag den Kopf des Tieres von seinem Körper getrennt, ehe er sich das weit offene, bluttriefende Loch, das nun am Halsansatz des kleinen Säugetiers klaffte, wie eine Kalebasse an den Mund hielt.

Als er den Kadaver wieder von seinen Lippen löste, bedeckte eine zinnoberrote Maske die gesamte untere Gesichtshälfte des Asketen.

Unwillkürlich entfuhr dem schockierten Rahula ein entsetzter Aufschrei.

»Du brauchst keine Angst zu haben! Schwöre mir, dass du beim nächsten Mal nicht mehr schreien wirst!«

»Na, mach schon, mein kleiner Rahula, schwöre es!«, hatte die Frau hinzugefügt.

»Ich schwöre es! Ich schwöre es!«, hatte er mit letzter Kraft geflüstert, nachdem das makabere Ritual in Blut und Schrecken geendet hatte.

Und aus diesem getrübten Bewusstseinszustand war er danach im Grunde nie wieder erwacht.

Trotz des Widerwillens, den ihm die abscheuliche Opferung des kleinen Kaninchens eingeflößt hatte, konnte Rahula es kaum erwarten, erneut jenes Verlangen zu spüren, dem eine so köstliche lustvolle Erfüllung folgte.

Der junge Mönch ahnte nicht, dass die Drogen sein Lustempfinden ins Übermaß gesteigert hatten und er ohne diesen intensiven Genuss nie mehr würde leben können.

Schon von ihrer ersten Begegnung an hatte Rahula den Eindruck, von den beiden Unbekannten, die regelmäßig ein geheimes erotisches Ritual durchführten, adoptiert worden zu sein.

Wegen der opiumhaltigen Substanzen, die er eingeatmet hatte, konnte er sich nur undeutlich an die körperliche Vereinigung erinnern, mit der dieses erste Ritual geendet hatte. Luyipa und die Frau hatten ihm all ihre Stellungen und Techniken erläutert, als wollten sie den jungen Schüler, den der Zufall in ihre Mitte geführt hatte, initiieren.

An ihre Worte hingegen erinnerte er sich noch ganz genau.

»Wir verkehren miteinander, um Maithuna zu praktizieren, die lustvolle Vereinigung zwischen Samata, dem inneren Gleichgewicht, und Mahasukha, dem großen Glücksgefühl!«, hatte Luyipa unter wollüstigem Stöhnen erklärt, während die fleischigen Lippen der Frau sein gewaltiges Glied bis zur ersten Reihe seines Perlenkranzes umschlangen.

»Möchtest du das Ritual mit uns beenden? Dann würden wir uns zu dritt vereinen!«, hatte Luyipa vorgeschlagen.

»O ja, mein kleiner Rahula, sag ja! Ich habe solche Lust auf dich.«

Die Frau ließ vom Glied des Asketen ab und kniete erneut, von einer Art Nebel umhüllt, wie eine Betende vor dem Gürtel des jungen Mönchs nieder.

Von dem Moment an verschwamm alles in seinem Kopf.

Da die halluzinogenen Substanzen, die er eingeatmet hatte, ihre volle Wirkung entfaltet hatten, blieb ihm von der Erinnerung an sein erstes Maithuna-Ritual nur noch eine stoßweise aufwallende Mischung aus Ekstase und Wohlgefühl, aber auch köstlicher Anspannung, gefolgt von plötzlichen Erlösungen und subtilen Schmerzen, die ihm seltsamerweise letztlich immer Genuss bereiteten.

So auch als er spürte, wie das Glied des Asketen in ihn eindrang und sich vor- und zurückbewegte, bis eine eigentümliche Woge in seinem Unterleib ihren Ursprung nahm und sich bis in die Spitze seines Glieds fortsetzte, das sich endlos zu ergießen schien. Beim Ausklang des Rituals konnte nicht ein einziger Tropfen seines Safts mehr in den unersättlichen Mund der Frau fließen, deren Stöhnen sich in laute Schreie verwandelt hatte, zwischen denen immer wieder jene Sätze erklangen, die ihn zum Lachen gebracht hatten wie ein kleines Kind: »Du bist so köstlich, Rahula! Du schmeckst wunderbar, Rahula! Du schmeckst so köstlich! Ich liebe den Geschmack deines Lingam, mein kleiner Rahula!«

Am Ende des bis ins Extreme vollzogenen Maithuna-Rituals war sich der Mönch, der bald den Namen Verrückte Wolke annehmen sollte, kaum noch seiner Umgebung bewusst.

Er hatte das Gefühl, auf einer blauen Wolke zu schweben, ehe er vor Erschöpfung einschlief.

Es war die Stimme des Asketen gewesen, die ihn geweckt hatte.

Sein Gesicht war plötzlich über dem des jungen Mönchs aufgetaucht, der auf dem Rücken ausgestreckt auf dem blanken Boden lag.

Er wusste nicht mehr, wo er sich befand.

Die Kohlen in der erloschenen Glutpfanne direkt neben ihm holten ihn in die Wirklichkeit zurück.

Sein Kopf schmerzte so sehr, dass er kaum die Augen offen halten konnte, und wenn er sie doch einen Spalt weit öffnete, war alles, was er sah, blau.

»Jetzt, wo du zu einem Initiierten geworden bist, musst du auch unseren Glauben annehmen, Rahula, sonst wirst du diesen Ort nicht lebend verlassen. Die tantrischen Rituale müssen geheim bleiben!«

Luyipas raue Stimme ließ keinerlei Zweifel an seiner Entschlossenheit aufkommen.

Sein Blick war hart. Genauso hart wie die schlanke Spitze des Dolchs, den er gegen Rahulas Hals presste.

Eingehüllt in seine Wolke aus himmelblauem Nebel, hatte Rahula nicht einmal Angst vor der Klinge, obwohl ihr Druck auf seiner Haut allmählich schmerzte.

»Habt Ihr nicht noch von diesen Räucherdüften übrig? Mein Kopf gleicht einer Feuerkugel! Es hat eben so gut gerochen!«, stöhnte er.

Die Waffe des Asketen, unter deren Spitze bereits ein Tropfen Blut perlte, kümmerte ihn gar nicht.

Dann hatte sich der blaue Nebel mit einem Mal rot gefärbt.

Rahula ahnte nicht – woher hätte er es auch wissen sollen? –, dass er zum ersten Mal unter Entzugserscheinungen litt.

»Du siehst doch, dass es dem Jungen nicht gut geht, Luyipa. Du brauchst ihn nicht noch weiter einzuschüchtern. Warum sollte er uns denn verraten? Er wird schweigen. Er brennt so sehr darauf, die Erfahrung zu wiederholen! Das habe ich gespürt! Nicht wahr, mein kleiner Rahula, du willst doch wieder spüren, wie die Kundalini in deinem Körper aufsteigt?«, hatte die Frau gemurmelt, nachdem sie sich ebenfalls über ihn gebeugt hatte.

Durch die rötlich schillernde Wolke betrachtete er ihre Lippen. Ihr oberer Mund war genauso fleischig wie der untere.

»Ganz bestimmt. Von mir aus könnten wir sogar sofort wieder damit anfangen!«, hörte er sich stammeln. »Aber was meint Ihr mit ›Kundalini‹?«

»Das tantrische Ritual«, antwortete Luyipa, »dient dazu, die kosmische Energie zu kanalisieren, die den Menschen in Gestalt der Kundalini erfüllt. Die weibliche Schlange, die am unteren Ende deiner Wirbelsäule zusammengerollt liegt, streckt sich dann bis hinauf in deinen Kopf.«

»Das war es also, was ich in mir gespürt habe, dieses sanfte Vibrieren, das von meinem Schritt ausging und bis zu meiner Stirn aufstieg?«

»Ja! Auf dem Weg zu deinem Gehirn, hat die Kundalini, das göttliche Reptil, bei ihrem Aufstieg die *Chakren** und die

---

* *Chakra*: Rad

Padmas* deines Feinkörpers durchstoßen, der aus zweiund-
siebzigtausend Kanälen und Zentren besteht.«

Und dort, im Zentrum des Kopfes des tantrischen Yogi,
vereinte sich die weibliche Energie der Kundalini mit dem
göttlichen männlichen Prinzip.

Dann erhob sich das Bewusstsein des Adepten, der die Fähigkeit entwickelte, »unbewusst zu beten«, also Mantras zu
rezitieren, die er niemals gelernt hatte, auf die gleiche Ebene
wie das eines Gottes.

»Willst du ein Adept des Geheimen Tantra werden, mein
lieber Rahula?«, hatte daraufhin der Asket mit der durchstochenen Brustwarze gefragt und seinen Dolch vom Hals des
jungen Mönchs fortgenommen.

Luyipa hatte ihn aufgesetzt und mit dem Rücken gegen
eine Wand gelehnt, ehe er ihm eine kleine dunkle Pille unter
die Zunge schob.

Kurz darauf hatte sich die rote Wolke aufgelöst, die ihm
die Sicht raubte, genau wie auch die Feuerkugel, die bis dahin das Innere seines Schädels ausgefüllt hatte.

Er war eine reife Frucht, bereit, vom Baum zu fallen. »Dank
dir habe ich endlich verstanden, was Erlösung bedeutet! Ich
zweifle nicht daran, dass dein Weg der richtige ist!«, hatte er
geflüstert.

»Siehst du, mein lieber Luyipa. Du suchst doch schon so
lange nach einem würdigen Schüler, ich glaube, du hast ihn
gerade gefunden!«, hatte die Frau gemurmelt. »Ihm wirst du
alles weitergeben können, was du niemals mit anderen zu
teilen gewagt hast!«, hatte sie mit sanfter Stimme hinzugefügt.

Dabei hatte Rahula ihren Blick aufgefangen, und als sie ihn
anlächelte, war sie ihm noch schöner erschienen als in dem

---

* *Padma*: Lotos

Moment, als er sie zum ersten Mal gesehen hatte, eingerahmt von der bläulichen Wolke, die sie wie mit einem Heiligenschein umgab, umhüllt von jenem Duft nach Honig, Thymian und Zimt, den der junge Mönch immer noch wahrnahm.

»Von nun an wirst du den Namen Verrückte Wolke tragen und jede Woche hierher kommen, um mit uns Maithuna zu praktizieren«, hatte der Siddha Luyipa befohlen und ihn dabei am Hals gepackt, um ihn zu zwingen, seinen Kopf zu heben.

So hatte sich Rahula nach seinem ersten Ritual zu dieser Religion des Extremen, dieser Lehre der Ekstase bekehrt.

»Verrückte Wolke ist von nun an mein einziger Name. Verrückte Wolke wird wiederkommen. Verrückte Wolke liebt es, Maithuna zu praktizieren. Luyipa hat Verrückte Wolke überzeugt!«, hatte er überschwänglich gerufen, und der Siddha erkannte, dass er in ihm seinen spirituellen Sohn gefunden hatte. Er nahm ihn in die Arme wie ein Vater sein Kind.

»Willst du nicht zu mir ziehen und bei mir wohnen?«, hatte der Asket vorgeschlagen.

»Lebt sie auch bei dir?«, hatte der junge Mönch gefragt, der sich seit jenem Tag Verrückte Wolke nannte, und dabei auf die Frau gedeutet, die gerade ein schwarzes, mit silbrigen Motiven besticktes Kleid auf ihrem makellosen Körper zurechtzog, das ihr ganz hervorragend stand.

»Mein Kloster nimmt keine Frauen auf. Sie heißt übrigens Shakti!«

Es war das erste Mal, dass er den Namen der außergewöhnlichen Frau mit den zwei Mündern hörte.

»Das ist mein tantrischer Name, ich lebe in Varanasi, und mein Gemahl ist ein reicher Kaufmann, der nicht weiß, dass seine Frau eine von Luyipas besten Schülerinnen ist«, fügte sie lächelnd hinzu.

Gleich am nächsten Tag hatte Verrückte Wolke das Kloster

des Erwachens verlassen, um zu der von Luyipa geführten tantrischen Gemeinschaft zu stoßen.

Diese lebte einen guten halben Tagesmarsch vom Stadtzentrum entfernt in einer Festung auf der Spitze eines Bergausläufers, zu der man lediglich über eine schwindelerregende, in den nackten Fels gehauene Treppe gelangte. Sie zählte kaum zehn Mitglieder. Aber die Männer vertrugen die schwarze Pille, die Luyipa ihnen täglich verabreichte, so schlecht, dass sie nur selten aus der Benommenheit erwachten, in die sie schon ab dem frühen Morgen versanken.

Deshalb hatte der tantrische Asket größte Mühe, Schüler auszubilden, die ihm auf dem schmalen Pfad der Erlösung folgen konnten.

In diesem uneinnehmbaren Felsennest, das Luyipa und Verrückte Wolke einmal in der Woche verließen, um gemeinsam mit der schönen Shakti Maithuna zu praktizieren, hatte sein neuer Mentor dem jungen Mönch alles über seine Praktiken, seine Erkenntnisse und seine blitzartigen Erleuchtungen beigebracht.

Allem immer und überall zuwiderhandeln; sich unablässig über sämtliche Verbote hinwegsetzen; sich niemals vor etwas fürchten; weiter gehen, immer und immer weiter; den Mut aufbringen, selbst den Buddha übertreffen zu wollen, dessen Ansprüche und Methoden so schwierig umzusetzen waren, dass es – außer für einen Arhat – illusorisch war, zu hoffen, ihm auf dem Pfad der Erlösung nachfolgen zu können: Das waren die Herausforderungen, zu denen der Weg des Tantra seine Adepten einlud.

Und dieser war umso verlockender, als er nicht von ihnen verlangte, den traditionellen Göttern abzuschwören, sondern, ganz im Gegenteil, die alte Religion mit der Lehre des Erhabenen versöhnte.

Je weiter Verrückte Wolke auf dem Weg des Tantra voranschritt, desto fester glaubte er daran, dass es der richtige war.

Schließlich hatte doch Siddharta Gautama selbst gesagt, dass jeder fromme Mönch ebenfalls ein Buddha werden und jenes höchste Stadium erreichen konnte, in dem man nicht mehr wiedergeboren werden musste, da man sich bereits im Vorhof des Paradieses befand.

Von der Hoffnung beseelt, schneller als alle anderen jene unaussprechliche Heiligkeit zu erreichen, war die Übergabe der tantrischen Flamme von Luyipa an Verrückte Wolke mit verstörender Leichtigkeit erfolgt.

Denn sehr schnell hatte der Schüler seinen Meister überflügelt, und das nicht nur, was seine sexuellen Leistungen betraf, sondern auch in den yogischen Übungen zur Beherrschung der Atmung und der Schmerzen, die es Luyipa ermöglichten, seinen geschmeidigen Körper einer Liane gleich in die unglaublichsten Verrenkungen zu zwingen oder sich grausamen Kasteiungen zu unterziehen, ohne auch nur den leisesten Schrei auszustoßen und ohne dass ein einziger Tropfen Blut austrat, wenn er sich furchtlos Schnitte zufügte oder sein Fleisch durchbohrte.

Und das war auch gut so, denn Luyipa, dessen Magen durch die Einnahme seiner Mischung aus Opium, Auripigment, Realgar und Theriak zerstört worden war, war auf den Tag genau ein Jahr nachdem er Verrückte Wolke zum Tantrismus bekehrt hatte, gestorben.

Daraufhin hatte Verrückte Wolke seine Fackel weitergetragen. Genau wie sein Meister hatte auch er beschlossen, auf die Straßen hinauszuziehen und Schüler zu suchen, die ihm auf dem erhabenen Weg des Tantra folgten.

Dabei bewirkten seine Leidenschaft und seine Begeisterung, zehnfach verstärkt durch seine Überzeugungskraft und sein Charisma, wahre Wunder.

Weil er sich ohne jeden Skrupel der sexuellen Praktiken der Ekstase bediente, die es jungen Mönchen und Nonnen erlaubten, frei von Zwängen und Schuldgefühlen die Freuden des Fleisches kennenzulernen, schnellte die Zahl der Adepten, die bereit waren, ihm heimlich zu folgen, in die Höhe.

Die Mundpropaganda hatte vortrefflich funktioniert.

Es hatte nicht lange gedauert, bis die Anwärter in Scharen zu ihm kamen, um sich initiieren zu lassen. Die einen wegen der sexuellen Rituale, die zu zweit, zu dritt oder in größeren Gruppen durchgeführt wurden, die anderen wegen der wundersamen Pillen, die den Menschen wie durch Zauberhand glücklich machten. Wieder andere wurden von dem geheimnisumwitterten, dämonischen Charakter dieser Religion angelockt, deren Aura immer weitere Kreise zog.

Verfügte sie nicht über den doppelten Vorzug, sowohl gute Beziehungen zu den alten Göttern aufrechtzuerhalten als auch ihren Anhängern zu gestatten, sich ohne Furcht vor göttlicher Strafe allen möglichen Perversionen hinzugeben, da diese nicht mehr als verurteilenswerte Taten betrachtet wurden?

Ganz auf sein Anliegen konzentriert, neue Anhänger um sich zu sammeln, hatte es eine Weile gedauert, bis Verrückte Wolke erkannt hatte, dass er von den schwarzen Pillen, die Luyipa ihm gleich bei seinem ersten Maithuna-Ritual verabreicht hatte, abhängig geworden war.

Seit er seine tägliche Dosis davon einnahm, litt er nicht mehr unter Entzugserscheinungen und fühlte sich vor allem viel stärker als zuvor, viel konzentrierter und viel erfolgreicher bei der anstrengenden Tätigkeit als Prediger seines Glaubens, der er von da an von morgens bis abends in Varanasi nachging.

Nach und nach hatte der Weg des Tantra trotz der strikten Geheimhaltung, der alle Adepten unterworfen waren und die es ihnen verbot, allzu leichtfertig neue Schäfchen zu bekehren, da sie sich zuvor mit allen möglichen Vorsichtsmaßnahmen ihrer absoluten Verschwiegenheit versichern mussten, zahlreiche Anhänger gewonnen.

Es war eine regelrechte Kirche, die dort verschleiert voranschritt; eine Kirche des Schattens und der Geheimnisse, deren dunkler Charakter jedoch, als Lockmittel in den buddhistischen Gemeinschaften eingesetzt, aus denen sie bevorzugt ihren Nachwuchs rekrutierte, dort schwerste Verwüstungen anzurichten begann.

Dank der Bemühungen, die Luyipa und nach ihm Verrückte Wolke an den Tag gelegt hatten, galt das Tantra in den Augen der traditionellen Gemeinschaften inzwischen als eine eigenständige religiöse Kraft, deren wahre Anhängerzahl zwar unmöglich einzuschätzen war, die man jedoch als eine jener unterirdischen Strömungen, die heimlich immer weiter vordrangen, nicht außer Acht lassen durfte.

In seinem paranoiden Größenwahn betrachtete sich Verrückte Wolke, obwohl er das niemals jemandem eingestanden hätte, als der neue Buddha. Dabei fühlte er sich noch viel stärker als Siddharta Gautama mit seinem ein wenig lächerlich anmutenden Mitgefühl den anderen gegenüber, seiner illusorischen Gewaltlosigkeit und all den Zwängen seiner veralteten, pedantischen klösterlichen Regeln.

Verrückte Wolke hingegen vertrat eine sehr viel zweckmäßigere Haltung.

Er predigte einen von allen künstlichen Skrupeln und jeglicher rückwärts gerichteten Moral befreiten Buddhismus.

Er träumte von einem tantrischen Buddhismus, der sich schließlich die drei Hauptströmungen dieser Religion, das Mahayana, das Hinayana und den tibetischen Lamaismus, einverleiben würde.

Er argumentierte, das Wichtigste sei ausschließlich der

Weg des Heils, ganz gleich, mit welchen Mitteln man ihn erreichte. Hauptsache sie wirkten.

Dieser Pragmatismus und das vollständige Fehlen moralischer Skrupel hatten wahre Wunder gewirkt. Schon bald konnte Verrückte Wolke durch das Anwerben neuer Schüler und die Organisation geheimer Rituale von echter Legitimität für den Pfad des Tantra träumen.

Der einst so bescheidene, fromme Mönch des Hinayana verfolgte das ehrgeizige Ziel, ein bedeutender Würdenträger zu werden. Er wollte von Gleich zu Gleich mit den Oberhäuptern der drei großen anerkannten buddhistischen Lehrpfade reden, obwohl sein Ruhm noch kaum über die Mauern der heiligen Stadt Varanasi hinausgedrungen war.

Der Ruf des Tantra hingegen hatte unterdessen auch China erreicht. Dort neigten einige Meister des Chan aus der sogenannten »spontanen« Schule dazu, den Tantrismus wegen der Ähnlichkeit ihrer Methoden als einen gefährlichen Rivalen zu betrachten.

Die Parallelen zwischen der »spontanen« und der »tantrischen« Lehre hatten Verrückte Wolke davon überzeugt, dass eine Ausbreitung des Tantrismus nach Zentralchina durchaus möglich wäre und es sich lohnte, diese Perspektive näher ins Auge zu fassen.

Doch dann hatte ihn ein dummer Unfall gezwungen, ins Exil nach Tibet zu gehen.

Während einer tantrischen Zeremonie, deren Teilnehmer eine Überdosis seiner Pillen eingenommen hatten, war ein junger Mann ans Ufer des Ganges gelaufen, wo er sich eine Hütte aus trockenen Zweigen baute. Diese hatte er dann in Brand gesteckt, ehe er singend in den Scheiterhaufen eingezogen war. Die Flammen hatten ihm so entsetzliche Verbrennungen zugefügt, dass er sich schließlich in den heiligen Fluss stürzte, wo er wie ein Stein untergegangen war.

Übel gesinnte Zeugen hatten sich daraufhin beeilt, Verrückte Wolke bei den Stadtoberen anzuzeigen, und ihm war nichts anderes übrig geblieben, als Varanasi zu verlassen und so weit wie möglich fortzugehen.

Zutiefst betrübt hatte Verrückte Wolke beschlossen, nach Tibet zu reisen, dem Land auf dem Dach der Welt, jene bemerkenswerte Region, die auf halbem Weg zwischen dem Reich der Menschen und dem der Götter lag.

Mehrere Monate lang war er die Täler der Nebenflüsse des Ganges hinaufgestiegen und hatte tausend Gefahren getrotzt, bis er schließlich Lhasa erreicht hatte, die »Hauptstadt, die dem Himmel am nächsten liegt«. Seine Wanderungen hatte er genutzt, um neue Anhänger zu bekehren, die er mit seiner Schmerzbeherrschung und seinen yogischen Übungen beeindruckte, denen er sich am Straßenrand widmete.

Lhasa war damals bereits ein unglaublicher Ort.

Abgesehen von den offiziellen chinesischen Delegationen, die Taizong der Große und später Gaozong regelmäßig dorthin sandten, um die vielschichtigen Beziehungen zu verbessern, die die Tang mit dem Nachfolger des großen, 650 gestorbenen Königs von Tibet, Songtsen Gampo, unterhielten, wagten sich nur wenige fremde Besucher in die Hauptstadt des Schneelands, sein religiöses und wirtschaftliches Zentrum, das damals noch nicht von dem gewaltigen Potala-Kloster überragt wurde.

Verrückte Wolke überlebte nur dank der spärlichen Almosen der Schaulustigen, doch es herrschte ein solches Misstrauen, dass er bei seiner Ankunft das seltsame Gefühl verspürte, regelrecht in die Vergangenheit zurückzukehren.

In den Augen eines jungen, aus einer großen Stadt stammenden Inders lebten die Menschen im Schneeland immer noch wie in primitiven Zeiten.

Er konnte sich nicht vorstellen, länger dort zu bleiben, und plante bereits, nach China weiterzureisen, wo er sich einen sehr viel wärmeren Empfang erhoffte, als ihn eines Tages drei Männer, darunter ein Blinder, angesprochen hatten.

»Wir suchen eine unschuldige Hand, die für uns eine Losziehung durchführt. Wärst du bereit, uns diesen Gefallen zu tun?«, hatte einer von ihnen gefragt, der genau wie er selbst aus Indien stammte.

»Ich verstehe nichts von Glücksspielen!«, hatte er mit einem Lächeln erwidert.

»Das macht nichts. Du brauchst lediglich mit verbundenen Augen drei Gegenstände in die Hand zu nehmen und sie in drei verschiedene Körbe zu legen«, hatte ihm der Inder erklärt.

Der Blinde musste Tibeter sein, während der dritte der drei Männer die hellere Hautfarbe und die geschlitzten Augen eines Chinesen aufwies.

Alle drei trugen Mönchsroben, und ihre fein ziselierten Almosenschalen zeugten von dem hohen Rang, den sie innerhalb ihrer jeweiligen Hierarchie einnahmen.

Und so hatte er ohne das geringste Zögern, ja sogar ein wenig belustigt, eingewilligt, ihnen zu folgen.

Doch die simple Losziehung sollte sich als ein unvorstellbarer Glücksfall erweisen, der ihn mitten ins Herz seines Kampfes um den Triumph des Tantrismus zurückführte.

Denn entgegen aller Erwartung war es ihm gelungen, das Vertrauen der drei Männer zu gewinnen, die ihn durch puren Zufall gebeten hatten, die Entscheidung in einer höchst geheimen Angelegenheit herbeizuführen.

Wie hätten sie, als sie den jungen indischen Yogi baten, drei nummerierte Kugeln auf drei Körbe zu verteilen, auch ahnen können, dass sie eine Schlange an ihrem Busen zu nähren begannen, die sie irgendwann beißen würde?

Nach der Losziehung war vieles geschehen, doch als er

nun auf den Stufen des Totenturms saß und daran zurück-
dachte, war er nicht in der Lage, das Vergangene zuverlässig
wiederzugeben.

In seinem verwirrten Geist vermischte sich alles: Gestern
und Heute, Wirklichkeit und Träume, die eingebildeten und
die wahren Bilder. Lhasa, die Losziehung, sein Eindringen in den Kreis der drei
religiösen Führer, die folgenden Zusammenkünfte, Samye,
seine Begegnung mit Buddhabadra, der Auftrag, den sie dem
ma-ni-pa erteilt hatten, der Mord an dem Abt aus Peshawar,
die Steinwüste, in der er ziellos umhergeirrt war, und schließlich die verlassene schäbige Hütte und die Leichen, die die
Mazdaisten den Raubvögeln zum Fraß vorgelegt hatten,
damit sie von ihren Klauen und ihren entsetzlichen Haken-
schnäbeln zerrissen wurden.

Sicher wusste er nur, dass er all den buddhistischen Oberhäuptern mehrmals begegnet war. Denn bei den drei Männern handelte es sich um Meister Vollendete Leere, den Abt
des Klosters von Luoyang, dem größten in ganz China, den
Ehrwürdigen Ramahe sGampo, Vorsteher des Klosters von
Samye, des ältesten in Tibet, und Buddhabadra, den Abt des
Klosters von Peshawar, das mit den Augen des Buddha eine
der bedeutendsten Reliquien des indischen Buddhismus hütete.

Nachdem er zum zufälligen Zeugen des »Konzils von
Lhasa« geworden war, jener streng geheimen Zusammenkunft, deren Name und Ablauf nur den drei Oberhäuptern
der buddhistischen Lehrpfade bekannt war, hatte er die Hoffnung wiedergewonnen, dass es ihm eines Tages doch noch
gelingen würde, seine übermenschliche Aufgabe zu Ende zu
bringen, die ihn geradewegs ins Nirwana und vielleicht sogar
noch höher hinaus in den Rang Gottes erheben würde. Dazu
müsste er die tantrische Religion zur einzigen vereinten Strö-

mung des Buddhismus machen, nachdem sie sich die drei übrigen einverleibt hätte.

Dem Ziel von Verrückte Wolke mangelte es nicht an philosophischen und metaphysischen Ambitionen.

Seit seinen Ursprüngen lehrte der Buddhismus, in Abkehr von den indischen Religionen, dass weder die Menschen noch die Tiere oder die Dinge über »Atman« verfügten, das heißt eine »Seele«, ein »Ich« oder einen Wesenskern besaßen, und dass das, was man für die greifbare und unwandelbare Realität hielt, in Wirklichkeit vom Prinzip der »Vergänglichkeit« beherrscht wurde.

Die Lehren des alten indischen Hinduismus hingegen betonten ohne Ausnahme die Existenz von Atman, das ihnen zufolge von der Existenz der Götter wie Shiva, Vishnu, Mara und unzähligen anderen zeugte, die den belebten Wesen und den Dingen ihren Geist und ihr Atman einhauchten.

Da man die tantrischen Rituale, die sich auf magische und schamanische Praktiken aus uralten Zeiten gründeten, unterschiedslos sowohl auf den Buddhismus als auch auf den Hinduismus anwenden konnte, bildeten sie die einzig mögliche Verbindung zwischen den beiden völlig konträren Auffassungen vom Universum und dem Platz, den die Götter und Menschen darin einnahmen.

Und so war in Verrückte Wolke der Wunsch aufgekeimt, den Tantrismus in den Rang einer universellen Religion zu erheben, in der die beiden religiösen Welten miteinander versöhnt würden.

Das alles war mit der Zeit in seinem Kopf herangereift, seit er zehn Jahre nach dem ersten zum Zeugen eines zweiten Konzils von Lhasa geworden war, wodurch er auf dem besten Wege war, zum ständigen Gehilfen bei der Losziehung zu werden, die den Kern der streng geheimen Zusammenkunft bildete.

In seinem größenwahnsinnigen, mörderischen Irrsinn hatte Verrückte Wolke es sich in den Kopf gesetzt, dass nur ein ganz besonderes Ritual, dessen Ablauf er bis ins kleinste Detail bereits festgelegt hatte, es ihm erlauben würde, den Tantrismus endgültig triumphieren zu lassen.

Für dieses Ritual brauchte er jene Gegenstände, die die drei religiösen Führer ihre »heiligen Pfänder« nannten und die er von da an mit allen Mitteln in seinen Besitz zu bringen versucht hatte.

Wenn er nur daran dachte, dass er es beinahe geschafft hätte, denn zwei von dreien hatte er bereits an sich gebracht, sorgfältig aufbewahrt in Buddhabadras Sandelholzherz!

Die Erinnerung daran entriss ihm ein bitteres Seufzen.

Wie hatte er bloß eine solche Gelegenheit ungenutzt verstreichen lassen können!

Der Verlust von Buddhabadras kleiner Schatulle, die aus der Reisetasche verschwunden war, in die er sie eingeschlossen glaubte, hatte jahrelange Bemühungen und Geduld mit einem Schlag zunichtegemacht.

Nun musste er wieder ganz von vorne anfangen, falls dies überhaupt möglich wäre, denn wahrscheinlich würde es kein Konzil in Lhasa mehr geben, weil aus unerfindlichen Gründen Zwietracht zwischen Ramahe sGampo, Vollendete Leere und diesem seltsamen Buddhabadra aufgekommen zu sein schien!

Buddhabadra, dessen letzte Worte langsam und stoßweise wieder an die Oberfläche seines getrübten Bewusstseins drangen!

Um seine Gedanken zu ordnen, schluckte er eine weitere Pille.

Sofort erfüllte der Geruch von Honig, Zimt und Thymian seine Nase.

Er sah Buddhabadra, dem die bluttriefenden Eingeweide

aus dem Unterleib quollen, am Boden liegen. Er erinnerte sich noch ganz genau daran, wie er auf den Leichnam zugetreten war und festgestellt hatte, dass er nicht träumte.

Wer hatte den Abt vom Kloster des Einen Dharma in Peshawar bloß so bestialisch ermordet?, fragte er sich auch jetzt wieder, als er auf der steinernen Stufe des Totenturms hockte.

Ein Mörder musste sich heimlich in die Pagode geschlichen haben, und der hatte auch das kleine Sandelholzherz mit den beiden heiligen Pfändern eingesteckt!

Er sah Bilder von einem verschwommenen rituellen Kampf mit dem Abt aus Peshawar an einem seltsamen, verfallenen Ort und von einem jungen Mädchen mit dem schönen Gesicht einer Apsara, die in den Himmel aufgestiegen und davongeflogen war.

Dann folgte ein schwarzes Loch, aus dem er erst wieder aufgetaucht war, als er bemerkte, dass Buddhabadra mit aufgeschlitztem Bauch tot zu seinen Füßen lag.

Man stelle sich seine Wut vor, als er erkannte, dass das kleine Herz, das er daraufhin überall gesucht hatte, verschwunden war!

Von Zweifeln gepeinigt, fragte sich Verrückte Wolke, ob das, was ihm widerfahren war, nicht ein Zeichen dafür war, dass ein Fluch auf ihm lastete.

Wie war er überhaupt hierhergelangt, auf diese Stufen, mitten in die Wüste?

Er konnte sich beim besten Willen nicht mehr daran erinnern.

Er wusste nur, dass Buddhabadra tot und seine Sandelholzschatulle verschwunden war.

Seit wie vielen Wochen, wenn nicht gar Monaten, irrte er nun schon ziellos umher?

Er hatte nicht die leiseste Ahnung.

Der düstere Totenturm gefiel ihm genauso wenig wie der

riesige schwarze Skorpion, der hinter einem Stein aufgetaucht war und seinen Stachel auf ihn richtete, bevor er ihn hastig erschlagen hatte.

Er fühlte sich furchtbar einsam, verlassen von den Göttern und dem Buddha.

Ohne die Sandelholzschatulle konnten seine Träume nicht wahr werden.

Und der rituelle Abschluss seiner erregenden Aufgabe, dieser unvergleichlichen, Heil bringenden göttlichen Mission, der er sich so sehr verschrieben hatte, dass er ihr alles andere geopfert hatte, löste sich kläglich in Luft auf.

Nach Dunhuang zurückzukehren, um dort das Original des *Sutra über die Logik der Vollkommenen Leerheit* an sich zu bringen, das Vollendete Leere dem Kloster des Heils und des Mitgefühls zur Aufbewahrung überlassen hatte, war nach dem Verlust der beiden anderen heiligen Pfänder sinnlos geworden.

Denn für sein Ritual brauchte er alle drei Gaben.

Was sollte er jetzt tun?

Verzweifelt und so niedergeschlagen, dass er nicht einmal mehr die Kraft fand zu seufzen, starrte er in die beruhigende Weite der Sandwüste hinaus.

Was mochte hinter dem öden Horizont liegen?

Vielleicht fand man dort das Reich der Leere, jene Welt der Unendlichen Reinheit, in der man sich mit so viel Wonne auflöste. Denn die Leere verlieh den Menschen die Macht, den Scharfblick und die Kraft, die sie den Göttern, den Propheten und den Buddhas ebenbürtig werden ließ.

War es nicht das, was er sich am sehnlichsten wünschte: Eingang in das Pantheon aller Kulte zu finden?

Aber diese Leere konnte einen genauso gut verschlingen und in den Strudel des Nichts hinabreißen.

Verrückte Wolke, der in der Leere verklang wie das Echo

der Stimme im Raum; Verrückte Wolke, der zu Wüstenstaub wurde; Verrückte Wolke, der in seinem eigenen Dahinschwinden unterging. Die panische Angst ließ ihn mit jedem Tag ein wenig verrückter und unberechenbarer werden, genau wie jene wilden Hunde, die in den Bergen herumstreunten und ein Kind ebenso gut liebevoll lecken oder es wütend zerfleischen konnten.

»Dorthin gehen, wo niemand sonst hingeht.«

Wieder erklang der hartnäckige Satz in seinen Ohren, während er hinter der steinigen Fläche, die in der Ferne mit dem Himmel verschmolz, sein eigenes Gesicht im azurnen Blau zu sehen glaubte.

Es war ein eigentümliches, düsteres Gesicht, ein beunruhigendes Gesicht, dessen blutunterlaufene Augen ihn in Angst und Schrecken versetzten.

Er kniff sich in den Arm.

Er träumte nicht.

Es war tatsächlich er, dessen Gesicht dort am Horizont des Nichts aufgetaucht war und der sich selbst Angst einjagte.

»Dorthin gehen, wo niemand sonst hingeht.«

Der ewig wiederkehrende Refrain wurde unerträglich.

Um nicht länger seinem eigenen Gesicht ausgesetzt zu sein, musste er sich wieder auf den Weg machen, weiterirren, seinem Instinkt folgen.

Weiter! Immer und immer weiter.

Nur nicht nachlassen, denn eines Tages wurden auch die unmöglichsten Dinge Wirklichkeit.

5

Kaiserlicher Palast, Chang'an, China, 15. September 656

Kaiserin Wu Zhao hatte sich gerade beeilt, die Aufwartung, die der Kaiser von China und sein Jadestab mindestens einmal im Monat von ihr einforderten, so rasch wie möglich hinter sich zu bringen.

Verglichen mit dem von Gaozong war das Organ von Stummer Krieger, das sie zwei Wochen zuvor endlich zum ersten Mal gekostet hatte, ein wahrer Pfahl.

Nachdem sie ihn lange Zeit begehrt hatte, ohne es sich selbst einzugestehen, hatte sie schließlich, als sie eines Abends alleine in ihrem Zimmer war, da sich Gaozong auf einer Inspektionsreise zur Großen Mauer befand, beschlossen, ihn in ihr Bett zu holen.

Überrascht hatte der turko-mongolische Riese sie gewähren lassen, als sie ihn mit erfahrenen Händen vollständig entkleidet hatte.

»Ich schockiere dich sicher, nicht wahr?«, hatte sie ihm zugewispert.

»Ich nicht schockiert, meine Königin!«, hatte er ungerührt zurückgeflüstert, als hätte er das, was ihm widerfuhr, nach all den vertrauten Momenten, die er mit ihr verbracht hatte, bereits erwartet.

Sie hatte noch nie einen so muskulösen Männerkörper gesehen.

Die gewaltigen, mit rituellen Tätowierungen bedeckten und wie Lack glänzenden Oberarmmuskeln von Stummer Krieger hatten sich aufgepumpt wie Wasserschläuche, als er sie hochgehoben und sanft auf ihr riesiges Bett gelegt hatte, wo sie die passende Stellung einnahm, damit er von hinten in sie eindringen konnte.

War es nicht ein herrliches Gefühl, sich von einem so starken, wilden Mann tragen zu lassen, der sie zudem noch so sanft berührte?

Aber vor allem hatte sie sofort gespürt, wie eine Woge der Lust über ihr zusammenschlug, kaum dass er seine riesige Eichel in ihren innersten Spalt eingeführt hatte.

Seit er vor Jahren als Kriegsgefangener nach Chang'an gekommen war, hatte Stummer Krieger keine Frau mehr gehabt.

Und so hatte es nicht lange gedauert, bis er sich mit einem so machtvollen, glühenden Strahl in sie ergossen hatte, dass die entzückte Wu Zhao das Gefühl hatte, ihr Körper werde von einer Klinge aus Feuer und Lust durchdrungen.

»Weiter! Weiter!«, hatte die Kaiserin von China, durch diese herrliche Empfindung bereits halb von Sinnen, ungeniert gerufen.

Wie ein folgsamer Schüler hatte Stummer Krieger gehorcht und mit der gleichen wuchtigen Manneskraft erneut angesetzt, den immer präziseren, drastischeren Wünschen Wu Zhaos entsprechend, deren Orgasmus mit jedem Mal überwältigender geworden war, sodass sie fest in einen seidenen Schal hatte beißen müssen, um nicht laut aufzuschreien.

Als sie sich in den frühen Morgenstunden schließlich auf das Instrument ihrer Lust gestürzt hatte, um ihm eine letzte Aufwartung zu machen, da die Zeit des Ankleidens mit großen Schritten näher rückte, hatte sie es kaum in den Mund nehmen können, weil es so dick war.

Das Glied von Stummer Krieger ähnelte jenen besonders kunstvoll gearbeiteten Griffen der Bronzesäbel der Generäle der chinesischen Armee, deren Knauf einer geschlossenen Lotosblüte glich.

Verglichen mit dem Jadestab ihres Leibdieners war ihr der ihres Gemahls an diesem Morgen ganz besonders kümmerlich erschienen.

»Das war schön, aber kurz, meine Liebste! Noch besser würde es mir gefallen, wenn es genauso gut, aber ein wenig ausgedehnter wäre!«, scherzte dieser, während er seine Hosen zurechtzog.

»Fügt nicht noch Raureif zum Schnee, Majestät! Wenn Ihr wüsstet, wie sehr mein Kopf schmerzt!«, stöhnte sie etwas gereizt.

Sie hatte mit Absicht eine Formulierung verwendet, die aus der Sprache der Gelehrten stammte, um Gaozong zu verstehen zu geben, dass er diesen Zustand nicht noch verschlimmern solle.

Tatsächlich ließ ihre Regel schon seit längerem auf sich warten, weshalb sie vermutete, schwanger zu sein, aber noch war es viel zu früh, um dem Kaiser etwas davon zu sagen.

Seit einigen Monaten wusste sie, wie so oft dank Stummer Krieger, dass der Kaiser äußerst flatterhaft war, und sie befürchtete, dass diese Ankündigung ihn noch ein wenig mehr dazu verleiten könnte, sich mit unberührten jungen Mädchen zu vergnügen, nach denen er inzwischen ganz verrückt sein sollte, wie am Hof gemunkelt wurde.

»Soll ich nicht lieber einen Arzt bitten, nach Euch zu sehen?«

»Es gibt hier doch keinen vernünftigen Arzt, vor allem, seit daoistische Heiler im kaiserlichen Palast nicht mehr geduldet werden! Der letzte Knochenrichter, der mich untersucht hat, hat lediglich seine Finger gegen meine Schläfen gedrückt und mir versichert, dass meine Kopfschmerzen dadurch verschwinden würden! Aber nichts hat sich geändert. Ohne die richtigen Arzneien werde ich nie Heilung finden!«, versetzte sie.

»Niemand wird es je schaffen, einen konfuzianischen Mandarin und einen daoistischen *fangshi* auszusöhnen! Ihre Überzeugungen sind einfach unvereinbar!«, brummte Kaiser Gaozong.

Er spielte damit auf die ununterbrochenen Machtkämpfe an, die seit ewigen Zeiten zwischen Konfuzianern und Daoisten tobten.

Die Konfuzianer stellten, wenn sie nicht dem Adel entstammten, die Heerscharen der hohen Beamten, welche die Tang-Dynastie mit Hilfe von Zulassungsprüfungen rekrutierte, in denen eine gnadenlose Auslese getroffen wurde.

Als Diener des Staates würden sie zu jenen rein von der Vernunft gelenkten Technokraten, die alle Sandkörner aufspüren sollten, die die komplexe Maschinerie der kaiserlichen Verwaltung ins Stocken geraten lassen könnten, auch wenn sie leider eher darauf bedacht waren, ihre institutionellen Privilegien zu sichern, als dem Allgemeinwohl zu dienen.

Und der Daoismus mit seiner Irrationalität, seiner Vorliebe für magische und alchemistische Praktiken und vor allem seiner Konzentration auf das eigene Ich, die ihn zu einer höchst individualistischen Philosophie machte, wurde von den Verfechtern der kollektivistischen Gesellschaftsmoral des Konfuzianismus als Hauptursache für soziale Zwietracht und Auflösung betrachtet.

Deshalb war diese religiöse und philosophische Lehre, deren Priester als Exzentriker und »langhaarige Mönche« bezeichnet wurden, in den Reihen der hohen Beamten und der Politiker nicht sonderlich gut angesehen. Es war ihnen sogar gelungen, Gaozong zu einem Erlass zu überreden, der es daoistischen Mönchen verbot, den kaiserlichen Palast ohne vorherige Erlaubnis zu betreten.

Bereits einige Monate zuvor hatte Kaiserin Wu für einen kleinen Skandal gesorgt, als sie die Dienste eines dieser langhaarigen Mönche in Anspruch genommen und es sich sogar zur Gewohnheit gemacht hatte, hin und wieder mit ihm Schach zu spielen.

Sie mochte die wunderliche Seite dieses Mannes, der seine Sätze mit amüsanten Wendungen spickte und ihr so eine willkommene Abwechslung von den gekünstelten, langweiligen Beziehungen bot, die sie mit den Damen des Hofes zu pflegen gezwungen war, von denen die meisten sie ohnehin aus tiefstem Herzen verabscheuten.

Aber die bösen Zungen am Hof von Chang'an hatten Wu Zhao bald beschuldigt, gemeinsam mit dem dubios aussehenden Mönch magische Rituale zu vollziehen, die die konfuzianische Moral nur verurteilen konnte.

Die Intrige war so weit gegangen, dass sich die Kaiserin genötigt gesehen hatte, ihrem Gemahl Rede und Antwort zu stehen, nachdem die Urheber dieser Verleumdungen auf hinterhältige Weise seine Zweifel geweckt hatten.

Ihre Aussprache hatte im Bett der Kaiserin geendet, wo sie im Handumdrehen überzeugende Argumente gefunden hatte, um Gaozong diese kleinen Extravaganzen vergessen zu lassen, die er im Übrigen danach nie wieder erwähnt hatte.

»Sollte ich irgendwann von einem guten daoistischen Arzt hören, werde ich ihn unverzüglich zu Euch schicken, meine Liebste, das verspreche ich Euch!«, fügte der Kaiser hinzu, nachdem er seine Gemahlin auf die Stirn geküsst hatte.

Die Stunde der Audienzen nahte, und er war gezwungen, wieder in seine Gemächer zurückzukehren, wo seine Kämmerer ihn in seine schweren Prunkgewänder kleiden würden.

Denn es wäre undenkbar, dass sich der Kaiser ohne die Attribute seines Ranges in der Öffentlichkeit zeigte: den langen gelben, im Sommer mit Seide und im Winter mit Nerz gefütterten Umhang sowie die verschiedenen Geschmeide aus Gold, Jade und Smaragden, in deren Mitte an seinem Hals das goldene sogenannte »Schloss des langen Lebens« *changmingsuo* hängen musste, in das ein Goldschmied die Worte »langes Leben« eingraviert hatte.

Nachdem Gaozong fort war, bemerkte Wu Zhao erst, wie schlecht es ihr tatsächlich ging.

Doch das lag nicht an den starken Kopfschmerzen, die sie inzwischen gewohnt war, diesem unerträglichen Reif, der ihre Stirn noch fester zusammenpresste als die Tiaren, die man sie bei offiziellen Zeremonien zu tragen zwang.

Etwas anderes beunruhigte sie sehr viel mehr. Sie fürchtete, Vollendete Leere zu enttäuschen, das Oberhaupt des chinesischen Großen Fahrzeugs, das mit seinen Millionen von Mönchen die größte Organisation innerhalb der chinesischen Gesellschaft darstellte, von den kaiserlichen Truppen einmal abgesehen.

Je mehr Zeit verging, desto deutlicher wurde ihr bewusst, dass sie auf die treue Unterstützung der Buddhisten angewiesen war. Sie brauchte sie für ihr Ziel, selbst den Kaiserthron zu besteigen und anstelle von Gaozong, den sie mit jedem Tag mehr verachtete, zu herrschen.

Doch mit dem plötzlichen Ende des Seidenschmuggels war auch die letzte Nachschubquelle versiegt, auf die sie gehofft hatte, um das Versprechen einzuhalten, das sie dem Abt vom Kloster der Dankbarkeit für Erwiesene Kaiserliche Wohltaten in Luoyang gegeben hatte.

Um ihren Ruf zu festigen und sich die Gunst des Volkes zu

sichern, von dem sie ahnte, dass sie es eines Tages brauchen würde, hatte sie den Kaiser zu einer Reihe geradezu revolutionärer Verordnungen überredet.

Einige davon betrafen landwirtschaftliche Belange und reichten von der Förderung der Seidenraupenzucht bis hin zur Erlaubnis für die armen Bauern, nach Gutdünken das Land am Fuß der Stadtmauern zu bestellen. Das erzürnte natürlich die adligen Familien, die ausgedehnte Ländereien besaßen.

Seit der Veröffentlichung des Erlasses zogen sich Hirse- und Weizenfelder an den Mauern des kleinsten Marktfleckens entlang. Bis vor kurzem war es noch jedem Bürger vollkommen unmöglich gewesen, auch nur einen Fuß dorthin zu setzen, da die Flächen als militärische Bereiche betrachtet wurden.

Ein weiterer von Wu Zhao angeregter Erlass, den der alte General Zhang mit aller Macht zu verhindern versucht hatte, zielte darauf ab, die Zahl der Soldaten in den kaiserlichen Truppen zu verringern.

Mit diesem Vorschlag wollte Wu Zhao ein unmissverständliches Zeichen setzen, das dem alten Schwertadel, auf den Gaozong seine Herrschaft bislang gestützt hatte, als Warnung dienen sollte. Vor allem wollte sie aber auch den steuerlichen Druck mildern, über den sich alle beklagten. Mittlerweile war es nicht mehr nötig, so viel Geld für die Armee aufzuwenden, weil die Völker am äußersten Rand des Reichs der Mitte, das sich noch niemals so weit erstreckt hatte, diesem alle mehr oder minder Gefolgschaft geschworen hatten.

»Dem Volk das zurückgeben, was das Reich ihm zu Unrecht nimmt« – das war das Motto, welches Wu Zhao als gewiefte Politikerin gerne im Munde führte und das nach ihrem Wunsch auch draußen wiederholt werden sollte, wenn möglich sogar außerhalb der kaiserlichen Palastmauern.

Aus den gleichen Gründen hatte die Kaiserin auch durchgesetzt, dass die Ausgaben für die öffentlichen Bauten drastisch gekürzt wurden.

Die beiden Hauptstädte des Reichs, die eigentliche Hauptstadt Chang'an und die Hauptstadt des Ostens Luoyang, waren bereits die beiden schönsten Städte der Welt.

Vierzehn Nord-Süd- und elf Ost-West-Achsen teilten Chang'an, das von Kanälen durchzogen wurde, über die man per Boot überallhin gelangen konnte, in hundertzehn von Mauern umschlossene Viertel und zwei riesige Märkte.

Seine breitesten Prachtstraßen waren von prunkvollen Gebäuden gesäumt, die die Macht und den Reichtum ihrer Besitzer verkörpern sollten, ob es sich dabei um wohlhabende adlige Familien, um Kaufleute oder vor allem um öffentliche Behörden handelte, die durch Steuerzahlungen finanziert wurden.

Die meisten der Verwaltungsgebäude waren in einem Bereich angesiedelt, der damals die »kaiserliche Stadt« genannt wurde.

Sie lag im Süden des Kaiserpalasts, wo die großen Bauten der Staatskanzlei, der Kaiserlichen Kanzlei, des Großen Kaiserlichen Sekretariats und des Staatsrates in die Höhe ragten.

Nach dem Vorbild der ersten Hauptstadt und wie ein leicht verkleinertes Modell ihrer großen Schwester, mit der sie durch einen fast vierhundert Kilometer langen schiffbaren Kanal verbunden war, hatte man auch Luoyang, wo sich der Hof im Sommer gerne aufhielt, da es dort kühler war als in Chang'an, in einem Schachbrettmuster errichtet.

Das gesamte Gebiet des bevölkerungsreichsten und mächtigsten Landes der Erde war bereits von einem engmaschigen Netz aus Straßen und Kanälen überzogen. Seine Anfänge reichten achteinhalb Jahrhunderte zurück in die Zeit

Qin Shihuangdis, des ersten Kaisers von China. Die Tang hatten es vollständig saniert, um den reibungslosen Transport der Menschen und Waren zu gewährleisten, die in die großen chinesischen Städte strömten, und im Jahr 608 war die gewaltige Wasserstraße, die eines Tages zum Großen Kaiserkanal werden sollte, der Luoyang mit der Region von Peking verbinden würde, auf über eintausendfünfhundert Kilometer verlängert worden.

Kein Wunder also, dass die von Wu Zhao ersonnenen Maßnahmen zur Steuererleichterung gerade recht kamen.

Darauf bedacht, ihrem Bild als gütige Herrscherin, die die Interessen der kleinen Leute schützte, den letzten Schliff zu geben, hatte sie auch die Verbreitung von Verordnungen sozialerer Natur unterstützt, aber ihr Hauptaugenmerk galt Erlassen mit religiösen Inhalten.

So war es ihr dank ihrer breit gefächerten Palette von Verführungskünsten gelungen, den Kaiser dazu zu bringen, das Volk zum Studium der buddhistischen Sutras, aber auch der daoistischen Schriften anzuhalten, sowie eine Steuer auf alle neu errichteten Pagoden im gesamten Reichsgebiet zu erlassen.

Die Abgabe sollte sich rasch zu einem äußerst machtvollen Instrument entwickeln, das es ihr ermöglichte, die gewaltigen Geldströme, die das Große Fahrzeug mit der restlichen Wirtschaft verbanden, geschickt und nach eigenem Gutdünken zu dosieren.

Wenn Wu Zhao diese Steuer senkte, begünstigte sie die Buddhisten, wenn sie sie anhob, bestrafte sie sie.

Vollendete Leere, der ihre Absichten genau durchschaute, hatte sie davon unterrichtet, mit welcher Zurückhaltung die Schaffung dieses neuen Tributs bei der hohen buddhistischen Geistlichkeit aufgenommen wurde.

»Ihr könnt Euch auf mich verlassen! Je mächtiger Wu Zhao

sein wird, desto besser wird es dem Großen Fahrzeug in diesem Land ergehen!«, hatte sie ihm geantwortet, als er sie aufgesucht hatte, um ihr seine Befürchtungen darzulegen.

»Bald wird das Reich über Leben und Tod unserer geistigen Institutionen entscheiden können. Wäre das wirklich klug?«, hatte er erwidert, darauf bedacht, die Interessen seiner Kirche zu verteidigen.

Deshalb war es der Kaiserin nach solchen Vorhaltungen, auch wenn der Abt aus Luoyang sie nur widerstrebend und mit leiser Stimme vorgebracht hatte, ein umso größeres Anliegen, seinem Kloster die versprochene Seide zu beschaffen, die für die Tausende von Bannern benötigt wurde, die dort jedes Jahr angefertigt wurden, um sie an den Wänden der riesigen Gebetssäle aufzuhängen.

Das Ausbleiben der Seide kam ihr daher mehr als ungelegen.

An diesem Morgen war ihre Migräne so schlimm, dass sie sich völlig erschöpft fühlte und so nach und nach ein Gefühl der Mutlosigkeit von ihr Besitz ergriff.

Es war immer dasselbe, wenn der Schmerz in ihrem Kopf zu groß wurde.

Die immer gleichen Fragen kreisten in ihrem Kopf und ließen die leise, trübsinnige Melodie des Zweifels erklingen.

Überstieg der Kampf, den sie Schritt für Schritt gegen die erbitterte Feindseligkeit der etablierten Mächte ausfocht, nicht ihre Kräfte?

War es wirklich vernünftig für eine Frau, die über keine anderen Waffen verfügte als ihre körperlichen Reize und ihren scharfen Verstand, sich mit dem militärischen und zivilen Adel, den beiden Grundpfeilern des Reichs der Mitte, anlegen zu wollen?

Fest hielt sie das winzige silberne Medaillon mit dem Porträt des Bodhisattva Maitreya, des Buddhas der Zukunft, umklammert, das sie niemals ablegte und ein berühmter Miniaturenmaler aus Nordindien mit Hilfe einer Elefantenwimper in lebhaften Farben gezeichnet hatte.

Nur ihr leidenschaftlicher Glaube an den Erhabenen, dessen Reich auf Erden sie endlich errichten wollte, und vor allem das neue Kind, das sie erwartete, schenkten ihr den Mut, ihren einsamen Feldzug fortzusetzen.

Von ganzem Herzen hoffte sie, dass es ein Junge sein würde.

Dann würde »der Baum ein Schiff geworden sein«, wie das Sprichwort besagte, und ihr den unwiderruflichen Vorteil beschert haben, über einen männlichen Ersatz zu verfügen, falls dem kleinen Li Hong etwas zustoßen sollte.

Sie setzte große Hoffnungen in die Geburt, die in etwa sieben Monaten stattfinden sollte und von der sie noch niemandem erzählt hatte, um ihren Einfluss auf einen Gemahl zu sichern, den seine fortschreitende Krankheit nicht davon abhielt, sich immer stärker anderen Frauen zuzuwenden.

Denn seit einigen Monaten war die Gesundheit des Kaisers von China, der in immer kürzeren Abständen von Zitteranfällen und Gesichtslähmung heimgesucht wurde, stark angegriffen.

Trotzdem hinderten ihn die Attacken nicht daran, unablässig galante Abenteuer mit den jungen Frauen zu suchen, die die Leitung des kaiserlichen Harems ihm zuführte.

Seit ein paar Wochen hatte Gaozong ein Auge auf eine schöne sassanidische Gefangene geworfen, deren langem lockigem Haar er nicht hatte widerstehen können und die er eigens aus ihrer Zelle hatte holen lassen. Diese neueste Laune des Kaisers sorgte für ununterbrochenen Klatsch am Hof und war kurz davor, sich zu einem regelrechten kleinen Skandal auszuweiten, doch Wu Zhao blieb nichts anderes übrig, als die Zähne zusammenzubeißen und sein Treiben tatenlos mit anzusehen.

Da sie glaubte, das Zirpen ihrer Grille würde sie beruhigen, rief sie nach Stummer Krieger, der sich beeilte, den kleinen runden Käfig aus dem Ziergarten zu holen, wo er am Ast eines Zwergahorns hing, ehe er ihn an seinen üblichen Haken im Gemach der Kaiserin hängte.

Doch anders, als Wu Zhao gehofft hatte, linderte der schneidende Gesang des Insekts ihr Leiden nicht, sondern schien sogar die gegenteilige Wirkung auszuüben, denn ihre Kopfschmerzen wurden geradezu unerträglich.

So unerträglich, dass sie keine Skrupel hatte, ihren Leibdiener anzuweisen, etwas zu tun, was den herrschenden Bestimmungen zuwiderlief, die jegliche Anwesenheit eines daoistischen Arztes innerhalb der Mauern des kaiserlichen Palasts verboten, sofern er nicht über eine ausdrückliche, von der Kaiserlichen Kanzlei unterzeichnete Erlaubnis verfügte.

»Ich habe gehört, dass es seit einigen Tagen auf dem großen Heilpflanzenmarkt einen daoistischen Priester gibt, der ganz außergewöhnliche Arzneimittel verkauft. Dieser Hexer soll zwei Säuglinge bei sich haben, ein kleines Äffchen und ein Menschenkind. Angeblich strömt die Menge von weit her zusammen, um das ungewöhnliche Phänomen zu bestaunen. Weißt du etwas darüber?«

»Nichts wissen!«, brummte der riesige Turko-Mongole schuldbewusst.

»Dann wirst du eben jetzt Erkundigungen einziehen. Und wenn das, was man sich erzählt, wahr ist, bringst du ihn unverzüglich zu mir!«, befahl sie.

Als Stummer Krieger auf dem großen Heilkräutermarkt eintraf, hatte sich bereits eine dichte Menschentraube vor einem Stand gebildet, den man vor lauter Schaulustigen gar nicht mehr erkennen konnte.

»Tretet näher, meine Damen und Herren, tretet näher! Ich verkaufe alle nur denkbaren Heilmittel!«, drang die klare Stimme eines Mannes hinter der menschlichen Wand hervor, die ihn verdeckte.

Kein Zweifel, das musste der richtige Stand sein.

Der mongolische Riese bahnte sich einen Weg durch das gemeine Volk, das bereitwillig zur Seite wich: Diejenigen, die wussten, wer er war, fürchteten sich vor ihm zu Tode, und auf die anderen, die ihn nicht kannten, wirkten seine Größe und Statur einschüchternd genug.

Die Auslage des Heilpflanzenhändlers stand voller kleiner Weidenkörbchen mit bunten Pulvern, getrockneten Blättern und Wurzeln, mit denen ein struppiger Kerl hantierte, der ihm als Gehilfe diente.

Direkt hinter ihnen saß eine hübsche junge Frau neben einem gelben, langfelligen Hund, aus dessen Maul eine riesige Zunge hing. Auf ihrem Schoß hielt sie die beiden Säuglinge, von denen der eine wahrhaftig das behaarte Gesicht eines Affen aufwies.

All die Schaulustigen und Klatschbasen gerieten angesichts der beiden Kleinen, die sie liebevoll »die zwei göttlichen Kinder« nannten, in Verzückung.

»Sieh nur dieses herzige kleine Ding mit seinem haarigen Gesicht, ist es nicht süß!«, riefen sie.

»Was für ein hübsches kleines Affenweibchen!«, bemerkte eine der Klatschbasen.

»So etwas habe ich ja noch nie gesehen! Ihr Vater ist ganz sicher ein Gott oder ihre Mutter eine Göttin!«, entgegnete eine andere.

Das Geschäft ging gut, und Fünffache Gewissheit schien mit Feuereifer bei der Sache zu sein, der Zahl der Kunden nach zu urteilen, die mit einigen Gramm Pulver davonzogen, um die sie zuvor erbittert gefeilscht hatten. Außerdem hatten sie ihn dabei um die Gunst gebeten, einmal die Kleider der Kinder und vor allem die desjenigen berühren zu dürfen, dessen Gesichtchen so behaart war.

Nachdem Stummer Krieger sich unmittelbar vor dem falschen daoistischen Händler aufgebaut hatte, reichte er ihm ein sorgfältig gefaltetes Blatt Papier, das mit einem wächsernen Siegel versehen war, auf dem das Zeichen des Phönix prangte.

Als Fünffache Gewissheit das Siegel aufgebrochen hatte und den Brief las, konnte er seine Überraschung kaum verbergen.

Er war in der Kanzleischrift verfasst, die von den offiziellen Schreibern der Verwaltung verwendet wurde, und so konnte er die Botschaft mühelos entziffern.

»Ich wäre Euch sehr verbunden, wenn Ihr bereit wärt, den Überbringer dieser Nachricht zu begleiten. Er wird Euch zu mir in den kaiserlichen Palast bringen, wo Euch kein Leid geschehen wird. Ihr müsst lediglich andere Kleidung anlegen, dann wird Euch keine der Wachen behelligen. Ich habe das dringende Bedürfnis, Eure medizinische Kunst zu Rate zu ziehen. Kommt unverzüglich! (Gezeichnet:) *Kaiserin Wu.*«

Hastig zeigte er Umara das Blatt.

»Wenn sie tatsächlich die Absenderin ist, scheint es mir kaum möglich, ihre Einladung abzulehnen!«, sagte sie verwirrt, nachdem sie das Schreiben gelesen hatte.

»Der Brief ist ganz bestimmt von ihr, daran gibt es keinen Zweifel!«, murmelte Fünffache Gewissheit und deutete auf den Palankin in den kaiserlichen Farben, der abrupt vor ihnen angehalten hatte, nachdem bewaffnete Wachen mit weit ausholenden Peitschenhieben die Schaulustigen und Käufer, die den Marktplatz bevölkerten, auseinandergetrieben hatten.

»Ich werde alleine hingehen. Bleib du hier, Umara. Ich

komme wieder zurück, sobald unsere Unterredung beendet ist«, schlug er seiner Gefährtin vor.

»Lass mich nicht alleine, Fünffache Gewissheit! Wir sind nicht dafür geschaffen, getrennt zu sein! Ich will mit dir gehen!«

»Und die Kinder?«, flüsterte er. »Was sollen wir mit ihnen machen? Sie sind so klein! Wir können sie doch nicht einfach hier auf dem Markt lassen, bis wir wieder da sind, mit diesem Pflanzenstand und dem *ma-ni-pa* als einzigem Schutz!«

»Das kommt gar nicht in Frage, wir nehmen sie mit!«, entschied sie.

»Und ich?«, wollte der *ma-ni-pa* daraufhin beunruhigt wissen.

»Du kommst natürlich auch mit, wir gehen alle zusammen!«, erklärte sie unter dem leicht verblüfften Blick von Stummer Krieger, dem sie wie ein regelrechter kleiner Drache vorkam.

Abgesehen von der Kaiserin war er noch nie einer so schönen und energischen jungen Frau begegnet, dachte der mongolische Riese, als er ihr half, mit den Himmlischen Zwillingen in Wu Zhaos Palankin zu steigen, während Fünffache Gewissheit hastig die ganze kostbare Ware von seinem Stand in einem Bündel zusammenpackte.

Die Gruppe setzte sich in Bewegung, und dahinter folgte gehorsam die beeindruckende gelbe Hündin, die ebenfalls nicht im Geringsten gewillt zu sein schien, sich von ihren Herren zu trennen.

Weder Fünffache Gewissheit, dem Stummer Krieger die Gewänder eines Beamten des neunten und letzten Ranges gegeben hatte, noch Umara waren auf die unbeschreibliche Pracht des kaiserlichen Palasts der mächtigsten Dynastie gefasst gewesen, die zu jener Zeit auf Erden herrschte.

Als Stummer Krieger den Palankin in einem riesigen gepflasterten Hof anhalten ließ, in dem sich zahlreiche Gärtner emsig an Hunderten von Miniaturbäumen zu schaffen machten, die in makellos aufgereihten bronzenen Krügen standen, entfuhr den beiden jungen Leuten unwillkürlich ein begeistertes Seufzen.

Der mongolische Riese gab Fünffache Gewissheit mit einer Geste zu verstehen, dass er ihn alleine begleiten solle.

Nachdem sie unzählige Portalvorbauten und offene Säulenhallen durchquert hatten, an gewaltigen fensterlosen Mauern entlanggegangen waren und endlose Flure hinter sich gelassen hatten, trat er endlich vor die Frau, die ihn zu sich befohlen hatte.

Wu Zhao saß entspannt vor ihrem Frisiertisch und war gerade dabei, die letzten goldenen Nadeln in ihren kunstvoll gedrehten Haarknoten stecken zu lassen.

Nun, da der junge Mönch des Mahayana ihr so nahe gegenüberstand, konnte er sich durch eigenen Augenschein davon überzeugen, dass der Ruf, den Wu Zhao im ganzen Reich der Mitte genoss, in keiner Weise übertrieben war.

Als die Kaiserin Fünffache Gewissheit bemerkte, bedeutete sie ihrer Zofe mit einem Blick, sie alleine zu lassen.

»Der Vogel der Migräne pickt in meinem Kopf! Was kannst du dagegen tun?«, fragte sie ihn, kaum dass er sich wieder erhoben hatte, nachdem Stummer Krieger ihn mit Hilfe von Gesten dazu gedrängt hatte, vor ihr niederzuknien.

»Ich habe alle möglichen Arten von Heilmitteln, Majestät! Pulver aus Kräutern und Pulver aus Steinen«, antwortete der Gehilfe von Vollendete Leere immer noch tief verneigt.

»Wo sind sie? Ich brauche wirksame Arzneien, und zwar schnell!«

»Alle meine Heilmittel befinden sich in dem Palankin im Hof, Majestät«, sagte er mit leiser Stimme.

»Worauf warten wir dann noch, lass uns hingehen!«, entgegnete die Kaiserin leicht entnervt, ehe sie in den Hof hinabeilte, wo sie auf Umara traf, die gerade die weinenden Säuglinge tröstete.

»Da sind ja die beiden außergewöhnlichen Kinder! Vor allem von diesem hier habe ich schon so viel gehört! Es trägt eine Art *urna**!«, rief die Kaiserin entzückt, als sie sich aufmerksam über das behaarte Gesicht des kleinen Mädchens beugte. Lapika, die befürchtete, der Eindringling könne sich an ihrer winzigen Schutzbefohlenen vergreifen wollen, begann zu knurren wie ein Kampfhund kurz vor dem Sprung. Rasch brachte der *ma-ni-pa* den Hund zum Schweigen.

»Bring all die Leute in mein Empfangszimmer, dort ist es bequemer!«, wies die Herrscherin ihren riesigen Leibdiener an, während Fünffache Gewissheit aus seinen Pflanzen und Pulvern diejenigen auswählte, die gemeinhin bei Kopfschmerzen verabreicht wurden.

»Die Hündin ist die Amme der Kleinen, Majestät. Würdet Ihr uns erlauben, sie mitzunehmen?«, bat Umara Wu Zhao, nicht im Mindesten eingeschüchtert, woraufhin die Kaiserin lächelnd einwilligte.

In Wu Zhaos Gemächern legte die junge Christin völlig unbefangen die Himmlischen Zwillinge an Lapikas geschwollene Zitzen.

Fünffache Gewissheit schüttete unterdessen eine Mixtur auf der Grundlage von Minze und Rhabarber in einen Becher mit Wasser, deren Dosierung ihm während seiner Novizenzeit von einem alten Mönch empfohlen worden war, der immer behauptet hatte, dies sei ein unfehlbares Mittel gegen Kopfschmerzen.

---

* *Urna*: Diese Haarlocke auf der Stirn des Buddha ist eines der Merkmale dafür, dass er zur Kategorie der »großen Menschen«, der »Mahapurusha« gehört.

»Deine Arznei scheint zu wirken! Der Schnabel des Migränevogels erscheint mir bereits weniger spitz!«, sagte die Kaiserin, nachdem sie das Mittel getrunken hatte.

Sie wirkte gelöster und beinahe belustigt über die recht ungewöhnlichen Besucher in ihrem Empfangszimmer.

Nachdem die beiden Kinder getrunken hatten, waren sie am Bauch der gelben Hündin eingeschlafen. Und der *ma-ni-pa* bildete mit seinen zerlumpten, farblosen Kleidern einen so scharfen Kontrast zu den prächtigen Wandbehängen und Teppichen ringsum, dass er einem Geist oder einer der ruhelosen Seelen glich, die in den verschiedenen Regionen der Hölle umgingen.

»Das ist ein altes Hausmittel, Majestät! Oder besser gesagt, Klostermittel, denn ich habe es von einem alten Mönch! Seine Wirkung tritt selten sofort ein. Man muss es dreimal pro Tag einnehmen, und das drei Tage lang!«, murmelte der junge Mönch des Mahayana, der sehr viel stärker eingeschüchtert war als seine Begleiterin.

»Dann wirst du eben so oft wiederkommen, wie es nötig ist! Und dementsprechend sollst du auch bezahlt werden. Aber vergiss nicht, deine Kleider zu verstecken. Daoistischen Priestern ist es verboten, den Palast ohne Erlaubnis der Kanzlei zu betreten!«, erklärte sie.

»Ich stehe Euch zur Verfügung, Majestät!«

»Du kennst dich mit Heilpflanzen gut aus. In welchem der dem Dao geweihten Tempel wurdest du ausgebildet?«, fragte sie mit wohlwollendem Blick.

Fünffache Gewissheit zögerte.

Er konnte sich nicht vorstellen, die Kaiserin von China zu belügen.

Die wichtigste Beschützerin des Großen Fahrzeugs zu täuschen, jene Frau, deren Namen Tausende Novizen jeden Tag von der Morgenzeremonie an im Munde führten, um ihr für

168

all die Wohltaten zu danken, mit denen sie die Klöster im gesamten chinesischen Reich bedachte, erschien ihm unwürdig.

Es wäre sogar mit Sicherheit eine Todsünde, viel schlimmer noch als diejenige, sich in ein junges Mädchen zu verlieben, obwohl er bereits die klösterlichen Gelübde abgelegt hatte. Denn eine Lüge wäre ein bewusstes Fehlverhalten, und bei allen Handlungen der Menschen zählte alleine die Absicht.

Er sah sie eindringlich an und wiederholte im Geiste immer wieder den Satz, den er sich als Antwort zurechtgelegt hatte.

»Majestät, ich bin ebenso wenig ein Heilpflanzenhändler wie ein daoistischer Priester!«, erklärte er, nachdem er seinen ganzen Mut zusammengenommen hatte.

»Was meinst du damit?«, fragte sie überrascht, ehe sie sich dicht vor ihn hinstellte, als wollte sie sicher sein, auch alles genau zu verstehen, was nun folgte.

Da beschloss er, ihr die ganze Wahrheit über seine Herkunft zu erzählen.

In Wu Zhaos Empfangszimmer herrschte inzwischen tiefe Stille, nur durchbrochen von dem leisen Schmatzen der beiden Kleinen, die schon wieder gierig an den Zitzen der gelben Hündin saugten. Alle hielten den Atem an und warteten gespannt auf die Reaktion der Kaiserin.

»Ich bin ein früherer Gehilfe von Meister Vollendete Leere, dem Abt vom Kloster der Dankbarkeit für Erwiesene Kaiserliche Wohltaten in Luoyang, Majestät. Mein Name ist Fünffache Gewissheit, und ich bin ein Mönch des buddhistischen Lehrpfads des Großen Fahrzeugs«, verkündete er in einem Atemzug, als habe er es eilig, alle Missverständnisse zu beseitigen.

»Das ist ja nicht zu glauben! Noch vor wenigen Wochen

stand mir an genau der gleichen Stelle sein Stellvertreter Erste der vier Sonnen, die die Welt Erleuchten gegenüber. Was treibst du denn auf dem Heilkräutermarkt, Fünffache Gewissheit? Soweit ich weiß, ist das nicht unbedingt der rechte Platz für einen Mönch des Großen Fahrzeugs!«

»Ich versuche, genügend Geld zusammenzubekommen, um das Schiff zu bezahlen, das uns so schnell wie möglich nach Luoyang bringen soll! Aber Ihr könnt unsere bizarre Situation erst dann nachvollziehen, wenn ich Euch meine ganze Geschichte erzählt habe, Majestät!«, sagte er und gab Umara ein Zeichen, neben ihn zu treten.

»Wir haben alle Zeit, die wir brauchen, ich höre!«, bestimmte Wu Zhao. Die Worte des jungen Mönchs hatten ihre Neugier geweckt.

»Über mich sind eine Vielzahl von Ereignissen hereingebrochen, mit denen ich niemals gerechnet hätte«, erklärte Fünffache Gewissheit. Wu Zhaos Verblüffung wurde immer größer, als er ihr alles erzählte, was sich in seinem Leben ereignet hatte, seit er von seinem Abt nach Tibet entsandt worden war.

»Du bist sehr mutig, Fünffache Gewissheit! Das ist gut! Was du getan hast, gefällt mir!«, rief sie lächelnd, als er seinen Bericht beendete, den sie, äußerlich ungerührt und ohne ein einziges Wort zu verpassen, angehört hatte.

Kaiserin Wu hatte eine Schwäche für Rebellen und für Menschen, die sich über Verbote hinwegsetzten und um jeden Preis ihre Träume verwirklichten. Die Loyalität und der Mut des jungen Mannes schienen sie zu bezaubern.

War er nicht bereit gewesen, tausend Gefahren auf sich zu nehmen, um die beiden unglaublichen Säuglinge, die ihm der Lama aus Samye anvertraut hatte, vor einem wenig beneidenswerten Schicksal zu bewahren?

Besaß er nicht die Kühnheit, sich in eine junge Fremde zu

verlieben, obwohl er bereits die klösterlichen Gelübde abgelegt hatte, die ihm diese Liebe eigentlich verboten?

Wu Zhao hatte sich noch nie davor gefürchtet, Tabus zu brechen, und sie fühlte sich dem jungen Mönch mit den sympathischen Zügen, dessen Offenheit und Redlichkeit außer Frage standen, nach so kurzer Zeit schon verbunden.

»Und ich liebe Fünffache Gewissheit genauso sehr, wie er mich, Majestät! Das wollte ich Euch auch sagen!«, erklärte daraufhin Umara, deren verschiedenfarbige Augen die Kaiserin von China herauszufordern schienen.

»Das sieht man!«, entgegnete diese verschmitzt.

»Wir wollen heiraten und Kinder haben. Aber dazu muss ich erst Vollendete Leere davon überzeugen, mich von meinem Gelübde zu entbinden. Ich hoffe, dass er meine Situation verstehen wird«, fügte Fünffache Gewissheit nachdenklich hinzu.

»Nun, gewisse religiöse Führer neigen dazu, sich gerade den Menschen gegenüber recht unnachgiebig zu zeigen, in die sie ihre größten Hoffnungen setzen. Vollendete Leere steht nicht gerade in dem Ruf, ein umgänglicher Abt zu sein«, murmelte die Kaiserin.

»Um Euch die Wahrheit zu sagen, Majestät, genau das ist auch meine Befürchtung! Ich werde versuchen, ihm zu erklären, dass ich, was die Absicht meiner Handlungen betrifft, immer rein geblieben bin. Ich habe diese junge Frau nicht gesucht! Es war die Hand des Buddha, die mich zu ihr geführt hat!«

»Und mein Einer Gott hat genau das Gleiche getan!«, warf Umara ein.

»Dann gehörst du also einem monotheistischen Glauben an?«, erkundigte sich Wu Zhao. Je länger sie ihren Besuchern, deren Lebensweg mindestens genauso ungewöhnlich war wie ihr eigener, zuhörte, desto stärker wurde ihr Interesse.

»Mein Vater ist der Gründer der nestorianischen Gemeinde in der Oase Dunhuang, Majestät. Wir verehren einen einzigen Gott, den Schöpfer aller Dinge, sowohl im Himmel als auch auf Erden.«

Umara bemerkte nicht das Misstrauen, das einen flüchtigen Moment lang in den Augen der Kaiserin aufblitzte.

Einige Adlige des Hofes beschuldigten die Nestorianer, von denen es bisher nicht ein einziger geschafft hatte, nach Zentralchina vorzudringen, in den wichtigsten Oasen der Seidenstraße Komplotte zu schmieden und Intrigen zu spinnen. Und auch die Enthüllungen, die Grüne Nadel ihr vor kurzem gemacht hatte, mahnten sie zur Vorsicht.

Doch mit ihrer Frische und Spontaneität wirkte die hübsche Umara auf die Kaiserin weder wie eine Spionin noch wie eine Intrigantin.

»Unsere Schicksale haben sich gekreuzt!«, schloss Fünffache Gewissheit.

»Wie willst du Vollendete Leere denn dazu bringen, dich in den Laienstand zurückzuversetzen?«, fragte Wu Zhao ihn daraufhin.

»Ich hoffe, dass es mir mit Hilfe der Himmlischen Zwillinge gelingen wird, ihn zu erweichen. Sie haben meinem Leben eine neue Wendung gegeben. Wenn sie nicht gewesen wären, hätten die Perser mich und den *ma-ni-pa* niedergemetzelt! Und wie hätte ich dann der Liebe meines Lebens begegnen sollen?«, erklärte der junge Mönch, während sich Umara zärtlich an ihn schmiegte.

Die innige Liebe und friedvolle Unschuld, die die beiden jungen Leute ausstrahlten, gingen der Kaiserin zu Herzen.

»Wer weiß, vielleicht kann ich dir ja helfen, deinen Abt zu überzeugen!«, sagte sie leise.

»Oh, Majestät, das wäre wundervoll!«, rief die junge Nestorianerin.

Vor Freude klatschte sie in die Hände wie ein kleines Mädchen und ließ sich sogar dazu hinreißen, Wu Zhaos Hand zu küssen, die sie gerne gewähren ließ, obwohl eine solche Geste allen protokollarischen Gepflogenheiten widersprach.

»Wenn Meister Vollendete Leere mir erlaubt, Umara zu heiraten, können wir uns angemessen um die Himmlischen Zwillinge kümmern. Ganz abgesehen davon, dass ihre Anwesenheit im Kloster der Dankbarkeit für Erwiesene Kaiserliche Wohltaten zweifellos eine große Zahl von Gläubigen anziehen wird.«

»Auf den Märkten locken die göttlichen Kinder immer eine gewaltige Menge von Schaulustigen an unseren Stand!«, ergänzte Umara.

Wu Zhao hatte ihren Blick den beiden Säuglingen zugewandt.

Sie hatten sich im Fell der riesigen Hündin zusammengerollt wie zwei Juwelen auf dem seidenen Kissen ihres Schmuckkästchens.

Sie waren tatsächlich etwas ganz Besonderes, diese beiden Geschöpfe, der Junge und vor allem das Mädchen, dessen Liebreiz in keinster Weise durch seine rote, behaarte Gesichtshälfte beeinträchtigt wurde, die sein Antlitz wie eine jener seltsamen Masken anmuten ließ, die von den Darstellern des Singtheaters getragen wurden!

Die Kaiserin überlegte.

Je länger sie sie betrachtete, desto überzeugter war sie, dass die Himmlischen Zwillinge, wie Fünffache Gewissheit sie so trefflich nannte, durchaus von gewissem Nutzen sein konnten.

Ihre Anwesenheit in einem Kloster würde dessen Anziehungskraft mehren, und für Vollendete Leere, sollte er auf den Tausch eingehen, den ihm sein Gehilfe anbot, hätte die

Ankunft der beiden Kinder sehr viel weiter reichende Folgen als die Erneuerung seiner Meditationsbanner.

»Ich kann mir durchaus vorstellen, dass ich über die passenden Argumente verfüge, die Vollendete Leere zu gegebener Zeit dazu bewegen sollten, dich von deinem Gelübde zu entbinden«, erklärte sie.

»Was muss ich dafür tun, Majestät?«, fragte Fünffache Gewissheit, von plötzlicher Hoffnung erfüllt.

»Das Beste wäre, wenn ihr vorerst hier bei mir bliebt. In den Straßen der Hauptstadt lauern die schlimmsten Gefahren! Ich werde euch in meine Dienste nehmen, dagegen kann niemand etwas einwenden.«

»Das würdet Ihr wirklich für uns tun, Majestät? Bedeutet es denn kein Risiko für Euch, einfach so Fremde hier im Palast aufzunehmen?«, rief Umara mit zitternder Stimme und bereits von unendlicher Dankbarkeit erfüllt.

»Risiken haben mich noch nie geschreckt! Und außerdem werdet ihr mir von großem Nutzen sein! Viel mehr, als ihr ahnt!«, fügte sie geheimnisvoll hinzu.

»Im Namen von uns fünfen danke ich Euch aus tiefstem Herzen, Majestät!«, rief Fünffache Gewissheit, dessen Gesicht ein strahlendes Lächeln erleuchtete.

»Stummer Krieger, bring meine Gäste in den Pavillon der Lustbarkeiten im dritten Ziergarten. Dort seid ihr ungestört. Der Pavillon ist ruhig, und die Bäume in seinem Garten sind voller Vögel. Ich bin mir sicher, dass eure kleinen Himmlischen Zwillinge sich dort wohlfühlen werden!«

Der Pavillon der Lustbarkeiten war ein elegantes kleines achteckiges Gebäude, das Taizong der Große hatte errichten lassen, um dort Musik zu hören und sich der Kalligraphie zu widmen.

Vor seinem Tod hatte der alte Kaiser dort gerne die Nachmittage auf einem riesigen Bett liegend verbracht, während hübsche Musikerinnen seine Ohren – und, wie man munkelte, auch alles Weitere – beim Klang von Zithern, Tamburinen und Flöten verwöhnten.

Da Gaozong selbst unfähig war, das Spiel einer Mundorgel von einem Beckenschlag zu unterscheiden, hatte das Gebäude inzwischen keine besondere Funktion mehr, abgesehen davon, dass Wu Zhao es schließlich in Besitz genommen hatte und nach Belieben darüber verfügen konnte.

Der Pavillon umfasste vier geräumige, mit eleganten Möbeln ausgestattete Zimmer, die seine neuen Bewohner angesichts des erlesenen Rahmens unweigerlich in Begeisterung versetzten.

Dort konnten sich Fünffache Gewissheit und Umara am Abend nach ihrem Einzug, endlich zur Ruhe gekommen und vor neugierigen Blicken geschützt, zum allerersten Mal rückhaltlos der Liebe hingeben.

Die Entdeckung ihrer vollkommen nackten Körper unter den mit Schwanenfedern ausgestopften kaiserlichen Decken, unter die sie fröhlich prustend geschlüpft waren, war eine herrliche Erfahrung, die sie ihr Leben lang nicht vergessen würden.

Bis dahin waren sie auf ihrer Flucht stets unterwegs gewesen, niemals alleine, immer wieder gestört von den Kleinen, um die sie sich kümmern mussten, und hatten sich daher mit für ihren Geschmack viel zu flüchtigen Küssen und Liebkosungen begnügen müssen.

Die Matratze des großen Bettes war weich und flauschig und lud zu den köstlichsten Liebkosungen ein. In den duftigen seidenen Kissen fanden ihre Hände beinahe unmerklich zueinander. So verflogen bald alle Skrupel vor dem kaiserlichen Lager, dessen Eleganz sie anfänglich eingeschüchtert hatte.

Wieder einmal hatte Umara den ersten Schritt getan.

»Ich sehne mich so nach dir, mein Geliebter! Bis heute war es uns nicht vergönnt, voneinander zu kosten! Wäre jetzt nicht der richtige Zeitpunkt dafür gekommen?«, hatte sie den Mann, der an diesem Abend endlich ihr wahrer Geliebter werden sollte, ohne Umschweife gefragt.

Statt einer Antwort hatte Fünffache Gewissheit sie zärtlich auf Taizongs Bett gelegt und sie unendlich sanft entkleidet.

Ergriffen betrachtete er zum ersten Mal ungehindert Umaras Körper, ihren makellos weißen, von einem entzückenden Nabel geschmückten Bauch und den kaum sichtbaren Flaum an ihrem Geschlecht, dessen Lippen ebenso rosig waren wie die hoch aufgerichteten Knospen ihrer kleinen, bereits von Begehren prallen Brüste!

»Deine Haut ist mindestens genauso zart wie die der beiden Kleinen! Und dein Nabel gleicht einem Mund, der Gedichte rezitiert«, hatte er gemurmelt, während seine Lippen wieder und wieder über ihren Bauch strichen und bei Umara bereits die ersten Schauer auslösten.

Als Antwort ließ sie ihre Zunge mit der seinen verschmelzen.

Ihr Verlangen wurde immer stärker, und fiebernd näherten sie sich dem Höhepunkt.

Als er das Jungfernhäutchen seiner Geliebten durchstieß, hatte sie nur einmal leise aufgeschrien, nicht vor Schmerz und noch weniger vor Überraschung, sondern vor Genuss, denn die Lust, die sie in jenem Augenblick durchfuhr, war unermesslich.

Als nach dem ersten Liebesakt alle Hindernisse für die Zukunft aus dem Weg geräumt waren, hatten sie sich im Laufe der Nacht noch mehrmals aufs Neue ohne jede Scham geliebt. Der heranbrechende Morgen traf sie erschöpft und verschwitzt in den Armen des anderen an, wo sie glücklich eingeschlafen waren wie junge Raubkatzen, die sich nach ihrer unglaublichen nächtlichen Jagd an frischem Fleisch satt gefressen hatten.

Als sie schließlich ineinander verschlungen aufwachten, stellten sie überrascht fest, dass sie beide das Gleiche geträumt hatten: Sterne glitzerten über ihren Köpfen und formten am Himmel ein riesiges Herz.

Umara rückte noch näher an ihren Geliebten heran und knabberte an seinem Ohrläppchen, während sie ihm zuflüsterte: »Wenn ich bloß daran denke, dass bei uns Nestorianern die Sünde des Fleisches außerhalb des Sakraments der Ehe mit der Hölle bestraft wird! Was ist denn so schlimm daran, sich mit dem Menschen zu vereinen, den man liebt? Und hat es nicht der Eine Gott selbst, der Schöpfer aller Dinge, so eingerichtet, dass Mann und Frau diesen Genuss verspüren, wenn ihre Körper miteinander verschmelzen? Die Liebe ist das schönste Geschenk, das Gott seinen Kindern gemacht hat.«

Fünffache Gewissheit streichelte das lange seidig gelockte Haar seiner Geliebten, das wie ein bebender Umhang über ihre Schultern fiel.

»Du hast ja so recht! Ich bin ganz deiner Meinung, meine Liebste. Aber trotzdem ergibt die Vorstellung von deinem Einen Gott für uns Buddhisten überhaupt keinen Sinn! Der Gedanke, dass alles von einem einzigen Gott abhängen könnte, erschreckt mich ein wenig!«, sagte er, während er sich an ihre weiche Brust schmiegte.

»Du wirkst aber nicht sonderlich verschreckt«, erwiderte sie und neckte dabei sein Ohr.

»Wenn du wüsstest, wie sehr ich dich liebe!«, seufzte er.

»Ist der Buddha nicht auch Gegenstand eines Kultes, der jener Verehrung ähnelt, die wir Nestorianer unserem Gott in der Messe bezeugen?«, ließ sie nicht locker.

»Der Buddha ist ein Mensch, dessen Tugend und Weisheit es ihm ermöglicht haben, sich zum endgültigen Verlöschen hin zu erheben! Und dieser Weg, meine Liebste, steht jedem von uns offen! Man braucht dazu lediglich den anderen gegenüber mitfühlend und gut zu sein.«

»Ich hoffe, dein Abt wird dir gegenüber auch dieses Mitgefühl walten lassen!«

»Zweifelst du etwa daran?«

»Neigen Kirchenführer nicht häufig dazu, alle Mittel gutzuheißen, die ihnen zu ihrem Ziel verhelfen? Mein Vater zum Beispiel hat nicht gezögert, das Seidengesetz der Tang zu brechen!«

»Vom Abt eines Klosters des Mahayana wird erwartet, Gutes zu tun!«

»Ich kann mich leider an ein Beispiel erinnern, bei dem das genaue Gegenteil der Fall war!«, sagte sie leise und sah mit einem Mal traurig und besorgt aus.

»Wen meinst du denn, Umara?«, wollte Fünffache Gewissheit wissen.

Nachdenklich blickte sie zur Zimmerdecke auf.

»So sag es mir doch, Umara!«, flehte ihr Geliebter.

Die junge Nestorianerin wollte ihm schon antworten, doch im letzten Moment besann sie sich eines Besseren, auch wenn es sie große Überwindung kostete, ihr Geheimnis für sich zu bewahren.

»Ich habe Angst, dir wehzutun, Fünffache Gewissheit«, wisperte sie.

»Der Erhabene wacht über uns, meine Geliebte, du brauchst keine Angst zu haben. Verscheuche die düsteren Gedanken einfach aus deinem Kopf!«, flüsterte er und umarmte sie zärtlich.

»Das Einzige, was heute zählt, sind wir beide, du und ich, ob unter dem Schutz Gottes oder des Buddha, das ist ganz egal. Versprich mir, mein Liebster, dass wir eines Tages heiraten und Kinder haben werden!«, rief sie ungestüm.

»Möge dein Gott dich erhören, Umara. Was den Buddha betrifft, so bin ich mir sicher, dass er uns bereits versteht!«

Da griff sie nach seinen Händen, und ihre funkelnden verschiedenfarbigen Augen, in denen ein Hauch von Angst zu erkennen war, tauchten ein in die des geliebten Mannes, als fände sie dort und nirgendwo sonst auf der Welt die Sicherheit, dass sie gemeinsam glücklich leben würden und ihnen niemals ein Leid zustoßen konnte.

Natürlich glaubte Umara immer noch an ihren Einen Gott.

Aber sie merkte auch, dass ihr lebendiger Glaube sie nicht davon abhielt – ganz im Gegenteil sogar –, Fünffache Gewissheit mit aller Kraft zu lieben, so sehr, dass sie sich, auch ohne das Sakrament der Ehe, wie es die Nestorianer praktizierten, für alle Zeiten mit ihm verbunden fühlte.

Und auch Fünffache Gewissheit hatte einen ganz ähnlichen Weg zurückgelegt.

Obwohl er immer noch davon überzeugt war, dass der Heilige Achtfache Pfad des Erhabenen die Menschen als einziger zum Heil zu führen vermochte, hatte seine Liebe zu der jungen Nestorianerin seine Sicht auf das Leben und die Welt vollkommen verändert.

Jeder von ihnen hielt voller Respekt für den anderen an seinem eigenen Glauben fest. Doch beide hatten sie erkannt, dass, entgegen dem, was ihre jeweiligen Religionen predigten, das Glück für die Menschen auch hier auf Erden möglich war und nicht erst im Paradies oder im Nirwana.

»Nachdem ich dich zum ersten Mal gesehen hatte, habe ich unablässig zu Gott gebetet, unsere Wege möchten sich erneut begegnen. Und er hat mich erhört!«, flüsterte sie, während sie rittlings auf dem Bauch ihres Geliebten hockte.

»Ich schwöre dir, Umara, wenn ich dir nicht begegnet wäre, dann wäre mein Leben heute ohne jeden Sinn, genau wie in der Vergangenheit, obwohl ich damals der Letzte gewesen wäre, der dies erkannt hätte!«, rief Fünffache Gewissheit und umschloss ihre Brüste mit seinen Händen.

Erneut trunken von Begehren, hatten beide das Gefühl, sich bereits seit Jahrtausenden zu kennen, obwohl seit ihrer Flucht aus Dunhuang nicht einmal drei Monate vergangen waren.

»Mögen mein Gott und dein Buddha uns mit ihrem Licht erleuchten und uns beschützen! Das ist alles, was ich mir wünsche«, fügte Umara gerade noch zwischen zwei Seufzern hinzu. Die Lust begann sie zu überwältigen, als der Jadestab von Fünffache Gewissheit, ohne ihre Pforte durchstoßen zu müssen, auch schon in ihr war.

Es hätte ihnen auch schlechter ergehen können!

Seit sie Speer des Lichts und Jademond in der Nähe der Großen Mauer getroffen hatten, war ihre Reise in die Hauptstadt der Tang ohne jeden Zwischenfall verlaufen.

Sehr schnell hatte Fünffache Gewissheit erkannt, wie nützlich ihm die daoistische Identität sein konnte, in die er mit Hilfe der Verkleidung schlüpfte, die der junge Kuchaner ihm glücklicherweise geschenkt hatte.

Denn damit hatte Speer des Lichts ihm einen wunderbaren Dienst erwiesen.

Als offenkundiges Zeichen für die Nervosität der Behörden, die beschlossen hatten, den illegalen Seidenhandel endgültig auszumerzen, patrouillierten erst alle zwanzig Li und dann, je näher man an die Hauptstadt herankam, alle zehn Li Ordnungshüter auf der Seidenstraße, kontrollierten die Waren der Karawanen und notierten peinlich genau die Identität aller Fremden auf kleinen Bambustäfelchen, damit sie in das zentrale Register des Seidenministeriums aufgenommen werden konnten.

In Gestalt eines daoistischen Wanderarztes war es Fünffache Gewissheit, genau wie zuvor Speer des Lichts, gelungen, alle Fallen zu umgehen, in die er ohne die segensreiche Verwandlung mit Umara, dem *ma-ni-pa* und den Himmlischen Zwillingen unweigerlich geraten wäre.

Als Arzt des Yin und Yang verkleidet, hatte der junge Mönch die nötigen Pflanzen und Pülverchen erstanden, um damit einen Verkaufsstand auszustatten, der dieses Namens würdig war.

Dann hatte er ihn an der Spitze seines kleinen Trupps auf einem ersten Markt aufgebaut, wo er, vor allem dank der beiden Säuglinge, großen Anklang gefunden hatte. Er brauchte den Menschen lediglich ihre kleinen Gesichtchen zu zeigen, und schon strömten die Schaulustigen zusammen und kauften den ganzen Stand dieses Arztes leer, der übernatürliche Kräfte besitzen musste, davon zeugte ja die Gegenwart der unglaublichen Geschöpfe, deren Vater er zweifellos war.

Und da die Seidenstraße das ideale Medium für diese Art der Verbreitung war, hatte die Mundpropaganda alles Weitere besorgt: Je näher sie Chang'an gekommen waren, desto lauter hatte die Nachricht von ihrer Ankunft auf den Märkten widergehallt.

Die Käufer kamen von überallher und mit ihnen das Geld, was vor allem auch daran lag, dass der *ma-ni-pa*, der inzwischen einige Worte Chinesisch radebrechte und dessen bizarre Erscheinung und irrwitzige Verrenkungen ein zusätzliches Verkaufsargument darstellten, Fünffache Gewissheit als Marktschreier in nichts nachstand.

Dank ihrer Gewinne konnte Fünffache Gewissheit seinen Vorrat an Pflanzen und Pulvern aufstocken und seinen Stand mit einem umfangreichen Sortiment ausstatten.

Ihr Einzug in Chang'an war triumphal.

Als sie das Westtor passierten, war in der Hauptstadt bereits seit Wochen von einem daoistischen Heilpflanzenhändler die Rede, der zwei außergewöhnliche Kinder gezeugt habe und dessen Heilmittel diesem Phänomen durchaus ebenbürtig seien.

Nachdem sie sich auf dem größten Kräutermarkt der Stadt niedergelassen hatten, war die Menschenmenge, die sich um ihre Auslagen drängte, nach wenigen Tagen bereits so groß geworden, dass Fünffache Gewissheit, überwältigt von seinem Erfolg, kaum noch wusste, wo ihm der Kopf stand. Er fürchtete den Moment, in dem seine Pflanzen- und Pulvervorräte erschöpft wären, bis ihn schließlich die Nachricht der Kaiserin erreicht hatte, die ihn zu sich bestellte.

»Deine Verkleidung wirst du hier nicht mehr brauchen! Von jetzt an kannst du wieder du selbst sein, mein Geliebter«, sagte Umara.

»War es nicht ein wenig unvorsichtig von uns, Wu Zhaos Vorschlag einfach so anzunehmen? Jetzt kann sie mit uns machen, was sie will!«

»Diese Frau flößt mir Vertrauen ein. Und wenn es dir nicht genauso ginge, hättest du ihr wohl kaum deine ganze Geschichte erzählt!«

»Sie kannte mich nicht einmal eine Stunde, und schon hatte ich ihr alles verraten! Es ist schon seltsam, wenn ich im Nachhinein darüber nachdenke!«, murmelte er, während seine Hand sacht über ihren Busen strich.

»Ja, du hast recht, es ist seltsam!«, bestätigte sie erschauernd.

Er spürte, wie sich mit dem Begehren, das erneut aus den Tiefen seines Körpers aufstieg, nacheinander die Härchen auf seinem Bauch und seinen Armen aufrichteten, während sein sichtlich von neuem Schwung erfülltes Glied sich erwartungsvoll reckte.

»Und warum hast du es dann getan, Fünffache Gewissheit? Es hat dich doch niemand dazu gezwungen!«, beharrte sie.

Trotz ihres drängenden Tons schien es der ganz in seine wiedererwachte Erregung versunkene junge Mönch nicht eilig zu haben, ihr zu antworten.

Tatsächlich war er viel zu sehr damit beschäftigt, die feuchten, warmen Tiefen der göttlichen Pforte seiner Geliebten zu erkunden, die sofort auf seine wirkungsvollen Überredungskünste reagierte.

»Ich weiß nicht, warum, aber ich kann einfach nicht glauben, dass die Kaiserin von China kein guter Mensch sein soll!«, sagte er schließlich, nachdem er ihr ein letztes Stöhnen entlockt hatte.

Nun war sie es, die nicht antwortete.

»Außerdem«, flüsterte er, ehe er sie wie ein Kind in die Arme nahm und sie mit den zärtlichsten Küssen bedeckte, »glaubst du nicht, dass wir sie wohl oder übel brauchen werden, um meinen Meister dazu zu bringen, mir zu verzeihen und mich von meinem Gelübde zu entbinden?«

»Und wenn er das nicht tut, werde ich dich trotzdem heiraten! Mönch hin oder her! Selbst wenn mein Vater es mir verbieten sollte. Ich werde mein Leben mit dir verbringen!«

Dabei hatte sie gelächelt.

Und in diesem Lächeln lag der ganze Reiz des unbeugsamen Charakters der jungen Christin, deren ruhige Gewissheit, ihrem Glück entgegenzugehen, alles Zaudern und alle Ängste beiseiteschob.

Umara war eine wahre Kämpferin.

Aber die junge Nestorianerin, die ohne Vorwarnung in jenes chinesische Reich geraten war, das ihr Vater so sehnlichst zu erobern wünschte, wusste noch nicht, wie sehr sie diese unerschütterliche Charakterstärke, diese Leidenschaft und diesen Optimismus noch brauchen würde.

6

Dunhuang, Oase an der Seidenstraße

»Speer des Lichts, was willst du denn zu so später Stunde hier?«, fragte Diakonos, gleichermaßen verdutzt wie erleichtert.

Addai Aggais Stellvertreter war mitten in der Nacht aus dem Bett gerissen worden, als jemand laut an die Tür der Gemeinde geklopft hatte. Nervös hatte er mit zerzaustem Haar und schlaftrunkenen Augen das kleine vergitterte Fenster geöffnet, durch das er die Besucher sehen konnte, ohne die Eingangstür zu entriegeln.

Besorgt war er zuvor mit großen Sätzen aus seinem Zimmer die Treppe hinabgeeilt, nachdem er sich für alle Fälle mit einem Knüppel bewaffnet hatte, und hatte sich gefragt, wer wohl so spät in der Nacht noch seinen Bischof stören mochte.

War das vielleicht eine unangekündigte Kontrolle der kaiserlichen Ordnungshüter? Eine List von Einbrechern, die sie ausrauben wollten? Oder nur das Werk einiger Spaßvögel?

Doch seine Angst war rasch der Überraschung gewichen, als er sich unverhofft dem jungen Kuchaner aus Turfan gegenübersah.

»Der Eine Gott sei mit dir! Wir wissen nicht wohin. Alle günstigen Herbergen der Oase sind voll, und draußen ist es kalt. Ich hoffte, dass die nestorianische Kirche uns bei dem eisigen Wind nicht vor verschlossener Tür stehen lassen würde.«

Hinter Speer des Lichts zeichnete sich das hübsche Gesicht einer jungen Chinesin ab.

»Kommt schnell herein! Und versucht, keinen Lärm zu machen. Hier schlafen alle!«, wisperte Diakonos, nachdem er die Tür geöffnet hatte.

Als Speer des Lichts und Jademond in den Hof des Bischofssitzes traten, wirkten sie erschöpft in ihren abgetragenen, staubigen Kleidern, die sie in mehreren Schichten übereinandergezogen hatten, um sich gegen den eisigen Wind zu schützen, der seit einigen Tagen ununterbrochen über die Wüste pfiff.

»Ich wusste doch, dass ich mich auf die Gastfreundschaft unserer Schwesterkirche verlassen kann!«, sagte der Kuchaner, als er sich in dem Empfangsraum, der Besuchern auf der Durchreise vorbehalten war, auf eine Bank fallen ließ.

»Was machst du denn hier in Dunhuang? Ich dachte, du wärst im Gewächshaus bei deinen Maulbeerbäumen in Turfan!«, rief der Nestorianer verwundert.

»Hort der Seelenruhe hat mich nach Chang'an geschickt, um Raupen und Kokons zu besorgen, damit wir die Seidenfadenproduktion wieder aufnehmen können. Ich bin gerade auf dem Rückweg.«

»Und wer ist die junge Frau?«, fragte Diakonos argwöhnisch und deutete auf Jademond.

Er fand es seltsam, dass der junge Hörer nicht alleine reiste.

»Eine Freundin. Ich werde Addai Aggai alles erklären!«

»Aber erst morgen früh. Der Bischof schläft. Seit er seine Tochter verloren hat, ist seine Gesundheit angegriffen. Er hat sich völlig verändert! Wenn er sich schon ausnahmsweise einmal ausruht, werden wir ihn auf gar keinen Fall aufwecken!«

»Ich weiß! Er muss sehr traurig sein«, entfuhr es Speer des Lichts.

»Du weißt? Was sagst du da, Speer des Lichts? Was weißt du über Umara?«, rief der Nestorianer aufgeschreckt.

»Nichts weiter! Ich sagte lediglich, dass Addai Aggai sehr traurig darüber sein muss, seine Tochter verloren zu haben. Das ist alles! Ich bin auch müde. Nach so vielen Nächten unter freiem Himmel ist man irgendwann nicht mehr bei klarem Verstand!«, stammelte Speer des Lichts.

»Ich verstehe! Ich verstehe! Jedenfalls scheint dich das Verschwinden der Tochter des Bischofs nicht zu überraschen«, brummte Diakonos.

»Auf der Seidenstraße spricht sich alles herum: Gerüchte reisen schnell!«, kam Jademond Speer des Lichts zu Hilfe. Es waren die ersten Worte, die sie überhaupt gesprochen hatte, und sie trugen ihr einen misstrauischen Blick von Diakonos ein.

»Hättest du nicht vielleicht einen kleinen Weizenpfannkuchen für uns?«, bat daraufhin Speer des Lichts, dessen Magen schon seit einer ganzen Weile von Krämpfen geplagt wurde.

Ihre Vorräte waren aufgebraucht, und die Reisenden hatten seit zwei Tagen nichts mehr gegessen.

Nachdem Diakonos ihnen Honigplätzchen und eine Kanne mit heißem Tee gebracht hatte, über die sie sich hungrig und durstig hermachten, führte er sie in den großen Schlafsaal, in dem die Nestorianer ihre durchreisenden Gäste unterbrachten.

An dem Abend hielt sich außer ihnen niemand in dem Raum auf, an dessen Rückwand sich eine Reihe schmaler Pritschen entlangzog.

»Du willst dem Bischof doch wohl nicht verraten, dass wir vor ein paar Tagen seiner Tochter begegnet sind!«, flüsterte Jademond, als sie mit Speer des Lichts alleine war.

In dem eiskalten Raum, in dessen Kamin wohl schon seit

Wochen kein Feuer mehr gebrannt hatte, schmiegte sie sich unter einer dicken Decke aus Ziegenwolle, die Diakonos ihnen gegeben hatte, an ihn.

»Natürlich nicht! Du kennst mich schlecht, wenn du glaubst, ich würde das Versprechen brechen, das wir Umara gegeben haben! Vorhin habe ich mich nur versprochen, weil ich so müde bin. Und außerdem hast du mir ja aus dem Fettnäpfchen wieder herausgeholfen!«

»Ich habe nur versucht, diesen Diakonos davon abzuhalten, dich noch länger auszuquetschen.«

»Das war sehr geistesgegenwärtig von dir, meine Liebste. Das ist gut!«

»Ich liebe dich!«, flüsterte Jademond, ehe sie in seinen Armen einschlief.

Als Diakonos Speer des Lichts am nächsten Morgen nach einer erholsamen Nacht zu Addai Aggai führte, war der junge Manichäer überrascht von der düsteren, argwöhnischen Miene, mit der der nestorianische Bischof ihm begegnete.

»Darf ich mich vorstellen, Eure Exzellenz: Mein Name ist Speer des Lichts. Ich bin der Gehilfe von Hort der Seelenruhe und kümmere mich um die Seidenfadenproduktion.«

»Und was machst du hier in Dunhuang, statt deine Raupen zu füttern, indem du sie auf ein Bett aus Maulbeerblättern legst, ehe du die Kokons in siedendes Wasser tauchst, um den dünnen Faden abzuwickeln?«

Aus Addai Aggais desillusioniertem Tonfall sprach ebenso viel Überdruss wie Misstrauen.

»Ich komme gerade aus Zentralchina, wo ich neue Kokons und Seidenraupeneier besorgt habe, um unsere Zucht wieder in Gang zu bringen. Deshalb habe ich mir erlaubt, Euch aufzusuchen und für ein paar Tage Eure Gastfreundschaft zu erbitten. Wir möchten hier wieder ein wenig zu Kräften kommen, ehe wir in meine Heimat zurückkehren!«, erklärte er ohne Umschweife und zeigte ihm den Inhalt seines kleinen Beutels.

Er hielt es für das Beste, dem streng dreinblickenden Bischof den wahren Grund für seine weite Reise zu enthüllen. Vielleicht konnte er so sein Vertrauen gewinnen.

»Der Vollkommene Lehrer der Kirche des Lichts in Turfan hat ihn nach Chang'an geschickt. Und er hat seinen Auftrag vortrefflich erfüllt! Auf dem Weg hierher mangelt es nicht gerade an Kontrollen. Dank ihm können wir in ein paar Wochen endlich die Manufaktur wieder in Betrieb nehmen, nachdem jetzt auch die Quelle wieder sprudelt«, rief Diakonos erfreut.

»Was du nicht sagst.«

Seit Umara fortgegangen war, war das Leben von Addai Aggai nicht viel mehr als reines Überleben.

Mindestens zwei bis drei Stunden am Tag saß der untröstliche Bischof mit der dicken Golea zusammen, die inzwischen einer alten, vom Leben gezeichneten Frau glich, und ließ wieder und wieder die Umstände des Verschwindens seiner geliebten Tochter an sich vorüberziehen.

Was mochte dem gehorsamen Mädchen zugestoßen sein, das so sehr an seinem Vater hing und stets darauf bedacht war, ihn nicht zu beunruhigen?

Als er nach dem mit reichlich Wein begossenen Festmahl zur Feier der Rückkehr des Quellwassers am frühen Morgen aus der Manufaktur getreten war, hatten ihn seine Schritte zu dem verkümmerten Baum geführt, unter dem Umara, wie er glaubte, die Nacht verbracht hatte.

Zu seiner Verblüffung war sie nicht dort.

Voller Angst hatte er nach ihr gerufen und sie überall in der Wüste gesucht, aber vergebens.

Gemeinsam mit den Mönchen aus der Webstube hatte er

die kleine Senke durchkämmt, stets befürchtend, ihren zerschmetterten Körper am Fuß des Steilhangs zu finden, den sie womöglich hinuntergestürzt war.

Doch zu seinem großen Kummer entdeckte er keine Spur von Umara! Es war, als hätte sie sich in Luft aufgelöst. Der nestorianische Bischof glaubte nicht eine Sekunde, dass seine Tochter davongelaufen sein könnte. Natürlich hatte sich sein Verdacht gegen Majib und seine Männer gerichtet.

Zwar stritt der Perser, der wütend feststellen musste, dass auch Fünffache Gewissheit, der *ma-ni-pa* und vor allem die göttlichen Kinder fort waren, die er für viel Geld hatte verkaufen wollen, jede Beteiligung an Umaras Verschwinden ab und beteuerte unablässig seine Unschuld, doch der verzweifelte, zornige Addai Aggai ließ sich nicht davon abbringen: Es konnte nur dieser persische Hauptmann gewesen sein.

Ihr Streit hatte sich so sehr hochgeschaukelt, dass sie schließlich, unterstützt von ihren jeweiligen Anhängern, handgreiflich geworden waren.

Es kam zu einer wilden Schlägerei zwischen Majibs Männern und den Mönchen von Addai Aggai, die zahlreicher und vor allem auch wieder nüchterner waren als die Perser, da sie nicht so viel getrunken hatten wie sie. So konnten die Mönche ihre eisenbeschlagenen Knüppel aus der kleinen Manufaktur holen, mit denen sie sich über die Schädel ihrer Gegner hergemacht hatten, woraufhin diese schon bald um Gnade flehten.

»Das wirst du mir büßen! Möge der Leichnam deiner Tochter von den Geiern zerfetzt werden«, hatte Majib wütend gebrüllt, als er seinen Männern den Rückzug befahl.

»Geh zum Teufel!«, hatte Addai Aggai erwidert.

Das Verschwinden seiner Tochter schmerzte ihn so sehr, dass er darüber sogar das durchaus reizvolle Bündnis vergessen hatte, das der Perser ihm am Vorabend zu Beginn der Festlichkeiten vorgeschlagen hatte: Die Nestorianer sollten den Persern Seide liefern, und im Gegenzug würde das im Exil befindliche persische Königshaus, gleich nachdem es die Muselmanen aus Persien vertrieben und sein Reich zurückerobert hätte, die Nestorianer bei ihrem Vormarsch nach Zentralchina unterstützen.

Mehr noch als das strategische Abkommen, das ein angetrunkener persischer Hauptmann nach allzu reichlichem Weingenuss entworfen hatte, war es jedoch die Tatsache, dass Addai Aggai diesem die Arbeitsaufteilung zwischen den Nestorianern und den Manichäern in Turfan verraten hatte, die sich als folgenschwer erweisen könnte.

»Dann produzieren also die Manichäer in Turfan den Seidenfaden, den ihr hier verwebt! Und ich dachte schon, ich hätte mit Dunhuang die Oase entdeckt, deren Namen wir in Persien seit Jahren in Erfahrung zu bringen versuchen! Ich hätte nie vermutet, dass Turfan ebenfalls in die Sache verwickelt ist!«, hatte der Mazdaist, dem die vertrauliche Information ganz neue Perspektiven eröffnete, verblüfft gemurmelt.

»Aber das ist ein Geheimnis! Versprich mir, niemandem etwas davon zu sagen! Damit das klar ist, ich habe dir nie etwas darüber erzählt!«, hatte der Bischof gerufen, der seine Geschwätzigkeit bereits bereute.

Doch sein unachtsames Geständnis, das er einem Mann gemacht hatte, der ihn inzwischen erbarmungslos hasste, kümmerte ihn nicht mehr. Seine Gedanken kreisten ausschließlich um das Verschwinden seiner Tochter.

Seit jenem furchtbaren Morgen verstrichen die Tage wie der Sand in einer Sanduhr auf rein mechanische, trostlose Weise.

Ohne Umara hatte das Leben für Addai Aggai allen Glanz verloren.

Und das Schlimmste war, feststellen zu müssen, dass sein Glaube und seine Frömmigkeit ihm in keiner Weise dabei halfen, die gewaltige Traurigkeit zu überwinden, die sein Herz überschwemmte, wie die Stürme die Gedenkstelen, die am Fuß der Dünen in der Wüste Gobi aufgestellt wurden, mit Sand zudeckten. Sobald er nach einem kurzen, auf lange wache Stunden folgenden Schlaf erwachte, verfolgte ihn das Bild seiner einzigen Tochter, die er für alle Zeiten verloren zu haben glaubte.

Würde dieser Eine, Unteilbare Gott, von dem es hieß, er sei allmächtig, und dem er sein ganzes Leben geopfert hatte, ihm seine Tochter wiederbringen können?

Er wusste es nicht, und um die Wahrheit zu sagen, begann er nach einer Weile daran zu zweifeln.

Wie sollte er mit diesem so fernen, so großen, geradezu unerreichbaren Gott reden? Warum fand er nicht die passenden Worte, um seinen Beistand zu gewinnen?

An manchen Tagen versuchte sich der Bischof einzureden, dies sei eine Prüfung, die Gott ihm auferlegte, um ihn auf die Probe zu stellen.

Aber warum musste er so viel Leid ertragen, um seinen Glauben zu beweisen? Was nutzte es, für seine Kirche zu kämpfen, wie er es ohne Unterlass getan hatte, wenn sein Gott ihm dafür so wenig dankbar war?

An anderen Tagen nahm Addai Aggai allen Mut zusammen und listete seine möglichen Sünden auf, die eine solche Strafe Gottes erklärt hätten.

Aber er fand keine.

Mittlerweile war er sogar der Ansicht, dass ein Gott, der auf diese Weise einen Vater von seiner einzigen Tochter trennte, ungerecht sei und seinen demütigen Diener Addai Aggai zum unschuldigen Sündenbock gemacht habe.

Die endlosen Spekulationen, in denen sich der Nestorianer

unrettbar verlor, hatten ihm schließlich seine ganze körperliche und geistige Kraft geraubt.

»Sobald wir bereit sind, unsere Lieferungen wieder aufzunehmen, werden wir es Euch wissen lassen. Das ist nur noch eine Frage von Wochen. Warum wirkt Ihr denn so besorgt, Eure Exzellenz? Was befürchtet Ihr?«, erkundigte sich der Kuchaner, von Diakonos, der darauf bedacht war, seinen Bischof zu beruhigen, mit Blicken ermutigt.

Die Worte des Hörers hatten Addai Aggais Erinnerungen wieder hochkommen lassen, und seine Miene wirkte noch finsterer, als er erschöpft und niedergeschlagen antwortete. »Dunhuang schwebt in größter Gefahr. Ich war gezwungen, einige Perser zu vertreiben, die die Seide aus meiner Werkstatt an sich bringen wollten. Die Männer sind wutentbrannt davongezogen. Und seit dem Tag geht das Gerücht, sie wollten sich rächen, indem sie den östlichen Türken vorgaukelten, die Oase sei eine wahre Goldmine! Falls das Gerede der Wahrheit entspricht, wird eine der schönsten Perlen in der Kette der Seidenstraße bald nur noch eine Ruine sein!«, stöhnte Addai Aggai, der nervös in seinem Arbeitsraum auf und ab ging und dabei die Fäuste ballte.

Er wirkte verzweifelt.

»Wer sind denn diese Osttürken, die Euch solche Angst einjagen?«, fragte Speer des Lichts, nun ebenfalls beunruhigt.

»Sie werden von einem König regiert, den sie den Kagan nennen, und haben sich schon vor langer Zeit die Reichtümer Sogdiens einverleibt, des Landes der besten Kaufleute der Welt, das sie nun als Ausgangspunkt für ihre Eroberungszüge nutzen. Da sie Nomaden sind, plündern und morden sie rücksichtslos, wo sie nur hinkommen. Eine Redensart besagt, die Säulen ihres Reichs seien der Sand und der Wind! Deshalb ist es den chinesischen Truppen trotz aller Bemühungen auch bis heute nicht gelungen, sie zu vernichten.

Wenn man die Türken an einem Ort vermutet, sind sie längst schon anderswo«, antwortete Umaras Vater trübsinnig.

»Aber dann müsst Ihr kämpfen, eine Armee aufstellen, Eure Verteidigung organisieren! Das ist Dunhuang doch wert!«, rief der junge Kuchaner.

»In Dunhuang gibt es nur Mönche und Kaufleute. Die chinesische Garnison zählt nicht einmal dreißig Mann! Glaub mir, junger Mann, das wäre eine schwierige Aufgabe angesichts blutrünstiger Krieger, die es gewohnt sind, von morgens bis abends im Sattel zu sitzen, und die uns morgen, in drei Wochen oder auch erst in einem Jahr angreifen können.«

»Wissen die Buddhisten denn über die Gefahr Bescheid? Es heißt, sie seien sehr zahlreich. Vielleicht verfügen sie über die nötigen Mittel, um Söldner in ihren Dienst zu nehmen«, fuhr Speer des Lichts fort. Er spielte auf die rund dreißigtausend Mönche des Mahayana an, die die etwa dreißig großen und kleinen Klöster der Oase bevölkerten.

»Ich habe genug mit meinen Problemen und den Sorgen meiner eigenen Kirche zu tun! Von den chinesischen Behörden werden wir hier gerade so geduldet; und wenn ich jetzt zu den Buddhisten gehe, die von dieser Bedrohung doch genauso gehört haben müssen wie ich, um sie zu warnen, beschuldigen sie mich womöglich noch, mit den Türken gemeinsame Sache zu machen. Oder ich muss dafür bezahlen, so wie manche Fürsten die Überbringer schlechter Nachrichten enthaupten lassen, um sie nicht anhören zu müssen«, seufzte der arme Bischof desillusioniert.

»Aber warum können die Türken in einem Protektorat des chinesischen Reichs ungehindert morden und plündern?«, rief der Kuchaner empört aus.

»Die Chinesen tun, was sie können, aber je weiter solche Gebiete von der Großen Mauer entfernt sind, desto weniger

Mittel wenden sie auf, um dort einen unsicheren Frieden zu wahren.«

»Täten sie dann nicht besser daran, sich von hier zurückzuziehen? Die Sogdier, die Kuchaner und die Einwohner von Turfan scheinen mir doch alt genug zu sein, um ihre Probleme selbst zu lösen und hier das Heft in der Hand zu halten!«, rief Speer des Lichts.

»Gegen Angreifer, die nichts anderes können als plündern und brandschatzen, haben solch emsige Völker, die Reichtümer erzeugen und damit Handel treiben, alles zu verlieren. Die Osttürken sind Nomaden, die in vollem Galopp mit Pfeil und Bogen schießen können und dabei auch noch ins Schwarze treffen. Vor einigen Jahren erstreckte sich ihr Einfluss von Sogdien bis ins südliche Sibirien. Sie sind unübertroffen darin, gewaltige, beinahe menschenleere Regionen zu erobern, indem sie die Handelsstädte plündern, die für sie nicht nur leichte, sondern auch verlockende Beute darstellen. Ihre Schwerter überwinden zwangsläufig alle Waagen und Rechnungsbücher«, flüsterte der Bischof.

»Aber muss man deswegen gleich von vornherein die Waffen strecken und abwarten wie das ideale Opfer?«

»Ich habe keine Waffen! Auch keine Soldaten und schon gar keine Pferde! Die Mauern meiner Kirche sind mein einziger Schutz, und du kannst dich selbst davon überzeugen, dass sie weder sehr hoch noch sonderlich dick sind.«

»Warum sollten sich der nestorianische Bischof und seine Brüder dann nicht nach Turfan in Sicherheit bringen? Ich bin sicher, dass mein Vollkommener Lehrer Euch gerne seine Gastfreundschaft gewähren würde«, schlug Speer des Lichts unvermittelt vor, nachdem er eine Weile nachgedacht hatte.

»Das würde bedeuten, uns wieder zurückzuziehen. Es hat Jahre gedauert, bis wir uns hier in der letzten Oase vor der Großen Mauer niederlassen konnten. Wenn ich von hier fortgehen sollte, dann doch eher in Richtung Zentralchina, um endlich ans Ziel zu kommen; aber das ist nicht möglich«, seufzte der Bischof, ehe er sie verließ, um die Frühmesse zu lesen.

Als Speer des Lichts und Jademond Addai Aggai zwei Tage später aufsuchten, um sich von ihm zu verabschieden, nahm dieser den jungen Kuchaner beiseite, und als er ihm Auge in Auge gegenüberstand, öffnete ihm der Bischof, der noch niedergeschlagener wirkte als bei ihrer letzten Unterhaltung, sein Herz.

»Ich bin davon überzeugt, dass du ein aufrechter und mutiger Mann bist, Speer des Lichts. Du hast sicher bereits gehört, dass meine geliebte Tochter auf mysteriöse Weise verschwunden ist.«

»Das stimmt, Eure Exzellenz. Auf der Seidenstraße geht tatsächlich dieses Gerücht!«

»Umara war mein einziger kostbarer Besitz in dieser irdischen Welt. Wenn du ihr eines Tages begegnen oder irgendwo ihren Namen hören solltest, wärst du so gütig, mich untröstlichen Vater dies wissen zu lassen?«, flüsterte er, den Tränen nahe.

»Das verspreche ich, Eure Exzellenz. Aber ich bin fest davon überzeugt, dass Eure Tochter noch lebt und Ihr sie eines Tages wiedersehen werdet«, stotterte Speer des Lichts, den die Qual, die aus Addai Aggais Worten sprach, nicht unberührt ließ.

Hin- und hergerissen suchte der junge Kuchaner nach einer Möglichkeit, die entsetzliche Verzweiflung des Vaters zu mildern, ohne dabei das Versprechen zu brechen, das er Umara gegeben hatte.

»Wie kommst du darauf? Ist das dein Ernst?«, fragte der Nestorianer mit zitternder Stimme.

»Ich sage es Euch, wie ich es denke! So merkwürdig das

auch klingen mag, aber seit meiner Ankunft hier bin ich mir dessen ganz sicher, auch wenn ich dafür nicht den geringsten Beweis habe!«, rief Speer des Lichts, der geglaubt hatte, in Addai Aggais traurigen Augen einen winzigen Funken Hoffnung aufleuchten zu sehen.

»Möge Gott dich erhören, mein Sohn!«, murmelte der Bischof und legte seine rechte Hand auf die schöne glatte Stirn des freundlichen Kuchaners.

Dann trat Addai Aggai ans Fenster, von wo aus man das Heiligtum erkennen konnte, dessen Bau in dieser Oase an der Seidenstraße, der letzten Station – zumindest glaubte er das –, bevor seine Kirche endlich ihr Ziel erreichen würde, ihn so viele Mühen gekostet hatte. Mit tonloser Stimme, als koste ihn das, was er dem fröhlichen jungen Mann nun sagen wollte, größte Überwindung, sprach er weiter: »Würdest du Hort der Seelenruhe eine Nachricht von mir übermitteln?«

»Mit dem größten Vergnügen, Eure Exzellenz!«

»Sag ihm, dass ich bereit bin, eine Runde auszusetzen, wenn er mir hilft, meine Tochter wiederzufinden. Er wird schon verstehen, was ich damit meine!«

»*Eine Runde auszusetzen*, was soll das bedeuten, Eure Exzellenz?«

»Es bedeutet, dass die nestorianische Kirche von Dunhuang es trotz ihres Vorsprungs zulassen wird, dass sich die manichäische Kirche von Turfan als Erste in Zentralchina niederlässt. Glaub mir, das ist ein großes Opfer, von dem ich nie gedacht hätte, dass ich eines Tages dazu gezwungen sein würde.«

»Ich werde meinem Vollkommenen Lehrer Euer Angebot ausrichten, sobald ich in Turfan angekommen bin. Ich gehe davon aus, dass er sehr empfänglich dafür sein wird«, entgegnete der Manichäer und verneigte sich zum Zeichen des Respekts vor der Seelengröße des Bischofs.

Daraufhin öffnete Addai Aggai einen kleinen Schrank und holte ein hübsches, mit einer goldbraunen Flüssigkeit gefülltes Fläschchen heraus, das er dem Kuchaner hinhielt.

»Gib das der jungen Frau, die dich begleitet. Sie macht einen sehr liebenswürdigen Eindruck. Ein manichäischer Händler hat es mir zu einem horrenden Preis verkauft. Eigentlich wollte ich es Umara schenken. Ich bin sicher, dass es der jungen Chinesin gefallen wird. Es ist der ›Duft des Mani‹!«

Mit diesem Namen bezeichnete man in den Oasen entlang der Seidenstraße die in Persien hergestellte erlesene Mischung aus Aloeholz, Amber, Seerose und Moschus, nach der Fürstinnen und Kurtisanen ganz verrückt waren.

»Eure Geste bewegt mich zutiefst. Auch Jademond wird ihren Wert zu schätzen wissen, vor allem, wenn ich ihr sage, für wen Ihr den Duft gekauft habt!«, rief Speer des Lichts, von dem Geschenk des nestorianischen Bischofs gerührt.

»Möge Gott dich und die Deinen segnen! Und da du so sehr in die junge Frau verliebt zu sein scheinst, möge Gott auch sie beschützen!«, fügte der Bischof hinzu, als sein Besucher den Raum verließ.

Es wurde Zeit, weiterzuziehen und Umaras Vater erneut der Melancholie zu überlassen.

»Wenn ich nach Turfan reise, muss ich bei schnellem Marschieren drei Wochen einplanen!«, sagte Diakonos.

»Wir wollen uns beeilen und nur zum Schlafen Halt machen«, erklärte der Kuchaner lächelnd.

»Ihr seid ja auch noch jung! Ihr kommt sicher schneller voran als ich! Viel Glück!«, verabschiedete Diakonos Jademond und Speer des Lichts, nachdem er ihnen eine Wegzehrung aus Trockenobst und Klebreis mitgegeben hatte.

»Auf Wiedersehen! Bis bald und danke für alles!«, riefen sie, als Diakonos die Tür des kleinen Bischofssitzes hinter ihnen schloss.

»Glaubst du, dass ich bei Hort der Seelenruhe auf ebenso viel Verständnis stoßen werde wie bei Addai Aggai? Ich bezweifle es ein wenig!«, fragte der junge Kuchaner seine Geliebte, als sie auf der Seidenstraße dahinzogen.

»Kummer und Leid lassen die Menschen verständnisvoller werden. Es ist gar nicht so sicher, dass sich der Bischof ebenso wohlwollend gezeigt hätte, wenn er nicht gerade seine Tochter verloren hätte«, antwortete sie klug.

Die Abstände zwischen den einzelnen Karawanen vor ihnen waren deutlich größer geworden.

In Dunhuang hielten zahlreiche chinesische Händler an und zogen nicht mehr weiter, daher kam man immer sehr viel schneller voran, nachdem man die Oase verlassen hatte.

Nach zehn Tagen hatten sie die kargen Hügel der Wüste hinter sich gelassen, wo es nichts gab außer den Ruinen vereinzelter kleiner alter Festungen, Zeugen der endlosen Kleinkriege, die sich einst die Völker geliefert hatten, die aus unerfindlichen Gründen die Wüste erobern wollten. Nun erreichten sie sorgfältig bewirtschaftete Felder und riesige Obstgärten, die mit Wasser aus dem Himmelsgebirge bewässert wurden, dessen schneebedeckte Gipfel sich vor dem Himmel abzeichneten.

Es dauerte nicht mehr lange, bis sie Hami erreichten, das auch Yiwu genannt wurde, eine liebliche Oase, aus der Kaiser Taizong der Große im Jahr 640 ein weiteres der unzähligen chinesischen Protektorate gemacht hatte.

Das einzige sichtbare Zeichen dafür in der kosmopolitischen Stadt, in der der größte Pelzmarkt der gesamten Seidenstraße abgehalten wurde, war das Banner des Han-Gouverneurs, das über seinem Hauptquartier wehte. Das Gebäude war zwar etwas größer war als die anderen, von einem Palast hatte es jedoch nicht viel mehr als den Namen.

Vergnügt überquerten sie den Marktplatz der etwa zwanzigtausend Seelen zählenden Siedlung, wo die Pelzhändler, manche davon sogar aus Sibirien, Berge von Yak-, Ziegen- und Kamelhaar feilboten, aus dem die Uiguren Wolle machten und die Tibeter Filz. Manche führten aber auch die abgezogenen Bälge von Nerz, Zobel, Fuchs, Kaninchen, Biber und Bisamratte, Murmeltier, Schneeleopard und sogar Tiger mit sich, die teilweise ihr Gewicht in Gold wert waren.

Die prächtigen, mit kostbaren Pelzen gefütterten Seidengewänder, die für mächtige Könige und ihre Prinzessinnen bestimmt waren, waren die teuerste Ware der Welt. Eigentlich hätte die Seidenstraße mit Recht auch den Namen »Straße der Pelze« tragen können.

»Werde ich mich auch eines Tages in einen mit Zobel gefütterten Umhang aus Seidenmoiré hüllen dürfen?«, scherzte Jademond, nachdem sie einen Händler nach dem Namen des Tiers gefragt hatte, dessen weiches, glänzendes, goldbraun schimmerndes Fell so selten war, dass es normalerweise allein dem Kaiser von China vorbehalten war.

»Du brauchst so etwas nicht, um schön zu sein, meine Geliebte! Mir gefällst du nackt ohnehin besser als angezogen, selbst wenn es ein kostbarer Pelzumhang wäre!«

»Wenn du morgen reich wirst, kommen wir hierher zurück, und du kaufst mir einen!«, flüsterte sie ihrem Geliebten ins Ohr und fuhr ihm dabei zärtlich mit der Hand durchs Haar.

»Wenn Mani will, soll es so sein!«

Die Liebesnacht, die sie im weichen Bett eines winzigen Zimmers in einer Herberge gleich am Ausgang der Stadt verbrachten, erschien ihnen nach der erzwungenen Enthaltsamkeit der Reise geradezu himmlisch, und das trotz der Sorge, die die Aussicht auf die Rückkehr nach Turfan und die Aussprache mit seinem Vollkommenen Lehrer Speer des Lichts bereitete.

Um von Hami, das auf halbem Weg zwischen Dunhuang und Turfan lag, in die »Funkelnde Perle der Wüste« zu gelangen, musste man felsige Weiten durchqueren, in denen nur ein besonders erfahrenes Auge die einfachen Bergspitzen von den riesigen, ungeordneten Ruinen der verlassenen Städte des alten Königreichs Gaochang unterscheiden konnte.

»Das dahinten sind die Flammenberge, deren Stein sich tiefrot verfärbt, wenn er von den Strahlen der untergehenden Sonne beleuchtet wird. Wir werden noch vor Einbruch der Nacht am Ziel sein!«, erklärte Speer des Lichts der jungen Chinesin eines Abends.

Er deutete auf beeindruckende felsige Massen, zerklüftet wie vielgestaltige Monster, deren Oberfläche der zerfurchten Haut eines Elefanten glich.

»Manche Kaufleute behaupten, in dem Augenblick, in dem sie sich rot färben, fingen die Berge an sich zu bewegen, und könnten denen, die es wagen, sie anzuschauen, sogar gefährlich werden! Glaub mir, es gibt genügend Menschen hier, die ganz still an ihnen vorbeischleichen wie Mäuse an der Katze!«, fügte er hinzu und nahm Jademonds Hand.

»Ich fühle mich nicht wie eine Maus! Sie machen mir keine Angst!«, rief sie und lachte laut auf.

Um die Wahrheit zu sagen, hatte Jademond vor kaum etwas Angst, abgesehen davon, diesen Mann zu verlieren, den sie so sehr liebte, dass sie für ihn sogar China verlassen hatte. Hinter einer Wegbiegung tauchten plötzlich die ersten Häuser mit ihren Mauern aus getrockneten Ziegeln und den mit tönernen Tauben verzierten Dächern auf und verrieten ihnen, dass sie Turfan erreicht hatten.

Gleich nach ihrer Ankunft beeilten sie sich, an das Tor des riesigen Gebäudekomplexes zu klopfen, in dessen Mitte das achteckige, aus rotem Kalkstein erbaute Heiligtum der Kirche des Lichts aufragte.

»Das Gebäude wurde mit Steinen aus den Bergen errichtet, an denen wir eben vorbeigekommen sind«, erkannte Jademond, hingerissen von dem prächtigen Anblick. »Dem Vollkommenen Hort der Seelenruhe zufolge ist für die Kirche des Lichts nichts zu schön!«, erklärte der junge Kuchaner leise, ehe er den Hörer, der ihm das Tor geöffnet hatte, bat, ihn unverzüglich zu Hort der Seelenruhe zu bringen.

Als Speer des Lichts in Begleitung von Jademond das Zimmer des Vollkommenen betrat, hatte dieser sich gerade in das Evangelium des Mani versenkt, das in einem reich verzierten Exemplar offen auf seinen Knien lag.

Sobald er Speer des Lichts bemerkte, leuchtete sein von den häufigen Fastenperioden, in denen er »seinen Löwen bezähmte«, wie die Manichäer es nannten, ausgezehrtes Gesicht auf, bevor es sich gleich wieder verdüsterte.

Es verhieß ein harter Kampf zu werden, und der junge Hörer erkannte, dass ihm nichts anderes übrig blieb, als ins kalte Wasser zu springen und zu versuchen, seinen unnachgiebigen Meister, dessen glühende Augen ihn inzwischen feindselig anstarrten, so gut wie möglich zu besänftigen.

Nachdem er den kleinen Beutel mit den Kokons und den Seidenraupeneiern auf den Schreibtisch des Vollkommenen gelegt hatte, stellte sich Speer des Lichts direkt vor ihn hin und begann zu sprechen: »Mein Vollendeter Lehrer, ich habe die Aufgabe erfüllt, mit der Ihr mich betraut habt, aber ich bin auch gekommen, um Euch unendlich um Verzeihung zu bitten! Ich habe nach den ›Drei Siegeln‹ gesündigt! Ich bin nicht würdig, ein Hörer zu sein! Ich werde für alle Zeit nur ein Schwacher bleiben, ein gewöhnlicher Ungläubiger, der das Licht seiner Kirche nicht verdient und noch viel weniger auch nur die kleinste Unze Achtung von Seiten Manis, ihres Großen und Guten Propheten! Habt Erbarmen mit mir!«, rief er und fiel vor Hort der Seelenruhe auf die Knie.

Dem manichäischen Ritual gehorchend, musste der Akt der Beichte, der untrennbar mit dem Ritual des Fastens verbunden war, auf dem Boden kniend vollzogen werden.

Nach den Drei Siegeln zu sündigen bedeutete eine schwere Schuld, da die entsprechenden Verfehlungen sowohl den Mund (die Lüge) als auch die Hände (die Taten) und den Schoß (die Wollust) betrafen.

»Um Verzeihung dafür zu erbitten, dass er die Drei Siegel gebrochen hat, muss der Schwache in der Kirche des Lichts seinem Vollkommenen Lehrer die ganze Wahrheit sagen!«, entgegnete Hort der Seelenruhe argwöhnisch.

»Ich bin bereit, Euch die Wahrheit zu gestehen, Vollkommener Lehrer, und sie ist nicht sehr glanzvoll! Ich war es, der die Seidenraupenzucht zerstört hat. Ich wusste, dass Ihr mich nach Zentralchina schicken würdet, um dort neue Kokons zu holen, und ich hatte in Chang'an eine junge Arbeiterin zurückgelassen, in die ich mich unsterblich verliebt hatte! Ja, ich habe gelogen; ja, ich habe schlecht gehandelt; und, weh mir, ich habe den Körper einer Frau berührt, die ich liebe! Ich habe erkannt, dass ich ohne sie nicht leben kann! Jetzt, wo ich sie wiedergefunden habe, bin ich bereit, alles dafür zu tun, dem Wohl der Kirche des Lichts nach meinen besten Möglichkeiten zu dienen. Es handelt sich um die Frau, die heute an meiner Seite vor Euch steht, mein Vollkommener Meister. Sie heißt Jademond. Und sie trifft keine Schuld an meinen Sünden. Sie hat mich nicht gezwungen, nach Chang'an zurückzukehren. Bei meinem ersten Aufenthalt habe ich sie sogar ohne ein Wort des Abschieds verlassen! Jademond hat eingewilligt, tausend Gefahren zu trotzen, um mir hierher zu folgen!«

In wenigen, mit klarer, kaum zitternder Stimme gesprochenen Sätzen war alles gesagt, auch wenn die Worte etwas konfus erscheinen mochten.

»Über deine Liebesbeziehung zu Jademond weiß ich bereits Bescheid! Ist sie wenigstens Manichäerin?«, knurrte Hort der Seelenruhe.

»Wie könnte eine junge Chinesin Anhängerin der Kirche des Lichts sein, wo doch diese im Reich der Mitte nicht geduldet wird?«, erwiderte Speer des Lichts unwillkürlich.

»Meinetwegen! Aber du hast allen Ernstes unsere Seidenraupenzucht zerstört? Das ist ja nicht zu fassen! Wie konntest du deiner Kirche das antun? Warum hast du dich verhalten wie ein gemeiner Saboteur?«, brüllte der Vollkommene erschüttert. Von seiner üblichen Selbstbeherrschung war nichts mehr übrig.

»Ich hätte einfach nach Chang'an zurückgehen sollen, ohne Eure Zucht zu zerstören. Das wäre ja auch eine Möglichkeit gewesen!«

»Und damit hättest du mich in eine noch größere Verlegenheit gebracht! Hast du vergessen, dass hier niemand sonst über deine Kenntnisse verfügt?«, donnerte der Vollkommene.

Speer des Lichts sah einen Hoffnungsschimmer: Die Worte seines Lehrers verrieten, dass Vergebung für seinen rebellischen jungen Hörer nicht vollkommen ausgeschlossen war.

»Mir war nicht klar, welche Auswirkungen mein Handeln haben würde! Ich war blind vor Liebe. Ich wurde von einer inneren Macht gedrängt, die ich nicht mehr beherrschte. Wenn Ihr wüsstet, wie sehr ich meine Taten bereue! Das Einzige, was ich mir jetzt noch wünsche, mein Hoher Vollkommener, ist, meine Fehler wiedergutzumachen, indem ich alles daransetze, die Seidenproduktion der Kirche des Lichts wieder in Gang zu bringen!«, stöhnte Speer des Lichts. Noch immer kniete er mit tränenüberströmtem Gesicht vor seinem Lehrer.

»Das Ganze ist meine Schuld! Ich habe alles dafür getan, dass Speer des Lichts sich in mich verliebt!«, erklärte Jademond daraufhin auf Chinesisch.

Gerührt von der Aufrichtigkeit ihres Geliebten, eilte sie ihm zu Hilfe.

Die kleine Gestalt stand hoch aufgerichtet in einer entzückend kämpferischen Haltung vor dem Großen Vollkommenen und bildete einen Schirm zwischen ihm und Speer des Lichts, als wollte sie ihn vor seinem Zorn beschützen.

Der junge Kuchaner hütete sich, Hort der Seelenruhe Jademonds Worte zu übersetzen, denn sie hätten alles, was er dem Vollkommenen gerade erklärt hatte, wieder in Frage gestellt.

»Auf dem Weg hierher haben wir uns größten Gefahren aussetzen müssen! Und trotzdem hat Speer des Lichts Wort gehalten. Er hat Euch Kokons und Eier mitgebracht, um Eure Seidenmanufaktur weiterzuführen, obwohl er im Grunde niemals nach Turfan hätte zurückkehren müssen. Ist das nicht der Beweis dafür, wie tief er mit der Kirche des Lichts verbunden ist? Ich flehe Euch an, berücksichtigt dies wenigstens!«, fügte sie hinzu, was Speer des Lichts diesmal übersetzte.

Überrascht von der Vehemenz der jungen Frau, musterte Hort der Seelenruhe sie inzwischen weniger feindselig und beinahe schon amüsiert.

Um ein Haar hätte er sich dabei ertappt, wie er ihr ein flüchtiges Lächeln schenkte.

Diese bezaubernde Chinesin verfügte über eine außergewöhnliche Überzeugungskraft, dachte er bei sich, eine Überzeugungskraft, wie er sie sich bei allen Anhängern der Kirche des Lichts wünschen würde!

Und was den leichtsinnigen Speer des Lichts betraf, so

konnte man ihm alles – oder fast alles – vorwerfen, aber keinen Mangel an Offenheit.

Und hatte er nicht ebenso ein doppeltes Spiel gespielt wie der junge Hörer, der seine Taten überdies bereute und ihn um Vergebung bat?

War er denn Speer des Lichts gegenüber aufrichtig gewesen?

Als er ihn gebeten hatte, nach China zu reisen, hatte er sich gehütet, ihm Näheres über die Mission des Uiguren Torlak zu erzählen, den er nach Chang'an entsandt hatte, um dort für ihn zu spionieren, eine Aufgabe, der er sich dort unter dem seltsamen Namen Grüne Nadel widmete.

Aber konnte er sich dessen überhaupt noch sicher sein?

Über drei Monate waren verstrichen, ohne dass er eine Nachricht von Torlak erhalten hatte, obwohl dieser ihm angesichts der ernsten Lage unverzüglich einen Bericht hätte schicken sollen!

Der Große Vollkommene verspürte das unangenehme Gefühl, von allen Helfern, auf die er sich verlassen hatte, im Stich gelassen zu werden.

Und so gesehen war der junge Kuchaner trotz seiner unbesonnenen Tat, die ihn zu einem großen Sünder machte, vielleicht nicht der Schlimmste, denn er war zurückgekommen, um ihn um Verzeihung zu bitten. »Hast du wenigstens die Fastenvorschriften für einen Hörer befolgt?«, brummte er, an Speer des Lichts gewandt.

»Ich habe nie aufgehört, Reis und Gemüse zu essen, mein Vollkommener!«, beeilte sich dieser zu antworten.

Der junge Kuchaner hatte sich auf seinen Wanderungen auch weiterhin stets von Getreide, Gemüse und Milcherzeugnissen ernährt, wie es die Regeln der manichäischen Geistlichkeit vorschrieben.

Hort der Seelenruhe bedeutete ihm, näher zu treten.

»Deine Jademond scheint zwar eine reizende Frau zu sein, aber bist du dir darüber im Klaren, dass du deinen Glauben verraten hast, indem du das Gebot der Keuschheit übertreten hast, das jeder Hörer befolgen muss?«, flüsterte er ihm ins Ohr.

»Ich habe es Euch bereits gesagt, mein Vollkommener, so etwas nennt sich Liebe! Vorher wusste ich nicht, was Liebe ist! Sie packt Euch beim Kragen und macht mit Euch, was sie will! Sie zerrt Euch hierhin und dorthin, wie ein Karawanenführer sein Kamel an der Kette, die durch den Ring in dessen Schnauze führt!«

»Aber was ist denn mit deinem Glauben an Mani?«

»Gegen die Liebe kann man nichts ausrichten. Genau wie der Glaube, mein Großer Vollkommener, überfällt einen die Liebe ohne Vorwarnung wie ein göttliches Geschenk. Ich bin sogar davon überzeugt, dass Mani, der immer noch all meine Schritte lenkt, gewollt hat, dass alles so kommt!«, rief der junge Kuchaner.

Die Worte seines Schülers verwirrten das Oberhaupt der manichäischen Kirche von Turfan. Ganz offensichtlich sprach er in gutem Glauben und fand sein Verhalten nicht im Geringsten verwerflich.

Speer des Lichts hatte augenscheinlich nicht die gleiche Vorstellung von Sünde wie er.

Für einen strenggläubigen Manichäer wie Hort der Seelenruhe bedeutete der Bruch der Drei Siegel die Verbannung aus der Kirche des Lichts und die Verstoßung des Sünders in das Dunkel des Bösen.

Aber der Große Vollkommene, der sich um die Zukunft seiner Kirche sorgte, wusste ganz genau, dass die manichäische Gemeinde von Turfan ohne die Hilfe dieses jungen, ungestümen Mannes alle Hoffnungen, China zu erobern, begraben musste.

War es sinnvoll, davon auszugehen, dass die Adepten der Kirche des Lichts gegen alle menschlichen Versuchungen gefeit und somit fähig waren, in allen Lebenslagen als reine Geisteswesen zu handeln und sich den striktesten Regeln zu unterwerfen?

Alle Kirchen bildeten stets auch ein unentwirrbares Gemenge aus Geistigem und Weltlichem, in dem die Belange des Alltags ständig in Beziehung zum göttlichen Streben traten. Manchmal befanden sie sich im Einklang damit, manchmal aber auch im Widerspruch dazu. Ihre religiösen Ziele verlangten nach materiellen Mitteln und Wegen, die sie nach und nach von den ursprünglich reinen Absichten ihrer Gründer wegführten. Und auch die Mitglieder ihrer Geistlichkeit waren schließlich Männer aus Fleisch und Blut.

So hatte sich zum Beispiel das Große Fahrzeug trotz des Armutsgelöbnisses seiner Mönche, die eigentlich nach dem Vorbild des Erhabenen ausschließlich von Almosen leben sollten, zur größten organisierten Wirtschaftsmacht seiner Zeit entwickelt.

Und was hatte die heimliche Seidenproduktion, zu der Hort der Seelenruhe gezwungen war, um den Bedürfnissen der Kirche des Lichts gerecht zu werden, noch mit Mani und seiner Lehre zu tun?

»Ich habe verzweifelt darauf gewartet, endlich von dir zu hören. Mit der Zeit ist meine Sorge immer größer geworden, wenn du es genau wissen willst!«, brummte er als Antwort auf den spontanen Ausbruch seines jungen Hörers.

»Es war uns nicht möglich, früher nach Turfan zurückzukehren! Es ist reines Glück, dass wir überhaupt hier sind!«

»Was meinst du damit?«

»Wir wären um ein Haar von den chinesischen Behörden verhaftet worden und mussten Chang'an überstürzt verlassen! Ein gewisser Grüne Nadel hat uns denunziert, nachdem er uns erst erklärt hatte, dass er beauftragt sei, uns nach dem Mord an dem Seidenhändler, bei dem wir wohnten, in Sicherheit zu bringen!«, erläuterte Speer des Lichts.

Bei diesen Worten blieb Hort der Seelenruhe beinahe die Luft weg.

»Euch denunziert? Grüne Nadel? Was um Himmels willen redest du denn da?«, stammelte er verdutzt.

»Sag ihm, dass dieser Mann uns verraten hat, obwohl er versprochen hatte, uns zu beschützen! Und dass der Mistkerl versucht hat, mir Gewalt anzutun!«, rief Jademond wie eine zum Sprung bereite Tigerin.

Der junge Hörer übersetzte seinem geistigen Lehrer die Worte seiner jungen Geliebten und fügte dann hinzu: »Der rote Faden, den ich am Handgelenk trug, wäre uns beinahe teuer zu stehen gekommen. Grüne Nadel hat ihn benutzt, um uns in die Falle zu locken!«

»Es tut mir so furchtbar leid! Man kann sich wirklich auf niemanden mehr verlassen!«

»Dieser Mann ist also Euer Spion«, flüsterte Speer des Lichts.

»Leider ja! Ich habe ihn nach Chang'an geschickt, um unsere Unternehmungen zu schützen.«

»Sag deinem Vollkommenen, dass dieser Mann ein verabscheuenswürdiger Mensch ist! Ein übler Verräter, der nichts als Verachtung verdient!«, erklärte Jademond, in deren schönen mandelförmigen Augen Tränen schimmerten.

An der Verzweiflung in ihren Zügen war leicht zu erkennen, dass sie die Wahrheit sagte.

Speer des Lichts beeilte sich zu übersetzen.

»Erkläre Jademond, dass ich ihren Zorn nachfühlen kann«, versicherte der Vollkommene Lehrer, ehe er seinen Gehilfen Ormul, der die ganze Szene bestürzt und ohne ein Wort zu sagen mit angesehen hatte, bat, ihnen heißen Tee zu bringen.

»Warum habt Ihr mir vor meiner Abreise nichts von Grüne Nadel gesagt?«, wollte Speer des Lichts danach wissen.

»Seine Anwesenheit in Chang'an musste geheim bleiben. Ich hätte dich nur unnötig in Gefahr gebracht.«

»Da kennt Ihr mich schlecht. Selbst wenn ich verhaftet worden wäre, hätte ich niemals etwas verraten!«

»Du hast sicher recht!«, entgegnete Hort der Seelenruhe betrübt. Er bereute sein Verhalten bereits.

»Ich mache Euch deswegen keine Vorwürfe. An Eurer Stelle hätte ich genau das Gleiche getan!«, entgegnete Speer des Lichts versöhnlich.

»Trotzdem ist das Verhalten von Torlak einfach ungeheuerlich«, dröhnte Hort der Seelenruhe, dessen Zorn auf seinen jungen Schüler angesichts seiner neuesten Erkenntnisse aufrichtigem Wohlwollen gewichen war. »Und vor allem äußerst gefährlich, um nicht zu sagen selbstmörderisch für unsere Aktivitäten! Bestimmt hat er den Behörden alles verraten.«

In dem Moment kam Ormul mit einem großen Tablett zurück, auf dem eine Teekanne und Becher standen, und stellte es auf dem Schreibtisch des Großen Vollkommenen ab.

»Setz dich neben mich, Speer des Lichts, jetzt will ich alles hören, was bis zu deinem überstürzten Aufbruch aus Chang'an vorgefallen ist«, befahl der Große Vollkommene.

Zwischen zwei Schluck Tee begann der junge Kuchaner, der sich noch bestens an das Erlebte erinnern konnte, mit seinem Bericht über die ereignisreiche Reise, die ihn von Turfan nach Chang'an und wieder zurück geführt hatte.

Er ließ nichts aus: seine unbehelligte Ankunft in Chang'an, wo er wieder Kontakt mit Jademond aufgenommen hatte, der Mord an dem Seidenhändler, der mit den geschmuggelten Stoffen handelte und bei dem Jademond ein Zimmer bewohnt hatte.

Grüne Nadel, der sie in dem Versteck bei Flinker Pinsel untergebracht hatte, nachdem es ihm gelungen war, sich ihr Vertrauen zu erschleichen. Die seltsame Zeit in jenem Boudoir, in dem sie, ohne es zu wissen, beobachtet worden waren. Der beklagenswerte Vorfall, in dessen Folge der Verantwortliche für den Ring des Roten Fadens sie außer sich vor Wut bei den chinesischen Behörden angezeigt hatte, und schließlich ihre hastige Flucht aus der Hauptstadt, bei der sie den Männern des Zensorats ein Schnippchen geschlagen hatten, indem sie sich als Daoist und chinesischer Soldat verkleidet hatten.

Während der Kuchaner die Einzelheiten seiner Reise schilderte, wandelte sich die Bestürzung von Hort der Seelenruhe, der ihm gebannt zuhörte, allmählich in Verblüffung.

Jademond hatte nicht gelogen, als sie behauptet hatte, dass sie tausend Gefahren hatten überwinden müssen, um nach Turfan zurückzukehren!

Das Oberhaupt der manichäischen Kirche erkannte vor allem, wie schwer es nach dem schäbigen Verrat von Grüne Nadel für ihn werden würde, in Zukunft weiter die illegal gefertigte Seide nach China zu verkaufen, mit deren Erlös er die Kosten für den weiteren Vormarsch der Kirche des Lichts bestreiten wollte.

Das Schlimmste war, dass sein Spion den chinesischen Behörden wahrscheinlich alles verraten und damit auch ihre nestorianischen Verbündeten in Gefahr gebracht hatte!

Was würde bloß Addai Aggai dazu sagen? Er musste ihn schnellstmöglich warnen. Wäre das Vertrauen des Nestorianers nicht dauerhaft erschüttert, wenn er erfuhr, dass Hort der Seelenruhe ihm nicht traute und er deshalb sein eigenes Überwachungsnetz in Chang'an aufgebaut hatte?

Doch ihren Gipfel erreichte die Niedergeschlagenheit des

Vollkommenen, als Speer des Lichts ihm die düsteren Aussichten schilderte, die sein nestorianischer Kollege dem jungen Mann einige Tage zuvor bei dessen Aufenthalt in Dunhuang gegenüber erwähnt hatte.

»Mein Bruder Addai Aggai wirkte also sehr besorgt?«, fragte Hort der Seelenruhe mit tonloser Stimme, als Speer des Lichts geendet hatte.

»Er wirkte sogar zutiefst verängstigt, mein Vollkommener Lehrer. Ich habe ihn vollkommen resigniert angetroffen. Er scheint sich vor dem Angriff der Türken zu fürchten und hat mir versichert, dass sie seine Oase mit Feuer und Schwert überziehen würden.«

»Das wäre ja eine Katastrophe! So etwas hat uns gerade noch gefehlt!«, stöhnte Hort der Seelenruhe.

»Und das war ganz gewiss kein Scherz! Er behauptet, damit wollten sich ein paar allzu neugierige Perser an ihm rächen, die er mit Gewalt fortjagen musste.«

»Glaubst du, er ist bereit, seine Webstube wieder die Arbeit aufnehmen zu lassen, wenn wir ihm neuen Faden liefern können?«

»Nach allem, was ich von ihm erfahren habe, wäre es wohl das Sicherste, in Zukunft auf die Mitarbeit der Nestorianer zu verzichten. Vor allem da er mir auch noch erklärt hat, dass die Perser es auf die Manufaktur abgesehen hatten und sie den Türken anscheinend nur deshalb vorgeschlagen hätten, Dunhuang zu überfallen, um die Seide an sich zu bringen!«, erklärte Speer des Lichts.

»Wenn das so ist, müssen wir unsere Pläne wohl überdenken«, flüsterte Hort der Seelenruhe, und seine finstere Miene verriet deutlich seine Bestürzung.

Die Bedrohung, die über der letzten großen Oase der Seidenstraße vor der Großen Mauer schwebte, gefährdete die ganze fein abgestimmte Arbeitsteilung zwischen den beiden religiösen Gemeinschaften, die ihnen bis zu jenem Tag ermöglicht hatte, den chinesischen Markt mit ihren illegalen Erzeugnissen zu überschwemmen.

»Ich teile Eure Ansicht, mein Vollkommener Lehrer. Das Beste wäre, uns von jetzt an nur noch auf unsere eigenen Kräfte zu verlassen. Falls die Voraussagen von Addai Aggai sich bewahrheiten sollten, würde es für uns ein großes Risiko bedeuten, noch länger mit den Nestorianern zusammenzuarbeiten!«

»Zumal die chinesischen Behörden sicher inzwischen wachsamer sind, seit Grüne Nadel zu ihnen gerannt ist und alles ausgeplaudert hat. Verflucht sei er, und möge er in das Reich des Südens verbannt werden!«, schimpfte der Große Vollkommene, dessen Wut auf den Verräter immer größer wurde.

Für den glühenden Manichäer Hort der Seelenruhe war der Süden das Reich des Bösen, der Höllenfinsternis, in die die Seelen der größten Sünder geworfen wurden, während das Reich des Nordens dem Guten geweiht war.

»In einigen Wochen wird die Seidenproduktion wieder anlaufen, mein Vollkommener Lehrer. Wir werden bestimmt einen Weg finden, um den Faden zu weben und die Stoffe auf dem chinesischen Markt zu verkaufen«, versicherte der junge Kuchaner in dem Bemühen, seinen Lehrer zu beruhigen.

»Möge Mani dich erhören! Das wird keine leichte Aufgabe werden! Das Weben ist ja noch eine Sache. Auf der Seidenstraße gibt es genügend Wollweber. Aber ich befürchte, um die Ware in Zentralchina vertreiben zu können, werden wir gezwungen sein, uns selbst dort niederzulassen!«, murmelte Hort der Seelenruhe.

»Das wäre die Gelegenheit für die Kirche des Lichts, endlich auf der anderen Seite der Großen Mauer Fuß zu fassen!«

»Du bist ein unverbesserlicher Optimist, Speer des Lichts; das ist gut. Und vielleicht hast du ja sogar recht!«

Auf dem knochigen Gesicht von Hort der Seelenruhe zeigte sich endlich ein verstohlenes Lächeln. Es verriet dem Kuchaner, dass sein Ansehen zweifellos deutlich gestiegen war, seit er das Arbeitszimmer des Großen Vollkommenen betreten hatte.

»Was das betrifft, habe ich noch eine weitere Information für Euch, mein Vollkommener Lehrer.«

»Worum handelt es sich, mein Sohn?«, fragte dieser. Er nannte seine Hörer gerne »Sohn«, wenn er zufrieden mit ihnen war.

»Umara, die Tochter von Bischof Addai Aggai, ist spurlos verschwunden. Ich soll Euch von ihrem untröstlichen Vater ausrichten, dass er bereit sei, ›eine Runde auszusetzen‹, wenn wir ihm dabei helfen, seine Tochter wiederzufinden!«

»Das ist wahrhaftig das erste Mal, dass er mir einen solchen Vorschlag macht! Es zeigt, dass Umara für ihn wertvoller ist als alles andere. Aber er muss dir das Angebot in einem Moment besonders großer Niedergeschlagenheit gemacht haben. Früher oder später wird er sich anders besinnen. Ich kann mir nicht vorstellen, dass irgendein Kirchenoberhaupt einfach so seinen Vorsprung gegenüber seinem wichtigsten Konkurrenten aufgibt! Auch wenn wir uns vorübergehend verbündet haben, um gemeinsam den Seidenhandel zu betreiben, werden wir doch im Hinblick auf das Gedeihen unserer Kirchen stets erbitterte Rivalen bleiben!«, knurrte Hort der Seelenruhe.

»Seine einzige Tochter scheint ihm wirklich sehr zu fehlen. Es schien ihm Höllenqualen zu bereiten, nicht das kleinste Lebenszeichen von ihr zu haben.«

»Trotzdem wüsste ich nicht, wie wir dem armen Addai Aggai helfen könnten, es sei denn, du verrätst mir auch noch, wo das verschwundene Mädchen steckt!«

»Wer weiß, vielleicht wird es mir ja eines Tages gelingen,

das herauszufinden!«, entgegnete der junge Kuchaner geheimnisvoll.

»Vertrau auf meine Erfahrung, Speer des Lichts, an dem Tag wird es sich Addai Aggai anders überlegt haben!«

Der Vollkommene Lehrer selbst würde niemals etwas über die ehrgeizigen Ziele stellen, die er für die Kirche des Lichts hegte.

Wie bei allen Angehörigen der manichäischen Geistlichkeit, die den höchsten Rang in der Hierarchie ihrer Kirche erreicht hatten, gab es im Privatleben von Hort der Seelenruhe niemals etwas Wichtigeres als jenes Anliegen, das ihn vom Aufstehen am frühen Morgen bis zum Schlafengehen spät in der Nacht erfüllte: der Triumph des göttlichen Wortes des Propheten Mani, des Mittlers, dank dem die Menschen danach streben durften, letztlich auf der Seite des Guten zu stehen. Und das, obwohl sie zwischen den entgegengesetzten Mächten des Guten und des Bösen hin- und hergerissen waren, denn leider war es eher das Böse, zu dem sich die Menschen mit ihren zahllosen Schwächen hingezogen fühlten.

Die endlosen Fastenzeiten, denen sich das Oberhaupt der manichäischen Kirche von Turfan unterwarf und von denen seine erschreckende Magerkeit zeugte, und die härenen Büßerhemden, die er bereitwillig auf der bloßen Haut trug, wenn der liturgische Kalender das Gedenken an die Passion des Mani anzeigte, machten sein Leben zu einer einsamen, schmerzhaften Prüfung. Viele hätten sie niemals ertragen, und nur das Gebet und der Kult des Mani schenkten ihm darin Kraft und Unterstützung.

Ormul kam zurück und flüsterte dem Vollkommenen ins Ohr, dass es Zeit für das Abendgebet geworden sei. Das bedeutete das Ende ihrer Unterredung.

Für den Hörer hatte die Stunde der Wahrheit geschlagen.

Jetzt musste er Hort der Seelenruhe in aller Form um Verzeihung bitten.

»Mein Vollkommener, ich erflehe demütigst Eure Vergebung und bitte Euch aus tiefstem Herzen, mich von meinem Gelübde zu entbinden. Dann können diese junge Frau und ich heiraten und Kinder haben!«, brachte er also mutig hervor, nachdem er sich direkt vor seinen Vollkommenen Lehrer hingestellt hatte.

Dieser zog erst eine und dann die zweite Augenbraue in die Höhe.

Doch seine blassen, schmalen Lippen blieben hartnäckig verschlossen.

»Habt Erbarmen mit uns! Wo Reue ist, da muss es auch Verzeihen geben! Speer des Lichts hat Euch sein Herz geöffnet! Zwingt mich nicht, den Mann, den ich liebe, zur Wahrheit des Erhabenen Buddha zu bekehren!«, rief Jademond daraufhin mit zitternder Stimme, nachdem sie bemerkt hatte, dass der Vollkommene nicht bereit war, so schnell einzulenken.

Speer des Lichts konnte nicht anders, als die herausfordernden Worte seiner Geliebten zu übersetzen.

»Die Vergebung einer Todsünde ist keine reine Formsache!«, tadelte der Vollkommene sie in würdevollem Ton.

»Für uns Buddhisten zählt die Absicht, mit der eine Handlung ausgeführt wird, mehr als diese selbst, denn die Tat ist bloß die Folge der Absicht. Wenn Speer des Lichts gesündigt hat, dann nur deshalb, weil er mich liebte und zu mir zurückkehren wollte! Also bin ich es, der Ihr Vorwürfe machen müsst, nicht er!«, fuhr Jademond mit Nachdruck fort.

Auf den dünnen Lippen von Hort der Seelenruhe zeichnete sich ein blasses Lächeln ab.

»Da haben wir ja eine echte Kämpfernatur! Eine jener Seelen, die unsere Kirche sehr gut brauchen könnte, um ihr dabei zu helfen, ihr Wort weit hinauszutragen!«, sagte er, wobei er ihr direkt in die Augen sah.

Dann drehte er sich zu dem jungen Kuchaner um und fügte hinzu:»Wirst du der Kirche des Lichts treu bleiben? Wirst du ihren großen Vormarsch nach China auch weiterhin unterstützen?«

»Ja, Meister Hort der Seelenruhe! Ihr könnt Euch auf mich verlassen. Gleich morgen werde ich mich wieder an die Arbeit machen und die Raupen und Kokons auf die Maulbeerblätter in unserem Gewächshaus legen«, antwortete der junge Kuchaner leise und fiel auf die Knie.

»Wir werden zu gegebener Zeit noch einmal über alles reden! Du bist bereits auf einem guten Weg! Und daran hat deine Gefährtin einen großen Anteil!«, schloss der Vollkommene mit einem Lächeln.

»Dürfte ich Euch zumindest um Euren Segen bitten, damit mein Verhalten von nun an Euren Wünschen entspricht?«

Nachdem Hort der Seelenruhe eingewilligt hatte, senkte Speer des Lichts den Kopf, um seinem geistigen Lehrer seinen Nacken darzubieten.

Und die Hände des Vollkommenen auf seinem Kopfansatz erschienen ihm sanft und beruhigend, als dieser sie ihm auflegte und dabei mit halb geschlossenen Augen einige Verse aus der Großen Vergebung des Reinigenden Lichts rezitierte.

Als Speer des Lichts glücklich und beruhigt das Zimmer von Hort der Seelenruhe verließ, wusste er, dass er die Absolution, um die er gebeten hatte, fast schon bekommen hatte.

Das Verständnis des Vollkommenen ermöglichte es ihm, Mani und dem Manichäismus treu zu bleiben.

Denn wenn die Kirche des Lichts den jungen Hörer dauerhaft ausgeschlossen hätte, hätte sie zweifellos einen ihrer ergebensten Anhänger verloren, der dazu bestimmt war, eine wichtige Rolle bei der Verbreitung des Manichäismus zu spielen.

All das hatte der mit großer Intuition begabte Hort der Seelenruhe zweifellos gespürt und deshalb seine ursprünglich strenge Haltung gemildert.

»Ich werde dir niemals genug für deinen Mut danken können, Jademond! Du hast Hort der Seelenruhe mit deiner Loyalität und deinen unschuldigen Worten verblüfft! Wenn er mir tatsächlich verzeiht, dann habe ich das dir zu verdanken!«

»Dazu brauchte ich mich nicht zu überwinden. Ich habe es nur getan, weil ich dich liebe, Speer des Lichts!«

Und war das nicht die schönste Antwort auf das schönste Kompliment?

7

Kloster Samye, Tibet

Dolch der ewigen Wahrheit stand vor Lama sTod Gling, der ihn durch den schmalen Spalt der schweren, mit Dämonenmasken verzierten Tür hindurch musterte.

»Ich würde gerne unverzüglich vom Ehrwürdigen Ramahe sGampo empfangen werden!«

»Wer seid Ihr, dass Ihr um eine solche Gunst ersucht, ohne Euch vorher bei ihm angekündigt zu haben? Man stört nicht ungestraft unseren Ehrwürdigen Abt, dessen Tage mit tausend frommen, wichtigen Dingen ausgefüllt sind!«

»Ich bin Dolch der ewigen Wahrheit, Mönch des Kleinen Fahrzeugs und oberster Gehilfe von Meister Buddhabadra. Ich bin auf der Suche nach meinem verehrten Abt. Seit seiner Abreise aus Peshawar ist er nicht mehr ins Kloster des Einen Dharma zurückgekehrt! Die ganze Gemeinschaft verzehrt sich vor Sorge und fühlt sich verwaist. Aber ich weiß, dass er hierhergekommen ist. Jemand hat ihn sogar lange nach dem Zeitpunkt, an dem er sich zusammen mit unserem weißen Elefanten in einem Schneesturm verirrt haben soll, in der Umgebung Eures Klosters gesehen.«

Wie ein streitbarer, selbstsicherer Untersuchungsbeamter kam der indische Mönch ohne Umschweife zur Sache.

»Meister Buddhabadra hat in der Tat einige Tage hier verbracht. Was genau wollt Ihr denn noch wissen?«, erkundigte sich der Lama argwöhnisch.

Dolch der ewigen Wahrheit hatte sich also nicht getäuscht.

Buddhabadra war tatsächlich nach Samye gekommen und hatte sich dort sogar eine Weile aufgehalten.

»Ich muss mit dem Abt des Klosters reden! Es ist wichtig. Ich habe schon seit längerem nichts mehr von Buddhabadra gehört, und allmählich befürchte ich, dass er in Schwierigkeiten geraten sein könnte!«, wiederholte der Mönch in drängendem Ton.

»Wenn das so ist, müsst Ihr Euren Elefanten an einem Baum festbinden. Die Pforte des Klosters ist zu schmal für ihn. Buddhabadra hat mit dem heiligen weißen Elefanten das Gleiche getan.«

Dolch der ewigen Wahrheit gab seinem Kornak die nötigen Anweisungen, und dieser band Sing-sing an den Stamm einer der beiden dicken Lärchen, die wie zwei tausendarmige Wächter die Hauptfassade des Klostergebäudes einrahmten. Seine üppige, verwinkelte Flut bizarrer Spitzsäulchen verschwand vollkommen unter Bannern und Votivgirlanden.

Endlich schwang die schwere Tür, deren Rahmen mit ineinander verschlungenen tierleibigen Monstern geschmückt war, nach außen auf.

Lama sTod Gling ließ Dolch der ewigen Wahrheit in den riesigen Hof des Klosters Samye ein.

Um diese Zeit wimmelte es dort bereits von Mönchen und Novizen.

Tagsüber glich das weitläufige Kloster einem Bienenstock, in dem sich alle emsig ihren Aufgaben widmeten. Die einen gingen ihren Haushaltspflichten nach, die anderen führten notwendige Reparaturen an Pavillons und Pagoden aus, und wieder andere bemalten die Statuen aus Stuck oder Holz, die die Wände zierten und die stets leuchtend und makellos erstrahlen sollten. Die überwiegende Mehrheit aber widmete sich dem Gebet und den Kulthandlungen.

Der indische Mönch des Kleinen Fahrzeugs aus dem Kloster vom Einen Dharma in Peshawar betrat zum ersten Mal ein Kloster des tibetischen Buddhismus.

Was er dort sah und hörte, erschien ihm so außergewöhnlich, dass es ihm einen regelrechten Schock versetzte.

Der Lärm, der ihm entgegenschlug, als er die Schwelle überschritt, war geradezu ohrenbetäubend.

Überall drehten sich, von Mönchen und Novizen angetrieben, Gebetsmühlen, manche leise brummend, während andere ein merkwürdiges Pfeifen von sich gaben, das beinahe wie eine menschliche Klage anmutete. Gleichzeitig stiegen aus den Gebetssälen zusammen mit den sich langsam auflösenden Weihrauchwolken fromme Gesänge und endlose Mantrarezitationen auf. Die Stimmen der Mönche, bald kehlig, bald näselnd, schienen aus dem Jenseits hervorzudringen. Sie reichten von schrillsten Höhen bis hin zu tiefsten Basstönen und erfüllten die Umgebung unaufhörlich mit ihrem eigenartigen Klang.

Genau wie der Sturmwind, der aus den heißen Wüsten heranwehte und in die kalten Täler des Himalaya fegte, erzeugten auch die heiligen Gesänge ein Brausen, das Dolch der ewigen Wahrheit beängstigend fand.

Er hatte Mühe, dem Lama durch das Gedränge in den unzähligen Höfen und Fluren zu folgen.

Vor allem aber hatte der Mönch aus Peshawar das Gefühl, in eine völlig andere Welt einzutauchen.

An den Wänden und Decken hingen grinsende Dämonenfratzen mit vor Reißzähnen starrenden Mäulern. Es waren Bildnisse von rächenden *dakini*-Göttinnen, die die mit dem Blut ihrer Feinde gefüllte *kapala*-Schädelschale an ihre Lippen führten, und grausige Darstellungen von zerstückelten menschlichen Leibern, die an morbiden Girlanden aufgehängt waren, von denen manche gar aus mit Gedärmen aneinander gebundenen Schädeln bestanden. Sie galten als Symbole des Leidens, der Vergänglichkeit, der Krankheit und des Todes und dienten den »entsagenden Asketen« als Grundlage für ihre Meditationen.

Was hatte Buddhabadra bloß an einem solch bizarren Ort gesucht?

In Peshawar hatten ihm seine Lehrer den Unterschied zwischen dem tibetischen Lamaismus und dem Kleinen Fahrzeug erklärt.

Im Gegensatz zu ihren nordindischen Brüdern, deren Religiosität ebenso subtil und friedvoll war wie ihre Abbildungen des Erhabenen, verschmähten dessen Anhänger im Schneeland weder furchteinflößende Masken noch blutrünstige Gottheiten mit Raubtierzähnen, die ihre Heiligtümer wie Höhlen bevölkerten.

Manche böswilligen Zungen gingen sogar so weit zu behaupten, dass in einigen abgeschiedenen tibetischen Tempeln immer noch Menschenopfer dargebracht wurden.

All die erschreckenden Gestalten, die die Wände der endlosen Gänge und riesigen Gebetssäle bedeckten, erfüllten Dolch der ewigen Wahrheit mit Beklommenheit.

Was hatte der brummende, vielfarbige, alles in allem beunruhigende Bienenstock, in den er hier geraten war, bloß mit der friedlichen Stimmung des Klosters vom Einen Dharma gemein, dessen nackte Wände so wunderbar Ruhe und Gelassenheit widerspiegelten?

War der Buddhismus vielseitig genug, um solche Extreme miteinander zu versöhnen?

»Wartet hier einen Moment. Ich werde ihn fragen, ob er Euch empfangen kann!«, sagte der Lama, als sie vor einer geschlossenen Tür standen.

Kurz darauf führte der Mönch Dolch der ewigen Wahrheit zu Ramahe sGampo.

Das Unbehagen, das Buddhabadras Schüler bis dahin verspürt hatte, verflog sofort, als er den dunklen Raum betrat, in dessen Hintergrund sich eine hohe Gestalt im Gegenlicht vor dem einzigen Fenster abzeichnete.

Dolch der ewigen Wahrheit stand endlich vor dem sagenumwobenen Abt des bedeutendsten Klosters des Schneelands. Und Ramahe sGampos Blindheit, die ihm auffiel, als der alte Abt sein Gesicht ins Licht drehte, machte die Begegnung mit dem geistigen Oberhaupt des tibetischen Lamaismus noch beeindruckender.

»Möge das Göttliche Licht des Erhabenen uns alle erleuchten! Meister Ramahe sGampo, mein Name ist Dolch der ewigen Wahrheit, und ich bin zu Euch gekommen, um Euch anzuflehen, mir Nachricht von meinem Unschätzbaren Abt Buddhabadra aus Peshawar zu geben!«, rief er, nachdem er vor dem alten blinden Lama niedergekniet war.

»Das Rad der Lehre sei auch mit dir, Dolch der ewigen Wahrheit! Nachricht von Buddhabadra? Wie froh wäre ich, wenn mir selbst jemand etwas über seinen Verbleib sagen könnte!«

Ramahe sGampos kehlige Stimme, die zu der ruhigen Strenge seines weißäugigen Gesichts passte, sprach die einzelnen Silben des Sanskrit seltsam abgehackt.

»Mein Ehrwürdiger Meister, ich lebe in vollkommener Ungewissheit! Mehr noch als die Seelen, die sich leichterer Vergehen schuldig gemacht haben und zwischen den verschiedenen Ebenen der Hölle und des Paradieses umherirren, wobei ihr Mund so zugenäht ist, dass sie kaum trinken und essen können.«

»Du scheinst mir recht düsterer Stimmung zu sein, Dolch der ewigen Wahrheit! Eine Seele hat nichts vor dem *Bardo** zu befürchten, solange sie Gutes getan hat!«

---

* *Bardo*: Den Tibetern zufolge die Phase zwischen Tod und Wiedergeburt.

»Ich weiß nicht, wozu mein Abt hierher in Euer Kloster gekommen ist, aber er musste einen wichtigen Grund dafür haben. Warum sonst hätte er sich mit dem heiligen weißen Elefanten des Klosters belasten sollen? Solche Dickhäuter, das
weiß ich inzwischen aus eigener Erfahrung, sind nicht dafür geschaffen, auf Hochgebirgswegen voranzukommen, die
von so tiefen Schluchten gesäumt sind, dass man nicht einmal ihren Boden erkennen kann!«

»Buddhabadra hat dir also niemals die Gründe für seinen
Aufenthalt hier genannt?«, entgegnete der blinde Abt von
Samye.

»Nein, Ehrwürdiger Meister. Ich habe nur durch allergrößten Zufall überhaupt erfahren, dass Meister Buddhabadra
nach Samye gereist ist! Zuvor musste ich mich ohne genaues
Ziel auf die Suche nach ihm machen! Es war vollkommen
verrückt von mir, aber ich hatte keine andere Wahl. Die Abwesenheit unseres Abtes, den wir alle als unseren Vater betrachten, hat meine ganze Gemeinschaft in tiefste Betrübnis
gestürzt. Ich flehe Euch an, Ehrwürdiger Meister, helft mir!«

Ramahe sGampo hatte sich auf die schmale Bank gesetzt,
auf der er einen Großteil seiner Tage und Nächte mit seiner
schweren Gebetskette, der *mala*, in der Hand meditierte.

Nachdem er eine ganze Weile nachgedacht hatte, hob der
blinde Abt erneut zu sprechen an.

»Dolch der ewigen Wahrheit, ich wüsste nicht, was ich für
dich tun könnte! Ich habe keine Ahnung, was aus Buddhabadra geworden ist.«

Sein schneidender Ton zeugte unmissverständlich von seiner Absicht, es dabei bewenden zu lassen und seinem Gegenüber nicht mehr zu verraten.

»Jeder buddhistische Mönch schuldet seinem Nächsten
zumindest Mitgefühl. Ihr habt nicht das Recht, mich in völ-
liger Unwissenheit zu belassen! Ich bin monatelang zu Fuß

gewandert, habe Dutzende von Pässen überwunden und der Kälte und den Schneeleoparden getrotzt, um zu Euch zu kommen! Das alles habe ich auf mich genommen, um herauszufinden, was hier geschehen ist!«, protestierte Dolch der ewigen Wahrheit daraufhin, fest entschlossen, den unnachgiebigen Abt zu erweichen.

»Es gibt Schwüre, die man nicht brechen darf, Dolch der ewigen Wahrheit, und sei es auch um eines Mannes willen, dem man wohlgesinnt ist. Das zumindest ist mein Standpunkt. Und selbst wenn er nicht von allen geteilt wird, muss ich doch aus zwingenden Gründen mein Versprechen halten, das Geheimnis, das mich mit Buddhabadra verbindet, niemandem zu offenbaren!«, schloss der alte Buddhist mit fester Stimme, als sei es eigentlich Buddhabadra, dem er einen Vorwurf machen wollte.

Dolch der ewigen Wahrheit verstand Ramahe sGampos Botschaft nicht, und so drängte er mit unvermindertem Elan weiter: »Die Gründe sind mir vollkommen gleichgültig. Und das einzig Zwingende für mich ist, meinen Unschätzbaren Abt wiederzufinden. Ich tappe immer noch in undurchdringlichem Nebel, sowohl was Buddhabadras Aufenthalt hier betrifft, als auch, wohin er von hier aus gegangen ist! Sagt mir wenigstens so viel, dass ich meine Suche in die richtige Richtung fortsetzen kann. Mehr verlange ich doch gar nicht!«, flehte er schließlich und warf sich dem Abt zu Füßen.

»Ich habe geschworen zu schweigen!«

»Alle meine Brüder im Kloster des Einen Dharma warten auf Neuigkeiten über den Verbleib ihres geistigen Vaters. Ich wäre nur ungern gezwungen, ihnen mitzuteilen, dass sich Ramahe sGampo in vollkommener Missachtung brüderlichen Mitgefühls geweigert hat, mir zu helfen!«

»Ich will dir nichts mehr dazu sagen.«

»Dann werde ich weniger geheimniskrämerisch sein als

Ihr. Meister Buddhabadra ist in Begleitung eines gewissen Verrückte Wolke in einer Höhle in der Nähe Eures Klosters gesehen worden.«

»Woher weißt du das?«, fragte der Abt mit den weißen Augen verblüfft.

»Von einem *ma-ni-pa*, der ihnen auf seinem Weg begegnet ist!«

In den asketischen Zügen des alten Tibeters spiegelte sich größte Überraschung.

Die Leidenschaft und die unbestreitbare Offenheit des Mönchs aus Peshawar hatten, zusammen mit seiner Enthüllung, die Überzeugung des Abts unmerklich ins Wanken gebracht. Nachdem er eine Weile nachgedacht hatte, stieß er einen tiefen Seufzer aus und erwiderte mit leiser Stimme: »Obwohl dein Ansinnen durchaus berechtigt ist, kann ich eine so folgenschwere Entscheidung, die darauf hinausliefe, meinen Eid zu brechen, nicht aus einer plötzlichen Anwandlung heraus treffen, Dolch der ewigen Wahrheit. Lass mich ein wenig meditieren und das Für und Wider abwägen. Komm morgen früh wieder. Dann wird die Nacht mir sicherlich guten Rat beschert haben.«

Am nächsten Morgen klopfte das Herz von Dolch der ewigen Wahrheit zum Zerspringen, als Lama sTod Gling ihn in die Zelle des blinden Abtes führte.

»Kannst du ein Geheimnis bewahren, von dem bis zu diesem Tag niemand etwas weiß?«, fragte dieser ihn ohne Umschweife.

»Ihr habt mein Wort, Meister Ramahe sGampo. Ich werde über alles schweigen, was Ihr mir anvertrauen mögt!«

»Ich habe lange nachgedacht und die ganze Nacht hindurch Mantras rezitiert. Deine Verzweiflung hat mich berührt. Du hast einen weiten Weg zurückgelegt, und ich will dich nicht ohne die geringste Erklärung wieder ziehen lassen. Buddhabadra ist nach Samye gekommen, um an einer sehr wichtigen Zusammenkunft teilzunehmen.«

»Eine sehr wichtige Zusammenkunft? Ihr verratet mir zu viel oder nicht genug, mein Ehrwürdiger Meister! Wer würde denn schon annehmen, dass Buddhabadra wegen eines nichtigen Anliegens die Berge des Schneelands überquert hätte!«

Der gesunde Menschenverstand, der aus seinen Worten sprach, schien den blinden Greis zu überzeugen.

»Es handelt sich, hmm, um Zusammenkünfte, hmm, nun denn... die alle fünf Jahre stattfinden. Dabei treffen sich die drei Vertreter der großen buddhistischen Strömungen: des Großen und des Kleinen Fahrzeugs sowie des Lamaismus aus dem Reich Bod, den zu repräsentieren ich die Ehre habe.«

»Aber worum geht es bei den Zusammenkünften zwischen den Lehrpfaden, die einander doch sonst eher als Rivalen betrachten?«

»Das genau ist der Grund! Wir sorgen dafür, dass ein friedliches Nebeneinander der drei Lehrpfade gesichert bleibt! Aber ich habe dir bereits zu viel verraten. Die Teilnehmer haben geschworen, niemals mit irgendjemandem darüber zu reden«, erklärte der alte Lama.

»Nicht einmal mit ihren engsten Gehilfen!«

»Sobald ein Geheimnis den Kreis der Eingeweihten verlässt, ist es keines mehr!«, brummte der blinde alte Abt.

»Dann war es also eine jener Zusammenkünfte, die in Samye abgehalten wurde.«

»Ja! Oder besser gesagt, die abgehalten werden sollte! Denn wir waren gezwungen, sie zu vertagen.«

»Eure Worte erfüllen mich mit Bestürzung, Meister Ramahe sGampo. Ich verstehe überhaupt nichts mehr! Warum hat sich Buddhabadra die Mühe gemacht, mit dem heiligen weißen Elefanten, der das Gelände unseres Klosters nur verlässt, um kostbare Reliquien zu tragen, hierherzukommen, um an einem Treffen teilzunehmen, das gar nicht stattgefunden hat?«

»Ich gebe zu, das Ganze mag, von außen betrachtet, ein wenig verwunderlich erscheinen.«

»Verwunderlich ist das Mindeste, was man dazu sagen kann! Auf jeden Fall hat Meister Buddhabadra meine Gemeinschaft dadurch nicht nur in größte Sorge versetzt, sondern sie vor allem in eine fürchterliche Zwangslage gebracht. Ohne den heiligen weißen Elefanten kann sie die Große Wallfahrt zum Reliquienschrein des Kanishka nicht veranstalten, bei der eine unüberschaubare Masse von Gläubigen zusammenströmt, um der Prozession der Augen des Buddha beizuwohnen! Die Informationen, die Ihr mir gewährt habt, mein Ehrwürdiger Abt, beruhigen mich keineswegs, sondern stürzen mich in tiefe Ratlosigkeit«, rief Dolch der ewigen Wahrheit.

»Die Augen des Buddha? Habt Ihr tatsächlich die Augen des Buddha gesagt?«

Lama sTod Gling hatte die Frage gestellt, nachdem er ihrem Gespräch bis dahin stumm gelauscht hatte. Sein Tonfall verriet eine gewisse Erregung.

»Ganz genau. Ihr wisst doch sicher, dass der Reliquienschrein des Kanishka, mit dessen Schutz und Unterhalt mein Kloster betraut ist, die unendlich kostbare und anbetungswürdige Reliquie der Augen enthält, die der Erhabene Buddha in einem seiner unzähligen früheren Leben einem armen Blinden opferte!«, erklärte Dolch der ewigen Wahrheit.

»Oh ja! Wenn du wüsstest, wie gut ich das weiß!«, murmelte Ramahe sGampo.

»Und habt Ihr diese Reliquie, deren Ruhm in der gesamten buddhistischen Welt verbreitet ist, schon selbst in den Händen gehalten?«, wollte Lama sTod Gling wissen.

»Die Heiligen Augen sind in einem pyramidenförmigen Kästchen aus reinem Gold eingeschlossen, das in einer Nische an der Spitze des Reliquienturms eingemauert ist. Anlässlich der Großen Wallfahrt brechen Maurer es heraus, damit es in der Sänfte des heiligen Elefanten vor der Menge zur Schau gestellt werden kann. Niemand hat jemals dieses Kästchen geöffnet, dessen Schlüssel schon seit Jahrhunderten verschwunden sein soll.«

»Bist du sicher, dass niemand den Schlüssel besitzt?«, erkundigte sich nun auch der blinde Abt.

»Warum fragt ihr mich das, Verehrter Ramahe sGampo?«, entgegnete Dolch der ewigen Wahrheit, von dem erneut ein gewisses Unbehagen Besitz ergriffen hatte.

Die Worte der beiden Tibeter hatten Zweifel in ihm gesät.

»Der Einzige, der die Antwort darauf kennen könnte, ist Buddhabadra«, fuhr er fort. »Ihn müsstet Ihr danach fragen. Wenn wir doch nur wüssten, wo er sich aufhält!«

»Es tut mir leid! In dieser Hinsicht geht es mir wie dir, ich habe nicht die leiseste Ahnung. Ich wusste auch nicht, dass er in Begleitung von Verrückte Wolke gesehen worden ist. Um die Wahrheit zu sagen, ich bin inzwischen genauso besorgt wie du«, entgegnete Ramahe sGampo niedergeschlagen.

»Dann verratet mir doch wenigstens, was das für Zusammenkünfte waren, deren Scheitern Euren Andeutungen zufolge zu zahlreichen Ärgernissen führte!«, versuchte es der Mönch des Hinayana mit offenkundiger Verzweiflung ein letztes Mal.

»Ich werde dir nicht mehr dazu sagen. Es ist mir strengstens verboten, dir auch nur ein Wort über die Kolloquien anzuvertrauen.«

»Meister Ramahe sGampo, wenn ich Euch recht verstehe, spielt Ihr doch eine ganz besondere Rolle bei den Bemühungen, das friedliche Zusammenleben zwischen den drei Lehrpfaden des Buddhismus zu sichern, ansonsten wäre Samye doch nicht der Ort, an dem die Zusammenkünfte abgehalten werden!«, versuchte Dolch der ewigen Wahrheit Ramahe sGampo doch noch ein wenig mehr Informationen zu entlocken.

»Das abzustreiten wäre eine Lüge!«, murmelte dieser daraufhin.

»Seid Ihr in Anbetracht Eurer grenzenlosen Weisheit etwa eine Art Schiedsrichter?«

Diese Vermutung, die als eine billige Schmeichelei hätte aufgefasst werden können, entsprach der Wahrheit, denn der blinde Abt antwortete: »Du verfügst über beträchtliche Intuition, Dolch der ewigen Wahrheit. Ich werde mich damit begnügen, dir zu sagen, dass ich an den alle fünf Jahre stattfindenden Zusammenkünften teilnehme und dabei gleichzeitig in gewisser Weise für ihr gutes Gelingen bürge. Von den drei Teilnehmern bin ich der älteste. Und so gebührt es mir, mich hier in Samye, auf meinem Grund und Boden, zu vergewissern, dass ›die Eintracht weitere fünf Jahre gewahrt bleiben wird‹!«

»*Dass die Eintracht weitere fünf Jahre gewahrt bleiben wird!* Was verbirgt sich hinter dieser rätselhaften Formulierung, Meister Ramahe sGampo?«, fragte der Mönch aus Peshawar.

»Du sollst wissen, dass hinter dieser Formulierung, wie du es nennst, Gesten stehen! Oder besser gesagt, bedeutende, heilige Handlungen! Im Übrigen, mein lieber junger Bruder, kannst du mir sagen, wozu Worte dienen, wenn sie nicht mit Taten in Einklang gebracht werden?«, erwiderte der alte Lama streng, als habe er beschlossen, diesem allzu neugierigen Mönch des Hinayana eine Standpauke zu halten.

»Erzählt mir von den Handlungen, Ehrwürdiger Meister, das ist alles, was ich noch zu erfahren wünsche! Ich verspreche Euch, wenn Ihr mir diese Bitte gewährt, werde ich Euch keine weitere Frage mehr stellen. Es wird danach sehr viel einfacher für mich sein, meinen Abt zu finden«, beschwor der Mönch aus Peshawar Ramahe sGampo fieberhaft. Er war davon überzeugt, kurz vor dem Ziel zu stehen.

Umso größer war seine Enttäuschung, als er die Antwort vernahm: »Du wirst von mir nicht mehr erfahren. Ich habe dir schon viel zu viel gesagt. Jetzt wird es Zeit für mich, in den Gebetssaal zu gehen, um die Große Trommel zu schlagen.«

Damit ließ ihn der blinde Abt einfach stehen und verließ von Lama sTod Gling geführt den Raum.

Alleine und ein wenig enttäuscht darüber, dass es ihm nicht gelungen war, dem alten tibetischen Mönch mehr als diese rätselhaften Worte zu entlocken, ließ sich Dolch der ewigen Wahrheit auf die Meditationsbank von Ramahe sGampo fallen.

Auf welchen Vorgang, welche esoterische Zeremonie oder welches Ritual mochte der Ausdruck »*die Eintracht wird weitere fünf Jahre gewahrt bleiben*« anspielen?

Er wusste nur, dass ein geheimer Pakt zwischen den drei Lehrpfaden des Buddhismus alle fünf Jahre Anlass zu einer Zusammenkunft gab, der Ramahe sGampo als ihr ältester Teilnehmer vorstand.

In aller Eile rief sich Buddhabadras oberster Gehilfe die Tausende von Sutra-Versen in Erinnerung, die seine Lehrmeister ihm eingetrichtert hatten. Damals war er noch ein junger Novize vor seiner *upasampada*, jenem höchst feierlichen Augenblick, in dem der Mönch mit kahl geschorenem Schädel, seine drei Roben über dem Arm und seine Almosenschale in der Hand, schwor, die vier asketischen Regeln der *nisgara* und die vier Verbote (Unzucht, Diebstahl, Mord und Vortäuschen nicht vorhandener spiritueller Kräfte) des

akaraniya zu befolgen. Mit diesem Schwur wurde er ein voll-
wertiges Mitglied der Gemeinschaft.

Er konnte sich nicht daran erinnern, in einem der heiligen
Texte, nicht einmal in den dunkelsten und esoterischsten, die
man am Ende der Novizenzeit auswendig lernte, jene eigenartige Formel »*die Eintracht wird weitere fünf Jahre gewahrt bleiben*« gelesen zu haben, die der blinde Greis verwendet hatte.

Wer könnte ihm helfen, das Rätsel zu lösen?

Er sah sich um und betrachtete die steinernen Wände des
Raums, in dem er sich befand.

Die Zelle von Ramahe sGampo, die ihm gleichzeitig als
Arbeitsraum diente, eignete sich zweifellos zur Meditation.

Im Gegensatz zum Rest des Klosters störten hier keine
furchterregenden Statuen oder grelle Malereien den Blick.

Nachdem er die Augen geschlossen hatte, um sich besser
konzentrieren zu können, rief er sich noch einmal alles in
Erinnerung, was er von dem alten Abt erfahren hatte.

Alle fünf Jahre reiste Buddhabadra also ins Schneeland,
um eine Art Nichtangriffspakt mit den anderen buddhistischen Strömungen zu schließen, die gleichzeitig Schwestern
und Rivalinnen des Kleinen Fahrzeugs waren.

Die letzte Versammlung jedoch hatte, wenn er die Worte
des alten Lama richtig verstanden hatte, kein gutes Ende genommen.

Aus diesem Grund musste Buddhabadra noch einmal zurückkehren, nachdem er den Kornak vorausgeschickt hatte.

Aber Dolch der ewigen Wahrheit gelang es nicht, daraus
weitere Schlussfolgerungen zu ziehen.

Warum wollte sein Abt dazu alleine sein?

Was hatte er mit dem weißen Elefanten gemacht?

Wie war er in der Nähe von Samye an den eigenartigen Verrückte Wolke geraten, dessen Erwähnung Ramahe sGampo
so beunruhigt zu haben schien?

Allmählich konnte er seine Gedanken ein wenig ordnen, das Rätsel selbst aber wurde immer mysteriöser.

Unwillkürlich spürte Dolch der ewigen Wahrheit, wie ihn Angst beschlich, denn das Verhalten von Buddhabadra erschien ihm einfach unerklärlich.

Das Leben eines heiligen Tiers aufs Spiel zu setzen, welches für die Organisation der großen Kultzeremonien des Klosters vom Einen Dharma unerlässlich war, um zu einer Zusammenkunft nach Samye zu reisen, war vollkommen absurd.

Es sei denn, für die Anwesenheit des weißen Elefanten gäbe es einen Grund, der ihm bisher entgangen war.

Und während er den Gedanken auf sich wirken ließ, um womöglich das Rätsel zu ergründen, keimten Zweifel in ihm auf, zögerlich erst, doch dann mit aller Macht.

Warum war er nicht schon früher darauf gekommen?

Je länger er über die These nachdachte, desto plausibler erschien sie ihm.

Nur sie lieferte eine Erklärung für all die Heimlichtuereien seines Unschätzbaren Abtes. Doch um diese Vermutung zu bestätigen, würde er nach Peshawar zurückkehren müssen.

Das traf sich gut. Seit er sich von Fünffache Gewissheit getrennt hatte, fühlte sich Dolch der ewigen Wahrheit einsam, und die gewaltigen Dimensionen des Himalaya-Gebirges hatten das Heimweh, das ihn niemals ganz losgelassen hatte, noch verstärkt.

Es wurde Zeit, zu seinen Brüdern ins Kloster vom Einen Dharma zurückzukehren.

Sie waren sicher halb tot vor Sorge, seit er sie einige Tage vor der Kleinen Wallfahrt mit dem ganzen Ärger allein gelassen hatte.

Es hatte keinen Sinn mehr, seine Suche auf den verschlungenen Bergpfaden des Schneelands fortzusetzen, wo sich Buddhabadras Spur verlor.

In Peshawar, wo er seine Ahnungen überprüfen konnte, bestand mehr Hoffnung, der winzigen Spur nachzugehen, die zu den wahren Gründen für Buddhabadras mysteriöses Verschwinden führte.

Ohne noch eine Sekunde zu verlieren, ging er hinaus zu seinem Kornak und wies ihn an, den Elefanten Sing-sing für die Abreise bereitzumachen. Dann kehrte er zurück zu Lama sTod Gling, der ihn schweigend von der Klosterpforte aus beobachtete, um sich von ihm zu verabschieden.

»Wenn Ihr eines Tages diesem Verrückte Wolke begegnen solltet, dann geht einfach weiter Eures Weges. Der Mann bringt Unheil!«, flüsterte der Tibeter und legte ihm flüchtig eine Hand auf die Schulter.

»Warum sagt Ihr das, Lama sTod Gling?«

»Ich habe meine Gründe!«

Tief in Gedanken versunken drehte sich Dolch der ewigen Wahrheit nicht einmal mehr um, als er die Passhöhe erreichte, um die Türmchen und vergoldeten Dächer des Klosters zu bewundern.

Der Heimweg nach Peshawar erschien ihm endlos.

So war es immer im Schneeland. Je eiliger man es hatte, in desto größere Ferne schienen die Gipfel der Berge zu rücken, während man doch eigentlich immer weiter vorankam.

Obwohl Dolch der ewigen Wahrheit, der vor Sing-sing und dem Kornak herging, ein immer schärferes Tempo anschlug, blieb die Landschaft stets unverändert, und ewig zogen sich die immergleichen Tage in die Länge.

Die Schneeschmelze, die um diese Jahreszeit das kleinste Rinnsal in einen reißenden Sturzbach und die dünnen Wasserfälle in wahre Fluten verwandelte, erleichterte Sing-sing glücklicherweise das Vorwärtskommen.

Dort, wo auf dem Hinweg Eis und Raureif die Anstiege gefährlich gemacht hatten, ermöglichten nun Schlamm und

Kies dem Elefanten einen nicht allzu beschwerlichen Abstieg.

Schon leuchteten die Blütenblätter des Gletscherhahnenfußes auf dem Firnschnee, der nach und nach von der Erde aufgesogen wurde, während die Schwalben im Zickzack über dem Kopf von Dolch der ewigen Wahrheit dahinschwirrten. Doch auch den Vögeln gelang es nicht, seine Stimmung aufzuhellen.

Er trieb den Elefanten immer weiter voran, scheuchte den Kornak pausenlos und gönnte sich nur wenige Stunden Schlaf pro Nacht. So erreichte er schließlich das Kloster vom Einen Dharma, zwar erschöpft, aber in lediglich einem Drittel der Zeit, die er für den Hinweg gebraucht hatte!

Dort wurde er von den freudigen Rufen der ganzen Gemeinschaft empfangen. Gleich nachdem die Späher den obersten Gehilfen des Abtes beim Abstieg von der Passhöhe entdeckt hatten, versammelten sich alle Mönche im Haupthof und bildeten für ihn ein Ehrenspalier.

Selbst der Elefant Sing-sing wurde zum Zeichen des Willkommens mit einer Papiergirlande geschmückt.

Als Dolch der ewigen Wahrheit in das Kloster einzog, hörte er überall den gleichen Satz, traurig von allen Lippen gemurmelt, von den ältesten Mönchen bis hin zu den jüngsten Novizen: »Buddhabadra ist nicht zurückgekommen! Der Unschätzbare Buddhabadra ist immer noch nicht zurück!«

Und der klagende Chor, beinahe unter Tränen gesprochen, zeugte von der grenzenlosen Verzweiflung, in der Buddhabadras Schüler, untröstliche Waisen ihres spirituellen Meisters, versunken waren, seit er sie verlassen hatte.

Obwohl er entsetzlich müde war, mobilisierte Dolch der ewigen Wahrheit seine letzten Kräfte, trat auf den Balkon, der auf den Ehrenhof des Klosters hinausging, und erstattete der versammelten Mönchsgemeinschaft, die sich zu seinen

Füßen eingefunden hatte, den Bericht, den sie zu Recht von ihm erwartete.

Doch es fiel ihm nicht leicht, die richtigen Worte zu finden.

»Meine lieben Brüder, ihr dürft die Hoffnung nicht aufgeben…«

Kaum hatte er seinen Satz begonnen, als auch schon von allen Seiten her Weinen und Wehklagen erschallte.

Was sollte er seinen Brüdern angesichts ihrer Empfindsamkeit überhaupt sagen?

Denn im Grunde erwarteten sie doch alle nur eines von ihm: dass er ihnen gute Nachrichten von Buddhabadra brachte.

Er befürchtete, sie nur zu verwirren, wenn er ihnen die Einzelheiten seiner Reise, vor allem die Begegnung mit Fünffache Gewissheit, dem *ma-ni-pa* und den Himmlischen Zwillingen, erzählte.

Möglicherweise würden seine Brüder nicht verstehen, warum Dolch der ewigen Wahrheit, der ausgezogen war, um ihren Unschätzbaren Abt zu suchen, es sich in den Kopf gesetzt hatte, einem Mönch des Großen Fahrzeugs dabei zu helfen, sich aus den Klauen einer persischen Räuberbande zu befreien, und ihn dazu sogar, obwohl er sicherlich Besseres zu tun hatte, nach Dunhuang begleitet hatte, eine Oase, wo nun wirklich kaum Aussicht bestand, dass sich Buddhabadra dort aufhielt. Der Verlauf seiner Wanderung war sogar so seltsam, dass es ihm schwerfallen würde, davon zu erzählen, ohne in den Augen der gesamten Gemeinschaft als ein ausgemachter Lügner dazustehen.

Außerdem hatte er Ramahe sGampo versprochen, seine rätselhaften Andeutungen über die geheime Zusammenkunft, zu der sein Abt gereist war, für sich zu behalten.

Deshalb war es sicherlich das Klügste, ihnen so wenig wie möglich zu verraten und sie gleichzeitig zu beruhigen.

»Meine lieben Brüder, ich bin nicht vergebens ins Schnee-land gereist!«

»Hast du mir nicht gesagt, du wolltest Weihrauch für die Kleine Wallfahrt besorgen und würdest vor ihrem Beginn wieder zurück sein?«, ertönte die schrille Stimme von Erle-sener Gabenkorb.

»Ich schuldete dir nicht die Wahrheit! Das Kloster des Einen Dharma litt bereits genug Kummer, als dass ich noch eine Sorge hinzufügen wollte, indem ich verkündete, dass ich mich auf die Suche nach unserem Unschätzbaren Abt ma-chen würde. Nur Juwel der reinen Lehre wusste über meine Absichten Bescheid!«, entgegnete Dolch der ewigen Wahr-heit.

»Der Erhabene Buddha hat nicht gewollt, dass unser Un-schätzbarer Abt ins Kloster zurückkehrt. Ich war mir dessen ganz sicher! Hätten wir an seiner Stelle nicht ganz genauso gehandelt? Ich kann ihn verstehen! Er war dem letzten Sta-dium des Arhat, welches es erlaubt, dem endlosen Kreislauf von Geburt und Tod zu entrinnen, so nah, dass er zu Recht die Gelegenheit genutzt hat zu verlöschen. Er wird uns bei der Großen Wallfahrt furchtbar fehlen, vor allem nachdem schon die Kleine so katastrophal verlaufen ist!«, stöhnte eine Stimme, woraufhin gleich wieder neues Klagen losbrach.

»Wer hat das gesagt?«, fragte Dolch der ewigen Wahrheit in die Menge.

»Ich natürlich, Juwel der reinen Lehre! Sicher, du hast mich unter dem Siegel der Verschwiegenheit in dein Vorhaben ein-geweiht, aber ich war dennoch gezwungen zu improvisie-ren, indem ich selbst den Pilgerscharen das Sandelholzherz präsentierte, obwohl eine große Zahl von ihnen aus lauter Enttäuschung darüber, dass der heilige Elefant es nicht in ei-ner Sänfte auf seinem Rücken trug, heftig protestierte! Ich habe die ganze Verantwortung auf mich nehmen müssen!

Zum Glück sind meine Schultern breit genug dafür, Dolch der ewigen Wahrheit!«, rief der Mönch wütend und fixierte seinen verhassten Rivalen herausfordernd.

»Du scheinst nicht allzu sehr darunter gelitten zu haben!«, versetzte dieser gereizt.

Juwel der reinen Lehre, den schon immer eine ausgeprägte gegenseitige Abneigung mit Dolch der ewigen Wahrheit verbunden hatte, war sehr gekränkt gewesen, als Buddhabadra diesen einige Jahre zuvor zu seinem obersten Gehilfen ernannt hatte und nicht ihn.

Seine Frömmigkeit war über jeden Vorwurf erhaben, aber seit jener Zeit verbrachte er seine Tage damit, Dolch der ewigen Wahrheit schlechtzumachen, der in seinen Augen nichts als ein Usurpator war.

Seine Worte, die auch jetzt wieder nur darauf abzielten, den Rivalen in Bedrängnis zu bringen, schienen ihre Wirkung nicht verfehlt zu haben, denn die Schar der Mönche begann erst zu murren und schließlich offen zu schimpfen. Proteste wurden laut.

»Nieder mit Dolch der ewigen Wahrheit! Nieder mit dem Ersten Gehilfen!«

Bei diesen Schmähungen war die Geduld des Angegriffenen rasch erschöpft.

»Also gut, wenn ihr es genau wissen wollt, als ich losgezogen bin, um nach Buddhabadra zu suchen, befand sich die Wimper des Buddha gar nicht mehr im Tresorschrank in seiner Zelle. Euer Unschätzbarer Abt hatte sie einfach mitgenommen!«, schrie er die Versammelten an, fest entschlossen, ihnen die ganze Wahrheit zu sagen.

»Und warum hast du uns das einfach verschwiegen?«, erwiderte daraufhin ein anderer Mönch mit dem Namen Heiliger Achtfacher Pfad.

Verwundert erkannte Dolch der ewigen Wahrheit, dass

er nicht mehr den fröhlichen, gutmütigen Mönch vor sich hatte, sondern einen feindseligen Widersacher, den Juwel der reinen Lehre gegen ihn aufgehetzt hatte.

Sein Rivale hatte also seine Abwesenheit genutzt, um ein Komplott zu schmieden!

»Wozu hätte das denn gut sein sollen? Ich habe es vorgezogen, von einem Möbelschreiner aus Peshawar eine Kopie des Kästchens anfertigen lassen! Zumindest hattet ihr so die Möglichkeit, die Kleine Wallfahrt durchzuführen. Was hättet ihr denn getan, wenn ich einfach ins Schneeland gereist wäre, als sei nichts geschehen?«, schimpfte Dolch der ewigen Wahrheit verärgert.

»Und die Wimper in deinem Reliquienschrein, woher stammt die?«, gluckste daraufhin Erlesener Gabenkorb, dessen Doppelkinn vor Aufregung zitterte.

»Genau hierher! Es ist meine eigene!«, versetzte der oberste Gehilfe des Abts und legte einen Zeigefinger an sein rechtes Auge.

»Das ist schockierend und skandalös!«, erwiderte Juwel der reinen Lehre.

»Es wäre schockierend und skandalös gewesen, wenn ich euch einfach alleine zurückgelassen hätte, obwohl ich wusste, dass sich die Sandelholzschatulle nicht mehr in Buddhabadras Tresorschrank befand. Du musst zumindest zugeben, dass ich offen zu euch bin, Juwel der reinen Lehre. Nichts hat mich dazu gezwungen, all das für unseren Sangha zu tun, abgesehen von dem grenzenlosen Respekt, den ich für ihn empfinde, und meiner tiefen Zuneigung zu jedem von euch!«, schloss Dolch der ewigen Wahrheit, dessen Worte hier und da kümmerlichen Applaus hervorriefen, mit einem Hauch von Theatralik.

»Du hast deine Pflicht getan und ich die meine: Allen Gläubigen, die die Abwesenheit des heiligen weißen Elefanten beklagten, habe ich erklärt, dass zum Ausgleich anlässlich der nächsten Großen Wallfahrt die beiden Reliquien des Erhabenen gleichzeitig ausgestellt werden: sowohl seine Wimper als auch seine Strahlenden Augen!«, verkündete Heiliger Achtfacher Pfad, während ein greiser Mönch mit krummem Rücken vortrat und sich zum Zeichen des Respekts vor dem obersten Gehilfen und Stellvertreter des Abtes verneigte.

»Ich hoffe sehr, dass wir sie nicht enttäuschen werden!«, murmelte dieser nachdenklich, ohne zu bemerken, dass Heiliger Achtfacher Pfad seine Worte gehört hatte.

»Falls wir dieses Versprechen nicht einhalten, könnte es gefährlich werden! Das würden uns die Gläubigen nicht verzeihen. Man brauchte ja nur zu sehen, wie enttäuscht die Tausende Männer und Frauen waren, die sich hier im Hof drängten, als ihnen erklärt wurde, dass sich der heilige Elefant auf einer Reise ins Schneeland befände! Hinter ihrem Seufzen lauerte eine unterschwellige Gewalt, die kurz davor war loszubrechen«, rief der Mönch boshaft.

»Zum Glück kam dir die rettende Idee, Honigpfannkuchen verteilen zu lassen, um ihre Enttäuschung etwas zu lindern«, fügte Juwel der reinen Lehre verschwörerisch hinzu.

»Jetzt bleibt mir nur noch, mich von euch zu verabschieden und euch eine gute Nacht zu wünschen!«, rief der oberste Gehilfe des Abtes halbherzig den versammelten Mönchen zu, die ihm gerade einen eher kühlen Empfang bereitet hatten.

Die Gemeinschaft zerstreute sich, und Sing-sing wurde zu seinen Gefährten in den Elefantenstall vom Kloster des Einen Dharma geführt.

Der erschöpfte Dolch der ewigen Wahrheit konnte es kaum erwarten, sich in seiner Zelle ein wenig auszuruhen und die nötigen Kräfte zu sammeln, damit er seine Ahnung überprüfen konnte.

Seine Nacht währte nicht lange. Gleich bei Tagesanbruch eilte er am nächsten Morgen mit klopfendem Herzen, einen kleinen bronzenen Hammer und einen Bildhauermeißel in der Hand, zum hohen Reliquienturm des Kanishka.

Von der Morgendämmerung in ein rötliches Licht getaucht, ragte das eindrucksvolle Bauwerk stolz am Ende der von hundertjährigen Zypressen gesäumten Allee auf, die von der Hauptpforte des Klosters des Einen Dharma bis an seinen Sockel führte.

Auf der schmalen Straße, deren Pflastersteine sorgfältig von allem Unkraut befreit wurden, fand alle fünf Jahre die Prozession statt, bei der der heilige weiße Elefant über erlesene Teppiche schritt, welche die Gläubigen vor seinen Füßen ausbreiteten. Auf seinem Rücken trug er die unermesslich kostbaren Augen des Buddha, die die restliche Zeit über in der hohen Nische des riesigen Reliquienschreins eingeschlossen waren.

Um zu dem Versteck zu gelangen, in dem die kleine pyramidenförmige Schatulle aus reinem Gold eingemauert war, musste man über eine Innentreppe bis zur obersten der acht Plattformen des riesigen Reliquienturms hinaufsteigen und dann, ohne auf das Schwindelgefühl zu achten, eine Bambusleiter emporklettern, die außen an der mit Lotosblüten aus Stuck geschmückten Ziegelwand angebracht war.

Oben blickte der Erste Gehilfe des Abtes, vor lauter Keuchen dem Erstickungstod nahe, hinunter auf den gewaltigen Sockel am Fuß des Bauwerks, der mit einer Bogenkante abschloss wie ein weit fallender Rock.

Von hier aus war die Basis des Reliquienturms kaum von den steinernen Bodenplatten der heiligen Fläche zu unterscheiden, auf der er errichtet worden war.

In der Ferne, wo der Staub in der Sonne glitzerte, verschmolzen die winzigen Wallmauern des Klosters des Einen Dharma mit dem Horizont.

Da Dolch der ewigen Wahrheit befürchtete, ihm würde schwindlig werden, konzentrierte er sich und begann mit seiner Arbeit.

Hastig riss er mit dem kleinen bronzenen Hämmerchen und dem Meißel die dünne Wand aus Strohlehm ein, die das Tabernakel versperrte.

Nachdem er ein kleines Häufchen grauen Staubs beiseitegewischt hatte, lag der Zugang zur heiligen Nische endlich offen vor ihm.

Seine Ahnung hatte ihn nicht getrogen.

Die kleine goldene Pyramide mit den elfenbeinernen Griffen in Gestalt zweier einander gegenüberstehender Steinböcke, dieses Meisterwerk der Goldschmiedekunst aus der Zeit der Kushana-Dynastie, lag geöffnet auf der Seite.

Und ihr Schloss war nicht aufgebrochen worden.

Jemand musste also, im Gegensatz zu dem, was die Legende besagte, den Schlüssel dazu besitzen, genau wie Ramahe sGampo es angedeutet hatte.

Und die kleine goldene Schatulle war leer.

Von den heiligen Reliquien war keine Spur zu sehen.

In dem Moment hätte Dolch der ewigen Wahrheit nicht einmal mit Gewissheit sagen können, ob die Augen des Buddha tatsächlich von der Turmspitze eines der heiligsten Reliquienschreine in ganz Indien verschwunden waren oder ob sie nicht selbst bloß eine Legende waren.

Das Rätsel wurde immer verworrener.

Mechanisch stieg Dolch der ewigen Wahrheit vorsichtig wieder die Leiter hinab.

Was sollte er tun?

Diese Nachricht würde seinen Brüdern einen unvorstellbaren Schock versetzen!

Sollte er die Schuld auf Buddhabadra schieben, der seiner Meinung nach die Augen des Buddha ins Schneeland mitgenommen hatte?

Das war nicht nur gefährlich, sondern vielleicht auch ungerecht. Auf jeden Fall war es genauso zerstörerisch für die Gemeinschaft des Einen Dharma wie die Neuigkeit, dass die heiligen Reliquien fort waren.

Die einzige Hoffnung bestand also darin, sie wiederzufinden.

Aber wo?

Zweifellos dort, wo sich auch Buddhabadra versteckte.

Er musste zurück nach Samye! Musste Ramahe sGampo alles erzählen und dort seine Suche wieder aufnehmen.

Das war es.

Der arme Dolch der ewigen Wahrheit war so sehr mit seinen Skrupeln und seiner Sorge beschäftigt, das Richtige zu tun, dass er nicht ahnte, was ihm bevorstand. Nur wenige Augenblicke später sollte eine weitere Überraschung all seine schönen Pläne zunichtemachen.

8

Luoyang, Sommerhauptstadt der Tang, China, 12. April 657

Im Kloster der Dankbarkeit für Erwiesene Kaiserliche Wohltaten von Luoyang herrschte hektische Betriebsamkeit.

Die Luft war erfüllt von Bohnerwachsduft. Mit Reisstrohbesen und wollenen Putzlappen hatten die Novizen die Klostergebäude gewienert: Die Zedernholzböden glänzten, als seien sie mit Lack überzogen, und die Stuhlreihen entlang der Wände in den Gebetssälen waren mit nagelneuen kleinen Seidenkissen ausgestattet worden.

Zum ersten Mal hatte sich die Kaiserin persönlich bei Abt Vollendete Leere ankündigen lassen.

Acht Tage zuvor hatte sie ihm eine kurze Nachricht geschickt, in der sie ihm mitteilte, dass sie beschlossen habe, seinen Besuch aus dem vergangenen Jahr zu erwidern.

Sofort hatte der Abt Anweisung gegeben, das ganze Kloster prächtig herauszuputzen und die schönsten bemalten Banner aus den schweren Rosenholzschränken in der Bibliothek zu holen, um sie an den Wänden aufzuhängen.

Dadurch hatte sich das Kloster von Vollendete Leere in ein vollkommenes Museum buddhistischer Malerei verwandelt.

Zu Ehren der Kaiserin waren die herrlichsten Bildnisse des Erhabenen und seines göttlichen Gefolges ausgestellt worden: der mitfühlende Bodhisattva Guanyin-Avalokiteshvara, der zukünftige Buddha Maitreya und Amida, der Buddha, der über das Paradies des Westens herrschte.

Mit den wunderbaren, zartbunten religiösen Malereien, auf denen den göttlichen Modellen nicht eines ihrer Attribute fehlte, breitete sich vor dem Kennerblick der kaiserlichen Besucherin das gesamte buddhistische Pantheon aus.

Vor diesen Meisterwerken der Eleganz und Präzision brannten unzählige Wachskerzen und Räucherstäbchen, die in großen, bis zum Rand mit Asche gefüllten Bronzekrügen steckten.

Auf den reich verzierten Sockeln bildeten als Hochreliefs ausgestaltete Figuren den gleichen Götterreigen ab. Manche waren aus Zedernholz geschnitzt, andere, kleinere, das Werk von Bronzegießern, die sich auf die Vergoldung spezialisiert hatten, welche den kleinen, von Tausenden von Kerzen beleuchteten Votivstatuen den schimmernden Anschein kostbarer Juwelen verlieh.

Die Reise der Kaiserin von China entsprang einem doppelten Anliegen.

Zum einen wollte sie Vollendete Leere beruhigen, falls er ungeduldig geworden sein sollte, da sie ihm immer noch nicht die Seide geschickt hatte, die sie ihm über ein Jahr zuvor versprochen hatte.

Zum anderen aber, und das war in ihren Augen der wichtigere Grund, wollte sie selbst zur Ruhe kommen.

Denn für die glühende Buddhistin Wu Zhao war ihr Besuch der einzige Weg, sich zu vergewissern, dass das Drama, das sie vor kurzem durchlitten hatte, kein Zeichen dafür war, dass der Erhabene ihr jenen Schutz entzogen hatte, den er ihr unablässig gewährt hatte, seit sie sich zu seinem Weg bekannt hatte.

Sie konnte sich nicht vorstellen, ihre Ängste jemand anders anzuvertrauen als Vollendete Leere. Nur der große Meister des Dhyana könnte sich notfalls beim Erwachten für sie verwenden.

»Ich habe Euch nicht vergessen. Aber die aktuelle Seidenknappheit zwingt mich, die Einlösung meines Versprechens zu verschieben«, sagte sie als Einleitung.

»Ich weiß. Auch hier in Luoyang findet man nicht mehr das kleinste Stück Seide.«

»Ich habe im Auftrag des Kaisers Nachforschungen angestellt, um die Hintermänner eines Seidenschmuggels zu ermitteln. Die Knappheit bringt manche skrupellosen Menschen auf dumme Gedanken.«

»Ich weiß, Majestät!«, wiederholte der Abt des größten Mahayana-Klosters in ganz China abwesend.

Wu Zhaos Worte erinnerten ihn an das Abkommen, das er leichtsinnigerweise anderthalb Jahre zuvor mit Buddhabadra geschlossen hatte. Damals glaubte er, so das Scheitern des letzten Konzils ausgleichen zu können, das wegen des Ausbleibens von Verrückte Wolke nicht stattgefunden hatte: Kokons und Seidenraupen, die für das Kloster des Einen Dharma durch die Möglichkeit, in Indien Seide herzustellen, die Aussicht auf sehr viel Geld bedeuteten, im Austausch gegen die kleine herzförmige Schatulle aus Sandelholz. Ein Pakt, von dem er nun, da er nichts mehr von Buddhabadra gehört hatte, wusste, dass er unwirksam geworden war.

»Euer Abgesandter Erste der vier Sonnen, die die Welt Erleuchten hat mir berichtet, dass Ihr Euch um das Wohlergehen des Großen Fahrzeugs sorgt. Ich hoffe, dass es sich nur um vorübergehende Schwierigkeiten handelte und Ihr nun keinen Grund mehr zur Beunruhigung habt!«, bemerkte sie in dem Versuch, ihm eine Reaktion zu entlocken.

Das Ergebnis der Sondierung ließ nicht lange auf sich warten.

»Leider ist das nicht der Fall, Majestät! Ich habe einen meiner besten Mönche mit einer Mission betraut, die meine Befürchtungen zerstreuen sollte. Aber dieser überaus treue und einfallsreiche Junge, zudem noch ein hervorragender Schüler der Kampfkunst, ist nicht aus dem tibetischen Kloster zurückgekehrt, in das ich ihn entsandt habe. Und ich kann einfach nicht an einen Unfall glauben«, rief er, als sei er plötzlich aus seiner Versunkenheit erwacht.

»Vielleicht hat er in der Zwischenzeit einen anderen Weg gewählt? Schließlich lauern große Versuchungen in der weiten Welt zwischen China und dem Reich Bod!«

»Das ist unmöglich, Majestät. Der junge Mönch genießt mein uneingeschränktes Vertrauen! Er ist ein glühender Buddhist.«

»Und wenn er einer hübschen Frau begegnet wäre, in die er sich verliebt hätte?«, versetzte Wu Zhao und sah Vollendete Leere dabei mit verschwörerischer Miene an.

Bislang war es ihr vortrefflich gelungen, ihn genau dorthin zu lenken, wo sie ihn haben wollte.

»Wenn das der Fall wäre, verdiente er keine geringere Strafe als die Kalte Hölle. Fünffache Gewissheit hat das Keuschheitsgelübde abgelegt und der Gemeinschaft vom Kloster der Dankbarkeit für Erwiesene Kaiserliche Wohltaten geschworen, ihr sein ganzes Leben zu weihen! Der Junge verfügt über außergewöhnliche Fähigkeiten, sowohl körperlicher als auch geistiger Natur. Ich habe ihn sogar zu einem meiner persönlichen Gehilfen gemacht. Im großen Kloster von Luoyang ist Fünffache Gewissheit zu höchsten religiösen Ämtern berufen! Ich kann mir nicht vorstellen, dass er einen solchen Verrat begehen würde!«, ereiferte er sich.

»Würdet Ihr ihm denn eine solche Verfehlung vergeben?«

»Niemals!«, rief Meister Vollendete Leere, dessen Augen alleine beim Gedanken daran vor Zorn funkelten, und seine Stimme klang so scharf wie die Klinge eines Säbels.

»Darf ein Abt des Großen Fahrzeugs einen Mönch, der aus triftigen Gründen einen anderen Weg gewählt hat, nicht von seinem Gelübde entbinden?«

»Ich habe es noch nie getan, und dabei will ich es auch belassen. Jeder hat das Schicksal, das er für sich wählt! Einem buddhistischem Mönch ist der Weg vorgezeichnet. Und zwar nicht irgendein Weg! Der Heilige Achtfache Pfad ist der einzige, der zum Status eines Arhat führt, das heißt zur höchsten Heiligkeit, kurz vor dem Rang eines Bodhisattva! Ist das nicht ein großes und herrliches Ziel?«

»Aber das Leben kann auch die festgelegtesten Wege in andere Bahnen lenken! Ich selbst bin dafür das beste Beispiel. Normalerweise hätte ich mein Leben als Nonne im Kloster von Ganye beschließen sollen, und nun bin ich Kaiserin!«

»Aber nicht den Weg derjenigen, die vom Glauben an die Wahrheit erfüllt sind ... zu denen Ihr natürlich auch gehört, Majestät«, fügte der Abt gewandt hinzu. »Was Fünffache Gewissheit betrifft, wenn er es denn wäre, um den es sich handelt, so hätte ich noch weniger Grund, ihm auch nur die geringste Bevorzugung zu gewähren. Angesichts des Vertrauens, das ich in ihn gesetzt habe, indem ich ihn mit dieser höchst diffizilen Mission betraute, wäre ein solches Verhalten übelster Verrat!«, schimpfte Vollendete Leere, der seine übliche ruhige Gelassenheit völlig verloren hatte.

Die Kaiserin erkannte, dass es sinnlos war, ihn noch weiter zu bedrängen. Der arme Fünffache Gewissheit würde größte Mühe haben, das zu bekommen, was er sich wünschte, selbst wenn sie sich noch mehr für ihn einsetzte.

In den Augen des Abtes entdeckte sie die ganze, beinahe furchteinflößende Unerbittlichkeit jener Mönche, die gleichzeitig auch große Mystiker waren.

Ihre Überzeugungen und ihr Drang nach dem Absoluten waren so stark, dass sie, vor allem bei ihren engsten Schülern, die natürlichen Reflexe und Gefühle von Menschen aus Fleisch und Blut nur schwer akzeptieren konnten!

Wu Zhao, die nach Luoyang gekommen war, um Trost zu finden, fühlte sich von dieser Vehemenz aus dem Gleichgewicht gebracht und stand ratlos vor der tiefen Kluft, die sie von Vollendete Leere trennte.

Lebte sie tatsächlich in der gleichen Welt wie er?

Welche Gemeinsamkeiten gab es zwischen diesem beinahe schon unmenschlichen Mystizismus und ihrer eigenen, von Pragmatismus geprägten Religiosität?

War sie nicht auf dem falschen Weg, wenn sie hoffte, bei einem so strengen Mann Zuspruch zu finden?

»Meister Vollendete Leere, ich habe vor kurzem eine kleine Tochter verloren!«, rief sie unvermittelt, ehe sie in haltloses Schluchzen ausbrach.

Fassungslos sah der Meister des Dhyana das tränenüberströmte schöne Gesicht der Kaiserin von China.

Es gibt Menschen, die wir von einer solchen inneren Stärke erfüllt wähnen, dass es geradezu unwirklich erscheint, sie weinen zu sehen wie ein gequältes kleines Kind.

Und für Vollendete Leere war Wu Zhao ein solcher Mensch.

Aus dem gleichen Grund hatte auch die Hebamme des kaiserlichen Palasts, eine ebenso dicke wie unwirsche Matrone, die die Kaiserin von China wenige Tage zuvor entbunden hatte, dieser ohne besondere Rücksichtnahme verkündet: »Majestät, das Kind ist tot! Aber es war nur ein Mädchen!«, nachdem ihre erfahrenen Hände den kleinen, bereits blau verfärbten faltigen Körper aufgefangen hatten.

»Ich habe schon gespürt, dass es sich nicht mehr bewegt hat!«, hatte die Kaiserin gemurmelt, deren leichenblasses Gesicht nach den Strapazen der schweren Geburt mit winzigen Schweißtröpfchen überzogen war.

Eine ganze Prozession von Ärzten hatte daraufhin das Zimmer der Herrscherin betreten, um ihr die Pillen und Salben zu verabreichen, mit denen man gebärende Frauen behandelte.

Niemand hatte sie bedauert oder ihr auch nur den Hauch eines mitleidigen Blicks geschenkt.

Natürlich nicht.

Es war ja auch nur ein kleines Mädchen, das tot auf die Welt gekommen war.

Im Hinblick auf die kaiserliche Erblinie war der Vorfall vollkommen bedeutungslos.

Es wäre unziemlich gewesen, Mitleid mit der Kaiserin zu zeigen, vor allem wenn diese den Namen Wu Zhao trug und weithin als unerbittliche Kämpferin bekannt war, die zu allem bereit war, um ihre Ziele zu erreichen.

Und so hatte auch Gaozong, der im Übrigen vollauf damit beschäftigt war, sich mit jungen, kaum in die Pubertät gekommenen Konkubinen zu vergnügen, kein Wort des Trostes für seine Gemahlin gehabt.

Die Kaiserin litt stumm.

Den Rang, den sie nun bekleidete, verdankte sie allein ihrer Willenskraft, und sie hatte weder Mutter noch Schwester, Kusine, Zofe oder gar einen Vertrauten, abgesehen vielleicht von Stummer Krieger, dem sie den alles verzehrenden Kummer anvertrauen konnte, der sie beinahe hätte verzweifeln lassen.

»Zehn Sterne können den Mond nicht verhüllen, Eure Majestät!«, hatte Wu Zhao lediglich geseufzt, als sie ihren Gemahl einige Tage nach der Geburt zum nächsten Mal wiedersah.

Mit diesem Sprichwort, das auf das Vorrecht anspielte, welches der Sohn der offiziellen Gemahlin gegenüber den Kindern der Konkubinen genoss, hoffte sie Gaozongs Herz zu rühren.

Als Vorbereitung auf die Unterhaltung hatte sie sich in ihre schönsten Gewänder gehüllt und gewährte ihm im weiten Ausschnitt ihres Oberteils freien Blick auf ihre durch die Schwangerschaft kaum entstellten Rundungen.

Doch es war verlorene Liebesmüh gewesen.

Der Kaiser, der inzwischen deutlich jüngere Frauen bevorzugte, hatte so getan, als habe er nichts gehört.

Seit diesem schmerzlichen Ereignis fühlte sie sich einsam in ihrer Welt, sie hatte niemanden, der ihr im Leid und in den Freuden, die ihr außergewöhnliches Schicksal für sie bereithielt, zur Seite stehen konnte.

Ihr einziger Trost war die Gewissheit, dass das Licht des Erhabenen Buddha wie eine Sonne über dieser Welt leuchtete, selbst wenn das Gestirn ihr an manchen Tagen blass und fern erschien, weil es von dichten Wolken verdeckt wurde.

Und nun musste sie erkennen, dass auch Vollendete Leere ihr nicht helfen würde, die schwere Zeit, die sie durchlitt, zu überstehen.

Daher brachte sie all ihre Selbstbeherrschung auf, riss sich zusammen und trocknete ihre Tränen, um wieder zu der Frau zu werden, deren Gesicht sie sonst immer zeigte: die unerbittliche und allmächtige Herrscherin des Reichs der Tang.

»Die Kaiserin von China entschuldigt sich dafür, in eine solche Verfassung geraten zu sein. Die Bootsreise von Chang'an hierher hat sie ein wenig ermüdet, da das Wasser des Großen Kanals wegen des starken Winds recht aufgewühlt war, das ist alles!«, erklärte sie.

»Wir haben Euch das kaiserliche Gemach des Klosters reserviert. Nur Kaiser Taizong der Große hat bisher bei zwei Gelegenheiten darin genächtigt, Majestät«, antwortete Vollendete Leere im gleichen protokollarischen Ton.

Das sogenannte kaiserliche Gemach war kaum größer als eine Mönchszelle.

Es lag im ersten Stock der Hauptpagode des Klosters, sodass man von dort aus den Zeremonien beiwohnen konnte, ohne sein Bett zu verlassen.

Zwei Tage lang schöpfte Wu Zhao allmählich neue Kraft, während sie die Mönche und Nonnen beobachtete, die in langen Reihen hereinkamen, um die Lehrreden der Prediger anzuhören, ehe sie sich zum Gebet versammelten. Dazu legten sie sich von einer Wolke aus Weihrauch umhüllt vor den heiligen Statuen auf den Boden.

Genüsslich fastete sie wie die frommste Gläubige, kleidete sich in ein schlichtes grobwollenes Gewand und vereinte ihr inständiges Flehen mit dem der Leiter der Zeremonien, die den Erhabenen und seine Mittler baten, sie ins Parinirwana aufzunehmen.

Von der Welt abgeschieden, fühlte sie sich beschützt.

Fernab des Hofes ging es ihr gut.

Fast schon sehnte sie sich nach der Zeit zurück, als sie nach dem Tod von Kaiser Taizong als Nonne im Kloster von Ganye gelebt hatte.

Doch dann musste sie leider wieder Abschied nehmen von Vollendete Leere und seiner Oase des Friedens.

Gaozong hätte seiner Gemahlin nicht gestattet, noch länger aus Chang'an fortzubleiben.

Auf der Rückfahrt über den von blühenden Mandelbäumen gesäumten Kanal, dessen Bau Zehntausende Kriegsgefangene das Leben gekostet hatte, dachte sie daran zurück, was der große Meister des Dhyana zu ihr gesagt hatte, als sie ihn aufgesucht hatte, um sich von ihm zu verabschieden.

Sie wusste noch nicht, welche Schlüsse sie daraus ziehen sollte.

War es eine Art Hilferuf gewesen? Oder doch eher eine unterschwellige Drohung?

»Majestät, das Mahayana braucht Eure Unterstützung.

Kann es sich auf Euch verlassen?«, hatte der Abt in drängendem Ton gefragt.

»Mein Glaube ist ungebrochen. Ohne ihn wäre ich gar nichts!«, hatte sie mit Nachdruck versichert.

»Das Große Fahrzeug wäre ein stabiler Pfeiler eines Kaiserreichs, dessen Herrscher seinen Glauben ebenso offen bekundete, wie Ihr es tut, Majestät.«

»Ich versichere Euch, dass ich Euch die Seide für Eure Banner noch vor Ende des Mondjahres schicken werde! Ohne diese entsetzliche Knappheit hätte ich sie Euch schon längst zukommen lassen!«, hatte sie gereizt erwidert, da sie glaubte, der Abt wolle sie durch eine solche Einleitung an ihr Versprechen erinnern.

»Davon rede ich nicht, Majestät, sondern von etwas sehr viel Bedeutsamerem!«, hatte Vollendete Leere fieberhaft entgegnet.

»Wovon denn?«

»Von Euch, Majestät. Das Land braucht einen Kaiser von Eurem Format, dessen erste Amtshandlung darin bestünde, den Buddhismus zur offiziellen Religion des Reichs der Mitte zu machen.«

Im ersten Moment war Wu Zhao so überrascht gewesen, dass sie nicht einmal die Geistesgegenwart besessen hatte, zustimmend zu reagieren.

Verwirrt und ein wenig verblüfft hatte sie sich mit einer belanglosen Antwort begnügt.

Doch nun, als sie auf dem riesigen kaiserlichen Boot dahinglitt, vorangetrieben von hundert Ruderern, deren Rhythmus durch den Schlag der Trommel vorgegeben wurde, erfasste die Kaiserin die ganze Tragweite der ungeheuerlichen Botschaft des Oberhaupts des Großen Fahrzeugs.

Was, wenn er ihr damit ein ganz pragmatisches Geschäft vorgeschlagen hatte?

Die Unterstützung der Kaiserin durch die Buddhisten im Austausch gegen die Bestätigung des Großen Fahrzeugs als die offizielle Religion des Reichs der Mitte.

Ein Abkommen auf höchster Ebene!

Ein geheimer Pakt, der das Bündnis zwischen geistiger und weltlicher Macht im größten Land der Erde endgültig besiegeln würde!

Damit schien die Allianz, die Wu Zhao immer als Voraussetzung dafür betrachtet hatte, ihr großes Ziel zu verwirklichen und selbst Kaiser zu werden, zum Greifen nahe!

War das nicht der Beweis dafür, dass der Göttliche Erhabene immer noch über sie wachte und sie mit seinem Licht erleuchtete?

Und war es nicht ein Fehler gewesen, daran zu zweifeln?

Wieder einmal erkannte sie, dass ihr ärgster Feind jener schreckliche Zweifel war, der sie manchmal befiel und sie unter tausend Qualen zur Verzweiflung trieb. Er verlangte ihr größte Mühen ab, um sich immer wieder davon zu überzeugen, dass sie auf dem richtigen Weg war und auf keinen Fall davon abweichen durfte.

Der erste Schritt von Meister Vollendete Leere war die beste Ermutigung weiterzumachen.

Auch der Tod des kleinen Mädchens durfte sie nicht davon abhalten.

Mit halb geschlossenen Augen saß sie, wieder ein wenig aufgemuntert, in dem geschnitzten Sessel auf dem Achterdeck des Bootes und ließ sich von Dienern, die sich jedes Mal respektvoll verneigten, wenn sie an ihr vorbeikamen, frische Luft zufächeln.

Und während die Reispflanzungen und makellos bewirtschafteten Felder rasch an ihr vorbeizogen, stellte Wu Zhao sich vor, sie sei der Kaiser von China.

Eine Frau mit dem Titel Kaiser von China!

Die Verwirklichung ihres verrückten Traums, dieser uner-
hörten Idee, die manche für eine schockierende Laune gehalten hätten, während es sich in Wirklichkeit um einen reif-
lich durchdachten Plan handelte, schien tatsächlich möglich.
Das war der stärkste Eindruck, den sie von ihrem Besuch bei
Vollendete Leere mitnahm.

Und so hatte Wu Zhao, als sie nach Chang'an zurückkehrte, all ihre Energie und Sicherheit wiedergefunden.

Sie war wie verwandelt, deutlich weniger deprimiert und
besorgt als bei ihrer Abreise.

Und deutlich entspannter als Fünffache Gewissheit und
Umara, die sie vor der Tür des Pavillons der Lustbarkeiten
erwarteten, wohin sie gleich nach ihrer Ankunft geeilt war,
um ihnen von ihren Unterredungen mit Vollendete Leere zu
erzählen.

Die Kaiserin nahm kein Blatt vor den Mund.

»Dein früherer Abt neigt nicht gerade dazu, anderen ihre
Fehltritte zu verzeihen. Ich habe ihm nicht gesagt, dass du in
meinen Diensten stehst. Er kam von ganz alleine auf die Mission zu sprechen, mit der er dich beauftragt hat. Für ihn ist
die Vorstellung, dass du dich verliebt haben könntest, vollkommen abwegig. Als ich diese Möglichkeit erwähnte, hat er
sie sofort zurückgewiesen!«

»Ich habe es gewusst!«, stöhnte Umara. »Kirchenführer
kennen ihren engsten Mitarbeitern gegenüber meist keine
Gnade! Da brauche ich nur an meinen Vater und Diakonos
zu denken.«

»Buddhisten sind von Mitgefühl beseelt und predigen Gewaltlosigkeit. Warum sollte mir Vollendete Leere das ver-
weigern, wo ich doch nichts Böses getan und auch meinen
Glauben nicht verraten habe?«, protestierte der unglückliche
Mönch.

»Gib die Hoffnung nicht auf, wir werden schon einen Weg

finden, deinen früheren Abt milde zu stimmen«, sagte Wu Zhao leise, um ihren Schützling zu trösten.

»Ich wüsste nicht, welchen! Er ist so unnachgiebig. In Luoyang wagen es die Novizen nicht einmal, ihm ins Gesicht zu sehen, weil sie solche Angst vor ihm haben«, brummte er entmutigt.

»Es könnte sein, dass er mir bald so sehr zu Dank verpflichtet sein wird, dass er mir einen solchen Gefallen kaum abschlagen könnte!«, entgegnete die Kaiserin von China geheimnisvoll.

»Das bezweifle ich!«, seufzte Umaras Geliebter.

»Ihre Majestät weiß schon, was sie sagt!«, widersprach diese und sah Fünffache Gewissheit strafend an.

Die junge Nestorianerin befürchtete, er könne Wu Zhao beleidigt haben, indem er ihre Worte in Frage stellte.

»Ich habe ihm versprochen, ihm Seide für seine Kultbanner zu beschaffen. Es ist üblich, die Malereien darauf jedes Jahr zu erneuern, aber daran wird Vollendete Leere im Augenblick durch den herrschenden Seidenmangel gehindert.«

»Warum gibt es denn überhaupt so wenig Seide?«, wollte Umara wissen.

»In den westlichen Reichen steigt die Nachfrage unaufhörlich. Und der Seidenspinner ist ein kleines, empfindliches Tier. Häufig trocknen die Raupen aus und sterben, bevor sie den Faden für ihren Kokon absondern können!«

»Und diese Krankheit ist nicht heilbar?«, fragte die junge Nestorianerin.

»Manche Buddhisten behaupten, dadurch zeige der Schmetterling den Menschen, dass er es missbilligt, wie seine Larve geopfert wird, wenn man den Kokon in heißem Wasser abbrüht«, antwortete die Kaiserin.

»Daran habe ich noch nie gedacht! Aber das Schicksal der

Seelen, die in einer Seidenraupe wiedergeboren werden, ist tatsächlich nicht gerade beneidenswert«, murmelte Fünffache Gewissheit nachdenklich.

Es war das erste Mal, dass er von der Theorie hörte.

»Schon seit Monaten bemüht sich die Seidenbehörde, der abscheulichen Epidemien Herr zu werden, aber ohne den geringsten Erfolg. Die wenigen Ballen Seide, die den Tempel des Unendlichen Fadens verlassen, werden ins zentrale Lager gebracht, wo die strategischen Reserven des Reichs gehortet werden. Sie sind die Notration, wenn zum Beispiel das Geld nicht ausreicht, um in Kriegszeiten den Sold der Offiziere zu zahlen. Und alle anderen kaiserlichen Manufakturen haben aus Mangel an Rohmaterial die Arbeit eingestellt!«, fügte Wu Zhao mit leiser Verärgerung hinzu.

»Gibt es denn keine Möglichkeit, Seide aus den Reserven des Zentrallagers zu holen?«, fragte die junge Nestorianerin unschuldig.

»Der Schlüssel zu dem Lager, das Tag und Nacht von dreihundert Mann bewacht wird, verbleibt in den Händen des Kaisers. Gaozong trägt ihn in einer Innentasche seines Gürtels immer bei sich. Und ich bin nur die Kaiserin von China, nicht der Kaiser«, seufzte sie.

»Vielleicht werdet Ihr es ja eines Tages noch, Majestät!«, rief Umara daraufhin.

»Wie kommst du denn darauf?«, entgegnete die Kaiserin belustigt, während nun Fünffache Gewissheit seine Geliebte mit einem tadelnden Blick bedachte.

»In Dunhuang behaupteten alle, dass Ihr die eigentliche Lenkerin des Reichs der Mitte wärt, Eure Majestät.«

»Man sollte sich in Acht nehmen vor dem, was die Leute sagen!«

»Mir als Frau würde die Vorstellung gefallen«, fuhr die junge Nestorianerin lächelnd fort.

»Mit solcher Unterstützung wie der deinen, wer weiß!«, murmelte die Kaiserin nur halb im Scherz.

Die Spontaneität des jungen Mädchens, das so freimütig von der Leber weg redete, hatte ihr Herz erweicht.

»Aber bis dahin bin ich, jedenfalls wenn sich die Lage nicht ändert, nicht imstande, mein Versprechen zu halten! Es besteht die Gefahr, dass Vollendete Leere mir das noch lange übel nehmen wird!«, fügte Wu Zhao hinzu.

»Und mir niemals verzeiht!«, bemerkte Fünffache Gewissheit, den die Aussicht nicht über Gebühr zu bekümmern schien, ehe er fortfuhr: »Dann gibt es in Chang'an also nicht einmal mehr geschmuggelte Seide?«

»Nicht einen einzigen Zoll, leider!«

»Der gesamte Handel mit illegaler Seide ist zum Erliegen gekommen?«, erkundigte sich die junge Nestorianerin.

»Letzten Monat habe ich die Ermittlungen einstellen lassen. Aus dem einfachen Grund, weil nicht mehr die geringste Schmuggelware in Umlauf ist! Auf dem Schwarzmarkt gibt es mittlerweile genauso wenig Seide wie im offiziellen Handel!«, erwiderte Wu Zhao gereizt.

Umara und Fünffache Gewissheit erlebten einen der typischen plötzlichen Stimmungsumschwünge von Kaiserin Wu Zhao. Ihr Verhalten verwirrte ihre Gegenüber stets, da sie niemals im Voraus wussten, wie sie auf diese oder jene ihrer Bemerkungen reagieren würde.

Im Augenblick wirkte sie zutiefst besorgt und schien jede Gelassenheit verloren zu haben, als wären die positiven Auswirkungen ihres Aufenthalts in Luoyang mit einem Schlag verflogen.

Händeringend ging sie auf und ab, als wäre sie die unglücklichste aller Frauen. Lapika drängte sich an ihre Beine und leckte den Saum ihres prächtigen, mit Gold und Silber bestickten seidenen Kleides.

»Wir müssen ihr helfen! Sieh nur, wie verzweifelt sie ist! Sie tut mir so leid«, wisperte Umara, zu Tränen gerührt, ihrem Geliebten ins Ohr.

Er zögerte noch.

Sollte er, um die Kaiserin zu trösten, das Geheimnis des Seidenschmuggels lüften und ihr von Speer des Lichts und der manichäischen Seide erzählen?

Er sah Umara an und las in ihren Augen die Aufforderung, Wu Zhao zu verraten, was er wusste.

»Es gäbe da vielleicht eine Möglichkeit, Majestät«, setzte der Gehilfe von Vollendete Leere schließlich an, nachdem er eine Weile nachgedacht hatte.

»Welche denn?«, entgegnete die Kaiserin, die nur noch ein Schatten ihrer selbst war, matt.

»Auf dem Weg nach Chang'an sind wir in der Nähe der Großen Mauer einem sehr sympathischen jungen Paar begegnet. Sie war Chinesin und hieß Jademond, und er war Kuchaner und hörte auf den Namen Speer des Lichts.«

»Jademond, das ist ja ein hübscher Name, und dazu noch so selten!«, entgegnete sie.

»Die beiden sind ein reizendes Paar. Dieser Speer des Lichts hat uns erklärt, dass er ein Fachmann auf dem Gebiet der Seidenraupenzucht ist. Von manichäischem Glauben, war er auf dem Heimweg nach Turfan, um dort die Seidenproduktion der Kirche des Lichts wieder in Gang zu bringen! Und Jademond hat vorher in der kaiserlichen Manufaktur vom Tempel des Unendlichen Fadens gearbeitet«, erklärte Fünffache Gewissheit.

»Ich wüsste nicht, wie er mir helfen könnte! Turfan liegt doch am anderen Ende der Welt! Und falls durch Zufall bekannt werden sollte, dass die Kaiserin von China Fremde zu Hilfe ruft, um jenen Seidenschmuggel zu organisieren, den die kaiserlichen Behörden verboten haben, wäre das doch ein wenig unpassend, findest du nicht?«, murrte sie bitter.

Trotzdem erkannte sie, dass das hübsche Paar ihr gegenüber vollkommen aufrichtig war, da die beiden ihr ohne jeden Zwang offenbarten, was Grüne Nadel ihr bereits verraten hatte.

»Wenn Ihr es wünscht, könnten wir Euch als Vermittler dienen, Majestät. Das würde es Euch erlauben, Euch vollkommen aus der Angelegenheit herauszuhalten!«, schlug Umara vor. Sie war nicht im Mindesten aus der Fassung gebracht.

Die Kaiserin musterte sie mit einem seltsamen Ausdruck. Als sähe sie den Mönch und die Nestorianerin, die aus Liebe bereit gewesen waren, sich über alle Verbote hinwegzusetzen, und sich weigerten, den vorgezeichneten Weg weiterzugehen, ohne sich auch nur im Geringsten um die Risiken zu kümmern, plötzlich in einem anderen Licht.

Hatte sie nicht ganz genauso gehandelt?

Die Kaiserin von China, der die Adligen des Hofes vorwarfen, sie könne nichts als Angst und Schrecken verbreiten und liebe niemanden außer sich selbst, fühlte sich dem jungen Paar, das sie unter ihrem Dach aufgenommen hatte, seltsam nahe.

Als sie Fünffache Gewissheit mit seinem athletischen Körper und dem gewinnenden Lächeln betrachtete, kam ihr sogar der Gedanke, dass sie nicht gezögert hätte, ihn zu verführen, wenn er nicht bereits Umara gehören würde.

»Ich bin ganz Umaras Meinung, Majestät. Wenn Ihr wollt, können wir Euch einige Ballen der manichäischen Seide besorgen. Wir brauchen dazu lediglich nach Turfan zu reisen und uns mit dem jungen Kuchaner zu einigen, der sich dort um alles kümmert. Ich bin mir sicher, dass es ihm gelingen wird, den Vollkommenen Lehrer der Kirche des Lichts zu überzeugen, wenn Ihr ihm im Gegenzug Euren, notfalls auch heimlichen, Schutz zusichert. Seinen Worten zufolge versucht Hort der Seelenruhe mit allen Mitteln, seine Kirche in der Hauptstadt des Reichs der Mitte anzusiedeln! Im Austausch gegen Eure Unterstützung würde er einem solchen Geschäft ganz bestimmt zustimmen«, fügte der junge Mönch des Mahayana enthusiastisch hinzu.

»Seit Jahren schon bereitet die Kanzlei der Inneren und Religiösen Angelegenheiten Maßnahmen vor, um die Einschränkungen zu lockern, denen der manichäische Kult in Zentralchina unterliegt. Aber bislang ist es den Konfuzianern immer gelungen, die Verkündung des Erlasses zu verhindern«, murmelte Wu Zhao nachdenklich.

»Wenn Ihr dem Großen Vollkommenen von Turfan versichern könntet, dass Ihr all Euren Einfluss geltend machen würdet, um dafür zu sorgen, dass dieses Dokument veröffentlicht wird, würde er die Gelegenheit sicher mit beiden Händen ergreifen!«, rief Fünffache Gewissheit.

»Aber wie kann dieser Hort der Seelenruhe in eine solche Abmachung einwilligen, wenn er mich nicht einmal kennt! Welchen Grund hätte ein Oberhaupt der manichäischen Kirche, der Kaiserin von China zu vertrauen?«

»Euer Ruf reicht weit über die Große Mauer hinaus, Majestät«, erklärte der ehemalige Gehilfe von Vollendete Leere.

»Solche Verhandlungen können nicht aus der Ferne geführt werden! Ich lebe vollkommen zurückgezogen in meinem Palast. Wer soll mit Speer des Lichts und seinem Hort der Seelenruhe die Bedingungen unseres Abkommens aushandeln? Wer wird alles organisieren? Und wie soll die fertige Ware nach Chang'an gebracht werden?«, fragte die Kaiserin skeptisch.

»Ich denke, unser Freund, der tibetische Mönch, wäre bereit, sich unverzüglich auf den Weg nach Turfan zu machen, um das Unternehmen zu einem guten Abschluss zu bringen!«, entgegnete Fünffache Gewissheit, ehe er sich zum *mani-pa* umdrehte und ihm erklärte, was sie gerade besprochen hatten.

»Ich habe geschworen, dich und die Himmlischen Zwillinge nach Luoyang zu begleiten. Ich möchte nicht, dass der Erhabene meine Abreise nach Turfan missversteht und glaubt, ich wolle euch abtrünnig werden«, murmelte dieser unangenehm berührt.

»Du würdest uns damit einen unschätzbaren Dienst erweisen. Unsere Rückkehr nach Luoyang wird sich dadurch nur ein wenig verzögern, denn ich werde abwarten, bis du wieder da bist, ehe wir weiterreisen!«, sagte Fünffache Gewissheit, der sich angesichts der starren Haltung von Vollendete Leere ohnehin nicht vorstellen konnte, Ihm bereits jetzt wieder unter die Augen zu treten.

Da erstrahlte ein breites Lächeln auf dem Gesicht des Wandermönchs.

»Wann soll ich aufbrechen? *Om!*«, rief er aufgekratzt und schlug gleichzeitig einen Salto rückwärts.

»Wenn ich recht verstehe, ist der *ma-ni-pa* also einverstanden, der Kirche des Lichts von Turfan mein Angebot zu überbringen?«, bemerkte Wu Zhao, verblüfft von seiner akrobatischen Darbietung.

»Das ist er, Eure Majestät!«, bestätigte Umaras Geliebter.

»Majestät, Ihr habt mein Wort! *Om! Mani padme hum!*«

»Der *ma-ni-pa* wird gleich morgen nach Turfan aufbrechen, und ich verspreche Euch, Majestät, dass Ihr in weniger als sechs Monaten Meister Vollendete Leere einen ersten Ballen Seide für seine bemalten Banner schenken könnt!«, verkündete Fünffache Gewissheit.

»Ich habe vollstes Vertrauen zu Speer des Lichts. Ich bin mir sicher, dass es ihm gelingen wird, den Vollkommenen

Hort der Seelenruhe davon zu überzeugen, dass Euer Vorschlag auch für ihn von großem Interesse ist, Majestät«, fügte die junge Nestorianerin begeistert hinzu.

Ihr Gesicht strahlte vor Freude, als die Kaiserin sie zum Abschied zärtlich auf die Stirn küsste, bevor sie wieder in ihre Gemächer zurückkehrte.

Als sie an diesem Abend im Bett lagen, beschloss Umara, getrieben von einer Woge der Aufrichtigkeit und vor allem von dem schlechten Gewissen, das sie seit Wochen quälte, dass es höchste Zeit war, ihrem Geliebten endlich das schreckliche Geheimnis zu verraten, von dem sie ihm bisher immer noch nichts erzählt hatte.

Und so wies sie seine Annäherungsversuche sanft zurück und brachte ihn dazu, sich ihr gegenüberzusetzen.

»Ich muss dir von einem entsetzlichen Vorfall erzählen, den ich beobachtet habe, mein Geliebter«, sagte sie leise und erschauerte.

Die Furcht und das Entsetzen im Blick der jungen Frau sprachen Bände über die unauslöschlichen Spuren, die das Geschehene in ihrem Geist hinterlassen hatte.

Sie brauchte nur die Augen zu schließen, um sich erneut in der halb verfallenen Pagode wiederzufinden, wo Verrückte Wolke gerade Buddhabadra niedermetzelte. Die Bilder vom Leichnam des Gemarterten, dem seine Gedärme aus dem Leib quollen, kamen wieder hoch, so klar und deutlich wie am ersten Tag.

»Du bist ja völlig aufgewühlt. Rede! Sag mir, was passiert ist!«, rief Fünffache Gewissheit und nahm sie fest in die Arme.

»Ich habe gesehen, wie ein Mann einem anderen den Bauch aufgeschlitzt hat. Direkt vor meinen Augen. Es war so schrecklich«, stieß sie hervor und brach in Tränen aus.

»Wann hast du das gesehen, meine Liebste? Wo?«

»In einer verlassenen Pagode, kurz bevor wir uns zum ersten Mal auf der Seidenstraße begegnet sind. Und der Geist des Mannes, der so blutrünstig über sein Opfer hergefallen ist und seinen Bauch geöffnet hat, als wäre es der Deckel einer Reisetruhe, verfolgt mich nachts immer noch wie ein Albtraum!«

Im tränenüberströmten Gesicht der jungen Nestorianerin spiegelten sich die Qualen wider, die es ihr bereitet hatte, ein so schreckliches Geheimnis für sich zu behalten.

Zurückhaltend und jedes ihrer Worte sorgsam wählend, schilderte sie ihrem bestürzten Gefährten die abscheuliche Szene, deren Zeugin sie durch Zufall geworden war.

»Du hast gut daran getan, mir davon zu erzählen. Jetzt, wo du es endlich losgeworden bist, musst du den grauenhaften Vorfall aus deinen Gedanken vertreiben, Umara! Ich bin sicher, dass die Erinnerung daran nach und nach verblassen wird. Ich werde dir dabei helfen. Solche widerwärtigen Dinge sind dazu da, vergessen zu werden!«, sagte er, um sie zu trösten.

»Es ist schwer zu vergessen, wenn man im Nachhinein erfährt, wer der Mörder und sein Opfer waren!«

»Kennst du etwa die Namen der beiden Männer?«

»Ja, leider. Ich kenne den Namen des Opfers. Es war Buddhabadra, der Abt von Dolch der ewigen Wahrheit.«

»Und du hast ihm nichts davon gesagt?«, rief Fünffache Gewissheit betroffen.

»Wenn du wüsstest, wie sehr ich das bereue! Ich war so durcheinander, als ich hörte, wie er diesen Namen bei unserem Aufbruch aus der Seidenmanufaktur zum ersten Mal nannte. Ich habe ja versucht, ihm alles zu sagen, aber aus meinem Mund kam kein einziger Laut!«, stöhnte sie und rang verzweifelt die Hände.

»Ich verstehe schon, die Last war einfach zu schwer! Du

hattest das Geschehene so tief in deinem Inneren vergraben, dass du es unmöglich so unvorbereitet wieder an die Oberfläche lassen konntest!«, flüsterte Fünffache Gewissheit erschüttert.

»Wenn du wüsstest, wie sehr ich meine Angst verflucht habe. Mein Verhalten war vollkommen unlogisch und unwürdig, Fünffache Gewissheit!«

»Hör auf zu weinen, meine Liebste. Es gab gute Gründe dafür, dass du nicht den Mut dazu aufgebracht hast!«

»Aber wenn ich an den armen Dolch der ewigen Wahrheit denke, der noch immer nach Buddhabadra sucht, ohne zu ahnen, dass er tot ist, wird mir das Herz so schwer! Wenn du wüsstest, wie gerne ich ein Vogel wäre, um zu ihm zu fliegen und ihm alles zu sagen!«, gestand sie mit vom Weinen geschwollenen Augen.

»Wenn er lange genug vergeblich nach ihm gesucht hat, wird er irgendwann schon selbst erkennen, dass sein Meister nicht mehr von dieser Welt ist, und nach Peshawar zurückkehren. Und wenn du eines Tages die Gelegenheit haben solltest, ihm dein Verhalten zu erklären, wird er dich sicher verstehen und dir keine allzu großen Vorwürfe machen!«, erklärte Fünffache Gewissheit, um sie zu trösten, ehe er hinzufügte: »Wenn du den Namen des Opfers kennst, dann ist dir doch bestimmt auch der seines Mörders nicht entgangen!«

Umara begann zu zittern.

Den abscheulichen Schuldigen zu benennen erforderte geradezu übermenschliche Kraft, so sehr hasste sie ihn und hatte sich bemüht, sein Bild aus ihrer Erinnerung auszulöschen.

Trotzdem musste sie es schaffen, den Namen dieses finsteren, mörderischen Wahnsinnigen auszusprechen, den der *ma-ni-pa* in ihrer Gegenwart so oft erwähnt hatte.

»Verrückte Wolke!«, stieß sie schließlich mit rauer Stimme

hervor. »Ich hoffe, dass wir nie wieder etwas von diesem Mann hören werden, falls man ihn überhaupt als ein menschliches Wesen bezeichnen kann.«

»Du hast vor allem Glück gehabt, dass du unversehrt geblieben bist, meine Liebste. Mir läuft es ja noch im Nachhinein eiskalt den Rücken hinunter, wenn ich daran denke!«

»Zum Glück haben weder Buddhabadra noch Verrückte Wolke bemerkt, dass ich dort in der Falle saß. Nach dem Mord an seinem Gefährten verfiel Verrückte Wolke in eine Art Lethargie, sodass ich fliehen konnte und dabei ...«

Sie verstummte.

»Und dabei was, Umara? Gibt es noch etwas, das du mir erzählen möchtest?«, fragte Fünffache Gewissheit, den der unvollendete Satz seiner Geliebten neugierig gemacht hatte.

»Nein, mein Liebster, nichts außer diesem Mord! Verzeih mir, dass ich so durcheinander bin! Über die schreckliche Sache zu reden belastet mich so, dass ich nicht mehr ganz ich selbst bin«, stammelte sie.

»Umara, du kannst mir alles sagen! Zwischen uns soll es auch nicht das kleinste Geheimnis geben!«

»Ich glaube, ich habe dir alles erzählt«, flüsterte sie, erschöpft von der Anstrengung, die ihr Geständnis sie gekostet hatte.

Er stand vom Bett auf und kam mit dem länglichen Etui zurück, das der Grund für seine Reise nach Tibet gewesen war.

»Dann ist es jetzt an mir, dir ein letztes Geheimnis zu verraten, meine Geliebte. Sieh dir das Kästchen an, Umara, und öffne es! Ich hatte Meister Vollendete Leere geschworen, niemandem etwas davon zu erzählen. Aber wie könnte ich dir die gleiche Aufrichtigkeit und Offenheit versagen, die du mir gegenüber bewiesen hast?«

Die schlanken Hände der jungen Christin zitterten wie die

Blätter eines Baumes, als sie das Etui des *Sutra über die Logik der Vollkommenen Leerheit* öffnete.

Sie nahm die kostbare Schriftrolle heraus, und nachdem sie sie so behutsam wie möglich aus ihrem Seidentaftfutteral gezogen hatte, rollte sie sie vorsichtig auf dem Bett auf. Der Titel der Schrift, jene subtile Verbindung aus Poesie und Esoterik, stand in Kanzleischrift inmitten der Widmungen, der Siegel und der diversen Anmerkungen, die die berühmtesten Exegeten dort zurückgelassen hatten, die Gelegenheit gehabt hatten, sie zu studieren. Wie so oft hatten die namhaftesten Leser des Sutra dort ihre Widmung niedergeschrieben, sodass man schon recht bewandert in der Kunst des Entzifferns sein musste, um inmitten all der Schriften diejenige des Mönchs wiederzufinden, der das gesamte Manuskript kalligraphiert hatte.

»Der Titel der Lehrrede ist in größeren Schriftzeichen geschrieben als die Widmungen. Wenn meine kleine Nestorianerin ihn findet, bekommt sie zur Belohnung einen dicken Kuss von ihrem buddhistischen Geliebten!«, versprach Fünffache Gewissheit fröhlich, um sie aus der traurigen Stimmung herauszulocken, in die sie die Schilderung des grausigen Mords an Buddhabadra gestürzt hatte.

Dank ihrer gründlichen Kenntnisse des Chinesischen und ihrer scharfen Beobachtungsgabe gelang es Umara mühelos, den Titel zu entziffern.

»*Über die Logik der Vollkommenen Leerheit*, verfasst vom Ehrwürdigen Meister des Dhyana Vollendete Leere«, las sie laut.

»Bravo! Hier am Anfang stehen so viele Inschriften und Formeln, dass man schon fließend Chinesisch lesen können muss, um inmitten des ganzen Durcheinanders den Namen des Verfassers zu entdecken!«, lobte ihr Geliebter.

»Da steht sogar etwas, das aussieht wie Tibetisch!«, rief sie überrascht und zeigte Fünffache Gewissheit einige Zeilen.

»In dieser Sprache hat mein Vater mich leider nie unterrichten lassen!«

»*Über die Logik der Vollkommenen Leerheit*, verfasst vom Ehrwürdigen Meister des Dhyana Vollendete Leere«, wiederholte Fünffache Gewissheit, »das ist das philosophische Kompendium, dem mein früherer Meister zehn Jahre seines Lebens gewidmet hat. Es ist das Ergebnis fast eines gesamten der Meditation und dem Studium der heiligen Sutras geweihten Lebens. Mit diesem Text verfolgt mein Abt kein geringeres Ziel, als das *Sutra vom Lotos der wahren Lehre* zu ersetzen.«

Das *Sutra vom Lotos der wahren Lehre*, das es allen Lebewesen ermöglichte, das höchste Stadium eines vollendeten Buddha zu erreichen, war das älteste, berühmteste und ehrwürdigste religiöse Handbuch des Mahayana. Schon die jüngsten Novizen waren verpflichtet, seine Tausende von Versen auswendig zu lernen.

»Was für ein ehrgeiziges Ziel von Vollendete Leere, mit seinem Werk die gleiche Bedeutung erreichen zu wollen wie das Lotos-Sutra!«, murmelte Umara, die wusste, welch grundlegende Stellung diese Lehrrede in der buddhistischen Literatur des Großen Fahrzeugs einnahm.

»Vollendete Leere hatte dieses Exemplar zur Aufbewahrung in Samye gelassen, dem ältesten Kloster im Reich Bod.«

»Was ist denn bloß in ihn gefahren, dass er dich wegen einer simplen Abschrift seiner Lehrrede auf eine so gefährliche Reise schickt?«, fragte sie ungläubig.

»Er hat mir erklärt, dass man die Abschriften des Originalmanuskripts an den Fingern einer Hand abzählen könne und er deswegen das Buch unbedingt wieder zurückbekommen müsse!«

»Also befindet sich das Original des *Sutra über die Logik der Vollkommenen Leerheit* nicht in seinem Besitz?«

»Nein! Vollendete Leere hat es sicher unterbringen lassen. Seinen Worten zufolge soll es in einer Bücherhöhle versteckt sein, die in einen Steilhang in der Nähe von Dunhuang gegraben wurde!«

Der jungen Nestorianerin entfuhr ein überraschter Aufschrei.

»Fünffache Gewissheit, ich glaube, ich weiß, wo sich das Originalmanuskript befindet! Ich bin mir inzwischen sogar sicher, es selbst in Händen gehalten zu haben, genau wie jetzt diese Abschrift!«, rief sie.

Ihre schönen verschiedenfarbigen Augen funkelten.

»Das Bücherversteck vom Kloster des Heils und des Mitgefühls liegt in einer verborgenen Höhle in der Wand des Steilhangs, auf dessen Vorsprung wir uns damals begegnet sind«, fügte sie hastig hinzu.

»Warst du deshalb dort oben?«

»Staubnebel und ich haben die Höhle zufällig bei einem unserer Ausflüge entdeckt. Die Wand klang hohl an der Stelle. Nachdem es uns gelungen ist, ohne Mühe ein Loch in den künstlichen Fels zu schlagen, fanden wir dahinter ein Versteck, das von kostbaren Büchern geradezu überquoll.«

»Was für ein Zufall, das ist ja kaum zu glauben!«

»Dieser Ort war unser liebstes Ausflugsziel. Wir sind immer wieder heimlich dorthin zurückgekehrt wie zwei Verschwörer, begeistert von dem sagenhaften Schatz, den wir entdeckt zu haben glaubten. Und so, mein liebster Fünffache Gewissheit, kam es, dass wir uns an jenem bewussten Tag – diesem wundervollen Glückstag – plötzlich gegenüberstanden!«

»Und einander in die Arme fielen!«, ergänzte er, ehe er seine Lippen fest auf den Mund seiner jungen Geliebten presste, von der er gar nicht genug bekommen konnte.

9

Quellgebiet des Yangtse, China

Eine dichte Säule aus weißlichem Rauch hatte Verrückte Wolke zu der baufälligen kleinen Behausung gelockt. Er wollte dort anklopfen und die Bewohner bitten, ihm für diese Nacht Obdach zu gewähren.

Er war so hungrig, dass er das Gefühl hatte, sein Magen schwebe von seinem Körper losgelöst auf einer Wolke.

Und wo es Rauch gab, wurde doch sicherlich auch Essen gekocht.

Enttäuscht stellte er fest, dass der Rauch von einem einfachen Feuer aufstieg, das von einem alten Mann bewacht wurde. Er nutzte das trockene Wetter, um vor einer Scheune, in der das Heu für den Winter gelagert wurde, Unkraut und Dorngestrüpp zu verbrennen.

Der Bauer war so sehr in sein Tun versunken, dass er Verrückte Wolke gar nicht bemerkte.

Da glaubte der Tantriker plötzlich ein Trompeten zu hören.

Es drang hinter dem Haus hervor, das ein paar Schritte entfernt am Rand eines Hirsefelds lag.

Hinter der Mauer aus wacklig zusammengefügten Steinen hatte sich Verrückte Wolke erst einmal gekniffen, um sich zu vergewissern, dass er nicht träumte, nachdem er um die Ecke gelugt hatte.

Im Hof des kleinen, unscheinbaren Bauernhauses wiegte ein riesiger Elefant den Kopf hin und her, während ein kleiner Junge seine Stoßzähne polierte.

Wie ein gigantischer Strohschober überragte der gewaltige Dickhäuter die Mauern und nahm die kleine Fläche, auf der sonst sicher Weizen und Hirse gedroschen wurden, fast völlig ein.

Als er genauer hinsah, bemerkte er trotz des Schlamms und des Staubs, die wie eine Kruste auf der Haut des Tiers lagen, dass es sich um einen weißen Elefanten handelte!

Was für ein unglaublicher Anblick auf diesen halbwüstenartigen Hochebenen im Süden Chinas und den Grenzlanden Tibets, wo die einzig bekannten Haustiere Rinder, Schafe, Ziegen und Yaks waren, die die Hirten im Sommer von einer Weide auf die nächste führten, ehe sie sie wieder zurück in den Stall brachten, wenn Winter und Schnee nahten.

Hier unvermittelt einem jener heiligen Elefanten gegenüberzustehen, wie man ihnen nur in Indien begegnete, und auch dort ausschließlich in den berühmtesten Klöstern, kam Verrückte Wolke so unwirklich, ja absurd vor, dass er sich im gleichen Moment fragte, ob er nicht wieder einmal Opfer seiner Halluzinationen wurde.

Er kniff sich, rieb sich die Augen und klopfte sich auf die Wangen.

Aber nein, er träumte nicht.

Es gab keinen Zweifel: Das Tier, das sich dort rüsselschwenkend hin- und herwiegte, war tatsächlich ein heiliger weißer Elefant, der – warum auch nicht? – vom Himmel in diesen Hinterhof einer kleinen chinesisch-tibetischen Bauernhütte gefallen war, den Verrückte Wolke nun auf Zehenspitzen betrat.

Vor den Elefanten hatten die Bauersleute einen runden Futtertrog gestellt, der mit einer appetitlichen Mischung aus klein gewürfelten Knollen und Früchten gefüllt war.

Der hungrige Verrückte Wolke hätte sich nur zu gerne daran bedient.

In der Zwischenzeit war der kleine Junge verschwunden, und der Dickhäuter und Verrückte Wolke waren nun alleine.

Der Tantriker beschloss, dass der rechte Moment gekommen war, um seinen Hunger zu stillen.

Das Tier wirkte sanftmütig.

Während Verrückte Wolke ihm den Rüsselansatz kraulte, um sich unauffällig dem Futtertrog nähern zu können, beobachtete ihn das gewaltige Tier beinahe belustigt aus kleinen neugierigen Augen.

Da blitzte in seinem von übermäßigem Drogengenuss gepeinigten Geist plötzlich die Erkenntnis auf.

Es war doch offensichtlich!

Bei dem Tier konnte es sich nur um den weißen Elefanten von Buddhabadra handeln!

Verrückte Wolke erinnerte sich jetzt wieder daran, wie Buddhabadra ihm in der halb verfallenen Pagode in der Nähe von Dunhuang von dem weißen Elefanten erzählt hatte. Er musste ihn während eines Schneesturms in der Nähe von Samye zurücklassen, weil das Tier vor lauter Schrunden an den Füßen nicht mehr laufen konnte. Auch die seltsame Weissagung des Abtes aus Peshawar kam ihm wieder in den Sinn, der ihm verheißen hatte, dass er dem Tier womöglich eines Tages begegnen würde.

Buddhabadra hatte tatsächlich recht gehabt!

Wieso war er nicht schon eher darauf gekommen?

Das hier war alles andere als ein zufälliges Zusammentreffen.

Für Verrückte Wolke entsprang ohnehin nie etwas dem Zufall, da alles grundsätzlich seinen Ursprung im Tantra hatte!

Während er sich an dem klein geschnittenen Obst und Gemüse gütlich tat, listete er im Geiste die ganzen Vorteile auf, die der Besitz eines solchen Tieres für ihn mit sich bringen würde.

Welch ungeheures Kapital!

Mit einem so außergewöhnlichen weißen Elefanten brauchte er nicht länger seine Hautritzungen oder seine Fähigkeit, Schmerzen zu ertragen, zur Schau zu stellen, um die Menschenmengen entlang der Straßen und auf den Märkten zu beeindrucken. Der Elefant würde allein durch seine Anwesenheit die übernatürlichen Kräfte bestätigen, deren sich sein Besitzer rühmte. Er würde die künftigen Anhänger des Tantrismus bloß noch auffordern müssen, ihm zu folgen, und schon würden sie ihm, verblüfft und von glühendem Eifer erfüllt, gehorchen.

Und da ein Wunder niemals allein geschah, begann er zu hoffen, dass dieses Tier ihn eines Tages auch zu jener kleinen herzförmigen Schatulle mit den kostbaren Symbolen des Kleinen Fahrzeugs und des tibetischen Lamaismus führen würde, die er für alle Zeiten verloren zu haben glaubte.

Seit Monaten wanderte er nun schon ziellos umher und spürte, wie die Mutlosigkeit mit jedem Tag ein wenig mehr von ihm Besitz ergriff und sein Traum, die drei Strömungen des Buddhismus zu vereinen, zerrann.

Mit dem heiligen Elefanten des Klosters vom Einen Dharma bekam seine ruhelose Wanderung schließlich doch noch einen Sinn!

Es war nicht seine Art, ein solches Geschenk des Himmels ungenutzt zu lassen.

Gerade als er noch einen Schritt näher auf den Dickhäuter zugehen wollte, um nachzuschauen, ob der Knoten des Seils, mit dem er festgebunden war, sich leicht lösen lassen würde, kam der struppige, schmutzige kleine Junge wieder aus der Bauernhütte.

Rasch eilte Verrückte Wolke hinter den Elefanten, um sich zu verstecken.

Das Kind schüttete einen ganzen Eimer Wasser in den Futtertrog, wodurch die Mischung aus Gemüse und Früchten darin aufschwamm. Erschreckt wich das Tier einen Schritt zur Seite.

Als der Junge Verrückte Wolke bemerkte, rannte er verängstigt zurück in das kleine Bauernhaus. Kurz darauf kam ein Bauer heraus und stürzte sich mit einer Machete auf den Eindringling.

»Ich Freund! Ich Freund! Ich gut! Ich Freund von Elefant!«, stammelte dieser in holprigem Chinesisch, während er den Störenfried innerlich verfluchte.

»Komm nicht hier herein! Geh weiter! Du hast neben dem Elefanten nichts zu suchen!«, erwiderte der Bauer drohend.

»Er hat sein Essen gestohlen!«, rief der kleine Junge empört.

»Ich hatte Hunger. Ich habe drei Stück Obst und zwei Stück Gemüse gegessen!«

Der Mann war groß.

Mit erhobenem Arm kam er auf Verrückte Wolke zu, gefolgt von einer Matrone mit einer langen Heugabel in der Hand.

Der Tantriker verstand, dass er nicht willkommen war und ihm nichts anderes übrig blieb, als sich zurückzuziehen und hastig den Hof des kleinen Bauernhäuschens zu verlassen, woraufhin der Bauer hinter ihm das Tor zuschlug.

Verrückte Wolke nahm die Beine unter den Arm und flüchtete hinter einen kleinen Erdhügel, der sich am anderen Ufer eines Bachs erhob. Nachdem er eine seiner Pillen geschluckt hatte, um sich zu beruhigen, beobachtete er von dort aus zornig und verbittert, wie das heilige Tier friedlich dieses wahre Festmahl verspeiste, von dem er selbst kaum etwas abbekommen hatte.

Er war so niedergeschlagen und mutlos, dass er nicht die

Kraft aufbrachte, nach dieser Enttäuschung einfach weiter seines Weges zu gehen. Er verspürte das ausgesprochen unangenehme Gefühl, an seinem Glück vorbeigelaufen zu sein, als hätte er es verpasst, die Gunst der Stunde zu nutzen.

Als er zusammengekauert an den Stamm eines verkümmerten Baums gelehnt saß, spürte er trotz des Hungers, der ihn immer noch quälte, wie sich Benommenheit in seinem Körper ausbreitete.

Das geschah häufiger, nachdem er den ganzen Tag über seine Pillen geschluckt hatte: Irgendwann musste er ein kleines Nickerchen machen, und danach fühlte er sich wieder besser.

Er schlief nicht sehr lange, denn schon bald weckten ihn gellende Schreie, die von dem kleinen Bauernhaus herüberdrangen, wieder auf.

Als er ein Auge öffnete, sah er, dass die Scheune, in der das Heu gelagert wurde, brannte.

Vor den lodernden Flammen gestikulierte der alte Mann und versuchte verzweifelt brüllend, mit einer Heugabel das Feuer zu ersticken.

Neben ihm standen der Bauer, seine Frau und ihr Sohn und sahen bekümmert zu, wie der Futtervorrat in Flammen aufging, ohne den ihre Herde den Winter nicht überstehen würde. Den knisternden Flammen nach zu urteilen, die bereits wie glühende Berge über der Scheune aufstiegen, brannte das trockene Heu darin lichterloh.

Mit einem Satz sprang Verrückte Wolke auf und stürmte auf das Feuer zu.

Das war die Gelegenheit, die Bauersfamilie zu beeindrucken und Buddhabadras heiligen weißen Elefanten an sich zu bringen, ohne auf Widerstand zu stoßen.

Als die Bauern bemerkten, wie er auf sie zurannte, blieb ihnen nicht einmal mehr genug Zeit, ihn fortzujagen: Verrückte

Wolke war bereits, als sei gar nichts dabei, in die Flammen eingetaucht.

»Er wird darin braten!«, rief die Matrone.

»Soll er doch zum Teufel gehen!«, flüsterte der Bauer.

Es war der alte Mann, der den anderen mit verzückter Miene zuwisperte: »Ihr tut unrecht daran, so schlecht über ihn zu reden. Dieses Wesen muss der Gott des Bodens sein, She, der Beschützer der Ernten persönlich! Seht nur, wie er die Flammen überwindet. Seht, wie er die Glut mit seinen Füßen zusammenpresst. Es ist kaum zu glauben, aber She wird es in seiner unermesslichen Güte gelingen, das Feuer zu ersticken! Er sei gelobt!«

Und in der Tat ging Verrückte Wolke vollkommen unbeeindruckt in der dichten Flammenwand hin und her und sammelte das Heu mit einer Gabel in der Mitte der Scheune, um zu verhindern, dass sich das Feuer durch die Flugasche noch weiter ausbreitete. Im Handumdrehen hatte er vor den Augen der verblüfften Familie den Brand gelöscht.

Er beglückwünschte sich dazu, seinen silbern glänzenden Umhang angezogen zu haben, dem das Feuer nichts anhaben konnte.

Er hatte das lange plüschige, aus Asbestfasern gewebte Kleidungsstück für teures Geld bei einem indischen Händler auf dem Markt von Lhasa erstanden.

In China behaupteten manche, Asbest, diese geschmeidige, feuerfeste mineralische Faser, die in nördlich der Oase Hami gelegenen Minen abgebaut wurde, seien die Haare einer ganz besonderen weißen Rattenart, die in der Nähe der Hölle lebte.

In Wirklichkeit war Asbest wegen seiner feuerhemmenden Eigenschaften bereits Gegenstand eines äußerst lukrativen Handels mit verschiedenen Königreichen, deren Soldaten damit feindliche Festungen erstürmen konnten, ohne sich um das kochende Öl zu scheren, das die Belagerten während des Angriffs über ihren Köpfen ausleerten.

Die Bauersleute, die inzwischen mit dem Gesicht zum Boden demütig vor Verrückte Wolke auf der Erde lagen, baten diese Gottheit in menschlicher Gestalt inständig, ihr Leben zu verschonen.

»O göttlicher She! Beschütze uns!«, flehte der alte Mann und berührte dabei den Saum des Mantels von Verrückte Wolke.

»Ich werde Euch meinen schützenden Segen gewähren, aber dafür müsst ihr mir den heiligen Elefanten überlassen!«, erklärte dieser daraufhin in gebrochenem Chinesisch.

»Aber ich will ihn auf dem Markt verkaufen! Als ich ihn fand, irrte er halb erfroren und schwer krank durch das Gebirge. Er war schrecklich mager! Es ist ein Wunder, dass er überhaupt wieder gesund geworden ist. Ich habe ein Vermögen für seine Pflege und sein Futter ausgegeben! Jetzt muss er so viel wert sein wie die Ernte von zehntausend Jahren!«, stöhnte der Bauer und rang verzweifelt die Hände.

»Mein Vater hat recht. Tu, was er dir sagt! Selbst wenn der Mann nicht der Gott des Bodens sein sollte, verfügt er doch über außergewöhnliche Kräfte, mit denen er sowohl Böses als auch Gutes bewirken kann! Und wir haben nicht einen einzigen Tropfen Drachenspeichel, um uns davor zu schützen! Also können wir ihm ebenso gut den weißen Elefanten geben und ihn anflehen, günstiges Chi über unseren Köpfen zusammenströmen zu lassen, sonst wird er uns noch alle töten!«, schrie die Frau ihren Mann an.

Davon überzeugt, dass sie She persönlich vor sich hatte, zitterte sie wie ein Bambusstab in der sanften Brise.

»Hör auf meine Tochter! Man sollte nie den Zorn des Bodengottes heraufbeschwören!«, ächzte der alte Mann.

Da gab der Bauer dem Kind schweren Herzens einen Wink,

den Elefanten loszubinden und ihn vor den Herrn über die Ernten der Menschen zu führen.

»Dank eures Geschenks sollen euch zehntausend Jahre lang gute Ernten beschieden sein! Ihr habt das Wort des Gottes She!«, verkündete Verrückte Wolke, ehe er mit dem Tier davonging.

Als er sich wieder auf den Weg machte, fürchtete er nur eines, dass nämlich der Bauer doch noch seine Meinung änderte, wenn er sah, wie sich das unermessliche Vermögen verflüchtigte, das ihm der Verkauf des Elefanten aus dem Kloster von Peshawar eingebracht hätte.

Erst als er am Ende des Tages, bereits weit entfernt von dem kleinen Bauernhof, feststellte, das nichts dergleichen geschehen war, ließ sich Verrückte Wolke von seiner Euphorie überwältigen.

Welch ein Geschenk des Tantra: Der heilige weiße Elefant gehörte tatsächlich ihm!

Und er war so ein außergewöhnliches Tier!

Noch sehr viel außergewöhnlicher, als Buddhabadra ihn beschrieben hatte. Dabei hatte Verrückte Wolke in seiner Jugend als Mönch des Kleinen Fahrzeugs in Varanasi bereits einige solcher heiliger weißer Elefanten gesehen!

Sie wurden sehr viel besser behandelt als Menschen und von ihren Kornaks liebevoll gehegt und gepflegt.

Um Vergebung für ihre Liebesexzesse zu erflehen, schminkten die reichen, aber frommen Kurtisanen die fröhlichen Augen der heiligen Tiere mit Khol, hängten ihnen vor den Prozessionen prächtige Girlanden aus Bougainvilleablüten um den Hals und banden ihnen silberne Ketten mit kleinen Schellen um die Füße.

Aber noch niemals hatte er Gelegenheit gehabt, sich einem so strahlend weißen und majestätischen Dickhäuter zu nähern wie diesem hier.

Wenn der Bauer die Wahrheit sagte, und es gab keinen Grund, warum er lügen sollte, dann war er darüber hinaus durch ein Wunder geheilt worden, und das hieß, er war eine Reinkarnation des Gottes Ganesha!

Der alten indischen Religion zufolge war die elefantenköpfige Gottheit der Herr aller Anfänge.

Der Sohn von Shiva und Parvati* hatte sich auf Geheiß seiner Mutter geweigert, seinen Vater, den er nicht wiedererkannt hatte, ins Haus einzulassen. Da dieser seinen Sohn ebenfalls nicht erkannte, hatte er ihn mit einem Säbelhieb enthauptet. Als Shiva Parvatis Tränen sah, hatte er die *ganas*, seine Dämonenzwerge, ausgesandt, ihm den Kopf des ersten Lebewesens zu bringen, dem sie begegneten: Es war ein Elefant gewesen, und Shiva hatte sich beeilt, seinen Kopf auf Ganeshas leblosen Körper zu setzen, um ihn wieder zum Leben zu erwecken.

Von dem Moment an verkörperte das sympathische göttliche Geschöpf mit dem Elefantenkopf, das viel zu verspielt war, um ein Asket zu sein, das letztlich glückliche Ergebnis der sexuellen Vereinigung von Shiva und Parvati.

Und diese war eine der wesentlichen Grundlagen des indischen Tantrismus.

Die wundersame Begegnung mit dem weißen Elefanten war der Beweis dafür, dass der Buddha, aber auch Shiva, Parvati und nicht zu vergessen Vishnu und Krishna seine Bestrebungen, alle Religionen der Erde in einer einzigen zu verschmelzen, guthießen.

Bedeutete das nicht eine Rückkehr besserer Zeiten?

Er sollte recht behalten: In den chinesischen Landstrichen, die Verrückte Wolke nach den Vorkommnissen auf dem klei-

---

* Shiva ist der Gott der Zerstörung und des Erschaffens; Parvati, Tochter des Himalaya und Gattin des Shiva, ist eine weiterentwickelte Form der Muttergöttin Devi.

nen Bauernhof besuchte, beeindruckte der weiße Elefant die Schaulustigen. Keiner von ihnen hatte jemals ein solches Tier zu Gesicht bekommen.

Sein Besitzer musste ein rächender Gott sein oder aber ein daoistischer Unsterblicher, der gekommen war, um die Herzen der Menschen zu ergründen.

Verrückte Wolke brauchte lediglich in ein Dorf einzuziehen, und schon verkrochen sich die Menschen in ihren Häusern. Sie fürchteten, ein göttliches Wesen sei erschienen, um von ihnen Rechenschaft dafür zu fordern, dass sie es nicht richtig verehrt hätten.

Wenn er sich dann auf den Hauptplatz stellte, brauchte er nur noch auf die Opfergaben und Gebete der Dorfbewohner zu warten. Denn schließlich wagten sie sich doch in seine Nähe, weil sie es für eine Gnade des Himmels hielten, einen Gott in unmittelbarer Reichweite zu haben, den sie endlich von Angesicht zu Angesicht um alle möglichen Gunstbezeugungen bitten konnten.

Verrückte Wolke, dessen Taschen sich mit Gold- und Silbertael füllten, und sein weißer Elefant bildeten ein ebenso eindrucksvolles wie erfolgreiches Gespann!

Er war in gewisser Weise zu einem lebenden Gott geworden, dessen Spur man verfolgte. Die Kunde von seinem Eintreffen an einem bestimmten Ort versetzte die Bevölkerung mehr und mehr in fiebrige Aufregung.

Manchmal stoben die Dörfler wie ein Schwarm Fliegen vor Verrückte Wolke und seinem Elefanten auseinander, erhoben ein wildes Geschrei und ließen einen der *fangshi* genannten Hexer alleine zurück, der auf seinem Schemel hockte und den Menschen seine Lügenmärchen erzählt hatte.

In anderen Dörfern bereitete die gesamte Bevölkerung dem heiligen Elefanten und seinem einzigartigen Kornak einen triumphalen Empfang. Die Dorfbewohner bildeten zu beiden Seiten der Straße ein Spalier und winkten ihnen mit Pfingstrosensträußen zu.

An der Seite des sanftmütigen Dickhäuters, der nicht mehr verlangte als eine ausgiebige, schmackhafte Ration Futter, und mit seiner täglichen Dosis kleiner Pillen, ohne die das Leben für ihn unerträglich war, fühlte Verrückte Wolke, der immer optimistischer in die Zukunft blickte, wie ihm Flügel zu wachsen schienen.

Und trotzdem bemerkte er eines Morgens voller Angst, dass die Obsessionen der Vergangenheit erneut seinen Geist bestürmten!

Als er auf einem geraden, eintönigen Weg neben dem heiligen Elefanten herging, hatte Verrückte Wolke das unangenehme Gefühl, der gleiche immerwährende Albtraum beginne von Neuem!

»Dorthin gehen, wo niemand sonst hingeht! Dorthin gehen, wo niemand sonst hingeht! Dorthin gehen, wo niemand sonst ...«

Wieder einmal hatte sich der teuflische Refrain in seinem Kopf festgesetzt.

In Wirklichkeit war er auch nach dem Brand in der Scheune immer da gewesen, wenn auch deutlich schwächer als zuvor.

Verrückte Wolke wusste, dass die störende, irritierende, kräftezehrende Besessenheit ihn in einen zerstörerischen Strudel hinabreißen würde, wenn er nicht endlich etwas dagegen unternahm. Wenn er ihr unaufhörliches Drängen bannen wollte, blieb ihm nichts anderes übrig, als eine Antwort darauf zu finden.

Er musste aufhören, ohne konkretes Ziel weiterzuwandern, wie er es seit jenen tragischen Ereignissen tat, die mit dem grausigen Mord an Buddhabadra geendet hatten.

Er musste unbedingt den Ort finden, an den niemand sonst hinkam.

Aber wo lag er?

Da kam ihm mit einem Mal das Gerücht in den Sinn.

Es war ihm immer wieder zu Ohren gekommen, seit er über die ländlichen Straßen von Dorf zu Dorf zog, und es besagte, dass in Chang'an, der großen Hauptstadt des Nordens, wo die Menschen angeblich so reich waren, dass die Dächer ihrer Häuser aus Gold seien, eine außergewöhnliche Frau mit einem einzigartigen Schicksal lebe.

Sie hieß Kaiserin Wu Zhao, und es war ihr entgegen aller Erwartung gelungen, zur wahren Herrscherin des größten Lands der Erde zu werden: China. Das, was hinter vorgehaltener Hand über diese Konkubine, die zur Kaiserin aufgestiegen war, gemunkelt wurde, war seltsam und faszinierend zugleich, und es verlockte Verrückte Wolke dazu, mehr über sie herauszufinden. Doch um diese mythische Gestalt, deren Schönheit manche behaupten ließ, sie sei eine Reinkarnation des Bodhisattva Guanyin, besser kennenzulernen, musste er versuchen, in ihre Nähe zu kommen.

So war Buddhabadras Mörder nach ein paar Tagen von ganz allein zu einer Entscheidung gelangt.

Endlich hatte er den Ort gefunden, den niemand außer ihm selbst je aufgesucht hätte!

Er lag in Zentralchina, genauer gesagt in Chang'an.

Auf dem Rücken seines eindrucksvollen, Ehrfurcht gebietenden Elefanten würde er wie ein lebender Reliquienschrein den Menschenmassen im Herzen des Reichs der Mitte, in der schönsten und größten Stadt der Erde, entgegenziehen.

Dort würde er dafür sorgen, dass die Kaiserin auf ihn aufmerksam würde, jene so erstaunlich widersprüchliche Frau, deren grenzenloser buddhistischer Glaube ebenso wenig umstritten war wie ihr lasterhafter Lebenswandel.

Während Verrückte Wolke in den Herbergen und auf den Märkten Erkundigungen über sie einzog, setzte er nach und nach die Puzzleteile der ungewöhnlichen Geschichte dieser Frau zusammen. Sie hatte mit nichts begonnen. Durch ihre Schönheit war sie Taizong dem Großen aufgefallen, dessen Sohn sie aus dem Kloster zurückgeholt hatte, in dem sie eigentlich ihre Tage als Nonne beschließen sollte.

Ihr Leben klang wie ein Märchen.

Keine Schenke, keine Teestube und kein Freudenhaus auf beiden Seiten der Großen Mauer, in dem nicht von Wu Zhao die Rede war, sehr viel häufiger übrigens als von Kaiser Gaozong.

Gerede, in dem sich überschwängliche Lobeshymnen mit gnadenloser Verdammung vermischten.

Hieß es nicht, sie beschütze das Volk vor der Tyrannei der Adligen?

Förderte sie nicht den Bau von Pagoden, in denen arme Bettler stets eine Schale Suppe fanden?

War es ihr nicht gelungen, die finanziellen Mittel der Armeen einzuschränken, weshalb die Soldaten nicht mehr so arrogant waren und auch in den Städten, in denen sie Quartier bezogen, nun nicht mehr so leicht das Geld aus den Leuten herauspressen konnten wie früher?

Genügte es nicht, dass sie sich einem armen Bauern näherte, damit dessen Ernte im darauffolgenden Jahr außergewöhnlich gut ausfiel und ihn zu einem reichen Mann machte?

Viele im einfachen Volk nannten sie respektvoll die »Kaiserin der Armen«.

Doch es wurde auch schlecht über sie gesprochen, und das mit den gleichen Übertreibungen, mit denen auch ihre guten Seiten ausgeschmückt wurden.

War dieser Frau, die stets von einem zungenlosen mongolischen Riesen begleitet wurde, der seine Opfer mit einer Hand erwürgen konnte, nicht jedes Mittel recht, Mord eingeschlossen, um ihr Ziel zu erreichen?

War sie nicht eine Thronräuberin ohne Treu und Glauben, die den Buddhismus nur als Vorwand nahm, um die tugendhaften Konfuzianer zu drangsalieren?

Reichte es denn nicht, dass sie ihren kranken Mann manipulierte? Musste sie nun auch noch einen schwunghaften Seidenschmuggel decken?

Setzte sie nicht all ihre Reize ein, um auf schamlose Weise Liebhaber zu sammeln?

Man nannte sie »die Seidenkaiserin«.

Doch eines war sicher: Die Kaiserin von China ließ in ihrem Land niemanden gleichgültig.

Nach allem, was Verrückte Wolke über sie gehört hatte, war sie nichts anderes als die untrennbare Verbindung von Glaube und Sexualität, die vollkommene Verschmelzung von Spiritualität und Lust, die Ekstase sowohl des Körpers als auch des Geistes!

Die perfekte Verkörperung dessen, was Verrückte Wolke selbst unablässig predigte, seit Luyipa ihn in den Tantrismus initiiert hatte!

War es nicht die schönste und erregendste Herausforderung überhaupt, eine solche Frau zum Tantrismus zu bekehren?

Dorthin gehen, wo niemand sonst hingeht!

Wer außer ihm hätte es gewagt, mitten ins Herz der chinesischen Macht vorzustoßen und dort zu versuchen, die Seidenkaiserin zu verführen?

Um sich für seine geniale Idee zu belohnen, ohne dazu in der nächsten Schenke Halt zu machen und dort eine Schale *bhang* zu trinken, jenes Getränk aus indischen Hanfblättern, die man in Yakmilch ziehen ließ, gönnte er sich eine zusätzliche Pille.

Zwar war ihre Wirkung nicht so stark wie die von *bhang*, das ihn auf Wolken schweben ließ, aber dafür waren die Pillen sehr viel bekömmlicher als das Lieblingsgetränk der Sino-Tibeter.

Verrückte Wolke war euphorisch gestimmt.

Er sah seinen weißen Elefanten an.

»Bist du damit einverstanden, nach Chang'an zu gehen und die Kaiserin zu verführen, o Ganesha? Ich werde meinen Namen in Weiße Wolke ändern, dann passen wir beide noch besser zusammen. Was hältst du davon?«, fragte er und kraulte die riesige Stirn des Elefanten.

Dieser senkte daraufhin leicht den Kopf, was Verrückte Wolke mit unbändiger Freude als Zeichen der Zustimmung auffasste.

Er fühlte sich unbesiegbar und mächtig und zweifelte nicht daran, dass er sein Ziel erreichen würde.

Es würde nicht lange dauern, bis er die Aufmerksamkeit der wundersamen Kaiserin erregt hätte.

Er brauchte sich lediglich gut sichtbar irgendwo mitten in der Stadt aufzustellen, und schon wäre das Gerücht in Umlauf.

Dann würde er im Lotossitz vor dem heiligen Elefanten so lange wie nötig in Meditation verharren und stets die gleiche Antwort geben: Er warte darauf, und sollte es auch Jahrhunderte dauern, von Wu Zhao im kaiserlichen Palast empfangen zu werden, um ihr eine geheime Wahrheit zu enthüllen.

Das Gerücht, ein heiliger Mönch in Begleitung eines seltenen Elefanten, wahrscheinlich sogar der Reinkarnation des Gottes Ganesha, wolle der Kaiserin von China eine ebenso bedeutsame wie unfassbare Botschaft zukommen lassen, würde der Herrscherin ganz sicher zu Ohren kommen.

Verrückte Wolke malte sich bereits aus, wie ein Abgesandter der Seidenkaiserin ihn aufsuchen würde und ihn einlud, sich zu ihr zu begeben.

Er würde einwilligen, ihm in den kaiserlichen Palast zu

folgen, aber nur unter der Bedingung, dass man unter den erhabenen Füßen des heiligen Elefanten kostbare hochflorige Wollteppiche ausbreitete, wie es in Indien bei den großen Wallfahrten Brauch war.

Vor der Seidenkaiserin würde er sich halb nackt und mit geschlossenen Augen präsentieren.

Er würde eine Weile warten, bevor er sie aufschlug, damit sie begriff, dass er ein ganz besonderer Mensch war, der bereits mit einem Fuß in der anderen Welt stand.

Dann würde er sich bemühen, die Kaiserin der Armen in den Tantrismus einzuführen, indem er ihr erklärte, dass sie diese Philosophie und religiöse Praxis durch ihr gesamtes Verhalten bereits lebte.

Und er zweifelte keinen Augenblick an seiner Überzeugungskraft.

Wenn sie bereit wäre, nur ein kleines Stück weiter auf dem Weg des Tantra voranzuschreiten, so würde er ihr erklären, dann könnte sie endlich all ihre Möglichkeiten ausschöpfen.

Er konnte es kaum erwarten, sie seinem Willen zu unterwerfen.

Die Seidenkaiserin mit ihrem herrlichen Körper würde sich danach verzehren.

Und er würde ihr diesen Wunsch erfüllen, würde sie von Kopf bis Fuß liebkosen und mit ihr die unbeschreiblichen Freuden des Kundalini-Yoga teilen. Bis ein Orgasmus jene Energie freisetzte, die in der großen zusammengerollten Schlange gefangen war, welche sich dann vom unteren Ende ihrer Wirbelsäule bis in den Scheitelpunkt ihres Kopfs ausdehnte und dabei den unsagbaren Lotos zerspringen ließe, der seine tausend Blütenblätter über sie ausschüttete.

Dann würde sich Wu Zhaos Körper dank der Energie, die Verrückte Wolke in ihn einströmen ließ, über sich selbst hinaus erheben wie eine Wolke über die Erde und nach und nach sein *prana*, seine Lebenskraft, freigeben, die ihrerseits schließlich in der höchsten Glückseligkeit des Sahasrara aufgehen würde.

Und wenn der Mensch das Stadium des Sahasrara erreichte, das Stadium unaussprechlichen Glücks, das durch nichts mehr beeinträchtigt werden konnte, war er schon nicht mehr ganz Mensch.

Denn für ihn war die Erlösung nun ganz nahe, und seine körperliche Hülle hatte keinerlei Bedeutung mehr: Er war zu einem reinen Geist der Lust geworden!

Verrückte Wolke hatte einen Schwur geleistet: Er würde nicht eher ruhen, bis er die Seidenkaiserin jenen Augenblick erleben lassen würde, in dem der Mensch vollständig in der unbeschreiblichen Lust seiner Sinne aufging.

10

Dunhuang, Oase an der Seidenstraße

Om! Mani padme hum!

Eine tote Oase: Das war aus dem Ort geworden, wo Fünffache Gewissheit und Umara einander begegnet waren.

Der *ma-ni-pa* traute seinen Augen nicht.

Von der kleinen Handelsstadt waren nichts als verlassene, niedergebrannte Ruinen geblieben, aus denen hier und da noch ein paar gekräuselte Rauchfäden aufstiegen und über denen ein entsetzlicher Brandgeruch hing.

Alle Überlebenden waren geflohen, die verwüstete Stadt war menschenleer. Die Straßen waren mit den Leichen von Männern, Frauen und Kindern übersät. Halb verwest, von herumstreunenden Hunden zerfleischt, waren sie bereits Opfer von Ungeziefer und Fliegen. Ab und an galoppierte ein verängstigtes Pferd vorbei, das aus seinem brennenden Stall entkommen war und nun nicht mehr wusste, wohin.

Dieses Bild des Jammers hatte nicht mehr das Geringste mit den Erinnerungen des Wandermönchs an die bunte, kosmopolitische, summende, geschäftige Stadt gemein, wo alle Rassen und Berufe der Erde friedlich zusammenlebten und die er mit Fünffache Gewissheit, Dolch der ewigen Wahrheit und den Persern einige Monate zuvor besucht hatte.

Über allem hing der süßliche, beißende Geruch des Todes.

Nur die aus Stein errichteten Gebäude standen noch, doch auch von diesen waren bloß die rußgeschwärzten, blutverschmierten Mauern übrig geblieben.

Den zahllosen Blutspuren nach zu urteilen, musste es ein unvorstellbar grausames Gemetzel gewesen sein.

Auf einem der Plätze, auf denen üblicherweise ein Lebensmittelmarkt abgehalten wurde, lagen überall zerfetzte Kleidung, zerschlagenes Geschirr und zerbrochene Möbel zwischen den leblosen Körpern der einstigen Kaufleute und Kunden.

Traurig erinnerte sich der *ma-ni-pa* daran, wie Fünffache Gewissheit genau an dieser Stelle in Fett ausgebackene Krapfen bei einer alten Frau gekauft hatte und sie sich geweigert hatte, von ihnen dafür Geld anzunehmen.

Plötzlich entdeckte der Tibeter einen alten Mann, der vor dem Eingang einer Pagode saß, deren Mauern mit schwarzem Ruß überzogen waren.

Er war erschreckend mager und wirkte zerbrechlicher als ein Schilfrohr. Es war ein buddhistischer Mönch, wie man an seiner gelben Robe unschwer erkennen konnte.

Sein verstörter Blick zeugte von den entsetzlichen Szenen, die er mit angesehen haben musste.

Als der *ma-ni-pa* sich dem alten Mönch näherte, schien dieser ihn gar nicht zu bemerken und starrte weiter ins Leere.

Daraufhin klopfte ihm der *ma-ni-pa* behutsam auf die Schulter.

»Was machst du da, mein Bruder?«, fragte er den alten Mönch, der bereits an der Schwelle zur anderen Welt stand.

»Du hast Glück, ich spreche Tibetisch!«, antwortete der Greis.

»*Om! Mani padme hum*!«, sagte der *ma-ni-pa* leise und legte die Hände zusammen, ehe er sie an seine Stirn führte.

»Ich war zweifellos zu alt für die Plünderer, die mein Leben verschonten! Ich beweine Ruinen, während ich darauf warte, dass der Erhabene kommt und mich unter seine schützenden Flügel nimmt! Deshalb bemühe ich mich zu meditieren, um all das Schreckliche und Unrechte, das ich gesehen habe, aus meiner Erinnerung zu vertreiben!«

»Was ist von den Klöstern des Großen Fahrzeugs geblieben?«

»Asche, mein Freund! Mein Kloster des Heils und des Mitgefühls war das größte von allen. Es lag mitten in der Wüste, die es von einem majestätischen Steilhang aus überragte. Es wurde geplündert! Es gab dort so viele Statuen und heilige Bücher! Mein Abt Ruhende Mitte hatte die ehrwürdigsten Bücher unserer Gemeinschaft in einer Grotte verstecken lassen, die in den Fels gegraben worden war! Aber die grausamen, ruchlosen türkischen Soldaten haben sie alle zerstört!«

»Dann sind also unschätzbare Kostbarkeiten in Flammen aufgegangen!«

»Der Buddha hat uns die Vergänglichkeit aller Dinge gelehrt. Und hier erleben wir das beste Beispiel dafür!«, stöhnte der alte Mann.

»Was ist aus den Mönchen und Novizen deines Klosters geworden, mein ehrwürdiger Bruder?«

»Glücklicherweise wurde meine Gemeinschaft rechtzeitig gewarnt und konnte noch vor dem Eintreffen der Türken fliehen. Aber meine alten Beine tragen mich nicht mehr! Und so habe ich sie angefleht, mich hierzulassen, damit sie keine unnötige Zeit verlieren.«

»Das Schicksal der nestorianischen Gemeinde ist wohl kaum beneidenswerter gewesen?«

»Den nestorianischen Bischofssitz haben die Plünderer als Erstes ausgeraubt. Den Gerüchten zufolge sollen sie es besonders auf den Bischof, einen gewissen Addai Aggai, abgesehen haben.«

»Wo ist der Mann jetzt?«

»Wer kann das schon wissen? Meine Brüder, die Mönche

vom Kloster des Heils und des Mitgefühls, hatten genug damit zu tun, selbst fortzukommen! Ich war nicht in der Lage, die hölzernen Treppen hinabzusteigen, und so musste man mich von einem Balkon aus in die Tiefe werfen und mit einem Tuch auffangen, das von vier Mönchen gehalten wurde! Hier angekommen, flehte ich die beiden Mönche, die mich trugen, an, mich zurückzulassen. Ich glaube, ich habe gut daran getan. Ansonsten wären sie niedergemetzelt worden.«

Erschüttert hatte der *ma-ni-pa* nach der Hand des Greises gegriffen und streichelte sie, um ihm ein wenig Trost zu spenden.

»Möchtest du etwas zu trinken oder zu essen?«, fragte der Tibeter.

»In meinem Alter reichen drei Reiskörner und zwei Schluck Tee!«

»Das ist wenig!«

»Ich habe sieben Jahre alleine in einer Höhle auf der steinernen Ebene verbracht, die sich über meinem Kloster erstreckt! Ich bin es gewohnt!«, sagte der Asket leise.

»Sieben Jahre! Wie lang einem das vorkommen muss!«

»Nicht, um die vierte Stufe der Versenkung zu erreichen, welche es den Worten des Erhabenen zufolge einem Mönch, der sich ganz auf sich selbst konzentriert, erlaubt, in die Unendlichkeit des Raums einzugehen und zum Erwachen zu gelangen!«

»Ich könnte diese Geduld niemals aufbringen!«, seufzte der Wandermönch.

»Für die Kenntnis des Heiligen Achtfachen Pfads hat die Zeit keine Bedeutung! Ich bin fast fünfundachtzig Jahre alt, aber ich weiß darüber nicht mehr als ein dreijähriges Kind!«, murmelte der alte Asket.

»Ihr solltet nicht hierbleiben. Kommt mit mir, heiliger Mann!«

»Wohin willst du mich denn mitnehmen? Ich kann nicht einmal mehr alleine stehen! Ich sitze schon so lange reglos auf einem Stein, dass meine Beine mit der Zeit ganz steif geworden sind.«

»Ein heiliger Mann wie Ihr hat seinen Platz nicht hier, inmitten all der Zerstörung!«, beharrte der *ma-ni-pa*.

»Geh weiter deines Weges, Wandermönch, und denke an dich selbst! Du hast sicherlich Aufgaben zu erfüllen. Mich wird der Tod hier antreffen. Doch zuvor hoffe ich mindestens die dritte Stufe der Versenkung zu erreichen. Ich bin nicht mehr sehr weit davon entfernt und auf dem besten Wege!«

Sein Ton duldete keinen Widerspruch, und so überließ der *ma-ni-pa* schweren Herzens den alten Asketen seiner Meditation und setzte seine Wanderung durch die Stadt fort.

Er wollte sehen, in welchem Zustand sich das Kloster des Heils und des Mitgefühls befand, und so machte er sich auf den Weg zu dem Steilhang, in den das Höhlenkloster gegraben worden war.

Die geschwärzten Mauern zeugten von der Behandlung, die die Plünderer diesem großen Kloster hatten angedeihen lassen. Er ging auch an den Fuß des natürlichen Balkons in der Felswand, dorthin, wo er und Dolch der ewigen Wahrheit sich mit einem Würfelspiel die Zeit vertrieben hatten, während Fünffache Gewissheit die Strickleiter hinaufgeklettert war und sich oben auf dem Vorsprung plötzlich Umara gegenübergesehen hatte.

Das Bücherversteck war, den Tausenden von zerfetzten Seiten und Sutrarollen auf dem Boden nach zu urteilen, von den Türken verwüstet worden.

Die Angreifer hatten die heiligen Bücher in winzige Stücke zerrissen und so die Tausende von Stunden während Arbeit der Generationen von Kopisten und Übersetzern zunichtegemacht, denen es zu verdanken war, dass sich der aus Indien stammende Buddhismus Stück für Stück nach China ausgedehnt hatte, um dort schließlich zur bedeutendsten Religion des Landes zu werden!

Der *ma-ni-pa* war zutiefst bestürzt, als er zu der Pagode am Obst- und Gemüsemarkt zurückkehrte, wo er den alten Asketen einige Stunden zuvor zurückgelassen hatte.

Hier und da tauchten inzwischen Schatten aus den schmalen Gassen auf, und hinter einigen noch stehenden Mauern konnte er Schluchzen, Klagen und erstickte Schreie hören. Nach und nach wagten sich verängstigte Einwohner aus ihren Verstecken, um sich nach Neuigkeiten zu erkundigen und ihre wenigen Habseligkeiten zu holen, die nicht geraubt worden waren.

Als er sich dem alten Mönch näherte, bemerkte er, dass dieser den Kopf gesenkt hielt, als betrachte er seine Gürtelschnalle.

»*Om! Mani padme hum!* O mein ehrwürdiger Bruder! Ich flehe dich an, bleib nicht hier! Erlaube mir, mich um dich zu kümmern! Ich werde auch nur so schnell gehen, wie du vorankommst!«, bat er inständig.

Aber der alte Mann antwortete immer noch nicht. Und als der Wandermönch versuchte, ihn dazu zu bringen, den Kopf zu heben, erkannte er entsetzt, dass dieser nicht mehr Halt hatte als ein altes Stück Schal.

Der greise Asket hatte jene Stufe der Versenkung erreicht, nach der er gestrebt hatte. Er war gestorben.

Dem *ma-ni-pa* liefen eisige Schauer über den Rücken, als er, ohne noch länger den düsteren, schmerzlichen Anblick der zerstörten Oase zu betrachten, auf Zehenspitzen aus der einst so lebendigen Stadt schlich, die sich in einen traurigen Aschehaufen verwandelt hatte. Er wich den erloschenen Blicken der Frauen aus, die verzweifelt ihr Kind oder ihren

Mann suchten. Nicht einmal mehr den Mut für ein Gebet brachte er auf.

Als er auf die Seidenstraße zurückkehrte, bemerkte er, dass der Raubzug der türkischen Soldaten diese leergefegt hatte. Nicht eine einzige Karawane zog mehr dort entlang.

Alle hatten sich aus Furcht vor den Plünderern verkrochen, so gut es ging, und entweder in einer Herberge oder in einem hastig aufgeschlagenen Lager in den Bergen Zuflucht gesucht, das von der großen Straße aus nicht zu sehen war.

So kam der Tibeter mühelos voran und eilte pfeilschnell vorwärts, wo er sich in Begleitung von Umara, Fünffache Gewissheit und den Himmlischen Zwillingen ständig einen Weg zwischen Ziegenherden und Kamelreihen hatte bahnen müssen, die unter ihren gewaltigen Lasten wie Schiffe schwankten.

Gewalt und Krieg waren tatsächlich die Todfeinde des Handels.

Nachdem er Hami umgangen hatte und an den Flammenbergen entlanggewandert war, kam Turfan in Sichtweite. Für die ganze Strecke zwischen Dunhuang und der »Leuchtenden Perle« hatte er nicht mehr als zehn Tage gebraucht.

Verglichen mit der Oase, in der sich die Nestorianer niedergelassen hatten, kam ihm die der Manichäer wie eine Insel des Überflusses und der Kultiviertheit vor.

Glücklicherweise hatten die Türken sie nicht angerührt.

Über den Ständen der Kaufleute hingen Trauben jener golden schimmernden kandierten Weinbeeren, die die Kaiserin so gerne naschte und die die Obrigkeit der unter chinesischem Protektorat stehenden Stadt zu Beginn eines jeden Winters als Zeichen der Ehrerbietung und der Treue an den Hof sandten. Um ihre reichen Kunden anzulocken, breiteten die Juweliere – denn Turfan war das Zentrum des Gold- und Jadehandels – prächtige leuchtend bunte wollene Teppiche anstelle von gewöhnlichen Matten über die Schwelle ihrer Läden. Gold-, Silber- und Bronzemünzen aus China und Sogdien, aber auch aus Syrien und Persien und sogar römische Sesterzen und griechische Tetradrachmen wechselten im Austausch gegen Gewürze, Pelze, Seide und andere Kostbarkeiten den Besitzer. Weder die Kaufleute noch die Kunden scherten sich um die Herkunft der Münzen, denn das Einzige, was zählte, war ihr Metallgewicht.

Der simple Vergleich der beiden Oasen führte dem *ma-ni-pa* deutlich die ganze Zerbrechlichkeit des Handels zwischen den Völkern vor Augen, der durch die unauflösliche Verbindung vom Lockruf des Geldes und dem Wunsch, die unbekannte Ferne zu erkunden, zu einem unersetzlichen Medium kulturellen und religiösen Austauschs geworden war.

Die Vermischung der Rassen und Kulturen erzeugte neue Rassen und Kulturen, die raffinierter und komplexer waren als diejenigen, aus denen sie sich entwickelt hatten.

Aber diese vielschichtigen Gleichgewichte blieben gefährdet, und durch die unfassbare Gewalt von Plünderern und Kriegern konnten sie brutal zerstört oder wie in Dunhuang sogar dem Erdboden gleichgemacht werden.

Zum Glück siegte jedes Mal der Drang nach Austausch, und die Wünsche, ganz zu schweigen von den Träumen, die er in den Menschen weckte, behielten die Oberhand. Die von barbarischem Wüten vernichteten Abschnitte der Seidenstraße waren so stets wieder aus der Asche auferstanden, auch wenn bis dahin manchmal viel Zeit verging.

Wie die Natur nach Brandrodungen wieder zu grünen begann, so bauten auch die Menschen nach und nach die Ruinen wieder auf, reparierten ihre zerstörten Häuser und errichteten mit dem gleichen Eifer wie einst die ursprünglichen Erbauer ihre verwüsteten Tempel neu. Gleichzeitig erwachten die Märkte zu neuem Leben, es gab wieder Waren und die endlosen Verhandlungen und Mauscheleien begannen von Neuem.

Denn letztlich waren die Kräfte des Lebens immer stärker als Tod und Zerstörung.

Nach all den Gräueln heiterte die Aussicht, Speer des Lichts wiederzusehen, den Tibeter wieder ein wenig auf. Um nicht aufzufallen, durchstreifte er erst all die schmalen Sträßchen der kleinen Stadt, um das Gewächshaus mit den Maulbeerbäumen zu finden, für die Speer des Lichts verantwortlich war.

Nachdem er eine ganze Weile im Kreis gelaufen war, erkundigte er sich schließlich in seinem schlechten Chinesisch bei einem Wassermelonenverkäufer.

»Kleiner Palast vor uns? Was sein?«, fragte er ihn und deutete dabei auf ein Haus, das ein wenig vornehmer wirkte als seine Nachbarn und auf dessen Dach ein Banner in den Farben der Tang-Dynastie wehte.

»Das ist das Haus von Hong dem Roten, dem chinesischen Gouverneur der Stadt. Auch wenn er den ganzen Tag über nichts anderes tut als Schach spielen und Tee trinken, siehst du lieber zu, dass du weiterkommst. Vor seinem Palast sollte man seine Papiere besser in Ordnung haben. Anderswo kannst du tun und lassen, was du willst. Ich habe die Erlaubnis, meine Wassermelonen hier zu verkaufen, weil ich die Konzession bezahle!«, antwortete der Mann stolz in einem sehr viel flüssigeren Chinesisch.

»Wo finden Kirche des Lichts?«

»Zwei Straßen weiter nach rechts!«

Kurz darauf stand er vor den Gebäuden der Kirche des Lichts, von wo aus er einem der Manichäer folgte, der mit Verschwörermiene herauskam.

Und der Mann führte ihn geradewegs zu dem kleinen Maulbeerbaumgewächshaus.

»*Ma-ni-pa*, was für eine schöne Überraschung! Was verschafft uns die Ehre deines Besuchs? Wie geht es Fünffache Gewissheit und Umara? Und den entzückenden himmlischen Kindern?«

Speer des Lichts war gerade dabei, seine Maulbeerbäume auszuästen, die in riesigen, in der Mitte des Gewächshauses aufgestellten Krügen wuchsen. Er wirkte kaum überrascht und schien sich zu freuen, den Wandermönch wiederzusehen.

»*Om!* Fünffache Gewissheit hat mich in dringender Mission hierhergeschickt. Und den Grund dafür wirst du mir kaum glauben!«

»Sag es mir trotzdem!«

»Also gut! *Om!* Kaiserin Wu Zhao persönlich braucht dringend Seidenmoiré.«

»Und den sollen wir ihr liefern?«

»Ganz genau. *Om!* Sie wünscht sogar, dass dazu notfalls der Handel mit illegaler Seide in Zentralchina wieder aufgenommen werden soll.«

»Jetzt bin ich tatsächlich sprachlos!«

»Das mag für dich jetzt womöglich unwahrscheinlich klingen, aber die Herrscherin ist sogar bereit, der Kirche des Lichts dabei zu helfen, ihre Erzeugnisse dort abzusetzen!«

»Wu Zhao würde die Gesetze ihres Landes brechen?«

»Sie hat außerdem Fünffache Gewissheit gegenüber angedeutet, dass sie im Gegenzug bereit wäre, die offizielle Ansiedelung der Kirche des Lichts in Chang'an zu unterstützen! Dein Lehrer könnte dort einen Tempel eröffnen! Ich bin beauftragt, ihm die gute Nachricht zu überbringen.«

»Dieses Wohlwollen erstaunt mich weniger als der Rest. Hort der Seelenruhe weiß ganz genau, dass die chinesischen Behörden zwei grundsätzliche Erlasse vorbereitet haben, die bloß noch nicht veröffentlicht wurden. Der erste gestattet es den Manichäern, ihre Religion offen zu praktizieren, und mit dem zweiten soll der Nestorianismus offiziell verboten werden. Es heißt, es seien die Konfuzianer, die sich mit aller Macht gegen ihre Veröffentlichung sträuben. Ich nehme an, dass die Kaiserin über genügend Einfluss verfügt, um diese Widerstände aufzulösen.«

»Ich muss über all das mit Hort der Seelenruhe reden. *Om!* Wärst du so freundlich, mich zu ihm zu bringen?«

»Wenn du dem Vollkommenen Lehrer berichtest, was du mir gerade erzählt hast, *ma-ni-pa*, wird er vor Freude jubeln! Also wirklich, trotz allem, was man so über sie hört, diese Wu Zhao weiß, was sie will!«, rief Speer des Lichts bewundernd.

Er hatte sich nicht getäuscht.

Die Überraschung und Freude von Hort der Seelenruhe kannte keine Grenzen, als der *ma-ni-pa* den Vollkommenen über den Grund für seinen Besuch informierte und Speer des Lichts, mehrsprachig wie alle Kuchaner, seine Worte mit einer Leichtigkeit übersetzte, die eines erfahrenen Dolmetschers würdig gewesen wäre.

Der Wandermönch hatte den Vollkommenen in der Bibliothek der Kirche des Lichts angetroffen, wo er gerade ein Exemplar des Großen Evangeliums des Mani in Augenschein nahm, das ein erfahrener chinesischer Illuminator mit leuchtend bunten Miniaturen ausmalte.

»Was du da sagst, erstaunt mich nur zum Teil. Die Kaiserin von China steht in dem Ruf, eine hervorragende Schachspielerin zu sein«, bemerkte Hort der Seelenruhe lächelnd.

»Ja, sie hat stets auch schon den nächsten Zug im Blick!«, fügte Speer des Lichts hinzu.

»Was soll ich ihr in Bezug auf ihren Vorschlag antworten?«, wollte der *ma-ni-pa* wissen.

»Dass ich mich durch ihr Vertrauen sehr geehrt fühle! Natürlich werden wir in Zukunft mit größtem Eifer mit ihr zusammenarbeiten! Wu Zhao kann uns in der Tat eine große Hilfe bei der weiteren Verbreitung der Kirche des Lichts in China sein. Ich hätte mir niemals eine solche Unterstützung träumen lassen! Wenn ich bloß an das Misstrauen des Gouverneurs von Turfan denke, der mich kaum zu grüßen geruht!«, rief der Vollkommene.

»Wann könnt Ihr die ersten Seidenballen nach Chang'an liefern?«, wollte der Tibeter wissen.

Hort der Seelenruhe wandte sich zu Speer des Lichts um.

»In ungefähr drei Monaten«, antwortete der junge Kuchaner. »So lange brauchen wir, um einen Webstuhl aufzutreiben und einen Handwerker, der ihn auch bedienen kann! Seit meiner Rückkehr waren meine Raupen sehr fleißig. Wir haben bereits ein paar Spulen mit Seidenfaden auf Lager.«

»Einer unserer Brüder, Azzia Moghul, hat in seiner frühesten Jugend in Persien Teppiche zu weben gelernt. Du brauchst ihn nur für diese Aufgabe heranzuziehen! Er wird dir eine wertvolle Hilfe sein.«

»Das werde ich tun, Meister Hort der Seelenruhe!«, entgegnete Speer des Lichts und verneigte sich respektvoll vor dem Großen Vollkommenen.

»Wie geht es denn deiner Jademond?«, fragte dieser daraufhin seinen ehemaligen Hörer, den er schon seit einiger Zeit nicht mehr gesehen hatte.

Speer des Lichts fiel auf, dass seine Stimme bei der Frage heiter geklungen hatte.

Das war ein gutes Zeichen.

Das Angebot von Kaiserin Wu Zhao hatte ihn in beste Stimmung versetzt.

»Es geht ihr ausgezeichnet! Meine Frau lernt gerade, mir bei der Arbeit zur Hand zu gehen. Ich werde Euch nie genug dafür danken können, dass Ihr bereit wart, mich von meinem Gelübde zu entbinden, und uns dadurch ermöglicht habt, zu heiraten. Ich glaube, ich darf Euch auch die glückliche Neuigkeit verkünden, dass Jademond ein Kind erwartet!«, antwortete der Kuchaner.

»Ihr habt geheiratet?«, fragte der tibetische Mönch erfreut.

»Vor einem Monat!«, erklärte Speer des Lichts stolz.

»Dann wünsche ich euch, dass ihr glücklich werdet und viele Kinder bekommt. *Om!*«, rief der *ma-ni-pa* und drehte eine Pirouette.

Tatsächlich hatte es den jungen Kuchaner nicht allzu viel Mühe gekostet, seinen Vollkommenen Lehrer davon zu überzeugen, ihn mit der hübschen Chinesin, in die er sich so rettungslos verliebt hatte, in den Stand der Ehe treten zu lassen.

Seine Reue und die Enthüllungen über das schändliche Verhalten von Grüne Nadel hatten seinen Vollkommenen Lehrer dazu bewogen, Nachsicht zu üben.

Außerdem war Hort der Seelenruhe recht bald zu der Erkenntnis gelangt, dass dies der einzige Weg war, der Kirche des Lichts zu ermöglichen, die Seidenproduktion wieder aufzunehmen, die für ihre zukünftige Entwicklung von so großer Bedeutung war.

War ein Kirchenoberhaupt nicht gerade zu einer pragmatischen Haltung verpflichtet, wenn sich so viele dunkle Wolken am Horizont zusammenballten?

Es war besser, die ganze Angelegenheit zu vergessen und dem jungen Speer des Lichts seine Fehler zu verzeihen.

Deshalb hatte Hort der Seelenruhe eingewilligt, das Keuschheitsgelübde des Hörers aufzuheben.

Die Entscheidung hatte den Vollkommenen jedoch vor ein schwerwiegendes rituelles Problem gestellt.

Denn in keinem einzigen Text der Kirche des Lichts stand

geschrieben, dass ein Vollkommener einen Hörer von seinem Gelübde entbinden konnte.

Im Kirchenrecht war vorgesehen, dass Angehörige des geistlichen Standes der manichäischen Kirche dies auch bis zu ihrem Tod blieben.

Der Große Vollkommene von Turfan war somit gezwungen gewesen, eine Zeremonie zu improvisieren, deren Ablauf er selbst in allen Einzelheiten festgelegt hatte.

Während er Mani um Verzeihung für die Freiheiten anflehte, die er sich der strikten Lehre gegenüber herauszunehmen wagte, hatte Hort der Seelenruhe ein Ritual ersonnen, welches Speer des Lichts wieder in den Stand eines einfachen Laien zurückversetzte.

Nachdem sich der Große Vollkommene ausführlich mit dem Problem auseinandergesetzt hatte, war er zu dem Schluss gekommen, die heiligen Formeln, mit denen man zum Hörer wurde, einfach rückwärts zu sprechen und gleichzeitig symbolisch die Spuren jenes geweihten Öls von der Stirn des jungen Mannes zu waschen, mit dem er ihn einige Jahre zuvor im Verlauf einer identischen Zeremonie gesalbt hatte.

Damit war Speer des Lichts in den Augen von Hort der Seelenruhe wieder zu einem Mann wie alle anderen geworden, und seiner Vermählung mit Jademond stand nichts mehr im Wege.

Alles war wieder in bester Ordnung, und der ehemalige Hörer, der Hort der Seelenruhe beweisen wollte, dass er gut daran getan hatte, ihm zu verzeihen und ihm eine zweite Chance zu geben, hatte sich wie ein Besessener an die Arbeit im Maulbeerbaumgewächshaus gemacht und keine Mühe gescheut, um die Seidenraupenzucht wieder in Gang zu bringen.

Die ersten tausend Kokons lagen bereits auf den hölzernen Regalen, die sich an der rückwärtigen Mauer des Gewächshauses entlang aufreihten, sodass gute Aussichten bestanden, in einigen Wochen wieder den früheren Rhythmus der Seidenproduktion zu erreichen.

Auch Jademond war sich nicht zu schade, selbst Hand anzulegen, um ihrem jungen Gemahl bei der Arbeit zu helfen.

»Womit kann ich mich denn hier nützlich machen, bis ich nach Chang'an zurückkehre, um Wu Zhao die ersten gewebten Muster zu präsentieren?«, erkundigte sich der Tibeter, der begeistert feststellte, dass alles nach Wunsch verlief.

Die Antwort des Kuchaners ließ nicht lange auf sich warten: »Im Gewächshaus können wir deine Hilfe gut gebrauchen. Dann könnte ich mich umso mehr um die Webstube kümmern, die wir dort einrichten wollen.«

»*Om!* Von mir aus können wir sofort hinübergehen! Ich hasse Untätigkeit!«, entgegnete der *ma-ni-pa*.

»Dann muss ich aber auch so schnell wie möglich mit Azzia Moghul sprechen, Meister Hort der Seelenruhe. Wo kann ich ihn denn finden?«, fragte Speer des Lichts den Vollkommenen.

»Um diese Tageszeit trifft man unseren persischen Bruder immer im Chor des Heiligtums an, wo er vor dem Altar des Lichts kniet und in seinen Gebeten die Passion des Mani nachlebt. Er ist einer unserer frommsten Vollkommenen, aber er war früher auch ein ausgezeichneter Weber!«, antwortete dieser.

Gemeinsam gingen sie in die Kirche, wo der in seine Meditation versunkene Azzia Moghul sie überrascht begrüßte.

»Du wirst Speer des Lichts dabei helfen, in seiner Manufaktur einen Seidenwebstuhl aufzubauen«, verkündete ihm Hort der Seelenruhe ohne Umschweife.

»Aber besteht nicht die Gefahr, dass mich das von meinen spirituellen Aufgaben ablenkt?«, fragte der Perser, der seine

Jugend in einer Seidenteppichmanufaktur in Shiraz verbracht hatte, in der sein Vater Vorarbeiter gewesen war.

»Du tust damit ein nützliches Werk für unsere Kirche. Ich werde es dir später einmal erklären«, entgegnete der Große Vollkommene.

Azzia Moghul blieb nichts anderes übrig, als der Anweisung jenes Mannes zu gehorchen, der in seiner Eigenschaft als Großer Vollkommener auch sein geistiger Führer war.

Der Perser konnte tatsächlich einen Webstuhl konstruieren. Unter seiner strengen Anleitung baute ein Zimmermann aus Turfan in aller Eile ein Gerät, mit dem man einen Stoff von recht ansehnlicher Qualität herstellen konnte, auch wenn sie nicht ganz an die Erlesenheit jener Gewebe aus der heimlichen Manufaktur von Addai Aggai heranreichte.

Einige Tage später wurde ein etwas behelfsmäßig aussehender, aber vollkommen funktionstüchtiger Webstuhl in das Gewächshaus gebracht, und schon nach wenigen Wochen stapelten sich die ersten Ballen in dem kleinen Lagerraum, den Speer des Lichts eigens zu diesem Zweck eingerichtet hatte.

»Du wirst bald aufbrechen können, um sie Wu Zhao zu bringen«, sagte Hort der Seelenruhe zum *ma-ni-pa*, als er eines Tages das Gewächshaus besuchte, um sich einen Überblick über die Fortschritte bei der gewaltigen Aufgabe zu verschaffen, der sich Speer des Lichts mit solchem Eifer widmete.

»Ich glaube, Ihre Majestät hegt eine deutliche Vorliebe für gelben oder roten Moiré!«, erklärte der Wandermönch.

»Moiré ist von allen Seidenstoffen am schwierigsten herzustellen. Und mit diesem Webstuhl hier ist es sogar vollkommen unmöglich! Dazu braucht man besondere Webstühle, wie sie nur die Chinesen konstruieren können, ich leider nicht! Einen Brokatwebstuhl, das ginge eventuell noch, aber

Moiré… ausgeschlossen!«, erklärte Azzia Moghul den beiden Männern betrübt.

»Und wenn wir einen chinesischen Baumeister nach Turfan kommen ließen?«, schlug Speer des Lichts vor. »Der könnte dann hier einen Moiré-Webstuhl bauen. Kaiserin Wu Zhao wird Euch diesen Wunsch sicher nicht abschlagen, wenn Ihr sie darum bittet! Schließlich sind wir doch jetzt Verbündete!«

»Ich bin bereit, wieder nach Chang'an zurückzukehren und ihr Eure Bitte zu übermitteln, wenn es nötig ist«, bekräftigte der *ma-ni-pa*, an Hort der Seelenruhe gewandt.

Doch das Angebot des Wandermönchs war ein wenig voreilig.

In den Werkstätten der Baumeister des Seidenministeriums gab es zwar einige dieser Webstühle, die jeweils mehrere Dutzend Schäfte besaßen, welche durch über Rollen laufende Riemen bewegt wurden, aber diese Geräte, auf denen man in unvergleichlicher Geschwindigkeit echten Moiré von herausragender Qualität weben konnte, galten als regelrechte »nationale Schätze«, und die Weitergabe ihrer Baupläne an Dritte wurde mit dem Tod bestraft! In die Entwicklungsabteilung der Seidenbehörde gelangten nur sorgfältig ausgewählte Baumeister, deren Integrität sorgfältig überprüft worden war und die nach ihrer Einstellung ununterbrochen von den Agenten des Zensorats überwacht wurden.

Nicht einmal Wu Zhao hätte unter diesen Umständen Zugang zu den Konstruktionsplänen der Webstühle erhalten. Ebenso wenig konnte sie einen der Baumeister, die sie entworfen hatten, dazu bewegen, nach Turfan zu reisen, um die Manichäer in die Geheimnisse ihrer Funktionsweise einzuweihen.

Das Leben hatte Hort der Seelenruhe gelehrt, dass es besser war, einen Schritt nach dem anderen zu machen, wenn man weit kommen wollte, und so bemühte er sich, ihren Eifer zu dämpfen: »Lasst uns erst einmal so schöne Stoffe wie möglich weben, ehe wir Wu Zhao aufsuchen und sie um einen Wunschtraum bitten! Wenn der *ma-ni-pa* nach Chang'an zurückkehrt, soll er der Kaiserin zunächst einmal vorlegen, worum sie uns gebeten hat. Und wenn Ihre Majestät zufrieden ist, kommt alles andere, wie unser Prophet Mani es so schön ausdrückte, von selbst.«

»Das erscheint mir auch realistischer«, antwortete Azzia Moghul. »Lasst uns zunächst einmal mit Seidenfaille anfangen und versuchen, sie in schönen Schattierungen zu färben. Mit etwas Geduld und Sorgfalt schaffen wir das! Wir haben unseren kleinen gelehrten Hund zwar noch nicht, aber allzu lange dürfte es nicht mehr dauern!«

»Was hat denn ein kleiner gelehrter Hund damit zu tun?«, fragte Speer des Lichts verwundert.

»Kennst du etwa nicht die Geschichte von dem winzigen Pudel, der eine brennende Lampe in seinem Maul halten und ein galoppierendes Pferd zum Stehen bringen konnte, indem er sich ihm in den Weg stellte?«, entgegnete der belustigte Vollkommene seinem ehemaligen Hörer.

»Ich habe noch nie davon gehört!«

»Der König von Gaochang – mit dem Namen bezeichneten die Chinesen damals unsere Oase – hat ihn kurz vor der Thronbesteigung von Taizong dem Großen als Geschenk an den kaiserlichen Hof gesandt, um sich die Gunst des chinesischen Reichs zu sichern. Es heißt, der kleine Hund stammte aus Rom! Und seit jenem Tag wird der Tribut, den Turfan dem Kaiser von China jedes Jahr zukommen lässt, um auch weiterhin seinen Schutz zu genießen, der ›kleine gelehrte Hund‹ genannt«, erklärte Hort der Seelenruhe dem verblüfften Speer des Lichts.

»Das unglaubliche Tier stammte aus Rom! Meint Ihr damit

etwa das Reich Da Qin, das sich zu den Meeren des Westens hin erstreckt, aus denen man die Purpurschnecke fischt?«, wollte der Kuchaner wissen.

Da mischte sich Azzia Moghul ein.

»Es heißt, in Da Qin gebe es ein Meer, in dem Muscheln lebten, deren Perlen so hell leuchteten wie der Mond; in diesem Meer findet man auch einen Stoff, der aus dem Flaum des Meerschafs gewebt sein soll, und rote Zweige. Die Fürsten dieses von wundersamen Wassern umspülten Reichs erlauben es ihren Bürgern sogar, ihre Klagen in eine Urne zu werfen! Die Ärzte dort sind in der Lage, das Gehirn der Kranken zu öffnen, um die Insekten herauszuholen, die sie blind machen!«, fügte der ehemalige persische Weber hinzu. Seine Jugend in Shiraz war von den Erzählungen der Reisenden begleitet gewesen, die berichteten, wie an den Ufern des Mittelmeers, im römischen Kaiserreich, das von den Chinesen bald Da Qin, bald Fulin genannt wurde, Perlaustern und Korallen gefischt wurden. Die alten Lateiner glaubten, sie seien das Blut der Gorgo Medusa, das ins Meer geflossen sei, nachdem Perseus sie enthauptet habe.

»Die Seidenstraße verläuft in der Tat bis Konstantinopel«, bemerkte Hort der Seelenruhe.

Im Jahr 643 war eine Gesandtschaft des chinesischen Hofes vom byzantinischen Kaiser Konstantin II. empfangen worden. Er hatte dem Abgesandten der Tang prächtige bunte Glaswaren, von den Chinesen *liuli* genannt, und vor allem Theriak zum Geschenk gemacht, jene außerordentliche Arznei, die die griechischen Ärzte von Alexandria gegen Schlangenbisse entwickelt hatten.

Und von Konstantinopel aus konnte man seine Reise mit dem Schiff bis nach Rom fortsetzen, das über zwanzigtausend Li von der chinesischen Hauptstadt Chang'an entfernt lag.

Einige besonders unerschrockene Reisende stellten so die Verbindung zwischen den beiden Welten her, deren Abgesandte versuchten, die unglaublichen Geschichten zu überprüfen, die man sich an beiden Enden der Strecke über das jeweils andere Reich erzählte.

Beide hatten ihre beherrschende Religion: der Westen das Christentum und der Osten den Buddhismus.

Mit den teuer erstandenen Kostbarkeiten der einen wurden die heiligen Reliquien der jeweils anderen geschmückt.

Denn nichts war den beiden Religionen prächtig genug.

Zwar predigten sowohl die Bonzen als auch die Priester Armut und Entbehrung, doch sie selbst benötigten Gold, Edelsteine, Jade, Elfenbein, Korallen, Edelhölzer und natürlich Seide, um ihren Glauben kundzutun.

»In Da Qin sind die Frauen ganz verrückt nach Seidenstoffen! Wer weiß, vielleicht wird die Kirche des Lichts auch bei ihrem Vordringen in Richtung Rom auf unsere Hilfe zurückgreifen! Du weißt, was du jetzt zu tun hast, mein lieber Speer des Lichts«, fügte der Große Vollkommene lächelnd hinzu.

»Es liegt noch ein gutes Stück Arbeit vor uns. Wir sollten gleich damit anfangen und keine Zeit mehr verlieren!«, rief Speer des Lichts glücklich wie ein Kind und schlang die Arme um die Taille seiner Gemahlin.

»Möge Mani euch segnen, Jademond und Speer des Lichts!«, entgegnete Hort der Seelenruhe fröhlich, ehe er wieder in sein manichäisches Heiligtum zurückkehrte.

Daraufhin wandten sich im Gewächshaus wieder alle ihren Aufgaben zu, und Azzia Moghul machte sich eifrig daran, seinen Webstuhl richtig einzustellen.

»Ich würde so gerne auch einmal nach Da Qin reisen! Alle reden von seiner Hauptstadt Rom. Sie soll genau wie Chang'an eine riesige, schöne Stadt voller prächtiger Paläste sein. Angeblich bezeichnen ihre Einwohner sie als den

›Nabel der Welt‹, als sei dieses Da Qin im Westen das, was China im Osten ist: ein Reich der Mitte«, murmelte Speer des Lichts versonnen.

»Und ich erst! Du glaubst gar nicht, wie ich davon träume, einmal über den Rücken des Meerschafs zu streicheln, aus dessen Flaum man Stoffe weben kann!«, flüsterte Jademond ihrem Gemahl ins Ohr und knabberte dabei zärtlich an seinem Ohrläppchen.

»Aber da wir hier keine Meerschafe haben, sollten wir jetzt unsere Raupen füttern. Ich sehe gerade, dass die Schalen mit den Maulbeerblättern wieder aufgefüllt werden müssen«, antwortete er.

»Ich liebe dich, Speer des Lichts!«, sagte sie leise, nachdem sie ihm ihre Lippen dargeboten hatte.

»Und ich kann es kaum erwarten, die Frucht deines Leibes zu sehen, meine Jademond! An dem Tag, an dem der Geliebte zum Vater wird, werde ich überglücklich sein!«, rief er, ehe er davonging, um die kleine Gartenhippe zu holen, mit der er einen Schwung frischer Blätter abschneiden wollte, an denen sich die Raupen satt fressen würden.

Wie glücklich sie doch wirkten, der junge Kuchaner und die junge Chinesin, die der *ma-ni-pa* gerührt betrachtete.

Die Unglücklichen!

Denn sie ahnten nicht, dass der Tag nicht mehr fern war, an dem das Leben sie erneut trennen würde.

11

Kaiserlicher Palast, Chang'an, China, 28. Oktober 657

Wieder senkte sich ein milder, friedlicher Abend auf den Ziergarten des Pavillons der Lustbarkeiten herab.

Es war bereits dunkel geworden, und unter dem rötlich schimmernden Laub der Bäume verströmten die Herbstblumen ihren lieblichen Duft.

Bald würde es Zeit, die Himmlischen Zwillinge ins Bett zu bringen, die sich plappernd an ihren Stühlen festklammerten.

»Wir haben den beiden immer noch keine endgültigen Namen gegeben. Findest du nicht auch, dass es allmählich an der Zeit ist?«, fragte Umara Fünffache Gewissheit.

»Du hast recht, meine Liebste, sie nennen uns ja auch schon Mama und Papa! Wir sollten ihnen wirklich dringend Namen geben!«, entgegnete Fünffache Gewissheit lächelnd.

Denn bis dahin hatten sie sich stets damit begnügt, die Kinder mit einer Vielzahl von Kosenamen zu belegen: »das hübsche kleine Paar« etwa oder »die vom Himmel gefallenen Kleinen«. Und überall, wo sie im Laufe ihrer Reise hingekommen waren, hatten die Schaulustigen sie mit noch netteren »xiaoming«* bezeichnet.

---

* Die Chinesen verwenden einen *xiaoming* oder »Kleinen Namen«, um einen Menschen über seinen eigentlichen Familiennamen hinaus zu charakterisieren.

Umara hatte die himmlischen Kinder auf den Schoß genommen und strich ihnen liebevoll wie eine echte Mutter das Haar glatt. Sie hatte sie zum Abendessen mit einem Gemüsebrei gefüttert, unter den sie sorgsam klein geschnittene gekochte Hähnchenflügel gemischt hatte.

»Ich habe eine Idee!«, rief Fünffache Gewissheit plötzlich. »Warum nennen wir sie nicht ›Lotos‹ und ›Juwel‹?«

»Gute Idee! Lotos und Juwel, das ist hübsch! Die buddhistischen Gläubigen werden nicht enttäuscht sein, wenn sie in Zukunft nach Luoyang strömen werden, um Lotos und Juwel anzubeten!«, entgegnete die junge Nestorianerin mit einem Lächeln.

»Das wäre auch eine gute Möglichkeit, sie mit dem Mantra *Om! Mani padme hum!* in Verbindung zu bringen: ›Om! Das Juwel in der Lotosblüte‹. Diese heilige Formel richtet sich an den Bodhisattva Avalokiteshvara, den besten Fürsprecher der Menschen beim Erhabenen Buddha.«

»Ich weiß. Du hast mir schon erklärt, dass daher auch die Bezeichnung *ma-ni-pa* stammt.«

»Unser Wandermönch wird sich sehr geschmeichelt fühlen, wenn er davon erfährt. Und stehen die Himmlischen Zwillinge nicht ohnehin mit einem Fuß auf der Erde und dem anderen bereits im Nirwana? Außerdem werden diese Namen sie beide unter den göttlichen Schutz des fürsprechenden Bodhisattva stellen!«

Fünffache Gewissheit wirkte hocherfreut über seinen glücklichen Einfall.

»Welches von beiden nennen wir dann Lotos und welches Juwel?«, wollte sie wissen.

»Die Wahl überlasse ich dir, Umara!«

»Dann könnte der Junge Lotos heißen und das Mädchen Juwel. Was hältst du davon?«

»Einverstanden.«

»Vor allem zu dem Mädchen passt der Name so gut. Trotz ihrer seltsamen Behaarung ist sie so wunderschön! Ihr Gesicht ist ein wahres Kleinod!«, rief Umara und reichte Fünffache Gewissheit das Kind, dessen Name von nun an Juwel lauten sollte.

Und Umara hatte recht: Die Züge der kleinen Juwel waren so fein geschnitten, dass die scheinbare Ungnade dieses entsetzlichen seltenen Mals ihrem Gesicht den Anschein einer durch den Nasenrücken in zwei Hälften geteilten Maske verlieh. Die Züge eines außerhalb aller Normen stehenden Geschöpfs und die eines kleinen Mädchens von unvergleichlicher Schönheit waren darin vereint.

Auch wenn zwischen den beiden Himmlischen Zwillingen eine frappierende Ähnlichkeit bestand, konnte man nicht umhin festzustellen, dass die Züge des kleinen Mädchens sehr viel zarter waren als die ihres Bruders.

Die extreme Abnormität ihres Gesichts hatte etwas Erhabenes und machte aus der kleinen Juwel ein Wesen, dessen gleichermaßen unwirkliches wie liebreizendes Äußeres von seinem göttlichen Ursprung zeugte.

Als Inkarnation einer vom Himmel herabgestiegenen Gottheit war sie dazu geschaffen, Anbetung hervorzurufen.

»Meine süße Juwel! Ich wüsste so gerne, was die Zukunft für dich bereithält!«, sagte Fünffache Gewissheit leise.

»Glaubst du, dass die Zwillinge tatsächlich von einem Gott gezeugt wurden?«, fragte Umara ihren Geliebten.

»Dein Blick sagt mir, dass du daran zweifelst.«

»Mein Gott kann einem seiner Geschöpfe nicht eine solche Last aufgebürdet haben.«

»Und ich bin mir nicht sicher, ob der Buddha etwas dafür kann. Unser Freund der *ma-ni-pa* behauptet, dass die Zwillinge von der tibetischen Felsdämonin abstammen. Und die Chinesen hier sind so abergläubisch, dass sie beim Anblick

310

einer solchen Besonderheit gleich die göttliche Hand des Erhabenen oder den Weg des Dao damit in Verbindung bringen!«

»Ich hoffe bloß, dass die Kleine keinen allzu großen Schreck bekommt, wenn sie zum ersten Mal ihr Gesicht sieht!«, entgegnete sie besorgt und erschauerte unwillkürlich.

Denn je mehr Zeit verstrich, desto öfter fragte sich Umara, die sich als Christin einfach nicht vorstellen konnte, dass Juwel von irgendeiner Gottheit gezeugt worden war, wie das kleine Mädchen wohl reagieren würde, wenn es seinen Makel entdeckte.

Vorläufig hatte sie alle Spiegel aus dem Pavillon der Lustbarkeiten entfernen lassen, die dort zuvor die Wände geschmückt hatten. Außerdem vermied sie es, das kleine Mädchen zu nah an die Wasserbecken mitzunehmen.

Sie wollte diejenige sein, die Juwel erklärte, dass sie ganz normal sei und dass die Geschöpfe des Einen Gottes, wie auch immer sie aussehen mochten, alle gleich waren.

Zwischen Umara und der kleinen Juwel hatte sich eine tiefe Verbundenheit entwickelt. Nach all der Zeit fühlte sich die junge Christin nun wie die wahre Ziehmutter der Himmlischen Zwillinge.

Es war inzwischen ganz dunkel geworden, und im Garten des Pavillons der Lustbarkeiten wurde es allmählich kühl.

Es wurde Zeit für Umara, die beiden Kinder im Nebenraum ihres eigenen Schlafzimmers ins Bett zu bringen.

Als sie wieder zurückkam, erwartete Fünffache Gewissheit sie im kaiserlichen Bett des Pavillons der Lustbarkeiten zu einer weiteren stürmischen, rauschhaften Liebesnacht.

Nur darauf bedacht, dem anderen höchsten Genuss zu bereiten und ihm alles zu schenken, was er sich nur wünschen mochte, harmonierten sie so perfekt miteinander wie die beiden Noten *huangzhong*, die Gelbe Glocke, eine Yang-Tonart, und *zhonglu*, die Mittlere Pfeife, eine Ying-Tonart.

Die beiden komplementären Töne wurden von der ersten und der letzten der zwölf Tonpfeifen erzeugt, deren Länge der Musiker Ling Lun auf Geheiß des mythischen Gelben Kaisers festgelegt hatte. Der unendlichen Güte dieses großzügigen Herrschers aus unvordenklichen Zeiten, als dessen würdiger Erbe sich der erste Kaiser Qin Shihuangdi hatte aufspielen wollen, verdankten die Chinesen auch die Schrift, die Mathematik und die Zahlen sowie das Wissen um die Herstellung der Seide.

»Nachdem wir uns geliebt haben, fühle ich mich immer wie ins Paradies entrückt. Wenn mein Vater mir früher von dem Ort erzählte, an den die gerechten Seelen nach dem Tod der körperlichen Hülle kommen, war ich so skeptisch, dass ich manchmal sogar an der Existenz eines solchen Reichs zweifelte. Doch seit ich mich mit dir vereine, weiß ich es ganz genau: Es gibt das Paradies, und zwar genau in dem Moment, in dem du und ich miteinander verschmelzen!«, flüsterte Umara am nächsten Morgen, während sie liebevoll sein Haar streichelte.

»Der Erhabene hat gesagt: ›Es gibt einen Ort, an dem weder Erde noch Wasser existieren, weder Feuer noch Wind, nicht ein winziger Funken Bewusstsein, nicht einmal das Nichts: Das ist das Ende des Leidens, das Nirwana.‹ Für uns entspricht das Nirwana, obwohl dies hin und wieder behauptet wird, nicht eurer Vorstellung vom Paradies. Es ist jenes Stadium, in dem der Mensch nicht mehr leidet, weil es ihm gelungen ist, alle Flammen zu ersticken, die in ihm lodern! In deinem Paradies sind die Seelen bis in alle Ewigkeit glücklich, während sie in meinem Nirwana nicht mehr leiden!«

»Bedeutet das denn nicht das Gleiche?«

»Alles hängt davon ab, was man als Glück bezeichnet! Wir Buddhisten streben eher nach der Abwesenheit aller Empfindungen. Als existierte das Glück nur in Verbindung mit Unglück.«

»Es stimmt schon, dass ich, seit ich dich kenne, stets fürchte, dich irgendwann wieder zu verlieren, und das lässt mich ein wenig leiden!«

»Auch ich habe Angst, dich zu verlieren, seit ich mich in dich verliebt habe!«

»Aber du hast recht: Wenn die Menschen glücklich sein wollen, müssen sie auch bereit sein, das Leid hinzunehmen«, murmelte die junge Christin nachdenklich.

»Für die Buddhisten sind gerade das Begehren und das Glück der Ursprung von *duhkha*, dem Leiden. Sobald der Mensch irgendetwas begehrt oder genießt, leidet er die schlimmsten Qualen, wenn er es wieder verliert! Ich kann mir gar nicht vorstellen, wie ich mich fühlen würde, falls dir eines Tages etwas zustoßen sollte!«, stöhnte Fünffache Gewissheit.

»Sollten wir deswegen etwa den Tag verfluchen, an dem sich unsere Wege kreuzten? Mir ist es lieber zu leiden, nachdem ich das Glück kennengelernt habe, als ein trübsinniges Leben ohne jegliche Empfindung oder Unebenheit zu führen! Ich finde, alle Lebewesen haben das Recht, hier auf Erden glücklich zu sein und nicht erst in fernen Paradiesen, von denen sie doch nicht das Geringste wissen, da noch niemand von dort zurückgekehrt ist!«, erklärte sie und warf sich ihm in die Arme.

»Du hast recht, meine kleine Umara. Mir geht es ganz genauso: Ich werde niemals den Tag bereuen, an dem ich dich zum ersten Mal sah. Dieser Augenblick war für mich wie eine zweite Geburt! Seitdem fühle ich mich nicht mehr wie der gleiche Mensch. Ich sehe das Leben anders. Ich wage zu behaupten, dass ich vorher seinen tieferen Sinn nicht verstanden habe«, flüsterte er, während er ihre kleinen, festen Brüste streichelte.

»Wir lieben uns. Das ist unser großes Glück.«

Jeder auf seine Weise erkannten sie, wie weit gewisse religiöse Lehren von dem entfernt waren, was einem Menschen in seinem Leben unverhofft widerfahren konnte.

Zwar war der buddhistische Glaube von Fünffache Gewissheit immer noch unversehrt, aber seine Begegnung mit Umara hatte dafür gesorgt, dass sich der Inhalt einiger entscheidender Begriffe verschoben hatte.

»Erleuchtung« etwa gehörte dazu.

Dieses Wort, das bis dahin in seinen Augen vollkommen abstrakt geblieben war, hatte inzwischen eine präzise Bedeutung angenommen.

Es war die Mischung aus Verzückung und sicherer Gewissheit, die er im tiefsten Inneren seines Herzens verspürt hatte, als sein Blick zum ersten Mal dem von Umara begegnet war.

Umara hingegen verstand inzwischen die Bedeutung des Wortes »Offenbarung«, mit dessen Hilfe ihr Vater ihr so oft die Haltung des Propheten Moses erklärt hatte, als Gott sich ihm in einem brennenden Dornbusch zu erkennen gegeben und ihm später seine Zehn Gebote verkündet hatte, indem er sie mit Gewitterblitzen in die Gesetzestafeln des Propheten schrieb.

Dank Fünffache Gewissheit hatte Umara die »Offenbarung« der Liebe erlebt.

Die Worte »Vergänglichkeit« und »anatman«, also das Nicht-Sein, welches dem Buddha zufolge den Zustand aller Dinge und Lebewesen kennzeichnete und sie flüchtig und verletzbar machte, entsprachen hingegen kaum dem Bild, das Fünffache Gewissheit von seiner Geliebten hatte.

Umara war sehr viel mehr als ein Wesen aus Fleisch und Blut. Ihre Persönlichkeit machte die Tochter des nestorianischen Bischofs zu einem einzigartigen Menschen. Sie hatte also eine Seele.

Warum hatte der Erhabene verkündet, dass alles bloß »anatman« sei?

Was waren die Gründe für einen solchen Pessimismus, ja eine so verzweifelte Hoffnungslosigkeit?

Warum wurden die Menschen in eine Sackgasse namens Welt hineingeboren, die von dem tragischen, schmerzlichen Gesetz des Leidens und der Vergänglichkeit beherrscht wurde und aus der es so schnell wie möglich zu entfliehen galt?

Warum stand in den Evangelien geschrieben, dass das Glück niemals auf Erden zu finden sei und eher ein Kamel durch ein Nadelöhr ginge, als ein Reicher Eingang in das Himmelreich fände?

Waren die Religionen denn nur für unglückliche Menschen geschaffen?

Und warum ließen die Götter und Buddhas, die doch die Menschen angeblich liebten, so viele von ihnen im Elend von Hunger, Not, Krankheit und Einsamkeit verkümmern?

Wie sollte man Glück und persönliche Entfaltung mit seinem Glauben in Einklang bringen?

Das waren die Fragen, die sich Fünffache Gewissheit und Umara stellten, während er seine junge Geliebte erneut entkleidet hatte und sie sich ein weiteres Mal anschickte, ihm die herrlichen Pforten zu ihren inneren Palästen weit zu öffnen!

Als er in sie eindrang, schrie sie unwillkürlich auf, so groß war die Lust, die sie in aufeinanderfolgenden Wogen überschwemmte, welche stets unübertrefflich schienen, obwohl die nächste wie durch ein Wunder die vorherige immer wieder vergessen ließ.

»Du lässt mich einfach nicht aus dem Bett, dabei wird es

schon immer später!«, flüsterte sie ihm lachend zu, als alles vorbei war.

»Was kann ich tun, damit du mir verzeihst, meine Liebste?«, scherzte er.

»Geh und pflück mir eine dieser riesigen Pfingstrosen aus dem Garten des Pavillons. Es sind die letzten für dieses Jahr. Und gestern sahen sie so schön aus!«, schlug sie vor.

»Lauf ja nicht weg! Ich bin gleich wieder da!«, rief er und sprang aus dem Bett.

Dann rannte er hinaus, um eine jener Blüten mit dem strahlend weißen vollen Kopf zu holen, deren rotes Herz sichtbar wurde, wenn man die gezahnten Blütenblätter zur Seite schob.

Der Strauch war über und über mit Blüten bedeckt, deren Duft im Umkreis von mehreren Schritten die Luft erfüllte.

Fünffache Gewissheit wollte gerade die schönste von ihnen abschneiden, als er spürte, wie ihm jemand auf den Rücken klopfte.

Um diese Uhrzeit, lange vor dem Eintreffen der kaiserlichen Gärtner, hielt sich normalerweise niemand im Ziergarten des Pavillons der Lustbarkeiten auf.

Beunruhigt schwang er herum und sah sich Auge in Auge mit einem Unbekannten wieder, der ihn mit einem seltsamen Ausdruck im Gesicht musterte.

»Wir sind Nachbarn, glaube ich. Ich heiße Grüne Nadel und bin im Pavillon der Wasseruhr untergebracht, gleich nebenan, dort hinter der Mauer«, erklärte der Unbekannte mit näselnder Stimme.

Grüne Nadel! Der Name kam Fünffache Gewissheit bekannt vor. Aber er konnte sich nicht daran erinnern, woher, da er von der Begegnung mit dem Mann, der ihn halb nackt vor dem Päonienstrauch überrascht hatte, völlig überrumpelt war!

Der Fremde, der ziemlich verschlagen aussah, deutete auf

die hohe Ziegelmauer am Ende des Gartens. Darin öffnete sich ein perfekt kreisrunder Durchgang, durch den man den Brunnen erkennen konnte, der den Mechanismus der Wasseruhr speiste.

»Ich heiße Fünffache Gewissheit.«

»Ich weiß, wer du bist. Von der anderen Seite der Mauer aus hört man alles, was hier gesprochen wird!«, erklärte der Mann ohne die geringste Verlegenheit.

»Bist du etwa so neugierig?«, fragte Umaras Geliebter, pikiert über seinen andeutungsvollen Unterton.

»Die Tage sind lang, wenn man nichts zu tun hat! Und außerdem macht ihr beide einen unglaublichen Lärm! Ich sage es dir ganz offen, manchmal kann ich nachts gar nicht schlafen! Es gibt Abende, da habe ich sogar fast das Gefühl, direkt zwischen euch zu liegen«, grinste er hämisch.

Der spöttische Blick von Grüne Nadel, der sich über seinen eigenen Scherz amüsierte, war Fünffache Gewissheit äußerst unangenehm.

»Dann such dir doch eine Beschäftigung! In den Gärten des Palasts gibt es Tausende von Bäumen, die beschnitten werden müssen!«, rief er gekränkt und peinlich berührt, da ihm nichts anderes einfiel, was er dem unverschämten Kerl erwidern könnte.

Er setzte gerade erneut an, die Blüte abzuschneiden, die seine Geliebte von ihm gefordert hatte, als der Mann ihn plötzlich zornig anschrie: »Nehmt euch bloß vor Wu Zhao in Acht! Die Kaiserin hält nie, was sie verspricht! Das solltet ihr lieber vorher wissen!«

»Wie kommst du denn darauf?«, fragte Fünffache Gewissheit verdutzt.

»Ich habe meine Gründe! Und glaub mir, sie sind mehr als berechtigt. Ich spreche aus Erfahrung«, spie Grüne Nadel hervor, ehe er sich abrupt umdrehte und verschwand.

Zurück im Pavillon erzählte Fünffache Gewissheit seiner Geliebten von den merkwürdigen Worten und dem seltsamen Verhalten des Mannes, dem er im Garten begegnet war.

»Hat er dir gesagt, wie er heißt?«, fragte Umara.

»Grüne Nadel!«

»Eigenartig, der Name kommt mir bekannt vor.«

»Mir auch, aber so sehr ich auch darüber nachdenke, es fällt mir einfach nicht mehr ein, wo ich ihn schon einmal gehört habe!«

»Waren es nicht Speer des Lichts und Jademond, die uns von ihm erzählt haben?«, rief Umara plötzlich und ballte die kleinen Fäuste.

»Genau, du hast recht! Und sie haben sich nicht gerade schmeichelhaft über ihn geäußert, wenn mich meine Erinnerung nicht trügt. Angeblich soll dieser Grüne Nadel sie bei den Behörden verraten haben.«

»Wir haben keinen Grund, an ihren Worten zu zweifeln!«

»Der Mann, den ich draußen getroffen habe, ist also ein Verräter. Er sah auch wirklich so aus, als könnte man ihm nicht über den Weg trauen.«

»Fünffache Gewissheit, ich mache mir solche Sorgen! Was treibt er hier im Kaiserpalast, und warum beobachtet und belauscht er uns?«, fragte Umara verängstigt.

»Ich habe nicht die leiseste Ahnung! Vielleicht hat die Kaiserin ihn absichtlich dort untergebracht! Es heißt, in diesen hohen Kreisen sei es sicherer, stets mehrere Eisen im Feuer zu haben«, murmelte Fünffache Gewissheit nachdenklich.

Und sie hatten tatsächlich Grund zur Sorge.

Denn Torlak, auch bekannt als Grüne Nadel, fühlte sich von der Kaiserin im Stich gelassen.

Der Uigure war es leid, vergeblich auf ein Zeichen seiner Beschützerin zu warten.

Seit einer Ewigkeit verbrachte er seine Tage mit quälendem Nichtstun. Dazu kam sein Frust darüber, ständig die Liebesspiele dieses Paares mit anzuhören, und er stand kurz davor, sich wieder einmal zu einer unheilvollen Tat verleiten zu lassen.

Seit der Uigure in Wu Zhaos Dienste getreten war, hatte sie ihn lediglich zweimal in ihr Boudoir kommen lassen, um alles aus ihm herauszulocken, was er über die Herstellung und den Verkauf der illegalen Seide wusste. Aber die Informationen waren für sie wertlos geworden, nachdem der Schmuggel plötzlich zum Erliegen gekommen war.

Mit ihrem Angebot, für sie zu arbeiten, hatte die Kaiserin Grüne Nadel vor allem außer Reichweite seiner Kerkermeister gebracht.

Aber der Uigure hatte sich vorgestellt, bei ihr eine Hauptrolle zu spielen, und als er erkannte, wie wenig Interesse die Kaiserin ihm tatsächlich entgegenbrachte, waren seine Hoffnungen rasch in schmerzhafte Verbitterung umgeschlagen.

Der frühere geheime Abgesandte von Hort der Seelenruhe gehörte zu jenen gleichermaßen bösen wie dummen Geschöpfen, die dem Skorpion aus der Fabel glichen, welcher sich für besonders klug gehalten und den Frosch gestochen hatte, auf dessen Rücken er geklettert war, um den Fluss zu überqueren. Der Frosch war an seinem Gift gestorben, woraufhin er selbst ertrank!

Die Bemerkung, die Fünffache Gewissheit ihm ins Gesicht geschleudert hatte, war wie eine schallende Ohrfeige gewesen.

Zurück im Garten des Pavillons der Wasseruhr hatte er sich wutentbrannt vor das gewaltige Rad gesetzt, dessen Kübel das Wasser schöpften, welches durch eine Druckleitung in ein großes marmornes Becken geleitet wurde.

Dieser herumhurende Mönch hatte ihn zu Tode beleidigt.

Seit langem schon belauschte der Uigure alles, was die beiden Verliebten miteinander redeten, sodass er nach einer Weile ihre ganze Geschichte rekonstruieren konnte.

Schließlich hatte er zu seiner größten Überraschung gehört, wie die Kaiserin den beiden lasterhaften Turteltäubchen auch noch ihr Herz ausgeschüttet und sie um Hilfe gebeten hatte!

Ihnen schenkte sie also jetzt an seiner Stelle ihr Vertrauen.

Voller Zorn hatte er verbittert mit angehört, wie Fünffache Gewissheit Wu Zhao angeboten hatte, ihr als Vermittler beim Kontakt mit den Manichäern von Turfan zu dienen!

War das nicht der Gipfel?

Nicht genug damit, dass die Kaiserin ihn, Grüne Nadel, völlig vergessen zu haben schien, nun bat sie auch noch dieses Paar um Hilfe, dessen lautstarke Liebesnächte ihn kaum noch schlafen ließen.

Seit jenem Vorfall hatte er, trotz der Risiken, die ein solcher Schritt für ihn bedeuten könnte, darauf gebrannt, in den anderen Garten hinüberzugehen und Fünffache Gewissheit die Meinung zu sagen!

Und nach der vergangenen Nacht, in der er beinahe geglaubt hatte, in ihrem Zimmer zu liegen, weil Umara beim Orgasmus so laut geschrien hatte, hatte er es einfach nicht mehr ausgehalten.

Wenigstens hatte er es endlich getan! Er war alles losgeworden wie eine Kobra, die mit einem Schwall ihr Gift ausspie.

Und obwohl er aus eigener Erfahrung wusste, dass Eifersucht und Hass schlechte Ratgeber waren und niemand Verräter respektierte, kümmerte es ihn nicht: Der Hass in seinem Herzen war zu stark.

Es gab einen Satz des großen legalistischen Philosophen

Han Feizi*, den chinesische Lehrer im Unterricht den Kindern immer wieder predigten: »Es nutzt nichts, neben einem Baumstumpf darauf zu warten, dass ein Hase dagegenrennt und sich das Genick bricht!«

Grüne Nadel hatte diese Maxime so oft gehört, dass er sie sich schließlich zu eigen gemacht hatte.

Worauf wartete er noch, um mit all jenen abzurechnen, die ihn gedemütigt hatten?

Würde er, wenn er weiter untätig im Schatten seiner Wasseruhr sitzen blieb, nicht dort verrotten, bis schließlich auch die Frau in Ungnade fiel, der er in seiner Dummheit geglaubt hatte, als sie ihm angeboten hatte, ihn zu schützen?

Grüne Nadel, dem Böses zu tun zur Gewohnheit geworden war, hatte den Punkt erreicht, an dem er das Glück der anderen und vor allem das Glück von Umara und Fünffache Gewissheit, das ihm schmerzlich das von Speer des Lichts und Jademond in Erinnerung rief, einfach nicht mehr ertrug.

Diese verliebten Paare führten ihm unaufhörlich seine eigene Einsamkeit und die Sackgasse vor Augen, in der er sich befand, seit Wu Zhao ihn in diesen elenden Pavillon gesperrt hatte. Abgesehen von dem Kämmerer, der ihm dreimal am Tag seine Mahlzeiten brachte, besuchte ihn dort niemals auch nur eine Menschenseele.

Um sich zu rächen, sah er keinen anderen Ausweg, als die zuständigen Behörden über die Anwesenheit von Fünffache Gewissheit und Umara im kaiserlichen Palast zu informieren und dafür zu sorgen, dass dabei auch Wu Zhaos Name beschmutzt würde.

Aber aus naheliegenden Gründen würde er diesmal nicht selbst in Erscheinung treten.

---

* Dieser große Denker und Stratege, der Begründer des Legalismus, lebte gegen Ende der Zeit der Streitenden Reiche im 3. Jh. v. Chr.

Die Häscher des Zensorats warteten doch nur darauf, ihn für seine Zusammenarbeit mit Wu Zhao teuer bezahlen zu lassen.

Er würde sie also anonym anzeigen. Das wäre sicherer und genauso wirkungsvoll.

Es gab in Chang'an genügend öffentliche Schreiber, denen er seinen brisanten Bericht diktieren könnte. Darin wollte er nicht nur in allen Einzelheiten die Eskapaden der beiden Liebenden schildern, sondern auch die unglaubliche Abmachung, deren Einzelheiten er ganz genau mitbekommen hatte.

Dann würde jeder wissen, welcher Schliche sich die Kaiserin bediente.

Er würde die Denunziation an Präfekt Li schicken und zur Sicherheit auch dem Seidenminister Tugend des Äußeren eine Kopie davon zukommen lassen.

Der Bericht würde zweifellos Aufsehen erregen.

Das tat er auch, und zwar schon wenige Tage darauf am frühen Abend, jenem wunderbaren Moment, den Umara und Fünffache Gewissheit gerne gemeinsam genossen, wenn die zahllosen duftenden Pflanzen im Ziergarten vom Pavillon der Lustbarkeiten, die den ganzen Tag von der Sonne beschienen worden waren, die Luft mit ihren betörenden Wohlgerüchen erfüllten.

Zur großen Überraschung der beiden Liebenden stürmte plötzlich die Kaiserin persönlich in den Garten, gefolgt von ihrem unvermeidlichen Begleiter Stummer Krieger, der den Käfig mit der Grille in der Hand hielt.

Wu Zhao wirkte vor Sorge völlig außer sich.

Wenn die Herrscherin sie zu dieser ebenso ungewöhnlichen wie späten Stunde aufsuchte, musste die Lage ernst sein.

»Fünffache Gewissheit, Umara, ihr müsst fort von hier! Die

Männer des Zensorats sind gerade durch das Nordtor des Palasts gekommen!«, erklärte Wu Zhao mit tonloser Stimme. Sie rang immer noch nach Atem, nachdem sie durch die endlosen Flure gerannt war.

Die Befürchtungen, die die beiden Liebenden nach den von unterschwelligen Drohungen erfüllten Worten von Grüne Nadel gehegt hatten, erwiesen sich leider als berechtigt!

»Was ist denn los, Majestät?«, fragte Umara mit verschlossener Miene.

Die junge Christin musterte die Kaiserin von China feindselig, beinahe so, als nähme sie ihr irgendetwas übel.

»Ihr dürft keine Minute verlieren! Die Sondereinheiten des Zensorats sind hinter euch her. Zum Glück hat Stummer Krieger mich rechtzeitig gewarnt: Sie sind hier, um euch zu holen! Jemand muss euch verraten haben!«

Fünffache Gewissheit bemerkte zu seinem Missfallen, dass Wu Zhao inzwischen von »euch« sprach und nicht mehr von »uns«.

»Wo sollen wir uns denn am besten verstecken? Gibt es im Palast einen sicheren Platz, an dem wir warten können, bis sich das Gewitter verzogen hat?«, fragte Fünffache Gewissheit.

»Das kommt überhaupt nicht in Frage! Im Palast ist es viel zu gefährlich. Ihr müsst so weit wie möglich fort von hier, und zwar schnell!«, schrie Wu Zhao, deren inzwischen deutlich spürbarer Ärger eine gewisse Panik verriet.

»Auf die andere Seite der Großen Mauer?«, entgegnete die junge Christin ungläubig.

»Es war schon schwer genug, sie einmal zu umgehen, dann werden wir es doch nicht noch ein zweites Mal versuchen!«, rief ihr Geliebter bestürzt.

»Es wird euch aber nichts anderes übrig bleiben! Jenseits der Großen Mauer sind die Maschen des Netzes, das sich um euch zusammenzieht, nicht ganz so eng!«, versetzte die Kaiserin ungerührt.

Auf das junge Paar wirkten diese Worte wie ein Keulenschlag.

Jetzt, wo sie sich dem Ziel so nahe wähnten, da Luoyang mit dem Boot über den Kaiserlichen Kanal nur noch drei Tagesreisen von Chang'an entfernt war, mussten sie wieder kehrtmachen!

»Ist die Lage denn tatsächlich so hoffnungslos, dass wir China verlassen müssen?«, wollte Umara wissen.

»Es gibt leider keinen anderen Ausweg!«, entgegnete Wu Zhao traurig.

»Wo sollen wir denn hin?«, murmelte Umara mit Tränen in den Augen.

»Ihr müsst einen Ort finden, wo eure Häscher niemals hinkommen würden!«, flüsterte die Kaiserin hektisch.

»Dann wäre es das Beste, ins Reich Bod zu gehen. Man müsste schon sehr gerissen sein, um darauf zu kommen, dass wir dort sind!«, erklärte Fünffache Gewissheit schließlich, nachdem er eine Weile nachgedacht hatte.

»Das ist eine gute Idee! Flieht nach Samye! Wenn sich die Aufregung hier gelegt hat, werde ich euch einen vertrauenswürdigen Boten schicken, dann könnt ihr unbesorgt wieder zurückkehren. Und in der Zwischenzeit werde ich Vollendete Leere dazu bringen, dass er Fünffache Gewissheit verzeiht, sodass er auch in dieser Hinsicht endlich ein ruhiges Gewissen haben kann!«, rief Wu Zhao.

Wieder zurück nach Samye!

Fünffache Gewissheit hätte nie gedacht, dass er eines Tages dazu gezwungen sein würde!

Und was die Vergebung seines Meisters betraf, so glaubte er nicht daran, dass er sie durch die Vermittlung eines anderen, und sei es auch der Kaiserin von China, erhalten würde.

Er kannte die legendäre Strenge und den Autoritätsanspruch seines Abts, und deshalb war er überzeugt, dass seine einzige Hoffnung, ihn zu erweichen, darin bestand, selbst vor ihn zu treten. Er müsste ihm von Angesicht zu Angesicht seine Ergebenheit versichern und ihn um Gnade bitten.

Trotz dieses furchtbaren Rückschlags bildeten er und Umara ein so starkes Paar, dass es ihm eigentlich kaum etwas ausmachte, Chang'an zu verlassen und sich wieder auf den Weg zu machen, auch wenn dieser ihn ins Reich Bod führen sollte, solange sie nur an seiner Seite war.

Das einzige Undenkbare für ihn war, jenes intensiven, beruhigenden Glücks beraubt zu sein, jeden Morgen in den sanften Armen seiner Geliebten aufzuwachen.

»Und die himmlischen Kinder? Sie schlafen wie zwei kleine Engel!«, rief Umara plötzlich, halb verrückt vor Sorge.

»Ihr habt keine Zeit, sie mitzunehmen. Die Männer des Zensorats können jeden Moment hier auftauchen!«, schimpfte Wu Zhao mit lauter Stimme.

»Aber was soll denn aus ihnen werden? Lotos und Juwel haben doch niemandem etwas getan!«, stöhnte Addai Aggais Tochter mit vor Kummer erstickter Stimme.

»Lasst sie einfach hier bei mir. Ich werde mich um sie kümmern! Am Kaiserhof mangelt es gewiss nicht an Kinderfrauen. Sie werden hier wie kleine Prinzen behandelt werden! Vertraut mir, ich werde für sie sorgen«, erwiderte die Kaiserin von China.

»Aber Majestät, ich habe die beiden Kleinen lieb gewonnen, sie sind doch schon fast meine eigenen Kinder!«, flüsterte die junge Christin am Boden zerstört. Die Verzweiflung, die sie bei dem Gedanken verspürte, die Himmlischen Zwillinge zurückzulassen, war offenkundig.

»Umara, ich glaube, die Kaiserin hat recht. Wenn wir fliehen müssen, steht es uns nicht zu, die Kinder unnötig in Gefahr zu bringen«, mischte sich Fünffache Gewissheit ein, den der Schmerz seiner Geliebten zutiefst traurig stimmte.

»Dann soll es so sein! Aber Ihr müsst mir Euer Wort geben, Majestät, dass Ihr Euch um die Himmlischen Zwillinge kümmern werdet, als wären sie von Eurem eigenen Fleisch und Blut!«, beschwor Umara Wu Zhao unglücklich und sah der Kaiserin dabei fest in die Augen.

»Ich werde versuchen, genauso gut für sie zu sorgen wie du! Gleich morgen früh werden meine Kinderfrauen herkommen und sie holen«, versicherte diese, ehe sie zunehmend nervös hinzufügte: »Aber jetzt macht schnell! Wenn die Männer des Zensorats euch hier finden, kann ich nichts mehr für euch tun. Ich hoffe, ich habe mich klar genug ausgedrückt!«

Als Wu Zhao sich gerade abwenden wollte, versperrte ihr Umara den Weg und stieß die Frage hervor, die ihr auf der Zunge brannte: »Majestät, warum habt Ihr den Erlass veröffentlichen lassen, der es den Nestorianern verbietet, auf chinesischem Boden ihre Religion auszuüben, während den Manichäern dieses Recht gewährt wird?«

Die Antwort der Kaiserin kam, ohne zu zögern.

»Es liegt nicht in meiner Macht, irgendeinen Erlass zu veröffentlichen. Die Nestorianer sind schuld daran, dass Dunhuang vor einiger Zeit von den Türken verwüstet worden ist! Alle buddhistischen Klöster der Oase wurden bei einem Rachezug enttäuschter Mazdaisten zerstört, und die nestorianische Kirche war der Auslöser für diese beklagenswerten Unruhen. Ich habe damit nicht das Geringste zu tun!«, erklärte Wu Zhao verärgert und wandte sich wieder der Tür des Pavillons der Lustbarkeiten zu.

»War auch das große Kloster des Heils und des Mitgefühls davon betroffen?«, fragte Fünffache Gewissheit ängstlich.

»Leider ja! Im Bericht der Ordnungshüter steht sogar ausdrücklich, dass auch die berühmte Höhle mit den kostbaren

Büchern des Klosters geplündert worden ist! Wenn Fremde durch ihr unverantwortliches Verhalten solche Störungen der öffentlichen Ordnung herbeiführen, ist es ganz selbstverständlich, dass das chinesische Reich ihnen den Zugang zu seinem Gebiet verwehrt!«, versetzte die Kaiserin, ehe sie sie ohne ein weiteres Wort stehen ließ.

Drei Tage zuvor hatte sich in ganz Chang'an das Gerücht verbreitet, auf Betreiben der Kaiserin von China seien zwei kaiserliche Erlasse verkündet worden, welche den Manichäismus und den Nestorianismus betrafen, jene westlichen Religionen, die sich in den Oasen der Seidenstraße niedergelassen hatten.

Wie üblich waren die Texte von der Kanzlei des Kaiserreichs an den hölzernen Tafeln angeschlagen worden, die von den Balkonen des hohen Turms der Verlautbarungen herabhingen, um das Volk darüber in Kenntnis zu setzen.

Das strenge Bauwerk, das die gesamte Hauptstadt überragte und dessen einzige Funktion darin bestand, öffentliche Erlasse bekannt zu machen, war etwa tausend Jahre zuvor in der Zeit des Königreichs Qin errichtet worden, bevor es zum ersten chinesischen Kaiserreich geworden war.

Keuchend war Umara voller Zorn an den Fuß des Turms der Verlautbarungen geeilt, um die Verordnungen zu entziffern, von denen ihr die Kaiserin wohlweislich nichts erzählt hatte, obwohl die beiden Frauen einander fast jeden Tag sahen.

Leider zeugten die beiden Texte bezüglich der Nestorianer von äußerster Härte.

Der erste verbot ihnen wegen der Störung der öffentlichen Ordnung, die ihre Kirche verursacht habe, bei Androhung der Todesstrafe, in Zukunft die Große Mauer zu passieren und auf chinesischem Gebiet auch nur das kleinste Heiligtum zu errichten.

Der zweite hingegen erlaubte es ihren manichäischen Rivalen, »Niederlassungen« auf chinesischem Boden zu gründen, unter der einzigen Bedingung, zuvor die Genehmigung der Behörden einzuholen!

Nachdem die junge Frau die Anschläge wieder und wieder gelesen hatte, war sie, empört über eine solche Ungleichbehandlung, Fünffache Gewissheit unter Tränen in die Arme gefallen.

»Siehst du, wie ungerecht das ist?«, hatte sie sich beklagt. »Hier wird mit zweierlei Maß gemessen! Wenn mein armer Vater davon erfährt, der sein ganzes Leben lang versucht hat, schneller in China zu sein als die Kirche des Lichts, wird er darüber genauso unglücklich sein wie ich!«

»Es ist nun einmal eine Tatsache, dass die Kaiserin eher auf die Hilfe der Manichäer als auf die Nestorianer angewiesen ist, um an ihre Seide zu kommen.«

»Vielleicht war es naiv von uns, dieser Frau zu vertrauen und ihr anzubieten, ihr als Vermittler zu Hort der Seelenruhe zu dienen.«

»Aber auf welche Störung der öffentlichen Ordnung spielt der Erlass denn überhaupt an?«, hatte Fünffache Gewissheit sich überrascht gefragt.

Nachdem die Kaiserin persönlich ihnen die Antwort darauf gegeben hatte, machte sich Umara größte Sorgen um das Schicksal ihres Vaters.

Was war aus dem armen Addai Aggai geworden?

War er bei dem Überfall getötet worden, oder hatte er sein Leben retten können?

Was Fünffache Gewissheit in dem Augenblick jedoch nicht ahnte, war, dass auch die Plünderung der Bücherkammer ein Grund für Umaras Bestürzung war.

Die kleine herzförmige Schatulle aus Sandelholz, die sie dort sicher versteckt zu haben glaubte, bis sie eines Tages zurückkehren und sie holen könnte, war für alle Zeit verloren.

Sie hatte es immer noch nicht gewagt, Fünffache Gewissheit von dem Schatz zu erzählen!

Doch nun war es erst recht zu spät dafür: Sie hätte die Sorge ihres Geliebten nur noch vergrößert.

Nachdem Wu Zhao gegangen war, wirkte sie dermaßen apathisch, dass Fünffache Gewissheit sie schütteln musste, damit sie hastig die wenigen Dinge in ein Reisebündel packte, die sie auf ihrer Flucht unbedingt brauchen würden.

»Hoffentlich ist unserem *ma-ni-pa* nichts zugestoßen!«, bemerkte er und sah Umara traurig an.

»Ja, du hast recht, er muss in Dunhuang ein riesiges Trümmerfeld vorgefunden haben! Ich wage gar nicht, mir vorzustellen, wie der Bischofssitz jetzt wohl aussehen mag«, flüsterte sie mit tränennassen Augen.

»Beeil dich, Umara! Wir schweben in Lebensgefahr!«

»Ich will Lotos und Juwel noch einen letzten Kuss geben, ehe wir aufbrechen!«, sagte sie leise.

Die beiden Kinder, die in ihrem Zimmer in ihren kleinen Bettchen lagen, zuckten nicht einmal, als sie sich über sie beugte, um sie zärtlich auf die Stirn zu küssen.

Lediglich über Juwels Züge huschte ein flüchtiges Lächeln, als Umaras Lippen sanft über ihr Haar strichen.

Die junge Nestorianerin schluchzte.

Sie hatte die Himmlischen Zwillinge so lieb gewonnen, dass die überstürzte Trennung ihr beinahe das Herz brach.

Was sollte ohne ihren Schutz aus den beiden Kindern werden?

Es war so schrecklich, sie einfach ihrem Schicksal zu überlassen!

Sicher, Kaiserin Wu Zhao hatte versprochen, sich um ihre Erziehung und ihr Wohlergehen zu kümmern. Aber konnten sie dieser verschwiegenen, unerbittlichen Frau überhaupt vertrauen, die zu plötzlichen Launen neigte und nicht gezögert hatte zuzulassen, dass das chinesische Reich jene Kirche verbot, der auch Umara angehörte, ohne dies Addai Aggais Tochter gegenüber auch nur mit einem Wort zu erwähnen?

Mit schwerem Herzen schloss Umara leise die Tür des Zimmers hinter sich und ging wieder zurück zu Fünffache Gewissheit, der Lapika gerade einen Maulkorb übergestreift hatte.

»Sie kommt mit uns. Die Zwillinge brauchen ihre Milch nicht mehr. Ich habe ihr den Maulkorb angelegt, weil ich nicht möchte, dass das arme Tier vor Freude zu bellen anfängt, wenn es merkt, dass wir den Palast verlassen, in dem es nun schon seit Monaten eingesperrt ist! Lapika kennt den Weg nach Samye. Und dort gibt es jemanden, der aus allen Wolken fallen wird, wenn er sie wiedersieht!«, erklärte er.

Er sprach von Lama sTod Gling, der ihm zusammen mit den kaum ein paar Tage alten Säuglingen auch gleichzeitig die Hündin als Amme mitgegeben hatte.

Hastig und so leise wie möglich verließen sie den Pavillon der Lustbarkeiten und eilten zum Hinterausgang des kaiserlichen Palasts, der nur von den Gärtnern und Stallknechten benutzt wurde.

Sie mieden die riesigen Höfe mit ihren geheimnisvollen, poetischen Namen – Reinheit des Geistes, Himmlische Gunst, Aufrichtige Feierlichkeit oder auch Unvergleichliche Ahnen –, die sich an Wandelgänge mit prächtig ausgeschmückten Kassettendecken anschlossen. Diese führten zu dunklen Fluren, die ihrerseits in unzähligen Hallen mündeten, wo die Wachen und Diener zusammengesunken auf Bänken saßen und ihre Zeit damit verbrachten, auf Befehle zu warten.

Denn der kaiserliche Palast war niemals leer, sondern zu

jeder Tages- und Nachtzeit von einem Heer aus Eunuchen und Kämmerern bevölkert, denen Umara und Fünffache Gewissheit unter den gegebenen Umständen natürlich nicht über den Weg laufen durften.

Die Aufgabe dieser Männer – halb Spione, halb Diener, die sich alle gegenseitig überwachten – bestand ausschließlich darin, sich bereitzuhalten, um den geringsten Launen ihrer Herrscher zu gehorchen, denn alle Wünsche des Kaisers, genau wie die seiner Gemahlin, mussten unverzüglich erfüllt werden.

Das konnte von einem besonderen Gericht – und der Koch lief Gefahr, seinen Kopf zu verlieren, wenn es ihm nicht gelang, dieses innerhalb der verlangten Zeitspanne zuzubereiten! – bis hin zur Einbestellung eines Ministers oder eines hohen Beamten reichen, den man sofort aufscheuchen und vor das kaiserliche Paar schleifen musste.

Es gab jedoch auch sehr viel ausgefallenere Anweisungen, so wie jenen Wunsch, den Gaozong eines schönen Tages geäußert hatte, man möge ihm einen dressierten Schneeleoparden bringen, oder den von Wu Zhao, die nach einem besonderen Kopfkissen aus mit Schwanenfedern gefüllter Seide verlangte, das ihre Kopfschmerzen lindern sollte.

Glücklicherweise waren die Dienstbotentüren des Kaiserpalasts noch offen, als sie unter den gleichgültigen Blicken von drei Türwächtern mit abgeschlagenen Füßen hinausstürmten, ehe sie in den angrenzenden Gässchen rasch in der Menge untertauchten.

Zusammen mit Lapika, die von ihrem Maulkorb erlöst neben ihnen herlief, passierten sie sehr viel leichter als Jademond und Speer des Lichts einige Monate zuvor die Stadtzollschranke der Hauptstadt der Tang-Dynastie.

Die Nacht war bereits vollständig hereingebrochen, als ein hartnäckiger Nieselregen einsetzte, der sie nach und nach völlig durchnässte und sie zwang, in der nächsten Herberge Zuflucht zu suchen.

An jenem Abend konnten sie sich zum ersten Mal, seit sie nach Zentralchina gekommen waren, nicht lieben.

In dem Gemeinschaftsraum, der als Schlafsaal diente, stank es nach Ziegenbock, und die Gäste lagen so dicht beieinander, dass sie nicht einmal daran denken konnten, sich auch nur zu küssen. Sie begnügten sich also damit, eng aneinandergekuschelt einzuschlafen, während die Hündin zu ihren Füßen lag.

Am nächsten Morgen verließen sie die Herberge ohne Bedauern und schworen sich, in Zukunft möglichst ruhigere Orte zu finden, an denen sie die Nacht verbringen könnten.

Der Herbst färbte die Blätter an den Bäumen rot und schmückte die Natur mit seiner unvergleichlichen Palette intensiver Farben, welche nur diese Übergangszeit hervorzubringen vermochte, die sich wie ein Wunder zwischen Sommer und Winter schob.

»Was sagst du eigentlich dazu, wie Wu Zhao sich verhalten hat, mein Liebster?«, fragte Umara Fünffache Gewissheit. Sie wanderten hinter einer Schafherde her, die einige Hirten zum Weiden auf die noch grünen Wiesen führten, die sie am Horizont erkennen konnten.

»Sie ist unbestreitbar eine außergewöhnliche Frau, sowohl was ihre Qualitäten als auch was ihre Fehler betrifft!«

»Ich bin so furchtbar enttäuscht von ihr! Sie war so kühl und distanziert, als sie gekommen ist, um uns fortzuschicken«, seufzte die junge Christin.

»Umara, es ist schwer, sich in die Lage der Kaiserin von China zu versetzen! Vor allem in die Situation, in der sich Wu Zhao befindet: alleine gegen den ganzen Hof von Chang'an. Diese Frau darf wahrscheinlich niemals irgendjemandem den Rücken zuwenden! Sie hat uns immerhin rechtzeitig gewarnt. Ohne sie säßen wir jetzt in den Verliesen des Zensorats!«

»Was wird sie mit den Himmlischen Zwillingen tun? Ich fürchte das Schlimmste für die unschuldigen Kleinen!«

»Sie wird sich bestens um sie kümmern. Lotos und Juwel würden uns jetzt nur behindern, und sei es bloß, weil wir sie die ganze Zeit über tragen müssten. Auf dem Herweg war es einfacher, weil wir Sturmwind dabeihatten!«

»Bist du ihr gegenüber nicht einfach nur nachsichtiger, weil sie das Große Fahrzeug unterstützt?«, fragte sie traurig.

Bedrückt sah Fünffache Gewissheit, dass Addai Aggais Tochter Tränen in den Augen hatte.

»Ach, Umara, für mich ist meine Liebe zu dir wichtiger als alles andere. Wenn meine Religion tatsächlich so sehr mein Verhalten beeinflussen würde, dann wäre ich doch jetzt nicht hier mit dir zusammen auf dieser Straße!«, entgegnete er.

»Verzeih mir! Das war ungeschickt von mir. Ich habe nur solche Angst! Dass ich gezwungen war, die Himmlischen Zwillinge zurückzulassen, und nicht weiß, wo mein Vater ist, bringt mich dazu, unsinnige Dinge zu sagen!«

»Ich bin mir ganz sicher, dass Bischof Addai Aggai noch am Leben ist!«, rief Fünffache Gewissheit, der zu allem bereit war, um seine Geliebte zu trösten, denn er ertrug es nicht, sie so unglücklich zu sehen.

Auf der Straße drängten sich die Schafe aus Angst vor dem riesigen Hund der Flüchtlinge eng aneinander und hinderten sie daran, in ihrem gewohnten Tempo voranzukommen.

»Wenn mein Einer Gott mir deine Ahnung doch wenigstens durch irgendein Zeichen bestätigen könnte! Aber dieser Jahwe ist so groß und unerreichbar, dass er weit von den Menschen entfernt zu sein scheint! So sehr ich ihn auch bitte, zu mir zu sprechen, er bleibt doch immer stumm«, murmelte sie niedergeschlagen.

»Sooft ich kann, flehe ich zum Erhabenen Buddha, dass er in seinem unendlichen Mitgefühl auch den nestorianischen Bischof Addai Aggai beschützen möge! So wie Lapika, die darauf dressiert wurde, Wölfe und Bären zu töten, diese Schafe beschützen kann!«, fügte er hinzu und fasste sie bei der Hand.

Der Anblick der verängstigten Herde, die die Hündin durch ihre bloße Gegenwart zusammenhielt, lockte schließlich doch noch ein Lächeln auf das Gesicht der jungen Frau.

»Ich liebe dich, Fünffache Gewissheit! Du bist mein Sonnenlicht. Es ist vollkommen egal, dass wir beide an unterschiedliche Dinge glauben. Das Einzige, was von nun an zählt, sind wir beide, du und ich!«, versicherte sie erschauernd.

Um ihre Traurigkeit endgültig zu vertreiben, küsste er sie zärtlich.

»Je mehr Zeit vergeht, Umara, desto deutlicher wird mir bewusst, was ich verloren hätte, wenn ich dir niemals begegnet wäre! Ich wäre wahrscheinlich eines Tages Abt des Klosters der Dankbarkeit für Erwiesene Kaiserliche Wohltaten geworden und hätte den halben Tag meditiert, ohne jemals zu erfahren, was Liebe ist«, sagte er, um auch ihre letzten Sorgenfalten zu glätten.

»Abt des größten Mahayana-Klosters in ganz China, da gibt es wirklich Schlimmeres!«

Zufrieden bemerkte er, dass sie ihren Humor wiedergefunden hatte.

»Ganz bestimmt, aber wenn ein Schlüssel das Schloss findet, für das er geschmiedet wurde, ist es noch besser«, murmelte er und küsste sie.

»Wer ist der Schlüssel? Und wer das Schloss, mein Geliebter?«, fragte sie, bereits vom Schauer des Verlangens erfasst.

»Manchmal bin ich der Schlüssel, und manchmal du!«

Seine verschwörerischen Finger waren in den Ausschnitt ihres Gewands geschlüpft und streichelten ihre Brüste.

»Nicht hier, Fünffache Gewissheit! Nicht draußen!«, lachte sie, endlich wieder fröhlich. »Jemand könnte uns sehen!«

»Wer denn? Die Herde?«, entgegnete er und brach ebenfalls in Gelächter aus.

Nichts konnte den unstillbaren Hunger schmälern, den sie aufeinander verspürten.

Sie wussten, dass sie zu zweit sehr viel stärker sein würden als alleine!

So kostete sie auch ihr stetiger Marsch kaum Mühe.

In diesem Tempo würden sie den Südwesten Chinas bald erreicht haben.

Je weiter sie sich von der Region um Chang'an mit ihrem milden Klima entfernten, desto unwirtlicher wurde die Natur.

Anders als bei ihrem Aufbruch geplant, hatte Fünffache Gewissheit sicherheitshalber beschlossen, sich diesmal von der Seidenstraße fernzuhalten und über die südliche Route direkt auf Samye zuzuhalten.

Dieser Weg führte durch das Gebirgsmassiv des Emei Shan und dann, dank zahlreicher provisorischer Brücken, die sich über den Abgrund spannten, über die gewaltigen Flüsse Yangtse und Mekong, deren von schäumenden Fluten erfüllte Betten, durch hohe Berge voneinander getrennt, hier beinahe parallel verliefen.

Nachdem der Reisende dieses doppelte Hindernis überwunden hatte, erstreckte sich eine weitläufige Gebirgsregion vor ihm.

Die immer schmaleren Pfade schlängelten sich durch ein stufenförmig ansteigendes Gelände, das wie eine gewaltige mehrläufige Treppe auf wundersame Weise den Zugang zur tibetischen Hochebene ermöglichte.

Und die Entdeckung des Hochgebirges musste man sich erst mühsam verdienen!

Denn der Weg nach Tibet über die südliche Route ähnelte einer Initiationsreise, so beschwerlich waren die häufigen Höhenunterschiede.

Erst klettern, dann wieder absteigen, dann erneut einen Gipfel erklimmen, ehe es noch tiefer wieder hinunterging, nachdem man den Pass überwunden hatte, nur um beim nächsten Mal umso höher wieder hinaufzusteigen: Das war es, was die vom Sauerstoffmangel erschöpften Wanderer erwartete, die vor lauter Müdigkeit häufig das Gefühl hatten, die Berge immer weiter zurückweichen zu sehen, je länger sie sich vorwärtsplagten.

Mann musste schon ein Asket oder zumindest ein Freund von Leiden und Selbstverleugnung sein, um diesen Weg ins Reich Bod zu wählen.

Deshalb wurde die kräftezehrende Südroute auch meistens von buddhistischen Mönchen genutzt.

Diese Männer, denen der Handel mit Seide, Gewürzen und Pelzen vollkommen gleichgültig war, durchquerten Tibet, ehe sie in frommem Gedenken auf den Spuren des Buddha nach Indien weiterreisten. Sie nutzten diese Strecke, um das Dach der Welt zu besuchen, von dem es hieß, dass es dem Nirwana bereits ähnlich sei, weil es ihm so nahe war.

Trotz der Höhenunterschiede, die die beiden jungen Leute jeden Tag überwanden, marschierten sie immer noch in raschem Tempo voran, getragen vom Enthusiasmus und der Kraft ihrer Liebe.

Meist schlossen sich die Türen der baufälligen Hütten hastig, wenn sie vorbeikamen, denn sobald die Bergbewohner die beiden gut gekleideten jungen Leute erblickten, die nicht wie Tibeter aussahen und von einem so riesigen Hund begleitet wurden, waren sie davon überzeugt, dass es sich bei ihnen nur um Geister handeln könne, die geradewegs aus der Hölle kamen.

Doch manchmal hatten sie auch Glück, und ihnen wurde großzügig Gastfreundschaft gewährt.

Dann wurden sie im *thabkang* des Hauses empfangen, der gleichzeitig als Küche und Wohnraum diente und von dem die Schlafzimmer und der winzige Gebetsraum abgingen, in dem vor einem an der Wand hängenden *thangka* unweigerlich die kleine Statue des Avalokiteshvara thronte. Das Familienoberhaupt holte aus dem angrenzenden Vorratsraum alle Zutaten für das Festmahl, das ihnen aufgetischt wurde: die Eier, die Yakbutter, das geröstete Gerstenmehl und die geräucherten Fleischbällchen.

Dann bereitete man für sie auf tibetische Art Tee zu, der in hohen, zylinderförmigen Gefäßen serviert wurde, in denen er mit Yakbutter und einer Prise Salz und Soda geschlagen wurde.

Nachdem das Familienoberhaupt ein paar Tropfen davon in die vier Himmelsrichtungen verstreut hatte, als symbolisches Opfer an alle Wesen, mit denen es ungemein wünschenswert gewesen wäre, das Mahl zu teilen, konnte dieses, begleitet von Gelächter und gegenseitigen Komplimenten, endlich beginnen.

Abgesehen von diesen seltenen geselligen Unterbrechungen folgten die Tage friedlich aufeinander, und das Morgen glich stets zum Verwechseln dem Gestern.

Fünffache Gewissheit wusste, dass sie langsam und vor allem gleichmäßig einen Fuß vor den anderen setzen mussten, um weder von der durch die Höhe bedingten Erschöpfung noch von Mutlosigkeit überwältigt werden, denn sich mitten in einem steilen Hang wieder auf den Weg zu machen kostete sowohl körperliche als auch geistige Überwindung. Unter freiem Himmel zu schlafen wurde immer schwieriger, je tiefer die zunehmende Höhe die Temperaturen gleich nach Sonnenuntergang sinken ließ. Dann waren sie dankbar für das dichte, warme Fell von Lapika, an die sie sich vor den knisternden Flammen des Feuers eng umschlungen schmiegten.

In diesen großartigen Landschaften mit ihren unzugänglichen Gipfeln und den Gletschern, die bis in den Himmel hinaufreichten, waren Menschen ebenso selten wie ein Edelweiß. Auf den immer längeren, beschwerlicheren Strecken, die die einzelnen Weiler voneinander trennten, kam ihnen weder jemand entgegen, noch holte sie ein anderer Wanderer ein, und ohne die abrupten Wechsel der Landschaft, die von den bald im Schatten, bald im Sonnenlicht daliegenden, endlos vorüberziehenden Hängen noch verstärkt wurden, wäre ihnen der Rhythmus ihrer Tage eintönig erschienen.

Am eigenen Leib erfuhren Umara und Fünffache Gewissheit, wie zutreffend das Sprichwort war, welches besagte, dass man sich das Erreichen des Schneelandes »durch zehntausend Karmas verdienen müsse«!

12

Luoyang, Sommerhauptstadt der Tang-Dynastie, 5. Dezember 657

Die eigentümliche Melodie der Meißel, die mit Präzision und Kraft auf den weißen Stein des riesigen Steilhangs von Longmen trafen und ihn zersplittern ließen, hatte sich nun, da Wu Zhao näher an die Baustelle herangekommen war, in ein ohrenbetäubendes Klirren verwandelt.

Bald würde sich dort dank des Schweißes und der Kunstfertigkeit der Bildhauer eine fast zwanzig Meter hoch aufragende majestätische Statue des sitzenden Buddha erheben.

Nach seiner Fertigstellung würde das gigantische Bildnis den auf einer Lotosblüte thronenden Vairocana darstellen, den kosmischen Buddha, dessen Oberkörper ebenfalls wieder mit fünf sitzenden Buddhas verziert wäre.

Für die Gläubigen, die sich unweigerlich zu Füßen eines so eindrucksvollen Werkes drängen würden, wären die *mudras*, symbolische Handhaltungen, die seine riesigen und dennoch feingliedrigen Hände einnähmen, sofort erkennbar: die Rechte *abhaya-mudra*, die Geste der Beruhigung, und die Linke *varada-mudra*, die Geste der Wunschgewährung.

Die Statue sollte auch alle heiligen Merkmale der *mahapurusha* oder »großen Menschen« tragen, die, so versicherten es die Schriften, am Körper von Gautama seit seiner Geburt in Kapilavastu, einem indo-nepalesischen Marktflecken, zu sehen gewesen seien: der knöcherne Auswuchs am Kopf *ushnisha*, die stilisierte Stirnlocke *urna*, die lang gezogenen Ohren, die langen Finger und die breiten Schultern.

Meister Vollendete Leere hatte zwei Dinge im Sinn gehabt, als er sich mit Kaiserin Wu Zhao auf der riesigen, zwei Wegstunden nördlich von Luoyang am Ufer des Flusses Yi He gelegenen Baustelle verabredet hatte, wo sich Tausende von Arbeitern von Sonnenaufgang bis Sonnenuntergang emsig zu schaffen machten.

Zum einen wollte er seiner illustren Besucherin, die diesen heiligen Ort noch nie besucht hatte, zeigen, wo die Dynastie der Nördlichen Wei, deren Herrscher nicht gezögert hatten, ihrem buddhistischen Glauben laut und deutlich Ausdruck zu verleihen, anderthalb Jahrhunderte zuvor Tausende von Buddha-Figuren aus dem Stein meißeln ließ. Dabei nutzten sie die ideale Beschaffenheit der Steilhänge, in die bereits schamanische Szenen aus prähistorischen Zeiten eingeritzt waren.

Der eigentliche Grund für die Einladung des Abts vom Kloster der Dankbarkeit für Erwiesene Kaiserliche Wohltaten war jedoch, dass er dem obersten Steinmetzen ermöglichen wollte, das Gesicht der Kaiserin sowohl von vorne als auch im Profil abzuzeichnen, um sich davon inspirieren zu lassen.

So würde die riesige Statue des sitzenden Buddha von Longmen nach ihrer Fertigstellung die Züge von Kaiserin Wu Zhao tragen.

Die Idee zu dieser Huldigung war dem gewieften Taktiker Vollendete Leere einige Monate zuvor gekommen.

Auf diese Weise wollte er Wu Zhao für alle Zeit an das Mahayana binden und ihr gleichzeitig für die großzügige Geste danken, die Himmlischen Zwillinge seinem Kloster anvertraut zu haben.

War das nicht der beste Weg, um sich endgültig die Gunst

und Unterstützung der Frau zu sichern, die den Buddhismus so sehr förderte, dass sie sogar davon träumte, ihn zur offiziellen Religion des Reichs der Mitte zu machen?

»Auf diese Weise werden auch die künftigen Generationen das Antlitz jener Frau kennen, deren Schritte stets von ihrem Glauben an die Heilige Wahrheit gelenkt wurden!«, hatte der Abt vom Kloster der Dankbarkeit für Erwiesene Kaiserliche Wohltaten feierlich geendet, als er nach Chang'an gereist war, um die Kaiserin offiziell zu bitten, der riesigen Statue ihre Züge zu leihen.

Geschmeichelt hatte Wu Zhao unverzüglich eingewilligt.

Es hatte auch nicht lange gedauert, bis sie seiner Einladung folgte, und schon wenige Wochen später hatte ihre Ankunft auf der Baustelle zu einem unbeschreiblichen Durcheinander geführt, da es sich die Arbeiter nicht hatten nehmen lassen, ihr stürmischen Beifall zu spenden.

Sie war glücklich und stolz.

Zumindest diese Menschen respektierten sie und bekundeten ihr ihre Zuneigung.

Trotzdem auf eine gewisse Zurückhaltung bedacht, blieb sie äußerlich ungerührt, als ihr Gastgeber sie um die Erlaubnis bat, den obersten Bildhauer näher kommen zu lassen, und dieser mit seinem Skizzenheft herbeirannte.

»Er möge näher treten! Ich werde versuchen, mich nicht zu bewegen!«, erklärte sie lediglich, während sie innerlich über den Streich frohlockte, den sie zusammen mit Vollendete Leere ihren erbitterten Feinden am Hof spielte. Sie malte sich bereits aus, wie diese vor Wut toben würden, wenn sie entdeckten, dass die größte jemals errichtete Statue des Buddha ihre Züge trug.

Doch als Kaiserin von China musste sie sich selbst auf befreundetem Terrain stets ihres Standes würdig erweisen, vor allem auf dieser Baustelle, wo all die emsig werkelnden Männer und Frauen aus dem Volk nur Augen für jene Frau hatten, von deren nahezu göttlichem Wesen sie felsenfest überzeugt waren.

Zutiefst gerührt von dem Zeichen der Ehrerbietung und des Vertrauens, welches das Große Fahrzeug ihr entbot, betrachtete Wu Zhao die gewaltige Felsmasse, in der bereits die Umrisse der Statue zu erkennen waren. Bald würden die Falten ihres Gewands, in die sich die fünf kleineren Buddhas, Symbole für die Kontinente, schmiegen würden, mit dem Schaber fein säuberlich ausgearbeitet werden, bis der weit fallende, schöne Faltenwurf noch echter aussehen würde als in Wirklichkeit.

Nur der Kopf des riesigen Vairocana befand sich aus naheliegenden Gründen noch im Entwurfsstadium.

Und sein Modell dachte bei sich, dass sie nur zu gerne in ein paar Monaten zurückkehren wollte, um zu sehen, ob die Arbeit des Bildhauers, der ihr Gesicht aus allen Blickwinkeln skizzierte, auch überzeugend war.

»Wer ist die Figur rechts neben Buddha Vairocana?«, fragte sie Vollendete Leere.

»Das ist Ananda. Der Vetter und geliebte Schüler des Erhabenen, der ihn überallhin begleitete und ihm beistand, als er in das Nirwana einging! Ich dachte, dass dies der rechte Platz für ihn sei.«

»Sein Gesicht gleicht dem Euren, Meister Vollendete Leere!«, bemerkte sie belustigt.

»Ihr verfügt über eine gute Beobachtungsgabe, Majestät«, entgegnete der Abt lediglich.

Sie hatte sich nicht getäuscht.

In dem Bestreben, dem Buddhismus des Großen Fahrzeugs seinen Stempel aufzudrücken, hatte Vollendete Leere den Bildhauer nachdrücklich angeregt, sich bei der Gestaltung von seinem Gesicht inspirieren zu lassen.

»Was habt Ihr für die oberen Nischen vorgesehen?«, fragte sie und deutet auf ein knappes Dutzend Aushöhlungen, die am oberen Teil des Steilhangs, vor dem die riesigen Statuen aufragten, einen Fries bildeten.

»Dort werden wir die schönsten Jatakas des Erhabenen darstellen. Sie werden sich mit den Vier Glück verheißenden Zeichen abwechseln«, antwortete der Meister des Dhyana.

Wu Zhao kannte die Jatakas ganz genau, jene zahllosen wunderschönen Geschichten über die früheren Existenzen des Buddha, in denen er in den unerwartetsten und bezauberndsten Gestalten erschien, von der des mildtätigen Hirschen, der Reisende, die sich im Wald verirrt hatten, aus den Flammen rettete, über die des hilfreichen Frankolins bis hin zu der des Königs, der so großzügig war, dass er einwilligte, einem Geier sein Fleisch zu schenken, um eine Taube zu retten.

Die Vier Glück verheißenden Schriftzeichen »Fu«, »Lu«, »Xi« und »Shou«, die Himmlischen Segen, Reichtum, Glück und Langlebigkeit symbolisierten und deren Ursprung in archaische Zeiten lange vor der Einführung des Buddhismus zurückreichte, zeugten hingegen vom Bestreben des Großen Fahrzeugs, die Bevölkerung nicht vollständig von ihren konfuzianischen Wurzeln abzuschneiden, sondern die aus Indien stammende Religion in die althergebrachten Traditionen Chinas einzuschreiben.

»Ja, jeder Gläubige, der auch nur ein Mindestmaß an Bildung genossen hat, wird die Vier Zeichen lesen können. Eine gute Idee, sie dort anzubringen! Und was die Jatakas betrifft, so solltet Ihr die bezauberndsten und wunderbarsten davon auswählen, die die Gemüter am meisten beeindrucken. Ich habe gesehen, wie Menschen sich alleine deshalb zum Buddhismus bekehrten, weil sie ein hübsches Jataka hörten!«, bemerkte die Kaiserin zufrieden.

»Majestät, bringt uns doch, wenn Ihr das nächste Mal herkommt, um die Baustelle zu besuchen, die Liste der früheren Existenzen des Erhabenen mit, die Ihr am liebsten mögt«, sagte Vollendete Leere feierlich, ehe er Wu Zhao vorschlug, zur höchsten Plattform des Gerüsts hinaufzusteigen, das den riesigen Buddha verdeckte.

»Von dort oben überblickt man die gesamte Kultstätte von Longmen, die Euch so viel zu verdanken hat, Eure Majestät. Ohne Eure Unterstützung hätten die riesigen Buddhas niemals das Licht der Welt erblickt!«, fügte der große Meister des Dhyana hinzu.

Er spielte damit auf die finanziellen Zuschüsse an, die er in Folge einer nachdrücklichen Intervention von Wu Zhao von der kaiserlichen Religionsbehörde erhalten hatte. Diese hatte widerstrebend eingewilligt, der Baustelle der Zehntausend Buddhas von Longmen einen nicht unbeträchtlichen Anteil der Steuern zuzuteilen, die auf den Bau von Pagoden erhoben wurden.

Dort oben, auf der schmalen, wackligen Planke, überfiel sie ein plötzlicher Schwindel, und sie hatte den Eindruck, der Steilhang der Zehntausend Buddhas, an dem die Skulpturen mit den Arbeitern zu einem unbeschreiblichen Gewirr verschmolzen, erwache plötzlich zum Leben.

Unter ihr herrschte ein gewaltiger Lärm.

Gut hundert Bildhauer arbeiteten an der Statue von Vairocana. Die lauten »Hau ruck!«-Rufe der Hilfsarbeiter, die die Steine Block für Block vom Steinbruch, der sich in den Hang hinein öffnete, bis an den Fuß der riesigen Statue schleppten, vermischten sich mit dem Geräusch der Meißel und der Hämmer, die wild auf den Stein einschlugen.

Hier und da zeugten Blumengirlanden und Früchte auf tragbaren Altären von dem Kult, den die frommsten Arbeiter bereits für dieses unglaubliche Pantheon zelebrierten, das ihre Meißel Stück für Stück aus der felsigen Wand wachsen ließen.

»Was für eine schöne Baustelle! Der eindrucksvolle Steilhang der Zehntausend Buddhas trägt seinen Namen wirklich zu Recht! Er wird die Jahrhunderte überdauern!«, sagte Wu Zhao lediglich leise, als sie sich wieder an den Abstieg machten. Sie wollte sich vor Vollendete Leere keinesfalls anmerken lassen, wie unwohl ihr war.

»Jetzt wäre ich einem Schluck Tee nicht abgeneigt!«, fügte sie hinzu, als sie unten ankamen.

»Dann schlage ich vor, dass wir zu dem Pavillon dahinten gehen, Majestät, und uns ein wenig hinsetzen. Dort wird man Euch alles servieren, was Ihr wünscht«, entgegnete der Abt des Klosters von Luoyang und deutete auf ein elegantes kleines Gebäude aus Bambus am Ufer des Flusses.

Stummer Krieger, der wie immer den Käfig mit der kaiserlichen Grille trug, erwartete sie dort bereits.

Der riesenhafte Mongole, für den der Körper der Kaiserin inzwischen keinerlei Geheimnis mehr barg, war äußerlich ungerührt wie eh und je.

Wer hätte ahnen können, dass er Wu Zhaos Liebhaber geworden war?

Gleich nachdem sie sich hingesetzt hatte, brachte ein Diener ein paar Schalen aus Celadon-Porzellan.

Nachdem er Wasser auf einem bronzenen Dreifuß hatte kochen lassen, bis die Blasen so groß waren »wie die Augen einer Languste«, wie es hieß, goss er es in die Teekanne, in die er erst eine Handvoll Teeblätter dreier unterschiedlicher Sorten – »Haarspitzen der Gelben Berge«, »Frühlingsschnecke« und »Drachenbrunnen« – und dazu noch Orangenschale, einige Minzblätter, ein winziges Stück Dattel und eine Zwiebelschale gegeben hatte.

Danach kniete der offizielle Teebereiter feierlich vor Wu

Zhao nieder, um die Mischung mit Hilfe eines winzigen Besens zu schlagen.

Die Buddhisten, die nicht zögerten, die traditionellen Elemente der chinesischen Zivilisation aufzugreifen, nannten den Teestrauch »Pflanze des Erwachens« in Erinnerung an den indischen Mönch Bodhidharma, einen der Begründer des Großen Fahrzeugs. Man erzählte sich, dass er während einer Meditation vom Schlaf überwältigt worden sei und sich zur Strafe die Augenlider abgeschnitten und sie auf den Boden geworfen habe. Daraus sei der erste Teestrauch gewachsen. Wu Zhao trank einen Schluck und schloss dabei die Augen.

Sie liebte das kurze brennende Gefühl in ihrer Kehle, wenn sie morgens und abends ihren heißen Tee genoss.

»Wie ist es den Himmlischen Zwillingen in den sechs Wochen ergangen, in denen sie sich nun in Eurer Obhut befinden?«, fragte sie den Abt des Klosters der Dankbarkeit für Erwiesene Kaiserliche Wohltaten.

»Bestens, Eure Majestät. Sie machen große Fortschritte beim Sprechen. Das kleine Mädchen, das Juwel genannt wird, versucht sich sogar schon an kurzen Sätzen. Sie entwickelt sich etwas schneller als ihr Bruder! Und die Nonne, die sich um sie kümmert, verrichtet die Aufgabe mit Liebe und Hingabe. Da ich wusste, dass Ihr mir diese Frage stellen würdet, Majestät, erlaubt mir, sie Euch zu zeigen!«, sagte er, ehe er einem Mönch ein Zeichen gab.

Kurz darauf trug eine Nonne die warm in moltongefütterte Kleider eingepackten Himmlischen Zwillinge so behutsam in den kleinen Pavillon, als handelte es sich um heilige Reliquien.

»Guten Tag, gnädige Frau! Schön! Schön!«, rief das kleine Mädchen stockend beim Anblick von Wu Zhao.

»Sie werden tatsächlich immer entzückender! Ich sehe,

dass sie bei Euch sehr gut versorgt werden«, bemerkte diese mit einem strahlenden Lächeln angesichts der beiden Kinder, die ihr, nicht im Mindesten eingeschüchtert, die kleinen Ärmchen entgegenstreckten und vor Freude kreischten.

Die Kaiserin von China nahm Juwel auf den Schoß, und ihre Lippen hauchten einen Kuss auf die Stirn des Kindes. Das kleine Mädchen klatschte in die Hände und presste seinen Mund an Wu Zhaos Busen. Ihr außergewöhnliches Gesicht war immer noch genauso schön, sowohl die glatte als auch die behaarte Seite!

»Sie können einfach nicht stillsitzen und rennen durch alle Gebetssäle und Schlafräume des Klosters! Die ganze Gemeinschaft ist hingerissen von den Himmlischen Zwillingen«, sagte die Nonne.

»Wenn ihre Gegenwart eines Tages auch nur das geringste Problem darstellen sollte, so zögert nicht, es mir zu sagen. Dann werde ich eine andere Lösung finden!«, versicherte die Kaiserin.

»Sie bereiten uns allen die größte Freude!«, rief die Nonne.

»Das Kloster fühlt sich sehr geehrt, dass Ihr diese Kinder seiner Obhut anvertraut habt, Majestät. Ich bin mir sicher, dass es daraus den größten Nutzen ziehen wird«, fügte Vollendete Leere hinzu.

Wenn sie noch einer Bestätigung bedurft hätte, dass ihre Intuition richtig gewesen war, als sie Vollendete Leere, kurz nachdem Fünffache Gewissheit und Umara nach Tibet aufgebrochen waren, vorgeschlagen hatte, die beiden Kinder in seinem Kloster aufzunehmen, dann wäre es diese.

»Seit die Gläubigen und Pilger erfahren haben, dass das Kloster die Himmlischen Zwillinge beherbergt, kommen sie jeden Tag zu Hunderten und legen ihre Opfergaben vor dem Pavillon ab, in dem ich sie habe unterbringen lassen. Die meisten von ihnen wollen das Gewand der kleinen Juwel berühren, die sie als eine unvollendete Inkarnation betrachten! Bald wird ihre Gegenwart uns ein Einkommen sichern, das dem einer ordnungsgemäßen Wallfahrt gleichkommt!«, fuhr der große Meister des Dhyana zufrieden fort.

Sie hatte also recht gehabt, als sie davon ausgegangen war, dass die beiden Kinder aus Tibet zahlreiche Pilger anlocken würden. Dies war ein angemessener Ausgleich dafür, dass sie immer noch nicht in der Lage war, Vollendete Leere die versprochene Seide für seine Banner zu liefern.

»Dann habe ich mich wohl nicht allzu sehr getäuscht, als ich Euch anbot, die Zwillinge bei Euch aufzunehmen! Denkt nur daran, welche Mühe ich anfangs hatte, Euch davon zu überzeugen«, entgegnete sie, um das Thema einzuleiten, auf das sie Vollendete Leere lenken wollte.

Sie beabsichtigte, den von Natur aus misstrauischen Abt, der wenig geneigt war, im Äußeren des kleinen Mädchens etwas anderes zu sehen als einen Geburtsfehler, in die Defensive zu drängen, indem sie ihn daran erinnerte, wie zurückhaltend er reagiert hatte, als sie ihn aufgesucht hatte, um ihm vorzuschlagen, die Zwillinge aufzunehmen.

Angesichts seines verlegenen Schweigens war sie geradezu gezwungen gewesen anzudeuten, dass eine Weigerung seinerseits die Unterstützung gefährden würde, die sie seinen Unternehmungen gewährte.

Doch nun verfügte der Abt des größten Mahayana-Klosters in China dank ihr über zwei lebende Reliquien.

Deshalb war sie sich ihrer Sache auch recht sicher, als sie den passenden Moment gekommen sah, um den Abt vom Kloster der Dankbarkeit für Erwiesene Kaiserliche Wohltaten erneut auf Fünffache Gewissheit anzusprechen.

Sie hatte nicht die Absicht, den jungen Mönch, dem sie versprochen hatte, alles in ihrer Macht Stehende zu tun, damit Vollendete Leere ihm verzieh, nun seinem Schicksal zu überlassen; außerdem wollte sie den unangenehmen Vorfall mit Umara wiedergutmachen, als diese sie auf den Erlass angesprochen hatte, der es den Nestorianern verbot, ihren Glauben auszuüben. Sie machte sich Vorwürfe, weil sie zu grob reagiert hatte, aber ihre Befürchtung, die Männer des Zensorats könnten herausfinden, dass sie sie heimlich beherbergte, hatte sie nervös werden lassen, und so hatte dieser unglückliche Zwischenfall ihren Abschied verdorben.

Sie hatte keine Zeit gehabt, ihnen zu erklären, dass sie tatsächlich unschuldig an der Veröffentlichung jener Erlasse war, von denen sie zu ihrem größten Ärger genauso spät erfahren hatte wie sie. Ihre Veröffentlichung bewies ihr wieder einmal, über welche verborgene, heimtückische Macht ihre Feinde verfügten. Als sie Gaozong dazu befragt hatte, war er aufrichtig überrascht gewesen. Die Erlasse waren das Werk des kaiserlichen Verwaltungsapparates, der in diesem Fall ohne die Billigung der politisch Verantwortlichen gehandelt hatte, indem er sich die Maxime zu eigen machte, der zufolge alles, was nicht ausdrücklich verboten wurde, erlaubt war.

Aber vor allem meinte Wu Zhao es gut mit Umara und Fünffache Gewissheit.

Sie beneidete sie um ihre Liebe zueinander.

Wie sie selbst gingen sie als Kämpfer durch das Leben. Aber ihre Waffen waren andere als die ihren, und im Gegensatz zu ihr hatten sie auch nicht zu töten brauchen.

Die Kaiserin von China war sich darüber im Klaren, dass Umara geradewegs ihrem Glück entgegenging, und liebend gerne hätte sie ihre prächtigen Gewänder gegen die sehr viel schlichteren der jungen Nestorianerin eingetauscht.

Sie wusste aus Erfahrung, dass Glück und Macht, Liebe und Reichtum selten Hand in Hand gingen und dass ein erfülltes Leben meistens den Verzicht auf das Streben nach höchsten Ämtern voraussetzte.

So war die junge Umara mit der Zeit für die allmächtige Wu Zhao zu einer Art Vorbild geworden, und es war ihr ein großes Anliegen, dafür zu sorgen, dass Fünffache Gewissheit die Vergebung seines früheren Abtes erlangte.

»Ihr habt gut daran getan, darauf zu drängen, Majestät. Die Himmlischen Zwillinge werden für das Kloster der Dankbarkeit für Erwiesene Kaiserliche Wohltaten ein großer Gewinn sein«, entgegnete der alte Mönch lediglich auf die Bemerkung der Kaiserin.

Die Gelegenheit, das ärgerliche Thema anzusprechen, war günstig.

»Ich habe es Euch noch nicht gesagt, Meister Vollendete Leere, aber ich habe diesbezüglich eine höchst wichtige Information für Euch!«, flüsterte sie. Sie bedeutete ihm näher zu treten, ehe sie ihn zum Flussufer hinüberführte, um vor neugierigen Lauschern sicher zu sein.

Der Abt sah Wu Zhao verwundert an.

So ein Verhalten hatte er von Gaozongs Gemahlin nicht erwartet.

»Es war der Tripitaka Fünffache Gewissheit, der die beiden heiligen Kinder aus Samye zurückgebracht hat, nachdem man sie ihm dort in einem zugedeckten Weidenkorb übergeben hatte, ohne ihm zu sagen, was sich darin befand! Der Junge hat unglaublichen Mut und große Selbstverleugnung bewiesen, indem er sich bereit erklärte, die Himmlischen Zwillinge sicher hierherzubringen. Ein anderer wäre nicht fähig gewesen, eine so schwierige, gefährliche Mission zu einem guten Ende zu führen! Hat er sich dadurch nicht Eure Vergebung verdient?«, verkündete sie dem großen Meister unumwunden und sah ihm dabei fest in die Augen.

»Fünffache Gewissheit ist also nach China zurückgekehrt?«, stotterte er verblüfft.

350

»Ich habe ihn und seine Himmlischen Zwillinge sogar für eine Weile bei mir in Chang'an aufgenommen!«

»Wenn das so ist, müsst Ihr ihm sagen, dass er zu mir kommen soll. Wir beide haben miteinander zu reden«, schloss der alte Mönch ungerührt.

Wie bei allen Menschen, die sich nicht gerne nötigen ließen, hatte es nicht lange gedauert, bis er seine Geistesgegenwart wiedergefunden hatte.

»Wärt Ihr bereit, ihm zu vergeben?«, beharrte Kaiserin Wu Zhao, der allmählich bewusst wurde, dass ihr Gegenüber seinen Widerstand nicht so leicht aufgeben würde.

»Was hat Euer Schützling denn getan, das ich ihm vergeben müsste? Er soll einfach nur zurückkommen, dann werde ich ihn mit offenen Armen empfangen! Ist er etwa zu einer so wichtigen Persönlichkeit geworden, dass er nicht einmal mehr von Chang'an nach Luoyang reisen könnte?«, erwiderte der Abt mit verkniffener Miene und tat so, als verstünde er nicht, worauf Wu Zhao hinauswollte.

»Nun, sagen wir einfach, er ist verhindert!«, entgegnete sie.

»Wenn Ihr nicht deutlicher werdet, Majestät, kann ich leider nichts für den Jungen tun!«

»Er war gezwungen, China wieder zu verlassen! Und wenn er zu Euch zurückkommt, dann nur, um Euch um die Erlaubnis zu bitten, wieder in den Laienstand zurückzukehren!«

»In den Laienstand? Beim Heiligen Buddha, warum das denn? Fünffache Gewissheit ist einer meiner besten Mönche, vor ihm liegt eine verheißungsvolle Zukunft!«

»Aus dem einfachen Grund, dass er sich rettungslos in ein hübsches junges Mädchen verliebt hat! Eine alles in allem doch recht verbreitete Krankheit, würde ich meinen!«, entgegnete die Kaiserin von China halb im Scherz und halb im Ernst.

»Und wie heißt die Kreatur, der es gelungen ist, einen meiner besten Schüler ins Verderben zu stürzen?«

»Ihr Name lautet Umara, Meister Vollendete Leere!«

Der alte Abt hielt einen Moment lang inne.

Die Kaiserin sah, wie sich größte Verblüffung in seinem knochigen Gesicht ausbreitete, als habe der Name plötzlich ganz präzise Erinnerungen heraufbeschworen.

»Ihr behauptet also, dass sich Fünffache Gewissheit in eine gewisse Umara verliebt habe? Ihr habt tatsächlich Umara gesagt?«, rief er und fand unverzüglich seine Beherrschung wieder, auch wenn seine geballten Fäuste unterdrückte Wut verrieten.

»Es handelt sich um eine hinreißende junge Nestorianerin, der Euer Gehilfe auf dem Rückweg aus dem Reich Bod begegnet ist. In Dunhuang, um genau zu sein.«

»Ich dachte, der Nestorianismus sei im Reich der Mitte verboten!«, versetzte der Abt trocken.

»Dass die Verwaltung den Nestorianern vor kurzem verboten hat, ihre Religion auf chinesischem Boden auszuüben, hindert mich in keinster Weise daran, die junge Frau ausgesprochen sympathisch zu finden. Sie hat alles, um Fünffache Gewissheit glücklich zu machen!«, erwiderte sie.

Zwischen dem Mönch und der Herrscherin hatte sich ein regelrechtes Duell entsponnen, und der Einsatz war die Vergebung für Fünffache Gewissheit.

»Ich verstehe! Ich verstehe! Dieser Mönch hat also seinen Glauben verraten! Und das nicht mit irgendjemandem«, seufzte Vollendete Leere zutiefst nachdenklich.

Die Kaiserin bemerkte, dass Umaras Name bei ihm eine deutlich spürbare Feindseligkeit und gleichzeitig dumpfen Zorn hervorrief.

»Nun denn, wenn das so ist, sollen die beiden zusammen herkommen, dann werde ich darüber nachdenken!«, fügte er in einem Ton hinzu, in dem unverkennbar eine Drohung mitschwang.

Der große Meister des Dhyana hatte eindeutig seine Gelassenheit wiedergefunden. Wie er sich nun mit den Ellbogen auf einer Brüstung über dem Fluss abstützte, wo einige Karpfen konzentrische Kreise aufsteigen ließen, wirkte er ebenso hoheitsvoll wie seine Begleiterin.

»Die beiden jungen Leute mussten Chang'an verlassen, da sie vom Zensorat verfolgt wurden. Ich musste in aller Eile ihre Flucht organisieren. Zwingende Gründe, von denen einige im Übrigen auch Euch betreffen, haben mich genötigt, sie in Sicherheit zu bringen! Deswegen sind die Himmlischen Zwillinge zu Euch gekommen!«, erklärte die Kaiserin, die ihm gefolgt war.

»In gewisser Weise tue ich Euch also damit einen Gefallen!«, murmelte er unverfroren.

»Sagen wir, wir haben beide etwas davon. Aber Ihr müsst zugeben, dass Ihr dabei kein schlechtes Geschäft macht!«

»Und wo sind sie hingegangen?«, erkundigte sich der Abt wie beiläufig, während er sich hütete, auf Wu Zhaos Bemerkung einzugehen.

Über das Wasser des Flusses gebeugt, über dessen Oberfläche ein paar Libellen im Tiefflug dahinschwirrten und kunstvolle Haken schlugen, um den auf sie lauernden Fischen zu entgehen, wartete er auf die Antwort der Kaiserin.

Wu Zhao beobachtete unterdessen einen dicken Karpfen, der aus dem Wasser hochgeschnellt war und dabei einen glitzernden Schweif aus kleinen Tröpfchen hinter sich hergezogen hatte.

War das nicht ein gutes Omen, das sie dazu aufforderte, Vollendete Leere die Wahrheit über das Ziel der Flüchtlinge zu sagen?

Der Karpfen oder Liyu galt wegen seiner großen Schuppen als ein gepanzerter Krieger, der fähig war, sich dem Großen Drachen zu stellen, der im Bett des Gelben Flusses schlummerte. Der Schwanz dieses erhabenen Fischs gehörte zusammen mit Entenzungen, Fischrogen, Affenlippen, Bärenpfoten, Rindermark, Kamelhöckern und dem Schwanz eines Hirschs am Hof der Tang zu den acht erlesensten Gerichten.

»Ins Reich Bod. Fünffache Gewissheit war der Ansicht, dass das Kloster, in das Ihr ihn bereits einmal entsandt habt, ein ausreichend versteckter, unzugänglicher Ort sei, um ihnen als Zuflucht zu dienen.«

»Dann sind diese Umara und mein Fünffache Gewissheit also auf dem Weg nach Samye! Ja, dieser Ort ist nicht so leicht zu finden«, murmelte das geistige Oberhaupt des Klosters der Dankbarkeit für Erwiesene Kaiserliche Wohltaten von Luoyang immer noch ungerührt.

Wu Zhao hätte zu gerne gewusst, was sich hinter seiner äußerlichen Regungslosigkeit verbarg, nachdem er so außer sich geraten war, als sie ihm von seinem früheren Gehilfen erzählt hatte.

Aber in seinem Blick, der nur noch Ruhe und Gelassenheit ausstrahlte, war nichts zu erkennen.

»Seid Ihr bereit, Euren Gehilfen zu empfangen, wenn er wieder aus Samye zurück ist?«, fragte sie Vollendete Leere.

»Meine Tür ist niemals verschlossen! Er soll kommen, dann können wir über alles reden! Ohne Mittelsmann, so wie es sich zwischen einem Lehrer und seinem Schüler gebührt!«, entgegnete er mit sanfter Stimme.

Der Meister des Dhyana wollte in einem so entscheidenden Punkt, der die Autorität berührte, die jeder Abt eines Klosters des Mahayana seinen Mönchen gegenüber ausübte, ganz offensichtlich keine bindende Zusage machen.

Ein wenig enttäuscht erkannte Wu Zhao, dass es in diesem

Stadium sinnlos wäre, noch länger auf ein Entgegenkommen zu drängen.

Vollendete Leere schickte sich bereits an, zur Baustelle am Steilhang von Longmen zurückzukehren, als die Kaiserin ihm unvermittelt noch eine Frage stellte: »Meister Vollendete Leere, wisst Ihr etwas über die riesigen Steinblöcke, die buddhistische Mönche vor vielen Jahren auf den Grund des Flusses Le hinabgelassen haben sollen? Es heißt, an ihren Seiten seien geheime Weissagungen eingraviert!«

»Der Fluss Le fließt ein Stück oberhalb von Luoyang in diesen hier. An der Stelle, wo die heiligen Felsbrocken von einem meiner fernen Vorgänger ins Wasser geworfen wurden, ist sein Bett so voller Schlamm, dass ich sie leider nie mit eigenen Augen gesehen habe; aber ich zweifle keine Sekunde daran, dass sie sich dort befinden! Das ist sogar die erste vertrauliche Information, die jeder Abt des Klosters der Dankbarkeit für Erwiesene Kaiserliche Wohltaten von seinem Vorgänger erhält, wenn er das zulässige Höchstalter erreicht! Die Felsen dienen als unsichtbarer Talisman, der von Mönchsgeneration zu Mönchsgeneration weitergereicht wird und es erlaubt, sicherzustellen, dass das neue Oberhaupt des Klosters kein Usurpator ist. Aber warum fragt Ihr mich das, Majestät?«

»Ich wollte mich vergewissern, dass die gravierten Steine nicht bloß eine Legende sind.«

»Ich denke, ich habe mich deutlich ausgedrückt, Majestät. Die Felsen liegen seit unvordenklichen Zeiten unter der Oberfläche des Flusses.«

»Wovon handeln ihre Inschriften?«

»Während an der Existenz der Steine selbst keinerlei Zweifel möglich ist, muss ich leider zugeben, Eure Majestät, dass darüber eine gewisse Unklarheit herrscht.«

»Was meint Ihr damit?«

»Die einen behaupten, die geheimnisvollen Inschriften enthielten Weissagungen bezüglich des Buddha, andere wiederum sagen, es handele sich um die Beschreibung künftiger Ereignisse, die das chinesische Kaiserreich beträfen. Offen gestanden müsste man Männer hinabtauchen lassen, um die Felsen aus dem Wasser zu holen. Das wäre die einzige Möglichkeit, ihr Geheimnis zu lüften!«, antwortete Vollendete Leere undurchschaubar und distanziert wie immer.

»Ich verstehe, ich verstehe, das ist interessant!«, sagte sie nachdenklich.

»Dürfte ich mir erlauben zu fragen, warum Ihr Euch dafür interessiert, was in die Steine vom Fluss Le eingraviert wurde, Eure Majestät?«, fuhr der Abt von Luoyang fort.

»Ach, dafür gibt es keinen besonderen Grund! Es ist nur so ein Gedanke, der mir durch den Kopf ging!«, entgegnete sie und stellte ihm eine letzte Frage, die ihr auf der Zunge brannte: »Meister Vollendete Leere, ist eine Reinkarnation des Erhabenen Buddha möglich?«

»Ganz gewiss nicht! Gautama Buddha hat das Nirwana erreicht, und dadurch hat der Erhabene den Kreislauf von Tod und Wiedergeburt endgültig verlassen. Der Erhabene steht über der Welt. Deshalb wird er niemals wieder einen Fuß in sie hinabsetzen können.«

»Nicht einmal aus Mitgefühl für einen großen Sünder, dessen Fähigkeit, seine Lehre zu verbreiten, er erkannt hätte und um dessentwillen er einwilligen würde, seinen heiligen Prinzipien zuwiderzuhandeln?«

»Von welchem Sünder sprecht Ihr, Majestät?«, erkundigte sich der Abt verwundert.

Wortlos hatte Wu Zhao ihren Blick wieder dem Fluss und seinen Karpfen zugewandt, die an der Stelle, wo sie stand, das Uferwasser brodeln ließen.

Ihr Verhalten erschien Vollendete Leere mit einem Mal mehr als wunderlich.

Auf welchen in Sünde lebenden Menschen spielte Gaozongs Gemahlin an?

Falls es sich um Fünffache Gewissheit handeln sollte, glaubte er sich deutlich genug ausgedrückt zu haben: Es kam überhaupt nicht in Frage, ihm aus der Ferne alle Verfehlungen zu verzeihen, nicht einmal, wenn Wu Zhao persönlich als seine Fürsprecherin auftrat.

Er wiederholte also seine Frage.

»Ach, es geht um ein Gerücht aus dem Süden Chinas, das mir durch meine Zuträger zu Ohren gekommen ist und mich äußerst neugierig gemacht hat. Es ist die Rede von einem seltsamen Menschen, der auf dem Rücken eines weißen Elefanten von Stadt zu Stadt reist! Der Mann soll über außerordentliche Kräfte verfügen. Die einen behaupten, es handele sich um einen Bodhisattva, die anderen, es sei sogar der Buddha Gautama Shakyamuni selbst! Überall, wo er hinkommt, strömen die Gläubigen zusammen. Es heißt sogar, dass er in der Lage wäre, Kranke zu heilen, indem er ihnen die Hände auf die Stirn legt.«

»Es ist vollkommen ausgeschlossen, dass es sich bei diesem Mann um den Buddha Shakyamuni Gautama handelt! Man darf solchen Gerüchten nicht trauen, Eure Majestät. Diejenigen, die sie verbreiten, sind entweder völlig unwissend oder ausgemachte Lügner!«, versetzte der große Meister des Dhyana, der so schnell wie möglich zurück auf die Baustelle wollte, um seinen obersten Bildhauern neue Anweisungen zu erteilen.

»Was meine Verwirrung noch steigert, ist der weiße Elefant. Es heißt, er sähe aus wie ein Berg aus Schnee! Ist das Reittier des Bodhisattva Samantabhadra Puxian nicht ein strahlend weißer Elefant?«, fügte die Kaiserin hinzu.

»Der weiße Elefant Puxians des Weisen verfügt über sechs Stoßzähne, und seine Sänfte ist von flammenden Perlen gekrönt; außerdem bewegt er sich nur auf Lotosblüten vorwärts. Es würde mich wundern, wenn das bei dem Tier, von dem Ihr sprecht, der Fall wäre, Majestät«, antwortete der Abt ein wenig verkniffen.

»Dem Gerücht zufolge ist der betreffende Elefant weiß wie der Schnee des Emei Shan!«

»Die Farbe hat nichts zu bedeuten! Einer meiner indischen Bekannten besitzt einen heiligen Elefanten mit heller Haut. In den Hinayana-Klöstern Nordindiens sind diese Tiere befugt, heilige Reliquien zu tragen. Auch wenn die Worte ›Elefant‹ und ›Verheißung großen Friedens‹ auf die gleiche Weise ausgesprochen werden, muss ich Euch leider sagen, dass Ihr Euch irrt, Majestät! Der Elefant, von dem Ihr sprecht, kann unmöglich der von Puxian sein!«

»Ich verstehe! Und wenn ich Euch gesagt hätte, dass dieser Mensch auf einem Löwen reitet, der sich auf einem Teppich aus Lotosblüten fortbewegt, wärt Ihr dann bereit gewesen, in ihm die Reinkarnation von Manjushri Wenshu zu sehen, jenem Schüler von Shakyamuni, dem aufgetragen wurde, die Unwissenheit zu vertreiben?«, spottete sie.

»Majestät, dies sind Themen, bei denen mir Scherze nicht angebracht erscheinen! Ich hoffe sehr, dass Manjushri Wenshu, dessen Reittier der Löwe ist, eines Tages geruht, Eure Gebete zu erhören!«, antwortete der Abt vom Kloster der Dankbarkeit für Erwiesene Kaiserliche Wohltaten mit deutlicher Missbilligung.

Auch nur andeutungsweise Späße über das spirituelle Pantheon des Großen Fahrzeugs zu treiben war etwas, das der Leiter des symbolträchtigsten Klosters dieses Lehrpfads stets verurteilt hatte, und mehr als einer seiner Novizen war wegen solch eines vermeintlich harmlosen Scherzes schon

358

zur Buße für mehrere Monate in eine abgeschiedene Einsiedelei verbannt worden.

Doch Wu Zhao, deren Neugier von dem unablässig anschwellenden, beinahe die Ausmaße einer Legende annehmenden Gerücht geweckt worden war, ignorierte den Verweis: Sie wollte wissen, was sich hinter dieser ebenso erstaunlichen wie bizarren Gestalt verbarg.

»Könnte es sich dann nicht um Amitabha, den Buddha des Lichts, handeln?«

»Dieser Mensch kann keinesfalls Amitabha sein, Eure Majestät! Der Buddha des Grenzenlosen Lichts herrscht über das Paradies des Westens, das Reich des Vollkommenen Glücks, das von unserer Welt unermesslich weit entfernt ist! Der Süden Chinas wäre das nun nicht gerade«, antwortete Vollendete Leere und verdrehte dabei die Augen zum Himmel.

Der Tonfall, in dem der große Meister ihre Vermutung abgetan hatte, kränkte Wu Zhao. Und so verabschiedete sie sich kurz angebunden von ihm, ehe sie hastig wieder in ihren Palankin stieg.

Vollendete Leere erkannte, dass er zu weit gegangen war.

Er wusste aus langjähriger Erfahrung, dass es niemals gut war, die Mächtigen zu demütigen: Früher oder später ließen sie einen dafür bezahlen.

Und es wäre höchst bedauerlich, wenn sich sein Verhalten negativ auf das Große Fahrzeug auswirken würde.

Er musste unbedingt das Schlimmste verhindern und dafür sorgen, dass die Kaiserin nicht verärgert abreiste.

Daher hastete er zu dem vergitterten Fenster, das sich in der Mitte des mit prächtigen Blatt- und Vogelschnitzereien verzierten vergoldeten Kastens öffnete, den sechs Träger gleich auf ihre Schultern heben würden.

»Majestät! Da dieser Mensch auf seinem weißen Elefanten

Kranke heilen kann, muss er wohl ein Arzt sein! Lasst ihn doch zu Euch an den Hof kommen! Man weiß ja nie«, stammelte er, um seine Ungeschicktheit wiedergutzumachen.

»Ich glaube, ich weiß sehr gut selbst, was ich zu tun habe, und werde Euch sicher darüber auf dem Laufenden halten!«, entgegnete sie pikiert.

»Möge der Erhabene Euch mit seinem sanften und göttlichen Licht umhüllen! Das gesamte Große Fahrzeug steht hinter Euch, Majestät!«, rief Vollendete Leere und verneigte sich vor dem Palankin der Herrscherin.

»Daran zweifle ich nicht!«

Doch statt die Träger anzuweisen, sie in den kaiserlichen Palast von Luoyang zu bringen, wo sie seit einigen Tagen residierte, ließ sie sich ans Ufer des Le-Flusses tragen, und zwar genau an die Stelle, an der, wie es hieß, einst die mit Weissagungen gravierten Steine ins Wasser gestoßen worden waren.

Der Fluss war dort von Trauerweiden gesäumt, die man auch die »Bäume der Liebe« nannte. Ihre langen, schlanken Zweige tauchten ins Wasser ein wie das Haar eines Geschöpfs, das zum Bad hineingleiten wollte. An der Stelle verbreitete sich das Bett des Le zu einer Art kleinem See, in dessen Mitte ein beeindruckender Strudel das Wasser trichterförmig kreisen ließ, als liefe es darunter durch einen gewaltigen Abfluss aus.

In der dichten Schlammschicht, die dem Fluss seine jadegrüne Farbe verlieh, sollten die heiligen Felsen mit ihren geheimnisvollen Inschriften liegen.

Und sie hatte auch schon einen Plan entwickelt, wie sie die seit Jahrhunderten dort ruhenden Steine mit ihren uralten Inschriften zu ihrem Vorteil nutzen konnte.

Sie brauchte es lediglich zu beschließen: Die Steine aus dem Le-Fluss sollten ihr gehören.

Sie lagen dort unten nur für sie.

Im Schlamm vergraben, warteten sie auf Wu Zhaos Befehl, sie aus dem Wasser zu ziehen.

Diese Felsbrocken würden zu treuen Verbündeten jener Frau werden, die bei ihrer Ankunft am Hof von Chang'an mit Erstaunen festgestellt hatte, welche Verehrung die Gelehrten und Künstler Steinen entgegenbrachten.

Durchlöchert und von Wind und Wasser erodiert, wodurch die Lebensenergie Qi ungehindert durch sie hindurchfließen konnte, stellten die *jingshi* oder Landschaftssteine die zerklüfteten Gipfel und tiefen Täler der Fünf Heiligen Berge Chinas dar. Auf Sockel aus reich geschnitztem Palisander oder Rosenholz gesetzt, dienten sie Malern und Kalligraphen als Ablage für ihre Pinsel; mit fossilen Einschlüssen aus Muscheln, Insekten oder Farnen versehen, wurden sie von Sammlern getauscht, die manchmal ein wahres Vermögen zahlten, um diese Steine zu besitzen. Daoistische Priester empfahlen, sie zu zermahlen, um das Pulver der Unsterblichkeit zu erhalten. Besaßen sie, wie die *huashi*, die charakteristische Form von Dinosauriereiern, glaubte man, sie seien von einem Phönix gelegt worden.

Die »Regenblumen« oder *caishi* hingegen, von denen es hieß, sie seien vom Himmel gefallene steinerne Blüten, zierten bevorzugt die Miniaturbecken in Gärten.

In den Gartenanlagen ihrer Tempel widmeten sich die buddhistischen Mönche auf makellosen, mit Kies bedeckten Flächen der inneren Betrachtung vor den *chanshi*, jenen Steinen der »Sitzmeditation«, die eine so seltene Form besaßen, dass sie geradezu absurd erschienen und es dem Geist ermöglichten, unverzüglich der Wirklichkeit zu entfliehen.

Doch noch viel bedeutender als diese »Traumsteine« waren die »beschriebenen Steine«.

Denn wenn ein Felsen von Menschenhand stammende Inschriften oder Zeichnungen trug, wurde er zu einer Stele, einem *shishu*, einem »steinernen Buch«.

Und da nichts die in Stein gemeißelten Schriften wieder auslöschen konnte, waren sie umso wertvoller und wurden zu »himmlischen Weisungen«.

Es gab unzählige Stellen, die wie heilige Orte verehrt wurden, weil dort in früheren Zeiten die Menschen ihre Spuren im Stein hinterlassen hatten, sei es in Gestalt von Tierzeichnungen oder auch durch drastische Darstellungen von Begattungen, in denen kein einziges Detail dem Meißel des schamanischen Bildhauers entgangen war.

Seit den großen Dynastien der Shang und der Zhou, als die chinesischen Gesetzessammlungen entstanden, war der Respekt vor dem Geschriebenen von Generation zu Generation weitergegeben worden.

So hatte der letzte Kaiser der Han um das Jahr 200 nach Christus den Befehl gegeben, die Dreizehn Klassiker in Kalksteintafeln einzugravieren, und sein ferner Nachkomme Taizong der Große, Gaozongs Vater, hatte in Chang'an den »Wald der Stelen« errichten lassen. Dabei handelte es sich um eine großartige steinerne Bibliothek, dazu bestimmt, die größten Werke der chinesischen Literatur und Geschichtsschreibung zu bewahren.

Doch manchmal trug ein steinernes Buch auch »verborgene Inschriften«, und in einem solchen Fall enthüllte es seine Botschaft nur denjenigen, deren Augen über besondere Kräfte verfügten.

Dann konnte nur ein Priester, Wahrsager oder Medium ihre Bedeutung ergründen.

Wu Zhao war sich sicher: Die im Fluss versenkten Steine enthielten eine für sie bestimmte himmlische Weisung.

Und notfalls würde sie schon jemanden finden, der scharfsichtig genug war, ihren geheimen Inhalt zu entziffern.

An jenem Tag würden die versunkenen Steine aus dem Fluss Le zu den »Steinen der Kaiserin Wu« werden.

»Schau dir den Fluss gut an«, sagte sie zu Stummer Krieger, »dort unten im Wasser liegen steinerne Verbündete, die mir dabei helfen werden, mein Ziel zu erreichen.«

Sie waren alleine, die Träger des Palankins warteten ein Stück weiter entfernt.

Sie bot ihm ihre Lippen dar.

»Glaub mir, Stummer Krieger, diese Steine sind nicht zufällig dort hineingestoßen worden«, fügte sie hinzu.

Und die Grille musste ihr wohl zustimmen, denn unvermittelt begann sie in ihrem kostbaren kleinen Käfig zu zirpen.

13

Auf der Straße nach Samye, in den Bergen des Schneelands, Tibet

Seit zwei Monaten wanderten sie nun schon Seite an Seite, ihnen voraus immer die gelbe Hündin. Voller Freude über jede Spur, die sie irgendwo witterte, rannte sie kreuz und quer, vertraut mit den weiten Räumen, in denen die reiche Tierwelt sich meist unsichtbar für das menschliche Auge im Schutz der Sträucher verbarg, die in dem gerade einsetzenden Winter noch nicht unter dem Schnee begraben waren.

An diesem Nachmittag beobachtete Fünffache Gewissheit hinter einer Biegung des Weges, wo vorbeiziehende Yaks ihre noch dampfenden Spuren zurückgelassen hatten, überrascht, wie sich die Hündin mit einem Mal äußerst seltsam verhielt.

Der Weg führte an dieser Stelle oberhalb eines Abhangs entlang, auf dem das Gras so hoch wuchs, dass seine Spitzen noch aus der dichten Schneedecke hervorlugten.

Dort verharrte nun die riesige Hündin in angespannter Stellung, die Nase lauernd im Wind, als wollte sie ein Tier aufscheuchen, das sich hinter einem kleinen Schneehügel versteckte.

»Sieh nur, wie sie die Zähne fletscht, Umara! Lapika hat all ihre Instinkte wiedergefunden. Hier ganz in der Nähe muss sich ein Schneeleopard oder vielleicht sogar ein Bär herumtreiben, der auf uns losgehen will!«, rief Fünffache Gewissheit etwas unruhig.

Er hatte seinen Satz kaum beendet, als Lapika auch schon ihre Muskeln anspannte und wütend mit weit aufgerissenem Maul auf den Schneehaufen losschoss, aus dem ein vor Angst laut schreiender schneebedeckter Mann hervorsprang!

»Haltet ihn zurück! Euer Riesenhund wird mich zerfleischen!«, brüllte er.

Fünffache Gewissheit rief Lapika zurück, woraufhin die Hündin zur großen Erleichterung des Mannes, über den sie beinahe hergefallen wäre, unverzüglich gehorchte.

Und da erkannte die verblüffte Umara trotz seiner seltsamen Mütze, seines vom Schnee feuerrot verfärbten Gesichts, der von Reif überzogenen Wimpern und der panischen Angst, die seine Züge verzerrte, plötzlich Staubnebel wieder.

Ihr früherer Spielkamerad, mit dem sie das Bücherversteck in Dunhuang entdeckt hatte, starrte sie genauso überrascht an wie sie ihn.

»Staubnebel! Was machst du denn hier in Tibet? Was für eine himmlische Überraschung! Ich bin ja so froh, dich zu sehen. Wie groß du geworden bist!«, stammelte sie erstaunt.

Der junge Chinese überragte sie deutlich, im Gegensatz zu ihrem letzten Zusammentreffen im Obstgarten des Bischofssitzes ihres Vaters.

Während er sich den Schnee von den Kleidern klopfte, hatte sie Gelegenheit, ihn genauer zu betrachten. Über der Schulter trug er ein kleines Reisebündel, das ihm sehr viel zu bedeuten schien, so fest, wie er es mit seinen blaurot angelaufenen Händen umklammerte.

»Ich habe mich in dem Graben versteckt! Ich habe euch schon von weitem mit eurem Hund den Weg heraufkommen sehen. Ich muss auf der Hut sein, wie alle Flüchtlinge. Wenn ich gewusst hätte, dass du es bist, hätte ich mich sicher nicht in dieses Gestrüpp geworfen!«, antwortete der junge Chinese lediglich.

»Als lauter Flüchtlinge sollten wir doch gut miteinander auskommen!«, scherzte Umara.

Fünffache Gewissheit, der den jungen Mann nur dem Namen nach kannte, bemerkte, dass seine Geliebte vor Freude strahlte. Sie war überglücklich über die unerwartete Begegnung, die ihr endlich die Gelegenheit gab, Staubnebel zu erklären, warum sie so überstürzt aus Dunhuang verschwunden war.

Dieser hingegen wirkte immer noch angespannt und musterte sie mit düsterer, fast schon schmollender Miene.

Er hatte immer noch nicht verwunden, dass sie sich ohne die geringste Erklärung einfach so in Luft aufgelöst hatte. Nachdem er festgestellt hatte, dass das junge Mädchen, mit dem ihn eine so vertraute Beziehung verband, fort war, hatte er entsetzlich gelitten.

Warum hatte sie ihn einfach im Stich gelassen? Was hatte er ihr getan, dass sie ihn so behandelte?

Als hätte man ihm einen Schlag mit einer Keule versetzt, war er tagelang durch Dunhuang und die nähere Umgebung geirrt. Furchtbar enttäuscht und ständig zwischen Unverständnis, Verbitterung und Angst schwankend, hatte er nach dem jungen Mädchen gesucht, das zum einzigen Menschen auf der Welt geworden war, der ihm etwas bedeutete.

Ziellos wanderte er umher, verletzt und voller Wut, ohne zu wissen, wohin, davon überzeugt, dass sein Schicksal verflucht war, bis ihn schließlich eine Begegnung dazu veranlasst hatte, sich auf den Weg nach Samye zu machen.

Und so war aus ihm ein missmutig dreinblickender, von der Flucht ausgezehrter junger Mann geworden. Nachdem sie abends ihr Lager aufgeschlagen hatten, unterzogen sie ihn einem regelrechten Verhör, ohne zu bemerken, welchen Druck sie damit auf ihn ausübten. Sie konnten es kaum erwarten, mehr über die Umstände zu erfahren, die den jungen Chinesen hierher in die Grenzlande des Reichs Bod geführt hatten, diese so ungastliche Region, über die unentwegt eisige Winde peitschten und in der man so selten einer Menschenseele begegnete.

»Wenn ich recht verstehe, bist du also gerade noch mit heiler Haut davongekommen. Von der Oase kann ja nicht mehr viel übrig sein!«, sagte Fünffache Gewissheit, nachdem der junge Chinese ihnen in knappen Worten geschildert hatte, wie er nach dem Überfall einer türkischen Armee auf Dunhuang zur Flucht gezwungen gewesen war.

»Warum hast du denn beschlossen, gerade hierher zu kommen?«, fragte Umara schließlich.

Es hatte nicht lange gedauert, bis ihr früherer Spielkamerad an der Art und Weise, wie sie und der junge Mönch sich berührten und anschauten, erkannt hatte, wie verliebt sie waren.

»Heißt es bei uns nicht, dass einen auf dem Dach der Welt kein Verfolger jemals einholen kann?«, entgegnete er ausdruckslos, wobei er sich an Fünffache Gewissheit wandte und Umara keines Blickes würdigte, um deutlich zu machen, dass er ihr noch lange nicht verziehen hatte.

Sein Groll gegen die junge Christin, die ihn ganz offensichtlich wegen Fünffache Gewissheit verlassen hatte, saß immer noch tief. Um nichts in der Welt hätte er ihnen den wahren Grund für seine Reise verraten.

»Das Sprichwort kenne ich auch! Und eines ist sicher, hier in der Gegend werden dich die Türken bestimmt nicht erwischen«, bemerkte Fünffache Gewissheit, der nicht ahnte, dass Staubnebel ihnen längst nicht die ganze Wahrheit gesagt hatte.

Sie fuhren fort, den jungen Chinesen mit Fragen zu bestürmen.

Doch er antwortete nur kurz angebunden, jede Information mussten sie ihm aus der Nase ziehen.

»Das Feuer hat alle Gebäude aus Holz und Strohlehm zerstört. Als ich die Oase verlassen habe, lag sie in Schutt und Asche«, erklärte er schließlich mit finsterer Miene, nachdem ihn Fünffache Gewissheit zum hundertsten Mal nach den Folgen des Überfalls befragt hatte.

»Und was ist aus der nestorianischen Kirche geworden, die mein Vater Stein für Stein aufgebaut hat?«, fragte Umara zitternd, deren Sorge durch die Worte ihres einstigen Spielkameraden schmerzlich wieder aufgeflammt war.

»Sie ist geplündert worden. Als ich bei meiner Flucht aus der Stadt dort vorbeigekommen bin, war von ihr nur noch ein Haufen Asche übrig. Sie war das eigentliche Ziel der Angreifer«, ließ sich Staubnebel zu weiteren Ausführungen herab.

Vor Kummer brach Umara in Tränen aus.

Was war aus ihrem geliebten Vater geworden? Hatte er noch genug Zeit gehabt zu fliehen? Hatte Diakonos, sein Stellvertreter, der für die versteckte Seidenmanufaktur verantwortlich gewesen war, den Plünderern entkommen können? Und die arme Golea, ihre Kinderfrau, die sie wie eine Mutter aufgezogen hatte, wo hatte sie wohl Zuflucht gefunden, vorausgesetzt, die abscheulichen Türken hatten sie verschont?

Sie dachte auch an ihre Brüder, die etwa dreihundert Mitglieder der nestorianischen Kirche, die den verheerenden Angriff miterlebt haben mussten.

Fünffache Gewissheit merkte, dass sie kurz vorm Zusammenbruch stand, und drückte fest ihre Hand.

»Das ist einfach grauenvoll! Eine so schöne Oase! Und was ist mit den buddhistischen Höhlenklöstern in den umliegenden Steilhängen?«, fragte er, nun seinerseits begierig, etwas von seinen Glaubensbrüdern zu erfahren.

»Kein einziges von ihnen ist den Flammen entkommen. Sie wurden alle zerstört!«, stieß der junge Flüchtling zwischen den Zähnen hervor.

»Auch ihre Höhlenkammern?«

»Verwüstet und in Brand gesteckt, genau wie die Häuser in der Stadt! An ihren Wänden ist keine Malerei und nicht die geringste Spur der Stuckverzierungen erhalten geblieben! Die Angreifer haben nichts und niemanden verschont!«

»Ich meinte die richtigen Höhlen, die Bücher- oder Schatzkammern, die in die Steilhänge gegraben wurden«, präzisierte Fünffache Gewissheit.

»Ich habe doch gesagt, alles wurde geplündert! Ich hatte große Angst. Seit Monaten laufe ich jetzt schon geradeaus und wage es nicht, mich auch nur einmal umzudrehen«, antwortete der Junge, der vor anderthalb Jahren noch Umaras treuer Spielkamerad gewesen war.

Die Plünderung der Oase und das Massaker an einem Großteil ihrer Bewohner hatten Staubnebel traumatisiert. Seine verzweifelte Flucht ins Reich Bod war ein Versuch, davon zu genesen und die Bilder von abgeschlagenen Köpfen und Leichenbergen zu vergessen, auf die betrunkene Soldaten zerstückelte Leichen häuften, ehe sie diese unter freudigem Johlen in Brand steckten.

Umara, die den Grund für sein distanziertes Verhalten kannte, gab Fünffache Gewissheit ein Zeichen, sie alleine zu lassen.

Dann rückte sie näher an ihn heran. Immer noch wich er ihrem Blick aus und starrte stattdessen in die Flammen des Feuers, das Fünffache Gewissheit angezündet hatte, um darauf eine Brennnesselsuppe zu kochen.

»Staubnebel, ich verstehe, dass du wütend auf mich bist.

Ich bin weggegangen, ohne mich von dir zu verabschieden, und du musst gedacht haben, dass ich dich einfach im Stich gelassen hätte. Verzeih mir! Aber wenn ich dir erzähle, unter welchen Umständen wir Dunhuang verlassen haben, wirst du erkennen, dass ich keine andere Wahl hatte, auch wenn es mir unendlich leidgetan hat«, sagte sie leise.

»Ich bin tagelang umhergeirrt und habe nach dir gesucht! Jeden Abend kam ich unverrichteter Dinge nach Dunhuang zurück, noch verzweifelter als am Tag zuvor. Bis ich von einem nestorianischen Mönch erfahren habe, dass nicht einmal dein Vater wusste, wo du warst. Du hast mich für einen anderen fallen lassen, wie ich sehe!«, stieß er verbittert hervor.

»Mir blieb nichts anderes übrig, mein kleiner Staubnebel. Fünffache Gewissheit und ich haben erst im allerletzten Moment beschlossen, uns auf den Weg zu machen!«

»Deine Umstände sind mir vollkommen egal. Ich habe allen Grund, wütend auf dich zu sein! Du hast einen anderen mehr gemocht als mich!«

Verblüfft erkannte sie, dass die Reaktion ihres jungen Freundes in Wirklichkeit auf enttäuschter Liebe beruhte!

Das war es also! Staubnebel hatte sich sicher in sie verliebt, und sie hatte es in ihrer damaligen Arglosigkeit nie bemerkt.

Aber sie brauchte dem Jungen nur in die Augen zu schauen, jetzt wo er endlich geruhte, ihr ins Gesicht zu sehen.

Sprachen aus seinem Blick nicht Zorn und Auflehnung, vor allem aber die unglaubliche Verzweiflung eines Menschen, der sich von der einzigen Seele verraten fühlte, die ihm nahestand?

»Was ist denn los, Umara, du wirkst so durcheinander?«, fragte Fünffache Gewissheit leise, nachdem Staubnebel sich ein Stück von ihnen entfernt unter seiner Yakfelldecke zum Schlafen hingelegt hatte.

»Staubnebel nimmt mir mein Verhalten übel. Für ihn sah es so aus, als hätte ich ihn einfach im Stich gelassen!«, antwortete Umara und sah nachdenklich in die Glut des verlöschenden Feuers.

»War er nicht vielleicht auch ein bisschen in dich verliebt?«

»Wahrscheinlich schon. Aber ich schwöre dir, dass ich erst heute etwas davon bemerkt habe!«

Am Morgen nach diesem eher kühlen Wiedersehen erreichten die drei Reisenden ein Dorf, das sich an eine Bergspitze krallte. Auf dem Dorfplatz hatte sich eine Schar junger Leute versammelt. Sie trugen farbenfrohe Kleidung und Turbane aus weißem Leinen. An ihren Knöcheln hingen winzige Schellen, und in den Händen hielten sie Kriegsbeile. Vor ihnen standen in einer Reihe ebenso viele Trommler, die rhythmisch ihre Instrumente schlugen, um den Tanz der Dörfler zu begleiten.

Fünffache Gewissheit bemerkte einen alten Mann, der auf einer steinernen Bank saß und dem Schauspiel zusah. Er ging auf ihn zu und fragte ihn auf Tibetisch, was dort vor sich ging.

»Das ist der rituelle *bang*-Tanz! Er schildert den Kampf zwischen den *deva* und den *asura*, die die Früchte des Baumes begehren, welcher hoch oben auf dem Gipfel des Bergs Sumeru wächst!«, antwortete der Greis zischend.

Fünffache Gewissheit sah, dass der Mann keinen einzigen Zahn mehr im Mund hatte.

»Weiß wurde im Himmel erschaffen; Blau wurde im Himmel erschaffen; dann wurde der strahlend weiße Berg aus Eis erschaffen; dann wurde der äußere Ozean erschaffen; inmitten dieses Meeres wurden sechs lederne Beutel erschaffen; aus den Beuteln entsprangen neun Waffen; dann wurden der Gott Wilder Vater, der den Blitz niederfahren lässt,

371

und die schützende Mutter, die auch die Meeresschnecke genannt wird, erschaffen«, rief ein Barde mit einem gelben Turban den jungen Leuten zu, die aufgehört hatten, ihre Trommeln zu schlagen, und wie erstarrt vor ihm standen.

»Wo liegt denn der Berg Sumeru?«, erkundigte sich Fünffache Gewissheit ahnungslos bei dem zahnlosen Alten.

»Dazu muss man auf das Dach der Welt steigen; er liegt noch ein wenig darüber! Man kann über eine Strickleiter hinaufgelangen!«, erklärte der alte Tibeter entschieden.

»Von einem Gott namens Wilder Vater habe ich noch nie gehört!«, rief Umaras Geliebter verwundert.

Für ihn als Anhänger des Mahayana war der Sumeru nichts anderes als die Mittelachse der Welt, eine Abstraktion, genau wie der Bindu, jener zentrale Punkt, um den herum die kunstvollen Diagramme der Mandalas aufgebaut wurden.

»Der Gott des Sumeru ist ein Steinhaufen«, fügte der alte Mann, erstaunt über die Unwissenheit seines Gegenübers, hinzu, »an seinen vier Seiten stehen die weiße Löwin des Ostens, der blaue Drache des Südens, der Tiger des Westens und der wilde Yak des Nordens.«

»Das Schneeland ist wohl auch das Reich der Fabeltiere!«, bemerkte Umara belustigt, als ihr Geliebter die Worte des alten Mannes für sie übersetzte.

Der Bön, die ursprüngliche Religion Tibets, war ein Sammelsurium seltsamer Vorstellungen, die alle verblüfften, die sie zum ersten Mal entdeckten.

Seiner Überlieferung nach ging die Erschaffung der Welt auf die Zerstückelung eines Dämons mit dem Kopf eines Wiederkäuers zurück oder die Zerstückelung eines krötengestaltigen Elfen oder gar die »Zerbröselung« der Milch trinkenden menschenfressenden Tigerin!

In diesem Land, in dem die Berge dermaßen heilig und unzugänglich waren, dass sie als »Pfeiler des Himmels« und

»Fixpunkte der Erde« bezeichnet wurden, herrschten Gottheiten mit furchterregenden Gesichtern, Menschen- und Tierfresser, eine grausamer und blutrünstiger als die andere.

In der traditionellen tibetischen Religion drehte sich alles um den ewigen Kampf zwischen den Mächten des Himmels und denen der unterirdischen Welten, zwischen denen man eine Verbindung herstellen musste, um es den gütigen Göttern des Himmels zu ermöglichen, über das Seil *mu* herabzusteigen und den bösen Göttern der Unterwelt den Garaus zu machen. Die »Windleiter«, wie das Seil auch genannt wurde, glich einer in allen Farben des Regenbogens erstrahlenden Lichtsäule, die von der Erde ausging und bis in den Himmel aufragte, wo die schützenden und hilfreichen Gottheiten lebten.

Mit Hilfe des Rauchopfers, eines wesentlichen Elements des Bang-Rituals, hofften die Anhänger des Bön die Öffnung der durch einen Widderkopf symbolisierten Himmelstür zu erzwingen, zu der die Himmelsleiter hinaufführte.

Die Erdenpforte hingegen, die man durchschreiten konnte, nachdem man dort »den Nagel der Erde eingeschlagen« hatte, wurde durch eine Hundemaske symbolisiert.

Für unsere drei Reisenden, die von der Mythologie des Bön nicht das Geringste wussten, barg dieser Anblick unweigerlich eine faszinierende Fremdheit.

Und dabei waren das noch längst nicht alle Überraschungen … Denn in einer Ecke des Platzes hatten die Dörfler eine Art Gerüst aufgebaut, auf dem Figuren aus mit Mehl verkneteter Butter aufgestellt worden waren, die alle möglichen Fabeltiere darstellten: hundeköpfige Drachen, langfellige Löwen, affenköpfige Schafe und vierfüßige Vögel.

»Das sieht ja aus, als würden sie sich auflösen!«, bemerkte Umara verblüfft, nachdem sie näher an die vergängliche Konstruktion herangetreten war.

Die zahllosen Kerzen, die zwischen den kleinen Figuren aufgestellt worden waren, strahlten eine solche Hitze aus, dass die Figuren anfingen zu schmelzen , was ihre hybriden Formen noch monströser aussehen ließ.

»Keine Religion gleicht der anderen!«, sagte Umara nachdenklich, als sie das Dorf wieder verließen, nachdem sie dort ausgiebig zu Mittag gegessen hatten.

»Wer weiß? Was wir gerade gesehen haben, mag seltsam anmuten. Aber vielleicht werden diese Menschen ja tatsächlich von ihren Göttern beschützt. Und wenn sie dabei glücklich sind ...«, antwortete Fünffache Gewissheit.

»Mein Vater hat immer behauptet, man solle die anderen zu seinen eigenen Überzeugungen bekehren. Aber seit ich dich liebe, bin ich mir nicht mehr so sicher, dass er damit recht hat«, rief Umara und fiel ihm um den Hals.

Staubnebel, der mit jedem Schritt deutlicher erkannte, welch innige Liebe Fünffache Gewissheit und Umara verband, hatte sich in undurchdringliches Schweigen gehüllt.

Trotzdem verlief die weitere Reise des Trios ohne besondere Zwischenfälle.

Höchstens nachts wurden sie gelegentlich durch Schneeleoparden gestört, die um ihr Lager strichen; tagsüber vertrieb Lapika die eher scheuen, ängstlichen Raubkatzen, die nur ihre erfolglose Suche nach Wild dazu brachte, sich so nah an die Menschen heranzuwagen.

Als Umara vom letzten Pass vor dem Kloster aus zum ersten Mal die goldenen Dächer von Samye erblickte, seufzte sie unwillkürlich vor Entzücken auf. Die beiden Stupas, die den Pass einrahmten, bezeichnete ihr Gefährte mit dem hübschen Namen »Juwelen des Gipfels«.

»Die Statuen dort auf dem Dachfirst sind einfach herrlich!«, rief sie und zeigte auf die kunstvolle Darstellung des von zwei einander gegenüberliegenden Gazellen gehaltenen achtspeichigen Rads der Lehre, die das Dach des Hauptgebäudes krönte.

»Sie sind mit reinem Gold überzogen. Samye ist das älteste und vermögendste Kloster im ganzen Reich Bod. Hier ist nichts zu schön, um den Buddha zu preisen«, erklärte ihr Fünffache Gewissheit.

»All diese Pracht an einem so abgelegenen Ort! Was für ein seltsamer Anblick!«, flüsterte sie.

Als Lama sTod Gling ihnen die Klosterpforte öffnete, erkannte er Fünffache Gewissheit sofort wieder. Seine Augen weiteten sich vor Schreck, als sähe er einen Geist vor sich.

»Guten Tag, Lama sTod Gling. Du bist sicher überrascht, mich hier zu sehen, aber du weißt doch, dass Samye ein Ort ist, an den man gerne wieder zurückkehrt!«, grüßte ihn dieser freundlich.

»Du bist alleine?«, fragte der Lama furchtsam.

»Wenn du die beiden Kinder meinst, die befinden sich gut aufgehoben in Chang'an!«

»Du hast sie alleine zurückgelassen?«

»Ich hatte keine andere Wahl. Ich werde dir später alles erklären. Die Kaiserin von China hat sie bei sich aufgenommen und kümmert sich persönlich um sie! Sie könnten in keinen besseren Händen sein.«

»Ich verstehe. Ihr Los könnte in der Tat schlimmer sein«, seufzte der Lama erleichtert.

Daraufhin schenkte ihm Fünffache Gewissheit sein schönstes Lächeln und gab seinen Begleitern ein Zeichen, näher zu treten.

»Heute sind wir zu dritt: Umara, Staubnebel und dein ergebener Diener. Wir sind gekommen, um den Hochehrwürdigen Ramahe sGampo, den Abt des ruhmreichen Klosters von Samye, um seine Gastfreundschaft zu bitten!«

Lama sTod Gling ließ sie eintreten.

»Ihr müsst hungrig sein. Kommt mit in den Speisesaal der Mönche und wartet dort, während ich den Abt über eure Ankunft informiere. Dann, mein lieber Fünffache Gewissheit, kannst du ihm deine Geschichte mit vollem Magen erzählen.«

Im Kessel brodelte eine dampfende Suppe aus Kräutern und gekochtem Schafsfleisch, an der sie sich mit einer Schale Reis gütlich taten. »Abt Ramahe sGampo lässt euch ausrichten, dass er sich freut, euch gleich morgen früh zu empfangen«, verkündete ihnen gegen Ende des Mahls Lama sTod Gling, der seinen Abt aufgesucht hatte, um ihn über ihr unerwartetes Eintreffen in Kenntnis zu setzen.

Staubnebel, der seit seiner Flucht aus Dunhuang nicht den kleinsten Schluck warmer, würziger Suppe zu sich genommen hatte, schien nicht mehr ganz so finsterer Stimmung zu sein.

Er lächelte schon fast wieder, wenn er Umara ansah, als sei er ihr nicht mehr ganz so böse.

Sie war so zauberhaft, und obwohl er es sich nicht eingestand, war er ja so verliebt in sie. Unwillkürlich begann der junge Herumtreiber, der stets in äußerster Armut und Einsamkeit gelebt hatte und von dem nach einem so warmen, schmackhaften Essen allmählich eine wohlige Benommenheit Besitz ergriff, wieder zu hoffen!

Und wenn Umara doch ihm gehörte?

War sie nicht der einzige Mensch, der ihm jemals etwas bedeutet hatte?

In seiner Naivität hatte sich Staubnebel im Laufe ihrer Freundschaft, ihrer Spiele, ihrer Galoppritte durch die Wüste eingeredet, Umara sei tatsächlich seine zweite Hälfte. Und plötzlich träumte er davon, dass doch noch nicht alle Hoffnung verloren sei, sie wieder für sich zu gewinnen.

Erst die Plünderung der Oase durch die Türken und die

düstere Aussicht, in Gefangenschaft zu geraten, hatten ihn aus der Lethargie gerissen, in die ihn das Verschwinden seiner geliebten Umara gestürzt hatte wie ein Landtier in die reißenden Fluten eines Gebirgsbachs, aus dem es einfach nicht mehr herauskam.

Als sie plötzlich vor ihm stand, spürte er, wie sein Schmerz unter dem Einfluss einer dumpfen, nagenden Eifersucht erneut aufflammte.

Zu erkennen, dass sie mit einem anderen fortgegangen war, dazu noch mit einem Chinesen, wie er selbst einer war, kränkte ihn über alle Maßen.

Er fühlte sich nicht verpflichtet, die junge Frau ins Vertrauen zu ziehen, solange ihr Geliebter dabei war. Deshalb hatte er ihnen, als sie ihn über die näheren Umstände seiner Flucht ausgefragt hatten, auch nur das Allernötigste erzählt. Weder verriet er ihnen, dass er im letzten Moment noch in das Bücherversteck gehastet war, um das kleine Sandelholzherz zu holen, das nun tief unten in seinem Reisebündel lag, noch welche Begegnung ihn drei Tage nach der Plünderung dazu bewogen hatte, sich auf den Weg nach Samye zu machen.

Als Lama sTod Gling die drei Reisenden vor Ramahe sGampo führte, war Staubnebel zutiefst beeindruckt von dem blinden alten Lama, der in einem elegant geschwungenen Sessel aus Rosenholz saß und dessen weiße Augen seine Seele vollständig zu durchdringen schienen.

»Willkommen in Samye! Ich glaube, einer von euch kennt diesen Ort bereits, auch wenn er sich ohne mein Wissen hier aufgehalten hat!«, begrüßte sie der ehrwürdige Abt in einem fehlerfreien Chinesisch, das von seiner umfassenden sprachlichen und literarischen Bildung zeugte.

»Dieser Mann bin ich, Ehrwürdiger Abt! In der Tat hatte ich bei meinem letzten Besuch hier nicht das Glück, Euch persönlich gegenüberstehen zu dürfen!«, antwortete Fünffache Gewissheit, ehe er ihm Umara und Staubnebel vorstellte.

»Wenn Lama sTod Gling mich benachrichtigt hätte, hätte ich dich mit Freuden empfangen«, knurrte der blinde Greis, während sein Sekretär betreten den Kopf hängen ließ.

Ramahe sGampo hatte Fünffache Gewissheit geduzt, wie es zwischen buddhistischen Mönchen üblich war, wenn ein Älterer sich an einen Jüngeren wandte.

»Mein Besuch hier war dennoch ausgesprochen lohnend: Ich habe nicht nur erhalten, weswegen ich gekommen war, sondern dazu noch die Himmlischen Zwillinge als Dreingabe!«, entgegnete der Gehilfe von Vollendete Leere.

»Lama sTod Gling hat mir alles über die beiden Kinder erzählt, die er im vergangenen Jahr deiner Obhut anvertraut hat. Wenn ich recht verstanden habe, befinden sie sich inzwischen an einem sicheren Ort.«

»Die Kaiserin von China persönlich steht ihrem Schicksal nicht gleichgültig gegenüber, mein Ehrwürdiger Abt!«

»In Anbetracht des Rufs eurer Herrscherin wird sie dies wohl nicht nur zufällig tun.«

»Sie sprach oft von den Himmlischen Zwillingen als der möglichen Reinkarnation buddhistischer Gottheiten!«, sagte Umara leise, die sich damit zum ersten Mal an Ramahe sGampo wandte.

»Bekundet Kaiserin Wu Zhao immer noch einen unerschütterlichen Glauben an das Wort des Erhabenen?«, wollte dieser wissen.

»Ohne jeden Zweifel, Ehrwürdiger Abt. Sie unterhält enge Beziehungen zu Meister Vollendete Leere, den sie regelmäßig um Rat ersucht. Und sie unterstützt das Große Fahrzeug gegen die zahllosen Angriffe, denen unser Lehrpfad von Seiten der Konfuzianer ausgesetzt ist«, antwortete der ehemalige Gehilfe des großen Meisters des Dhyana.

»Wenn es ihr gelänge, die heraufziehende Katastrophe zu verhindern, wäre ich bereit, sie aufzusuchen, um ihr die Treue zu schwören und alle Klöster des Reichs Bod in ihren Dienst zu stellen!«

Ramahe sGampos tiefe Stimme zitterte unmerklich bei diesem Geständnis, und sein Tonfall zeugte von großer Furcht.

»Von welcher Katastrophe sprecht Ihr, mein Hochehrwürdiger Abt? Und wie könnte Kaiserin Wu Zhao dazu beitragen, sie zu verhindern?«, hakte Fünffache Gewissheit, dem die Bedeutsamkeit der Worte nicht entgangen war, sofort nach.

»Da Vollendete Leere dich hierhergeschickt hat, um die Lehrschrift über die *Logik der Vollkommenen Leerheit* zurückzuholen, fühle ich mich dir gegenüber nicht an die Verschwiegenheit gebunden, die ich in dieser Angelegenheit gelobt habe!«, begann der blinde Mönch mit leiser Stimme.

»Ich möchte es Euch lieber gleich gestehen, Ehrwürdiger Ramahe sGampo, es war mir nicht möglich, Vollendete Leere das Sutra zurückzubringen. Unser überstürzter Aufbruch aus Chang'an hat mich daran gehindert! Das ist bedauerlich, aber so ist es nun einmal. Dabei habe ich mein Bestes gegeben.«

»Das bezweifle ich nicht. Hauptsache, es befindet sich in Sicherheit. Dann kannst du es zu gegebener Zeit wieder zurückholen. Nachdem es dir bereits gelungen ist, die Himmlischen Zwillinge in gute Hände zu geben, stelle ich erfreut fest, dass du sorgsam auf die Dinge achtest, die deiner Obhut anvertraut werden. Das ist gut! Solch pflichtbewusste Menschen sind selten«, sagte der blinde Greis.

»Ich habe eine ausgezeichnete Schule genossen. Als junger Novize im Kloster der Dankbarkeit für Erwiesene Kaiserliche Wohltaten hat mich Meister Vollendete Leere Pflichtbewusstsein gelehrt«, entgegnete Fünffache Gewissheit. Solange er nicht mehr wusste, wollte er Ramahe sGampo nicht verraten, dass das kostbare Sutra zu seinen Füßen lag, sorgsam in eine Decke eingewickelt und tief unten in seinem Reisesack verstaut.

»Hat er dir erklärt, wozu dieses Exemplar seines spirituellen Vermächtnisses dienen sollte, und vor allem, warum er dich gebeten hat, es für ihn nach Luoyang zurückzuholen?«, erkundigte sich Ramahe sGampo mit seiner sanften, tiefen Stimme.

»Nicht ein einziges Mal. Aber nachdem ich lange darüber nachgedacht habe, bin ich zu dem Schluss gekommen, dass das Exemplar der Lehrrede über die *Logik der Vollkommenen Leerheit* eine Bedeutung haben muss, die über seinen eigentlichen Inhalt hinausgeht. Warum sollte er mich sonst gebeten haben, es wieder von hier fortzuholen?«

»Du hast ganz richtig vermutet. Zunächst musst du wissen, dass dieses umfassende Lehrbuch der Sitzmeditation in den Augen seines Verfassers, der überdies auch das Oberhaupt des Großen Fahrzeugs ist, die Quintessenz der gesamten Lehre des Mahayana darstellt. Daher dient das Sutra als Pfand für das Große Fahrzeug.«

»Mir ist nicht ganz klar, wozu das Große Fahrzeug ein Pfand benötigt, wie Ihr es ausdrückt!«, wandte Fünffache Gewissheit ein, der nicht verstand, worauf Ramahe sGampo hinauswollte.

»Es diente als Pfand im Rahmen einer Art Friedensabkommen, das vor vielen Jahren zwischen den drei großen buddhistischen Strömungen geschlossen wurde«, erklärte der blinde alte Mönch.

»Verfügen der tibetische Lamaismus und das Kleine Fahrzeug ebenfalls über ein solches Pfand?«, fragte Umaras Geliebter in dem Versuch, das Rätsel zu ergründen.

»Ja! Wie sollte man denn sonst einen gerechten Pakt schließen?«, entgegnete der blinde Greis, etwas verwundert über eine solche Frage.

»Und worin bestehen die Pfänder der beiden anderen Lehrpfade, Ehrwürdiger Abt?«

»Es handelte sich um seltene Kostbarkeiten, die ebenso wertvoll waren wie das Sutra von Vollendete Leere und darüber hinaus beide in Vollendung die Denkweisen des Lamaismus und des Kleinen Fahrzeugs widerspiegelten.«

»Meister sGampo, wie ich höre, redet Ihr über die beiden anderen Pfänder in der Vergangenheitsform, als existierten sie nicht mehr! Was hat das zu bedeuten?«, fragte der junge Mönch leise. Er wollte so viel wie möglich von dem alten Abt erfahren.

Trotz seiner Blindheit, die es unmöglich machte, in seinem Blick zu lesen, wirkte Ramahe sGampo niedergeschlagen. Seine Arme hingen kraftlos an seinem langen grobwollenen Gewand herunter, und er hielt seine schwere Gebetskette, die *mala*, wie eine Last.

»Das hast du ganz recht erkannt, die beiden anderen Pfänder sind leider verschwunden!«, seufzte er.

»Und worum handelte es sich dabei?«

»Um zwei Diamanten und ein seidenes Mandala! Zwei erlesene Kostbarkeiten, die Diamanten, nun ja, weil sie so groß waren wie Wachteleier, und das Mandala, weil sowohl der Künstler, der es bestickte, als auch der Maler, der es bemalte, fast zwei Jahre für diese Arbeit gebraucht haben!«

»Warum habt Ihr ›nun ja‹ gesagt, als Ihr von den Diamanten spracht?«, hakte Fünffache Gewissheit wie ein eifriger Spürhund nach.

»Das ist eine alte Geschichte, eine seltsame Angelegenheit, der ein Ende gemacht wurde. Oder besser gesagt, der ein Ende hätte gemacht werden sollen, wenn die Dinge so verlaufen wären wie üblich«, antwortete der blinde alte Mönch.

»Eure Worte steigern meine Verwirrung nur noch mehr, Ehrwürdiger Abt! Ich stehe vor einem Rätsel, das, statt sich allmählich zu klären, immer undurchsichtiger wird!«, entgegnete Fünffache Gewissheit, der seine Ratlosigkeit nicht länger verbergen konnte.

»Das alles mag einem Außenstehenden durchaus unverständlich erscheinen.«

»Solche Diamanten sind sicher sehr wertvoll!«, vermutete Fünffache Gewissheit, der sich nicht der Illusion hingab, von dem blinden Abt weitere Erläuterungen zu erhalten.

»Ich bin zwar kein Goldschmied, aber ich kann dir versichern, dass so große, funkelnde Steine selten und unbezahlbar sind!«

»Und woher wisst Ihr so genau, wie lange es gedauert hat, das seidene Mandala zu fertigen?«, beharrte Fünffache Gewissheit in seiner verzweifelten Suche nach der Wahrheit.

»Weil es sich dabei um unser eigenes Pfand handelte, das ich persönlich bei dem Meister der Stickkunst und dem Miniaturenmaler in Auftrag gegeben habe, die eigens zu diesem Zweck aus Lhasa hergekommen sind. Diese Mandala wurde zu einem der kostbarsten Schätze von Samye!«, schloss Ramahe sGampo. Es ärgerte ihn ein wenig, wie ihn der junge chinesische Mönch mit Fragen bestürmte.

Eine drückende Stimmung senkte sich auf den im Halbdunkel daliegenden Raum herab, in dem der Abt sich seiner täglichen Meditation zu widmen pflegte.

»Das Verschwinden der beiden Pfänder scheint Euch großen Kummer zu bereiten, Ehrwürdiger Abt«, mischte sich Umara ein.

»Noch viel schlimmer, ich bin darüber regelrecht verzweifelt!«, seufzte er.

Wie betäubt hatte die junge Christin stumm den Worten

des alten Lama gelauscht, die sie sehr viel besser verstand als der arme Fünffache Gewissheit.

»Was ist denn der Grund für Eure Betrübnis? Wenn wir das wüssten, könnten wir Euch vielleicht helfen«, wagte Umara hinzuzufügen und war sich dabei sehr wohl darüber im Klaren, dass sie hinsichtlich der beiden verschwundenen Pfänder über eine höchst bedeutsame Information verfügte.

Der blinde Greis wandte sich Addai Aggais Tochter zu.

»Ihr seid also Umara?«, fragte er.

Er konnte sie nicht sehen, aber ihre sanfte und von aufmerksamer Sorge erfüllte Stimme zauberte ein Lächeln auf seine Züge.

»Ja, das bin ich, Ehrwürdiger Vater, und ich wünsche mir nichts mehr, als Euch im Rahmen meiner bescheidenen Möglichkeiten zu helfen«, antwortete sie.

»Das könnte schwierig werden«, brummte der blinde Abt verhalten, aber immer noch lächelnd.

»Ich schließe mich Umaras Worten an, Ehrwürdiger Abt. Wenn Euch meine Dienste von Nutzen sein können, bin ich sehr gerne dazu bereit«, erklärte Fünffache Gewissheit daraufhin hastig.

Nun wandten sich Ramahe sGampos weiße Augen wieder ihm zu.

Das Angebot des jungen Paares schien aufrichtig und frei von Hintergedanken zu sein.

Verdienten sie nicht ein paar Erklärungen?

Und so beschloss er, ihnen ein wenig mehr zu sagen, ohne ihnen gleich alles zu enthüllen.

»Nach dem Verlust der beiden Pfänder schwindet gerade ein auf einem unersetzlichen Ritual beruhendes Vertrauen, und das könnte womöglich zu einem Bruch des Waffenstillstands zwischen den drei buddhistischen Lehrpfaden führen. Der Frieden zwischen den drei Strömungen, der es allen Anhängern des Buddha ermöglichte, in gutem Einvernehmen miteinander zu leben, um sich so besser dem Einfluss fremder Religionen entgegenstellen zu können, ist gefährdet! Und jetzt, wo diese vereinte Front tiefe Risse zu bekommen droht, liegt eine wenig verheißungsvolle Zukunft vor der Edlen Wahrheit des Erhabenen!«, begann er in einem traurigen Ton, der zu seiner finsteren Prophezeiung passte.

»Bedeutet das etwa, dass der Friedenspakt ungültig geworden ist?«, wollte Fünffache Gewissheit wissen.

»Das kann man leider so sagen! Ohne die Pfänder kann das Ritual, auf das er sich gründete, nicht vollzogen werden. Und so werden die Auseinandersetzungen und Kämpfe mit Sicherheit erneut aufflammen! Und das alles nur wegen eines vollkommen wahnsinnigen Menschen, dem wir zu unser aller Unglück einst unser Vertrauen geschenkt haben!«, stöhnte der blinde Greis.

Der Abt, der nervös die Perlen seiner Gebetskette abzählte, machte nicht einmal mehr den Versuch, seine Angst zu verbergen.

»Um das alles besser zu verstehen und zu versuchen, Euch zu helfen, müsste ich mehr über dieses einzigartige Ritual erfahren, Ehrwürdiger Abt«, beharrte Fünffache Gewissheit.

»Es wurde in Lhasa abgehalten, zum einen, weil die Teilnehmer dort sicher sein konnten, nicht gestört zu werden, und zum anderen, weil diese heilige Stadt dem Himmel am nächsten liegt. Daher wurde die Zeremonie, von der ich stark befürchte, dass sie nun nie wieder stattfinden wird, auch als das ›Konzil von Lhasa‹ bezeichnet!«, entgegnete der alte Lama mit gedämpfter Stimme.

Das Konzil von Lhasa!

Es war das erste Mal, dass Fünffache Gewissheit von einer solchen Zusammenkunft hörte.

Bestürzt wurde ihm klar, dass Vollendete Leere sich gehütet hatte, ihm alles über die Mission zu verraten, mit der er ihn betraut hatte. Denn in Wahrheit sollte er nichts Geringeres nach Luoyang zurückholen als das »Pfand« des Großen Fahrzeugs, das für das Abhalten eines geheimen Rituals beim Konzil von Lhasa notwendig war.

Dieser Mangel an Vertrauen enttäuschte ihn.

Vollendete Leere hatte ihn regelrecht manipuliert! Aber warum bloß?

Währenddessen hatte Staubnebel der Unterhaltung stumm gelauscht.

Die Verzweiflung des blinden alten Abtes hatte sein Gewissen erschüttert, und als er Umaras Blick auffing, entging ihm nicht, dass die junge Christin ebenso durcheinander war wie er selbst.

Die Worte von Ramahe sGampo bedeuteten für ihn gleich in mehrfacher Hinsicht eine himmlische Überraschung!

Sie lösten nicht nur das Rätsel um den Inhalt des kleinen Sandelholzherzens, sondern verhießen gleichzeitig auch neue Hoffnung.

In seinem alles beherrschenden Wunsch, den Platz von Fünffache Gewissheit einzunehmen, erkannte Staubnebel in ihnen das unfehlbare Mittel, das Herz der jungen Nestorianerin zu erobern.

Denn der junge Chinese besaß eine Trumpfkarte, die er bisher noch nicht aufgedeckt hatte.

Er war sich seiner Sache so sicher, dass es ihm schwerfiel, das beinahe übermächtige Frohlocken zu unterdrücken, das in ihm aufbrandete.

Er musste sich nur in Erinnerung rufen, wie aufgeregt Umara stets gewesen war, wenn sie sich zusammen auf den Weg zum Bücherversteck gemacht hatten, um sich zu vergewissern, dass ihr »Großer Schatz«, wie sie ihn nannte und von dem nur sie beide etwas wussten, immer noch sicher verwahrt an seinem Platz lag.

Die Art und Weise, wie sie jedes Mal niederkniete und mit unendlicher Behutsamkeit die kleine Schatulle öffnete, als befürchtete sie, sie leer vorzufinden, sprach Bände über die Bedeutung, die sie diesem Schatz beimaß, und über die Enttäuschung, die sie verspürt haben musste, als sie von der Plünderung der Höhle erfahren hatte.

Sicher war sie davon überzeugt, dass ihr Schatz inzwischen in den Taschen eines glücklichen Räubers gelandet war. Das musste ihr umso mehr Kummer bereiten, als ihr gerade bewusst geworden war, dass das kleine Herz die beiden wertvollen Pfänder enthielt.

Staubnebel kostete schon im Voraus seinen Triumph aus, Umara zu verkünden, dass er ganz alleine die Pfänder vor den Plünderern gerettet hatte.

Dazu brauchte er den Anwesenden nur von seiner Heldentat zu berichten: Er hatte es gewagt, kurz von dem Eintreffen der türkischen Horden zum Bücherversteck zu stürzen. Sie hatten es verwüstet, als sie erkannten, dass es weder Gold noch Waffen oder Münzen enthielt, sondern bloß wertlose alte, auf Rollen aus Papier oder Seide festgehaltene Geschichten.

»Noch ist nicht alles verloren, Ehrwürdiger Abt! Zufälligerweise befinden sich die beiden kostbaren Schätze, die den buddhistischen Lehrpfaden als Pfänder dienen, in meinem Besitz, ich habe sie hier bei mir!«, verkündete er gelassen, um die größtmögliche Wirkung zu erzielen. Gleichzeitig zog er das kleine herzförmige Kästchen aus seinem Reisebündel. »Ich habe sie geholt, bevor das Bücherversteck von den Türken zerstört wurde!«, fügte er hinzu.

Mit stolzgeschwellter Brust warf er Umara einen verschwörerischen Blick zu. Selbstsicher und angesichts des Lächelns, das auf dem schönen Gesicht der jungen Frau erstrahlte, fest davon überzeugt, dass sie ihm gleich in die Arme fallen würde, öffnete er die wertvolle Schatulle und ließ ihren Inhalt mit einem Hauch von Theatralik auf den niedrigen Tisch vor Ramahe sGampo gleiten.

In der Mitte der Tischplatte lagen nun die beiden Pfänder, die die Vertreter des Lamaismus und des Kleinen Fahrzeugs beim Konzil von Lhasa verwendeten: ein Mandala aus bemalter Seide, nicht größer als ein hübsches Taschentuch, und zwei riesige, mandelförmig geschliffene Diamanten.

Die unglaublichen Steine schienen wie zwei vom Himmel gefallene Sterne von innen heraus zu leuchten.

Ramahe sGampos knochige, von pergamentartiger Haut überzogene Hände fuhren über den Tisch, bis sie die Reliquien berührten. Dann hob er sowohl das Mandala als auch die beiden riesigen Edelsteine an seine Nase, um besser erkennen zu können, ob sie auch echt waren.

»Es ist kein Zweifel möglich«, sagte er leise, »das sind tatsächlich die fehlenden Pfänder! Zusammen mit dem Exemplar des Sutra, das du im Auftrag von Vollendete Leere hier fortgeholt hast, bilden sie die notwendigen Bestandteile für das Ritual des Konzils von Lhasa!«

»Das hier sind die sogenannten Augen des Buddha! Diese einzigartigen Edelsteine stammen aus dem Reliquienschrein des Kanishka in Peshawar. Und das heilige Mandala des Mantras des Vajrayana, dem das Kloster von Samye seine Gründung verdankt, ist die kostbarste Reliquie des tibetischen Lamaismus! Meister Ramahe sGampo hatte kaum noch Hoffnung, es jemals wiederzufinden!«, erklärte Lama sTod Gling seinen Besuchern tief bewegt.

»Die Augen des Buddha!«, rief Fünffache Gewissheit verblüfft.

»In einem seiner ebenso zahllosen wie erhabenen früheren

Leben willigte der Buddha ein, seine Augen einem armen Blinden zu schenken. Diese Diamanten sollen sie verkörpern. Es heißt, der indische König Kanishka persönlich habe sie aus zwei Zwillingssteinen von unvergleichlicher Größe und Reinheit schleifen lassen, ehe er sie in das Gesicht einer bronzenen Statue des Erhabenen einsetzen ließ, die daraufhin in dem Reliquienschrein aufgestellt wurde, der seinen Namen trägt! Die Bronzestatue wurde während des Einfalls der Weißen Hunnen in Peshawar eingeschmolzen. Nur die Diamanten wurden gerettet und in einem Kästchen aus purem Gold an der Spitze des Reliquienturms eingeschlossen. Darum handelt es sich bei ihnen um die heiligste Reliquie von ganz Nordindien! Millionen von Gläubigen hoffen darauf, eines Tages im Rahmen der Großen Wallfahrt den Schrein zu sehen. Für sie bedeutet das, die Welt mit dem gleichen Blick zu betrachten wie der Erhabene«, erklärte Ramahe sGampo mit seiner kehligen, bedächtigen Stimme, während ein strahlendes Lächeln seine Züge zum Leuchten brachte.

»Die Augen des Buddha! Jetzt verstehe ich, warum der *ma-ni-pa* so oft davon gesprochen hat!«, rief Fünffache Gewissheit.

»Daran ist nichts Verwunderliches. Hier in Tibet ist diese erbauliche Geste des Erhabenen auf zahlreichen *nagthang* dargestellt, jenen von unseren besten Malern auf schwarzem Grund ausgeführten Bildern«, antwortete Lama sTod Gling.

»Aber wenn die Diamanten hier sind, was tun dann die Mönche in Peshawar, wenn die Zeit der Großen Wallfahrt kommt?«, erkundigte sich der Gehilfe von Vollendete Leere wissbegierig wie eh und je.

»Gute Frage! Mir ist, als vernähme ich wieder die Einwände von Buddhabadra selbst«, entgegnete der blinde Greis belustigt.

»Von welchen Einwänden redet Ihr?«, blieb Fünffache Gewissheit hartnäckig.

»Ohne die kleine goldene Schatulle zu öffnen, was jedoch Ausdruck eines frevlerischen Zweifels wäre, kann niemand außer demjenigen, der sie herausgenommen hat, also Buddhabadra selbst, wissen, dass sie sich nicht darin befinden«, erklärte der Abt von Samye, als sei dies eine Selbstverständlichkeit.

»Ist denn das Mandala des Mantras des Vajrayana eine ebenso kostbare Reliquie wie die Augen des Buddha?«, fuhr Fünffache Gewissheit fort.

»Für Samye, und demzufolge auch für den gesamten tibetischen Lamaismus, ist es sogar der heiligste Gegenstand überhaupt!«, sagte Ramahe sGampo leise, ehe er seine Nase erneut in das kleine viereckige Stück Seide vergrub. »Das Mantra des ›Diamantfahrzeugs‹ ist Sinnbild des Unaussprechlichen Absoluten, des Vajrasattva. Ich habe es bei dem größten tibetischen Maler in Auftrag gegeben, der zwei Jahre brauchte, um das Bild in der Mitte zu vollenden. Es wurde auf einen seidenen Grund genäht, dessen Stickereien den alten Meister, der einwilligte, sie zu fertigen, die gleiche Zeit kosteten. Meine Nachfolger werden dieses einzigartige Stück als Symbol für das ehrwürdigste buddhistische Kloster im Reich Bod in Ehren halten.«

Niemand bemerkte, dass Staubnebel nickte, als wüsste er bereits um den Wert der heiligen Reliquie.

»Was ist denn ein ›Mandala‹, Meister Ramahe sGampo?«, fragte er dennoch, da er nicht das Geringste über den tibetischen Lamaismus wusste.

»Das Wort ›Mandala‹ stammt aus dem Sanskrit und bedeutet ›Kreis‹ oder ›Scheibe‹. Im Reich Bod bezeichnet es die zwei- oder dreidimensionale Darstellung der besonderen Sphäre einer Gottheit in Form eines Diagramms, das um eine Achse und einen zentralen Punkt, den Bindu, herum aufgebaut wird. Deshalb gleichen Mandalas auch oft den Grundrissen idealer heiliger Städte«, antwortete ihm der blinde alte Abt.

»Wir hatten die Hoffnung bereits aufgegeben, das heilige Mandala des Vajrayana jemals zurückzubekommen! Sein Wiederauftauchen ist ein unvorstellbares Glück für das Kloster Samye, nicht wahr, Ehrwürdiger Ramahe sGampo?«, rief Lama sTod Gling, der vor Freude jubilierte.

»Dieser elende Verrückte Wolke hätte uns beinahe um unseren wertvollsten Besitz gebracht, als er uns scheinheilig anbot, das Mandala in Verwahrung zu nehmen! Ich mache mir solche Vorwürfe, dass ich nicht misstrauischer gewesen bin! Ich hätte niemals darauf eingehen dürfen«, brummte der blinde Abt, als führte er Selbstgespräche.

Fünffache Gewissheit bewunderte die außergewöhnliche Zartheit der Formen und Farben und die tiefe Esoterik, die es einem Uneingeweihten wie ihm unmöglich machte, die verborgene Bedeutung des Mandalas zu erkennen.

»Die Details in den Gesichtern der Figuren hat der Künstler mit einer Elefantenwimper gemalt! Seht euch nur einmal die wunderbar zarte Ausführung an!«, rief Lama sTod Gling im Ton eines Marktschreiers.

»Ich habe noch nie etwas so Außergewöhnliches gesehen! Diese Präzision! Wenn man genau hinsieht, erkennt man, dass nicht einmal die Falten in den Mundwinkeln fehlen«, murmelte Fünffache Gewissheit verblüfft.

»Die Tradition von Samye gebietet es den Mönchen, zweimal im Jahr die Figuren des kleinen heiligen Mandalas in größerem Maßstab nachzubilden. Geduldig zeichnen sie sie dann auf der ganzen Fläche des Ehrenhofs unseres Klosters mit farbigen Pulvern nach, die sie behutsam aus dünnen Röhrchen klopfen«, erklärte Lama sTod Gling, dessen Stimme immer enthusiastischer klang.

»Und wenn man sich darauf stellt, geschieht es nicht selten, dass man vom Licht des Erhabenen durchflutet wird, so wie es heute, an diesem so gesegneten Tag, der Fall ist! Wenn ich bloß daran denke, dass ich nach einer Weile sogar Meister Vollendete Leere verdächtigt habe, mit diesem finsteren Gesellen unter einer Decke zu stecken!«, fügte der blinde Abt beinahe stöhnend hinzu.

»Ihr erwähntet eine Elefantenwimper. Nun, ich kann Euch verraten, dass sich in der Schatulle auch eine Wimper befindet!«, warf daraufhin Staubnebel ein, ehe er sich ebenfalls vorbeugte, vorsichtig ein winziges Haar aus einer Ecke des Kästchens klaubte und es in die Runde hielt.

»Er hatte sie also auch mitgebracht! Diese Sturheit ist doch wirklich verblüffend!«, sagte Ramahe sGampo nachdenklich.

»Ihrer Größe nach zu urteilen, handelt es sich dabei aber nicht um die Wimper eines Elefanten«, bemerkte Lama sTod Gling.

»Die Heilige Wimper des Erhabenen ist ja auch keine Elefantenwimper!«, entgegnete der blinde Greis wie beiläufig.

»Die Heilige Wimper des Erhabenen? Was hat sie denn in der Schatulle zu suchen? Ich dachte, jeder Lehrpfad braucht nur ein einziges Pfand?«, wollte Fünffache Gewissheit wissen.

»Du wirst es kaum glauben, aber genau die gleiche Frage stelle ich mir auch!«, versetzte der Ehrwürdige Abt schlagfertig.

Jetzt, wo die beiden anderen Pfänder aufgetaucht waren, sah Fünffache Gewissheit den rechten Zeitpunkt gekommen, auch das auf den niedrigen Tisch zu legen, das sich in seinem Besitz befand.

»Jetzt bleibt mir nur noch, Euch das dritte Pfand auszuhändigen! Wie ich Euch bereits sagte, musste ich es behalten, da sich noch keine Gelegenheit ergeben hat, es seinem Verfasser zurückzugeben«, verkündete er gelassen, ehe er das Etui mit dem *Sutra über die Logik der Vollkommenen Leerheit* auf den Tisch legte.

»Ich dachte, du hättest es zusammen mit den kleinen Himmlischen Zwillingen in Chang'an gelassen!«, rief Ramahe sGampo, dessen eigenartig leerer Blick nichtsdestoweniger größte Überraschung verriet.

»Die heilige Schriftrolle habe ich nicht mehr aus der Hand gegeben, seit sie mir hier übergeben wurde!«, erklärte der Gehilfe des großen Meisters des Dhyana.

»Das ist ein wahres Wunder, Ehrwürdiger Ramahe sGampo!«, schrie Lama sTod Gling außer sich vor Freude.

»Es ist kaum zu glauben, aber nun kann der dreifache Korb erneut gefüllt werden! Das Konzil von Lhasa ist wieder möglich geworden«, murmelte der blinde Abt, nachdem er an dem mit roter Seide ausgeschlagenen zylinderförmigen Etui geschnuppert hatte, in dem die heilige Schriftrolle aufbewahrt wurde.

Dann winkte er sTod Gling näher heran und flüsterte ihm etwas ins Ohr.

»Ihr seid sicher hungrig und durstig!«, fügte er laut hinzu, und kurz darauf brachte ein Mönch auf einem der riesigen Tabletts, auf denen die Gaben der Pilger entgegengenommen wurden, mit Yakbutter angerührten Tee und Honigpfannkuchen herein.

»Jetzt, wo die Pfänder wieder da sind, müssen wir nur noch erfahren, wozu sie verwendet werden! Warum habt Ihr gesagt, dass der Dreifache Korb wieder gefüllt werden könne?«, fragte Fünffache Gewissheit, der vor lauter Verwirrung nichts essen oder trinken konnte.

»Wir können Euch nur helfen, wenn Ihr einwilligt, uns ein wenig mehr darüber zu verraten, Ehrwürdiger Abt«, fügte Umara mit ihrer sanften Stimme hinzu.

»Da ihr es seid, denen ich dieses Wunder zu verdanken habe, stünde es mir schlecht an, eurem Wunsch nicht zu entsprechen«, erklärte der blinde Greis schließlich, nachdem er eine Weile nachgedacht und das Für und Wider abgewogen hatte.

Alle tranken und aßen schweigend in Erwartung jenes einzigartigen Moments, in dem der alte Lama ihnen ein Geheimnis enthüllen würde, das keiner von ihnen jemals hätte erfahren sollen, wenn nicht der Zufall, das Schicksal, das Glück, Buddhas oder Gottes Wille oder ganz einfach die Umstände es anders bestimmt hätten.

Die Stimme des blinden Mönchs klang noch tiefer, als er vor den drei wie betäubt lauschenden Reisenden zu seiner Erklärung ansetzte.

»Es kam eine Zeit, in der die drei großen Strömungen des Buddhismus aus verschiedenen Gründen, vor allem aber, um sich dem Ansturm der Religionen aus dem Westen vereinter entgegenstellen zu können, ihre Rivalität beenden wollten. Deshalb beschlossen die Oberhäupter der drei Lehrpfade, dass alle zehn Jahre in der Gänsepagode in Lhasa ein Konzil abgehalten werden solle.«

»Warum habt Ihr Lhasa gewählt, Ehrwürdiger Abt?«

»Weil diese Stadt die Hauptstadt des Landes auf dem Dach der Welt ist, und dieses wiederum ist, wie der Berg Sumeru, der Mittelpunkt des gesamten Universums. Außerdem wird die Gänsepagode nicht mehr als Heiligtum genutzt. Das Konzil muss – ihr werdet auch gleich verstehen, warum – auf neutralem Boden und vor neugierigen Blicken geschützt abgehalten werden!«, erklärte Ramahe sGampo.

»Und worin besteht das Konzil von Lhasa nun genau?«, fragte Fünffache Gewissheit mit vor Ungeduld bebender Stimme.

»Die Grundlage der Zusammenkünfte bildet der Austausch der ›kostbaren Pfänder‹. Nachdem jeder das Pfand, das er bis dahin aufbewahrt hat, in den Dreifachen Korb zurückgelegt hat, nimmt er dasjenige entgegen, welches ihm diesmal durch das Los zugewiesen wird. Der Vertreter des Mahayana erhält so beispielsweise das kostbare Pfand des Kleinen Fahrzeugs und der des tibetischen Lamaismus das Pfand des Großen Fahrzeugs. Bei jedem neuen Konzil lässt das Schicksal auf diese Weise die Pfänder von einem Lehrpfad zum anderen wandern, und zwar durch die Hand eines Mannes, der mit verbundenen Augen jedem der drei Teilnehmer eine zufällig ausgewählte Zahl zuweist, die einem der Pfänder entspricht. Wenn man es beschreibt, klingt es recht kompliziert, aber in Wirklichkeit ist es ganz simpel.«

»Ich verstehe. Auf diese Weise kann kein Lehrpfad jemals in Versuchung kommen, den anderen anzugreifen, da er gleichzeitig der Hüter von dessen wertvollstem Besitz ist«, rief der Gehilfe von Vollendete Leere.

»Du hast alles begriffen«, entgegnete der alte Lama. »Darüber hinaus findet stets fünf Jahre nach dem Konzil eine weitere Zusammenkunft in Samye statt, die dazu dient, ›die Eintracht zu wahren‹, so lautet die Bezeichnung, die sich dafür eingebürgert hat. Um sich zu vergewissern, dass auch in den folgenden fünf Jahren Frieden herrschen wird, weisen die Oberhäupter der verschiedenen Lehrpfade einander dabei die kostbare Reliquie vor, die ihnen beim Konzil von Lhasa zugefallen ist.«

»Was für ein raffiniertes Prinzip! Es erinnert an die Praxis der Geiseln, meist die Söhne von Fürsten oder sogar Königen, die zwischen den Streitenden Reichen ausgetauscht wurden, als China noch kein Kaiserreich war!«, bemerkte Fünffache Gewissheit.

»Wir dachten tatsächlich, dass dieses Vorgehen keinerlei Schwächen hätte!«, murmelte der blinde Greis.

»Eure Worte lassen vermuten, dass es doch eine gab!«, folgerte der junge Anhänger des Mahayana.

»Vor sechs Jahren endete die Losziehung in Lhasa damit, dass jeder Strömung ihr eigener Schatz zufiel! Das Große Fahrzeug bekam das *Sutra über die Logik der Vollkommenen Leerheit*, der tibetische Lamaismus das heilige Mandala des Vajrayana und das Kleine Fahrzeug die Göttlichen Augen des Buddha.«

»Die Pfänder waren also keine mehr!«, rief Umara.

»Warum habt Ihr nicht einfach eine zweite Ziehung durchgeführt?«, fragte ihr Geliebter, dessen logisch denkender Verstand die Schwachpunkte auszufüllen versuchte, die er in den Worten des blinden Greises zu erkennen glaubte.

»Weil Verrückte Wolke, der Mann, den wir zufällig ausgewählt hatten, um als Unbeteiligter die Losziehung durchzuführen, uns dringend davon abgeraten hat. Mit seltenem Geschick überredete uns dieser Schurke, durch das Los eines der Pfänder zu bestimmen und es dann ihm anzuvertrauen. Er argumentierte, dass ein solches Vorgehen den Frieden zwischen den Lehrpfaden sichern würde. Wir ahnten ja nicht, zu welcher Verlogenheit dieser Mann fähig war, und so hielten wir seinen Vorschlag sogar für eine geniale Idee! In der Situation, in der der Mechanismus des Konzils von Lhasa durch die missglückte Losziehung wirkungslos geworden war, diente Verrückte Wolke uns in gewisser Weise als Garant und Bürge. So gelangte das heilige Mandala des Vajrayana mit unserem vollen Einverständnis in seine Hände. Du kannst dir vorstellen, wie bestürzt wir im vergangenen Jahr waren, als wir drei Tage vergeblich auf ihn gewartet hatten und schließlich einsehen mussten, dass er nicht kommen würde, um das Mandala vorzuweisen!«, erklärte der blinde Greis, während die drei verblüfften Reisenden in andächtigem Schweigen zuhörten.

»Dieser Verrückte Wolke hat also versucht, Euch zu betrügen! Aber wie konntet Ihr bloß einen so teuflischen Menschen an Euren streng geheimen Zusammenkünften teilnehmen lassen? Sein ungeheuerliches Verhalten zeigt doch, was für ein Heuchler dieser Kerl war«, rief der Gehilfe von Vollendete Leere entrüstet.

»Wie so etwas immer geschieht: durch den allergrößten Zufall! Man kann gar nicht misstrauisch genug sein. Es geschah während des vorletzten Konzils von Lhasa, also vor sechzehn Jahren. Wir suchten einen unschuldigen Helfer, der frei von allen Hintergedanken die Ziehung der Pfänder durchführen würde.«

»Wie seid Ihr denn bis zu jenem Jahr verfahren?«

»Einer von uns warf kleine Steine auf den Boden. Je nachdem, wie sie fielen, entschieden wir, wer welches Pfand bekommen sollte. Einmal begann die Hand von Buddhabadra, der damals an der Reihe war, so stark zu zittern, dass er mehrmals von Neuem beginnen musste, doch seine Steinchen fielen immer in die gleiche Richtung, sodass man sie unmöglich zuverlässig einem von uns zuordnen konnte. In diesem Moment bemerkte er unmittelbar vor der Pforte der Gänsepagode einen Asketen, der von einer dichten Menschentraube umringt war, welche beeindruckt die rituellen Hautritzungen verfolgte, mit denen der Unbekannte auf seinem Bauch das Schriftzeichen *Om* abbildete! Wir waren der Ansicht, dass dieser Mann über einen hohen Grad an innerer Reinheit verfügen müsse und wir ihn bitten könnten, eine unparteiische Losziehung durchzuführen. Er erklärte sich ohne zu zögern dazu bereit und erfüllte seine Aufgabe so gut, dass wir ihm gestatteten, bei der gesamten Zusammenkunft anwesend zu sein. Zum Schluss luden wir ihn ein, auch an der folgenden teilzunehmen, die vor sechs Jahren stattfand. Wir ahnten ja nicht, welchen Preis wir dafür zahlen müssten!«

»Ich verstehe: Der Mann, dem Ihr die Rolle des Bürgen zugewiesen hattet, entpuppte sich als Verräter!«

»Genauso war es! Wenn ich nur daran denke, wie er stets behauptet hat, eine Synthese der drei buddhistischen Strömungen anzustreben, und dabei versicherte, dass er sie alle drei gleichermaßen schätze. Und das alles nur, um uns für sich einzunehmen und uns zum Narren zu halten: Das ist einfach abscheulich!«, schimpfte Ramahe sGampo, auf dessen schönem, hagerem Gesicht mit den weißen Augen sich die Empörung spiegelte.

»Es scheint offensichtlich, dass dieser unsägliche Mensch vorhatte, auch die Augen des Buddha und das *Sutra über die Logik der Vollkommenen Leerheit* zu stehlen, nachdem er das Mandala an sich gebracht hatte! Aber wozu?«

»Um jene Synthese der drei Lehrpfade des Buddhismus herzustellen, als deren Verkörperung er sich sah! Dieser Größenwahnsinnige muss von einem Konzil von Lhasa mit ihm als einzigem Beteiligten geträumt haben«, entgegnete Ramahe sGampo. Er wirkte dabei sehr nachdenklich, so als würden auch ihm nun einige Dinge klar, die ihm bis dahin entgangen waren.

»Der Kerl ist also vor nichts zurückgeschreckt, um sein Ziel zu erreichen!«, fasste der Anhänger des Mahayana zusammen.

»Er ist vollkommen verrückt, aber gleichzeitig brillant und überzeugend, ansonsten hätte er sich niemals unser Vertrauen erschleichen können! Jedenfalls besitzt er einen beunruhigenden Charakter, der von erschreckender Machtgier zeugt.«

Damit hatte Ramahe sGampo ihnen das große Geheimnis enthüllt, obwohl die drei Äbte vor einem Bild des Erhabenen Buddha geschworen hatten, es bis zu ihrem Tod für sich zu behalten und es nur ihrem Nachfolger anzuvertrauen.

Doch das sollte nicht die letzte Überraschung für Fünffache

Gewissheit sein, der nach dieser unglaublichen Geschichte seinen Gedanken nachhing.

Wortlos betrachtete er die drei »kostbaren Pfänder«, die durch so eigenartige Fügungen an dem Ort zusammengeführt worden waren, an dem sie sich eigentlich schon im vergangenen Jahr hätten befinden sollen.

Über welche verschlungenen Wege waren sie bloß dorthin gelangt?

Wie treffend doch der Name der Diamanten war, dachte er bei sich, als er die Augen des Buddha betrachtete, die wie in einem Schmuckkästchen funkelnd und blitzend auf dem prächtigen, farbenfrohen Mandala lagen.

»Die Edelsteine sind so groß wie die Eier von Dungchung karmo, dem weißen Adler, der auf dem Baum im Zentrum der Welt lebt!«, murmelte Lama sTod Gling.

Dungchung karmo war der tibetische Name von Garuda, dem weißen Adler, der dem Gott Vishnu als Reittier diente.

»Darf ich sie einmal anfassen?«, bat Fünffache Gewissheit Staubnebel.

»Das musst du Umara fragen!«, entgegnete der Chinese mit verschwörerischer Miene.

Überrascht drehte sich Fünffache Gewissheit zu der jungen Christin um, woraufhin diese den Blick niederschlug.

»Du hast das Mandala des Vajrayana, die Heilige Wimper und die Augen des Buddha vor den Plünderern gerettet, Staubnebel, also ist es auch an dir zu bestimmen, wer sie in die Hand nehmen darf! Für mich ist das alles Vergangenheit«, flüsterte sie verlegen.

»Ich habe keine Religion, in der Reliquien etwas bedeuten würden. Ich habe weder Gott noch Buddha oder Meister!«, widersprach der junge Chinese enttäuscht.

»Du glaubst also an gar nichts?«, fragte ihn Lama sTod Gling ebenso mitleidig wie schockiert.

»Ich glaube an die Menschen; ich glaube an das Glück und das Unglück; und ich würde so gerne an die Liebe glauben! An jenem Tag wäre mein Glück vollkommen!«, murmelte der Junge, der nur Augen für Umara hatte.

»Was hast du mit deinen Reliquien vor? Die meine steht dem Kloster von Samye zur Verfügung«, fuhr Fünffache Gewissheit ihn an, während Ramahe sGampo ungerührt dasaß und kein Wort sagte.

»Fünffache Gewissheit hat dich etwas gefragt, Staubnebel. Was soll mit dem Sandelholzherz geschehen?«, wollte Lama sTod Gling von ihm wissen.

Darauf bedacht, das Richtige zu tun, blickte er immer wieder abwechselnd zu Staubnebel und Ramahe sGampo.

»Das kleine Kästchen gehört Umara, sie hat es gefunden! Ich habe es nur vor der Plünderung von Dunhuang in Sicherheit gebracht! Die Entscheidung liegt alleine bei dir, Umara. Ich brauche dir die Steine nicht zu schenken, genauso wenig wie das heilige Mandala, schließlich hast du sie ja aus der Pagode geholt!«, rief der Rivale von Fünffache Gewissheit, wobei er diesem einen herausfordernden Blick zuwarf.

Er rechnete fest damit, dass Umara die Gelegenheit beim Schopf packen würde.

Betroffen starrte Fünffache Gewissheit seine Geliebte an.

Er fühlte sich, als hätte der Boden sich unter seinen Füßen geöffnet, um ihn zu verschlingen! Es war ein furchtbarer Schlag für ihn zu erfahren, dass die Augen des Buddha und das mythische Mandala von Samye in Umaras Besitz gewesen waren.

Wie hatte sie ihm das verschweigen können?

»Und durch welches Wunder sind die ›kostbaren Pfänder‹ in Euren Besitz gelangt, junges Mädchen? Ich habe Euch ins Vertrauen gezogen, jetzt erscheint es mir nur gerecht, dass

Ihr im Gegenzug dieses Geheimnis für mich lüftet!«, erklang plötzlich die kehlige Stimme des blinden Abtes.

Da blieb der jungen Nestorianerin trotz der Überwindung, die es sie kostete, und obwohl sich ihre Kehle bei der Erinnerung an diese entsetzliche Szene zuschnürte, nichts anderes übrig, als das schreckliche Verbrechen zu schildern, dessen Zeugin sie geworden war. Diesmal jedoch ohne das kleine herzförmige Kästchen zu unterschlagen, das sie ohne nachzudenken mitgenommen hatte, als sie, nachdem Verrückte Wolke eingeschlafen war, die Gunst der Stunde genutzt hatte und aus der Pagode geflohen war, in der er Buddhabadra so bestialisch den Bauch aufgeschlitzt hatte.

»Ich schwöre Euch, dass ich das Herz nur aus Versehen mitgenommen habe!«, schloss sie unter Tränen, ehe sie sich dem blinden alten Abt zu Füßen warf wie ein kleines Mädchen seinem Vater.

»Der Klang Eurer Stimme verrät mir, dass Ihr nicht lügt! Ich glaube Euch«, sagte der greise Asket leise und umfing die Schultern der jungen Frau mit seinen weiten Ärmeln.

»Verrückte Wolke hat also Buddhabadra umgebracht! Ich hatte ja schon immer geahnt, dass der Kerl nicht mehr recht bei Verstand ist! Aber was Umara da erzählt, ist mehr als grauenvoll!«, stöhnte Lama sTod Gling.

»Wenn ich nur daran denke, dass sein Gehilfe vor noch gar nicht allzu langer Zeit hier war, weil er hoffte, ihn in Samye zu finden!«, flüsterte Ramahe sGampo zutiefst betroffen.

»Redet Ihr etwa von Dolch der ewigen Wahrheit?«, fragte Fünffache Gewissheit erschüttert, ohne Umara auch nur eines Blickes zu würdigen.

Wie hätte er Addai Aggais Tochter auch nicht übel nehmen sollen, dass sie ihm ein so wichtiges Detail verheimlicht hatte? Ihr Schweigen stellte doch das gegenseitige Vertrauen, das bis dahin zwischen ihnen geherrscht hatte, völlig in Frage.

»Ganz genau! Der arme Mönch streift auf der Suche nach seinem Meister und dessen heiligem weißem Elefanten durch das Reich Bod!«, klagte Lama sTod Gling.

»Ein weißer Elefant? So einen habe ich gesehen! Mein Wort darauf!«, rief daraufhin Staubnebel, den seine Rolle als Enthüller wertvoller Informationen – und dies war so eine, zumindest dem verblüfften Schweigen seines Publikums nach zu urteilen – innerlich frohlocken ließ.

»Wenn du hier in der Gegend einem weißen Elefanten begegnet bist, dann kann es sich nur um das heilige Tier vom Kloster des Einen Dharma in Peshawar handeln. Im Reich Bod gibt es sonst keine Elefanten!«, versicherte Lama sTod Gling.

»Wo hast du ihn gesehen?«, wollte Ramahe sGampo wissen.

»Das Tier lebte auf einem Bauernhof, dessen Bewohner mich für eine Nacht aufgenommen hatten. Im ersten Moment glaubte ich an eine göttliche Erscheinung, als dieser gewaltige weiße Berg aus dem Stall hervorkam!«

»Woher wusstest du denn, dass es sich um einen Elefanten handelte?«, fragte Fünffache Gewissheit, den die Anekdote wieder ein wenig aufgeheitert hatte.

»Ich hatte schon vorher Bilder von Elefanten gesehen. Sie waren auf Sutras zu Ehren von Dizang abgebildet, dem Bodhisattva, der auf dem weißen Elefanten mit den sechs Stoßzähnen reitet! Der Sohn der Bauersleute war ein wenig jünger als ich, und wir haben uns recht gut verstanden. Er hat mir erzählt, dass sein Vater auf der Zobeljagd war, als er plötzlich auf den halb im Schnee begrabenen Elefanten stieß. Es war ihnen gelungen, ihn wieder gesund zu pflegen, und sie hatten vor, ihn für teures Geld auf einem Markt in Zentralchina zu verkaufen.«

»Was für eine unglaubliche Geschichte!«, rief Lama sTod Gling.

»In der Tat!«, bemerkte Fünffache Gewissheit, dessen Traurigkeit durch die Neuigkeit, die er nur zu gerne seinem Freund Dolch der ewigen Wahrheit verkündet hätte, ein wenig gemildert worden war.

»Es wird allmählich Zeit auseinanderzugehen. Umara, Ihr habt Fünffache Gewissheit immer noch nicht gesagt, ob er die Augen des Buddha berühren darf!«, forderte Ramahe sGampo Umara auf, da die Stunde der nächsten Zeremonie näher rückte.

»Natürlich darf er das! Er kann die Reliquie sogar haben, wenn er will!«, murmelte die junge Nestorianerin, die es nicht wagte, ihren Geliebten anzuschauen.

»Diese Reliquien gehören dem Kloster des Einen Dharma in Peshawar«, entgegnete Fünffache Gewissheit. Trotz seiner Enttäuschung wollte er die Augen des Buddha, die der *ma-ni-pa* mit dem bezaubernden Namen »die Kostbarkeit« bezeichnete, so gerne anfassen, dass er nach kurzem Zögern doch danach griff.

Die beiden heiligen Edelsteine aus dem Reliquienschrein des Kanishka, die vor ihm bereits Millionen von Gläubigen angebetet hatten, lagen nun in seiner hohlen Hand, als bilde diese die *varada-mudra*, die Geste der Wunschgewährung.

Er hielt die Augen des Buddha in der Hand!

Sie waren so groß und rein, dass ihr finanzieller Wert gewaltig sein musste, wenn man bedachte, zu welchen Preisen unendlich viel weniger schöne Diamanten bei den Juwelieren entlang der Seidenstraße gehandelt wurden.

Trotzdem waren sie nicht das, wofür die Pilger sie hielten, die tagelang zu Fuß gingen, um dabei zu sein, wenn ihr Schrein anlässlich der Großen Wallfahrt von Peshawar in einer Prozession herumgetragen wurde: die wahren Augen des Buddha. Die beiden großen Edelsteine waren lediglich Darstellungen dieser heiligen Reliquien.

Nachdenklich malte sich Fünffache Gewissheit den Zorn und die Verzweiflung der dicht gedrängten, am Rande der Hysterie stehenden Pilgermassen aus, wenn man ihnen sagen würde, dass der weiße Elefant des Klosters auf seinem Rücken nicht die Augen des Buddha, sondern nur zwei Diamanten trug, sicherlich von außergewöhnlichem Glanz und beeindruckender Größe, aber dennoch Augen nur dem Namen nach.

Aus all den Gründen gehörte Fünffache Gewissheit wie jeder echte Anhänger des Mahayana nicht zu den Menschen, die Reliquien so sehr verehrten, dass sie sogar bereit waren, heilige Kriege zu führen, um sie in ihren Besitz zu bringen.

Kaum hatte er die Diamanten wieder auf das seidene Tuch zurückgelegt, als Staubnebel auch schon mit seinem strahlendsten Lächeln alles zurück in das Sandelholzherz packte und dieses seiner geliebten Umara reichte.

»Ich danke dir, Staubnebel, aber ich glaube, wir müssen die Reliquien hierlassen! Der Ehrwürdige Ramahe sGampo hat uns gerade erklärt, dass das heilige Mandala dem Kloster von Samye gehört; darum soll es auch selbstverständlich wieder hierher zurückkehren«, sagte sie mit zunehmender Verzweiflung, als sie sah, dass sich die Miene von Fünffache Gewissheit erneut verfinstert hatte.

»Meinetwegen! Aber warum behältst du nicht wenigstens die Augen des Buddha und die Heilige Wimper? Zwar habe ich das winzige göttliche Haar ganz unten in einer Ecke der Schatulle entdeckt. Aber ich finde trotzdem, dass es dir zusteht«, erklärte Staubnebel, der sich nichts sehnlicher wünschte, als der Erwählten seines Herzens eine Freude zu machen.

»Hier sind die Heilige Wimper und die Augen des Buddha gut aufgehoben! Nach allem, was in Dunhuang geschehen ist, sollten sie lieber hier sicher verwahrt bleiben, bis sich ihr rechtmäßiger Besitzer meldet. Die heiligen Reliquien gehören mir nicht! Ich habe sie zwar für eine Weile aufbewahrt, aber doch auch nur zufällig!«, erklärte die junge Christin.

»Das ist ein Fehler, Umara! Du solltest behalten, was dir gehört. Ich bin sicher, dass Fünffache Gewissheit das ganz genauso sieht!«, versetzte Staubnebel mit einem provozierenden Blick auf seinen Rivalen.

»Ich brauche die Reliquien nicht! Sie müssen hierbleiben!«, rief Umara verzweifelt.

»Was mich betrifft, ich habe meine Meinung nicht geändert. Ich gebe das Sutra von Vollendete Leere in die Obhut des Klosters von Samye und hege dabei den Wunsch, Ehrwürdiger Abt, dass eines nicht allzu fernen Tages ein neues Konzil in Lhasa abgehalten werden kann. Denn dieses Unterfangen erscheint mir höchst beachtenswert, und ich bedaure die Umstände, die Eure Zusammenkunft zwischen den Konzilen verhindert haben«, sagte Fünffache Gewissheit daraufhin mit matter Stimme und stand auf, um sich zu verabschieden.

»Möge der Erhabene deinen Wunsch erhören, mein Sohn! Auch ich erflehe dies unablässig in meinen Gebeten«, entgegnete der blinde Greis mit leiser Stimme.

»Wer weiß, Ehrwürdiger Abt, vielleicht werdet Ihr die Reliquien ja früher benötigen, als ihr glaubt«, antwortete Fünffache Gewissheit dem Abt von Samye aufmunternd.

»Meine Freunde, ihr könnt euch auf mein Wort verlassen. Umara, ich danke dir für das Vertrauen, das du mit dieser Geste unserem Kloster erweist. Die vier Reliquien werden im Lager der Bibliothek eingeschlossen werden, und dort sollen sie bis auf Weiteres bleiben! Glaubt mir, wir werden sie hüten wie unsere Augäpfel, auch wenn die meinen leider zu nichts nütze sind!«, schloss der blinde Abt, ehe er sich ebenfalls erhob. Staubnebels Augen funkelten zornig.

Es wurde Zeit, sich zu verabschieden, um den Ehrwürdigen Abt eine der zahllosen Zeremonien des Tages leiten zu lassen.

Fünffache Gewissheit war am Boden zerstört.

Am liebsten hätte er einfach alles aufgegeben, wäre auf einen der Gipfel des Dachs der Welt gestiegen und niemals wieder heruntergekommen oder hätte einen daoistischen Drachen zu Hilfe gerufen, der ihn über das Chinesische Meer getragen hätte und die Jadeorangen hätte kosten lassen, die ihn nicht nur sein ganzes Unglück vergessen lassen würden, sondern Umara gleich dazu.

Und genauso gleichgültig war ihm auch das Versprechen, das er Vollendete Leere gegeben hatte. Das *Sutra über die Logik der Vollkommenen Leerheit* und seine ganzen esoterischen Spitzfindigkeiten konnten ihm gestohlen bleiben.

Als er die Zelle von Ramahe sGampo verließ, fühlte er sich vollkommen niedergeschmettert, verraten von dem Menschen, den er so sehr geliebt hatte.

Paradoxerweise war Staubnebel beinahe genauso durcheinander wie sein Rivale.

Sein Plan war fehlgeschlagen.

Nicht nur, dass Umara sein Angebot abgewiesen und sich geweigert hatte, die Augen des Buddha und seine Heilige Wimper zu behalten, sie schien ihm dafür auch noch nicht einmal dankbar zu sein.

Und so trugen die beiden Chinesen die gleiche finstere Miene zur Schau, als Lama sTod Gling sie und Umara später am Nachmittag in die Bibliothek des Klosters mitnahm und sie dort herumführte.

Der leitende Archivar zeigte ihnen die Reichtümer ihrer gewaltigen Sammlung illuminierter Manuskripte, die von konzentriert über lange Tische gebeugten Kopisten abgeschrieben wurden, vor denen unzählige kleine Töpfchen mit

Pflanzenfarben in allen Schattierungen des Regenbogens standen.

Dann hatte der Lama sie in die Tresorkammer geführt, einen dunklen, fensterlosen, mit einer massiven Tür verschlossenen kleinen Raum, in dem die vier »kostbaren Pfänder« sicher untergebracht werden sollten.

Am Abend beachteten weder Umara noch Fünffache Gewissheit Staubnebels Verärgerung, als er ihnen mürrisch eine gute Nacht wünschte.

Gedemütigt und enttäuscht hatte er erkannt, dass Fünffache Gewissheit der jungen Nestorianerin sehr viel mehr bedeutete als er und dass die kleine herzförmige Schatulle, verglichen mit ihrer Liebe zu dem gut aussehenden chinesischen Mönch, für sie vollkommen nebensächlich war.

Wie sie ihn seit der Unterredung mit Ramahe sGampo ansah, während er mit ihr zu schmollen schien und jede ihrer Gesten zurückwies, als sei er durch ihr Verhalten zutiefst gekränkt, sagte alles über die Gefühle der jungen Christin aus!

Unter den Umständen brauchte er gar nicht zu hoffen, sie für sich gewinnen zu können, und als er sich in seiner Zelle auf sein Bett fallen ließ, brach er vor Zorn in Tränen aus.

Hätte er die »kostbaren Pfänder« nicht besser für viel Geld an einen Juwelier oder einen Antiquitätenhändler verkauft und wäre dann seines Weges gegangen, um irgendwo ein ruhiges Leben zu führen und zu versuchen, Umara endgültig aus seinen Gedanken zu verbannen?

Warum hatte das Schicksal sie unbedingt auf einem der zahllosen Wege des größten Gebirgsmassivs der Erde zusammenführen müssen, wenn das Herz der jungen Frau bereits vergeben war?

Der Kummer von Umara und Fünffache Gewissheit war kaum geringer.

Sobald sie alleine in ihre Zelle zurückgekehrt waren, wo

Lapika sie freudig begrüßte, warf sich die bleiche, zitternde Umara ihrem Geliebten weinend zu Füßen.

Da verlor Fünffache Gewissheit, der den ganzen Tag über gezwungen gewesen war, gute Miene zum bösen Spiel zu machen, schließlich die Beherrschung und ließ seiner Wut freien Lauf.

Die große gelbe Hündin, die bemerkte, dass zwischen ihren beiden Herren etwas Ernstes vor sich ging, kauerte sich kleinlaut, die Schnauze zwischen den Vorderpfoten vergraben, in einer Ecke des Raums zusammen.

»Warum hast du mir nie etwas von der Schatulle erzählt, Umara? Ich dachte, wir beide hätten keine Geheimnisse voreinander. Das ist wie ein spitzer Dolch, den du mir ins Herz gestoßen hast! Zwischen uns ist alles aus!«, schrie er aufgebracht.

Unfähig, ihm zu antworten, schluchzte Umara noch heftiger während ihr schlanker Körper von Zuckungen geschüttelt wurde.

»Weißt du, was ich tun werde? Ich werde nach Luoyang zurückkehren und Vollendete Leere anflehen, mir meine Verfehlungen zu verzeihen. Ich werde wieder das fromme Leben führen, das ich niemals hätte aufgeben sollen. Wie naiv ich doch gewesen bin! Genauso naiv wie Ramahe sGampo, als er Verrückte Wolke sein Vertrauen schenkte!«

Die junge Christin weinte so sehr, dass sie kaum sprechen konnte.

»Fünffache Gewissheit, v-verzeih mir! Ich d-dachte, es w-wäre das Richtige. D-diese Schatulle lag n-neben dem L-Leichnam von Buddhabadra. Ich h-habe sie aufgehoben, ohne es überh-haupt zu b-bemerken. D-draußen habe ich s-sie dann g-geöffnet. Ihr Inhalt erschien m-mir so unvorstellbar, d-dass ich sie in das B-Bücherversteck gebracht h-habe, das St-taubnebel und ich gemeinsam entdeckt h-hatten! M-mit wem hätte ich d-denn sonst darüber r-reden sollen, w-wenn nicht mit ihm?«

Weit davon entfernt, ihren enttäuschten Geliebten zu besänftigen, fachte ihr gestammelter Wortschwall dessen Zorn nur noch mehr an.

»Aber warum hast du mir das alles nicht schon früher erzählt? Wir kennen uns schon seit über einem Jahr!«, brüllte er außer sich und zerfetzte dabei das Kopfkissen auf ihrem Bett.

»Ich hatte Angst!«

»Für wie blöd hältst du mich eigentlich? Wieso solltest du Angst vor mir haben?«

»Jemand hatte mir verboten, einem Dritten gegenüber auch nur ein Wort über die Schatulle zu verlieren, ansonsten würde diesem Menschen großes Unglück widerfahren! Ich hatte Angst, dir zu schaden, wenn ich dir vom Inhalt des Reliquienkästchens erzählt hätte«, stotterte sie schniefend, ehe sie versuchte, sich an ihn zu schmiegen.

»Wer hat dir denn solche Dummheiten in den Kopf gesetzt?«

Wie jeder enttäuschte Liebhaber reagierte auch Fünffache Gewissheit zunächst ungläubig.

»Der Tripitaka Ruhende Mitte! Ich schwöre es beim Leben meines geliebten Vaters! Das ist die absolute Wahrheit! Außerdem hatte er doch recht: Wenn ich sehe, wie weh ich dir getan habe, nachdem du nun alles erfahren hast…«, stieß sie zwischen zwei Schluchzern hervor.

»Der Abt vom Kloster des Heils und des Mitgefühls in Dunhuang? Das ist doch nicht zu fassen! Was hat der denn jetzt schon wieder mit der Geschichte zu tun, Umara?«, murmelte der Gehilfe von Vollendete Leere, der mit einem Mal blass geworden war.

Umara weinte so bitterlich, dass der baumwollene Bettüberwurf, den sie an ihre Brust presste, von ihren Tränen völlig durchnässt war.

»Ich habe ihn aufgesucht, um ihm den Inhalt der Schatulle zu zeigen. Ich war davon überzeugt, dass die Gegenstände sehr wertvoll sein mussten, und naiv, wie ich war, wollte ich ihm anbieten, sie mir abzukaufen. Es hieß, das große Mahayana-Kloster sei unermesslich reich. Kurz bevor wir uns zum ersten Mal begegnet sind, hatte ich herausgefunden, in welchen Schwierigkeiten mein Vater steckte, nachdem die Seidenfertigung ins Stocken geraten war. Ich dachte, der Verkauf der Diamanten wäre eine Möglichkeit, Geld für unsere Kirche aufzutreiben!«

»Also bist du zu Ruhende Mitte gegangen, um das heilige Mandala und die Augen des Buddha zu Geld zu machen«, murmelte Fünffache Gewissheit, dessen Stimme bereits nicht mehr ganz so kühl klang.

»Ich schwöre dir, ich habe es nur gut gemeint!«

»Und was hat der Abt dir geantwortet?«

»Er tat so, als wüsste er nicht das Geringste über die Gegenstände, die ich ihm vorgelegt hatte, und weigerte sich hartnäckig, mir zu sagen, worum es sich handelte. Aber ich war mir sicher, dass er log. Denn er wirkte sehr aufgeregt. Nach einer Weile veränderte sich sein Ton, und er behauptete, dass diese Sachen niemals in meine Hände hätten gelangen dürfen und dass sie allen Unglück bringen würden, denen ich davon erzählen würde. Sie würden furchtbare, böse Zauber bewirken. Und deshalb sei es besser, wenn ich sie ihm zur Aufbewahrung überließe!«

»Dieser abscheuliche Kerl hat tatsächlich versucht, dich zu betrügen!«

»Ich war naiv und habe ihm geglaubt, als er mir versicherte, dass die Kostbarkeiten über den bösen Blick verfügten. Deshalb habe ich geschwiegen!«, rief sie.

»Aber warum hast du sie ihm dann nicht einfach gegeben?«, fragte Fünffache Gewissheit, um die Aufrichtigkeit der jungen Christin auf die Probe zu stellen.

»Weil ich Geld dafür haben wollte! Je länger unser Gespräch andauerte, desto misstrauischer wurde ich. Mir wurde klar, dass Ruhende Mitte die Edelsteine und das seidene Tuch unbedingt in seinen Besitz bringen wollte.«

»Und deshalb hast du die Schatulle zurück in ihr Versteck gebracht!«

»Aber nur unter größten Mühen! Ruhende Mitte bestand darauf, dass ich sie ihm aushändigte! Als er sah, dass ich nicht nachgab, wollte er mich sogar daran hindern, damit sein Arbeitszimmer zu verlassen. Er bedrängte mich so sehr, dass mich sein übler Mundgeruch noch lange danach verfolgt hat! Erst als ich ihm mit der Behauptung drohte, mein Vater wisse über meinen Besuch bei ihm Bescheid, ließ er endlich von mir ab. Und glaub mir, auch das nur höchst widerwillig.«

»Und du hast das schreckliche Geheimnis für dich behalten! Jetzt verstehe ich, warum du dich so verhalten hast, meine süße, geliebte Umara!«

Erschüttert nahm Fünffache Gewissheit sie in die Arme.

»Ich konnte nicht anders handeln! Die Worte des Abts ließen mir keine Ruhe, und bei dem Gedanken, dir zu schaden, wenn ich dir von der Schatulle erzählte, bin ich vor Angst beinahe verrückt geworden! Aber mein Einer Gott weiß, wie viel Überwindung mich mein Schweigen gekostet hat! Ich hoffe, du bist mir deswegen nicht länger böse«, erklärte sie und wischte sich notdürftig die Tränen aus dem Gesicht.

»Wie könnte ich dir böse sein, meine Liebste? Ruhende Mitte ist derjenige, der sich schändlich aufgeführt hat. Für einen Buddhisten finde ich sein Verhalten einfach unerhört, vor allem für einen Mönch seines Ranges!«

»Man könnte fast glauben, die kleine Schatulle sei eigens dazu gefertigt worden, Begehrlichkeiten zu wecken! In der Seitenkammer der Bibliothek ist sie sicher am besten aufgehoben«, sagte sie, ehe sie sich zärtlich von ihm küssen ließ.

Nach dieser Versöhnung überstieg ihr Liebesspiel in der darauffolgenden Nacht jedes Maß.

Die kurze Krise in ihrer Beziehung fachte ihre Leidenschaft noch zusätzlich an.

Jetzt, wo sie beide die intimsten Winkel am Körper des anderen kannten, bedurfte es nur noch wenig, um das gemeinsame Verlangen aufflackern zu lassen, das stets in einer krönenden Woge endete, die sie in vollkommenem Einklang auf den Gipfel der Lust trug.

Umara war die hemmungslosere von beiden, und sorgsam parfümierte sie ihren Körper, ehe sie sich zu Fünffache Gewissheit ins Bett legte, wo er bereits auf sie wartete.

Sie war nackt, und ihr Bauch, glatt wie die Sandhügel der Wüste Gobi, zitterte bereits. Die kleinen rosigen Lippen ihres Geschlechts, die unter einem kaum merklichen Flaum zu erkennen waren, pulsierten sanft, als ihr auf dem Rücken liegender Geliebter mit der bläulichen Spitze seines aufgerichteten Jadestabs darüber zu streichen begann.

Als er die Knospen ihrer begehrenswerten Brüste zwischen Daumen und Zeigefinger nahm, hockte sie sich auf ihn und spreizte ihre schlanken Schenkel so weit wie möglich.

»Du bist ein Brunnen, und ich werde von deiner Quelle trinken, meine süße, geliebte Umara!«, wisperte er, als er bemerkte, wie feucht sie bereits war.

Er zog sie noch ein Stück nach vorne, bis sie die Zunge ihres Geliebten am Saum ihrer inneren Pforte spürte; eine Zunge, deren Spitze in sie eindrang wie das sanfteste Schwert und ihren Bauch, dessen Haut so straff gespannt war wie das Fell einer Trommel, tanzen ließ.

»Nach dieser Folter werde ich mich niemals zurückhalten können!«, sagte sie leise.

»Lass dich einfach fallen, meine Geliebte. Heute Abend bin ich nichts als ein armer Sklave, der in den Armen einer wunderschönen Prinzessin verdurstet. Und ihr leisester Wunsch wird ihm Befehl sein«, stieß er hervor, ehe er sein Gesicht wieder zwischen die glühenden Schenkel seiner fast besinnungslosen Geliebten tauchte.

»Es ist so schön, deine Zunge zu spüren. In meinem Leib entspringt ein wahrer Brunnen der Liebe!«, brachte sie mühsam hervor, ehe sie sich ihrerseits über den Jadestab ihres Geliebten beugte, um ihm Gleiches mit Gleichem zu vergelten.

Und schon bald fingen sie beide in ihrem Mund den unbeschreiblichen Nektar des anderen auf, den sie so meisterlich zum Sprudeln zu bringen wussten.

14

Im Palast von General Zhang, Chang'an, China

»Irgendjemand sollte der Thronräuberin die Fünf Giftigen Tiere schicken, dann hätten wir endlich Ruhe vor ihr! Vor allem, wo sie jetzt schon wieder schwanger ist! Hoffentlich wird es wenigstens kein Junge!«, gellte die schrille Stimme des alten Generals Zhang, der vor der Ankunft seiner Besucher heimlich jene besondere Mischung geraucht hatte, die seiner Stimme allen Klang raubte.

Bei den Wudu oder Fünf Giftigen Tieren handelte es sich um so unsympathische Geschöpfe wie die Schlange, die Eidechse, den Skorpion, die Kröte und den Tausendfüßler, und auch wenn die Apotheker aus ihrem Gift oder ihrem getrockneten, zerbröselten Körper höchst wirksame Absude gewannen, um alten Leuten und Kranken neue Kräfte zu verleihen, war es doch besser, nicht auf eines von ihnen zu treten, wenn man nur Sandalen an den Füßen trug!

Der Konfuzianer und ehemalige Erste Minister von Kaiser Taizong litt nach seiner wöchentlichen Polo-Partie unter entsetzlichen Rückenschmerzen.

Das aus dem Iran eingeführte Spiel machte Furore am Hof der Tang, wo es sowohl von Frauen als auch von Männern gespielt wurde, seit jener illustre Herrscher beschlossen hatte, diesem Zeitvertreib zu frönen, und gewissen Geschmack daran gefunden hatte.

An diesem Nachmittag hatte sich ein regelrechtes Tribunal um den alten Würdenträger versammelt, fest entschlossen, Kaiserin Wu Zhao den Prozess zu machen.

Für die hochrangigen, aber Gaozongs Gemahlin gegenüber so entsetzlich machtlosen Männer war es die einzige Möglichkeit, ein wenig ihrem Frust über eine Situation Luft zu machen, die sie für äußerst gefährlich hielten. Denn die Thronräuberin gewann unaufhörlich an Einfluss auf ihren zunehmend schwachen, flatterhaften Gemahl.

Die fünf Männer verabscheuten einander von Herzen, und das Einzige, was die Rivalen miteinander verband, war ihr Hass auf die Kaiserin.

Natürlich waren der Seidenminister Tugend des Äußeren und Präfekt Li anwesend, aber auch der Leiter des Kaiserlichen Sekretariats Lin Shi, ein Onkel von Kaiserin Wang, der ersten Gemahlin von Gaozong, und schließlich Han Yuan, der Kaiserliche Kanzler.

»Ohne ihr Wissen die Erlasse bezüglich der Manichäer und der Nestorianer zu veröffentlichen war eine Meisterleistung von dir!«, lobte der alte General den Kanzler, zu dessen Aufgaben es unter anderem gehörte, die kaiserlichen Erlasse an den Balkonbrüstungen des riesigen Turms der Verlautbarungen aushängen zu lassen.

»Es heißt, die Kaiserin sei rasend vor Wut gewesen. Als sie sich bei Gaozong darüber beschwert hat, war es schon zu spät! Die Erlasse waren bereits ausgehängt. Aber das hat mich einige Kämpfe gekostet!«, entgegnete Han Yuan, der immer noch über seine Heldentat frohlockte, denn selbst innerhalb der Verwaltungsbehörden verfügte Wu Zhao über beträchtlichen Einfluss.

Wie üblich war es der alte Offizier, der den ersten Säbelstreich führte.

»Die Lage wird allmählich vollkommen absurd«, knirschte

er. »Jetzt hat sie sich so eine wunderliche Gestalt angelacht, die mit einem weißen Elefanten in Chang'an aufgetaucht ist! Und das obwohl ihr kaiserlicher Bauch schon immer dicker wird!«

»Seit sie gewisse Stunden mit ihm verbringt, scheint sie wie auf Wolken zu schweben«, lachte der spitzbärtige Lin Shi, der ebenso hager und sehnig war wie Han Yuan dick und verschwitzt, begeistert von seinem Wortspiel mit dem Namen Weiße Wolke, den sich Wu Zhaos jüngste Eroberung zugelegt hatte.

»Niemand weiß, woher der neue Erwählte ihres Herzens stammt oder wer er überhaupt ist. Und Gaozong wäre der Letzte, der irgendetwas bemerkt. Er ist ja auch immer noch davon überzeugt, dass seine Gemahlin ein Kind von ihm erwartet!«, fuhr er mit verkniffener Miene fort, wobei seine Stimme vor Hass und Verachtung troff.

»Sie hat diesen Weiße Wolke vom Kräutermarkt im Stadtzentrum geholt. Drei Tage hatte er dort halb nackt im Lotossitz gesessen, ohne etwas zu essen oder zu trinken, neben sich einen weißen Elefanten, der so groß ist wie ein Mehlberg. Er hat das Ganze raffiniert eingefädelt und brauchte nicht allzu lange zu warten. Ich bin mir sicher, dass sie bereits vorher von der Ankunft des Mannes erfahren hatte. Überall, wo er hinkam, bildeten sich lange Schlangen von Kranken, die sich von ihm Heilung erhofften! Meine Spitzel haben mir berichtet, dass es auf manchen Märkten zu regelrechten Unruhen gekommen ist«, fügte Präfekt Li verärgert hinzu.

»Hinter vorgehaltener Hand wird sogar gemunkelt, er könne Menschen unsterblich machen«, ergänzte der Seidenminister Tugend des Äußeren mit einem nervösen, glucksenden Lachen.

»Aber soweit ich weiß, handelt es sich nicht um einen daoistischen *fangshi*!«, widersprach der Kaiserliche Kanzler, dessen geringschätzige Miene von seiner tiefen Verachtung für diese Art von Menschen zeugte.

»Sie schwärmt ständig für solche Hexer und Magier, je exzentrischer, desto lieber! Gestern war es ein wahrsagender Physiognom, der behauptete, den Charakter eines Menschen an seinem Gesicht ablesen zu können! Ein anderes Mal jener daoistische Heiler, der angeblich Pulver von den Jadefrüchten der Bäume auf den Inseln der Unsterblichen besaß. Heute dieser Erleuchtete, der auf einem weißen Elefanten herumreist! Und morgen ist es dann sicher ein mazdaistischer Magier: So einer fehlt noch in ihrer Sammlung!«, schimpfte der alte General.

»Diese Frau hatte schon immer die Gabe, sich mit Abenteurern einzulassen, erinnert euch nur an den seltsamen *fangshi*, diesen Hexer und Akupunkteur, von dem es hieß, er liefe splitterfasernackt durch ihre privaten Gemächer! Aber das waren immer nur flüchtige Launen, die nicht länger als zwei, drei Tage anhielten. Diese Liaison dauert jetzt schon fast zwei Monate! Das ist mehr als beunruhigend!«, schloss Lin Shi.

»Das wird noch alles ein böses Ende nehmen!«, fügte der Seidenminister hinzu, der damit wieder einmal eindrucksvoll illustrierte, warum ihn alle Welt für einen Einfaltspinsel hielt.

»Nehmt Euch in Acht! Sie ist gerissener, als ihr glaubt! Es genügt ihr nicht, alles zu tun, um die buddhistische Geistlichkeit auf ihre Seite zu ziehen. Denkt bloß daran, mit welchem Geschick sie versucht hat, auch das Wohlwollen der konfuzianischen Gelehrten zu gewinnen, obwohl sie sie stets verachtet hat!«, seufzte Lin Shi.

Mehr noch als das recht feminin anmutende bartlose Gesicht des Leiters des Kaiserlichen Sekretariats stach die Länge seines Mandarin-Zopfs ins Auge, der am höchsten Punkt seines ansonsten täglich sorgsam rasierten Kopfs spross und bis in die Mitte seines Rückens herabhing.

»Sprichst du etwa von den Anthologien dieser von angeblich illustren Frauen verfassten Gedichte, die sie bei der Akademie des Nördlichen Tores in Auftrag gegeben hat? Das ist doch einfach nur grotesk!«, spie der ehemalige Erste Minister von Kaiser Taizong hervor.

In einem Saal im ersten Stock des Nordtors des Kaiserlichen Palasts pflegten sich jeden Donnerstag diejenigen konfuzianischen Gelehrten zu versammeln, die der Thronräuberin den hartnäckigsten Widerstand entgegenbrachten.

»Es mag vielleicht lächerlich sein, General, aber es war gleichzeitig auch ausgesprochen wirkungsvoll! Auf diese Weise hat sie verbitterten Archivaren, Schreibern und Kopisten, die meist nur dafür bezahlt werden, untätig herumzusitzen, sechs Monate lang Arbeit beschert; vor allem aber ist es ihr dadurch gelungen, ihnen dauerhaft zu schmeicheln. Meine Leute berichten, dass sich ihre Ansichten über Wu Zhao erheblich gewandelt haben. Nicht nur, dass sie kaum noch gegen sie wettern, nein, inzwischen überschütten sie sie geradezu mit Lobeshymnen!«, wagte Präfekt Li dem alten Konfuzianer entgegenzuhalten.

»Ach was! Diese Gelehrten werfen doch innerhalb von zwei Pinselstrichen ihre gesamten Überzeugungen über Bord und laufen zur anderen Seite über!«, versetzte Lin Shi, während sein langer Zopf über seiner Jacke aus goldbrauner Seide hin und her baumelte.

»Dann würde ich aber nicht von Pinseln, sondern eher von *tiebi* sprechen!«, entgegnete Präfekt Li, der allmählich in Fahrt geriet.

Mit dem *tiebi* oder »eisernen Pinsel« wurden Schmucksteine graviert, um daraus Siegel herzustellen, mit denen Gelehrte, Minister, Mandarine oder gar der Kaiser selbst ihren Stempel unter Verordnungen, Gedichte oder Zeichnungen setzten.

»Und wenn wir Gaozong aufsuchten und ihm erklärten, dass seine Gemahlin auf dem besten Weg ist, ihn in den Untergang zu treiben?«, fragte daraufhin der Kanzler, dem das sinnlose Geschwätz der anderen auf die Nerven ging.

»Mit dem Kaiser von China dürfen wir nicht rechnen. Als das Zensorat vor einigen Monaten versucht hat, ihn so diskret wie möglich darauf hinzuweisen, dass seine Gemahlin heimlich zwei Eindringlinge im kaiserlichen Palast beherbergte, hat er nicht die geringste Reaktion gezeigt. Das spricht doch Bände, sowohl über das Fortschreiten seiner Krankheit als auch über seine wachsende Gleichgültigkeit den Angelegenheiten des Kaiserreichs gegenüber. Junge Mädchen sind das Einzige, was ihn überhaupt noch interessiert«, knurrte Präfekt Li desillusioniert.

»Davon höre ich ja heute zum ersten Mal! Eindringlinge? Im kaiserlichen Palast? Ja träume ich denn?«, brüllte der Kanzler Han Yuan seinen langjährigen Rivalen, den Großzensor, an.

Natürlich wusste er sehr wohl über den Vorfall Bescheid, doch er gab vor, erst jetzt davon zu erfahren, um Präfekt Li in Verlegenheit zu bringen.

»Unglücklicherweise nicht! Sie hat einen abtrünnigen buddhistischen Mönch und eine junge Nestorianerin bei sich untergebracht. Als ich versucht habe, höchsten Stellen begreiflich zu machen, dass eine solche Situation nicht hinnehmbar sei…«, antwortete dieser etwas arglos.

Barsch fiel ihm der alte General ins Wort.

»Wir alle kennen die beklagenswerte Episode! Darauf brauchen wir nun wirklich nicht zurückzukommen. Der arme Gaozong steht vollkommen unter ihrem Einfluss. Sie beherrscht und manipuliert ihn, wie es ihr beliebt. Und leider gewinnt sie mit jedem Tag mehr Macht über ihn!«

»Er hat ja auch wichtigere Dinge im Kopf, wenn man so sagen darf: Er hat sich schon wieder in so ein junges, nicht einmal fünfzehn Jahre altes Ding vernarrt!«, ergänzte der Großzensor.

»Der Kaiser des größten Reichs der Erde zugrunde gerichtet von jungen Mädchen! Deshalb überreicht auch kein hoher Beamter Gaozong mehr ein Geschenk, das in Papier eingepackt wurde, welches mit einem Hirsch verziert ist!«, fügte Lin Shi mit einem freudlosen Lachen hinzu.

Eine alte Tradition verlangte, dass man auf diese Weise dem Herrscher seinen Wunsch bekundete, in wichtigere Ämter der Verwaltung aufzusteigen, denn ausgesprochen bedeutete das Wort *lu* sowohl »Hirsch« als auch »Glückseligkeit«, »Gunst« oder »Gehalt«.

»Beamte sind pragmatische Menschen! Sie gehen nur dorthin, wo sie sicher sein können, dass es für sie auch genug zu holen gibt«, lachte der dicke Han Yuan.

»Handelt es sich bei dem Mädchen nicht um die schamlose Dirne Helan Guochu?«, erkundigte sich General Zhang, der diese Art von Humor nicht sonderlich zu schätzen schien.

»Genau. Wu Zhaos eigene Nichte! Und ihre Tante sieht diese Liebschaft verständlicherweise ganz und gar nicht ungern!«, entgegnete sein Gegenüber in belehrendem Ton.

Die junge Helan Guochu war die Tochter von Wu Zhaos älterer Schwester, und ihre skandalöse Affäre mit Gaozong stand im Mittelpunkt des amourösen Klatsches am kaiserlichen Hof.

»Ich traue ihr zu, dass sie dem Kaiser ihre Nichte sogar noch selbst ins Bett gelegt hat!«, seufzte der alte Zhang.

»Und dann diese angeblichen Himmlischen Zwillinge, die sie dem großen Kloster in Luoyang anvertraut hat! Sie lässt verbreiten, dass sie über besondere Kräfte verfügen sollen, vor allem das kleine Mädchen, dessen halbes Gesicht von Fell bedeckt ist wie bei einem Affenweibchen! Niemand weiß, woher die Kinder so plötzlich gekommen sind! Was hat das alles zu bedeuten? Noch so ein Rätsel, das das Zensorat nicht lösen konnte, obwohl doch genau das seine Aufgabe gewesen wäre!«, setzte der alte General boshaft hinzu.

»Es waren meine Männer, General, die Euch mitgeteilt haben, dass sie die Kinder dem Kloster der Dankbarkeit für Erwiesene Kaiserliche Wohltaten ausgeliehen hat«, erwiderte der Kaiserliche Großzensor, den die unausgesetzten Sticheleien des ehemaligen Offiziers allmählich zur Weißglut trieben.

Alle klagten und schimpften nun im Chor über die Methoden der Thronräuberin.

»Früher oder später wird ihr skandalöses Verhalten bei der Bevölkerung unweigerlich Anstoß erregen, vor allem jetzt, wo auch noch eine Hungersnot droht!«

»Die Ernte des vergangenen Jahres war nicht gut, und die Trockenheit gefährdet die des kommenden Sommers. Wenn tatsächlich Hunger über das Land hereinbricht, wird das Volk Gaozong sein himmlisches Mandat entziehen und nicht Wu Zhao, denn sie hat ja nie eines erhalten!«

»Es hat schon seit Monaten nicht mehr geregnet. Bald wird der Le-Fluss ausgetrocknet sein. Das verheißt nichts Gutes für den Kaiser.«

»Genug geredet, meine Herren! Was schlagt ihr vor, um gegen die Thronräuberin vorzugehen? Ich brauche etwas Konkretes, Worte habe ich zur Genüge gehört!«, erklärte der alte General, genervt von ihren Diskussionen, die sich unablässig im Kreis drehten.

Nach dem Einwurf des alten, verbitterten Konfuzianers

senkte sich tiefes Schweigen auf die Möchtegern-Verschwörer herab.

Keiner von ihnen war tatsächlich mutig genug und bereit, auch nur das geringste Risiko einzugehen, indem er die Thronräuberin öffentlich anklagte.

Doch die Zeit drängte. Denn alle Unternehmungen des rebellischen Kreises waren bislang wirkungslos geblieben.

So hatte Wu Zhao den Herrscher zu ihrem großen Leidwesen gezwungen, in Gegenwart des vor Wut mit den Zähnen knirschenden Kanzlers kleinlaut einen Erlass zu zerreißen, mit dem sie ihres Ranges als offizielle Gemahlin enthoben werden sollte. Die Konfuzianer hatten ihn dem Kaiser in einem seiner schwachen Momente abgerungen, als Wu Zhao gerade fort war, um die Baustelle des heiligen Steilhangs von Longmen zu besuchen.

Danach hatte sie, in ihrem Bestreben, Luoyang zur Hauptstadt des Reichs zu machen, weil das Klima angeblich so viel angenehmer sei als in Chang'an, Gaozong überredet, dort eine prächtige Residenz erbauen zu lassen. Die hohe Umfriedungsmauer wuchs allmählich, während die Steuern nach mehreren aufeinanderfolgenden Missernten immer spärlicher flossen. Und um die Pfingstrose, ihre Lieblingsblume, die die Gelehrten mit den hübschen Namen »Blume des Reichs« und »himmlische Schönheit« bezeichneten, endgültig populär zu machen, hatte sie im Umland der Stadt ganze Felder mit der Symbolblume der Tang-Dynastie bepflanzen lassen.

Den Hof nach Luoyang zu verlegen war für Wu Zhao von größter Bedeutung.

Dadurch würde sie nicht nur näher bei Vollendete Leere sein, sondern vor allem Gaozong von ihren ärgsten Feinden, den Konfuzianern in Chang'an, isolieren.

Diese hatten nicht lange gebraucht, um ihre Pläne zu

durchschauen, und boten alle Kräfte auf, um den Kaiser davon abzubringen, seiner Gemahlin diesen Wunsch zu erfüllen.

Doch bisher vergeblich.

Kein Wunder also, dass sie von tiefem Hass und Verbitterung gegenüber Wu Zhao erfüllt waren.

In der vollkommenen Stille näherte sich ein Diener dem alten General und flüsterte ihm eine Nachricht ins Ohr.

»Dann bring den Kerl herein! Aber wehe dir, wenn er mir nur meine Zeit stiehlt!«, antwortete dieser dem respektvoll wartenden Diener.

Kurz darauf platzte ein erregter Mann in den Kreis der verhinderten Intriganten.

Sein bleiches Gesicht und die hervorquellenden Augen zeugten von seiner Angst.

»Bist du nicht dieser Grüne Nadel, den Kaiserin Wu Zhao aus meinen Verliesen hat holen lassen und der seitdem spurlos verschwunden war?«, fragte Präfekt Li überrascht, als er den Fremden erblickte.

»Warum sollte ich Euch anlügen? Der bin ich tatsächlich!«, stammelte dieser.

»Der Mann hat es uns ermöglicht, einen fremden Schmugglerring zu zerschlagen, der auf unserem Gebiet tätig war!«, verkündete der Kaiserliche Großzensor hochtrabend.

»Und was verschafft uns diesen ungehörigen Auftritt?«, fragte General Zhang argwöhnisch.

»Ich war es, der dem Zensorat vor zwei Monaten die anonyme Denunziation über das Paar zugeschickt hat, das Kaiserin Wu heimlich im kaiserlichen Palast untergebracht hatte. Ich stand direkt hinter der Mauer, als die Kaiserin persönlich zu ihnen kam, um sie zu warnen. So konnten sie noch rechtzeitig fliehen, bevor die Männer des Zensorats eintrafen!«, stotterte der Uigure.

Sein Gesicht war schweißgebadet.

»Wenn ich dich recht verstehe, bist du also das, was man einen Spitzel nennt!«, murmelte der ehemalige Erste Minister von Kaiser Taizong mit einem Mal honigsüß.

»Ich bin gekommen, um den zuständigen Stellen zu berichten, was ich mit eigenen Augen und Ohren gesehen und gehört habe, mein Herr!«

»Dann hat also Wu Zhao die beiden jungen Leute ganz bewusst über ihre bevorstehende Verhaftung durch das Zensorat unterrichtet?«, rief der Kanzler Han Yuan wutentbrannt.

»Wenn ich es Euch doch sage! Sie hat dafür gesorgt, dass dieses Liebespaar nicht in die Hände Eurer Gerichtsbarkeit fiel! Ich habe es selbst mit angehört!«

»Und warum bist du jetzt hergekommen und erzählst uns das?«, wollte Präfekt Li misstrauisch wissen.

»Ich hätte gerne einen Geleitbrief, mit dem ich sicher nach Turfan zurückkehren kann. Hier habe ich nichts mehr verloren. Ich verbringe meine Tage damit, im Pavillon der Wasseruhr dem Zwitschern der Vögel zu lauschen. Ich fühle mich überflüssig und möchte zurück nach Hause«, flüsterte der Uigure eingeschüchtert.

Seit Wochen schon brütete er über diesem Coup.

Als er, ein Ohr an die Gartenmauer des Pavillons der Lustbarkeiten gepresst, gehört hatte, wie Fünffache Gewissheit Wu Zhao erzählte, dass sie in der Nähe des Jadetors Speer des Lichts begegnet waren, der von einer jungen Chinesin begleitet wurde, hatte ihm das Blut in den Adern gestockt.

Das konnte nur Jademond gewesen sein.

Sein verhasster Rivale hatte es also geschafft, sie mitzunehmen.

Und seit er dies erfahren hatte, kannte der Uigure nur noch ein Ziel: nach Turfan zurückzukehren und einen letzten Versuch zu unternehmen, diese junge Frau, deren Reize ihn immer noch Tag und Nacht verfolgten, doch noch für sich zu gewinnen.

»Warum sollte Wu Zhao diese Flüchtlinge überhaupt beschützen?«, fragte Lin Shi.

»Damit ist sie ein vollkommen unsinniges Risiko eingegangen!«, rief der alte General Zhang, davon überzeugt, jetzt endlich über die Information zu verfügen, die die Herrscherin stürzen würde.

»Die Kaiserin tut alles in ihrer Macht Stehende, um den Seidenschmuggel wieder in Gang zu bringen. Der ehemalige buddhistische Mönch und die junge Nestorianerin, die sie aufgenommen hatte, machen gemeinsame Sache mit den Manichäern aus Turfan, die sich auf die Herstellung von Seidenfaden verlegt haben! Die junge Frau ist die Tochter eines gewissen Addai Aggai, des nestorianischen Bischofs von Dunhuang, wo die manichäische Seide gewebt wird. Das habe ich nicht in die Denunziation schreiben lassen, die ich Euch geschickt habe. Eine so wichtige Information kann nur mündlich übermittelt werden!«, erklärte Grüne Nadel, entzückt über die Wirkung, die seine Worte bei den Anwesenden hervorriefen, unbeholfen theatralisch.

»Aber das ist ja nicht zu fassen! Wu Zhao fördert tatsächlich diesen abscheulichen Schmuggel?«, flötete die zarte Stimme des Seidenministers Tugend des Äußeren, der ausnahmsweise einmal die ganze Tragweite der Worte des Verräters erfasste.

»Was für ein Skandal! Aber wie ich diese Frau kenne, würde es mich nicht einmal wundern, wenn sie der Kopf der ganzen Bande wäre«, seufzte der Kanzler, dessen Doppelkinn vor Empörung zitterte.

»Das ist ja unglaublich! Wir werden also von einer Frau regiert, die sich nicht damit zufrieden gibt, einer anderen den Thron zu rauben, sondern sich dann auch noch als Schmugglerin betätigt. Mein großes Land ist tatsächlich tief gefallen! Und was die Leistungsfähigkeit des Zensorats betrifft, weiß ich jetzt auch, was ich davon zu halten habe! Ich hatte ja schon länger meine Zweifel«, dröhnte der Leiter des Kaiserlichen Sekretariats, der darin eine gute Gelegenheit sah, der geheimen Polizei von Präfekt Li eins auzuwischen.

»In der Schale der anderen scheint das Fleisch immer fetter zu sein, wie das berühmte Sprichwort besagt!«, entgegnete Präfekt Li hilflos. Seiner aufgelösten Miene nach zu urteilen, hatte der Schlag gesessen.

Von den verblüfften Versammelten war er ganz offensichtlich derjenige, der nach den Enthüllungen des Uiguren am meisten zu verlieren hatte.

Er hatte Mühe, seinen Zorn im Zaum zu halten, und ballte die Fäuste so fest, dass seine Finger weiß wurden.

Die Diskussion geriet allmählich außer Kontrolle, und ihr Treffen drohte schon bald in ein Tribunal gegen seine Behörde umzuschlagen.

Der ehemalige Erste Minister hingegen war so schockiert über die Informationen, dass er tiefrot anlief und vor sich hin hustete, als hätte er eine Gräte verschluckt.

Sofort stürzte ein Diener mit einer tönernen Teekanne in der Hand auf General Zhang zu und ließ den alten, halb erstickten Soldaten an deren Tülle trinken wie einen Säugling an der Flasche.

»Meine lieben Freunde, wenn ihr gestattet, würde ich die Befragung dieses Mannes gerne in den Räumen des Zensorats fortsetzen. Denn das, was er sagt, sollte ordnungsgemäß in einem gesonderten schriftlichen Bericht festgehalten werden!«, rief Präfekt Li, als er es nicht mehr länger aushielt.

War das in Anbetracht der Situation nicht die beste Lösung? Er brauchte unbedingt einen Vorwand, um den unkontrollierbaren Grüne Nadel aus dieser Versammlung von

Höflingen zu entfernen, von denen es niemandem einfallen würde, ihn zu verteidigen oder ihm gegenüber auch nur die geringste Gnade zu zeigen.

Zumindest würde dieses Vorgehen seinen Gefährten, die nur durch ihren erbitterten Hass auf Wu Zhao zusammengehalten wurden, beweisen, dass der Großzensor, stets auf das Wohl des Reichs bedacht, gegen alle Widerstände sein beharrliches Werk des Überwachens und Ermittelns fortführte.

Auf seinen Ruf hin stürmten zwei bewaffnete Männer in den Raum und knallten in makelloser Habachtstellung die Hacken zusammen.

Mit einem Nicken befahl ihnen der Großzensor, Grüne Nadel zu ergreifen und hinauszuführen.

»Du bist mir einmal entwischt, nachdem sich die Kaiserin eingemischt hat, aber so etwas wird nicht noch einmal passieren, das kannst du mir glauben!«, zischte der gedemütigte Präfekt dem Uiguren drohend ins Ohr, während dieser von den beiden Agenten grob zu einem Palankin gezerrt wurde.

Erleichtert darüber, dass keiner der anderen Zeit gefunden hatte zu reagieren, beabsichtigte Präfekt Li nun, von dem verschlagenen Spion eine ordnungsgemäß von eigener Hand unterschriebene und beglaubigte schriftliche Aussage zu erhalten. Sie sollte den unwiderlegbaren Beweis dafür liefern, dass Kaiserin Wu den Seidenschmuggel persönlich deckte und nicht einmal davor zurückschreckte, mitten im kaiserlichen Palast Personen zu beherbergen, die in die undurchsichtigen Machenschaften verwickelt waren, und ihnen sogar die Flucht zu ermöglichen, kurz bevor die Männer des Zensorats sie verhaften wollten.

Dann würde er endlich Genugtuung erhalten und vor allem endgültig all jene seiner übel gesinnten Standesgenossen zum Schweigen bringen, die ihre Tage damit verbrachten, die Arbeit des Zensorats schlechtzureden.

So fand sich Grüne Nadel innerhalb kürzester Zeit nach endlosen Treppen erneut in jenem Verlies wieder, aus dem die Kaiserin ihn hatte herausholen lassen.

Es erschien ihm noch dunkler und feuchter als beim ersten Mal.

Die Zellen des Zensorats mussten zum Bersten voll sein, denn im Gegensatz zu seinem ersten Aufenthalt hörte er trotz der dicken steinernen Mauern nur markerschütternde Schreie und ununterbrochenes Stöhnen.

Es gab keine Zweifel: In den unterirdischen Räumen, die jenen armen Teufeln vorbehalten waren, die sogenannter »Verbrechen wider das Kaiserreich« beschuldigt wurden, waren die Folterungen in vollem Gange.

Um diese Jahreszeit gingen bei der Steuerverwaltung, die stets auf der Jagd nach Betrügern war, traditionell zahlreiche Denunziationen ein, mit denen andere sich freikaufen wollten. Denn jedem Steuerpflichtigen, der einen Nachbarn oder Verwandten verriet, wurde seine eigene Steuerschuld erlassen, wenn diese niedriger war als die des Angezeigten, ein Prinzip, das noch auf die legalistischen Praktiken des ersten Kaisers Qin Shihuangdi zurückging.

Als Grüne Nadel schließlich von ein paar Wachen grob in die Folterkammer gezerrt wurde, begann er vor Angst laut zu schreien.

»Erzähl mir alles, was du auf dem Herzen hast! Dann unterschreibst du eine schriftliche Aussage gegen Kaiserin Wu Zhao. Und danach steht es dir frei zu gehen, wohin du willst«, knurrte Präfekt Li, während sich seine Schergen daranmachten, den Uiguren auf einem besonderen Stuhl festzuschnallen, nachdem sie ihm zuvor das Hemd ausgezogen hatten.

Da betrat plötzlich ein kahl geschorener, pockennarbiger Henker den Raum, dessen theatralischer Auftritt nur darauf abzielte, ihn zu beeindrucken.

Er war auf den ersten Blick an seiner ledernen Schürze zu erkennen, an der in einer finsteren Reihe, nach Größe und Art geordnet, Zangen, Skalpelle, Nadeln und andere furchteinflößende stechende, schneidende und hackende Instrumente hingen.

»Ich habe Euch doch schon alles gesagt, was ich weiß! Warum werft Ihr mich denn jetzt wieder ins Gefängnis? Das ist doch nicht gerecht«, stöhnte der Gefangene, der vor lauter Angst mit den Zähnen klapperte.

Er machte sich bittere Vorwürfe, dass er seinem spontanen Impuls gefolgt war und sich der erlauchten Versammlung, die sie gerade verlassen hatten, offen zu erkennen gegeben hatte.

»Da liegt ein weißes Blatt Papier. Du brauchst nur oben rechts darauf zu unterschreiben. Ich werde es dann schon füllen! Und ich weiß auch bereits Wort für Wort, was der Schreiber darauf notieren soll!«

»Aber ich kann meinen Namen doch gar nicht schreiben! Ich habe nicht die geringste Ahnung von geschriebenem Chinesisch!«, klagte Grüne Nadel und wand sich auf seinem Stuhl.

»Dann werde ich dafür sorgen, dass du es lernst!«, donnerte Präfekt Li, ehe er den Henker heranwinkte und an diesen gewandt hinzufügte: »Pass bloß auf! Einem solchen She darf man nicht trauen!«

Das Schriftzeichen She bezeichnete die Schlange, ein gerissenes, unheilvolles Tier, das man besser mit dem Absatz zertrat, ehe es zu seinem giftigen Biss ansetzen konnte.

Verhieß diese Bezeichnung, mit der Präfekt Li ihn gerade belegt hatte, nicht das Schlimmste? Grüne Nadel erbleichte.

»Ich lasse dich jetzt mit diesem Mann hier alleine. Und ich

bin mir sicher, dass du Grüne Nadel auf Chinesisch schreiben kannst, wenn ich wieder zurückkomme!«, rief der Großzensor.

Da er kein Blut sehen konnte, zog er es vor, nicht dabei zu sein, wenn der Henker seines Amtes waltete; er kehrte erst zu den Gefolterten zurück, nachdem sie die Grausamkeiten durchlitten hatten, die er zuvor angeordnet hatte.

Dann brauchte er normalerweise nur noch die Ohren zu spitzen, denn die Geständnisse sprudelten geradezu aus seinen Opfern heraus: Sie waren zu allem bereit, um der Hand ihres Peinigers Einhalt zu gebieten. Manchmal blieb ihnen nicht einmal mehr genug Zeit, um die Beschuldigungen zu bestätigen, die gegen sie erhoben wurden, um ihre Folterung zu rechtfertigen, denn der Tod hatte ihre vollkommen ausgebluteten, von den makabren Gerätschaften des Folterknechts übel zerstückelten Körper bereits zu sich geholt.

Sorgsam breitete der Henker seine Utensilien auf einer Ablage aus und machte sich dann wie ein Handwerker des Schreckens mit Sorgfalt und Präzision ans Werk.

Zunächst band er Grüne Nadel mit einem Schal den Mund zu, damit er nicht schreien konnte, dann ließ er ihn beide Hände auf seine Ablage legen. Nachdem er vier Nadeln ausgewählt hatte, die genauso dünn waren wie die von Akupunkteuren, stieß er sie bedächtig unter die Nägel des Zeige- und Mittelfingers erst der einen und dann der anderen Hand des Uiguren.

In der Reihenfolge der Strafen kamen Nadeln unter den Fingernägeln, eine hervorragende Methode, um Geständnisse zu erpressen, natürlich erst nach dem Rohrstock und dann dem Bambus, dessen wiederholte kräftige Schläge das Fleisch aufplatzen ließen; aber sie waren noch die gnädigste Behandlung, die die Justiz schuldigen Verbrechern zugestand. Außerdem hatten sie sehr viel weniger gravierende

Folgen als das Abschlagen der Füße, die übliche Strafe für rückfällige Taschendiebe, und waren vor allem lange nicht so endgültig wie die Enthauptung, welche für Verbrechen wider das Kaiserreich verhängt wurde: Bei Mord an einem Beamten gleich welchen Ranges, Desertion oder der Verletzung des Eigentums des Kaiserreichs, wozu unter anderem die Beschädigung von öffentlichen Gebäuden und Betrug bei Steuerzahlungen oder der Entrichtung von Stadtzöllen über einen gewissen Betrag hinaus gehörten, erwartete den Täter unweigerlich die Todesstrafe.

Mochten die Zähne von Grüne Nadel auch noch so wild in den Knebel beißen, der seinen Mund ausfüllte, der Schmerz war so unerträglich, dass er spürte, wie er langsam in eine andere Welt hinüberglitt, kaum dass der Henker damit begonnen hatte, den kleinen spitzen Eisenstab unter den Nagel des verkrampften Zeigefingers seiner ersten Hand zu schieben.

Er hatte das Bewusstsein verloren und glaubte, wie ein Adler über den Dünen der Wüste Gobi dahinzugleiten.

Und der Henker war so sehr in sein Schlachtwerk versunken, dass er gar nicht bemerkte, dass sein Opfer, das mit verdrehten Augen vor ihm saß, einen Herzanfall erlitten hatte.

Torlak der Uigure, auch bekannt unter dem Namen Grüne Nadel, schwebte über Turfan und suchte nach Jademond.

Doch wie gründlich er auch die schmalen Straßen der Stadt absuchte, auf ihre kleinen Gärtchen und ihre Brunnen hinabstieß und über ihren Märkten kreiste, er fand keine Spur von der hübschen Chinesin, an deren herrlichem Körper er so gerne gekostet hätte.

Unter seinen Flügeln wirkten die Kuppeln des manichäischen Heiligtums nicht größer als umgedrehte Trinkschalen. Im Hof erblickte er von oben den Kopf von Hort der Seelenruhe, der, umringt von anderen Vollkommenen, bei einem leblosen Körper wachte, der auf einer Bahre lag. Kreisend ließ er sich herabfallen, um näher heranzukommen. Als die Vollkommenen den Raubvogel auf sich herabstoßen sahen, griffen sie wie ein Mann nach ihren Bögen und spannten sie. Der fliegende Uigure sah eine Vielzahl von Pfeilen auf sich zuschwirren, die seinen Körper durchbohrten, während er mit ausgebreiteten Flügeln in den Hof der Kirche des Lichts stürzte.

Kurz bevor er auf den steinernen Hofplatten aufschlug, öffnete Grüne Nadel plötzlich wieder die Augen.

Der Henker hatte ihm inzwischen nicht weniger als zehn Nadeln unter die Fingernägel geschoben: Das war es also, wohin das Schicksal eines Feiglings und Denunzianten führte!

Präfekt Li, der in den Raum zurückgekehrt war, stand vor ihm, und sein drohendes Gesicht näherte sich langsam dem des Uiguren.

»Ich bin mir sicher, dass du in der Zwischenzeit gelernt hast, deinen Namen auf Chinesisch zu schreiben!«, sagte er leise und befahl dem Henker, ihm den Knebel aus dem Mund zu nehmen.

»O Mani, du, der du sechsundzwanzig Tage lang die Qualen der Passion durchlitten hast, hilf mir! Öffne mir deine Arme!«, brüllte der Spion von Hort der Seelenruhe.

»Da du nicht zu verstehen scheinst, müssen wir eben mit Würgen nachhelfen!«, schrie der Großzensor, der bei einem Menschen, dem das Denunzieren so sehr zur zweiten Natur geworden zu sein schien, nicht mit Widerstand gerechnet hatte, wutentbrannt.

Der Henker fixierte die beiden mit Löchern versehenen Plättchen an seinem Hals. Sie waren durch Seile miteinander verbunden, durch die ein Stab gesteckt wurde, den man nur noch zu drehen brauchte, um die grausame Quetschung der Drosselvenen und Halsschlagadern herbeizuführen.

»Ich bin mir sicher, dass du deinen Namen schreiben kannst, wenn du erst einmal anfängst zu ersticken!«

Aber Grüne Nadel hatte anders entschieden.

Der aufgebahrte Leichnam, bei dem die Manichäer von Turfan gewacht hatten, war sein eigener.

Nachdem ihm das bewusst geworden war, hatte er erkannt, dass sein Ende gekommen war, und er wollte sein Leben unter keinen Umständen von den Pfeilen seiner Brüder aus der Kirche des Lichts durchbohrt beschließen.

Es gab vielleicht noch eine letzte Hoffnung, dass der Barmherzige Mani bereit wäre, über Torlaks verwerfliche Taten hinwegzusehen, und diesen doch noch im Reich der Seligen erwartete, jenem Paradies, von dem jeder Manichäer träumte.

Er konnte nicht mit so vielen üblen Makeln und schändlichen Taten behaftet vor ihn treten, die aus ihm eine bösartige Kreatur und, schlimmer noch, einen Verräter und Feigling gemacht hatten.

Es war höchste Zeit, für seine unermesslichen Sünden zu büßen.

Nur zu oft hatte er Unschuldige aus Hass und purer Eifersucht denunziert und Menschen Böses getan, die das nicht verdient hatten.

Er fühlte sich wie Dreck.

Angewidert wünschte er sich nur noch eines: dass der unerträgliche Schmerz, den die präzisen, gewissenhaften Gesten seines Peinigers hervorriefen, ebenso groß war wie der des Feuers, das die Manichäer während ihrer Rituale zur Reinigung der Seele beim Bema-Fest entzündeten, mit dem sie jedes Jahr im Monat März an die Passion des Mani erinnerten.

Präfekt Li, der vor lauter Wut beschlossen hatte, den Stab der Würgschraube selbst zu drehen, sah trotz des Blutes, das über die angeschwollenen, aufgedunsenen Hände des Uiguren strömte, wie dessen Fingernägel im rechten Winkel abstanden.

»Was ist jetzt mit deinem Namen? Zwei Zeichen genügen, um ihn zu schreiben! Und ich bin mir sicher, du kennst sie ganz genau!«, knurrte er, den Mund dicht an das Ohr des Gemarterten gepresst, als ein erstes Knacken verriet, dass dessen Halswirbel Schaden genommen hatten.

»Was glaubst du denn, wie ich überhaupt noch irgendetwas schreiben soll?«, entgegnete der Uigure kaum hörbar, aber beinahe stolz, während seine glasigen Augen den Großzensor herausfordernd anstarrten.

Das waren die letzten Worte von Grüne Nadel, während er gleichzeitig seine gequälten Hände hob, die von nun an zu rein gar nichts mehr zu gebrauchen sein würden.

Blind vor Zorn drehte der Großzensor noch einmal an der Würgschraube, die sich um den Hals von Grüne Nadel spannte.

Ein letzter Schrei hallte durch die Folterkammer, während Präfekt Li leise das bekannte Sprichwort vor sich hin murmelte, welches von dem geringen Respekt zeugte, den man in Zentralchina dem Esel entgegenbrachte: »Wenn er nicht länger den Mahlstein dreht, bleibt nur noch, ihn zu töten!«

Doch der Uigure, dessen ausgerenkter Kopf auf seine Brust hinabgesunken war, sodass er wie ein kaputter Hampelmann aussah, hörte den makabren Scherz nicht mehr.

Er war bereits tot.

15

Kloster des Einen Dharma, Peshawar, Indien

Gut fünfzig von ihnen standen ihm gegenüber, alte und junge, das Haupt makellos geschoren, bekleidet mit der safranfarbenen Robe, die mehr oder weniger ausgebleicht war, je nachdem, wie lange ihr Eintritt in die Mönchsgemeinde schon zurücklag: Alle »Vorsteher« und »Verantwortlichen« innerhalb der Organisation des Klosters vom Einen Dharma musterten ihn mit gespannter Aufmerksamkeit.

Dolch der ewigen Wahrheit verspürte das unangenehme Gefühl, vor Gericht zu stehen, und ihn beschlich die Ahnung, dass die Versammlung leicht ein böses Ende nehmen könnte.

Dabei wäre es ihm lieber gewesen, wenn diese Auseinandersetzung erst an dem Tag stattgefunden hätte, an dem er seinen Brüdern, auf die die Nachricht vom Verschwinden der Augen des Buddha wie ein regelrechtes Erdbeben gewirkt hatte, neue Erkenntnisse mitteilen konnte.

»Du hast uns schon bei der Kleinen Wallfahrt im Stich gelassen, und jetzt behauptest du auf einmal, du würdest dich um die Große kümmern.«

Der Mönch, aus dessen Worten gerade so viel Misstrauen und Bitterkeit gesprochen hatten, hieß Heiliger Achtfacher Pfad.

Für den obersten Gehilfen des Abtes war dies eine sehr

unerfreuliche Erfahrung, denn bis vor kurzem hatte Heiliger Achtfacher Pfad noch zu den Mitgliedern der Gemeinschaft gehört, die ihm wohlgesinnt waren.

Ursprünglich aus Turfan stammend, war der in einem Kloster des Großen Fahrzeugs erzogene Mönch etwa zwanzig Jahre zuvor als junger Novize zusammen mit einem großen chinesischen Meister des Dhyana, dessen Gepäck er trug, nach Indien gekommen. Während ihres Aufenthalts im Kloster von Peshawar war der alte Mönch überraschend gestorben, woraufhin Meister Buddhabadra den hilflosen Heiliger Achtfacher Pfad ohne den Hauch eines Zögerns in ihre Gemeinschaft aufgenommen hatte.

Normalerweise war er ein herzlicher, freundlicher und hilfsbereiter Mensch, stets bemüht, seine indischen Brüder als Anhänger des ursprünglichen Buddhismus vergessen zu lassen, dass er im größten chinesischen Kloster des Großen Fahrzeugs von Turfan ausgebildet worden war.

Beliebt bei den jungen Novizen, die er beim Fegen und Polieren beaufsichtigte, hatte er sich bereit erklärt, das Amt des Verantwortlichen für die Reinigung des Klosters zu übernehmen, eine bescheidene, aber höchst wichtige Aufgabe, die er mit Einsatz und Leidenschaft ausführte.

Mit der Zeit war er zum besten Freund von Juwel der reinen Lehre geworden, dem Mönch, der den Aufstand gegen seinen langjährigen Rivalen Dolch der ewigen Wahrheit angeführt hatte, als dieser unverrichteter Dinge von seiner Reise ins Schneeland zurückgekehrt war.

Von dem Moment an hatte Juwel der reinen Lehre unablässig in harten Worten gegen den verschwundenen Abt gewettert, der sie einfach im Stich gelassen hatte, und dessen Gehilfen durch die Blume bezichtigt, in dieser mysteriösen Angelegenheit eine höchst undurchsichtige Rolle zu spielen.

Die beiden Männer zögerten nicht länger, offen die Legitimität ihres auf unerklärliche Weise verschwundenen Abtes in Frage zu stellen.

Doch die neueste Enthüllung war der Tropfen gewesen, der das Fass zum Überlaufen brachte, und sie hatte das Misstrauen, mit dem inzwischen die übergroße Mehrheit der Mönche Buddhabadras Machenschaften betrachtete, ins Unermessliche gesteigert.

Juwel der reinen Lehre wagte es mittlerweile, Dolch der ewigen Wahrheit als einen Heimlichtuer zu bezeichnen, der seinen Brüdern die Wahrheit darüber verschwieg, warum ihr Unschätzbarer Abt nicht nach Peshawar zurückgekehrt war.

Und so bekümmerte die offene Feindseligkeit von Heiliger Achtfacher Pfad Dolch der ewigen Wahrheit. Er sah sich den rund fünfzig Mönchen gegenüber, die von ihm eine Lösung für das unlösbare Problem erwarteten, das das Verschwinden der Augen des Buddha für ihre Gemeinschaft bedeutete.

»Ich frage euch ganz direkt: Vertraut ihr mir?«, fragte sie Dolch der ewigen Wahrheit unverblümt.

»Was schlägst du denn vor, wie unser Kloster seine heiligen Reliquien wieder zurückbekommen soll?«, knurrte Juwel der reinen Lehre, angriffslustig wie eh und je.

»Ohne die Augen des Buddha können wir den Großen Reliquienturm des Kanishka genauso gut verrotten lassen!«, fügte Erlesener Gabenkorb hinzu, der für die Aufsicht über die Elefanten des Klosters zuständig war.

»Es wird uns nichts anderes übrig bleiben, als uns in die Höhlen im Gebirge zurückzuziehen, wenn wir nicht alle von den enttäuschten Gläubigen umgebracht werden wollen!«, rief ein anderer.

»Ich verspreche euch, dass ich alles tun werde, damit wir unsere Augen des Buddha zurückbekommen! Aber vorher muss das Misstrauen mir gegenüber ein Ende haben. Wenn unser Sangha uneins ist, wird er untergehen. Zwietracht nimmt immer ein böses Ende, wenn es darum geht, Probleme zu lösen!«, dröhnte Dolch der ewigen Wahrheit, um seine Brüder zu beruhigen.

Es wäre untertrieben, zu behaupten, dass die Nachricht vom Verschwinden der heiligen Reliquie sie in tiefe Betrübnis gestürzt hätte.

Aber das war nicht die Schuld von Buddhabadras oberstem Gehilfen.

Da er wusste, dass die Mönchsgemeinschaft vollkommen aus dem Gleichgewicht geraten würde, wenn sie davon erfahren sollte, hatte er beschlossen, diese Entdeckung für sich zu behalten.

Als pflichtbewusster Mensch, der der Gemeinschaft, für die er sich verantwortlich fühlte, den inneren Frieden bewahren wollte, war er bereit, das Unmögliche möglich zu machen, um die heiligen Reliquien wiederzufinden oder notfalls einen Ersatz für sie aufzutreiben.

Doch Juwel der reinen Lehre und Heiliger Achtfacher Pfad hatten anders entschieden: Man stelle sich seine Überraschung vor, als er, kaum dass er die letzte Stufe hinter sich gelassen hatte, bemerkte, dass ihn am Fuß des Reliquienturms eine kleine Schar Mönche erwartete.

Sie waren ihm gefolgt!

»Wir haben gehört, wie du das Sakrileg begangen hast, die Strohlehmwand aufzubrechen, die den Zugang zur heiligen Nische versperrt«, hatte ihm Heiliger Achtfacher Pfad mit zornbebender Stimme entgegengeschleudert.

»Dolch der ewigen Wahrheit, du schuldest uns eine Erklärung: Warum hast du die heilige Nische geschändet, die nur anlässlich der Großen Wallfahrt geöffnet wird? Schweigen hilft dir jetzt nicht mehr! Warum bist du auf den Turm gestiegen und hast den Reliquienschrein geplündert? Sag uns die Wahrheit! Du weißt doch, welche Strafe einen Mönch erwartet, der von ihr abweicht!«, hatte Juwel der reinen Lehre boshaft hinzugefügt.

Und auch die anderen Mönche, die um seine beiden Widersacher herumstanden, verliehen murmelnd ihrer Missbilligung Ausdruck.

»Ihr Schwachköpfe! Ich bin doch nur wegen der nächsten Großen Wallfahrt auf den Turm gestiegen. Ich wollte mich vergewissern, dass an der Spitze des Reliquienschreins alles in Ordnung ist! Welch ein Vertrauen hier doch herrscht!«, hatte Dolch der ewigen Wahrheit, verärgert über so viel Argwohn und hartnäckigen Groll, entgegnet, auch wenn er zu dem Zeitpunkt noch nicht gewagt hatte, ihnen zu gestehen, wie es tatsächlich um die Reliquien stand.

»Wenn du nicht die Wahrheit sagst, erwartet dich die Kalte Hölle, Dolch der ewigen Wahrheit, und dort wirst du mit zugenähtem Mund herumirren, sodass du nicht einmal mehr essen kannst!«, hatte Heiliger Achtfacher Pfad daraufhin gedroht.

Mit feindseligen Blicken hatten ihn die Mönche weiter bedrängt, und manche bezichtigten ihn sogar der Lüge.

Da hatte Dolch der ewigen Wahrheit begriffen, dass ihm nichts anderes übrig blieb, als ihnen zu sagen, was sie hören wollten, ganz gleich, welche Folgen dieses Geständnis auch haben mochte.

»Na gut, wenn ihr es unbedingt wissen wollt, die Augen des Buddha sind nicht mehr dort oben! Die Pyramide ist leer! Sie wurde nicht einmal aufgebrochen, sondern mit dem passenden Schlüssel geöffnet! Das Eine Dharma ist ein Kloster ohne Reliquien, und sein hoher Reliquienturm ist nur noch ein nutzloses Bauwerk! Meine Freunde, ich habe die Ehre, euch zu verkünden, dass wir von nun an Schatten und Wind hüten!«, hatte er bleich und außer sich vor Zorn gerufen.

Nach diesem Ausbruch hatten die Mönche, ebenso schockiert über die Neuigkeit wie verdutzt über seinen Tonfall, nicht gewagt, etwas darauf zu erwidern.

Entsetzt starrten sie alle mit kleinlauter Miene auf ihre Füße.

»Aber wie ist denn das möglich? Wer kann bloß ein solches Verbrechen begangen haben? Nach dem Ende der letzten Großen Wallfahrt wurde ich dazu auserkoren, den kleinen goldenen Reliquienschrein in die Nische zurückzustellen, bevor sie von dem zuständigen Handwerker wieder zugemauert wurde!«, hatte Juwel der reinen Lehre gestöhnt und damit das drückende Schweigen gebrochen.

»Den Mann muss ich unverzüglich sprechen! Wo wohnt er? Gib mir sofort seine Adresse!«, hatte Dolch der ewigen Wahrheit gerufen. Darauf bedacht, der Gemeinschaft seine Aufrichtigkeit zu beweisen, ergriff er die Gelegenheit, die ihm sein Rivale so unverhofft beschert hatte, beim Schopf.

Der dicke Erlesener Gabenkorb hatte ihm mit seiner unnachahmlich schrillen Stimme den Namen der schmalen Gasse genannt, in der dieser Maurer leben sollte.

Daraufhin hatte Dolch der ewigen Wahrheit seine tief betrübten Brüder wortlos stehen lassen und war unverzüglich in das alte Viertel von Peshawar geeilt, wo er schließlich nach zahllosem Herumfragen das kleine Häuschen aus Strohlehm ausfindig gemacht hatte, in dem der Handwerker mit seiner Frau und seinen zehn Kindern wohnte.

Die Antwort des Mannes, in dessen knochigem Gesicht genauso riesige Augen glühten wie in denen der Steinmetzen und Kalkbrenner, die jung starben, weil sie allzu lange ihre Lungen mit schädlichem Staub füllten, war unmissverständlich gewesen.

Er hatte Dolch der ewigen Wahrheit beim Leben seines Jüngsten geschworen, dass er nicht wieder auf den Reliquienturm gestiegen war, seit er dessen Nische nach dem Abschluss der Großen Wallfahrt zugemauert hatte.

»Meister Buddhabadra ist niemals bei mir gewesen. Wie hätte ich es überhaupt wagen sollen, mit meinen armseligen Händen den goldenen Reliquienschrein zu berühren? Ein solches Juwel muss unter allen Umständen an seinem heiligen Platz verbleiben! Wer es an sich nähme, wäre ganz sicherlich zur schlimmsten aller Höllen verdammt! Das einzige Mal, als ich Meister Buddhabadra hier in diesem Viertel gesehen habe, war er auf dem Weg zum Juwelenschleifer auf der anderen Straßenseite!«, hatte er, am ganzen Leib zitternd, hinzugefügt.

»Wo ist dieser Laden? Ich bitte dich, bring mich hin, und du sollst genug bekommen, um deine ganze Kinderschar zu versorgen!«, hatte Dolch der ewigen Wahrheit daraufhin gebrüllt und hastig einen kleinen Beutel aus seinem Gürtel gezogen, den er vor der Nase des Maurers schwenkte.

»Der Mann muss fortgezogen sein. Sein Laden ist seit dem letzten Jahr geschlossen!«, hatte dieser gestöhnt, als er die Gelegenheit dahinschwinden sah, auf einen Schlag mehr Geld zu verdienen als mit drei Monaten harter Arbeit.

»Handelte er denn mit Edelsteinen?«

»Nein, dieser Vater zahlreicher Kinder, die er genau wie ich kaum ernähren konnte, hat nur die Steine geschliffen, die reiche Juweliere aus dem Goldviertel ihm morgens brachten und abends wieder abholten!«

Der ausgezehrte Maurer mit seinen fiebrig glänzenden Augen wirkte aufrichtig.

Er hatte ganz bestimmt nichts mit dem Diebstahl der Augen des Buddha zu tun.

Gleich nach seiner Rückkehr ins Kloster hatte Dolch der ewigen Wahrheit den Mönchen, die ihn ungeduldig erwarteten, berichtet, was der Handwerker ihm gesagt hatte.

440

Es blieb ihnen nichts anderes übrig, als sich den Tatsachen zu stellen: Jemand war seit dem Ende der letzten Großen Wallfahrt auf die Spitze des Turms gestiegen und hatte den Inhalt der kleinen pyramidenförmigen goldenen Schatulle mit den herrlichen, wie zwei einander gegenüberstehende Steinböcke gestalteten Elfenbeingriffen an sich genommen.

Und für Dolch der ewigen Wahrheit gab es nicht den geringsten Zweifel daran, wer diese unvorstellbare Tat begangen hatte, die eine der größten und ehrwürdigsten Gemeinschaften des indischen Kleinen Fahrzeugs mit tiefem Gram erfüllte: Buddhabadra.

Denn alles passte vollkommen zusammen.

Bevor der Abt mit dem heiligen weißen Elefanten, dessen wichtigste Aufgabe gerade darin bestand, die Reliquie zu tragen, zu seiner Reise ins Schneeland aufgebrochen war, hatte er die Augen des Buddha gestohlen, ohne sich auch nur die Mühe zu machen, die goldene Pyramide danach wieder zu verschließen! Und bei der Reliquie musste es sich um Edelsteine handeln, warum sonst hätte Buddhabadra den Juwelier aufsuchen sollen?

Aber wozu? Hatte er ihm etwa die Augen des Buddha verkaufen wollen?

Das war unwahrscheinlich!

Abgesehen davon, dass er sich seinen Unschätzbaren Abt einfach nicht als einen gewöhnlichen Hehler vorstellen konnte, wäre dieser unbedeutende Edelsteinschleifer gar nicht in der Lage gewesen, eine so heilige Reliquie weiterzuverkaufen.

Hatte Buddhabadra ihn vielleicht aufgesucht, um die Steine nachschleifen zu lassen?

Diese Vermutung klang bereits plausibler.

Wie dem auch sei, eines war inzwischen offensichtlich: Buddhabadra, der Abt des Klosters vom Einen Dharma in Peshawar, hatte die heiligen Reliquien geschändet und geraubt und die ihm anvertraute Gemeinschaft, die sich ohne die Reliquien in ihrer Existenz bedroht sah, einfach ihrem Schicksal überlassen.

Ahnten die Mönche des Einen Dharma ebenfalls etwas von der doppelten Persönlichkeit ihres Unschätzbaren Abts?

Viele Fragen blieben noch offen, und Dolch der ewigen Wahrheit war sich darüber im Klaren, dass er längst noch nicht alles an dieser Geschichte durchschaut hatte.

Warum hatte der Abt die heilige Reliquie ins Schneeland mitgenommen?

Warum hatte er den pyramidenförmigen Reliquienschrein offen gelassen, wodurch der Diebstahl überhaupt nur entdeckt werden konnte? Niemand hätte es gewagt, den Schrein aufzubrechen und damit zu entweihen.

Nachdem Buddhabadras Gehilfe von seinem Besuch bei dem Maurer ins Kloster zurückgekehrt war und sich nun den ängstlich dreinblickenden Mönchen gegenübersah, denen er gerade von seinem Erkundungsgang nach Peshawar berichtet hatte, dachte er bei sich, dass die Stunde der Wahrheit gekommen war.

Alles schien gegen seinen Abt zu sprechen.

Und dennoch, nachdem Ramahe sGampo ihn, wenn auch nur in Andeutungen, über den Grund für Buddhabadras Reise ins Schneeland aufgeklärt hatte, brachte er nicht den Mut auf, ihn seinen Mitbrüdern einfach so zum Fraß vorzuwerfen.

Solange er nicht die wahren Motive für sein Handeln kannte, fühlte er sich ihm gegenüber immer noch zu Loyalität verpflichtet.

Aber genau das war die entscheidende Frage.

Konnte er Buddhabadra noch vertrauen? Er wünschte es sich so sehr!

Unter diesen Umständen war es sicher das Beste, eine

Aussprache mit seinem Abt abzuwarten und sich zu gedulden, bis er wieder zurück war, auch wenn nun dringend eine Lösung für die Große Wallfahrt gefunden werden musste.

Und so gebot ihm die Vorsicht, der Gemeinschaft, deren wichtigste Vertreter sich dort mit ihm versammelt hatten, nichts von dem erdrückenden Verdacht zu sagen, der inzwischen auf Buddhabadras Schultern lastete.

»Aus dem, was mir der Maurer erzählt hat, können wir keine Schlussfolgerungen ziehen, bis nicht Meister Buddhabadra selbst uns geholfen hat, die ganzen Rätsel aufzuklären. Was mich betrifft, so ist mein Vertrauen in ihn ungebrochen! Alle, die das anders sehen, mögen jetzt die Hand heben!«, erklärte er vor seinen Gefährten.

Nicht eine Hand ging in die Höhe.

Zufrieden stellte er fest, dass es noch niemand wagte, Buddhabadra offen anzugreifen.

»Aber was sollen wir denn jetzt tun? Ohne die heiligen Reliquien haben wir keine Daseinsberechtigung mehr! Wir befinden uns in der gleichen Lage wie der Mann, der von einem Elefanten verfolgt wurde und in einen Brunnen sprang!«, sprach Heiliger Achtfacher Pfad aus, was seine Brüder dachten.

Der Mönch spielte auf die berühmte buddhistische Parabel an, die den Menschen zeigen sollte, dass sie sich ohne den göttlichen Schutz des Erhabenen alleine nicht retten konnten.

Sie erzählte die Geschichte eines armen Mannes, der auf der Flucht vor dem Angriff eines wütenden Elefanten in einen Brunnen gesprungen war, und sich an die Wurzeln des Baumes klammerte, der neben dem Brunnen wuchs. Doch zwei Ratten waren gerade dabei, die Wurzeln abzunagen, in denen sich zu allem Überfluss zwei giftige Schlangen zusammengerollt hatten, die sich anschickten, ihn zu beißen.

Gleichzeitig lauerte mit weit aufgerissenem Maul ein Monster auf dem Grund des Brunnens und stand kurz davor, den Ärmsten zu verschlingen, der geglaubt hatte, an einem sicheren Ort Zuflucht gefunden zu haben!

Alle fragten sich, was nun zu tun sei, und blickten dabei auf Dolch der ewigen Wahrheit.

»Mir geht es auch nicht anders als dem Gefangenen im Brunnen, ich bin genauso hilflos wie ihr«, entgegnete dieser.

»Hat Buddhabadra dir denn nie etwas über die Augen des Buddha anvertraut?«, wollte einer von ihnen wissen.

»Niemals! Das schwöre ich euch!«

»Könnte es nicht sein, dass er die Augen des Buddha ins Schneeland mitgenommen hat, zusammen mit dem weißen Elefanten, der als Einziger befugt ist, sie auf seinem Rücken zu tragen? Warum hätte er sich sonst mit einem Elefanten belasten sollen, statt ein Pferd mit sicherem Tritt zu wählen, das auch im Hochgebirge gut zurechtkommt?«, fragte Heiliger Achtfacher Pfad wie beiläufig.

Die Frage verlangte nach einer Antwort, und Dolch der ewigen Wahrheit erkannte ohne große Überraschung, dass er nicht mehr der Einzige war, der den Unschätzbaren Abt verdächtigte, das unvorstellbare Verbrechen begangen zu haben.

Lief er nicht Gefahr, als sein Komplize zu erscheinen und unwiderruflich das Vertrauen seiner Brüder zu verlieren, wenn er ihn noch länger verteidigte und das Offensichtliche abstritt?

Und so kam er schweren Herzens zu dem Schluss, dass es unnötig wäre, noch länger zu versuchen, Buddhabadra allen Widerständen zum Trotz zu schützen.

»Ich kann auch nicht mehr, als Vermutungen anstellen, genau wie du. Aber ich will dir gestehen, dass ich nicht weit davon entfernt bin, deine Ansicht zu teilen. Deshalb bin ich auf die Spitze des Reliquienturms gestiegen, obwohl mir in solchen Höhen sofort schwindlig wird. Dennoch, wenn unser Unschätzbarer Abt die Reliquien tatsächlich mitgenommen hat, dann muss er einen zwingenden Grund dafür gehabt haben!«, seufzte er und rief damit größte Bestürzung in der kleinen Gruppe hervor.

»Die Tatsache, dass er den heiligen weißen Elefanten mitgenommen hat, genügt doch als Beweis für sein Verbrechen!«, fügte Juwel der reinen Lehre mit vor Empörung zitternder Stimme hinzu.

Das Einzige, was Dolch der ewigen Wahrheit in dieser Phase noch tun konnte, war zu versuchen, Zeit zu gewinnen, und zu hoffen, dass irgendwann der Tag käme, an dem sich Buddhabadra selbst vor ihnen rechtfertigen könnte.

»Nichts spricht dafür, dass es ein Verbrechen war, Juwel der reinen Lehre. Man sollte sich vor übereilten Festlegungen hüten! Wer zu schnell über jemanden zu Gericht sitzt, verurteilt leicht einen Unschuldigen. Denk nur an die große Leistung desjenigen, dessen Haarknoten die Form einer Meeresschnecke hatte! Er lehrt uns Geduld; man sollte sich stets Zeit lassen, ehe man radikale Schlussfolgerungen zieht! Verdächtigungen sind keine Beweise!«, rief der oberste Gehilfe des verschwundenen Abtes.

Das sogenannte Jataka der Geduld* berichtete, wie Shakyamuni in einem früheren Leben die Gestalt eines Asketen namens Shakhacarya angenommen hatte, dessen Haarknoten wie eine Trompetenschnecke geschlungen war. Als er eines Tages unter einem Baum meditierte, legte ein Vogel in dem Haarknoten seine Eier, und als der Asket aus seiner Versunkenheit erwachte, schwor er, so lange weiter regungslos zu

---

* Jataka: Indische Bezeichnung für die Erzählungen über die früheren Leben des Buddha.

meditieren, bis die Jungvögel, die aus diesen Eiern schlüpfen würden, alt genug wären, um davonzufliegen.

»Manchmal heißt warten aber auch verzichten! Denn unsere nächste Große Wallfahrt wartet bestimmt nicht!«, versetzte sein eifrigster Widerpart Heiliger Achtfacher Pfad, der immer noch auf Seiten von Juwel der reinen Lehre stand.

»Buddhabadra hat uns unsere Reliquien gestohlen! Er hat alles zerstört, was uns ausmacht! Jetzt bleibt uns nichts anderes mehr übrig, als mit Asche auf dem Haupt von hier fortzugehen!«, stammelte Erlesener Gabenkorb verzweifelt.

Von allen Seiten erschallte der düstere Chor der Klagen: »Dann können wir genauso gut die Große Wallfahrt absagen und das Eine Dharma schließen! Der Unschätzbare Abt ist keiner mehr: Er hat uns regelrecht umgebracht! Wie konnte Buddhabadra bloß ein solches Verbrechen begehen!«

Wie Kinder, deren Vater gestorben war, weinten die verzweifelten Mönche bitterlich und verfluchten um die Wette diesen Verräter und Abtrünnigen, der sie einfach im Stich gelassen hatte.

»Meine Brüder, falls Buddhabadra tatsächlich so gehandelt hat, dann hatte er sicherlich keine andere Wahl! Neben der Edlen Wahrheit des Erhabenen war sein Kloster stets das Einzige, was für ihn zählte«, widersprach Dolch der ewigen Wahrheit.

Als sie zu später Stunde auseinandergingen, um in ihre Zellen zurückzukehren, nachdem sie ohne großen Erfolg alle Möglichkeiten hin und her gewälzt hatten, bemerkte Dolch der ewigen Wahrheit traurig, dass die Atmosphäre noch eisiger geworden war als zu Beginn ihrer Zusammenkunft.

Sie waren keinen Schritt vorangekommen, und die Organisation der Großen Wallfahrt drohte äußerst heikel zu werden.

Der heiligen Reliquien beraubt, die ihren einzigen Daseins-zweck bildeten, glich die traumatisierte, zutiefst enttäuschte, heillos entzweit dahintreibende Gemeinschaft des Einen Dharma einem Bauwerk, in dem sich mehr und mehr Risse bildeten.

In seiner Zelle ließ sich der oberste Gehilfe des verschwundenen Abts, erschöpft von der anstrengenden Suche nach dem Haus des Maurers, im Dämmerschlaf bäuchlings auf das schmale, harte Brett fallen, das ihm als Lager diente. Er war bestürzt über diese innere Zwietracht, die für die Zukunft Schlimmes befürchten ließ. Wie stets in solchen Momenten grübelte er über die rätselhafte Formulierung »die Eintracht wahren« nach, die Ramahe sGampo benutzt hatte. Seit er diese Worte gehört hatte, ließen sie ihm keine Ruhe mehr und begleiteten ihn in seinen schlaflosen Nächten, die ihm inzwischen zur Gewohnheit geworden waren.

»Dass die Eintracht fünf weitere Jahre gewahrt bleiben wird.«

Unablässig wiederholte sein Geist den Satz wie ein beharrliches Mantra, als er plötzlich spürte, wie eine Hand ihn sacht am Rücken berührte.

Er schreckte hoch und drehte sich um.

Es war Heiliger Achtfacher Pfad, der ihn diesmal ohne besondere Feindseligkeit im Blick anschaute.

»Verbitterung ist ein schlechter Ratgeber. Außerdem sind wir einander zu Mitgefühl verpflichtet. Ich bin gekommen, um dich um Verzeihung dafür zu bitten, wie aggressiv ich mich dir gegenüber verhalten habe, seit du aus dem Schneeland zurück bist«, sagte er zur großen Überraschung von Dolch der ewigen Wahrheit mit ruhiger Stimme.

Wie war es innerhalb so kurzer Zeit zu dem Sinneswandel gekommen?

»Was hält denn Juwel der reinen Lehre von deinem Schritt?«,

erkundigte sich Dolch der ewigen Wahrheit mit leisem Argwohn, während er sich auf seinem Lager aufsetzte.

»Er weiß nicht, dass ich bei dir bin. Ich habe begriffen, dass die Eifersucht auf dich ihn blind macht. Er ist nicht aufrichtig, und mir ist klar geworden, dass er mich manipuliert hat! Deshalb bin ich gekommen, um mit dir Frieden zu schließen. Ich bin mir sicher, dass du die Wahrheit gesagt hast, als du beteuertest, dass Buddhabadra dir nie etwas über die Gründe für seine Reise verraten hat!«

»Dann bist du wohl der Einzige! Meine Brüder glauben mir nicht mehr. Sie sind sogar davon überzeugt, dass ich sie belüge«, entgegnete Buddhabadras oberster Gehilfe verdrossen.

»Ich hätte laut und deutlich vor allen anderen sagen müssen, dass du uns gegenüber ehrlich und offen warst. Es tut mir unendlich leid, dass ich das nicht getan habe.«

Das Erstaunen von Dolch der ewigen Wahrheit wuchs.

Konnte er dem Mönch aus Turfan trauen?

Zumindest lag ein neuer Ton in seiner Stimme, der sich deutlich von der unheilvollen Angriffslust unterschied, die er noch kurz zuvor an den Tag gelegt hatte.

In seinen leicht geschlitzten Augen entdeckte der oberste Gehilfe des Abtes nicht einen Hauch von Falschheit: Heiliger Achtfacher Pfad schien die Wahrheit zu sagen.

»Ich habe schon seit mehreren Stunden meditiert und gebetet, um besser nachdenken können. Und mir ist etwas eingefallen, wie das Eine Dharma wieder zu heiligen Reliquien kommen könnte!«, flüsterte dieser.

»Dann sag es mir, schnell, die Zeit drängt!«

»Die Lösung liegt in Turfan!«

»Auf der Seidenstraße?«

»Ganz genau, und zwar in dem Kloster des Großen Fahrzeugs, in dem ich meine Novizenzeit verbracht habe. Sein

Abt Erwiesene Wohltat hat stets lauthals verkündet, dass er bereit wäre, die heilige Reliquie des Klosters zu verkaufen, falls es ihm eines Tages an Geld für die Seide mangeln sollte, aus der die Banner genäht werden, die an den Wänden der Gebetssäle aufgehängt werden.«

»Der Mann verfügt über einen eigenartigen Sinn für Humor. Bist du sicher, dass das nicht nur ein Scherz war?«

»Keineswegs! Ich versichere dir, es wäre einen Versuch wert.«

»Dann muss es sich wohl um eine recht kümmerliche Reliquie handeln, wenn der Abt des Klosters bereit ist, sich davon zu trennen!«

»Täusche dich nicht! Seit mindestens hundert Jahren wird dem Nagel vom rechten Zeigefinger des Erhabenen eine ungeheure Verehrung zuteil. Als ich noch ein Novize war, kamen jeden Tag Hunderte von Gläubigen, um sich vor dem goldgefassten Jadegefäß zu verneigen, in dem er aufbewahrt wird!«

»Und du glaubst tatsächlich, dass der Abt diesen Schatz gegen simple seidene Banner eintauschen würde?«, fragte Dolch der ewigen Wahrheit, dessen Miene sich langsam, aber sicher aufhellte.

»Du weißt doch, dass das Mahayana die Verwendung von bemalten Bannern der Verehrung von Reliquien vorzieht. In den Augen eines Anhängers des Mahayana sind Reliquien nichts als Talismane, die abergläubische Tendenzen fördern, welche mit der Wahrheit des Erhabenen nichts mehr zu tun haben! Deshalb ist der Fingernagel des Erhabenen für Erwiesene Wohltat nicht mehr als ein Überbleibsel aus längst vergangenen Zeiten.«

»Jetzt verstehe ich.«

»Die meisten Klöster des Großen Fahrzeugs unterweisen ihre Mönche darin, vor den Meditationsbannern ›in ihrem

449

Geist Leere zu schaffen‹, wie sie es nennen, um zur plötzlichen Erleuchtung zu gelangen.«

»Befindet sich der Fingernagel denn immer noch in dem Kloster, und wäre dein früherer Abt auch tatsächlich noch zu einem solchen Tausch bereit?«, erkundigte sich Dolch der ewigen Wahrheit hektisch, nachdem die Worte seines Bruders eine wilde Hoffnung in ihm geweckt hatten.

»Das können wir nur herausfinden, indem wir dorthin reisen!«

»Aber wer sagt uns, dass das Kloster in Turfan überhaupt bemalte Banner benötigt?«, fragte der oberste Gehilfe des Abtes ängstlich.

»Seit Monaten berichten die Reisenden, die bei uns Halt machen, über eine schreckliche Seidenknappheit, die im großen Reich der Mitte herrschen soll! Angesichts der großen Zahl von Bannern, die für die neuen Mönche benötigt werden, würde es mich wundern, wenn ihnen nicht allmählich die Seide ausginge!«, schloss der Mönch aus Turfan mit einem Lächeln.

»Und vorausgesetzt, die Gerüchte, die auf der Seidenstraße in Umlauf sind, stimmen, was könnten wir denn deinem Erwiesene Wohltat im Austausch gegen den Nagel vom rechten Zeigefinger des Buddha anbieten?«, fragte Dolch der ewigen Wahrheit. Die Enthüllungen über den Seidenmangel in China überraschten ihn nicht, da er sich bereits vor einigen Monaten bei Addai Aggai in Dunhuang davon hatte überzeugen können.

»Na, Seide natürlich!«, rief Heiliger Achtfacher Pfad triumphierend.

»Sieh dir meine Hände an, Heiliger Achtfacher Pfad! Es sind leider nicht die eines Magiers, der die Macht besäße, den Wüstenstaub in Seidenfaden zu verwandeln!«, versetzte Dolch der ewigen Wahrheit und streckte die Arme aus.

»Was das angeht, ist mir eine höchst interessante Information zu Ohren gekommen: Seit einigen Jahren betreibt ein manichäischer Priester in Turfan heimlich eine Seidenraupenzucht«, erklärte sein Gegenüber.

»Hast du die Behauptung denn überprüfen können? Soweit ich weiß, bist du doch nie mehr nach Hause zurückgekehrt, seit du nach Peshawar gekommen bist.«

»Einer meiner Cousins, ein Gewürzhändler, hat mir davon erzählt, als wir uns über alles Mögliche unterhielten und ich ihn fragte, was es Neues in meiner Heimatoase gäbe. Er hat hier Station gemacht, während du fort warst. Als wir nach seiner Ankunft abends zusammen mit Juwel der reinen Lehre draußen ein wenig die frische Luft genossen, hat er uns diese unglaubliche Neuigkeit anvertraut. Ich habe keinen Grund, an seinen Worten zu zweifeln. Zwar bin ich damals nicht näher darauf eingegangen, aber sie sind nicht auf taube Ohren gefallen. Und sieh her, diesen Cousin habe ich bestimmt nicht erfunden, seine Pfefferladung war ein kleines Vermögen wert!«, rief Heiliger Achtfacher Pfad mit zufriedener Miene und streckte Dolch der ewigen Wahrheit einen Arm entgegen.

In der offenen Hand, die er aus seiner Tasche gezogen hatte, sah der oberste Gehilfe des verschwundenen Abts tatsächlich einige Pfefferkörner.

Erschüttert von dieser verblüffenden Enthüllung, überlegte er nicht lange.

Was hatte er denn schon zu verlieren, wenn er zusammen mit Heiliger Achtfacher Pfad nach Turfan reiste und versuchte, die heilige Reliquie, die sich in der Obhut des Abtes Erwiesene Wohltat befand, ins Kloster des Einen Dharma zu holen?

War ein Fingernagel des Erhabenen nicht ein angemessener Ersatz für eine seiner göttlichen Wimpern?

Die Augen des Buddha waren leider ein ganz anderes Problem.

Das Schicksal der berühmten, seit über tausend Jahren von Millionen von Gläubigen so glühend verehrten und daher vollkommen unersetzlichen Reliquien war untrennbar mit dem von Buddhabadra verknüpft.

Aber durfte sich das Kloster des Einen Dharma deswegen die Gelegenheit entgehen lassen, weniger ruhmreiche Reliquien in seinen Besitz zu bringen?

»Weißt du, welche Folgen es für ein Mitglied des Sangha hat, einen seiner Mitbrüder anzulügen oder seine Schritte mit Absicht in die Irre zu lenken?«

»Das weiß ich. Es ist eine schwerwiegende Verfehlung. Aber ich lüge nicht, Dolch der ewigen Wahrheit. Ich schwöre es: Ich bin dir gegenüber vollkommen ehrlich.«

»Wenn das so ist, wärst du dann bereit, mit mir in deine Geburtsstadt zu reisen?«

»Das habe ich dir doch schon angeboten. Und gleich morgen früh, wenn es sein muss! Ich wäre überglücklich, meine Onkel und Tanten zu besuchen, wenn sie noch am Leben sind!«

Der Mönch aus Turfan wirkte aufrichtig und voll guten Willens.

»Dann werden wir morgen mit unseren Brüdern darüber reden. Sie sollen entscheiden. Ich möchte nicht ihren Wünschen zuwiderhandeln«, entgegnete daraufhin Dolch der ewigen Wahrheit, dem daran gelegen war, das Band des Vertrauens zwischen ihm und den anderen Mönchen wieder zu festigen.

Doch als sich Dolch der ewigen Wahrheit, Heiliger Achtfacher Pfad an seiner Seite, am nächsten Morgen in einem der riesigen Gebetssäle des Klosters vom Einen Dharma an seine Brüder wandte, spiegelte sich auf deren verschlossenen

Mienen immer noch die bittere Erinnerung an ihre Auseinandersetzung vom Vortag.

Aus einer dunklen Ecke des riesigen Raums, wo die beiden Gefährten ihn nicht deutlich sehen konnten, beobachtete Juwel der reinen Lehre verbittert, dass Heiliger Achtfacher Pfad zu seinem Gegner übergelaufen war.

»Meine lieben Freunde, wir haben einen Plan, den wir euch gerne unterbreiten möchten. In Turfan gibt es Seide. Und es gäbe die Möglichkeit, diese gegen heilige Reliquien einzutauschen! Wie denkt ihr darüber?«, verkündete Dolch der ewigen Wahrheit.

»Die meisten Klöster des Großen Fahrzeugs würden ihre Reliquien gegen Seide eintauschen, um daraus die Banner zu nähen, vor denen die Mönche des Mahayana ihre Sitzmeditation praktizieren«, ergänzte Heiliger Achtfacher Pfad.

»Ihr wärt also bereit, nach Turfan zu reisen und euch zu bemühen, uns aus dieser schwierigen Lage zu befreien?«, wollte ein alter Mönch wissen, dessen von schweren bronzenen Ringen durchbohrte Ohren so lang gezogen waren, dass der untere Rand der Ohrläppchen seine Schultern berührte.

»Wir wollen sogar versuchen, eine äußerst bedeutende Reliquie zu beschaffen: den Nagel vom rechten Zeigefinger des Erhabenen!«, schloss der Mönch aus Turfan.

»Den Nagel, den der Erhabene in der Vitarka-Mudra, der Geste der Lehrdarlegung, gegen seinen Daumen legt?«

Es war wieder derselbe alte Mönch, der die Frage gestellt hatte.

»Ganz genau! Der Fingernagel wird im Mahayana-Kloster von Turfan aufbewahrt. Ihm ist eine jährliche Wallfahrt geweiht, die stets an dem Tag abgehalten wird, an dem die Menschen des Eingangs des Erwachten ins Parinirwana gedenken«, erklärte Heiliger Achtfacher Pfad seinen Brüdern.

Die Worte des aus Turfan stammenden Mönchs schienen ihre Wirkung nicht verfehlt zu haben, denn die Mienen ringsum hellten sich deutlich auf.

Wütend darüber, dass sein Freund ihren Pakt gegen Dolch der ewigen Wahrheit gebrochen hatte, rief daraufhin Juwel der reinen Lehre gehässig: »Du willst also zu einer Reise aufbrechen, schön und gut! Aber wer sagt uns, dass du auch wieder zurückkommst? Wo sind die Sicherheiten für das Eine Dharma, das im Augenblick um sein Überleben kämpft?«

»Der Erhabene Buddha wird uns mit seinem Göttlichen Licht erleuchten und uns helfen, die schreckliche Prüfung zu bestehen, die uns alle gleichermaßen betrübt. Deine Worte verwundern mich, Juwel der reinen Lehre! Man könnte meinen, es seien die eines Mannes, der den Glauben verloren hätte«, versetzte Dolch der ewigen Wahrheit streng.

Das zustimmende Gemurmel der Anwesenden zeigte beiden, dass die Mönche von dem, was sie gehört hatten, überzeugt worden waren.

Und als sie ein paar Tage später zu Pferd das Kloster des Einen Dharma verließen, stand die vollständig versammelte Klostergemeinschaft, immer noch besorgt, aber von neuer Hoffnung erfüllt, Spalier, applaudierte ihnen und wünschte ihrem Versuch gutes Gelingen, denn sie alle waren sich darüber im Klaren, dass dies ihre letzte Chance war.

Nur Juwel der reinen Lehre fehlte. Er war in seiner Zelle geblieben, wo er wüste Beschimpfungen gegen seinen verhassten Rivalen ausstieß.

Weder Dolch der ewigen Wahrheit noch Heiliger Achtfacher Pfad, deren ganzes Denken nun auf ihr neues Ziel ausgerichtet war, hatten erkannt, welch unversöhnlichen Feind sie sich geschaffen hatten.

Trotz der Flüche, die Juwel der reinen Lehre auf sie herabzubeschwören versuchte, indem er die schlimmsten Dämonen zu Hilfe rief, verlief die Reise der beiden Mönche nach Turfan ohne nennenswerte Zwischenfälle. Nicht einmal zwei Monate benötigten sie über Straßen, auf denen sich sehr viel weniger beschwerlich reisen ließ als im Winter und an deren Rändern bereits die ersten Sommerblumen blühten.

Oben auf dem felsigen Plateau, das sich über seiner Geburtsstadt erhob, deren mit grauen Ziegeln gedeckte Dächer sie bereits in der Ebene erkennen konnten, wollte Heiliger Achtfacher Pfad, dessen Miene immer freudiger strahlte, gerade die ersten Gerüche seiner Heimat einatmen, als er plötzlich sein Pferd abrupt zum Stehen brachte.

Er hatte den seltsamen Eindruck, dass das liebliche Turfan, das auch die »Funkelnde Perle der Seidenstraße« genannt wurde, nicht mehr so war wie früher.

Wie weit er blickte, es stieg kein Rauch aus den Schornsteinen, und auch auf den Straßen, die aus verschiedenen Richtungen auf die Stadt zuliefen, konnte er nicht die geringste Spur von Leben erkennen, während sich dort normalerweise Karawanen und Herden drängten. Obwohl er angestrengt die Ohren spitzte, hörte er nicht den typischen Lärm der unzähligen Märkte der Oase, jenes Gemisch aus Kindergeschrei und dem lauten Lachen der Klatschbasen, dem Quietschen der Karrenräder, der Musik der kleinen umherziehenden Musikantentruppen mit ihren Flöten- und Trommelklängen und den Flüchen, mit denen die Händler und Käufer ihre Unterhaltungen würzten, nachdem sie den Preis für die Waren ausgehandelt hatten.

Bei ihrer Ankunft in der Oase wirkte Turfan wie eine Geisterstadt.

Als sie sich den ersten Häusern näherten, erkannten sie entsetzt, dass sich die Bewohner sorgsam verbarrikadiert hatten und nicht eine einzige Ladenauslage geöffnet war.

»Es muss ein großes Unglück geschehen sein, sonst hätten

sich nicht alle so verkrochen!«, bemerkte Dolch der ewigen Wahrheit verwirrt.

»Sobald wir jemandem begegnen, werden wir den Grund dafür erfahren. Unterdessen können wir, wenn du einverstanden bist, sofort zu dieser versteckten Seidenraupenzucht reiten. Nach allem, was mein Cousin mir erklärt hat, ist es nicht mehr weit, sie muss gleich hinter der nächsten Kreuzung liegen.«

»Ich sehe schon, du verlierst keine Zeit! Das ist gut!«, entgegnete Buddhabadras oberster Gehilfe, um seine Sorge zu beschwichtigen.

Sie ritten ein paar Schritte weiter, durch Straßen, die immer noch hoffnungslos menschenleer blieben.

»Dort hinten muss es sein, am Ende der schmalen Straße! Das Gebäude sieht ganz genauso aus, wie mein Cousin es mir beschrieben hat!«, rief Heiliger Achtfacher Pfad mit einem Mal und deutete auf eine Art Lagerhalle am Ende einer Sackgasse.

Vor der eingeschlagenen Tür saß ein Mann, den Kopf in den Händen vergraben. Er musste tief in Gedanken versunken sein, denn erst als sie ihn leicht am Arm berührten, schreckte er mit einem entsetzten Aufschrei hoch.

»*Ma-ni-pa*! Was machst du denn hier? Welche Überraschung! Ich dachte, du wärst in Chang'an! Darf ich dir den Tripitaka Heiliger Achtfacher Pfad vorstellen. Er stammt aus dieser Oase«, rief Dolch der ewigen Wahrheit, der den völlig niedergeschlagen wirkenden Wandermönch sofort wiedererkannt hatte.

»Sei gegrüßt, oberster Gehilfe des Abtes Buddhabadra!«

Nach seinem Aufenthalt in Chang'an beherrschte der *ma-ni-pa* die Sprache der Han schon ein wenig besser, obwohl er immer noch mit einem fürchterlichen Akzent sprach.

»Was ist denn los! Du scheinst dich ja nicht gerade darüber

zu freuen, mich wiederzusehen!«, fuhr Dolch der ewigen Wahrheit neugierig fort.

Der am ganzen Leib zitternde *ma-ni-pa* schien größte Mühe zu haben, seine Tränen zurückzuhalten.

»So rede doch! Was ist passiert, *ma-ni-pa*?«, drängte Buddhabadras oberster Gehilfe beunruhigt.

»*Om!* Ich habe überlebt. Avalokiteshvara hat über mich gewacht. *Om! Mani padme hum!*«, stieß der Wandermönch nur hervor, ehe er wieder in völliges Schweigen versank.

»Drück dich doch deutlicher aus! Ich bin schließlich dein Freund! Um sich von seinen Ängsten zu befreien, muss man darüber reden. Ich bin bereit, alles anzuhören!«, beharrte der Mönch aus Peshawar sanft.

»Hier gibt es doch eine Manufaktur, in der Seidenfaden hergestellt wird, nicht wahr?«, erkundigte sich Heiliger Achtfacher Pfad, wobei er sich bemühte, seine Stimme so unbeschwert wie möglich klingen zu lassen.

»Ja, hier seid ihr richtig. Aber die Tujue haben alles kaputtgemacht. Kommt herein und seht selbst! *Om!*«, stöhnte der Wandermönch und gab ihnen ein Zeichen, ihm zu folgen.

Von dem schönen Gewächshaus, in dem die Manichäer ihre Maulbeerbäume züchteten, war so gut wie nichts übrig geblieben.

Bekümmert ging Dolch der ewigen Wahrheit ein paar Schritte durch die mit Steinbrocken und zerbrochenen Tonkrügen übersäten Trümmer, wo die zerfetzten Stämme der Maulbeerbäume von der zerstörerischen Wucht der Plünderer zeugten. Die bronzenen Kessel, in denen die Kokons abgebrüht wurden, waren umgeworfen worden und lagen zusammen mit zahllosen zerquetschten Larven auf dem Boden inmitten der Überreste dessen, was einst Färberbecken gewesen waren. Auf den Regalen an der Rückwand des Gewächshauses lag nicht ein einziger Fetzen Seide mehr.

Bestürzt fragten sich die beiden Mönche aus Peshawar, ob sich all ihre Hoffnungen gerade in Luft auflösten.

»Du hast mir immer noch nicht verraten, wieso du hier bist, *ma-ni-pa*!«, hakte Dolch der ewigen Wahrheit nach, als sie gemeinsam auf der Schwelle der Halle standen, die die Türken, die die Chinesen Tujue nannten, verwüstet hatten.

»Ich? *Om!* Ich helfe den Manichäern, Seide zu weben«, antwortete der Wandermönch mit trauriger Stimme und verschlossener Miene.

»Aber wer hat dich denn hierhergeschickt?«

»Fünffache Gewissheit! Um der Kaiserin von China zu helfen.«

»Kaiserin Wu?«, fragte Dolch der ewigen Wahrheit.

»Ja! *Om!* Kaiserin Wu Zhao! Eine sehr schöne, sehr intelligente Dame! Sie kann sehr freundlich sein, aber auch sehr böse, wenn es sein muss! *Om!*«

»Wozu braucht sie denn Seide?«

»Für das Mahayana!«, entgegnete der *ma-ni-pa* lediglich.

»Ich sehe schon, wir sind nicht die Einzigen mit diesem Ziel!«, murmelte Heiliger Achtfacher Pfad verhalten.

Dem verdrossenen Mönch aus Turfan wurde allmählich klar, dass sie ihren Plan nicht so leicht in die Tat umsetzen konnten.

Da brach der *ma-ni-pa* plötzlich unter lautem Schluchzen in den Armen von Dolch der ewigen Wahrheit regelrecht zusammen.

»*Om! Mani padme hum!* Ich schäme mich so! Ich bin ein unwürdiger *ma-ni-pa*!«

»Warum sagst du denn so etwas?«, fragte Dolch der ewigen Wahrheit sanft.

»Gestern haben die Tujue uns gefangen genommen! *Om!* Wie eine ganz gewöhnliche Kriegsbeute haben sie uns mitgeschleift!«, entgegnete der *ma-ni-pa* mit herzzerreißender Stimme.

»Aber es ist doch nicht deine Schuld, wenn die Tujue dich – wie du sagst – wie eine ganz gewöhnliche Kriegsbeute verschleppen!«, rief Heiliger Achtfacher Pfad.

»Der Tujue-Hauptmann hat beschlossen, mich wieder freizulassen! *Om!* Ich habe ihnen gesagt, dass ich aus dem Reich Bod komme, und sie wollten nur Chinesen! Auf ihren Pferden war kein Platz für einen einfachen Tibeter! *Om! Om!*«, stammelte der *ma-ni-pa*, dessen aufgelöste Miene nicht nur seine Angst verriet, sondern auch, wie gekränkt er darüber war, nicht wie ein Han behandelt worden zu sein.

»Das ist doch mehr als verständlich! Du bist Tibeter, und die Tujue reiten auf reinrassigen Vollblütern, die für ihre Feurigkeit berühmt sind! Du hast nichts Böses getan!«, erklärte Buddhabadras oberster Gehilfe, der nicht verstand, warum der Wandermönch immer noch so bitterlich weinte.

»Komm schon, trockne deine Tränen. Sag dir lieber, dass du Glück gehabt hast, mit heiler Haut davonzukommen, vor allem, wenn man bedenkt, welche Rivalität seit ewigen Zeiten zwischen Tibetern und Turko-Mongolen herrscht!«, fügte Heiliger Achtfacher Pfad hinzu.

»Ja, aber dafür habe ich etwas Unverzeihliches getan!«, stöhnte der *ma-ni-pa*, der kurz davor war, ohnmächtig zu werden.

Und dann berichtete ihnen der Wandermönch schließlich, von Weinkrämpfen geschüttelt, wie er, kurz nachdem er das Gewächshaus mit den Maulbeerbäumen verlassen hatte, um in der Stadt eine Besorgung zu erledigen, in einen Hinterhalt der Tujue geraten war, die ihm am Ende der Straße, die zur versteckten Manufaktur führte, aufgelauert hatten.

Die Angreifer hatten grausam und wild ausgesehen. Ihr Anführer hatte ihm befohlen, ihn zum Gewächshaus zu führen. Da sie an seinem zerfurchten Gesicht erkannt hatten, dass er aus Tibet stammte, hatten sie ihn bedroht und beschimpft. Von den geschärften Spitzen ihrer kurzen Schwerter, die sichtbare Spuren in seinem Nacken hinterlassen hatten, vorwärtsgetrieben, hatte der *ma-ni-pa* schließlich gehorcht.

»Weh mir! Ich habe nicht gezögert, zwei Unschuldige zum Tode zu verurteilen! Ich werde es nie wieder wagen, Fünffache Gewissheit unter die Augen zu treten! *Om!* Kaiserin Wu wird mich zu Recht als Hund beschimpfen! *Om!* Ramahe sGampo wird mich verfluchen! Ich bin ein sehr schlechter Mensch! *Om!* Ich wurde von Avalokiteshvara verlassen, dessen Arm mich von dieser Tat hätte abhalten sollen! *Om!*«

Die Verzweiflung des von Krämpfen geschüttelten Wandermönchs, dessen faltiges Gesicht durch die Tränen noch zerfurchter wirkte, tat den beiden Indern in der Seele weh.

»Könntest du uns zum Oberhaupt der manichäischen Kirche führen?«, fragte ihn schließlich Heiliger Achtfacher Pfad, ehe er hinzufügte: »Wir haben einige wichtige Informationen für ihn!«

Hort der Seelenruhe empfing sie gleich, nachdem der Torwächter ihn über ihre Ankunft unterrichtet hatte.

Der Große Vollkommene war am Boden zerstört.

Die Verwüstung des Gewächshauses und die Entführung von Speer des Lichts, von der man ihm gerade berichtet hatte, bedeuteten für ihn einen schweren Schlag, der all seine Pläne in Frage stellte.

Nachdem sie sich vorgestellt hatten, kam Dolch der ewigen Wahrheit gleich auf sein Anliegen zu sprechen und erläuterte dem Manichäer trotz der kaum geeignet scheinenden Umstände unbeholfen, warum er und Heiliger Achtfacher Pfad nach Turfan gekommen waren.

»Ich kenne den Abt Erwiesene Wohltat kaum! Wir leben

in friedlicher Eintracht mit den Anhängern des Mahayana, aber jeder bleibt für sich! Und ich möchte Euch nicht verhehlen, dass ich mich im Moment um ungleich ernstere Dinge zu kümmern habe«, murmelte Hort der Seelenruhe geistesabwesend, nachdem Buddhabadras oberster Gehilfe seinen Bericht beendet hatte.

»Meine Worte scheinen Euch nicht überzeugt zu haben!«, bemerkte dieser daraufhin mit leiser Enttäuschung.

»Wenn ich nicht einmal mehr in der Lage bin, für meine eigene Kirche Seide zu produzieren, wie sollte ich es dann für Euch tun!«, versetzte Hort der Seelenruhe griesgrämig.

»Was gedenkt Ihr denn zu tun, um der Situation abzuhelfen, Edler Vollkommener?«, erkundigte sich Heiliger Achtfacher Pfad treuherzig.

»Seit einiger Zeit erlaubt ein kaiserlicher Erlass den Manichäern, ihren Kult in Zentralchina auszuüben. Daher habe ich vor, so bald wie möglich nach Chang'an aufzubrechen und dort um eine Audienz bei Kaiserin Wu Zhao zu ersuchen, um ihr die Lage zu schildern. Danach werden wir weitersehen!«, erklärte der manichäische Vollkommene ohne Umschweife, ehe er dem diensthabenden Hörer ein Zeichen gab, seine Besucher zum Tor zu begleiten.

Nachdem es sich hinter ihnen geschlossen hatte, betraten die drei Männer eine Schenke und bestellten Tee.

Niedergeschlagen spürte Dolch der ewigen Wahrheit, wie Zuversicht und Energie aus seinem Körper wichen.

Er hatte das unangenehme Gefühl, den weiten Weg nach Turfan vergeblich auf sich genommen zu haben. So eine lange Reise, und das nur, um einen hilflosen *ma-ni-pa* vorzufinden, der ihm erklärte, dass in Turfan keine illegale Seide mehr hergestellt wurde, und einen manichäischen Vollkommenen, der fest entschlossen war, die Kaiserin persönlich aufzusuchen, um ihr sein Problem zu schildern!

Er konnte es sich genauso gut gleich eingestehen: Ihre Expedition erwies sich als ein schmählicher Fehlschlag.

Heiliger Achtfacher Pfad saß noch enttäuschter neben ihm und sagte kein Wort, bis Dolch der ewigen Wahrheit ihn schließlich nach seiner Einschätzung der Lage fragte.

Doch mit ihrer Unterhaltung war es rasch wieder vorbei.

»Erwiesene Wohltat wird uns zu Recht ins Gesicht lachen, wenn wir ihn jetzt aufsuchen! Ich fürchte, unsere Reise war vollkommen sinnlos«, schloss Dolch der ewigen Wahrheit.

Wie hätten sie auch ohne den geringsten Ballen Seide an die Pforte des ein paar Straßen entfernt gelegenen Mahayana-Klosters klopfen können, ohne gleich wieder abgewiesen zu werden?

Doch genau in diesem Kloster ruhte ganz hinten in der Nische der Hauptpagode in einem Alabastergefäß ein winziges Stück vom Fingernagel des Buddha, bewacht von einer riesigen Statue aus Zedernholz, die sein Erwachen in Uruvilva unter dem heiligen Pipal-Baum, dem sogenannten Bodhi-Baum, darstellte.

Aber ohne ein Tauschobjekt würde ihr Versuch scheitern. Im besten Fall würde man ihnen höflich die Tür weisen, schlimmstenfalls sie wie gemeine Betrüger davonjagen, sollten sie es wagen, so wie es Heiliger Achtfacher Pfad arglos vorgeschlagen hatte, darum zu bitten, dem Kloster von Peshawar die heilige Reliquie ohne eine entsprechende Gegengabe auszuleihen.

»Es wird allmählich spät. Ich schlage vor, dass wir eine ruhige Herberge suchen, um dort zu schlafen. Die Nacht wird uns sicher guten Rat bringen!«, erklärte Dolch der ewigen Wahrheit, den die unerwarteten Wendungen des anstrengenden Tages erschöpft hatten.

»Hättet ihr etwas dagegen, wenn ich euch begleite? Ich

weiß nicht mehr, wohin ich gehen soll, und ich falle um vor Müdigkeit!«, stöhnte der *ma-ni-pa*.

»Aber natürlich! Eine warme Suppe und ein weiches Bett werden dir sicher guttun!«, entgegnete der Mönch aus Peshawar freundlich.

Die Herberge lag unmittelbar am Ausgang der Stadt, und ihr Schankraum war bereits mit Zechern gefüllt, die bei reichlich Traubenwein, den schweißüberströmte Kellnerinnen in Krügen auf ihren zarten, aber trotzdem kräftigen Schultern heranschleppten, in einem unbeschreiblichen, ohrenbetäubenden Stimmengewirr den Einfall der Tujue kommentierten.

Nachdem sie Nudeln mit einer Brühe aus Lamm und Kräutern verzehrt hatten, gingen sie alle drei in den Schlafsaal, wo sie bald darauf in tiefen Schlaf sanken.

»Was hast du denn jetzt vor, *ma-ni-pa*?«, fragte Dolch der ewigen Wahrheit am nächsten Morgen, als der Wandermönch, dessen Gesicht wieder ein wenig erholter aussah, in den Speiseraum kam, um zu frühstücken.

»*Om!* Ich weiß es noch nicht genau: Entweder kehre ich heim ins Reich Bod, oder ich gehe zurück nach Chang'an, um Fünffache Gewissheit zu berichten, was hier geschehen ist. Ich muss um jeden Preis versuchen, das schlechte Karma auszugleichen, damit ich nicht als ein Insekt wiedergeboren werde, das im Magen der erstbesten Natter endet!«, antwortete der Wandermönch ratlos. Er war hin- und hergerissen zwischen dem Wunsch, dieses Kapitel abzuschließen und alles hinter sich zu lassen, und seiner immer noch unerschütterlichen Treue zum ehemaligen Gehilfen von Vollendete Leere.

»Man darf im Leben niemals vom Weg der Pflicht abweichen! Auf dem Pfad des Heils voranschreiten und niemals kehrtmachen, so lautet die Lehre des Erhabenen Buddha«, sagte der Mönch aus Peshawar.

»Einverstanden! *Om!* Ich werde dorthin gehen, wo es mir meine Pflicht gebietet.«

»Du kannst Fünffache Gewissheit nicht in dem Irrglauben lassen, dass die Kaiserin von China bald über manichäische Seide verfügen werde. An deiner Stelle würde ich unverzüglich nach Zentralchina zurückgehen, um ihn über die Probleme hier zu informieren. Und dieses gute Karma wird die schädlichen Auswirkungen des vorherigen mildern«, schloss Dolch der ewigen Wahrheit, dessen Mitgefühl, das er wie jeder buddhistische Mönch seinen Mitmenschen entgegenbrachte, ihn nicht daran hinderte, von anderen ebenso viel zu verlangen wie von sich selbst.

»Du hast recht! Dank dir kehrt wieder Hoffnung in mein Herz ein«, sagte der *ma-ni-pa* leise.

Nachdem sie gefrühstückt hatten, verließen sie, immer noch in ihr Gespräch vertieft, die Herberge.

Trotz des heftigen, sandigen Winds, der im Laufe der Nacht aufgekommen war, zogen wieder Kamelführer und Reiter an ihnen vorbei, aber auch Männer zu Fuß, allein oder in kleinen Gruppen, mit oder ohne ihren Esel. Die Tiere brachen fast zusammen unter den Ballen mit Getreide und Hülsenfrüchten, zwischen die die ledernen Beutel mit den kostbareren Waren gezwängt worden waren: Gewürze aus Kashgar, indisches Elfenbein, sogdischer Goldschmuck, Korallen aus dem Mittelmeer, persische Teppiche oder Jade aus Hetian.

Nachdem die Bedrohung durch die Tujue abgeklungen war, nahm das Leben in der Oase nach und nach wieder seinen gewohnten Gang auf, und der Handel machte seine Rechte geltend.

So waren die Menschen, überall und zu allen Zeiten: Solange es einen Anlass zu Handel und Tauschgeschäften gab, triumphierten die Kräfte des Wohlstands über die der Zerstörung.

»In welche Richtung willst du denn jetzt gehen?«, fragte Heiliger Achtfacher Pfad Dolch der ewigen Wahrheit.

Eine schwierige Frage!

Sollten sie sich nach rechts wenden, nach Westen, also zurück, oder lieber nach links, Richtung Osten, um nach China zu gelangen?

Dolch der ewigen Wahrheit schwankte noch, als er plötzlich eine Stimme hörte, die hinter einem der sandigen Hügel hervordrang, an deren Fuß die Straße verlief.

»*Ma-ni-pa*! *Ma-ni-pa*! Sieh doch einmal her! Ich bin es! Ich bin hier!«, rief eine verängstigte Stimme.

»Beim Erhabenen Buddha! *Om!* Das ist ja nicht zu glauben!«, schrie der *ma-ni-pa*, der so durcheinander war, dass er nicht einmal bemerkte, dass er Tibetisch gesprochen hatte.

Sein von der Höhensonne zerfurchtes Gesicht hatte sich schlagartig aufgehellt.

Auf der Hügelkuppe war die schlanke Gestalt von Speer des Lichts aufgetaucht, dessen Haare und Schultern über und über mit weißem Wüstenstaub bedeckt waren. Hastig kam er den Abhang herunter auf sie zugelaufen.

»Die Tujue haben mich aus ihrem Trupp geworfen.«

»Was für ein Glück! *Om!*«

»Aber sie haben Jademond behalten.«

»Was ist passiert? Was sagt er?«, wollte Dolch der ewigen Wahrheit wissen, der neugierig näher getreten war.

»Die Tujue haben wohl Seide gesucht. Viel Seide. Irgendjemand muss ihnen eingeredet haben, dass sie sie in unserem Gewächshaus finden würden. Als sie bemerkten, dass erst ein paar Ballen fertig waren, bekam ihr Anführer einen Wutanfall. Daraufhin hat er beschlossen, uns gefangen zu nehmen und zu verschleppen. Und kurz nachdem sie den *ma-ni-pa* hinausgeworfen hatten, widerfuhr mir das gleiche Schicksal.«

»Ich danke dir, Avalokiteshvara! *Om!*«, murmelte dieser vor sich hin.

»Mich wollten sie ganz offensichtlich genauso wenig wie einen tibetischen Wandermönch. An einem Kuchaner waren sie nicht interessiert; sie verschleppen nur Chinesen – oder Chinesinnen zu meinem Unglück –, um sie als Geiseln zu benutzen, wie sie sagen. Und meine arme Jademond wird ihre Tage womöglich in einem Harem in einer Stadt namens Bagdad am Ufer eines Flusses mit Namen Tigris beschließen, das zumindest hat ihr der wolfsgesichtige Mistkerl von Anführer versprochen, dessen Schnurrbart ihm bis zum Gürtel herabhing«, flüsterte Speer des Lichts, der todmüde wirkte, was ihn jedoch nicht davon abhielt, vor Zorn die Fäuste zu ballen.

»Bagdad! Diesen Namen habe ich noch nie gehört«, sagte Heiliger Achtfacher Pfad.

»Ich schon. So heißt ein riesiger Hafen, von wo aus die chinesische Seide in ganzen Schiffsladungen in Städte gebracht wird, die so prächtig sein sollen, dass manche Reisende behaupten, die Dachziegel ihrer Paläste seien aus purem Gold!«, rief Dolch der ewigen Wahrheit. Er verwechselte Bagdad mit Konstantinopel oder Beirut, jenen großen Seehäfen, von denen aus die Waren, die die Karawanen über die Seidenstraße transportierten, weiter in den Westen verschifft wurden.

»Das muss ja furchtbar weit weg sein!«, jammerte Speer des Lichts.

»So weit, dass ich diesen Namen bisher immer nur von Menschen gehört habe, die ihn selbst nur vom Hörensagen kannten!«, seufzte der Mönch aus Peshawar nachdenklich, der mehr als einmal von diesen mythischen Städten geträumt hatte, die so weit von Indien entfernt lagen, dass manche sogar ihre Existenz bezweifelten.

»Wenn ich mich nicht gleich an ihre Verfolgung mache, werde ich meine Frau also womöglich nie mehr wiedersehen!«, stöhnte Speer des Lichts.

Er wirkte erschöpft und den Tränen nahe.

»Ich flehe dich an, verzeih mir!«, rief daraufhin der *ma-ni-pa*, ehe er seinem Gefährten, immer noch schluchzend, gestand, zu welcher Tat ihn seine panische Angst vor den Tujue getrieben hatte.

»Die Tujue wären so oder so in das Gewächshaus gekommen, auch wenn du sie nicht hingeführt hättest!«, antwortete ihm Speer des Lichts und legte damit eine dicke Schicht Balsam auf das Herz des Wandermönchs, ehe er, unfähig, auch nur einen Schritt weiterzugehen, am Fuß eines niedrigen Mäuerchens zusammensackte.

Die beiden Mönche des Kleinen Fahrzeugs beschlossen, den jungen Mann in die Herberge zu schleifen, in der sie die Nacht verbracht hatten. Sie zwangen ihn sanft, etwas Pfefferminztee zu trinken und ein paar kandierte Aprikosen zu essen.

Der *ma-ni-pa* stellte sie einander vor, und trotz seiner Trauer schaffte es der Manichäer, ihnen zu erklären, in welchem Verhältnis er zu Hort der Seelenruhe stand.

Dolch der ewigen Wahrheit, für den die ebenso unverhoffte wie wundersame Begegnung einen neuen Hoffnungsschimmer bedeutete, schlug daraufhin dem Kuchaner vor, Fleischbällchen zu bestellen, und ausgehungert, wie er war, willigte dieser ein.

»Wie lange würdest du brauchen, um die Seidenproduktion wieder anlaufen zu lassen?«, fragte der Inder Speer des Lichts, nachdem er ihm genügend Zeit gelassen hatte, seinen Hunger zu stillen.

Sein ganzes Denken war so sehr auf das Ziel seiner Reise ausgerichtet, dass ihm gar nicht bewusst gewesen war, welche Wirkung die Frage auf Jademonds jungen Ehemann haben würde.

»Das Allerwichtigste für mich ist jetzt, meine Frau wiederzufinden. Ich liebe sie mehr als alles andere auf der Welt. Wir erwarten ein Kind. Ich hoffe bloß, die Türken behandeln sie nicht zu grob. Was für ein grauenvolles Unglück ist nur über uns hereingebrochen!«, murmelte dieser traurig und in Gedanken versunken, während er ein Fleischbällchen nach dem anderen verschlang.

»Weißt du, welche Richtung ihre Entführer eingeschlagen haben, abgesehen davon, dass du gehört hast, wie sie von Bagdad sprachen?«, fragte ihn der oberste Gehilfe des Abtes aus Peshawar.

»Leider nein! Das Einzige, was ich weiß, ist, dass sie dorthin geritten sind, wo die Sonne untergeht«, antwortete er kummervoll.

»Ihre Reittiere sind flinker als ein Blitz. Damit sind sie bestimmt schon weit fort!«, erklärte Heiliger Achtfacher Pfad, dem Speer des Lichts aufrichtig leidtat.

»*Om!* Ihre Pferde sind so schnell wie der Pfeil einer Armbrust! *Om!*«, rief der *ma-ni-pa* und richtete seinen Zeigefinger auf ein unsichtbares Ziel.

»Wenn du uns hilfst, schöne Seidenstoffe zu weben, versprechen wir dir Tausende Stunden des Gebets, sodass der Erhabene Buddha schließlich deinen Wunsch erhören und dich deine Frau wiederfinden lassen wird! Es könnte sogar sein, dass die Tujue einwilligen, sie dir zurückzugeben, wenn du das Gewicht deiner Gemahlin in dem kostbaren Gewebe aufwiegst«, fügte der Mönch aus Peshawar hinzu.

»Ist das dein Ernst? Diese Wilden sollten mir Jademond tatsächlich im Austausch gegen ihr Gewicht in Seide zurückgeben?«, fragte der junge Kuchaner zweifelnd.

»Ein Mönch des Kleinen Fahrzeugs, der es sich einfallen

ließe zu lügen, würde damit eine Sünde begehen, die ihn geradewegs in die Kalte Hölle führt!«, entgegnete Dolch der ewigen Wahrheit schaudernd.

»Ich wage es kaum zu glauben! Das wäre eine wunderbare Überraschung!«, sagte Speer des Lichts, mit einem Mal nachdenklich geworden.

»Das setzt aber voraus, dass du wieder an deine Webstühle zurückkehrst!«, schloss Heiliger Achtfacher Pfad.

»Wir könnten dir dabei helfen. Ich bin bereit, so lange bei dir zu bleiben, wie es nötig ist. Außerdem solltest du nach dem Schock, den du erlitten hast, ohnehin nicht alleine sein«, beharrte Dolch der ewigen Wahrheit.

»Diese beiden Mönche haben recht! *Om!* Du darfst nicht alleine bleiben! Davon wirst du nur noch trauriger!«, redete nun auch der *ma-ni-pa* auf den verzweifelten jungen Manichäer ein.

»Also wenn ich an deiner Stelle wäre, Speer des Lichts, würde ich ernsthaft über den Vorschlag meines Bruders nachdenken!«, erklärte schließlich Heiliger Achtfacher Pfad liebenswürdig und drückte den Arm des Kuchaners.

»Wozu benötigt ihr denn so dringend Seide?«, erkundigte sich der ehemalige Hörer der Kirche des Lichts, den die Überzeugungskraft und Freundlichkeit der beiden Mönche des Kleinen Fahrzeugs allmählich umzustimmen begannen.

»Um ein frommes Werk zu tun!«, antwortete Dolch der ewigen Wahrheit ausweichend.

»Ich kann mich für die Aufrichtigkeit dieser beiden Männer verbürgen, denn den hier kenne ich sehr gut!«, fügte der *ma-ni-pa* hinzu und deutete auf Dolch der ewigen Wahrheit.

»Wenn das so ist …! Warum eigentlich nicht?«, antwortete Speer des Lichts matt.

Der einst so einfallsreiche, gewitzte junge Kuchaner, dem sonst der Schalk aus den Augen blitzte, war nur noch ein

Schatten seiner selbst, und seine vom Wüstenstaub weiß ge-
färbten Haare unterstrichen die Erschöpfung in seinem erloschenen Blick, der so gar nicht zu ihm passte!

Er war am Ende seiner Kräfte, und es gelang ihm nicht
mehr, die überbordende Verzweiflung einzudämmen, die von
ihm Besitz ergriffen hatte, nachdem seine geliebte Gemahlin
von den furchterregenden Tujue verschleppt worden war.

Überall, wo seine plündernden Horden vorbeizogen, rief
dieser turko-mongolische Volksstamm Hass und Angst hervor.

Durch ihre unablässigen bewaffneten Einfälle in den Iran
und später nach Sogdien hatten die ursprünglich aus dem
Altai stammenden Krieger ihr Nomadenreich nach und nach
ausgedehnt. Sie verfügten über die schnellsten Pferde der
Steppe, die sie ohne zu zögern zu horrenden Preisen auch an
die kaiserlichen Gestüte der Tang verkauften.

Den blutrünstigen Reitern, denen sich nur die Uiguren ent-
gegenzustellen wagten, die mit ihnen die unerbittliche Grau-
samkeit und den verbissenen Kampfgeist teilten, war es gelungen, ein riesiges Reich zu erobern, dessen Aufteilung in
ein östliches und ein westliches Khanat den Ursprung der
Umayyaden-Dynastie bilden sollte.

Im Jahr 601 waren sie sogar bis vor die Tore von Chang'an
vorgedrungen.

Ohne einen ungewöhnlich harten Winter, der ihren Pfer-
debestand dezimiert hatte, hätten sie die Stadt zweifellos er-
obert.

Dann hätte die Geschichte gewiss einen anderen Verlauf
genommen, und das China der Tang wäre, nach dem Beispiel anderer reicher, schillernder und kultivierter Zivilisati-
onen, die mit Angriffen des Barbarentums konfrontiert wurden, wahrscheinlich unterlegen.

Seitdem herrschte ein eigenartiger Waffenstillstand zwischen dem Reich der Tang, das darauf bedacht war, die Seidenstraße so weit wie möglich zu kontrollieren, und den unangreifbaren Tujue, die von der Schwäche ihres Gegners, der sehr viel weniger gefährlich war, als es den Anschein hatte, profitierten. Ein ausgeklügeltes System von Gaben in Gestalt von Steppenpferden, hochrangigen Geiseln, die vorschriftsmäßig ausgetauscht wurden, und wertvollen, nach strengstem Protokoll ausgewählten Geschenken hielt diese Situation aufrecht, die trotz allem von größtem gegenseitigem Misstrauen geprägt war.

Zwar kam es nur selten zu Überfällen auf das Gebiet der jeweils anderen, aber wenn dies der Fall war, dann verliefen sie ganz besonders gewaltsam, so wie der Raubzug, der einige Zeit zuvor Dunhuang zerstört hatte.

Der Überfall auf Turfan hingegen war anders gewesen, als habe sein einziges Ziel darin bestanden, die Manufaktur zu zerstören, um die Manichäer daran zu hindern, in Zukunft weiter Seide herzustellen.

Vollkommen betäubt vor Kummer, dämmerte Speer des Lichts auf seinem Stuhl vor sich hin, und Dolch der ewigen Wahrheit kam zu dem Schluss, dass es das Beste sei, ihn eine Weile schlafen zu lassen. Der junge Kuchaner war von den Ereignissen viel zu erschöpft, um seine Argumente anzuhören.

Von neuer Hoffnung erfüllt, begann er zu träumen.

Er war sich sicher, dass es ihm gelingen würde, Speer des Lichts davon zu überzeugen, die Produktion des magischen Fadens wieder aufzunehmen.

Er musste ihn nur dazu bringen einzusehen, dass die Fertigung von Seide der beste Weg war, Jademond wiederzufinden, sei es, indem er sie damit von ihren Entführern zurückkaufte, oder aber, indem er damit Informanten bezahlte, die ihm etwas über ihren Verbleib erzählen konnten.

Denn die Seide war der Schlüssel zu allem: Denjenigen, die das Geld liebten, bescherte sie Reichtum, den Frommen Reliquien und den Ehrgeizigen Macht.

So war es denn auch kein Zufall, dass in manchen Oasen entlang der Seidenstraße, in Kizil* etwa oder in Dandan Oilik**, die Maler an den Wänden der Felsgrotten einen seltsamen vierarmigen Gott mit drei Augen abgebildet hatten. Er trug eine goldene Krone und einen Kaftan aus geblümtem Stoff, dazu seltsame schwarze Stiefel. In seinen Händen hielt er das Weberschiffchen, den Weberkamm, den Färberbecher und vor allem den kleinen Schild, auf dem die Legende der chinesischen Seidenprinzessin dargestellt war, von der es hieß, sie habe heimlich Maulbeerbaumsamen und Seidenraupeneier nach Hetian geschmuggelt.

Dieser merkwürdige Seidengott, der so typisch war für die chinesisch-indische Alchemie der Religionen in Zentralasien und der ursprünglich auf den Gott der Weber und Schneider zurückging, zeugte von der Macht des göttlichen Stoffs, der sich so zart anfühlte, dass die Chinesen ihn mit einer Wolke verglichen.

Es reichte den Menschen nicht, gewaltige Summen für die Seide zu bezahlen und tausend Gefahren auf sich zu nehmen, um sie in ihren Besitz zu bringen und sie dann gegen Gold und Gewürze eintauschen zu können, nein, sie wagten es sogar, sie zu vergöttlichen, indem sie dazu das Bildnis einer ihrer ehrwürdigsten Gottheiten heranzogen.

Und von nun an stand die Seide nicht nur für Wu Zhao und Hort der Seelenruhe, sondern auch für Speer des Lichts und Dolch der ewigen Wahrheit im Zentrum all ihres Strebens.

---

* Die buddhistische Stätte Kizil liegt etwa fünfzehn Kilometer von Kucha entfernt.
** Dandan Oilik liegt rund zwanzig Kilometer von Hetian entfernt.

16

In den Bergen des Schneelands

Ohne der atemberaubenden Landschaft vor seinen Augen auch nur die geringste Aufmerksamkeit zu schenken, setzte Fünffache Gewissheit mechanisch einen Fuß vor den anderen, und Lapika folgte ihm dicht auf den Fersen.

Ganz entgegen ihrer Gewohnheit rannte die riesige Hündin nicht wie sonst, wenn sie wieder in die Berge kam, hinter Murmeltieren und Schneehühnern her oder tollte freudig kläffend über die grasbewachsenen Abhänge. Sie hielt sich immer in der Nähe ihres Herrn und strich unablässig um seine Beine, als wollte sie ihn beschützen oder sogar trösten.

Denn Fünffache Gewissheit brauchte tatsächlich Trost.

Seit drei Tagen marschierte er nun schon in raschem Tempo voran, mit leerem Kopf, niedergeschmettert von dem grausamen Unglück, das über ihn hereingebrochen war.

Für alle Zeiten würde er sich an den entsetzlichen Schock erinnern, als er mit Lapika von ihrem üblichen Spaziergang durch den Tannenwald, der sich genau gegenüber dem Kloster von Samye die nördliche Bergflanke hinaufzog und in dem er gerne die Schmetterlinge beobachtete, zurückkehrte und feststellte, dass Umara verschwunden war.

Normalerweise erwartete ihn die junge Frau immer mit einer Schale heißem Tee auf der Schwelle des kleinen Wohnraums der Schäferhütte, in der Lama sTod Gling sie untergebracht hatte. Sie lag ein wenig abseits des Klosters auf einer Wiese, auf der die Yaks und schwarzen Schafe weideten, die sie hüten sollten, wenn der Hirte, der sich normalerweise um die Herden des Klosters kümmerte, verhindert war.

An jenem Nachmittag hatte er besorgt gesehen, dass sie nicht an der Tür des kleinen Häuschens stand.

Und auch die Art und Weise, wie die riesige gelbe Hündin wenige Schritte vor der Hütte plötzlich abrupt stehen geblieben war und Witterung aufnahm, ließ ihn Schlimmes befürchten.

Er war ins Haus gestürzt, um mit Erschrecken festzustellen, dass es leer war, während Lapika außen ringsum an den Mauern schnüffelte und leise Unheil verkündend jaulte.

Er bereute es bitterlich, dass er die Wachhündin auf seinen Spaziergang mitgenommen hatte.

Von düsteren Ahnungen gepeinigt, hatte er, laut Umaras Namen rufend, die ganze Umgebung abgesucht, ehe er zu Lama sTod Gling gestürmt war, um ihn zu fragen, ob er die junge Frau gesehen hatte.

»Ich bin ihr nicht begegnet, mein lieber Fünffache Gewissheit. Sie kommt nie ins Kloster. Aber mach dir keine Sorgen, sie ist bestimmt losgegangen, um Pilze zu sammeln oder Blaubeeren zu pflücken. Was soll ihr denn schon zugestoßen sein? In Samye hat niemand etwas zu befürchten!«, hatte der Lama entgegnet.

Der Abend war gekommen, dann die kalte, dunkle Nacht, in der er kein Auge zugetan hatte. Zähneklappernd hatte er auf dem Bett gelegen, auf dem er sich, wie er erkannte, nur wohlfühlte, wenn ihn die Arme seiner Geliebten umfingen.

Der nächste Tag war vergangen, dann die nächste Nacht.

Als Umara am frühen Morgen des dritten Tages immer noch nicht zurück war, hatte Fünffache Gewissheit sich den Tatsachen stellen müssen: Die junge Nestorianerin war und blieb verschwunden.

Er hatte seine zweite Hälfte verloren!

Obwohl er immer noch Buddhist war, zu Argwohn gegenüber den daoistischen Lehren erzogen, konnte er nun nachfühlen, worauf sich ein Yang reduzierte, dem sein Yin genommen wurde: das befremdliche Gefühl, nur noch auf einem
Bein zu stehen oder ein Biyiniao zu sein, jener Vogel, der bloß
einen Flügel besaß und deshalb nur als Paar vereint fliegen
konnte und der das chinesische Symbol der Liebenden war.

Da war ihm plötzlich die Erleuchtung gekommen, so glei-
ßend hell, dass es keinen Zweifel mehr geben konnte: Staubnebel!

Er musste es gewesen sein!

Wieso war er nicht schon früher auf den jungen Chinesen
gekommen, den die Mönche von Samye in einer anderen
Schäferhütte hinter dem kleinen, mit Blaubeersträuchern be-
wachsenen Hügel untergebracht hatten, der sich wie ein bär-
tiges Kinn mitten auf der Yak- und Schafweide erhob?

Er brauchte doch nur an die finsteren Blicke zu denken,
mit denen er sie bedachte, seit sie Ramahe sGampo drei Monate zuvor die heiligen Pfänder ausgehändigt hatten!

Umaras früherer Spielkamerad hatte es noch immer nicht
verwunden, dass er die junge Frau nicht für sich gewinnen
konnte.

Und so schmollte er demonstrativ.

Eingehüllt in ein Schweigen, aus dem niemand, nicht einmal Lama sTod Gling, ihn herauslocken konnte, verbrachte
er seine Tage damit, mit finsterem Blick durch die Berge zu
wandern und Schmetterlinge und Vögel zu beobachten.

Obwohl Umara immer wieder versuchte, ihn zu überreden, weigerte er sich, zu ihnen herüberzukommen und die
Mahlzeiten mit ihnen gemeinsam einzunehmen.

Und wenn Fünffache Gewissheit, unterwegs zu seinem
Spaziergang, an seiner Hütte vorbeikam, grüßte er ihn nur
widerstrebend.

So war der junge Mönch mit wild klopfendem Herzen wie ein Irrer über die Weide auf die Hütte des Chinesen zugestürmt, mitten durch die verängstigten Tiere hindurch, die vor der gelben Hündin auseinanderstoben.

Die halb von Holzwürmern zerfressene Tür von Staubnebels winziger Behausung brauchte er nicht einmal mit der Schulter einzudrücken: Sie war nicht verschlossen.

Die Hütte war leer. Und die erloschene, kalte Feuerstelle im Inneren verriet ihm, dass der junge Chinese die Nacht nicht dort verbracht hatte.

Da hatte Fünffache Gewissheit vor der prachtvollen Kulisse der Berge, deren Kämme im Sonnenlicht unter dem azurblauen Himmel leuchteten, an dem die Adler und Geier ihre langsamen, erhabenen Arabesken formten, seiner Wut und seinem Schmerz freien Lauf gelassen, während die Yaks und schwarzen Schafe ihn regungslos anstarrten wie wiedergeborene Buddhisten, die sich anschickten, seiner göttlichen Predigt zu lauschen.

Und von den Gipfeln zurückgeworfen, hatte das gewaltige Echo seiner Tränen und Klagen bis zum Hauptgebäude von Samye widergehallt und die Herzen von Ramahe sGampo und Lama sTod Gling mit Traurigkeit erfüllt.

Umara war tatsächlich von Staubnebel entführt worden!

Dabei hatte er diesem Jungen, der ihm von dem Moment an, als Lapika ihn in dem Graben aufgestöbert hatte, unablässig finstere Blicke zuwarf, die ganze Zeit über schon nicht getraut!

Er bereute es bitterlich, dass er so töricht und gedankenlos gewesen war, Umara alleine zu lassen, in Reichweite ihres früheren Spielgefährten, der in aller Ruhe Rachepläne schmieden und seine unselige Tat hatte ausführen können, während er fort war, um Schmetterlinge zu beobachten!

Vor Wut hatte er die Teeschalen und Teller von dem Tisch

gefegt, an dem Staubnebel seine Mahlzeiten einnahm. Das Geschirr, das Lama sTod Gling ihm geliehen hatte, war zu Boden gefallen und in tausend Scherben zersprungen.

Zurück in seiner eigenen Hütte, hatte Fünffache Gewissheit den Tag mit Grübeln zugebracht und nachgedacht, was er tun sollte, bevor er sich in ein ausgedehntes Gebet versenkte.

Im Lotossitz auf der Schwelle der Eingangstür sitzend, hatte er sein Gesicht der zerklüfteten Schranke der Berge zugewandt und dann die Augen geschlossen, um seine Züge vom Sonnenlicht überfluten lassen, als sei es das göttliche Licht des Erhabenen Buddha.

Vor diesen Gipfeln, die in den Himmel und somit das unerreichbare Paradies hinaufragten, hatte er versucht, in seinem Geist Leere zu schaffen.

Sein Meister hatte ihm immer erklärt, dass das die unabdingbare Voraussetzung dafür sei, in jenen unbeschreiblichen Zustand einzutreten, in dem der Mensch durch simples Aufgeben seiner selbst die Heilige Wahrheit des Erhabenen erfuhr.

Und diese hatte er jetzt dringend nötig!

Zum ersten Mal in seinem Leben verspürte er solche Verzweiflung und Einsamkeit; zum ersten Mal erfuhr er am eigenen Leib, was *duhkha* bedeutete, jenes Leiden, in das Gautama zufolge die Welt und alle Lebewesen eingehüllt waren; zum ersten Mal wünschte er sich, von der Erdoberfläche zu verschwinden.

Ein Leben ohne Umara war unmöglich.

Er hatte keine andere Wahl, als sich in die Meditation zu versenken und auf ein Zeichen des Mitgefühls des Buddha zu warten.

Schon immer war es dem Geist von Fünffache Gewissheit schwergefallen, einfach loszulassen. Doch genau diese Haltung bereitete den geistigen Zustand vor, der für jenes Stadium notwendig war, in dem das Bewusstsein erwachte und es dem Menschen möglich wurde, das Unsichtbare zu sehen und das Unsagbare zu begreifen.

Es war stärker als er: Er konnte die Aktivitäten seines ruhelosen Geists nicht unterdrücken und sich von der Realität lösen, um seine Gedanken an die Gestade des Unsagbaren schweifen zu lassen.

Das einzige Mal, als er Vollendete Leere mit unschuldiger Miene gefragt hatte, wie man es richtig mache, hatte dieser ihm in einer Mischung aus Ermahnung und Scherz geantwortet: »Man meditiert erst richtig, wenn man so alt ist wie ich! Um die vierte Stufe der Versenkung zu erreichen, muss man selbst ein Buddha geworden sein. Und der Zugang zur ersten dieser Stufen, der einzigen, die so bedauernswerten Menschen wie uns überhaupt zugänglich ist, Fünffache Gewissheit, ist eine Sache der Erfahrung und der Übung. Das muss dein Geist einfach akzeptieren.«

Und genau das war das Problem: Der Geist des jungen Novizen und späteren Mönchs hatte größte Schwierigkeiten, diese Tatsache hinzunehmen.

Deshalb hatte er sich mit solchem Eifer in die Ausübung der Kampfkunst gestürzt.

Dank der Tai-Chi-Übungen und des Kampfs mit dem fiktiven Säbel, denen er sich in Luoyang jeden Morgen gleich nach Sonnenaufgang im Park des Klosters der Dankbarkeit für Erwiesene Kaiserliche Wohltaten widmete, gelang es ihm, jenen Zustand der Ruhe zu erreichen, in dem sein Gehirn mit dem ewigen Grübeln aufhörte.

Wenn die Bewegungen, deren Geschmeidigkeit und Anmut sie wie einen akrobatischen Tanz wirken ließen, nicht ausreichten, um seine Energie zu kanalisieren, brauchte er nur mit der Handkante drei aufeinanderliegende Ziegel zu zerschlagen, und schon fand er seine Ruhe und Gelassenheit wieder.

Aus alldem hatte Fünffache Gewissheit geschlossen, dass er eher für die Tat geschaffen war als für die Meditation.

Doch diesmal stand so viel auf dem Spiel.

Um seine zweite Hälfte zu finden, deren Fehlen ihn mit diesem unerträglichen Schmerz erfüllte, brauchte er nicht nur die Hilfe des Erhabenen, sondern auch die all seiner Schüler: die Anandas, seines Lieblingscousins, der ihm so fromm gedient hatte, natürlich auch die des mitfühlenden Avalokiteshvara-Guanyin, und nicht zu vergessen Maitreya-Mile, der Buddha der Zukunft, Amitabha, der Buddha des Reinen Landes des Westens, und sogar Kshitigarbha-Dizang, der einzige Bodhisattva, der wie ein Mönch gekleidet war und zu dem die Gläubigen gerne beteten, da er den Seelen der Verstorbenen das Heil schenken konnte.

Nach einer langen Weile fügte sich Fünffache Gewissheit schließlich in das Unabänderliche: Sein Geist war so sehr von Umaras Verschwinden erfüllt, dass es illusorisch gewesen wäre zu versuchen, an etwas anderes zu denken als an dieses furchtbare Unglück.

Daraus schloss er, dass sein Heil nur aus ihm selbst kommen könnte und es unter den gegebenen Umständen das Beste wäre, sich unverzüglich auf die Suche nach seiner Geliebten zu machen.

Aber wohin sollte er sich wenden?

In welche Richtung, Norden oder Süden, Osten oder Westen, hatte dieser elende Staubnebel seine süße Umara bloß verschleppt?

Er verlor sich in Vermutungen, und die gewaltigen Dimensionen der unzähligen Gipfel, die ihn wie ein riesiger Kessel umschlossen, waren nicht gerade dazu angetan, ihm seine Ängste zu nehmen.

Er musste sich endlich bewegen, musste sich schnell entscheiden, sonst war alle Hoffnung dahin, sie jemals wiederzufinden.

Plötzlich war vor seinen Augen eine winzige Spinne zögernd über die steinerne Schwelle gekrabbelt, auf der er saß. Und er hatte sich daran erinnert, wie er als kleines Kind gehört hatte, dass die Beobachtung und Entschlüsselung der hauchzarten Spuren, die eine Spinne auf ihrem Weg zurückließ, es manchen Schamanen erlaubte zu bestimmen, was in gewissen Situationen zu tun war.

Da kam ihm ein für einen überzeugten Buddhisten sicherlich recht ungewöhnlicher Gedanke, aber an dem Punkt, den er nun erreicht hatte, war ihm die Wahl seiner Mittel inzwischen gleichgültig: Warum nahm er nicht die Schafgarbe *shicao* zu Hilfe, die Pflanze der Wahrsager, die seit der chinesischen Antike genutzt wurde, um die Zukunft vorauszusagen?

Der auf dem berühmten *Yijing*, dem Buch der Trigramme, beruhenden Methode folgend, musste man die Pflanze in neunundvierzig Halme zerschneiden, die auf zwei Haufen verteilt wurden, den einen für den Himmel und den anderen für die Erde; dann nahm man immer weitere Teilungen vor, die entweder gerade oder ungerade Zahlen ergaben, um auf diese Weise eines der vierundsechzig Hexagramme des *Yijing* zu erzeugen, das man dann nur noch zu interpretieren brauchte.

Er sah sich um.

In dieser Höhe wuchs nicht mehr der kleinste Schafgarbenstängel. Und selbst wenn doch, wäre er nicht imstande gewesen, die Diagramme korrekt zu lesen.

Ihm blieben nur die Yaks und Schafe, deren Hüftknochen sich über dem Feuer mit feinen Rissen überziehen würden und ihm die Botschaften des Knochenorakels verraten könnten, jener anderen Wahrsagemethode seiner Vorfahren.

Aber genauso wenig wie die Entschlüsselung der Trigramme beherrschte Fünffache Gewissheit die Kunst, diese Risse zu entziffern, die den Schriftzeichen der ersten Chinesen zum Verwechseln ähnlich sahen.

Und erneut blieb ihm nichts anderes übrig, als der Wahrheit ins Auge zu sehen: Er allein musste die Richtung bestimmen, die seine Jagd auf Staubnebel nehmen würde.

Schicksalsergeben stand er auf und begann auf der freien Fläche vor der Tür jener Hütte auf und ab zu gehen, in der er mit Umara so glücklich gewesen war.

Je länger er darüber nachdachte, desto klarer wurde ihm, dass Samye am Ende der Straße lag und es somit nur eine einzige Möglichkeit gab, von dort fortzukommen, nämlich den Pass, über den man zum Kloster gelangte, in umgekehrter Richtung zu überqueren!

Staubnebel und Umara konnten nur nach Süden gegangen sein, über die normale Straße, die Fünffache Gewissheit gut kannte, da er sie bereits dreimal gegangen war.

Es blieb ihm also nichts anderes übrig, als diesen Weg ein viertes Mal einzuschlagen und sich dabei so sehr zu beeilen, dass er noch eine Chance hatte, seine Geliebte und ihren Entführer einzuholen.

Vor dem Abt von Samye, dem er einen letzten Besuch abgestattet hatte, um ihn über seinen bevorstehenden Aufbruch zu unterrichten, war er dennoch von seiner Verzweiflung überwältigt worden.

»Sollte ich dieses Unglück, das über mich hereingebrochen ist, nicht als ein Zeichen des Erhabenen verstehen, der mir übel nimmt, dass ich mich vom Heiligen Pfad abgewandt habe, weil ich aufgehört habe, ein Mönch zu sein? Ich bin ja bereit, meine Schuld zu sühnen, aber ich fände es so ungerecht, wenn die arme Umara darunter leiden müsste«, flüsterte er verängstigt und aufgelöst.

»So etwas darfst du nicht denken, Fünffache Gewissheit. Es ist normal, dass der Ast von der Strömung des Flusses mitgerissen wird. Wenn überhaupt an irgendjemandem Kritik geübt werden sollte, dann an dem, der dich zum ersten Mal hierhergeschickt hat!«, versetzte Ramahe sGampo mit seiner tiefen Stimme.

»Meint Ihr etwa meinen Meister Vollendete Leere?«, rief dessen früherer Gehilfe verwundert.

»Ich denke, ich habe mich deutlich ausgedrückt!«, schloss der Abt, als verurteile er das Verhalten seines Kollegen aus Luoyang aufs Schärfste.

»Ich habe Angst, sie nie wiederzusehen. Allein der Gedanke daran ist mir unerträglich. Seit Umara zu meiner zweiten Hälfte geworden ist, bereitet mir das Dasein ohne sie eine solche Qual!«

»Der Erhabene selbst hat seinen engsten Schülern gesagt: ›Löse dich von allem leidenschaftlichen Begehren. Der Mönch, der von Weisheit erfüllt ist, wird den unsterblichen inneren Frieden finden, den unvergänglichen Zustand des Verlöschens.‹ Du solltest dich von seinen Lehren leiten lassen!«, antwortete der alte Tibeter leise.

»Ich habe gar nicht den Anspruch, weise zu sein, denn ich betrachte mich nicht länger als Mönch. Ich bin bloß noch ein Mann, der aus tiefstem Herzen eine Frau liebt!«

»Das, mein Sohn, sind recht unbuddhistische Reden!«, entgegnete Ramahe sGampo nicht ohne einen Hauch von Ironie, in der unverkennbares Wohlwollen mitschwang.

»Ich habe ebenfalls die Erleuchtung erlebt, Ehrwürdiger Abt, aber es war die Erleuchtung der Liebe! Wer liebt, dem geht es gut, und er kann den anderen umso leichter das Beste von sich schenken. Ich wage zu hoffen, dass der Erhabene dies berücksichtigen wird!«, erklärte er ernst.

»Wer begehrt, ist zunächst glücklich; aber später wird er

unweigerlich leiden! Sei es, weil er den Gegenstand seines Glücks verloren hat oder, und das ist ein sehr viel heimtückischeres Leiden, weil er schließlich von schrecklicher Angst gepeinigt wird, ihn irgendwann einmal zu verlieren. Das Glück, Fünffache Gewissheit, existiert nur in Verbindung mit dem Unglück. Vergiss nicht, dass eine der Edlen Wahrheiten des Heiligen Buddha Gautama erklärt, worin das Leiden der Welt besteht«, murmelte die kehlige Stimme von Ramahe sGampo.

»Ich will Umara doch gar nicht besitzen. Ich begnüge mich damit, sie zu lieben, das ist alles! Warum sollte ich armer Buddhist nicht wie jeder andere Mensch auch ein Recht darauf haben, glücklich zu sein?«

Seine überwältigende Liebe zu Umara verleitete Fünffache Gewissheit zu Worten, die einen alten, tiefgläubigen Mönch unter normalen Umständen vor den Kopf gestoßen hätten. Aber das würde bedeuten, die Weisheit des Abtes von Samye zu unterschätzen, der trotz seiner Blindheit wie kein zweiter in die Herzen der Menschen zu blicken vermochte.

»Ich weiß, dass du vollkommen aufrichtig bist, Fünffache Gewissheit, und deshalb wünsche ich dir von ganzem Herzen, dass du die junge Christin wiederfinden mögest«, sagte der alte Lama und griff nach seinen Händen.

Die Handflächen des Blinden strahlten eine sanfte Wärme aus, die Fünffache Gewissheit gutgetan und seine Ängste ein wenig gelindert hatte.

»Nimm das!«, fügte der Abt von Samye hinzu und nahm ein dünnes Kettchen von seinem Hals, an dem ein winziges silbernes Reliquiar in Form einer Lotosknospe hing.

»Was befindet sich darin?«

»Wind, Fünffache Gewissheit! Nichts als Wind!«

»Was soll das heißen, Wind?«, entgegnete der junge Mann verdutzt.

»Hast du das *Sutra über die Logik der Vollkommenen Leerheit* gelesen?«

»Um die Wahrheit zu sagen, Ehrwürdiger Abt, diese Schrift bedient sich so subtiler Formulierungen, dass ich lügen würde, wenn ich behauptete, ihre ganze Bedeutung erfasst zu haben!«

»Schade! Sie preist die reine Leere. Aus dem Nichts, dort, wo nichts mehr den Geist ablenken kann, erwachsen stets die strahlendsten Erkenntnisse. Und in der Natur findet sich die Leere im Wind und in den Energien wieder! Ich gebe dir dieses bescheidene Geschenk als eine kleine Hilfe, um gründlich über alles nachzudenken«, schloss der Abt mit einem Lächeln.

»Würdet Ihr mir Euren Segen geben?«, bat daraufhin Fünffache Gewissheit, der sich ihm zu Füßen geworfen hatte.

»Er ist mit dir!«

»Werde ich glücklich werden, mein Vater?«, wagte er leise zu flüstern.

»Geh deinem Glück entgegen! Dann wird es dich irgendwann finden!«

Das waren die letzten Worte von Ramahe sGampo, die Fünffache Gewissheit immer noch in den Ohren klangen, als er sich auf den steilen Weg zur Passhöhe hinauf machte.

Der kleine silberne Talisman, den der blinde Abt ihm geschenkt hatte und der nun an seinem Hals hing, erinnerte ihn an die tröstenden Worte des alten Mannes, die er sich immer wieder vorsagte, wenn er spürte, dass Mutlosigkeit und Verzweiflung ihn zu überwältigen drohten.

Denn es gab Fragen, die alleine zu stellen ihn schon schwindeln ließ:

War es richtig gewesen, so rasch in die Arme der jungen Nestorianerin zu sinken?

Hatte er dadurch nicht das Risiko auf sich genommen, sowohl von seiner eigenen Religion abgeschnitten zu sein als auch jener Frau beraubt zu werden, die für ihn lebensnotwendig geworden war?

Was hätte er getan, wenn er vorher gewusst hätte, dass er so sehr leiden würde, wenn er sie wieder verlieren würde?

Unablässig wälzte er die Fragen hin und her, die ihn mit der Zeit zermürbten.

Sicher, er brauchte bloß an die wunderbaren Momente zurückzudenken, die er mit ihr geteilt hatte, um zu ermessen, dass die Sehnsucht und die Reue, die ihn nun bestürmten, nur der Ausgleich für das Glück waren, das sie gemeinsam genossen hatten.

Die Liebe war eine gefährliche Falle, die zuschnappte, wenn das auseinanderging, was dazu bestimmt war, vereint zu sein. Dann blieben zwei verzweifelte, einsame Geschöpfe zurück, die niemals wieder ihre eigene Identität finden würden, denn diese war unwiderruflich von dem anderen geprägt worden, ohne den zu leben von nun an so schwer sein würde!

Davon überzeugt, dass Umaras Kummer genauso groß sein müsse wie sein eigener, konnte sich Fünffache Gewissheit ihre Qualen nur allzu gut vorstellen, und das verstärkte seine eigene Angst umso mehr.

Er war so tief in Gedanken versunken, dass er nicht einmal bemerkt hatte, dass er immer wieder einen Fuß vor den anderen gesetzt hatte, ohne auch nur ein einziges Mal anzuhalten, bis sich am Ende seines ersten Marschtages die Nacht auf ihn herabsenkte!

Inzwischen war es schon der dritte Tag, an dem er in schwindelerregendem Tempo den Weg entlangeilte, der aus dem Tal herausführte, an dessen Ende eingezwängt das Kloster von Samye lag. Er hoffte immer noch, Umara und Staubnebel einzuholen, als er plötzlich weit vor sich die reglose Gestalt eines Mannes erblickte, der auf ihn zu warten schien.

Die gelbe Hündin witterte und blieb abrupt stehen.

Das war ein schlechtes Zeichen, das sein Misstrauen weckte.

Denn normalerweise sprang Lapika den wenigen Fremden, denen man auf den Höhenwegen im Reich Bod begegnete, freudig entgegen, um sie zu begrüßen, vorausgesetzt, sie hegten friedliche Absichten, was sie mit ihrem unfehlbaren Instinkt stets im Voraus erkannte.

Beunruhigt wies er die Hündin an, hinter ihm zurückzubleiben, worauf das Tier mit einem enttäuschten Knurren gehorchte; dann ging er vorsichtig weiter auf die Gestalt zu, die sich keinen Zoll bewegte.

Wenige Schritte vor dem Mann angekommen, sah er, dass dieser ihn verschlagen musterte.

Er hatte gut daran getan, auf der Hut zu sein.

Der Unbekannte war geübt im Umgang mit Waffen, der Geschwindigkeit nach zu urteilen, mit der er zwei Dolche aus seinen Ärmeln zog und in seine Hände gleiten ließ.

Instinktiv ging Fünffache Gewissheit, der nur seine Fäuste hatte, um sich gegen ihn zur Wehr zu setzen, in Verteidigungsstellung.

Als geübter Anhänger der Kampfkunst bemühte er sich, ruhig zu bleiben. Um einen Gegner, vor allem wenn er bewaffnet war, zu überraschen, musste man sich vollkommen konzentrieren und alle Kräfte sammeln, ehe man sie unvermittelt mit einem einzigen Stoß nach außen katapultierte.

Fünffache Gewissheit stieß einen kehligen, wilden Schrei aus, der noch lange in den Bergen widerhallte, während seine Hände und Füße blitzschnell die Luft durchschnitten.

Sein linker Unterarm sauste auf den Nacken des Mannes

nieder, während sich die Spitze seines rechten Fußes genau bei der Leber in seinen Bauch bohrte.

Überrascht von der Schnelligkeit seines Angreifers, schrie der Fremde vor Schmerz auf, schwankte und sank auf den Boden.

Für Fünffache Gewissheit war das der Moment, um den Kampf zu beenden: Jetzt musste er seinen Gegner dazu bringen, die Waffen fallen zu lassen, ehe er ihn rücklings auf den Boden presste und ihn endgültig unschädlich machte, indem er ihm die Halsschlagader abdrückte.

Fünffache Gewissheit packte ihn mit einem Hebelgriff um den Hals.

Der Mann war kurz vor dem Ersticken, Speichel lief ihm aus dem Mund, und er würgte.

Gerade als Fünffache Gewissheit sich anschickte, dem Fremden den Gnadenstoß zu versetzen, spürte der ehemalige Gehilfe von Vollendete Leere einen fürchterlichen Schmerz in der Seite, als habe eine Feuerklinge seinen Körper durchbohrt.

Die beiden Finger, die er auf die brennende Stelle legte, waren voller Blut, als er sie zurückzog.

Er war verletzt, und seinem Gegner war es gelungen, wieder auf die Knie zu kommen.

Ohne Zeit damit zu verschwenden, den schmalen, bereits blutigen Riss zu begutachten, den das Messer des Mannes in sein Gewand geschnitten hatte, stieß er ihn mit Gewalt zurück und holte instinktiv wieder Schwung, ehe er seine Beine mit aller Kraft gegen den Kopf des Fremden schnellen ließ, der ganz offensichtlich versuchte, ihn umzubringen.

Er hatte keine andere Wahl, für ihn ging es um Leben oder Tod.

So gut es trotz der entsetzlichen Schmerzen ging, betete er zum Bodhisattva Dizang, dessen flammendes Juwel, das auch die »Heilige Perle« genannt wurde, die Welt der Finsternis erleuchtete und der fähig war, die Seelen zu richten und sie notfalls aus der Hölle zu retten.

Er erinnerte sich an die Formulierung, die sein Kampfkunstmeister verwendet hatte, als er ihn die Kunst der tödlichen Schnellkraft lehrte: Man müsse seinen ganzen Körper in ein Katapult verwandeln, dessen Geschosse die Beine seien.

Die vorgestreckten Füße von Fünffache Gewissheit prallten so hart gegen den Hals des Unbekannten, dass er ganz deutlich seine Nackenwirbel brechen hörte.

Gleichzeitig hörte er das wütende Bellen von Lapika, die sich mit gefletschten Zähnen auf die Kehle des Räubers gestürzt hatte, dessen verrenkter Körper am Boden lag.

Die unglaubliche Kraftanstrengung hatte seine Wunde weiter geöffnet, und das Blut strömte inzwischen nur so daraus hervor. Fünffache Gewissheit hatte solche Schmerzen, dass er Sterne sah.

Eng an seine Beine geschmiegt, leckte die riesige gelbe Hündin leise jammernd seine Hände.

Nachdem er wieder zu Atem gekommen war, stellte er fest, dass der Mann, der mit dem Gesicht zum Boden lag, das Bewusstsein verloren haben musste, denn er bewegte sich nicht mehr. Seine langen Bronzedolche lagen zu beiden Seiten des Körpers neben ihm.

Mit letzter Kraft ging er auf ihn zu und bückte sich, um seinen Kopf herumzudrehen. Er stand im rechten Winkel vom Rest des Körpers ab, und in den Augen war das Weiße sichtbar. In seinen bereits blau verfärbten Halsansatz hatten die Eckzähne der Hündin zwei Löcher gerissen, aus denen gurgelnd Blut entwich.

Sein Angreifer lag im Sterben, und wie betäubt und kurz davor, in Ohnmacht zu fallen, erkannte Fünffache Gewissheit, was es bedeutete, einen Menschen zu töten.

Sein Blick fiel auf einige Rhododendronbüsche, wo er bequemer wieder Atem schöpfen konnte als auf der offenen Straße.

Gefolgt von Lapika ging er, vor Schmerzen gekrümmt, darauf zu, und seine Wunde schmerzte immer mehr, als er sich gegen die Büsche sinken ließ, ehe er, zu Dizang betend, die Besinnung verlor.

Zu seiner Überraschung war es nicht der Bodhisattva, der sich über ihn beugte, als er wieder erwachte, sondern das Gesicht einer schönen Frau.

Es glich einer Art göttlicher Maske mit eng geschlitzten Augen, getrennt durch eine lange, schmale Nase, und darunter ein Mund, dessen volle Lippen sich zu einem beruhigenden Lächeln öffneten.

Fünffache Gewissheit fragte sich, ob er nicht träumte. Doch der stechende Schmerz in seiner Seite ließ ihn schnell erkennen, dass dem nicht so war. Um sicherzugehen, tastete er nach der Wunde und stellte fest, dass sie mit einem Verband bedeckt worden war.

Er lag auf einem Bett, unter einer Pelzdecke, in einem halbdunklen Raum, der von warmer, nach Räucherwerk duftender Luft erfüllt war.

»Trink das! Es ist eine Mischung aus Heilkräutern und Hirsemehl«, flüsterte die schöne Unbekannte auf Tibetisch.

Sie reichte ihm eine kleine, dampfende Tonschale, und während sie ihm half, die heiße Flüssigkeit zu schlucken, spürte er, wie ihre sanften, warmen Hände um sein Gesicht flatterten und sacht über seine Wangen strichen.

»Wo bin ich?«, flüsterte er, ehe er vor Schmerz aufschrie, als er versuchte, sich aufzusetzen.

»In meinem Haus. Mein Name ist Yarpa. Hier bedeutet das ›die dem Himmel nahe ist‹. Ich bin eine Priesterin des Bön und zelebriere in unserem Tal den Kult der Neun Götter des

Lichts. Ich habe dich bewusstlos in einem Busch gefunden, als ich in den Bergen Heilpflanzen sammelte. Du hast Glück gehabt. Um ein Haar wärst du verblutet«, antwortete die junge Frau lächelnd.

»Ich habe solchen Durst!«, stieß er mühsam hervor.

»Das ist normal. Ich wache schon seit zwei Tagen an deinem Lager. Dein Fieber ist gerade erst gesunken. Du hast geglüht und fantasiert.«

Sie goss noch etwas von ihrem Gebräu in die kleine Schale, und diesmal fiel ihm das Schlucken schon leichter als zuvor.

»Ich hatte eine Hündin bei mir«, flüsterte er, als ihm plötzlich Lapika einfiel, die er nirgends sah.

»Anfangs wollte sie mich gar nicht an dich heranlassen. Aber als sie dann verstanden hat, dass ich dich pflegen wollte, war sie mit einem Mal das friedlichste Tier der Welt. Ich habe sie draußen unter dem Vordach an einen Pfosten gebunden. Sie wird sich sicher freuen zu sehen, dass es dir wieder besser geht«, sagte Yarpa.

Kaum hatte sie ihren Satz beendet, als der durch den Blutverlust geschwächte Fünffache Gewissheit auch schon wieder eingeschlafen war.

Tage und Nächte vergingen, in denen er seinen Durst stillte, ein wenig aß und vor allem schlief. Yarpa umsorgte ihn aufmerksam, bis er sich schließlich eines Morgens kräftig genug fühlte, um aufzustehen und vor die Tür zu gehen.

Als er, auf Yarpas Schulter gestützt und eine Hand an ihrem dichten, seidigen Haar liegend, über die Schwelle ihres Hauses trat, war er nach all den Tagen, die er im dämmrigen Inneren verbracht hatte, so geblendet, dass er kaum die Augen öffnen konnte.

Die Hütte der Priesterin lag an einem schwindelerregenden Bergkessel, der vor dem tiefen Blau des Himmels eine gigantische weiße Blütenkrone bildete, der Blume des Udumbara gleich, jenes Baumes, der nur so selten blühte.

Fünffache Gewissheit, dem angesichts der unvorstellbaren Erhabenheit der Landschaft auf halbem Weg zwischen Himmel und Erde vor Erstaunen der Mund offen stand, fielen unwillkürlich die göttlichen Worte des Erhabenen ein, mit denen dieser das Böse in der Welt beschrieben hatte: »Der Hochmut des Königs gleicht einem Berg, der sich über den Ozean des allumfassenden Leidens erhebt; einem Berg, umringt von Gier und Begehrlichkeit; und der Blick der Großen heftet sich an seine Abhänge, während er die Köpfe der Kleinen mit seinen Füßen zertritt: Das ist die tiefe Wurzel des Unglücks!«

Nach der langen Zeit, die er mit Schmerzen und Fieber reglos auf seinem Lager verbracht hatte, entdeckte er begeistert die Natur des Schneelands wieder, wo alles majestätisch war, höher und intensiver, farbenfroher und duftender als anderswo, so als sei inmitten der Berge des Dachs der Welt das normale Maß der Dinge nicht mehr gültig.

»Möchtest du ein Stück spazieren gehen? Dort oben gibt es einen Vorsprung, von dem aus man auf das ganze Tal hinuntersehen kann!«, schlug die Bön-Priesterin freundlich vor und schenkte ihm ein bezauberndes Lächeln.

Sie wirkte ungemein verführerisch, als sie ihm ihre ebenmäßigen Zähne enthüllte, die genauso strahlend weiß waren wie die schneebedeckten Gipfel, die im Sonnenlicht glitzerten.

Da er leicht schwankte, streckte sie rasch die Hand nach ihm aus, und weil er immer noch sehr schwach war, konnte er nicht anders, als sie zu ergreifen.

Sie war ein wenig rauer als die von Umara.

Aber was ihn am meisten berührte, war der leicht pfeffrige Duft von Yarpas Haar, das einen undefinierbaren Hauch von

Wildheit verströmte, der so gut zu der reizvollen Bön-Priesterin passte.

Von der Spitze des Bergvorsprungs aus, wo ein paar Ziegenknochen verrieten, dass der Ort Geiern als Fressplatz diente, wirkten die kleinen steinernen Häuschen, die vereinzelt in dem grünen Tal lagen, geradezu winzig, als müssten die Menschen, um in der unwirtlichen Natur zu überleben, versuchen, in den sie umgebenden Elementen unsichtbar zu werden.

»Es ist ein verstreutes Dorf! In den Häusern leben meine Schäfchen«, erklärte Yarpa Fünffache Gewissheit leise, nachdem sie sich nebeneinander auf einen gewaltigen Felsbrocken gesetzt hatten, den ein Überzug aus gelblichen, von orangefarbenen Striemen durchzogenen Flechten wie die Schwanzspitze eines schelmischen Drachen wirken ließ, der sich am Berghang zusammengerollt hatte.

»Du hast so ein Glück, dass du hier leben darfst, Yarpa!«, sagte er, hingerissen von den Kontrasten der Farben und Formen.

»Du kannst ja auch hierbleiben. Das liegt nur an dir! Es ist ein schönes Leben, so nah bei den Neun Göttern!«, entgegnete sie lachend.

Er sah sie an und fragte sich, ob sie scherzte.

»Ich wünschte, einer von ihnen würde mich auf das Dach der Welt tragen!«, rief er.

Es war das erste Mal seit Umaras Verschwinden, dass ihm ein fröhlicher Gedanke in den Sinn kam.

»Wer weiß! Man muss nur wissen, wie man sie darum bittet!«, antwortete die Bön-Priesterin halb im Ernst und halb im Scherz.

Dann kehrten sie, eingehüllt in die berauschenden Düfte und umringt von den schillernden Farbtupfern der Hochgebirgspflanzen wie Edelweiß, wilden Lilien und Orchideen,

Blasensträuchern oder Rhododendren, lachend wie schelmische Kinder zu Yarpas kleinem Häuschen zurück.

Fünffache Gewissheit kam rasch wieder zu Kräften.

Die Tage vergingen. Begleitet von Lapika unternahm er erholsame Spaziergänge durch Landschaften, deren Ruhe und Erhabenheit kaum von den Pfiffen der Murmeltiere gestört wurden und in denen man nicht selten riesigen Schmetterlingen begegnete, die Fünffache Gewissheit anfangs für Vögel gehalten hatte, weil ihre Flügel so gewaltig waren.

Zufrieden stellte er fest, dass er nach und nach seine ganze frühere Kraft zurückgewann, vor allem dank der stärkenden Mahlzeiten und der mit Honig gesüßten Yakmilch, die Yarpa ihm dreimal am Tag verabreichte.

In dem fremdartigen Universum kam sein traumatisierter Geist allmählich wieder zur Ruhe.

Und daran hatte Yarpas Sanftheit großen Anteil.

Sie sprach nur wenig und fragte ihn niemals nach den Gründen, aus denen er an einen so abgeschiedenen Ort gekommen war.

Er fühlte sich sicher und behaglich, vielleicht sogar ein wenig der Zeit entrückt, fernab des Tosens der Welt, hier bei dieser zurückhaltenden Frau, die ihn so fürsorglich beobachtete und pflegte, obwohl sie nicht das Geringste über ihn wusste.

Als er eines Abends kurz vor dem Einschlafen auf seinem Bett lag und entspannt von dem herrlichen Adlerpärchen träumte, das sie bei ihrem gewohnten Ausflug zum Bergvorsprung bewundert hatten, spürte er plötzlich, dass sie neben ihm stand.

Normalerweise zog sich Yarpa um diese Zeit in den Nebenraum zurück, wo sie die Nacht auf einem schmalen Bett verbrachte.

Er setzte sich auf und sah sie an.

Das Gesicht der Tibeterin leuchtete im Schein des Kaminfeuers.

»Ich habe noch nicht geschlafen! Ich bin herübergekommen, um zu sehen, ob bei dir alles in Ordnung ist!«, flüsterte sie.

»Du bist sehr freundlich! Es geht mir schon immer besser. Bald werde ich mich wieder auf den Weg machen können.«

»Willst du nicht noch ein wenig hierbleiben? Du störst mich nicht.«

In den Augen der Priesterin lagen eine unendliche Zärtlichkeit und ein Hauch von Kummer, die sie noch schöner machten.

Plötzlich verspürte er den Wunsch, sie zu berühren, und streckte unbeholfen die Hand nach ihr aus.

Nach diesem Zeichen, auf das sie schon seit Tagen wartete, stürzte sie sich auf ihn wie eine Schneeleopardin auf ihre Beute und presste ihren Mund unbeherrscht auf den seinen.

Er spürte, wie Yarpas warme, saftige Zunge versuchte, sich zwischen seine Zähne zu drängen, die er vor Verlegenheit und Überraschung fest aufeinandergepresst hielt. Aber sie war so erfahren, dass es nicht lange dauerte, bis sie ihn dazu gebracht hatte nachzugeben.

Sie hatte seinen Kopf in beide Hände genommen und küsste ihn leidenschaftlich, während sein Jadestab allmählich von dem vertrauten leisen Kribbeln erfasst wurde.

Die junge Priesterin küsste ihn immer noch, und gleichzeitig war es ihr gelungen, Stück für Stück all ihre Kleider abzustreifen, sodass Fünffache Gewissheit die ganze Herrlichkeit ihres nackten, goldbraunen Körpers erkennen konnte, dessen verheißungsvolle Formen im Schein der rötlichen Glut schimmerten wie ein kostbares Bronzegefäß.

Noch ehe er ein Wort sagen konnte, löste Yarpa, die sich rittlings auf ihn gesetzt hatte, mit ihren etwas rauen Fingerspitzen seine Hosen und stieß dort auf das unverkennbare Zeichen dafür, dass er sie bereits begehrte.

Als Fünffache Gewissheit den zärtlichen Biss ihres glühenden Mundes an der Spitze seines Jadestabs spürte, hatte er alle Mühe, nach der wochenlangen Enthaltsamkeit das Sprudeln des Quells des Lebens zu unterdrücken, das unbeherrschbar in ihm aufstieg.

Von einem Strudel erfasst, veränderte er seine Lage, sodass sich sein Jadestab unmittelbar vor dem Eingang von Yarpas erhabener Pforte befand, deren entzückende rosige Lippen sich hoch oben zwischen ihren seidenweichen Schenkeln öffneten.

»Das ist gut!«, flüsterte sie, während sich ihr flacher Bauch bei der Berührung seines bebenden Glieds anspannte wie ein Schild.

Fünffache Gewissheit war nicht mehr in der Lage, der schönen Tibeterin auch nur den geringsten Widerstand entgegenzusetzen.

Zwar hatte er, als sie ihn küsste, Umaras sanftes Gesicht zu Hilfe gerufen, um der Versuchung, die er in sich aufkeimen spürte, zu widerstehen, doch es hatte nichts genutzt: Der Überschwang und die unglaubliche Sinnlichkeit der jungen Priesterin hatten die zerbrechlichen Schranken, die er gegen ihren Ansturm zu errichten versuchte, niedergerissen.

Da gab er schließlich in den Armen dieser ebenso wilden wie lasziven und warmen Frau seinem Verlangen nach, sich in ihr zu verlieren und die Tiefen ihrer geheimen Höhle mit seinem Erhabenen Nektar zu überfluten, jenen inneren Palast, in dem sich sein Jadestab nun vor- und zurückbewegte, wobei er seiner neuen Geliebten Schauer entlockte, die sein eigenes lang gezogenes lustvolles Stöhnen begleiteten.

Von ihrem Liebesspiel erschöpft, schliefen sie eng umschlungen bis zum frühen Morgen.

Als sie lange vor ihm erwachte, lag die gelbe Hündin zu ihren Füßen.

»Ich habe Unrecht getan!«, sagte er zu Yarpa, als sie ihm nach ihrer rauschhaften Nacht eine Schale mit heißer Honigmilch brachte.

»Warum sagst du das? Sind wir nicht vollkommen in Einklang miteinander, so wie Tsangpa und Chucham, der König und die Königin des Himmels, die neun Söhne und neun Töchter hatten, welche ebenfalls neun Söhne und Töchter bekamen, und immer so fort, hin zu allen Lebewesen, die die Erde bevölkern?«

»Ich kenne weder Tsangpa noch Chucham!«

»Unsere Rituale feiern ihre berühmte Vereinigung: Der König des Himmels steigt in Gestalt eines in allen Farben des Regenbogens leuchtenden Strahls auf die Spitze einer Weide herab, auf der der blaue Kuckuck sitzt; der Vogel fliegt zur Königin des Himmels und lässt sich auf ihrem Haupt nieder; er schlägt dreimal mit den Flügeln; daraufhin treten zwei Strahlen, ein weißer und ein roter, aus seinem Geschlecht aus und dringen durch die Spitze ihres Kopfs in den Körper der Königin des Himmels ein! Und ich lüge nicht, wenn ich dir sage, dass ich genau das Gleiche empfunden habe, als du dich heute Nacht in mir bewegt hast«, sagte sie leise und streichelte dabei zärtlich seine Schultern.

»Ach, meine süße Yarpa. Und wenn ich dir sage, dass ich mein Herz bereits einer anderen geschenkt habe?«

»Gefalle ich dir nicht?«, entgegnete sie und rückte so nah an ihn heran, dass er erneut den Pfefferduft ihres Haars und den undefinierbaren Geruch ihres Körpers einatmete.

Verwirrt zog er die Decke hoch bis unters Kinn. Nur noch eine Geste der Priesterin und er wäre trotz des Geständnisses, das er ihr gerade gemacht hatte, ein weiteres Mal ihren Reizen erlegen.

»Das habe ich damit nicht gemeint! Aber es wird Zeit, dass ich aufstehe!«, stammelte er verwirrt.

Diesmal vollkommen unabsichtlich rief die geheimnisvolle Tibeterin einen erneuten, noch leidenschaftlicheren Ansturm von Fünffache Gewissheit hervor, als sie unschuldig ihr Gesicht dem seinen zuneigte und dabei versehentlich seine Nase streifte.

Nun war er es, der fiebrig in Yarpas Lippen biss, während er ihren Kopf streichelte, ehe er sie gierig zu küssen begann, als sei ihr Mund eine mit köstlichem Nektar gefüllte Kürbisflasche und er kurz vorm Verdursten.

Daraufhin hatte die Priesterin lediglich eine ihrer Brüste zu entblößen brauchen, deren Knospe sich bereits verhärtet hatte, und der junge Mönch hatte sich wild auf sie gestürzt wie der Tiger auf die Tigerin zur Brunftzeit im Dschungel.

»Sag mir, dass du mich liebst«, flehte sie, als sie, beide in ihrem Fleisch vereint, zu einem Ganzen verschmolzen waren.

Doch Fünffache Gewissheit, aus dessen von Kopf bis Fuß erschauerndem Körper die Anspannung so plötzlich gewichen war wie aus einem Bogen, befand sich, nachdem sein Pfeil das Ziel erreicht hatte, in einem solchen Rausch, dass er kein Wort herausbrachte.

»Ich bin dabei, mich zu verirren«, stieß er schließlich flüsternd hervor.

»Im Schneeland führen alle Wege auf das Dach der Welt, dorthin, wo die weiße Löwin mit der türkisfarbenen Mähne lebt! Was hast du also zu befürchten, Fünffache Gewissheit?«

»Nichts. Es wäre zu kompliziert, das zu erklären.«

Er zögerte, mehr zu sagen, weil er ihr nicht wehtun wollte, und für ihn war das bereits ein Zeichen dafür, dass er anfing, sich an sie zu binden.

Mit der Zeit wurde ihm klar, dass sie beim gegenwärtigen Rhythmus ihrer Liebesspiele bald nicht mehr ohne einander würden leben können und dass er zu Yarpas Gefangenem werden würde wie ein Vogel, der sich im Netz verfangen hatte.

Es sei denn, er würde sie schnell verlassen.

Aber nur, wenn das hier nicht sein Schicksal war!

Das Schicksal!

Während seiner Novizenzeit war das Wort so verpönt gewesen, dass man den Schülern bei Androhung von drei Rutenschlägen strengstens verboten hatte, es auch nur in den Mund zu nehmen.

Statt von Schicksal sprachen Buddhisten ausschließlich von Samsara, dem endlosen Kreislauf von Tod und Wiedergeburt, jenem unerbittlichen Rad, an das die Menschen gebunden waren und dem man nur entkam, wenn man das letzte Stadium eines Buddha erreichte.

Die Meister lehrten ihre Schüler, dass der Mensch in seinen Entscheidungen nicht frei war, sondern lediglich das Opfer des Samsara; es oblag ihm, sich durch ein entsprechendes Leben von dieser Welt zu lösen, die ihn vollständig in Ketten legte.

Doch seit Fünffache Gewissheit Luoyang verlassen hatte, hatten die zahllosen unerwarteten Wendungen, mit denen er konfrontiert worden war, ihn gelehrt, was Freiheit und individuelle Wahl bedeuteten.

Wählen! Entscheiden!

»Wie denkst du darüber, Lapika! Was hältst du von der ganzen Sache, meine Große?«, fragte er die riesige Hündin manchmal scherzend, woraufhin Lapika herzhaft über seine Finger leckte.

Im Gegensatz zu dem, was seine Lehrmeister ihm eingetrichtert hatten, bestand das menschliche Leben aus nichts anderem als der Wahl zwischen verschiedenen Möglichkeiten, einschließlich derer, die Gegebenheiten einfach hinzunehmen.

So konnte er durchaus beschließen, sein Reisebündel so lange bei der schönen Yarpa abzustellen, wie er das wollte.

Er konnte sich sogar dafür entscheiden – auch wenn ihm das außerordentlich schwierig erschien – zu versuchen, Umara zu vergessen.

Und wenn eine Frau ihm dabei helfen konnte, das Bild der jungen Christin in seiner Erinnerung verblassen zu lassen, dann Yarpa, deren Talente sich als ausgesprochen wirkungsvoll erwiesen.

Yarpa, deren Geschmack er immer noch im Mund trug, wilder als der zartere, vielleicht etwas fruchtigere der jungen Christin.

Da erkannte Fünffache Gewissheit mit leisem Schrecken, dass er die beiden Frauen bereits miteinander zu vergleichen begann, als seien es gewöhnliche Seidenballen oder zwei Sorten Weintrauben am Stand eines Kaufmanns, zwischen denen sein Geschmack ihn schwanken ließ.

Als ihm schließlich bewusst wurde, dass seine müßigen Überlegungen ihn nirgends hinführen würden, bemühte er sich, sie aus seinem Geist zu vertreiben.

Es war vollkommen sinnlos, eine Liste mit den jeweiligen Vorzügen von Umara und Yarpa aufzustellen.

Seine emotionale Verwirrung ließ ihn jedoch erkennen, dass Liebe und körperliches Begehren auf vielfältigere Art und Weise miteinander verbunden waren, als es auf den ersten Blick den Anschein hatte, und dass er die junge Nestorianerin heute mehr liebte als je zuvor.

Obwohl er letztlich den Reizen und dem Bann der schönen Bön-Priesterin erlegen war, blieb seine einzigartige Liebe zu Umara unversehrt, rein und strahlend wie ein Diamant.

Wenn er Yarpas Körper umschlang, war es der von Umara, den er in seinen Armen zu halten glaubte.

In Wirklichkeit liebte er Yarpa nur durch Umara hindurch.

Die schöne Tibeterin liebte ihn sehr viel mehr als er sie, es genügte zu hören, wie sie »Ich liebe dich!« sagte.

Deshalb war es das Klügste, so schnell wie möglich von ihr fortzugehen, denn je länger er seinen Aufbruch hinauszögerte, desto mehr Leid würde er ihr damit zufügen.

Ihm war auch bewusst, dass er dadurch ein großes Risiko einging: Denn falls er Umara nicht wiederfinden sollte, hätte er auch noch diese junge Frau mit dem herrlichen, erregenden Körper aufgegeben, die ihm so viel zu geben vermochte.

Aber so war das Leben nun einmal: Manchmal standen einem mehrere Wege offen, zwischen denen man sich unweigerlich entscheiden musste, da sie weder an den gleichen Ort noch auf die gleiche Reise führten.

Und nur die Zukunft würde zeigen, ob man die richtige Wahl getroffen hatte!

Um nicht in die falsche Richtung zu gehen, musste man in solchen Situationen seinen Instinkt sprechen lassen. Man musste auf das kaum wahrnehmbare Flüstern der inneren Stimme hören, die manchmal genau das sagte, was man um keinen Preis hören wollte.

Und sein Instinkt befahl Fünffache Gewissheit ganz offensichtlich, nicht die Hoffnung zu verlieren, nicht unterwegs anzuhalten, sondern seine Suche fortzusetzen, um Umara, seine einzige zweite Hälfte, wiederzufinden.

An jenem Morgen zog sich Yarpa, nach einer Nacht, in der sie sich beinahe ununterbrochen geliebt hatten, hastig wieder an.

Sie erwartete einen Dorfbewohner, der ihr sein Kommen am Vorabend hatte ankündigen lassen.

Der Mann mit dem gekrümmten Rücken und dem zerfurchten Gesicht bat sie, einen Exorzismus an seinem Kind vorzunehmen, das seine Nachbarn von einem Dämon besessen wähnten, der in einem Baum in der Nähe des kleinen Häuschens der Familie hauste.

Yarpa ging mit ihm davon.

Als Bön-Priesterin, die sowohl mit den Dämonen als auch mit den Göttern reden konnte, hätte sie eine solche Bitte unmöglich ablehnen können.

Als sie am späten Nachmittag wieder zurückkam, erwartete Fünffache Gewissheit sie auf der Schwelle des Hauses sitzend.

»Was hast du denn mit dem kleinen Jungen gemacht?«, fragte er sie.

»Nachdem ich mich vergewissert hatte, dass er nicht von einem Dämon besessen war, habe ich in seiner Zukunft gelesen. Er wird ein Krieger sein. Das ist ein edler Beruf. Sein Vater schien froh zu sein, das zu hören.«

»Kannst du tatsächlich voraussehen, was aus einem Mann werden wird?«

»Wenn du willst, kann ich auch in deiner Zukunft lesen! Dazu brauche ich nur den ›Götterteppich‹ auszubreiten. Lauf nicht weg, ich mache es gleich. Es wird nicht lange dauern!«, verkündete sie, ohne ihm überhaupt eine Wahl zu lassen.

Er hatte nicht die Kraft aufgebracht zu protestieren und glaubte noch weniger das Recht zu haben, es ihr zu verbieten. Und war dies nicht auch für ihn eine Möglichkeit zu prüfen, ob es die richtige Entscheidung war, sie zu verlassen?

Sie breitete ihren sogenannten »Götterteppich« auf dem Boden aus.

In Wirklichkeit waren es kurze, unterschiedlich gefärbte Fäden aus Yakwolle, die sie aus einer Kiste unter ihrem Bett geholt hatte.

Während sie die »Neun Götter« anrief, legte sie die Fäden in einem Schachbrettmuster auf den Boden vor das Bett, in dem sie sich so leidenschaftlich liebten, beobachtet von der riesigen gelben Hündin, die sich sicher fragte, was bloß in diese Frau gefahren war.

Dann verband sie sich die Augen und stellte in zufälliger Ordnung kleine Tonfiguren darauf, die sie aus einem Beutel genommen hatte, der in derselben Kiste lag. Diejenigen, die nicht aufrecht stehen blieben, bedeuteten ein schlechtes Vorzeichen.

So bevölkerten bald nicht weniger als zwanzig Puppen den Götterteppich, von denen nur drei umgefallen waren.

»Du hast Glück. Es gibt nur drei unheilvolle und siebzehn gute. Das ist ein ausgezeichnetes Verhältnis! Die Sterne beschützen dich, Fünffache Gewissheit! Du wirst ein erfülltes Leben haben!«

»Das ist mir gleich! Ich glaube nicht an das Glück! Das Einzige, woran ich glaube, ist der Buddha! Sag mir lieber, wie meine künftigen Tage aussehen werden. Ich muss es wissen! Wird der Erhabene mir auch in Zukunft seinen Schutz gewähren?«, rief er hektisch.

Die schöne tibetische Priesterin kniete nieder und beugte sich über die recht seltsamen geometrischen Muster, auf denen ihre kleinen Figuren standen.

»Ich sehe dich in Zentralchina!«, flüsterte sie verzweifelt.

»Alleine?«, wagte er zu fragen.

»Willst du, dass ich für dich das Unglück abwende?«, fragte sie erschauernd, als hätte sie nicht gehört, was er gerade gesagt hatte.

»Warum nicht?«, entgegnete er, da er nicht die Kraft fand, seine Frage zu wiederholen.

Was hatte er schon zu verlieren, wenn er die Frau ihre magischen Bewegungen über dem Götterteppich ausführen ließ?

Sie hatte ihm so zärtliche Liebkosungen geschenkt, ihm so leidenschaftlich ihre Aufwartung gemacht, dass er sich nicht vorstellen konnte, dass sie ihn verfluchen würde, höchstens beschwören, hier bei ihr zu bleiben!

Nachdem sie sich lange über das komplexe, aus dem Durcheinander von Wolle und Puppen gebildete Motiv gebeugt hatte, griff die Priesterin nach einem seltsamen Sichelschwert, das an einem Balken hing, und stieß es, auf dem Boden kauernd, gewissenhaft in die drei Figuren, die auf dem bunten Schachbrett lagen.

»Es gibt drei Menschen, die dir Böses wollen«, flüsterte sie.

»Kannst du mir sagen, wer sie sind?«

»Ich sehe einen Nebel aus Staub, eine leere Almosenschale und einen Punkt in der Mitte eines Kreises!«, antwortete sie, ohne zu zögern.

Mühelos und ohne Überraschung erkannte er Staubnebel, den finsteren Kerl, der die Frau seines Lebens entführt hatte.

Was die leere Almosenschale betraf, so deutete alles darauf hin, dass sie Vollendete Leere bezeichnete, und mit Bedauern und sogar ein wenig Ärger erkannte er, dass der Abt aus Luoyang ihm wohl immer noch böse war, weil er nichts hatte von sich hören lassen; wenn nicht gar Wu Zhao mit ihren gut gemeinten Worten alles noch schlimmer gemacht hatte.

Doch sosehr er sich auch den Kopf zerbrach, er kam einfach nicht darauf, wen die schöne Yarpa mit dem in der Mitte durchbrochenen Kreis meinen könnte.

»Was machst du da?«, fragte er die Priesterin, als er sah, wie sie die geballte Faust hob und sie auf die umgefallenen Figuren niederfahren ließ, als hielte sie in der Hand einen unsichtbaren Dolch.

»Ich versetze jeder von ihnen einen Schlag auf das Herz,

das wir das ›Loch des Lebens‹ nennen. Danach wirst du von den drei Menschen, die deinen Untergang herbeisehnen, nichts mehr zu befürchten haben!«, antwortete sie in geheimnisvollem Ton.

»Ich danke dir sehr, Yarpa!«

Nachdem sie ihr Ritual abgeschlossen hatte, kam sie zu ihm herüber und presste ihren Bauch an den seinen.

»Ich liebe dich! Du gefällst mir! Du könntest hier bei mir bleiben. Wir würden heiraten, und du würdest mir einen Sohn schenken!«

Und wieder setzte sie all ihre Reize ein.

Als sie sich anschickte, ihn auf das Bett zu drücken und ihn erneut zu entkleiden, kam ihm die bezaubernde Geschichte von den Sternbildern des Kuhhirten und der Weberin in den Sinn, die die hübsche Jademond erzählt hatte, als sie ihr und Speer des Lichts in der Nähe der Großen Mauer begegnet waren.

War die Moral der schönen Legende von den beiden durch die Milchstraße voneinander getrennten Sternen, die einmal im Jahr, am Tag des Fests der Liebenden, auf einer über dieses Hindernis gespannten Brücke wieder zusammenkamen, nicht eine Hymne auf die Hoffnung und eine sanfte Aufforderung, daran zu glauben, dass getrennte Paare, wenn sie nur immer weiter daran festhielten, einander zu lieben, eines Tages unweigerlich wieder zueinanderfinden würden?

Er wollte es so gerne glauben!

Yarpas warmer Mund schloss sich um seinen zum Himmel aufgereckten Jadestab.

Die Liebkosungen, mit denen die tibetische Priesterin ihn bedachte, waren so betörend, dass sie ihn trotz seines verzweifelten Widerstands Addai Aggais Tochter vergessen ließen.

Fünffache Gewissheit stand an jenem berühmten Scheideweg, an dem mit einem Mal alles anders werden konnte. Würde er den Spatz in der Hand nehmen und die Taube davonfliegen lassen?

Er hatte die Wahl: die sanfte, zärtliche Umara oder die wilde, sinnliche Yarpa. Aber welche der beiden Frauen war der Spatz und welche die Taube?

Hauptfiguren

Addai Aggai, *Bischof, Oberhaupt der nestorianischen Kirche von Dunhuang.*

Buddhabadra, *Abt des Klosters vom Einen Dharma in Peshawar (Indien), Oberhaupt des buddhistischen Lehrpfads des Kleinen Fahrzeugs, brach zu einer geheimnisvollen Reise nach Samye (Tibet) auf und ist seitdem verschwunden.*

Der *ma-ni-pa*, *ein Wandermönch und Freund von Fünffache Gewissheit.*

Diakonos, *der Vertraute von Addai Aggai, verantwortlich für die illegale Seidenmanufaktur.*

Die Himmlischen Zwillinge, *ein Mädchen namens Juwel und ein Junge mit Namen Lotos, die von Manakunda zur Welt gebracht wurden. Das halbe Gesicht des kleinen Mädchens ist von dichtem Haarwuchs bedeckt.*

Dolch der ewigen Wahrheit, *der oberste Gehilfe von Buddhabadra, macht sich auf die Suche nach seinem Abt.*

Erlesener Gabenkorb, *ein Mönch aus dem Kloster von Peshawar, wo er für die Elefanten verantwortlich ist.*

Erste der vier Sonnen, die die Welt Erleuchten, *ein Mönch aus Luoyang.*

Erwiesene Wohltat, *Abt des Mahayana-Klosters in Turfan.*

Flinker Pinsel, *ein chinesischer Kalligraph und Maler, Mitglied im Ring des Roten Fadens.*

Fünffache Gewissheit, *ein Mönch aus dem Kloster der Dankbarkeit für Erwiesene Kaiserliche Wohltaten in Luoyang (China), wurde von seinem Abt nach Samye (Tibet) geschickt, wo die Himmlischen Zwillinge in seine Obhut gelangten.*

Gaozong, *Kronprinz unter dem Namen Li Zhi, Sohn von Tai-zong, Kaiser von China.*

Golea, *auch genannt »der Berg«, Umaras Kinderfrau.*

Heiliger Achtfacher Pfad, *ein Mönch aus dem Kloster von Peshawar, stammt ursprünglich aus Turfan.*

Hort der Seelenruhe, *auch genannt der Vollkommene Lehrer, Oberhaupt der manichäischen Kirche von Turfan.*

Jademond, *eine chinesische Arbeiterin im Tempel des Unend-lichen Fadens, die Geliebte von Speer des Lichts.*

Juwel der reinen Lehre, *ein Mönch aus dem Kloster von Peshawar, der Rivale von Dolch der ewigen Wahrheit.*

Kaiserin Wang, *die erste offizielle Gemahlin von Kaiser Gaozong; dieser verstieß sie zugunsten von Wu Zhao.*

Kleiner Knoten, *ein Kaufmann, der auf der Seidenstraße mit Heilpflanzen handelt.*

Lama sTod Gling, *der Sekretär des Ehrwürdigen Ramahe sGampo.*

Leuchtendes Rot, *der Besitzer des Ladens Zum Seidenfalter, in dem er geschmuggelte Seide verkauft.*

Li Hong, *der Sohn von Wu Zhao und Gaozong, wurde anstelle von Li Zhong zum Kronprinzen erklärt.*

Li Jingye, *Präfekt und Kaiserlicher Großzensor.*

Li Zhong, *der Sohn von Zauberhafte Blüte und Gaozong.*

Luyipa, *der Meister von Verrückte Wolke, initiierte diesen in den Tantrismus.*

Majib, *der Anführer einer persischen Räuberbande.*

Manakunda, *eine junge Nonne aus dem Kloster von Samye, starb bei der Geburt der Himmlischen Zwillinge.*

Ormul, *ein Hörer der manichäischen Kirche von Turfan.*

Ramahe sGampo, *der blinde Abt des buddhistischen Klosters von Samye (Tibet).*

Ruhende Mitte, *der Abt vom Kloster des Heils und des Mitge-fühls (Dunhuang).*

Staubnebel, *ein chinesischer Waisenjunge und Freund von Umara.*

Stummer Krieger, *ein turko-mongolischer Sklave in Diensten von Wu Zhao, für die er die Drecksarbeit erledigt.*

Taizong, *genannt der Große, der Vater von Gaozong und frühere Kaiser von China.*

Torlak, *auch bekannt unter dem Namen Grüne Nadel, ein junger Uigure, der sich zum Manichäismus bekehrt hat, verantwortlich für den Ring des Roten Fadens.*

Tugend des Äußeren, *der chinesische Seidenminister.*

Ulik, *ein Übersetzer, der zwischen Fünffache Gewissheit und der persischen Räuberbande vermittelt.*

Umara, *die Tochter des nestorianischen Bischofs Addai Aggai.*

Verrückte Wolke, *ein indischer Anhänger des Tantrismus und drogensüchtiger Mörder.*

Vollendete Leere, *der Abt vom Kloster der Dankbarkeit für Erwiesene Kaiserliche Wohltaten in Luoyang (China), Oberhaupt des buddhistischen Lehrpfads des Großen Fahrzeugs.*

Wu Zhao, *Kaiserliche Konkubine fünften Ranges, später die offizielle Gemahlin von Kaiser Gaozong.*

Yarpa, *eine Priesterin der Bön-Religion aus dem Schneeland.*

Zauberhafte Blüte, *Erste Kaiserliche Konkubine, wurde von Wu Zhao aus dem Weg geräumt.*

Zhangsun Wuji, *ein Onkel von Gaozong, General, oberster Befehlshaber der chinesischen Truppen, ehemaliger Erster Minister.*

LIMES
Lust auf Lesen

Weitere Bände der großen historischen Saga der Seidenstraße!

2510/14,95 (D)

Roman 1:
Die berauschend schöne Konkubine Wu Zaho will Kaiserin von China zu werden. Sie ist verführerisch und klug, und sie weiß das Gold des Landes, die Seide, für ihre Zwecke zu nutzen.

2512/14,95 (D) / Erscheint: Juni 2008

Roman 3:
Whu Zhao ist ihrem Ziel ganz nah: Geheimnisvolle Inschriften auf Orakelsteinen in einem heiligen Fluss scheinen ihren Anspruch auf den chinesischen Thron zu untermauern.

www.limes-verlag.de